파시즘미학의 본질

파시즘미학의 본질

초판1쇄 인쇄 | 2009년 12월 20일
초판1쇄 발행 | 2009년 12월 28일

지은이 | 구모룡 외
펴낸곳 | 예옥
펴낸이 | 이승은
등록 | 제 2005-64호(등록일 2005년 12월 20일)
주소 | 서울시 마포구 동교동 200-16 101호
전화 | 02-325-4805
팩스 | 02-325-4806

ISBN 978-89-93241-10-5   93810
값 30,000원

파시즘미학의 본질

구모룡
방민호
신혜경
박현수
홍기돈
W. 벤야민
이덕형
허혜정
박정선
권유성
김도경
여상임
이상옥
류희식

예옥

파시즘은 화석화된 역사적 개념일 수 없다. 파시즘의 존재 형태는 적절한 환경만 주어지면 언제 어디서나 싹틀 수 있는 씨앗의 상태이다. 박치우의 지적대로, "이지理知의 높은 근대화와 그리고 보다 더욱이는 감정의 철저한 민주주의적 훈련을 거치지 않고서는, 민족적 중대한 문제와 마주치는 경우"에 파시즘은 발아할 것이다. 파시즘이 본질적으로 현재진행형이기 때문에 파시즘과 그와 관련된 미학 연구 또한 현재진행형일 수밖에 없다.

파시즘 미학에 대한 연구는 파시즘의 본질과 그것의 미학적 전유에 대한 냉철한 직시를 요구한다. 그 직시는 용기를 필요로 한다. '용기'를 언급한 것은 파시즘을 다룰 때 어떤 금기가 존재하기 때문이다. 슈테판 마르크스는 전후 독일에서 나치즘 논의와 관련하여 어떤 금기가 존재한다는 사실을 역사 수업에서 보인 학생의 반응을 통해 알려준다. 역사 교사는 나치 당시의 기록 영화를 보여주며 희생자의 시각에서 수업을 진행하였다. 이때 한 학생이 파시즘 시기에 보인 사람들의 열광에 대해 질문하였다.

"선생님은 어리둥절한 표정으로 그 학생을 바라보았습니다. 그러고는 그 학생을 신나치주의자라고 욕하면서 왜 희생자들에게 경의를 표하지 않느냐고 꾸짖기 시작했어요. 다른 학생들은 그 욕설을 가만히 듣고만 있었는데, 마침내 한 학생이 말하기 시작했죠. "선생님, 우리는 그 당시가 실제로 어떠했는지를 정말 알고 싶습니다. 우리는 선생님이 보여주신 기록 영화에서 기뻐서 웃고 있는 아이들, 눈을 반짝이며 기대에 부푼 여자들을 보았습니다. 거리에 나온 수십만 명의 인파가 모두 환호했죠. 그렇다면 이러한 열광은 도대체 어디에서 온 것입니까?"(슈테판 마르크스, 신종훈 역, 『나치즘, 열광과 도취의 심리학』, 책세상, 2009, 44쪽)

다소 과장되긴 했으나, 파시즘과 관련해서 언제나 교조적이고 부정적인 시각만이 허용되고 긍정적인 체험이 발화되어서는 안 된다는 것이 바로 파시즘 논의의 금기이다. 파시즘이 비판의 대상이 되어야 함은 부정할 수 없는 사실이다. 그러나 그 비판이 선택적으로 이루어지는 것은 문제를 더욱 악화시킬 뿐이다. 슈테판 마르크스는 이런 금기 때문에 파시즘은 "반성되지 않은 채로 여전히 그 매력을 발휘하게 되는 것"이며, 이런 매력은 "세대를 초월하는 전이"를 통해 다음 세대로 은밀하게 전승된다고 본다.

이것은 전후 독일의 상황에 국한되는 것이 아니다. 지금까지 우리나라에서 파시즘 미학이 제대로 다루어지지 않는 것도 바로 이런 금기 때문이다. 우리의 경우 그 금기에 원한 감정까지 개입되어 있어 더욱 복잡하다. 이런 금기로 인하여 파시즘의 본질은 왜곡되고 결국 금기의 어두운 영역 속에서 미화되는 것이다. 지금까지 파시즘에 대한 향수가 남아 있는 것도 이런 금기의 그늘이라 할 수 있다. 그래서 당대 최고의 엘리트 지식인들이 자신들의 신념과 상식을 버리고 파시즘에 투항한 내적 논리와 정서적 기제들이 주목되지 못하였다. 또한 그로부터 얻을 수 있는 성찰의 기회도 박탈되었다. 파시즘 미학 연구에서 중요한 것은 이런 금기를 넘어서서 그것의 본질을 객관적으로 직시하는 것이다. 직시를 통해 파시즘 미학의 본 모습이 적나라하게 드러날 것이다.

'친일 문학'이라는 개념은 앞에서 다룬 금기를 배경으로 하고 있는 개념이다. 이것은 '반일反日'이라는 특수한 윤리적 개념을 대척 지점에 포진시키고 있다. 이런 개념이 통용되는 사회에서는 그 속에 담긴 본질에 대한 접근이 허용되기 힘들다. 오로지 일방적인 희화화와 조롱 및 비판만이 존재한다. 임종국을 위시한 그간의 연구가 선구적인 업적에도 불구하고 한계를 지니게 되는 것도 이 때문이다. 그런 연구는 고발과 발굴에 초점이 놓인다. 이때의 독서는 흠을 찾기 위한 독서가 되기 쉽다. 일종의 치부에 해당하는 결과물들에 대한 일방적인 비판은 쉽다. 그런 비판은 결과물에 대한 자세한 고찰 없이 선악 이분법에 입각한 자신의 선입견을 통해 손쉽게 행할 수 있다. 그런 비판을 뒷받침해 주는 것은 성급한 단정과 허술한 논리뿐이다. 결과적으로 원한 감정 이외에 얻는 바도 그리 많지 않다.

근래에 들어 파시즘 미학에 대한 논의가 선악 이분법을 벗어나고 있다는 사실은 우리 문화의 성숙성에 따른 다층적이고 폭넓은 시각을 보여 준다는 점에서 고무적인 현상이라 할 수 있다. 이는 우리가 파시즘 미학, 특히 친일 문학에 대한 미학적 거리를 비로소 확보하게 되었다는 사실을 뜻하기도 한다. 이때 친일 문학 연구는 비로소 파시즘 미학 연구의 범주에 들어가게 된다.

파시즘 문학 연구로 대표되는 파시즘 미학 논의에는 논쟁적인 문제가 많이 남아 있다. 앞에서 언급한 친일 문학을 둘러싼 개념상의 문제는 그중의 일부분에 불과하다. 대상 작가나 작품의 선정 및 이에 대한 평가 문제 역시 지리한 논쟁을 기다리고 있는 문제이다. 또한 파시즘 미학에 접근하는 분석 도구들, 예를 들어 탈식민주의의나 후기구조주의 등이 지닌 효용성 혹은 타당성 문제도 여전히 논쟁적인 문제로 남겨져 있다. 본서는 이런 논쟁적인 문제에 대하여 다양한 관점에서 해답을 제시하기 위한 노력의 결과이다. 이를 통해 이전 논의의 특수성을 벗어나 파시즘 미학 관련 논의를 보편적인 차원으로 끌어올렸다고 믿는다.

본서에서 파시즘에 대한 규정은 열어두었다. 그것은 파시즘 미학 논의에 있어서 다양한 가능성을 열어두기 위해서이다. 논자에 따라 근원적인 물음의 성격을 달리 설정하고, 동시에 서로 다른 지점에 놓인 파시즘 미학의 결과물을 그 구체적인 예로 사용하고 있는 것도 이 때문이다.

본서는 파시즘 미학의 본질을 드러내는 논의들을 모았다. 1부는 파시즘 미학 연구의 다양한 지평을 보여주는 논의들을 실었다. 파시즘을 예술의 본질적 특성과 연계시킨 논의, 일제 말기 문학인들의 대일 협력 유형과 의미에 대해 고찰한 논의, 미래주의와 파시즘의 관련성을 다룬 논의, 파시즘 미학의 본질을 파시즘적 황홀에서 찾는 논의, 신체제 문화론에서 파시즘의 본질을 읽어낸 논의 등이 그것이다. 그리고 벤야민의 「독일 파시즘 이론」의 번역과 그 해제는 전쟁 담론 속에 내재된 파시즘의 본질을 잘 보여준다는 점에서 주목할 만하다. 전쟁 에세이에서 파시즘의 본질을 읽어내는 벤야민의 글은 파시즘 미학 연구에서 냉철한 직시가 어떤 성과를 낼 수 있는가를 보여주는 좋은 예가 될 것이다.

2부는 파시즘의 본질과 문학 이데올로기의 연계를 심층적으로 탐색한 논의들이다. 파시즘 문학에 대한 기존의 논의가 주로 작가론이나 작품론에 국한되어 있어 본질적인 국면에 대한 깊이 있는 접근이 허용되지 않았다. 이런 한계를 극복하기 위해 2부에서는 민중시학, 리리시즘, 모더니즘, 리얼리즘, 전통주의, 포스트구조주의 등 문학 이데올로기에 초점을 맞추어 파시즘 미학의 본질을 해명하였다.

3부는 그 동안 주목되지 않은 국내의 해방 이전과 해방기의 파시즘 관련 자료를 모은 것이다. 3부에 실을 자료를 검토하면서 우리나라에서도 파시즘 미학과 관련된 논의가 활발하게 이루어졌다는 사실을 처음 확인하고 외국의 연구 동향에만 촉각을 곤두세운 우리의 연구 태도를 반성하게 되었다. 특히 '조선문단에 파시즘 문학이 서지겠는가'라는 설문은 파시즘 문학을 논의할 때 반드시 참고해야 할 문헌이라 생각한다. 파시즘 문학의 성립 가능성에 대한 당대 문인들의 다양한 의견도 흥미롭지만, 그 발언과 그들의 이후 행적을 비교해보고 그 사이에 존재하는 다양한 의미망을 고려해보는 것도 의미 있을 것이다.

이 책이 나오기까지 많은 분들의 도움과 노력이 있었다. 기획 의도를 이해하여 귀한 글을 주신 이덕형, 구모룡, 방민호, 신혜경, 허혜정, 홍기돈 선생님께 감사드린다. 특히 벤야민의 글을 번역하고 해제를 써서 후학들의 논의에 힘을 실어주신 이덕형 선생님께 깊은 감사를 따로 드리는 바이다. 또한 그 동안 파시즘 관련 자료를 함께 읽고 장기간 토론을 해준 경북대학교 국어국문학과의 대학원생들에게 감사를 표한다. 특히 3부에 실을 자료에 대한 조사 및 목록 작성, 그리고 입력을 맡아준 이상옥, 김지혜 선생의 노고에 고마움을 전한다.

여러 면에서 부족하지만 이 책을 기획한 사람으로서 전반적인 설명을 하기 위해 이렇게 어설픈 머리말을 쓰게 된 점, 송구스럽게 생각한다. 이 기획이 여러 고명하신 필자 분들께 누가 되지 않을까 하는 불안한 마음 금할 수 없다. 그러나 이 책으로 파시즘 미학에 대한 논의가 한층 더 넓어지고 깊어질 것임은 믿어 의심치 않는다.

2009년 겨울
박현수

제1부 파시즘 미학의 다양한 지평

파시즘과 예술의 만남

구 모 룡

1. 파시즘을 어떻게 볼 것인가?

예술과 파시즘의 관계를 규명하는 일의 어려움은 무엇보다 파시즘 자체의 개념적 혼란에서 비롯된다. 파시즘은 본래부터 모순적이어서 정의를 명확하게 하려 들면 논쟁이 불거진다. 그래서 케빈 패스모어도 "A 이면서 A 아닌 것"이라는 오르테가의 비유를 받아들인다.[1] 제1차대전 이후 전간기戰間期 유럽이라는 시공간의 맥락에서 형성되고 소멸한 파시즘은 통념상 이탈리아 파시즘에서 출발하여 히틀러의 나치즘과 스페인의 팔랑헤 등 전체주의를 포괄하는 개념으로 쓰인다. 파시즘 개념의 혼란은 공산주의자들에 의해 심화된다. 코민테른 5차 회의가 이를 "프롤레타리아에

---

1. 케빈 패스모어, 강유원 역, 『파시즘』, 뿌리와 이파리, 2007, 51~52쪽.

대항하는 대부르주아지의 투쟁도구"라고 규정함으로써 모든 반혁명적, 반동적 경향을 '파시스트적'이라 부르게 되는 데 오늘날 폭압적 정치와 권력을 비난할 때 이처럼 폭넓은 개념이 사용되는 것이다.

　파시즘을 대중의 아래로부터의 자발적이고 열광적인 동의에 기초한 열정과 광기의 정치혁명으로 보는 입장에서는 위로부터 전개되는 전체주의와 개발독재 그리고 군사독재를 파시즘과 구별할 것을 주문한다. 가령 파시즘의 경계를 명확히 하는 것이 파시즘 이해의 선결조건으로 받아들이는 로버트 O. 팩스턴은 고전적인 폭압정치와 파시즘을 구분하는 기준으로 대중의 열정을 든다. 그는 "파시즘은 민주주의의 실패에서 나타나는 현상이며, 고전적 폭정이 시민들을 단순히 억압하여 침묵시킨 것과는 달리, 대중의 열정을 끌어 모아 내적 정화와 외적 팽창이라는 목표를 향해 국민적 단결을 강조하는 데로 돌리는 기술을 찾아냈다는 점에서 아주 새로운 현상"이라고 보는 한편, "민주주의 성립 이전의 독재에는 '파시즘'이라는 용어를 사용하면 안 된다. 아무리 잔인하다 해도 이 독재에는 파시즘에서 찾아볼 수 있는 조장된 대중적 열광이나 격렬한 에너지, 나아가 국민의 단결과 순수성 및 힘이라는 목표를 위해 '자유주의 제도를 포기해야' 한다는 사명감이 없기 때문이다"라고 개념의 엄밀성을 강조한다. 이러한 그의 입장에 따르면 프랑코 정권이나 일본 군국주의도 파시즘에 미달 상태로 비친다. 전자의 경우 "경제 분야에는 거의 개입하지 않았으며 국민들이 수동적으로 따라오기만 한다면 일상생활을 통제하려는 노력도 거의 하지 않았다"는 점에서 파시즘적이라기보다 권위주의적 독재 체제로 보는 것이 타당하며, 후자의 경우 민주주의를 경험하지 않았을 뿐 아니라 "혁명의 위협에 직면하지도 않았고 대외적 패배나 대내적 분열을 극복할 필요성도 없었으며 파시즘 특유의 대중동원 기술을 사용했지만, 지도자들과 경쟁을 벌이는 공식 정당이나 자생적 대중운동은 존재하지 않았다"는 점에서 "파시즘 체제라기보다는 국가가 지원

하는 상당 수준의 대중 동원을 가미한 팽창주의적 군부 독재로 보는 것이 더 정확하다"는 것이다.[2]

확실히 팩스턴의 지적은 그 동안 매우 광범위하게 적용되어온 파시즘 개념에 대하여 학적인 엄밀성을 더한 것으로 보인다. 역사적 파시즘에 대한 실증적인 고찰에 바탕을 둔 그는 "파시즘의 정체를 다 밝힐 수 없다"는 것을 전제하면서 다음처럼 정의한다. "공동체의 쇠퇴와 굴욕, 희생에 대한 강박적인 두려움과 이를 상쇄하려는 일체감, 에너지, 순수성의 숭배를 두드러진 특징으로 하는 정치적 행동의 한 형태이자, 그 안에서 대중의 지지를 등에 업은 결연한 민족주의 과격파 정당이 전통적 엘리트층과 불편하지만 효과적인 협력관계를 맺고 민주주의적 자유를 포기하며 윤리적·법적인 제약 없이 폭력을 행사하여 내부 정화와 외부적 팽창이라는 목표를 추구하는 정치적 행동의 한 형태."[3] 팩스턴의 정의에서 우리는 파시즘이 대중의 자발적인 동의에 바탕한 열광적인 정치운동이라는 데 주목한다. 그는 파시즘의 정치운동에서 대중의 자발성을 가장 중요한 요건으로 보았다. 이러한 관점에서 그는 위로부터의 파시즘으로 규정되는 군부 독재, 개발 독재, 권위주의 등을 파시즘과 다른 정체政體로 본다.

그런데 파시즘과 전체주의, 군부 독재, 개발 독재, 권위주의 등이 만드는 차이는 논자에 따라 다르다. 먼저 마르크스주의적 파시즘 이론은 자본과 파시즘의 유착관계에 중점을 둠으로써 파시즘의 기반인 대중의 자발성을 간과한다. 다음으로 전체주의적 파시즘 이론은 역사적 파시즘과 더불어 볼셰비즘을, 자유를 제한할 뿐만 아니라 완전히 말살하기 때문에 권위주의적 독재와 본질적으로 구분되는 것이라고 함께 비판한다. 이러한 비판의 의의는 파시즘보다 더 넓은 개념인 전체주의라는 입장에서 근대 세계를 해부한 데 있고, 그 한계는 파시즘과 전체주의의 차이 혹

---

2. 로버트 O. 팩스턴, 손명희·최희영 역, 『파시즘』, 교양인, 2005, 482~486쪽.
3. 로버트 O. 팩스턴, 위의 책, 487쪽.

은 파시즘과 볼셰비즘의 차이들을 일정 부분 약화시킴으로써 상대적으로 더 큰 죄상을 지닌 파시즘이 볼셰비즘과 유사한 역사적 평가를 받게 되는 데 있다. 군부 독재나 개발 독재 등 권위주의 체제와 파시즘의 관계론에 있어 체제 형성의 동인이나 이를 추동하는 대중 문제가 가장 중요한 쟁점이 된다. 이들 권위주의 체제가 역사적 파시즘과 다른 상황에서 형성된 것이 사실이고 대중 동원과 전쟁에 이르는 과정에서 변별되는 것도 사실이다. 하지만 이탈리아 파시즘과 독일 나치즘에 대해서도 평가가 다르듯이 파시즘 개념의 유연한 진폭은 인정되는 것이 좋을 듯하다. 가령 마루야마 마사오丸山眞男가 지적하고 있듯이 일본 군국주의의 형성 과정이 아래로부터의 동인을 좌절시키고 마침내 위로부터의 전체주의로 나아가 전시 동원 체제로 간 것은 유럽과 다른 동아시아 파시즘의 한 양상으로 볼 수 있는 것이다. 아울러 한국의 군부 주도 개발 독재에도 일정 부분 파시즘적 경향은 있다고 볼 수 있다. 위로부터의 파시즘에 동의하는 대중의 존재를 전혀 무시할 수 없을뿐더러 이데올로기와 폭력에 의한 지배 또한 상응하는 부분이 있기 때문이다. 하지만 이를 두고 팩스턴의 지적처럼 파시즘이라고 규정하는 것은 무리가 있다고 하겠다.

2. 파시즘에 대한 오해

그 개념적 진폭을 허용하더라도 파시즘은 정치 경제적 문제에서 형성되고 심리적 요인들은 이러한 정치 경제적 요인으로부터 발생하는 것으로 이해하는 것이 옳다. 무엇보다 파시즘이 현실적인 정치운동이기 때문이다. 따라서 심리적인 요인 자체를 파시즘이라 할 수는 없는 것이다. 이러한 관점에서 소위 '우리 안의 파시즘'론이 가지는 한계는 분명하다. 그것은 권위에 대한 맹종과 이데올로기적 편향 등을 파시즘으로 규정하거나 역사적 파시즘이 형성한 담론 유형과 유사한 담론들을 파시즘 담론으로 규정할 수 없기 때문이다. 가령 다음과 같은 파시즘론은 파시즘 개념을 지나치게 확대하거나 남용하고 있는 대표적 사례들로 손꼽힌다.

가) 정작 큰 문제는 대안 세력으로 자처하는 이들의 사고와 운동 방식조차 밑으로부터 파시즘을 떠받치고 있는 한국 사회 고유의 결에서 크게 자유롭지 못하다는 점이다. 자신만이 절대적 정의를 독점하고 있다고 착각하는 일부 좌파들의 도덕적 폭력은 극우 반공주의 매카시즘적 폭력과 결을 같이 한다. 상대방에게 이러저러한 딱지를 붙임으로써 자신의 헤게모니를 확보하려는 권력 지향적 글쓰기가 여전히 지배적이며, 좌파들의 논쟁 또한 권력 지향적 문화에서 자유롭지 못하다. 심지어는 공공적 논의를 아예 사유화하려는 조짐까지 엿보인다. "현실 정치 공간으로부터 해방된 공간"이라는 사이버 공간의 의사소통 역시 쌍방향적 민주적 의사소통의 방식보다는 언어와 논리의 폭력이 상승 작용을 일으키며, 현실 정치 공간의 논리를 그대로 재현한다. 파시즘적 현상을 비판하는 논리 자체가 파시즘의 인식 지평 속에 갇혀 있는 것이다. 그런가 하면 가장 자유롭고 재기 넘치며 신선해야 할 학생 운동조차 행동 양식과 의식 구조는 파시즘의 결에서 크게 벗어나지 못한 것은 아닌가 하는 우려를 자아낸다. 일상적 파시즘이 우리 사회 저변에 얼마나 깊이 뿌리 내리고 있는지를 잘 보여주는 예들이다.[4]

나) 김지하는 '1만1천 년 전의 마고麻姑를' 찾는 한편 '5만 년 후의 미래를 보고 있다'고 말한다. 아득한 과거와 미래를 향한 이 시선에서 실종되는 것은 물론 현재이다. 미래를 향한 끊임없는 혁신의 충동과 아득한 신회의 실재화라는 이 기묘한 이중주가 실제로 드러내는 것은 '현재'의 '끊임없는 지연'이라는 파시즘의 독특한 시간관이다. 타락의 정점으로서의

---

4. 임지현 외, 『우리 안의 파시즘』, 삼인, 2003, 10쪽.

'현재'는 '위대했던 과거'의 빛에 견주어 부정되고, '언제가 올 미래'의 빛에 견주어 희생된다. 이 시간관에서 현재present는 결코 재현re-present되지 않는다. 위대했던 민족의 과거가 현실에서 쉽게 실현될 리는 없다. 그것은 메시아적 숭고의 형태로, 종말론의 형태로 끊임없이 연기되면서 새로운 인간, 새로운 지도자에 대한 갈망을 낳는다. 결국 아득한 과거를 상고하고 아직 도착하지 않은 미래를 전망하는 이 시간관에서 현재의 구체적 갈등이나 모순은 당연히 시야에서 사라진다. 그리하여 '역사'를 말하면서 '역사'를 부정하고, 역사의 바깥에서 역사를 전망하는 파시즘적 역사관은 이러한 시간관을 바탕으로 하면서, 현실의 고통을 과거의 영광된 기억이나 곧이어 다가올 찬란한 미래에의 기약으로 위무한다. 그럼으로써 '대중의 눈을 사회기구의 근본적 모순으로부터 돌리게 하고, 현실의 기구적 변혁 대신에 인간의 머릿속에서의 변혁, 즉 사고 방식의 변혁으로 메우려 하는' 파시즘의 '반혁명적 본질'이 실현되는 것이다.[5]

가)는 한국사회에 파시즘이 살아 있다는, '일상적 파시즘' 혹은 '우리 안의 파시즘'론의 입장에서 우리 사회의 광범한 파시즘적 현상을 진단하고 비판하고 있다. 이러한 입장의 문제점은 먼저 파시즘의 개념을 지나치게 넓게 잡고 있다는 점이다. 앞에서 이미 말했듯이 파시즘의 개념을 반혁명적, 반동적 경향과 일치시킨 것은 공산주의자들이다. 그런데 가)의 입장은 이러한 좌파적 파시즘 정의와 무관하다. 그럼에도 파시즘 개념을 매우 광범하게 적용하고 있어 파시즘 개념을 혼란스럽게 한다는 점에서 일치한다. 과연 한국 사회에 파시즘의 결이 좌파와 우파, 지배층과 민중 가릴 것 없이 광범하게 형성되어 있는가? 이를 해명하기 위해서는 먼저 군부 중심의 개발 독재가 파시즘인가의 여부가 가려져야 할 것이다.

---

5. 김철, 「민족—민중문학과 파시즘: 김지하의 경우」, 『현대한국문학 100년』, 민음사, 1999, 514~515쪽.

다음으로 그러한 독재에 대한 민중적 기반이 파시즘의 대중 동원과 일치하는지 규명되어야 한다. 이러한 문제들에 대한 엄밀한 천착이야말로 한국사회가 파시즘을 통과한 사회인지 그래서 그것이 여전히 내면화되어 있는 사회인지를 밝히는 첩경이라 할 수 있다. 그러나 유감스럽게도 가)의 논자는 이러한 문제의식보다 논자가 설정한 민주적 의사소통의 이상에 적합하지 못한 모든 주장과 논리를 파시즘으로 규정하는 견해를 보인다. 논자의 주장대로 민주적 의사소통은 우리가 모든 과정에서 수행해야 할 과제이다. 하지만 이러한 과정은 힘겨운 인내와 연습 그리고 많은 시행착오를 필요로 한다. 우리 사회는 이러한 과정에 있는 셈인데 그 이상에 도달하지 못한 상태를 파시즘으로 규정하는 것은 엘리티즘에 바탕한 대중에 대한 편견의 소산이 아닌가 한다. 논자의 주장대로 폭력적 행동양식과 의식구조는 그 누구도 극복하지 않으면 안 되는 과제이다. 그러나 폭력을 수반하는 모든 의식과 행위들이 파시즘으로 귀결되는 것은 아니다. 논자의 관점대로라면 4월 혁명과 10월 항쟁 그리고 5월 항쟁과 6월 항쟁 등도 파시즘의 한 양상으로 간주되고 말 것이다. 어떻게 보면 논자야말로 우리 사회의 구체적 전체성을 보지 못하고 그 일면적 현상을 들어 우리 사회를 파시즘에 기반한 사회라고 매도함으로써 담론의 권력을 획득하려는 폭력적 욕망에 사로잡힌 것은 아닌가 의심되는 바 없지 않다.

가)의 논자와 같은 파시즘에 대한 오해는 나)의 논자에게서도 반복된다. 나)는 김지하의 담론이 보이는 시간관이 파시즘의 시간관과 일치함(?)을 증거로 삼아 김지하 담론을 파시즘으로 규정한다. 이는 정치운동의 맥락에서 파시즘을 뒷받침하던 시간관을 전혀 다른 맥락에 놓여 있는 시간관과의 일치 여부로써 파시즘이라 판명하는 논리적 오류를 범한다. 논자가 언급한 김지하의 담론이 생산된 것은 어떤 의미에서 파시즘에 가까운 전두환 정권의 상황에서다. 논자의 논급대로라면 김지하가 전두환 정권이라는 현재를 몰각하고 과거와 미래만을 말함으로써 파시즘의 '반혁명적 본질'에 도달하였다는 것이다. 그렇다면 김지하가 전두환 정권을 찬양했다는 것인가? 아니면 김지하도 전두환 못지않은 파시스트란 말인가? 도대체 논자의 주장하는 바가 무엇인가? 논자는 김지하의 시간관을 "대중의 눈을 사회기구의 근본적 모순으로부터 돌리게 하고, 현실의 기구적 변혁 대신에 인간의 머릿속에서의 변혁, 즉 사고방식의 변혁으로 메우려 하는" 파시즘의 "반혁명적 본질"에 대위시킨다.

논자가 들고 있는 이러한 대위는 마루야마 마사오가 일본 파시즘의 사상과 운동을 설명하는 과정에서 "파시즘이 일반적으로 지니고 있는 특질"로 들고 있는 구절의 일부인데, 그 전후 맥락을 이해하기 위해 여기에 마루야마 마사오의 본문을 가져오면 다음과 같다.

"대체적으로 [오오카와 슈메이는] 이와 같은 비판을 하고 있습니다. 이런 비판의 방식, 즉 자본주의도 사회주의도 모두 물질주의라는 동일한 지반 위에 서 있으므로 사회주의는 현대문명의 폐단을 진실로 구제할 수 없다는 것, 사회주의나 마르크스주의는 자본주의와 한통속이라는 것—이런 비판 방식은 나치나 이탈리아 파시즘의 이데올로기가 거의 대부분 이구동성으로 말하고 있는 것과 너무나 흡사합니다. 그리하여 파시즘 이데올로기가 물질주의에 대하여 높이 내세우는 '이상주의' '정신주의'야말로 실상은 대중의 눈을 사회기구의 근본적 모순으로부터 돌리게 하고, 현실의 기구적 변혁 대신에 인간의 머릿속에서의 변혁, 즉 사고방식의 변혁으로 메우려고 한다는 의미를 지니고 있는 것입니다. 파시즘이 애초에 약간의 반자본주의적 색채를 띠고 나타나면서도 결국 독점 자본에 봉사하는 역할을 수행한 이데올로기적 근거는 이런 곳에 숨어 있는 것인데, 그런 점은 아무래도 일본 파시즘의 특징적인 것이라고 할 수는 없으므로 이 이상 더 들어가는 것은 피하기로 하겠습니다. 그리고 여기서는 파시즘이 일반적으로 지니고 있는 특질은 제외시키고, 일본의 파시즘 이데올로기에서 특히 강조되고 있는 점은 어떤 것인가를 두세 가지 살펴보고자 합니다."[6]

이처럼 마루야마 마사오는 일본 파시즘 형성과정에서 오오카와 슈메이가 제기한 담론을 검토하는 과정에서 논자가 인용한 진술을 하고 있는 것이다. 따라서 논자는 마루야마 마사오를 전혀 다른 문맥에서 가져다 쓰고 있을 뿐만 아니라 파시즘 형성의 구체적 과정에 주목하라는 마루야마 마사오의 의도 또한 바르게 읽고 있지 못하다. 나아가 마루야마 마사오가 "반혁명적 본질"이라는 말을 쓰고 있는 것처럼 인용하고 있는데 이르러, 마루야마 마사오의 담론에 기대어 김지하를 매도하려는 논자의 과장된 제스처까지 느껴지게 된다. 만일 김지하의 담론이 전두환 정권을 뒷받침하는 이데올로기를 제공하였다면 마루야마 마사오가 논의의 대상으로 삼은 오오카와 슈메이처럼 김지하도 파시즘적 지식인으로 규정될 수 있을 것이다. 이러한 점에서 "김지하를 파시스트로 '고발'하는 것이 아니라, 민족─민중문학과 파시즘의 결합 지점을 밝히고 그 결합의 방식을 탐구하는 것"[7]이라는 나)의 논자의 입장은 '파시즘에 저항하는 사상도 파시즘'이라는 전제에서 가)의 논자와 마찬가지로 오류와 혼란을 낳고 있을 뿐이다.

3. 파시즘 시대의 오명

우리는 명성이 드높은 시인들이 그들 시대에 가장 폭력적이고 억압적인 정치와 정치가들을 찬미한 사실을 알게 되면서 놀라게 된다. 가령 다음의 인용문이 그렇다.

어딘가 다른 데서 군인이 된다는 것이 나로서는 힘들었을 것입니다.

6. 마루야마 마사오, 김석근 역, 『현대정치의 사상과 행동』, 한길사, 1997, 78쪽.
7. 김철, 앞의 글, 503쪽.

하지만 이런 어떤 나라들에서는, 만약에 내가 거기서 태어났더라면, 신념과 열정을 가지고 그렇게 될 수 있었을 것입니다. 말하자면 이탈리아군인이나 프랑스군인 말입니다. 나는 그렇게 될 수 있었을 것입니다. 동포애를 가지고 극도로 희생하면서까지 말입니다. 이들 두 나라의 국민성이아무리 우리에게 제스처, 행동, 겉치레 모범과 결부되어 있는 듯이 보일지라도 말입니다. 프랑스보다 훨씬 더 당신들 가운데서는 피는 진실로 하나이며, 많은 순간들에는 이념 역시 이러한 피에 감동되어서 하나일 수가있는 것입니다.[8]

인용문은 만년의 릴케(1875~1927)가 이탈리아의 여공작 갈라라티 스코티에게 보낸 편지의 일절이다. 그의 사후 30년이 지난 1956년 『밀라노의편지들: 1921~1926』이 출간되면서 알려진 이 글은 릴케가 무솔리니의 파시즘을 변호한 일과 연관된다. 미하일 함부르거에 의하면 릴케의 무솔리니 찬양은 릴케의 변덕스런 시적 자아와 결부된다. 릴케의 작품 전반에서 끊임없이 귀족의 탈과 천민의 탈이 이리저리 엇바뀌고 있음을 볼 수있는데, 이러한 불안정한 릴케의 인격이 가지는 가면과 양식의 공간작용은 어떤 실용적이고 논리적인 관점에서 고찰하는 즉시 서로 배척되고 모순되는 동정들과 태도들을 낳는다는 것이다.[9]

릴케처럼 낭만주의적 상징주의 시인들이 그들 시대의 폭력적인 정치가들을 찬양하는 경우는 많다. 이는 사물들에 자아를 의탁하는 감정이입과 사물들을 통해 자아를 찾으려는 과정에서 자기를 상실하는 데서 유발된다. 그만큼 시인의 주관은 내적 자율성을 상실할 때 허약한 것이다. 릴케의 편지를 들어 릴케를 파시스트라 규정하는 것은 성급하다. 릴케의 경우 개방적인 주관성이 문제적인 셈이다. 릴케가 시사하듯 시인에게

---

8. 미하일 함부르거, 이승욱 역, 『현대시의 변증법』, 지식산업사, 1993, 131쪽에서 재인용.
9. 미하일 함부르거, 위의 책, 103~131쪽.

파시즘은 예술의 자율성과 예술가의 자율성을 혼동하는 순간 유혹처럼 다가온다. 사후의 편지에서 밝혀진 것처럼 1차대전 이후의 회의적 세계에서 릴케는 이탈리아의 파시즘의 등장을 새로운 세계로 동정한 것이다.

> 국가를 대도시로부터 시골로 다시 가져가는 것, 즉 토지에 대한 새로운 감정을 교육시키는 것, 아마도 이것이 그들의 새로운 마음이 될 것이다. 선한 민족이란 것은 바로 고향의 감정을 갖는다는 것을 뜻한다. 새로운 국가의 옛 종교 가문이 교양, 문화, 천부적인 소질 등의 정신적 제국을 창조해 내고 유산으로 남겨준 후에 이제 그들의 젊은 아들들은 바로 고통 받는 민족에게 대지의 축복을 새롭게 해주어야 하는 소명을 띠고 있는 것이다.[10]

인용은 고트프리트 벤(1886~1956)의 말이다. 이러한 벤의 진술은 민족과 대지의 축복을 하나의 맥락으로 잇는다. 피와 대지 신화의 뿌리를 내세우는 파시즘의 주장과 다를 바 없는 것이다. 자넷 빌과 피터 스타우든마이어에 의하면 독일에서 민족와 대지의 신화는 에른스트 모리츠 아른트와 빌헬름 하인리히 릴에 의해 "낭만주의적 전통의 반계몽주의와 비합리주의 영향 하에서 주조된, 자연주의와 민족주의의 특수한 종합"이 이뤄지는 19세기 여명에서 시작된다. 대지에 대한 사랑과 호전적인 인종주의적 민족주의의 치명적인 연계는 아른트 이래 그의 제자들에 의해 더욱 발전적으로 계승되며 1867년 에른스트 헥켈이 '생태학'이라는 용어를 창안하고 그의 제자들이 생태학과 권위주의적 사회관의 결혼이라는 특별한 형세를 발전시킴으로써 생태학으로 진전된 피와 대지의 신화는 내재적으로 반동적인 정치적 틀과 엮이게 된다. 이러한 전통은 그 뒤 한 역사

---

10. 최문규, 「파시즘 문학의 담론과 정치적 기능」, 『인문과학』 제78집, 연세대, 1997, 331쪽.

가에 의해 '순수 독일주의 광신자'로 지칭되는 루드비히 클라게스에게 계승되어 나치즘의 이념으로 발전하는데[11] 고트프리트 벤 또한 이러한 지적 정치적 맥락 위에서 인용과 같이 진술하고 있는 것이다. 벤의 진술에서 신비화된 민족 개념은 모든 가치 위에 절대적으로 군림한다. 그는 민족과 문학 간의 내밀한 관계를 옹호하는 파시즘 이데올로기를 매우 선명하게 드러내면서 실제 당시의 독일 체제에 불만을 품고 망명하는 시인들을 '민족'의 이름으로 경고하기도 한다.[12] 이처럼 그는 대지와 민족의 순수성을 파시즘과 결합하는 '정치의 심미화' 과정을 보인다. 벤의 이러한 행보는 하이데거의 나치즘 협력에서도 확인되는데, 20세기 전반 독일 사회에서 생태학적 전망이 파시즘과 결합하는 에코파시즘의 경향을 대변한다. 현실의 사회적 관계를 소거한 신비주의적 자연주의는 자연 질서, 유기적 전체, 그리고 인간의 부정이라는 형태로 파시즘의 이념으로 전화한다. 히틀러의 나치는 유기체론과 전체론을 강조함으로써 전체주의적 사회 질서에 대한 공민의 복속을 이끈다. 1930년 리하르트 발터 다레의 악명 높은 구호 "피와 대지의 통일은 재건되어야 한다"와 독일 시인 고트프리트 벤의 진술 사이엔 아무런 거리가 없는 것이다.

무솔리니의 파시스트 정권을 최고로 좋은 정부라고 격찬한 시인이 에즈라 파운드(1885~1972)다. 그는 1930년대 이르러 파시즘을 서구문명의 타락을 극복한 정치체제로 극찬하고 2차 세계대전 중엔 파시즘을 옹호하는 라디오 방송에 출연하기도 한다. 이탈리아로 오기 전에 이미지즘 운동을 한 그는 시대에 대한 회의주의와 언어 회의를 등가로 인식하였다. 타락한 시대를 타락한 언어에 등치시킨 그는 시대적 혼란을 언어적 질서로 대신하는 미학을 선택한다. 그의 이미지즘은 표현 대상과 언어의 일치라는 문제의식의 산물이다. 그런데 "파운드의 미적 전문화는 예

---

11. 자넷 빌 피터 스타우든 마이어, 김상영 역, 『에코파시즘』, 책으로 만나는 세상, 2003, 18~34쪽.
12. 최문규, 앞의 글, 330쪽.

술을 넘어서 사회·경제 영역으로 확장되자마자 그의 파멸의 원인이 되었다. 왜냐하면 그는 서정시에 헌신했던 자신의 상황으로부터 시작해 일반화하고, 시인으로서 자신의 불만을 바탕으로 이념적인 구조를 세우는 일을 결코 포기하지 못했기 때문이다. 이러한 불만들이 이기적이거나 비소한 것은 아니다. 관료정치와 상업주의와 고리대금업은 실제적인 해악이었으며, 파운드는 정당하게 그것들에 저항했던 것이다. 그러나 그의 저항의 근거들은 항상 개인적이었으며, 정치·윤리·경제생활의 실제에 요청되는 미세한 변별을 불가능하게 할 정도로 정서적이었다."[13] 이러한 지적처럼 파운드는 파시즘을 '정서적으로' 공감한 것이다. 그는 개인주의적인 탐미주의를 무매개적으로 윤리적이고 사회적이며 정치적인 데 연결함으로써 파시즘에 대한 오해 속에서 파시즘을 찬양하는 오류를 낳는다. 파시즘의 폭압적 실체를 보지 못한 그는 유기적 질서가 분열된 문명을 극복할 것이라는 전체주의에 매달린 것이다. 서구문명의 혼란에 대한 파운드의 대안으로 유교가 수용된 것은 미학과 파시즘의 결합에 있어 시사하는 바 크다. 그에게 유교철학은 전체주의로 오독됨으로써 새로운 질서관을 정립하는 데 원용된다. 유교의 유기적 자연관은 연속성의 원리를 바탕으로 하는 전체론이다. 하지만 파운드의 전체주의는 심미적이자 정치적인 기하학적 질서관을 반영할 따름이다.

시와 파시즘의 관계는 릴케와 벤과 파운드에게서 보듯이 서구 근대에 대한 회의주의를 미학적으로 대응하는 과정에서 나타난다. 실제 1차 세계대전 이후 문명에 대한 반란은 대단히 광범한 것이었다. 미첼 폴라니가 지적하듯이 이러한 회의주의적 양상은 두 가지 양상으로 나타났다. 그 하나는 극도의 개인주의이고 다른 하나는 이와 정반대의 전체주의이다. 그런데 서로 대극적인 두 양상은 극단에서 만난다. 윤리적 완벽성에

---

13. 미하일 함부르거, 앞의 책, 155쪽.

대한 믿음과 윤리적 동기에 대한 완전한 부정이 동시에 수행되는 가운데 도덕적 전도가 일어나며 회의주의와 완전주의가 만나는 지점에서 전체주의를 낳는다.[14] 그런데 이러한 전체주의에의 선택은 미래지향적인 모더니티의 진정한 속성을 왜곡한다. 소위 '반동적 모더니즘'이 탄생하는 것이다. 파시즘은 근대성에 대한 헌신과 신화화된 과거에 대한 헌신을 동시에 표현하므로 근대적인 동시에 반동적이고, 보수혁명 전통의 절정으로서 반동적 모더니즘의 형태를 취한다. 이러한 반동적 모더니즘은 마크 네오클레우스에 의하면 두 가지 점에서 근대적이다.[15] 그 하나는 기술적 근대화이고 다른 하나는 주제 면에서 근대적이다. 반동적 모더니즘의 기술에 대한 애착은 마리네티의 미래파가 말하듯 매우 크다. 기술은 기계로 표현되며 공격성과 폭력 그리고 필연적인 전쟁에서 최종적인 의미를 획득한다. 주제적인 면에서 반동적 모더니즘은 창의적 정신의 해방, 이성에 대한 의지의 승리, 제한적이며 지루한 부르주아 세계의 초월, 공포와 폭력에 대한 매혹, 진정한 자아를 찾는 데 참여하고 헌신하는 행위를 찬양하는 것 등이다. 이러한 반동적 모더니즘은 발터 벤야민이 말한 '정치의 심미화'로 연결된다.

현대인의 점진적인 프롤레타리아트화와 대중의 점진적인 형성은 동일한 사건의 양면이다. 파시즘은 새로이 생겨난 프롤레타리아트화한 대중을 조직하려 하고 있다. 그러면서도 대중이 폐지하고자 하는 소유관계는 조금도 건드리지 않고 있다. 파시즘은 대중으로 하여금 그들의 권리를 찾게 함으로써가 아니라 그들의 의사를 표시하게 함으로써 구원책을 찾고자 한다. 대중은 소유관계의 변화를 요구할 권리가 있지만 파시즘은 소유관계를 그대로 보존함으로써 그들에게 그럴 듯한 하나의 명

---

14. 미하일 함부르거, 위의 책, 113~114쪽.
15. 마크 네오클레우스, 정준영 역, 『파시즘』, 이후, 2002, 141쪽.

목을 제시하고 있다. 파시즘이 정치의 예술화로 치닫게 되는 것은 당연한 역사적 귀결이다. 지도자의 숭배라는 명목으로 모욕과 수모를 강요당하는 대중의 강간은, 종교의식적 가치를 만들어내기 위해 봉사를 강요당하는 강간과 쌍벽을 이룬다.[16]

파시즘이 반동적인 것은 대중의 혁명적 욕구를 전환시켜 사회의 소유관계를 그대로 보존하는 정치적 우익의 운동이기 때문이다. 반동적 모더니즘은 민족주의 안에서 마르크스주의와 자본주의를 넘어서는 사회 형태를 상정한다. 그리고 이러한 사회 형태는 대중적 수준에서 정서적 동원의 토대가 된다. 기술은 파시즘적 근대성의 주된 내용을 형성한다. 파시즘의 대중 동원은 바로 이러한 기술에서 가능하다. 그런데 여기서 파시즘이 추구한 모더니티의 양면성이 제기된다. 파시즘은 한편으로 근대적 기술의 발전을 추구하면서 다른 한편으로 반근대적 신화를 찬양한다. 그러나 기술과 신화는 모두 미래에 대한 염원으로 결합한다.

4. 파시즘의 미의식

예술과 파시즘이 만나는 것은 마리네티의 미래파와 이탈리아 파시즘의 만남에서 보듯이 결코 우연적인 것은 아니다. 이들은 모두 새로운 모더니티에 대한 대응방식이다. 이들은 한편으로 산업화되고 기계화된 모더니티라는 새로운 정치적 사회적 현상에 대한 대응이고 다른 한편으로 그러한 모더니티의 결과 등장하게 된 대중들을 적극적으로 동원하려고 했다는 점에서 태생적 공통성을 갖는다.[17] 미래파와 파시즘은 기술적 근대화를 추구하면서 기술의 발전과 기계를 예찬한다. 그러나 이들은 기존 모더니티가 지향한 합리주의, 자유주의, 개인주의 등을 거부한다. 파시

---

16. 발터 벤야민, 반성완 역, 『발터 벤야민의 문예이론』, 민음사, 1983, 229쪽.
17. 신혜경, 「미래주의와 파시즘의 관계」, 『미학』 33집, 2002, 150쪽.

즘은 부르주아의 개인주의적이고 합리주의적인 가치들을 당시의 문제의 원천으로 본 것이다. 미래파가 반동적 모더니즘인 것은 벤야민이 말하듯 계급 투쟁이라는 역사적 유물론을 방기하고 기술과 기계의 형상을 예찬한 데 있다. 여기서 기계의 형상이 파시즘의 전체주의적 원리임은 주지하는 바다. 이러한 미래파의 반동적 모더니즘은 마리네티의 미래파 선언문에서 보이는 전쟁미학으로 귀착된다. 발터 벤야민에 의하면 전쟁미학의 원리는 "생산력의 자연스러운 이용이 소유질서에 의해 저지당할 때는 기술적 수단과 속도 및 에너지 자원의 증대는 불가피하게 생산력의 부자연스러운 이용으로 치닫는 수밖에 없을 것이고, 또 이러한 필연성의 마지막 출구가 전쟁"[18]이라는 데 비롯한다.

사회 정치적 경험이 부족한 시인에게 파시즘과의 만남은 기회주의적인 현상으로도 나타났을 것이다. 그렇지만 시적 모더니티를 추구하는 과정에서 파시즘은 매혹적인 운동으로 비쳤을 가능성은 크다. 무엇보다 1차대전 이후의 회의주의적인 상황에서 모더니티의 새로운 돌파구를 열어갈 필요성이 높았기 때문이다. 문제는 이러한 모더니티 추구의 왜곡에서 나타난다. 왜곡된 모더니티는 낭만주의적 탐미주의에서 가장 잘 드러난다. 미적인 완전주의, 원시주의, 자연주의 등은 미적인 것과 현실적인 질서를 등치시킨다. 이들은 미적인 완벽함을 기반하거나 신화적 과거의 전망에 기대거나 자연의 유기체적 질서에 근거하여 현존 사회의 급진적인 변화를 요구하거나 그 흐름과 일체화한다. 이럴 때 시인들의 미학적 요구는 파시즘이 필요로 하는 모더니티의 동학이 되어 대중을 반동적 기치 아래 결집시키는 데 활용된다. 많은 시인들이 이러한 파시즘의 모더니티—가짜 진보의 논리에 편승한 것이다.

파시즘과 미학이 만나는 방식은 다양하다. 이는 파시즘과 근대성의

---

18. 발터 벤야민, 앞의 책, 230쪽.

모호한 관계와 파시즘이 이념의 진정성을 전제하지 않은 정치운동이라는 데 기인한다. 파시즘은 친화력이 강하고 어떠한 사조와도 결합할 수 있는 '문어발 이념'이다. 군국주의, 기술관료제, 전원 예찬주의, 제국주의, 신고전주의, 아방가르드 예술, 생디칼리슴, 국가사회주의, 신낭만주의, 정치화된 기독교, 이교주의, 신비주의, 생태주의, 반유대주의, 사회진화론 등은 파시즘이 결탁했던 사상과 운동들의 목록들이다.19 따라서 특별히 파시즘 미학이라고 정해진 것 또한 없다. 김진석의 지적처럼 파시즘적 권력에 협력하면서 삼투하는 미학은 꼭 유일하게 근대적인 모습을 띠는 것은 아니고 여러 모습을 띤다. 모더니즘의 모습을 띠기도 하고, 근대에 대한 비판의 모습을 띠기도 하고, 낭만주의의 형태를 가지기도 하고, 미래파의 형태를 띠기도 한다. 고전주의로 나타나기도 하고, 복고주의로 나타나기도 한다.20

서구 제국의 문화가 그 근원에 있어서는 조금씩이라도 모두 희랍 로마문화의 혜택에서 출발하는 것처럼, 동양의 정신문화라는 것은 그 전부가 근저에 있어서 한자를 중심으로 하는 일환의 문화를 운위하는 것임은 두 말할 필요도 없다. 동아공영권이란 또 좋은 술어가 생긴 것이라고 나는 내심 감복하고 있다. 동양에 살면서도 근세에 들어 문학자의 대부분은 눈을 동양에 두지 않았다. 몇몇 동양학자들이 따로 있어 자기들이 일상 사용하는 한자의 낡은 문헌들을 자의적으로 해석해 내는 정도에 그쳤었다. 시인은 모름지기 이 기회에 부족한 실력대로로 좋으니 먼저 중국의 고전에서 비롯하여 황국의 전적들과 반도 옛것들을 고루 섭렵하는 총명을 가져야 할 것이다.21

19. 조효제, 「머리말」, 팩스턴, 앞의 책, 13쪽.
20. 김진석, 「초월적 서정주의에 스민 파시즘적 탐미주의」, 『주례사비평을 넘어서』, 한국출판마케팅연구소, 2002, 254쪽.

인용에서 서정주는 동양주의와 일제의 동아공영권 이념을 등치시킨다. 여기서 동양주의는 서구 근대의 초극이라는 명제와 맞물리는 이념이다. 이 지점에서 그는 근대화와 근대 초극의 갈등을 접고 서양문명에 대한 일본 중심의 대응에 동참하게 되는 것이다. 이 또한 서정주의 탐미적 서정주의가 파시즘의 반동적 모더니즘의 한 양상으로 나타나는 과정이다. 마침내 1944년 「마쓰이 오장 송가松井 伍長 頌歌」를 발표함으로써 전사戰死를 미화하는 파시즘적 미의식에 도달하는 것이다. "우리의 동포들이 밤과 낮으로/정성껏 만들어 보낸 비행기 한 채에/그대, 몸을 실어 날았다 간 내리는 곳/소리 있이 벌이는 고흔 꽃처럼/오히려 기쁜 몸짓 하며 내리는 곳/쪼각쪼각 부서지는 산더미 같은 미국 군함!" 일제는 사쿠라꽃의 시각적인 미적 가치를 '야마토 다마시이大和魂'라는 개념에 이입시키는데 서정주 또한 이 시의 한 구절이 말하듯 이러한 사쿠라꽃의 미의식을 적극적으로 체득하고 전파하고 있다. 오오누키 에미코는 사쿠라꽃의 미적 가치를 특공대 작전에 이용한 과정을 실증적으로 분석한 바 있다. 그에 의하면 사쿠라꽃의 상징은 "천황, 즉 일본을 위해 져라"는 의미로 '자연화'되는 과정을 보인다.[22] 서정주의 시에서의 '고흔 꽃' 또한 이러한 사쿠라꽃에 다름없을 것이다.

---

21. 서정주, 김병걸 외 편, 「시의 이야기—주로 국민시가에 대하여」, 『친일 문학작품선집 2』, 실천문학사, 1986, 289~290쪽.
22. 오오누키 에미코, 『사쿠라가 지다 젊음도 지다』, 이향철 역, 모멘토, 2004, 37쪽.

일제 말기 문학인들의 대일 협력 유형과 의미

방 민 호

1. 문제 제기

최근 들어 일제 말기 문학에 대한 연구가 활발해지면서 이 시기의 작가들과 작품들이 집중적인 조명을 받게 되었다. 이경훈 교수의 『이광수의 친일문학론』(태학사, 1998), 김윤식 교수의 『일제말기 한국 작가의 일본어 글쓰기론』(서울대출판부, 2003), 김재용 교수의 『협력과 저항』(소명출판, 2004), 한수영 교수의 『친일문학의 재인식』(소명출판, 2005), 윤대석 교수의 『식민지 국민문학론』(역락, 2006) 등은 이러한 흐름을 보여주는 주요 저작들이다.

　이러한 연구 흐름은 1990년대까지의 문학사 연구에서 상대적으로 소외되었던 작가와 작품에 관심을 표명함으로써 문학사의 용적을 넓히면서 일제 말기 문학사를 새롭게 인식할 수 있도록 해준다. 이 시대의 작가와 작품에 투영되어 있는 식민주의적 논리에 대한 고찰은 식민지 시대 한국문학 전체에 대한 발본적 재평가를 촉진하는 측면이 있다. 식민지 시대를 대표하는 고전적인 작가로 평가되었던 문학인들의 대일협력적인 문필활동 양상은 연구자들에게 문학적 아우라의 외관을 헤쳐 실상을 냉철하게 볼 것을 요구한다. 또한 체제와 문학, 당대의 사회정치적 양상과 문학의 관계에 대한 엄정한 이해의 필요성을 의식하도록 한다.

반면에 일제 말기 문학에 대한 최근 연구들이 대일협력적인 태도를 취한 작가와 작품에 관심을 집중하면서 당대의 문학사에 대한 총합적, 균형적 이해를 가로막는 부정적 효과를 야기하기도 했다. 일제 말기에 국민문학론을 선도했거나 이에 적극적으로 공명한 문학인들의 내면세계를 적극적으로, 심각한 것으로 분석하는 경향은 천황제 파시즘에 저항하면서 체제 협력 대신에 절필과 침묵의 길을 선택했던 문학인들의 면모를 상대적으로 왜소화시킬 수 있다. 국민문학론과 그 창작적 산물들을 협력과 저항의 양가성이라는, 이러한 문제에 직접 적용하기에는 적절하지 않은 관계 개념으로 분석·평가하게 되면, 천황제 파시즘에 대해 자신의 문학적 생명을 건 대립을 선택했던 문학인들의 저항은 일제 말기 문학사라는 무대의 전면에서 소실되어 버릴 위험성이 있다.

한국현대문학 연구자들은 이러한 저항 문학인들의 '보이지 않은' 문학적 실천을 분석하고 평가할 수 있는 설득력 있는 방법론을 아직까지 제대로 고안해내지 못했다. 일제하 검열 메커니즘과 이에 대한 문학인들의 대응방식에 대한 연구가 활발히 전개되고는 있으나 이것은 우리가 필요로 하는 연구방법의 일부를 대표할 수 있을 뿐이다. 현재 국문학계는 일본화한 포스트콜로니얼리즘론이나 오리엔탈리즘론을 적극적으로 수용하고 있고, 호미 바바나 에드워드 사이드 같은 유럽적, 미국적 담론들에 대해서 지극히 우호적인 태도를 취하고 있다. 그러나 이 방법론들에 대한 성찰이 없는 무비판적 수용이나 적용은 일제하 한국문학의 참된 고민을 오히려 가로막기 쉽다.

일제 말기 체제는 천황제 파시즘, 곧 일본적 형태의 전체주의 메커니즘이었다. 전체주의는 사회문화적인 제반 영역을 국가주의적으로 재조직해 나가는 메커니즘이다. 이 속에서 지식인들은 국가주의적 실천을 위한 담론 생산 주체로 호명된다. 그러나 어떤 사회정치적 메커니즘도 그 구성원들을 완전히, 지속적으로 체제 내화할 수는 없다. 사회구조는 사회적 행위자들의 사유 및 실천의 조건으로 작용하지만 반면에 그들은 구조적 한계를 딛고 새로운 가능성을 향해 비월해 나가기도 한다. 천황제 파시즘 및 국민문학론에 공명하지 않는 문학적 실천이 제약당하고 봉쇄당한 체제적 조건에서일지언정 이것에 도전한 어떤 독특한 적응 및 대응 기제들이 새롭게 나타났으며 어떤 위반의 모험이 시도되었는지 면밀히 고찰해 나가야 한다.

전체주의의 시대에 진정한 문학은 체제적 이데올로기를 생산하거나 이에 공명하는 담론들, 작품들의 '외부'에 존재한다고 말해야 할 것이다. 어떤 전체주의 체제에서든 그것에 공명한 문학들은 정치적일 뿐만 아니라 정치주의적이다. 거기에는 정치적 함축 이상을 넘어서는 인간적 의미가 결핍되어 있다. 일제 말기의 국민문학론은 정치주의적 담론이었으며 이에 공명한 작가와 작품들은 직접적인 정치주의적 의미를 구성한다. 이러한 작가와 작품들의 '외부'에 대한 고찰이나 분석, 평가가 없는 전체주의 시대 문학사는 아무리 정밀하고 풍부하게 구성된다 해도 근본적으로는 빈곤과 허위의 연대기에 지나지 않게 된다. 한국 현대문학 연구자들은 이 '외부'에 대한 고찰 없이는 일제 말기 문학사를 총괄적으로 바라볼 수 없으며 일제 말기 문학사에 대한 균형 잡힌 시각을 획득할 수도 없다.

일제 말기의 국민문학론과 그 창작적 산물을 전이translation 및 교섭negotiation을 핵심적 범주로 삼는 호미 바바의 이론적 맥락에서, 즉 식민지 문화의 혼종적 정체성 형성의 측면에서 접근해 볼 수 있는 가능성이 아예 없다고는 말할 수는 없을 것이다. 그러나 이때 각별히 경계해야 할 것은 호미 바바의 탈식민주의론에 내포된 근본적 난점이다. 이 이론은 모든 식민 및 피식민 담론을 양가적이고 혼종적이라는 점에서 저항적이라고 추단한다. 그러나 이것은 앞에서 말한 '외부'의 존재, 실질적인 저항 담론의 존재를 간과하거나 식민지 체제의 메커니즘에서 '벗어난' 운동을 설명하지 못한다.[1] 모방, 양가성, 혼종성 같은 호미 바바의 개념들은 일제 말기 문학작품을 분석하는 데 상당한 영감을 제공한다. 그러나 그의 이론은 천황제 파시즘 논리에 적극적으로 동조한 국민문학론의 의미를 적극적으로 평가하는 쪽으로 직접 활용되어서는 안 된다. 이러한 방향은 호미 바바의 이론적 약점을 뚜렷하게 드러내면서 작가와 작품에 대한 오도된 평가를 낳기 쉽다. 그의 양가성ambivalence 개념은 체제에 비판적인 글쓰기를 위한 분석도구로 사용될 때 비로소 그 이론적 약점에도 불구하고 일종의 해방적 담론으로 기능할 수 있는데, 이를 위해서는 섬세한 이론적 적용과 변형이 요구된다. 그렇지 못할 경우, 그의 이론은 국민문학론을 선도하거나 능동적으로 추종한 사람들을 위해 쓰이게 됨으로써 '약하고' 유해한 것으로 변질되기 쉽다. 뿐만 아니라 국민문학론 및 그 작가와 작품들에 대한 편향적 관심은 문학사적으로 의미 있는 것과 그렇지 못한 것을 준별하는 데 장애로 작용하는 측면도 있다. 전체주의의 시대 공간은 문학적 재능이나 역량보다 정치적 의식과 후각이 발달한 문학인들을 위한 훌륭한 서식처였다. 이러한 토양에서 배태된 정치주의적 문학에 대한 과대평가나 과도한 의미 부여는 한국현대문학사 연구의 방향 감각의 상실로 연결될 수 있는 소지가 있다. 또한 국민문학론의 맥락에서 '생산된' 일본어 소설들에 대한 과도한 의미부여는 오늘날 한국 현대문학이 근본적으로 한국어 문학이라는 사실에 비추어볼 때 바람직하지 않다. 김사량이나 장혁주의 소설은 근본적으로 일본어 문학인 일본 현대문학사

---

1. 피터 차일즈·패트릭 윌리엄스, 『탈식민주의 이론 *An Introduction to Post~colonial Theory*』, 김문환 역, 문예출판사, 2004, 297~298쪽, 참조.

의 한 국면을 형성하기도 한다는 사실을 간과해서는 안 된다.

그럼에도 불구하고 일제 말기 문학인들의 대일협력 과정은, 첫째 그것이 한국 현대문학사가 내장하고 있는 '고유한' 연구 주제라는 점, 둘째 사회 체제와 문학, 정치와 문학이라는 차원 높은 연구를 가능케 하는 영역이라는 점, 셋째 한국현대 작가들을 전면적으로 깊이 연구하고자 할 때 전혀 회피할 수 없는 실체적 현상이라는 점 등의 이유에서 결코 경시되어서는 안 될 의미와 가치를 지니고 있다. 이 점에서 이에 관한 연구는 어떤 나쁜 선입견에 의해서 재단되거나 부정되지 말아야 한다.

이 글은 '친일문학', '친일문학론' 등으로 불려온 일제 말기 문학인들의 대일협력 과정을 분석, 검토하기 위한 시각과 방법론에 대해 고찰하고자 한 것이다. 이는 '친일문학'의 개념과 유형에 대한 검토를 바탕으로 현재의 연구 수준에서 논쟁적인 의미를 가진 작가들에 대한 유형적 고찰을 시도하면서, 특히 저항과 협력의 틈새에서 고민한 작가들의 의미를 부각시키는 방향으로 나아가는 순서를 밟게 될 것이다.

2. 임종국의 『친일문학론』과 '친일문학' 개념

'친일문학'에 관한 연구는 임종국의 『친일문학론』(평화출판사, 1966)에서 비롯되었다고 해도 과언이 아니다. 이 책에서 그는 '친일문학'이란 "주체적 조건을 상실한 맹목적 사대주의적인 일본 예찬과 추종을 내용으로 하는 문학"이라고 정의하고 "그 양상과 본질, 이념과 활동 양상 등의 전부를 규명"하고자 했다.[2] 그는 정치적 사회적 배경 및 문화 기구들, 단체 및 단체적 활동에 대한 상세한 고찰에 이어 김동인에서 최정희와 신인 작가들에 이르는 방대한 고찰을 행한 후 결론에 이르러 다시 한 번 '친일문학'을 개념화한다. 그에 따르면 '친일문학'이란 "일치 말엽의 국민문학을 위시로

---

2. 임종국, 『친일문학론』, 평화출판사, 1988, 15쪽.

그와 인접하는 문학, 즉 전쟁문학 애국문학 결전문학 등"이다. 그는 자신의 『친일문학론』이 그 "배경과 이론, 작품 현상과 소재, 그리고 그를 실현하기 위한 작가들의 현실 참여의 양상 등을 개술"한 것이라고 한다.[3]

임종국의 연구는 이 저작이 발간될 무렵의 시대적 여건에 비추어볼 때 사회적으로나 학문적, 문단적으로 소외될 수 있다는 위험을 무릅쓰고 '친일문학'을 한국 현대문학의 연구 분야로 이끌어 올린 것이다. 이 점은 아주 높게 평가되어야 한다. 또한 그 광범위한 대상과 실증적 고찰 면에서 아직까지 이 연구를 능가할 만한 수준을 보여준 연구는 없으며, 이 점 역시 명확히 부각되어야 한다. 그의 저서가 보여주는 여러 한계, 특히 시각의 한계는 그가 시도하고 이룩한 것을 긍정한 바탕 위에서 조명되어야 한다. 그럼에도 그는 『친일문학론』의 방대한 연구를 뒷받침하는 '친일문학'에 대해서 쉽게 납득하기 어려운 모순적 태도를 보이고 있었다.

(…) 우리는 몇 가지 주목할 만한 점을 발견할 수 있으니 그 하나가 국가주의 문학이론을 주장했다는 사실이다. 생각건대, 인간은 개성적 사회적 동물인 동시에 국가적 동물이다. 그런 이상 국가 관념은 문학에서 개성 및 사회의식과 마찬가지로 강조되어야 할 것이 아닌가? 그럼에도 불구하고 문학은 장구한 동안 국가를 망각해 왔다. 비록 그들이 섬긴 조국이 일본국이었지만, 문학에 국가관념을 도입했다는 사실만은 이론 자체로 볼 때 주목해야 할 점일 것이다.[4]

위의 인용문이 보여주듯이 그는 '친일문학'의 국가주의를 옹호했을 뿐만 아니라 동양에의 복귀나 동양 고유의 이데올로기적 가치를 강조하는 국민문학론의 주장들, 자유주의적 서구문명에 대한 비판들, 문학을 대

3. 위의 책, 457쪽.
4. 위의 책, 468쪽.

중 동원의 수단으로 삼은 것 등에 대해서도 명확한 거리를 두지 못했다. 오히려 그는 국민문학론의 존재로 인해 조선 민중에 대한 일제의 탄압이 다소나마 경감되었을 것이라고 추단하기까지 하는 등 체계적인 사고를 개진한 것과는 거리가 멀었다.[5] 국민문학론의 핵심 범주인 국가주의 이데올로기를 긍정하고 천황제 파시즘이 내건 동양주의 담론의 허구성을 논파하지 못하면서 '친일문학'을 효과적으로 비판할 수는 없을 것이다. 이는 비판을 위한 논리적 거점의 상실을 의미하기 때문이다.

임종국의 『친일문학론』에 나타난 '친일' 개념에 대한 비판적 검토는 비교적 근년에 이르러서야 국사학계 쪽에서 먼저 이루어지기 시작했다. 윤해동 교수는 임종국의 '친일문학' 개념이 막연한 민족주의 감정에 기반을 두고 있을 뿐 아니라, 여타의 시기에 나타난 '친일' 문제들과 변별될 만한 고유한 역사성을 해명할 수 없다고 주장했다. 그는 '친일' 대신에 '협력'이라는 새로운 개념에 입각한 분석을 제안했다.

(…) 일제의 동화정책이 추진되는 가운데서 일제는 한국인 협력체제 구축을 다면적으로 시도하는데 이에 따라 한국인의 협력이 구조화하고 일상화한다. 이를 구조적 협력 또는 일상적 협력이라고 할 수 있을 터인데, 역으로 협력체제가 구조화하고 일상화한다는 것은, 어디까지나 완전한 의미에서의 동화체제가 구축되지 않는다면 오히려 다양한 형식의 저항이 구조화하고 일상화한다는 것을 의미하는 것이기도 하다. 지배체제에 동조하는 양태와 그 지배를 내면화하는 양태는 차이가 있기 때문에 구조화된 협력을 구조화된 저항으로부터 완전히 단절시켜 버릴 수는 없다. (…) 이렇게 본다면 한국의 피지배 민중들은, 끊임없이 동요하면서 협력하고 저항하는 양면적인 모습을 보이고 있었던 것은 아닐까?[6]

---

5. 위의 책, 같은 쪽.

그는 저항과 '친일'의 이분법이 저항의 범위를 좁히는 부당한 효과를 낳게 되며, 저항과 '친일'을 직접 대응시키는 것 또한 이 시대 정치사에 대한 이해 결핍을 초래한다고 주장했다. 이러한 견해는 타당한 면이 있다. 그러나 구조화된 일상적 협력이 곧 저항의 구조화 및 일상화를 수반한다고 본 것은 사실과 거리가 먼 해석일 것이다. 협력이 완전한 동화(또는 동일화)를 결과하지 않는다고 해서 반드시 저항까지 수반한다는 법은 없기 때문이다. 완전한 동화의 불가능성을 지적하는 뜻에서라면 모를까 '협력'과 저항의 양립성 또는 동시 성립을 주장하면서 이때의 '협력'을 '친일'을 대체할 수 있는 개념으로 보는 것은 원리적인 면에서나 실제적인 면에서 타당해 보이지 않는다.

윤해동 교수와는 다른 논지에서, '협력'이라는 용어는 일제 말기 문학인들의 체제 동조 현상을 객관적으로 표현해 줄 수 있다는 점에서 '친일'이라는 용어에 비해 많은 장점을 가지고 있는 것 같다. 즉 협력은 일제 말기의 문학인들이 보여준 체제 동조 현상을, 그것이 불가항력적인 굴종이나 타협에 의한 것이든 신념과 논리에 따른 것이든, 정치적 효과의 차원에서 분석할 수 있게 해주는 이점이 있다. 어의語義 면에서도 협력이라는 말은 막연히 일본을 지지하고 추수한다는 뜻을 내포하는 '친일'이라는 말에 비해 체제에 대한 문학인들의 협조 행위를 구체적으로 지시하고 또 그것에 정치적 해석을 가할 수 있도록 해준다. 이때 이렇게 하나의 정치적 현상으로 나타나는 문학인들의 협력 행위가 어떤 내면적 동기나 논리를 수반하는가 하는 문제, 즉 가치론적 차원의 질문은 여전히 남아 있게 된다. 이러한 측면에 대한 검토야말로 문학 연구의 본격적인 대상이라 하지 않을 수 없다.

일제 말기 문학인들에 관해 지속적인 관심을 기울여온 연구자 김재용 교수 역시 그의 저서에서 저항과 협력에 대한 새로운 개념화를 시도한 바

---

6. 윤해동, 『식민지의 회색지대』, 역사비평사, 2003, 34~35쪽.

있다. 그는 "비협력 저항"[7]이라는 용어를 사용한데서 알 수 있듯이 협력의 저항적 측면을 강조한 윤해동 교수와 달리 협력과 저항의 상호 배타적 성립 가능성을 주장한다. 이러한 견해는 천황제 파시즘에 저항하고자 했던 문학인들의 의미와 가치를 부각시키면서, 그것에 협력한 문학인들의 저항적 측면을 과대평가하는 연구를 비판적으로 조명할 수 있게 한다.[8] 그런데 김재용 교수는 저항과 협력이라는 말을 '친일문학'이라는 말과 혼용하면서 이 말을 "자발성"이라는 가치론적 측면에 단단히 결부시키고자 했다.

> 자발성을 띤 경우에만 친일문학이라고 할 수 있고 거기에는 항상 내적 논리가 있다는 필자의 견해는 이전의 친일문학 연구자의 그것과 다른 핵심적인 대목이라 할 수 있다. 흔히 친일문학을 이야기하면서 친일을 단순히 자신의 재산과 지위를 얻고 유지하기 위하여 행한 것으로 보거나 혹은 외부의 압력에 굴하여 지조를 꺾은 것 정도로 간주하기 쉬운데, 이러한 틀로는 친일문학을 제대로 해명할 수 없다는 것이 필자의 오랜 생각이다.[9]

위의 인용문이 보여주듯이 '친일문학'을 "내적 논리", 즉 자발적인 논리 및 신념과 단단히 결부시키게 되면 이것은 천황제 파시즘이 근본적으로 폭력적인 체제라는 사실을 간과하게 되는, 의도하지 않은 결과에 직면하게 되는 것이 아닐까? 앞에서도 말했듯이 파시즘은 일종의 호명 및 동원 메커니즘이다. 이것은 동의에 의한 헤게모니적 지배보다 직접적인 폭력적 지배에 의존하는 면이 크다. 이러한 체제에서 행해지는 체제 협력의 도

---

7. 김재용, 『협력과 저항』, 소명출판, 2004, 16쪽.
8. 윤해동 교수의 협력과 저항의 양가성 개념을 수용하거나 그러한 논리와 상호 공명하면서 협력 행위에 저항적 의미를 자동적으로 부여하고 그 내면적 고뇌를 높게 평가하고자 하는 시각이 현재 일제 말기 문학 연구의 중요한 한 축을 형성하고 있다.
9. 김재용, 앞의 책, 95쪽.

출 과정은 "자발성"이 '친일'의 불가분리한 근거로 작용할 수만은 없음을 시사한다. 이러한 사실은 역설적으로 김재용 교수 자신의 일부 견해에 의해서 뒷받침 되는 것 같다.

중일전쟁 이후에는 일제의 강요가 외적으로 강고하게 이루어지고 있던 상태이다. 어떤 것을 금지하는 것이 아니고 이러이러한 것을 쓰라고 요구하던 시대였다. (…) 이에 순응하지 않았을 때에는 가혹한 탄압을 하였다. 이런 상황이기 때문에 이 시대를 산 작가들은 글을 쓰는 경우 어떤 방식으로든지 이러한 외적 강요로부터 자유롭지 못하였다. 그렇기 때문에 이 시기에는 망명을 하거나 혹은 시골에 묻혀 절필을 하지 않는 한, 시대적 색채가 작품에 묻어날 수밖에 없다.[10]

위의 인용문은 대일 협력이 일반적으로 자발성에 입각하지만은 않음을 보여준다. '친일'을 자발성이라는 가치론적 분석과 불가분리하게 결부시키는 것은 그 자신의 협력 개념을 자승자박하는 효과를 낳게 되는 것이 아닐까 한다.

윤해동 교수와 김재용 교수의 논리적 난점은 '협력'을 일제 말기 문학인들의 체제 동조 현상을 객관적으로 설명해 주는 용어로써 간주하되 이것을 저항과 결부시키지 않는 독자적인 것으로 설정함으로써 해결될 수 있을 것이다. 협력은 저항과 자동적으로 결부되어 있지 않으며, 또한 '자발성'과 불가분리한 것도 아니다. 일제 말기 문학인들의 대일 협력은 천황제 파시즘이라는 폭력적 체제에 직면한 문학인들의 체제 동조를 표현해 주는 객관적 용어가 되어야 한다. 이러한 협력의 가치론적 측면, 즉 협력 행위를 수행한 문학인들의 내면적 상황에 대한 분석과 평가는 별도

10. 위의 책, 50~51쪽.

의 심층적 논의를 요구한다. 그러나 이것이야말로 문학 연구가 지향해야
할 대상이다. 이에 따라 정치적 협력의 문학적 의미와 성격이 결과적으로
달라지기 때문이다.

3. 일제말기 대일 협력과 유형 분석 문제

일제 말기 대일협력 문학에 대한 유형화를 가장 먼저 시도한 것은 역시
임종국이었다. 그는 『친일문학론』에서 '친일문학'을 그 동기 및 원인을
중심으로 몇 개의 유형으로 준별하고자 했다. 첫 번째는 신념에 따른 것
으로 이광수가 이에 해당한다. 이 외에 그는 '친일'의 동기를 체제의 폭력
에 따른 경우, 시대적 유행을 추수해 나간 경우, 명예욕 및 출세욕에 따른
경우, 전시정책 이전에 이미 그 면모를 보여준 경우, 양심과 달리 주변의
강권에 못 이긴 경우 등으로 유형화했다.[11]

김윤식 교수 역시 『한국근대문예비평사 연구』(일지사, 1974)에서 이광수
나 최재서 등의 일제말기 문학활동을 다루면서 신념이나 논리의 유무를
중심으로 그들의 대일협력을 유형화하고자 했다. 그의 독자적인 시각이
분명하게 나타난 것은 『일제 말기 한국작가의 일본어 글쓰기론』(서울대출
판부, 2003)에 이르러서다. 그는 '친일문학' 행위자들의 해방 이후 그 '수리'
과정에 관해서 "이광수처럼 자기변명에 나아가거나 최재서처럼 침묵하
거나 유진오처럼 아예 문학판을 떠나버리는 방식"[12] 등의 사례를 들면서
채만식을 문학적인 자기비판으로 나아간 희귀한 사례로 제시한다.

그러나 이 저서에서 그가 본격적으로 제기한 문제는 "어떻게 '친일문
학'을 규정할 것인가"[13]였다. 즉 그는 "일어로 작품을 쓴 경우를 통틀어
친일문학이라 할 것인가, '신체제'에 영합하는 것만을 지칭할 것인가"[14]라

---

11. 임종국, 앞의 책, 466~467쪽.
12. 김윤식, 『일제말기 한국작가의 일본어 글쓰기론』, 서울대출판부, 2003, 21쪽.
13. 위의 책, 47쪽.

는 물음을 중심에 놓고 이광수, 최재서, 유진오, 이효석, 김사량의 문학을 검토해 나갔다.

그는 유진오, 이효석, 김사량의 경우를 일본어 글쓰기의 제1형식으로, 이광수와 최재서의 경우를 각각 제2형식과 제3형식으로 분류했는데, 이러한 분석의 저변에는 일본어로 썼다는 것만으로는 '친일문학'이라고 볼 수 없다는 판단이 전제되어 있었다.[15] 그는 앞의 세 사람의 일본어 소설을 조선적 특수성에 매달린 경우(유진오), 조선문학 개념을 초월하여 심미적 모더니즘의 보편성을 지향한 경우(이효석), 조선의 생활, 문화, 인간을 일본과 세계에 알리기 위한 경우(김사량) 등으로 차별화했다. 그러면서 김윤식 교수는 이들 세 사람의 일본어 소설이 '친일문학'일 수는 없다고 하였다.

일어로 쓴 이들 창작은 과연 어디에 귀속될 수 있을 것인가라는 물음에 도달하지 않을 수 없는데, 성급히 말하면 이것들은 한국 근대 문학범주에 들 수 없다는 점이 지적될 수 있다. 그렇다면 일본 근대문학에 포함될 수 있을까. 속문주의에 따른다면 혹 그럴 가능성이 있을지 모를 일이다. (김사량의 작품 일부가 그러하다.) 그러나 일본 근대문학이 이를 거부한다면 어떻게 될까. 굳이 이런 과제를 모색한다면 J. 조이스의 『피네건의 밤샘』처럼 세계문학, 곧 문학 자체의 범주에 속하게 될지도 모를 일이다.[16]

반면에 제2형식의 일본어 글쓰기를 보여준 이광수는 창씨 개념 문제를 "'혼'의 과제"[17]로 보면서 일본명 글쓰기와 본명의 글쓰기, 가면의 글쓰기와 맨 얼굴의 글쓰기를 변주해 나간 경우에 해당하고, 제3형식의 최재서

---

14. 위의 책, 같은 쪽.
15. 위의 책, 51~52쪽. 여기서 그는 일제말기에 조선어로 창작한 이태준과 일본어로 창작한 김사량의 차이를 특수지향성과 보편지향성의 문제로 치환한다.
16. 위의 책, 151쪽.
17. 위의 책, 156쪽.

가 보여준 창씨개명 및 일본어 글쓰기는 그 자신이 본래 표방했던 서구적 지성을 포기하기 위한 논리에 불과한 측면이 있다고 보았다.

이러한 분석은 일본어 글쓰기와 '친일'의 관련성을 제기하면서 일본어로 쓰되 '친일문학'이 아닌 "세계문학, 곧 문학 자체의 범주"에 해당하는 작가들의 목록을 제시한다는 점에서 특기할 만하다. 그에 따르면 유진오, 이효석, 김사량이 바로 이러한 사람들이다. 그러나 일제 말기 총독부의 중요 국책 가운데 하나가 '국어 상용'이었다면 이들의 문학은 그 내용 및 주제가 직접적으로 '친일'을 표방하는 것처럼 보이지 않는다 해도 넓은 범주에서의 협력이라는 문제로부터 자유로울 수는 없는 것이 아닐까? 또 그렇다면 유진오, 이효석, 김사량의 일본어 창작물은 '친일'적 색채가 직접 드러나지 않는다 해서 곧 협력과 무관했다고 말할 수는 없을 것이다. 나아가 유진오나 이효석의 일본어 글쓰기에 나타난 주제나 내용들은 과연 천황제 파시즘 및 그 문학담론적 도구물이었던 국민문학론과 전혀 별 무관했다고 평가할 수 있는지도 의문스럽다. 이것은 여전히 검증되어야 할 문제로 남는다.

김재용 교수 역시 『협력과 저항』에서 김윤식 교수와는 다른 논리에서 "편협한 언어민족주의"[18]를 경계하면서 일본어로 글을 쓰면 무조건 '친일'이라고 하는 생각은 수정되어야 한다고 주장한다.[19] 그러나 김윤식 교수나 김재용 교수의 논리는 무엇보다 '친일'이라는 용어에 대한 불명료한 개념에 기초해 있다는 점에서 재고해 볼 여지가 있다. '친일' 대신에 일제 말기 대일협력이라는 준거를 중심으로 유진오, 이효석, 김사량의 문학 행위를 새롭게 평가해 보면 일본어 소설 창작 경향이라는 것도 역시 협력 쪽에 깊이 수렴되는 경우와 협력과 저항의 양가적 경향을 드러내는 경우로 유형화될 수 있다. 이 가운데 후자의 경향은 호미 바바가 『문화의

---

18. 김재용, 앞의 책, 51쪽.
19. 위의 책, 52쪽.

위치The Location of Culture』(1994)에서 그 가치를 폭넓게 주장한 것이지만, 한국 현대문학에서는 일제 말기에 이르러서야 이러한 양상이 하나둘씩 나타난다는 점에서 이론적 적용에 신중할 필요가 있다. 일제 말기의 '일본어 글쓰기'는 오랜 동안 서구의 지배를 받아온 나라들에서 일반적으로 제국 언어의 전유에 내포된 의미와 달리 식민주의적 인식의 심화를 문학적으로 반영하는 측면이 강하다. 서구 식민지들에서 제국의 언어를 전유하는 행위가 새로운 정체성을 획득하거나 구성하기 위한 수단이었다면 일제말기 한국문학에 나타난 '일본어 글쓰기'는 '이미' 획득되었거나 구성 중에 있는 민족적 정체성의 약화 내지 해체 효과를 수반한다. 정확히 말해서 그것은 조선적 에쓰니시티ethnicity를 일본적 로컬리티locality로 재규정하는 효과를 낳는다. 따라서 일본어로 쓴 것이 곧 직접적인 '친일' 메시지를 함축하지 않는다 해서 협력과 전혀 무관하다고 말할 수는 없다. 이러한 문제들은 일제 말기 문학인들의 대일협력 문제를 체계적으로 검토할 수 있는 방법적 근거가 새롭게 고안되어야 함을 말해준다.

일제 말기 문학인들의 대일협력 문제가 한국 현대문학 연구의 중요한 영역으로 자리매김하기 위해서는 이 문학현상 전체, 즉 동기, 전개 양상, 이후의 수리 과정을 하나의 전체로 다루려는 노력이 필요할 것이다.

먼저, 대일협력의 동기에 대한 분석은 임종국이나 김윤식 교수가 이미 시도했던 것처럼 논리와 신념이 수반된 협력과 그렇지 못한 협력으로 나누어 분석해 볼 수 있을 것이다. 김윤식 교수는 이광수와 최재서를 비교하면서 이광수를 논리와 신념이 함께 수반된 경우로, 최재서는 논리의 결핍을 신념으로 벌충한 경우로 나누어 분석한 바 있다.[20] 여기에 논리나 신념이 뚜렷하지 못한 가운데 체제의 강압에 의해, 생활상의 요구에 의해, 그리고 사적인 입신출세 욕망에 따라 각기 대일협력으로 나아간 유형들

---

20. 김윤식, 『한국근대문예비평사 연구』, 일지사, 1976, 참조.

을 상정해 볼 수 있을 것이다. 그러나 이광수와 같은 신념형 협력이라 해도 깊이 들어가면 문제가 전혀 간단치 않다. 엄밀히 말하면 신념만으로 대일협력을 수행했다는 분석이나 평가는 전혀 상황에 부합하지 않는다고 보아야 할 것이다. 이광수만 해도 그가 대일 협력을 적극화한 과정은 수양동우회에 대한 탄압 등의 과정과 밀접하게 연관되어 있기 때문이다.

다음으로 대일협력의 전개 양상에 대해서도 유형화를 시도해 볼 수 있다. 여기서 먼저 무엇을 기준으로 할 것인가 하는 문제가 대두한다. 문학에서의 대일협력은 일차적으로 문필행위를 통한 협력인가 문필 외적 행위에 의한 협력인가를 준별해야 한다. 물론 이 두 양상은 중복되어 나타나는 경우가 대부분이다. 일제 말기를 살아간 문학인들은 창씨개명 같은 법적, 제도적 강압을 원천적으로 거부할 수 없었으며 동원 체제의 성격상 각종 단체행사, 위문방문, 현지답사 등을 통한 체제협력 행위를 자유롭게 회피하기도 어려웠음은 물론이다. 따라서 협력에서는 문필행위를 통한 협력이 무엇보다 중요한 문제로 부각된다.

그렇다면 문필행위를 통한 대일협력은 다시 어떻게 하위 유형화될 수 있는 것일까. 문필행위의 핵심은 문학작품이다. 따라서 작품 외적 협력과 작품을 통한 협력의 구분이 가능할 것이다. 나아가 후자는 다시 언어예술인 문학의 특성상 언어 매체의 종적 특성, 즉 조선어 문학작품을 통한 대일협력이나 일본어 문학작품을 통한 대일협력이냐가 지극히 중요한 문제로 대두된다. 물론 여기서 일본어 문학작품의 창작행위는 다시 그 양상에 따라 대일협력상의 다양한 질적, 양적 차이를 갖는 유형으로 세분화될 수 있다. 김윤식 교수가 『일제 말기 한국작가의 일본어 글쓰기론』에서 시도한 것은 바로 그러한 성격의 연구였을 것이다. 그러나 김윤식 교수의 연구를 비롯하여 일제 말기 일본어 소설에 대한 연구들은 대체로 신체제론과 국민문학론의 시대에 일본어가 독특하고도 복합적인 위계 형성 기능을 갖고 있었으며 이것이 문학인들에게 깊은 영향력을 행사했다는 점을 간과하거나 무시하는 경향이 있다. 그럼으로써 일본어 창작으로 나아간 작가들의 체제 협력적 성격 및 그에 수반되는 작가적 모럴의 문제를 외면하게 되는 결과가 발생한다.

한편 해방 이후 문학인들이 자신들의 대일협력 행위를 어떻게 처리해 나갔는가에 대해서도 유형화가 가능할 것이다. 천황제 파시즘에 협력했던 문학인들은 해방 이후 다양한 행적을 보여주었다. 역시 문학은 언어가 핵심적이므로 침묵 및 절필 유형과 작품을 통한 자기비판, 작품을 통한 변명의 유형 등으로 나누어 살펴볼 수 있을 것이다. 첫 번째 유형으로는 최재서, 두 번째 유형으로는 채만식, 세 번째 유형으로는 이광수가 각각 대표적이다. 최재서는 해방 이후 10년에 걸쳐 문학적으로 침묵을 지켰으며 채만식은 「민족의 죄인」(『백민』, 1948. 10~11)에 이어 「낙조」(『잘난 사람들』, 민중서관, 1948)를 쓰면서 자기비판으로 나아갔다. 반면에 이광수는 반민족 행위처벌법에 회부되는 과정에서 『나』(생활사, 1947~1948) 연작, 『나의 고백』(춘추사, 1948) 등을 발표하면서 문학적인 변명을 시도해 나갔다. 또한 김용제의 경우에는 해방 후 시집을 내고 번역활동을 하면서도 일제 말기의 대일협력 행위에는 침묵하다가 아주 오랜 시간이 지난 후에 「고백적 친일문학론」(『한국문학』, 1978. 8)이라는 독특한 형태의 변명을 시도했다.

한편으로 앞에서 설명한 유형들과 구별되는 또 하나의 독특한 유형으로서 일본에 아주 귀화해 버리거나 적어도 일본에서 조선으로 돌아오지 않은 문학인들을 꼽을 수 있다. 김문집이나 장혁주가 바로 여기에 해당하는 작가들인데, 이들은 일제 말기에 그들이 보여준 '친일'을 '귀일'의 형태로 '수리'한 것이라고 할 수 있다. 이러한 '귀일'이 과연 완결될 수 있는가 하는 문제는 흥미로운 관심사 가운데 하나가 될 수 있을 것이다.

4. 파시즘 체제 아래서 문학을 한다는 것

일제 말기에 대일협력적인 문필활동 경향이 시대적인 주류처럼 자리를 잡아나간 배경에는 권력에 의한 문학 통제가 가장 중요한 요인이었다는 사실에 유념할 필요가 있다. 아마도 그 시대의 작가들은 오늘의 우리가 상상할 수 있는 것보다 훨씬 심각한 폭력에 노출되어 있었으며 그만큼 깊은 두려움에 빠져 있었을 것이다. 1930년대 후반까지만 해도 현실 비판적인 태도를 뚜렷하게 견지하던 작가들이 1940년을 기점으로 신체제론에 동조하는 듯한 포즈를 취하면서 서둘러 전향해 나간 과정은 제국의 '변방'들에서 문학이 언제나 통치 권력의 가혹하고 삼엄한 통제 아래서 형성되어 나간 사실을 상기시킨다. 제국의 언어와 문학의 '이식'과 전개는 어디에서든 제국주의 권력의 폭력적이고 잔인한 통제 아래서 이루어졌다. 다음의 인용문은 음미해 볼 만한 가치가 있다.

> 피식민지 하에서 「문학」이라는 제도는 문학작품의 수용 가능한 형식을 공인하면서 그것의 출판과 유통 과정을 검문할 유일한 자격을 갖춘 제국주의 지배 계급의 직접적인 통제를 받는다. 그러므로 텍스트는 제한된 담론 내에서만 그리고 상이한 관점의 주장을 기각하거나 제한하는 후원자 제도 같은 제도적 관행 내에서만 존재할 수 있었다.[21]

일제 말기는 이러한 통제가 정점에 달한 시대였다. 이태준이 「패강랭」(『삼천리문학』, 1938. 1)에서 보여주었던 체제의 위압적 힘은 1942년 9월에 시작된 조선어학회 사건에 이르러 정점에 이른다. 재판 진행과정이 무려 2년 10개월이나 걸린 이 사건은 해방이 바로 눈앞에 닥친 1945년 8월에야 종결되었고 이 과정에서 이윤재와 한징 두 사람이 유명을 달리했다. 그러므로 다음과 같은 김윤식 교수의 견해는 국가, 민족, 문학 등의 관계 개념들에 대한 어떤 부적절성이나 모호함에도 불구하고 다시 인용해 볼 만하다.

---

21. 빌 애쉬크로프트 · 개레스 그리피스 · 헬렌 티핀, 앞의 책, 19쪽.

근대문학을 문제삼을진대 일제의 조선어 말살정책이란 날카로운 의의를 담고 있다. 근대문학이란 원리적으로는 '국어'로써 하는 문학을 가리킨다. '국어'란 국가어의 준말이다. 국민국가가 국권이라는 폭력으로 만든 언어인 까닭이다. (…) 한국 근대 문학이 한국어로 출발·전개되었고, 이를 관장하는 단체가 조선어학회였던 만큼, 이 기관은 실상 국가의 기능을 대행한 형국이었다. 일제도 이 사실을 시인해 오다 1942년 10월에 와서야 조선어를 공식적으로 부정하기에 이른다. (…) 따라서 조선의 일제 강점기란 문학사적으로는 1942년 10월에서 종전까지 3년간에 지나지 않는다.[22]

일제말기에 많은 문학인들이 국민문학론을 수용하는 쪽으로 나아가고 또 그런 포즈를 취한 것, 일본어로 소설을 발표하는 것이 부끄럽지 않은 행위가 된 것은 이와 같은 체제적인 폭력을 도외시하고는 상상하기 어렵다. 그러므로 김사량, 이효석, 유진오의 일본어 창작이 "일어로 순문학 창작하기……에 나아가기"[23]였다고 보는 것은 사실에 근접한 해석이라고 할 수 없다. 일본어로 창작하는 것이 순문학이었을 리가 없고 이 것은 앞에서도 잠시 언급했던 것처럼 이들이 다룬 문학이 대부분 국민문학론의 로컬리즘 담론이나 내선통혼 같은, 국책과 밀접한 관련 양상을 보여준 데서 여실히 증명된다. 더구나 포스트콜로니얼한 글쓰기에 내재된 정치적 의미를 읽어내지 않는다는 것은 일본어로 쓰인 작품의 가치를 그나마 오히려 반감시키게 된다.

일제 말기의 천황제 파시즘은 서구와 중국이라는 페스트의 위협을 강조하면서 구축해 나간 일망감시적 권력 메커니즘이었다고 해도 좋을 것이다. 1938년 5월에 발효된 국가총동원법 이후 조선 사회는 폐쇄적이고

---

22. 김윤식, 앞의 책, 66쪽.
23. 위의 책, 같은 쪽.

획일적인 사회로 새롭게 재편되어야 했다. 1937년 7월의 중일전쟁에 의해 촉발된 위기의식 속에서 미나미 지로의 총독부 권력은 개전 1주년을 맞아 국민운동에 대한 통제의 강화를 위해 국민정신총동원 조선연맹을 결성하도록 한다. 총독부 권력과 연맹과 조선인을 유기적으로 결합시켜 전쟁 동원을 위한 일원적 체제를 구축하는 데 그 목적이 있었다. 이 과정에서 중앙본부에서부터 기층의 부락연맹과 애국반에 이르는 전시동원체제가 출현, 정비되기에 이른다.[24] 예컨대 1938년 10월에 『삼천리』에 게재된 「국민정신총동원 조선연맹 본부 방문기」에 따르면 이 조직은 서울에 본부를 두고 각 부군마다 부군연맹을, 그 아래에 읍면 연맹을, 다시 그 아래에는 동정리 부락연맹을 두었으며 더 내려가서는 부락연맹 아래 열 집씩 묶어서 이른바 애국반이라는 최소 세포체를 가지고 있었다. 방문기가 씌어질 무렵 평안남북도와 함경북도를 제외한 10개도에 도연맹이 설치되고 부군 연맹 200개소, 면연맹이 3000개소에 달하여 최초 예정 목적의 8,9할을 달성했다고 한다.

정치과정은 부재한 가운데 일원화된 통치과정만이 덩그렇게 축조된 이러한 조직 형태는 오늘날 북한의 지독한 감시체제와 본질상 다를 바 없는 종류의 것이었다. 이러한 강압적 체제 아래서 문학인들만이 예외가 될 수는 없는 일이었다. 권력은 이 시대의 문학인들에게 자신들이 해야 할 일과 하지 말아야 할 일을 부과하고 그들이 해야 할 일을 이루었을 때 그것을 선전을 위한 도구로 널리 활용해 나갔다. 이러한 감시 및 동원의 메커니즘을 설명하는 데는 당시의 문학인들이 경험해 나가야 했던 수많은 사례들을 열거하느니 차라리 일망감시 체제의 형성과정에 관한 푸코의 오래된 기술을 인용해 보는 것이 더 효과적일 것이다.

---

24. 총독부에 의해 주도된 국민정신총동원 운동의 배경 및 전개 과정에 관해서는 전상숙, 「일제 군부 파시즘 체제와 '식민지 파시즘'」, 『일제 파시즘 지배 정책과 민중생활』, 혜안, 2004, 44~51쪽, 참조.

폐쇄되고, 세분되고, 모든 면에서 감시받는 이 공간에서 개인들은 고정된 자리에서 꼼짝 못하고, 가장 사소한 움직임도 통제되며, 모든 사건들이 기록되고, 끊임없는 기록 작업이 중심부와 주변부를 연결시키고, 권력은 끊임없는 위계질서의 형상으로 완벽하게 행사되고, 개인은 줄곧 기록되고 검사되며, 생존자, 병자, 사망자로 구별된다. 이러한 모든 것이 규율중심적 장치의 충실한 모형을 만든다. 페스트라는 전염병에 대응하는 방법이 질서이고, 질서는 모든 혼란을 정리해 주는 기능을 갖는다. 즉, 신체의 접촉으로 전염되는 병에 의한 혼란과 공포와 죽음으로 인해 법의 금지사항이 지켜지지 않을 경우 가중되는 재난의 혼란을 정리해 주는 것이다. 질서는 개인을 특징짓고, 개인에게 속해 있는 일, 그에게 일어나는 사건 등 개인에 관한 최종적인 결정에 이르기까지 부단히, 그리고 규칙적으로 스스로 분화되어 가는 전지전능하고 도처에 존재하는 권력의 효과에 의해서, 모든 사람에게 있어야 할 자리와 신체, 질병과 죽음, 재산 등을 규정한다. 혼란의 상태인 페스트에 대항하여, 규율은 분석적인 권력을 행사한다.[25]

일제 말기 천황제 파시즘은 페스트의 공포에 대처하다는 명분을 딛고 구축해 올린 또 다른 형태의 공포 시스템이었다. 이러한 시스템 속에서 문학인들은 그들이 있어야 할 자리와 해야 할 일을 할당받았다. 예를 들면 1941년 7월 7일 조선문인보국협회 주최의 '성전' 4주년 기념행사가 개최되었는데, 여기서 박태원이나 임화, 김기림 같은 사람들, 그들을 비롯한 일본과 조선의 문학인 50여명은 오전 9시부터 12시까지 용산의 호국신사의 어조영지에서 봉역 행사를 치렀다. 이러한 행사의 참여에 있어 박태원이나 임화의 상호 불신 따위의 문제들이 문제가 될 수 없었음은 물론

---

25. 미셸 푸코, 『감시와 처벌』, 오생근 역, 민음사, 1994, 291~292쪽.

이다. 또 봉역 행사를 거행한 후에는 용산중학교로 이동하여 전국에 중계된 경성방송국 녹음행사에 참석해야 했으며, 이것이 다가 아니고, 이 날 봉역 광경이 조선문화영화사에 의해 촬영, '조선뉴-스'에 편입, 공개되어 영화가 상영될 때마다 선전용 자료로 상영되기도 했다.[26] 이러한 일상적인 동원 이외에 문학인들이 어떤 취급을 받았으며 그 속에서 그들이 어떤 고민을 해나갔는가는 채만식의 잘 알려진 소설 「민족의 죄인」(『백민』, 1948. 10~11)을 비롯하여 많은 작가들의 문헌적 기록에 생생하게 보존되어 있지만 아직까지 체계적으로 연구되지는 못했다.

그렇다면 이런 동원 시스템 속에서 문학인들의 저항은 과연 어떤 형태로 가능했던 것이었을까? 아마도 그것은 침묵과 같은 형태가 되었어야 할 것이다. 또는 야만적 체제가 허용한 협소한 문학 생산 메커니즘 속에서 감시의 시선이 미처 미치지 못하는 곳에서 반란을 도모하는 형태가 되었어야 할 것이다. 마지막으로 그것은 문학적인 언어가 발산하는 상징 및 비유를 비롯한 여러 형태의 '보이지 않는' 장치와 기법을 통해 체제가 따져 물을 수 없는, 함축적이고 2차적인 의미를 발산하는 형태의 것이 되었어야 할 것이다.

앞에서 언급했던 것처럼 일제 말기 천황제 파시즘은 일종의 파놉티콘이었다. 그러나 어떤 일망감시체제도 사실은 통제와 감시를 완벽하게 이루어낼 수는 없는 것이다. 구조물 자체에 틈새와 허점이 존재할 뿐만 아니라 구조의 태내에서 구조를 허물어나가는 행위 주체들의 집합적인 노력이 펼쳐지기 때문이다. 또한 천황제 파시즘의 거대논리들이라는 것, 국체니 신체제니 대동아니 하는 것부터가 처음부터 공포와 갈등과 분열을 내포하는 까닭에 판단 여하에 따라서 이 틈새와 허점은 결코 비좁지 않은 저항 공간을 제공한다.

---

26. 정보실, 「우리 사회의 제사정」, 『삼천리』, 1941.9, 81쪽.

천황제 파시즘 아래서 권력의 통제를 받는 신문과 잡지에 게재된 작품들을 포스트콜로니얼리즘적인 시각에서 독해한다는 것은 바로 이러한 양상을 드러내고 평가하는 것으로 나아가야 한다. 이러한 저항의 입지가 처음부터 그다지 넓지 못했다고 생각할 수도 있지만 식민지 체제의 문학 통제 메커니즘의 바깥에서 사유하고 활동하는 방법을 쉽사리 상상하지 못했던 문학인들이라고 해서 제국적인 체제의 위압적인 논리에서 전혀 자유롭지 못했다는 관점을 반복적으로 드러내는 것은 가학적이다 못해 차라리 자학적인 논리라고 하지 않을 수 없다. 나아가 이것은 체제의 일망감시적 통제에서 벗어나기 어려웠던 문학인들이 보여준 모색과 실험을 정밀하게 독해하지 않으려 한다는 점에서 문제 많은 시각이기도 하다. 그럼으로써 한국에 수입된 포스트콜로니얼리즘론은 문학인들을 동화와 굴종으로 나아간 것 이상으로 묘사하지 못하게 된다. 그렇다면 이와 다른 방향에서의 연구란 일망감시적 체제의 한계를 넘어서고자 하는 것, 텍스트 외적, 내적인 어떤 '운동'의 존재를 드러내는 것이 되어야 할 것이다.

그런데 이러한 '탈주' 시도 가운데 하나는 바로 침묵이다. 천황제 파시즘이 전면화된 새로운 정치적 환경은 문학적 재능이나 역량은 부족해도 일본어는 비교적 능숙하게 구사한 사람들에게 특별한 기회가 주어진 시대였다. 바로 그 때문에 임종국이 적시한 문학인들의 침묵은 어떤 문필행위보다 무겁고 깊은 의미가 있다.

끝까지 지조를 지키며 단 한 편의 친일문장도 남기지 않은 영광된 작가들도 적지 않았다. 福岡 감옥에서 옥사한 시인 尹東柱, 廢墟파에서 卞榮魯, 吳相淳, 黃錫禹, 朝鮮語學會에 관계하면서 시와 수필을 쓴 李秉岐, 李熙昇, 젊은 층으로 趙芝薰 朴木月 朴斗鎭들의 靑鹿派 三시인과 朴南秀, 李漢稷의 文章 출신, 제일 먼저 붓을 꺽었다는 洪露雀과 金永

郎 李陸史 韓黑鷗, 이들의 친일문장을 필자는 현재 조사한 범위 내에서 단 한편을 발견하지 못했다. 비록 지조를 지켰다는 이야기지만 이들의 이름이 이같은 책에서 언급된다는 사실 자체가 그들에게는 하나의 모욕일 것이다.[27]

한국 현대문학 연구는 김재용 교수의 『협력과 저항』을 제외하고는 아직까지 이러한 침묵의 의미를 적극적으로 고찰하려는 시도를 보여주지 못했다. 이 침묵은 실제로는 그 어떤 발언들보다 심원한 의미를 함축하고 있다. 침묵은 그 자체가 천황제 파시즘의 가혹하고 야만적인 성격을 환유적으로 드러내는 기능을 갖기 때문이다. 또한 침묵은 천황제 파시즘의 글쓰기 및 문학 통제에 대한 전면적인 저항을 의미한다는 점에서 이를 둘러싼 제반 양상이 비중 있게 받아들여져야 한다.

임종국이 언급한 문학인들 외에 특히 임화나 김기림 같은 비평가들이 천황제 파시즘의 위압에 대응해 나간 과정도 새롭게 검토되어야 한다. 임화는 『조선일보』에 이어 『인문평론』이 폐간된 이후 특정한 시점부터 겉으로 드러나는 문필활동을 삼간 채 문학사 연구에 매진했으며,[28] 김기림 역시 「동양에 관한 단장」(『문장』, 1941. 4) 이후 대외적인 문필활동을 삼갔다. 그러나 문단적인 비평을 발표하지 않았다고 해서 그들이 이 시대를 일종의 생활인으로만 살아갔던 것은 아니다. 이 과정에 대한 입체적인 조명이 이루어져야 한다. 침묵의 수면 아래에서 이루어진 생성과 창조의 과정을 드러내고 분석하는 일은 1940년경부터 1945년경까지의 문학사를 '암흑'의 국면이나 국민문학론의 시대 이상의 것으로 이해하도록 해준다.

---

27. 임종국, 앞의 책, 467쪽.
28. 방민호, 「주체적 시각으로의 전회」, 『문명의 감각』, 향연, 2003, 105~106쪽.

5. 저항과 협력의 틈새 —사소설, 환유, 기타

일제 말기 문학사에서 가장 두드러진 현상 가운데 하나는 '사소설'이 우세한 소설적 양식으로 자리를 잡아 나간 일이다. 채만식, 이태준, 이효석, 박태원 등 1930년대 중반만 해도 문학경향상 현저한 차이를 보였던 작가들은 1940년을 전후로 한 시대가 되면 저마다 '사소설'로 전향하는 공통적 양상을 보여주기에 이른다.

예를 들면 가족적인 삶의 테두리 안에 갇혀서 살아가는 작가 자신을 주인공으로 내세운 채만식의 「근일」(『춘추』, 1941. 2), 「집」(『춘추』, 1941. 6), 「삽화」(『조광』, 1942. 7) 등 3부작, 이태준의 「패강랭」(『삼천리문학』, 1938. 1), 「토끼 이야기」(『문장』, 1941. 2), 「무연」(『춘추』, 1942. 6), 「석양」(『국민문학』, 1942. 6) 등 작가를 상징하는 이름을 가진 주인공이 등장하는 중단편 소설들, 「哈爾濱」(『문장』, 1940. 10), 「풀잎」(『춘추』, 1942. 1), 「일요일」(『삼천리』, 1942. 1)처럼 독특한 이효석의 자전적 소설들, 이른바 자화상 시리즈로 널리 알려져 있는 박태원의 「淫雨」(『조광』, 1940. 10), 「偸盗」(『조광』, 1941. 1), 「債家」(『문장』, 1941. 4), 「財運」(『춘추』, 1941. 8) 연작 등이 그것이다.

이와 같은 '사소설'에의 경사 현상은 그 작가들이 모두 일제시대 한국 문학을 대표할 만한 훌륭한 사람들이었다는 점에서 매우 문제적이다. 이들은 이르면 1938년경, 늦어도 1940년경쯤이 되면 일제히 사소설로 '전향'하게 되는데, 이러한 현상은 1942년경까지 지속적으로 나타난다.

흥미롭게도 이들은 앞에서 열거한 '사소설' 작품들을 발표해 나가는 한편 대부분 『매일신보』를 위시한 신문이나 잡지에 대일협력적인 색채가 담겼거나 그러한 것으로 오인될 수 있는 장편소설들을 연재해 나갔다. 채만식은 『아름다운 새벽』(『매일신보』, 1942. 2. 10~7. 10)과 『여인전기』(『매일신보』, 1944. 10. 5~1945. 5. 17)를, 이태준은 『사상의 월야』(『매일신보』, 1941. 3. 4~7. 5)와 『왕자 호동』(『매일신보』, 1942. 12. 22~1943. 6. 16)와 『별은 창마다』(『신시대』, 1942. 1~1943. 6)를, 이효석은 『창공』(『매일신보』, 1940. 1. 25~7. 28)[29]과 『綠色の塔』(『국

민신보』, 1940. 1. 7~4. 28)를, 박태원은 『원구』(『매일신보』, 1945. 5. 17~8. 14) 등을 발표한 것이 그 예다. 이들 작품 사이에는 연재 시기상의 차이가 없지 않다. 그러나 이는 결국 이들이 대일협력과 아예 관련 없는 작가들이 아님을 알려주는 사실 가운데 하나다. 이는 '사소설'과 대일협력적인 장편소설의 동거 양상이라 하지 않을 수 없는데, 이는 이 두 유형의 소설적 하위 양식 사이에 모종의 관계가 수립될 수 있음을 시사한다.

여기서 이 '사소설'들에 대일협력적인 장편소설을 연재해 나가야 했던 작가들의 내적 고민이 응축되어 있으리라는 것을 상상해 보는 일은 어렵지 않다. 필자는 그들의 '사소설'이 천황제 파시즘의 일망감시적 시선이 완전히 미치지 못하는, 마치 독방의 그늘과 같은 역할을 했던 것으로 해석한다. '사소설'은 독방의 비유를 가능케 하는 것이 아닐까 한다. 이 독방은 완전히 밀폐되어 있지가 않다. 이 독방은 간수들의 느닷없는 방문을 겪어나가지 않으면 안 되는 불안한 개체들의 방이다. 즉 문이 열려 있는 독방이다. 고도로 완성된 오늘날의 파놉티콘과 달리, 첨탑 위에서 자기를 내려다보는 감시자의 존재를 나날이 의식해나갈 수밖에 없었던, 이 '원시적인' 형태의 파놉티콘 속에서 작가들은 저마다 독방을 자기의 것으로 지켜내기 위한 논리를 창출하고자 은밀한 노력을 펼쳐야 했다. 이것이 바로 일제 말기의 '사소설'의 논리를 구성한다고 규정해 볼 수 있다.

항상적인 감시의 시선은 그들의 심리를 위축시키고 뒤틀리게 하며 자기가 믿는 진실을 그대로 진술하지 못하게 한다. 직설적일 수가 없고 생각하는 대로 말할 수가 없다. 은밀한 은유, 상징, 환유의 자물쇠로 독방에 빗장을 걸어놓음으로써 그 자신이 열쇠를 분배해준 사람들, 이 열

---

29. 『창공』은 종종 만주개척 사상을 전면화한 것으로 오인되곤 하지만 조선인 천일마와 러시아 여성의 나아자의 결혼이라든가 나아자가 조선어를 배우고 조선식 문화를 적극적으로 배워 나가는 등 일본적인 오리엔탈리즘과는 현격한 거리가 있다.

쇠를 가지고 들어와도 위해를 가하지 않을 사람들만이 독방 안의 풍경을 알아볼 수 있도록 한다. 그들은 아마도 그들의 동료와 그를 진정으로 이해해 주는 아주 적은 숫자의 사람들일 것이다. 물론 시도 때도 없이 간수가 열쇠뭉치를 절렁거리며 문을 벌컥 열고 들이닥치는 사태에 대비해 감옥에서 교화용으로 배부해준 전시용 책자를 책상 앞에 얹어놓는가 하면 적당히 끼적거린 노트 같은 것을 일부러 눈에 띄게 펴놓는다. 간수로 하여금 자신의 감시 대상이 이상적인 인간형으로 개조되어 가고 있다고 믿을 수 있도록. 그는 이 위장이 언제까지 성공할지 알 수 없다. 위장이 누적된 나머지 무엇이 진짜 독방의 풍경인지 알 수 없는 상황에 빠져들어 버릴 수도 있다. 낮이 가고 밤이 찾아들면 이 독방의 주인은 비로소 깊이 감추어둔 자기만의 진실이라는 것을 꺼내들고 그것에 자기의 모습을 비추어보기도 하고, 대체 이것을 어떻게 처리해야 좋을지 몰라 고민하기도 한다. 그래도 그는 이것을 버려둘 수만은 없다.

이 독방이 바로 '사소설' 공간인 것이다. 이 '사소설'은 작가들의 은밀하고 복잡한 내면풍경을 표출하는 공간으로서의 의미를 지닌다. 이 공간의 존재 자체가 천황제 파시즘의 야만적 특질에 대한 하나의 환유일 뿐만 아니라, 이 공간의 은밀하고 복잡한 구조, 표층과 심층의 거리, 언표된 것과 언표되지 못한 것 사이의 거리라든가, 은유적·비유적·상징적인 언어들을 통해 말하면서 말하지 않고, 말하지 않으면서 말하는 방식들 전체가 체제에 대한 심리적 거리감과 어떤 저항의 의미를 내포하는 것이다.

그러므로 이태준이 「토끼 이야기」에서 1인칭 화자로 하여금 토끼를 기르는 일이 시대가 메가폰으로 소리쳐 요구하는 명랑하고 진실한 생활일 수도 있다고 생각하게 했다고 해서 이것이 곧 작가의 본마음일 것이라고 추단할 수만은 없다. 채만식이 「근일」에서 '나'로 하여금 다음과 같이 생각하도록 했다고 해서 이것이 곧 작가 자신의 본의일 것이라고 예단할 수만도 없다.

신문을 가져와서, 어제 석간부터 밀린 여러장을 뒤척인다. 대판신문의, 서원사공에 관한 다찌끼리는 그의 一대가 곧 일본제국의 정치상 자유주의의 성쇠의 기록이어서, 읽기에 흥미가 있다.[30]

일동방적(日東紡績)이 우수한 스·프 생산기술을 동업자에게 공개한다는 기사는 개인적 이윤본위로부터 국가적 생산본위로 갈려드는 경제 신체제의 선성이어서 큰 뉴~스가 아닐 수 없다.

이와 같은 겉과 속의 불일치, 괴리, 대립 같은 것은 같은 작가라 해도 비평이나 수필 같은 장르에서 더 크게 나타나, 채만식의 소설에서는 어느 작품이 어디에 게재되는가에 따라 상당한 의미적 차이를 내포하게 된다.

작가를 상징하는 '준보'라는 인물이 등장하는 이효석의 「풀잎」역시 미묘한 해석적 차이를 불러일으킨다. 여기서 준보는 아내가 세상을 떠난 후 다른 여인을 만나 사랑하게 된다. 그는 방공연습으로 등화관제를 실시하고 있는 밤거리를 사랑하는 여인과 함께 산책해 나간다. 그러면서 그는 자기에게 이런 사랑의 행위가 허용되어야 한다고 생각한다. "헐어진 가정을 쌓아서 새로운 생활을 설계해야 하고 고독을 다스려서 보다 높은 사업을 이루어야 함이 인간 경영에 주어진 영원한 과제"이고, "자멸의 길을 버리고 창조의 길을 찾아야 함이 인류의 행복을 가져오는 까닭"이라는 것이다.[31] 인류가 자멸의 길을 버리고 창조의 길을 찾아야 한다는 '준보'의 생각에서 작가의 반전적인 태도를 읽어내는 것은 어렵지 않다. 이효석의 「풀잎」은 이효석에 대한 낡은 선입견을 허물어뜨리는 반전소설이다. 이 작품을 위시한 조선어로 발표된 그의 '사소설'들은 그가 당시의 체제를 정면에서, 명시적으로 부인하지 않았다 해도 전쟁 정책과 동원, 국민문학론과 같은 정치주의 담론이 횡행하는 현실에 대해서 명백히

30. 채만식, 「근일」, 『춘추』, 1941. 2, 294쪽.
31. 이효석, 「풀잎」, 『새롭게 완성한 이효석전집』3, 창미사, 2003, 198쪽.

부정적인 태도를 견지하고 있었음을 보여준다.[32]

　이러한 점들은 채만식, 이태준, 이효석 같은 작가들에게 '사소설' 형식이 모종의 저항 및 투쟁 공간으로 기능했음을 말해준다. 그들은 작품의 무대를 현실 및 '실외공간'에서 생활 및 '실내 공간'으로 옮겨놓음으로써 작가의 내면세계에 육박해 들어오는 정치 일원론적인 체제의 위압에 저항하거나, 그것을 우회해 나가거나, 최소한 그러한 힘이 내면적 자유를 파괴해 나가는 과정을 지연시키려 했다.

　이 점에서 이들의 '사소설'은 일본의 고유한 양식이라고 반복적으로 묘사되곤 하는 일본의 사소설과는 그 성격이 아주 다른 것이다. 다야마 가타이, 시마자키 도손이나 나쓰메 소세키 등에서 발원하여 시가 나오야, 다자이 오사무 등에서 뚜렷한 줄기를 형성한 일본의 사소설이 단단한 '자아' 관념에 입각하여 사회를 무대로 삼은 '자기'의 드라마를 구축해 나간 것이라면 이태준, 박태원, 이상 등의 구인회 그룹에 의해서 조선 문단에 방법론적으로 제출된 한국의 '사소설'은 이태준의 「달밤」(『중앙』, 1933. 11), 박태원의 「소설가 구보 씨의 일일」(『조선중앙일보』, 1934. 8. 1~9. 19), 유고로 발표된 이상의 「실화」(『문장』, 1939. 3) 같은 작품들이 보여주듯이, 작품 내부와 외부를 연결하는 기호적 장치들을 다양하고 복잡하게 고안, 배치함으로써 작가 자신을 문제적 개인으로 직접 '제시'하는 양상을 보여주었다. 이것은 조선 문단에서는 일본과 달리 처음부터 더욱 강렬한 사회의식에 기반을 둔 것이었다.

　이러한 발생론적 차이로부터 연유하는, 더 중요하게 부각되어야 할 것은 민족, 계급 같은 집합적 개념에 대해 '개체', '개인', '자아'의 고립성, 독자성을 부조하고자 했던 그들의 소설이 그럼에도 불구하고 집합적 주체가 처한 현실에 대한 각별하고도 예민한 의식을 드러낼 수밖에 없었다는 점

---

32. 이효석, 「문학과 국민성─한 개의 문학적 각서」, 『매일신보』, 1942. 3. 3~6, 참조.

이다. 이태준의 「달밤」은 문사적인 시선으로 '황수건'이라는 기층민의 존재를 부각시키고 있으며, 박태원의 「소설가 구보 씨의 일일」은 조선인의 북촌과 일본인의 남촌으로 이분화된 이중도시 경성 공간을 대상으로 삼아 고독한 식민지 지식인의 시선으로 제국과 식민지의 위상학적 탐사를 수행해 나간다.[33] 이상의 「실화」는 김기림에게 "동경 첨단 여성들의 물거품 같은 '사상' 우에다 대륙의 유서 깊은 천근 철퇴를 나려뜨려 줍시다"[34]라고 써 보냈던 이상 자신의 지리적 자의식을 바탕으로 제국의 본산인 도쿄를 주유하면서 식민지 지식인으로서의 자신을 새롭게 인식하고 있다.

이러한 작품들은 한국의 '사소설'이 일본의 사소설과 다른 배경과 논리를 갖고 있음을 시사한다. 한국의 '사소설'은 자아의 원리와 지리적 정치의식이 결합된 독특한 형태를 보여준다는 점에서 일본의 그것과 다르다. 그러나 일본의 사소설이라는 것도, 일본의 고유한 문학양식이라고 스스로에 의해 반복적으로 운위되곤 한다 해도, 한국의 '사소설'과 마찬가지로 해류를 따라 대양에서 대양으로 흘러 다니는 문화적 조류가 일본이라는 문화적 전통과 조우함으로써 형성된 하나의 사건에 지나지 않는 것이 아닌가. 이는 일본의 사소설이 한국의 '사소설'에 대해서 원본성만을 주장할 수 있는 근거란 존재하지 않음을 의미한다. 이태준이나 박태원, 이상의 작품들에 나타난 체홉이나 조이스 같은 작가들의 관련성에서 살펴볼 수 있듯이 그들은 현해탄 너머 유럽과 러시아의 작가들과 풍부한 정신적 교감 상태를 보여준다.

1940년경을 전후로 하여 작가들에 의해서 새롭게 형성된 '사소설' 경향은 1930년대 중후반에 형성된 한국적인 '사소설' 형식을 천황제 파시즘, 신체제라는 정치적 상황에 대응하기 위한 창작방법으로 적극적으로 활용하면서 뚜렷해진 것이다. 따라서 이 시기에 여러 작가들이 발표해 나

33. 방민호, 「1930년대 경성 공간과 「소설가 구보 씨의 일일」」, 『문학수첩』, 2006. 겨울, 100~132쪽.
34. 이상, 「사신 7」, 『이상문학전집』3, 문학사상사, 1993, 235쪽.

간 '사소설'들은 많은 경우 파놉티콘과 같은 폐쇄된 현실에 대한 은밀한 저항 및 '탈주'의 욕망을 함축한다. 이러한 양상을 가장 극명하게 보여주고 있는 작품 가운데 하나가 바로 박태원의 「채가」다.

「채가」는 박태원의 '자화상' 연작의 제3화에 해당하는 작품인데 여기서 작가는 교묘한 환유, 인유의 체계를 구축함으로써 폐쇄된 현실을 비틀고 뒤틀어 보여주고자 했다. 그는 창씨개명과 '국어 상용'이 강요되는 1940년경 천황제 파시즘 체제를 일본인에게 빚을 지고 괴로워하는 작가의 '자화상'의 형태로 드러냈다. 얼핏 보아서 이 작품은 자기 딸을 유치원에 보내야 한다든가 일본인 전주에게 돈을 빌리고 갚는 와중에 생겨난 문제로 시달린다든가 하는 작가 자신의 생활을 자연주의적 수법으로 묘사해 나간 것처럼 단순하게 읽힌다. 그러나 그 이면에는 정치경제적인 측면은 물론 사회문화적인 차원에까지 일본과 일본인의 지배가 실질적인 것이 되고 전면화되어 있는 시대에 대한 작가의 고민이 함축되어 있다.

이 작품에서 창씨개명과 '국어 상용'이 강요되는 천황제 파시즘 시대를 살아나가는 '나'의 복잡한 심경은 좀처럼 실체를 드러내지 않는 일본인 전주와 '나'의 관계를 묘사해 나가는 과정에서 '은밀하게' 드러난다. '나'는 돈을 처음 빌릴 때 브로커 역할을 했던 사람이 중간에서 이자를 가로채는 바람에 어쩔 수 없이 그를 만나야 하는데도 어떻게든 이 일을 회피하고 싶어한다. 일본인 전주를 만나러 가야 하는 일은 그로 하여금 우울한 기분에 시달리도록 한다.

> 나의 마음이 극도로 憂鬱하였던 것은, 用務의 性質의 如何를 莫論하고, 내일이라도 즉시, 그 渡邊某라나 하는 위인을, 내가 심방하여 보아야만 된다는 일이었다."[35]

---

35. 박태원, 「債家」, 『문장』, 1941.4, 101쪽.

와타나베[渡邊]와의 만남을 회피하기 위한 여러 가지 노력들이 수포로 돌아간 가운데 '나'는 결국 이 일본인 '전주'를 찾아 돈암정에서 신당정으로의 짧은 '여행'을 시도해야 하는 상황에 내몰린다. 이 '여행'은 일종의 심리적 월경越境과 같은 상징적 의미를 가지고 있다. 「소설가 구보 씨의 일일」에서 남촌과 북촌의 점이지대인 다옥정을 중심으로 경성의 도심 한 가운데를 가로지르던 '구보'는, 이제 처자를 거느리고 생활의 문제를 고민해야 하는 '복상'이 되어 경성의 외곽지대에서 일본인 거주 지역으로 '월경'을 시도하게 되었기 때문이다. 멋스러운 호를 가진 '구보'가 일본인에게 빚을 진 '복상'으로 전락해 버렸다는 것, 구보의 예술가적 이상을 둘러싼 고민이 하루하루의 생활을 영위하기 위한 고민의 문제로 대치된 것처럼 나타난다는 것, 조선인 지대인 종로를 주임으로 펼쳐지던 구보의 행로가 일본인 지대로의 '월경' 쪽으로 나아갔다는 것 등은 「소설가 구보 씨의 일일」과 이 작품이 여러 모로 비견될 만한 문제작임을 깨닫지 않을 수 없도록 한다. 그리고 이때 중요하게 부각될 수밖에 없는 것이 바로 이 일본인과의 만남이다. 이 장면에 이르러 「채가」는 박태원이 의도한 이면적 주제를 분명하게 부각시킨다.

그러나, 내가, 진작 찾아오지 못하고, 두 번씩이나 사람을 보내게 하여 미안하다고, 그러한 뜻의 말을 하였을 때,

「아, 內地語를 아시는구먼요?」

하고, 그는 가장 뜻밖의 일이나 되는듯 싶게 놀라고, 다음에 짐방꾼이 방문을 반쯤 열고, 그 아무렇게나 생긴 얼굴을 그 사이로 데밀자,

「아니, 그만 둬라. 나는, 널더러 통역을 부탁할까 했던 것인데, 이 손님께서 잘 아시는 모양이니까……」

하고, 그는, 혼자서 한차례를 승거웁게 웃는 것이었다.[36]

마치 카프카의 『성』처럼 좀체 실체를 드러내지 않는 일본인을 찾아가는 '나'의 여정은 멀고 고단하기만 하다. 그는 미로처럼 뒤얽힌 골목길을 여러 번 잘못 빠져들면서 헤매 다닌 끝에야 겨우 와타나베의 집을 찾아낼 수 있게 된다. 그러나 그의 집은 우람한 담에 둘러싸여 있고 거대한 대문은 아무리 두들겨봐야 담 너머 깊숙이 자리 잡고 있는 안채에까지 소리가 전달될 것 같지 않다. 그러나 갑자기 어디선가 개가 나타나 사납게 짖고 마침내 집 안에서 사람이 나온다. '나'는 그에게 자신을 「동간쪼오」에 사는 「보꾸」[37]라고 자기를 소개하고 마침내 그는 집안으로 들여보내어진다. 그러고도 한참을 기다려서야 비로소 '나'는 비로소 와타나베를 만날 수 있게 된다. 거대한 채무에 집을 저당 잡힌 '복상'과 마침내 모습을 드러낸 '와타나베'가 일본어로 대화를 나누어 가는 짧은 만남은 보일 듯 말 듯 감춰져 있던 이 작품의 주제를 마침내 수면 위로 떠오르게 해준다.

이 무렵에 박태원은 한 설문에 답하면서 새로운 시대를 맞아 건전하고 명랑한 작품을 쓰겠노라고 했다. 그러나 「채가」는 이러한 공언과는 달리 결코 건전하거나 명랑하지 않다. 나아가 고리에 찌든 생활을 이어가면서 그것이 과연 "참다운 생활"[38]일 수 있는지 고민하면서도 "오직 妻子를 위하는 일이라면, 나는 얼마든지 卑屈하여도 관계치 않다고, 悲壯한 결심을"[39] 한다고 생각하는, '복상'의 우울한 심리에 대한 여러 주석들은 「아세아의 여명」(『조광』, 1941. 2) 같은 작품이 어느 면에서는 박태원 자신의 예술적 신조와는 관련 없는 날품팔이 작품에 지나지 않을 수도 있음을 시사한다. 작가 자신이 그것을 익히 잘 알고 있었을 것이기 때문이다.

작중에서 '복상'은 일본인 거주지대로의 고단한 '여행'을 마치고 집에

36. 위의 책, 111쪽.
37. 위의 책, 110쪽.
38. 위의 책, 93쪽.
39. 위의 책, 89쪽.

돌아와 유치원에 원서를 낸 딸이 창씨개명을 '하지 않은' 탓에 입학이 어렵게 되었다는 것을 알게 된다. 여기서 '채가'란 단순히 돈을 빚진 집을 의미하지 않는다. 작가는 이 소설을 통해서 마치 무거운 빚을 짊어진 사람처럼 일본인, 일본자본, 일본어, 일본적인 가족 제도에 저당 잡힌 조선인의 삶을 보여주었던 것이다. 그럼으로써 '사소설'이라는 독방의 소설, '실내소설'은 체제에 대한 심리적 저항감을 은밀하게 비틀어 보여주는 수단이 된다. 지극히 비정치적인 분위기에 감싸여 있지만 '사소설'은 왜곡된 정치과정조차 존재하지 않은 가운데 오로지 통치와 동화의 메커니즘만이 존재하던 어두운 시대를 작가는 상징과 대조와 아이러니의 수법으로 은밀하게 부각시켰던 것이다.

6. 일본어 소설의 문제 — 이효석, 김사량의 경우

포스트콜로니얼리즘론의 핵심적 주제는 영어와 제국의 팽창이 어떤 관련을 맺고 있으며, 제국의 변방들에서 영어의 이식과 함께 나타나기 시작한 '주변적', '변종적'인 영문학이 탈제국화나 새로운 정체성 획득 문제에 대해 어떤 가능성을 갖고 있는가 하는 것이다.[40] 포스트콜로니얼리즘론 쪽에서 정평이 있는 『포스트콜로니얼 문학이론*The Empire Writes Back*』(1989)이 다루고 있는 작품들은 모두 제국의 영어를 전유한 결과물들, 즉 포스트콜로니얼한 영어로 쓰인 소설들이다. 이는 영어권 쪽의 포스트콜로니얼리즘 문학과 달리 한국문학에서 서구의 포스트콜로니얼리즘론을 직접 적용할 수 있는 시기나 작품은 매우 한정되어 있음을 의미한다. 그렇다고 해서 포스트콜로니얼리즘론의 해석적 가능성을 폄하하기만 할 수 있다는 것은 아니다. 그러나 서구 제국에 의해 장구한 시간에 걸쳐 식민통치를 받으면서 타자의 언어와 문자를 일방적으로 사용하지 않을 수

---

40. 빌 애쉬크로프트 · 개레스 그리피스 · 헬렌 티핀, 이석호 역, 『*The Empire Writes Back*』, 민음사, 1996, 12~23쪽.

없는 상황에 처해 있던 아시아, 아프리카 여러 나라의 민중들과 일제하의 한국인들 사이에는 언어와 문자에 관한 실존적 차이가 엄연했음을 명확히 인식할 필요가 있다.

한국 현대문학사의 시각에서 보면, 시국적인 상황을 계기로 '국어 상용'을 더욱 극심하게 강요받았던 1940년 전후 몇 년간에 걸쳐서 나타난 일본어 소설들을, 한국 현대문학의 본질적인 영역으로 간주할 수는 없다. 여러 작가들에서 습작기와 1940년 전후 몇 년에 걸쳐서 일본어 소설이 쓰였다 해도 이것은 한글로 쓴 문학이 한국문학이라는, 이광수 이래 형성된 한글 중심적인 문학사의 관념을 무시할 수 있을 만한 비중을 차지하지 못할 뿐만 아니라, 특히 1940년 전후에 본격화된 일본어 소설 창작은 천황제 파시즘이라는 정치적 체제의 파생물이라는 태생적 한계로부터 자유롭지도 못하다. 이 시기에 발표된 일본어 소설들은 대부분 정치주의적 맥락에 단단히 얽매여 있고, 특히 국민문학론 같은 담론의 위압에서 전혀 벗어나 있지 못한 경우가 많다. 그런 만큼 정치적 문제를 포용하면서도 정치가 미처 다룰 수 없는 심원한 깊이를 추구한다는 의미에서 문학사적인 의미를 부여할 만한 문제적 작품은 별로 없다. 그럼에도 불구하고 이 시기에 발표된 일본어 소설들에서 어떤 복합적이고 심층적인 의미를 발견할 수는 없는 것일까? 이러한 질문이 가능하다고 할 때 그것은 아마도 이효석이나 김사량 같은 작가들을 위해서 준비된 것이어야 할 것 같다.

이효석은 1940년을 전후부터 1942년 5월에 타계할 때까지 비중의 차이는 현저하지만 조선어 소설과 일본어 소설을 함께 발표해 나갔고 특히 장편소설 『綠の塔』(『국민신보』, 1940. 1. 7~4. 28) 같은 장편소설까지 남겨놓았다. 이들 일본어 소설은 내선통혼에 연결되는 조선 청년과 일본 여인의 사랑이나, 조선미의 세계를 형상화하는 등 일본적 오리엔탈리즘과 국책을 의식한 흔적이 역력하다는 점에서 다시 한국어로 번역해서 그 문

학적 의미나 가치를 평가할 만한 작품은 찾아보기 어렵다.

그러나 일본어로 써서 일본 잡지에 발표한 「ほのかな光」(『文藝』, 1940. 7)에서 볼 수 있듯이 그는 일본어 중심적인 새로운 하이어라키hierarchy 속에서 얼마든지 생존해 나갈 수 있는 작가였다. 그럼에도 그는 일본어 소설 속에서 국책적인 이데올로기만을 변주하지는 않았다. 국민문학론에 대해 짐짓 용인하는 듯한 태도를 취하면서도 실질적으로는 자신의 비정치주의적 신조를 역력하게 드러냈던 비평과 마찬가지로, 「ほのかな光」는 일본어로 일본어를 아는 독자들을 상대로 골동품이라는 일본적 오리엔탈리즘의 심미적 범주에 포섭될 만한 소재를 다룬 것 같은 외관과 달리 자신의 예술적 신조를 버리지 않겠다는 의지를 매우 강하게 드러내고 있다.

이 작품의 주인공은 '욱'이라는 젊은 골동품상 주인이다. 골동품이라는 소재나 주제가 1930년대 말에 절정에 이른 오리엔탈리즘적인 조선학이나 민예학과 깊은 관련이 있음은 물론이다. 그러나 이 작품은 골동품의 미를 둘러싼 이야기라기보다는 낙랑 시대, 고구려 시대의 유물을 일본인에게 넘겨주지 않으려는 개인의 투쟁에 관한 이야기다. 시대가 시대이니만큼 인물이든 사건이든 기호적 맥락이 무시되어서는 안 된다. 욱은 자신과 같이 고미술애호회의 회원일 뿐만 아니라 박물관을 운영하고 있는 일본인 호리 관장의 온갖 회유에도 불구하고 도검을 결코 그에게 양보하지 않겠다고 다짐한다. 그는 왜 그래야 했던 것일까? 이 작품이 김윤식 교수가 평가한 것처럼 "밀도 높은 작품"[41]을 쓰면 그만이라는 의식의 소산이자 "민족의식이나 역사와는 거의 무관"한 작품이고 "작가의 시선은 단지 칼이 지닌 은은한 '빛깔'에 있었"던 것이라면[42] 차라리 시설 좋은 박물관에 양도함으로써 그 은은한 빛을 보존하는 것이 순문학으로

---

41. 김윤식, 앞의 책, 260쪽.
42. 위의 책, 275쪽.

서의 주제를 완성시키는 길이 되는 것이 아닐까. 그러나 욱은 무슨 일이 있어도 도검을 호리에게 넘겨주지 않겠다고 다짐했던 것을 이행한다. 정치적 담론의 층위에서 이것을 재평가해 보면, 소설을 일본어로 발표함으로써 일본어 문학의 메커니즘에 포섭되어 가는 한 식민지 엘리트의 내면적 갈등을 새롭게 포착해 볼 수 있다. 이 점에서 이 소설은 도검이나 도검의 빛에 관한 단순한 소설이 아니라고 보는 것이 타당하다. 도검은 여기서 기호적인 의미를 내포한다. 이 기호에는 제국의 위압적 체제에 순응한 듯한 일본어 소설의 외면적 형식 속에서 비정치주의적인 길을 걸어온 자신을 지키겠다는 내면적 의지 같은 것이 담겨 있다. 이효석은 일본적인 오리엔탈리즘을 수용하는 듯한 포즈로 작품에 대한 오인을 유도하면서도 그러한 피상적인 독해로는 간파할 수 없는 그 자신의 심중을 작품에 기입해 넣었던 것이다.

이러한 「ほのかな光」은 이효석의 일본어 소설들이 호미 바바가 전개한 양가성, 혼종성 이론에 따라 해석해 볼 수 있는 작품이 될 수도 있음을 시사한다. 그러나 여러 작품과 비평적인 산문들을 종합해 보면 이효석은 본질적으로 바바의 담론 체계 너머에 서 있는 작가다. 그는 1940년을 전후로 한 몇 년 간을 제외하고는 모든 작품을 조선어로 발표한 작가일 뿐 아니라 조선어와 일본어로 동시에 창작을 했던 시기에도 특히 「哈爾濱」(『문장』, 1940. 10), 「풀잎」(『춘추』, 1942. 1) 등의 소설에 반전적인 의식을 명료하게 드러내고 있었다. 또한 그는 동양과 서양의 이항 대립적 구분법을 부정하고 인류 공통의 미적 가치를 지향하는 '공통주의'적 신조를 지니고 있었다. 이것은 『화분』이나 『벽공무한』 같은 작품에 잘 나타난다. 이러한 사실들은 그의 소설들에 대한 항간의 평가들과 달리 그가 일본적 오리엔탈리즘을 '흉내'내는 것과는 아무 관련이 없음을 보여준다. 한국 현대소설에 자연의 문제를 도입하고 자연 쪽에서 인간의 사회와 역사를 조망하고자 했던 이효석 문학을 협력과 저항의 양가성이라는

문학 정치적 측면에서 분석하고 마는 것은 이효석 문학의 풍요로운 자산을 정치라는 족쇄에 얽어매는 행위가 되고 만다. 나아가 이것은 한국 문학은 정치주의 문학에 그칠 뿐이라는 익히 알려진 스테레오 타입을 그대로 인준하는 행위로 이어지게 된다.[43]

최근에 이루어지고 있는 많은 연구들은 이 시대의 문학인들을 일본적 오리엔탈리즘의 정형화된 몇 가지 스테레오 타입의 '감옥' 속에 밀어 넣은 후 그들이 제국의 체제로부터 전혀 자유롭지 못했을 뿐만 아니라 그것을 넘어서기 위한 어떤 실험이나 모험도 보여주지 못했던 것처럼 묘사해 나가는 경향이 있다. 이러한 경향 속에서 이 시대에 발표된 이효석의 장편소설은 하얼빈과 경성을 무대로 만주 개척사상을 실험한 것이 되고, 박태원의 문학은 신체제의 본질을 정확히 이해하지 못하면서도 그것을 수용해 나간 것이 되며, 이태준의 '심경소설'에 나타난 동양주의는 제국적 체제의 중심 사상을 변방에 옮겨놓은 복사품의 지위를 차지한다. 채만식 문학과 같은 경우는 두말할 것도 없다. 많은 분석과 평가들은 포스트콜로니얼리즘적인 시각에 의지하여 이들의 문학을 제국이 허용하고 할당한 역할에서 전혀 자유롭지 못했다는 쪽으로 나아간다.

「ほのかな光」를 제외한 여타의 일본어 소설들은 이효석에 대한 그러한 평가를 가능케 하는 것처럼 보인다. 그러나 이들은 경성제국대학에서 영문학을 공부한 엘리트 문학인 이효석의 체제 적응력을 보여줄 뿐이다. 그의 일본어 소설들은 심미적 모더니즘의 세계라고 할 수도 없지만 그렇다고 해서 순진하고 투명한 분석을 가능케 하는 작품들인 것도 아니다. 이효석은 식민지 시대 내내 성장하여 1940년경에 이르러 마침내 실체를 극명하게 드러낸 조선사회의 이원적 구조에 대해 조선어 소설과 일본어

---

43. 방민호, 「자연과 자연 쪽에서 조망한 사회와 역사」, 『100주년 작가 기념 심포지엄 자료집』, 2007.5.11 및 「이효석과 하얼빈」, 『동아시아 현대소설과 도시─제29회 한국현대소설학회 정기 학술대회 작료집』, 2007.6.9, 참조.

소설이라는 두 계열의 창작이라는 방법으로 적응하면서도 동시에 은밀한 저항의식을 드러낸 작가였다.

이효석의 일본어 창작이 식민지 파시즘 체제를 헤쳐 나가야 했던 정치적 감각을 드러낸 것이라면 김사량 문학은 서구의 포스트콜로니얼리즘론이 대상으로 삼고 있는 문학들처럼 타자의 언어로 문학을 하는 행위에 담긴 의미를 깊이 사유하도록 한다.[44] 김재용 교수는 『식민주의와 비협력의 저항』(역락, 2003)에서 일제 말기에 일본어로 쓴 작품들을 "식민주의 파시즘에 협력한 문학"과 "식민주의 파시즘 체제에 저항하는 비협력의 작품"으로 준별하면서 한설야, 임순득, 김남천, 김사량의 작품들을 수록하고 있다. 그리고 여기에는 김사량의 소설 가운데 「箕子林」(『文藝首都』, 1940. 6), 「天馬」(『文藝春秋』, 1940. 6), 「ムルオリ島」(『국민문학』, 1942. 1)와 같은 문제작들이 번역, 수록되어 있다. 이 작품들 외에 김사량이 일본에 널리 알려지게 된 계기가 된 「光の中に」(『文藝首都』, 1939. 10)는 일본인과 조선인 사이에서 태어난 혼혈 소년의 내적 심리를 그려낸 것으로 논의에서 제외하기 힘들다.

이들 작품이 김사량의 대표작임은 분명하지만 어떤 이유에서 이들을 비협력적 저항의식이 나타난 작품이라고 할 수 있는 것일까? 임종국에 따르면 「光の中に」는 구메 마사오[久米正雄]가 "국가적인 중대성을 가진 작품이요 문장 또한 동경 문단의 일반 수준에 뒤지지 않는다"[45]면서 아주 높이 평가했다고 한다. 이것은 이 작품의 시국적인 필요성을 인정한 것이고 따라서 이 작품을 천황제 파시즘에 저항한 것으로 평가하기

---

44. 김재용 교수는 『식민주의와 비협력의 저항』(역락, 2003)에서 일제말기에 일본어로 쓴 작품들을 "식민주의 파시즘에 협력한 문학"과 "식민주의 파시즘 체제에 저항하는 비협력의 작품"으로 준별하면서 한설야, 임순득, 김남천, 김사량의 작품들을 수록하고 있다. 여기에 실린 김사량의 소설은 「箕子林」(『文藝首都』, 1940.6), 「天馬」(『文藝春秋』, 1940.6), 「ムルオリ島」(『국민문학』, 1942.1) 같은 문제작들이 번역되어 있다.

45. 임종국, 앞의 책, 209쪽, 참조.

어려움을 시사하는 것이 아닐까? 그러나 임종국도 김사량의 비평들이 "국민문학"이나 "국책 협력"의 견지에서 평가될 수 있는 것이 아니라면서 『太白山脈』(『國民文學』, 1943. 2~10)과 「ムルオリ島」 등을 "향토에 대한" "강렬한 애정", 강한 집념"이 나타난 작품이라고 평가한 바 있다. 그는 이들 작품 속에서 작가의 향토애가 "절대자에 대한 숭앙에 가까울이만큼 승화되어 있"다고 보았다.[46] 같은 맥락에서 김재용 교수가 비협력 저항 작가로 분류한 것은 「天馬」가 "일본어 창작"과 "창씨개명"을 비판하고 있다고 파악한 때문이지만 김사량의 작품들에 강렬하게 묘사되어 있는 사람들의 원시적인 생명력을 중시한 때문이기도 하다.[47]

같은 글에서 김재용 교수는 김사량이 일본어 창작과 창씨개명을 비판하면서도 그것을 "생각하기에 따라서는 진정한 내선일체를 위하여 사이비 내선일체를 비판하는 것처럼 보일 수도 있"도록 그려낸 것으로 파악한다. 그에 따르면 비평에서도 이러한 "우회적 글쓰기"의 방법이 나타나는데, 예컨대 "일본 식민주의 당국이 전적으로 신뢰하고 있는 인정식의 글을 통하여 조선어로 창작하는 것의 중요성을 언급하고 있는 것은 조선어로 창작하여야 한다는 본인의 주장이 혹시나 식민주의에 저항하는 것으로 간주될 것을 대비하고 있"다는 것이다.[48]

이러한 소설적 의장 또는 가면은 이미 앞에서 채만식, 이태준, 이효석, 박태원 같은 작가들을 통해서 살펴보았던 방식과 통하는 성질의 것이다. 그리고 이는 이 시대에는 이런 가면이 없이는 글을 발표하는 것조차 어려웠음을 다시 한 번 생각하게 한다. 그러나 김사량의 이런 생각에는 모순적인 면이 있다. 그는 조선문학은 조선의 작가가 조선어로 쓰는 데서만 성립한다고 생각하면서도, 다른 한편으로 그런 신념에서 벗어나 일

---

46. 위의 책, 213쪽.
47. 김재용, 「김사량―망명 혹은 우회적 글쓰기의 돌파구」, 『저항과 협력』, 소명출판, 2003, 244~257쪽.
48. 위의 책, 257~260쪽.

본인들에게 조선의 문화, 생활, 감정을 알리거나 조선문화를 동양과 세계에 알리기 위해서 일본어로 쓰는 중개자가 필요하다고 생각했다.[49] 조선문학은 조선어로만 가능하다는 생각과, 그럼에도 불구하고 일본이나 세계에 조선적인 가치를 알리기 위해서는 일본어로 쓰는 것이 용인될 수 있다고 보는 생각은 포스트콜로니얼리즘론에서의 본질주의와 혼합주의라는 낯익은 대립적 사유를 각기 대표할 수 있는 것처럼 보인다.

포스트콜로니얼한 사회 내에서 가장 활력적인 논쟁거리 중의 하나는 「탈식민화」가 내표하는 것은 무엇이며, 「탈식민화」는 어떻게 성취되는가라는 주제이다. 몇몇 평론가들은 식민지 이전의 언어와 문화를 복권시킬 필요를 강력하게 주장한다. 이처럼 단호한 평론가들에게는 식민화란, 문화와 정치조직의 「완전한 독립」과 더불어 자연스럽게 사라지고 말 순간적인 역사적 특징일 뿐이다. 그러나 대부분의 평론가들은 그것이 불가능하다고 주장할 뿐만 아니라, 오히려 문화적 혼합주의가 모든 포스트콜로니얼한 사회의 필수불가결한 특징이자 그 사회의 전형적인 힘의 근간이라고 강변한다.[50]

그러나 김사량의 사유에 나타나는 모순은 서구 제국에 의해 식민화된 나라들에서 나타난 본질주의와 혼합주의의 대립 양상과는 다른 성질의 것이다. 이들 나라에서 제기된 두 탈식민주의적 기획은 모두 제국의 언어가 이미 특권적인 언어로 정립된 상황을 전제로 삼은 것이다. 반면에 김사량의 주장은 조선어로 쓴 것만이 조선문학이라는, 조선문학에 대한 이미 정립된 사유를 뒤바꾸려는 천황제 파시즘의 언어정책이 바야흐로 위세를 부리는 상황에서 제출된 것이다. 뿐만 아니라 이는 일본어 창

---

49. 위의 책, 244~248쪽.
50. 빌 애쉬크로프트 · 개레스 그리피스 · 헬렌 티핀, 앞의 책, 54~55쪽.

작의 동기 또한 전유를 통한 구성적 아이덴티티의 구축보다는 조선 사정을 일본인들에게 알리겠다는 '계몽적' 측면만을 강하게 인식된 논리다. 일본어 문학 쪽의 시각에서 보면 김사량 소설은 일본어로 쓰면서도 토착어의 사용을 비롯한 여러 형태적 실험을 통해 문화적 차이를 강하게 부각시키는 효과를 거두는 것으로 해석될 수 있을 법하다. 그러나 이미 조선어가 하나의 강력한 문화적 기획으로 정립되어 있는 조선어 문학 쪽에서 보면 김사량의 사고법은 조선적 가치에 대한 일본적 가치의 헤게모니를 강화하게 할 수 있다. 특히 문학에서는 언어가 근본적인 문제라는 점을 잊지 말아야 한다. 김사량의 방법론은 한때의 실용적인 목적을 위해 문학 언어의 본질을 희생시키는 우를 범한 것이다. 다른 모든 작품들보다 문학성 면에서 우수한 「天馬」나 「ムルオリ島」가 조선어로 창작, 발표되지 못하고 일본어로 창작, 발표된 것이야말로 한국 현대문학의 입장에서 보면 가장 중대한 손실이 아니고 무엇이란 말인가. 또한 그가 생각한 계몽적 목적이라는 것도 그것이 제대로 실현된다는 법은 없었다고 보아야 한다. 김재용 교수의 분석은 그가 일본어로 쓰고 발표했음에도 불구하고 "우회적 글쓰기"라는 중대한 손실이 없이는 자신이 말하고자 한 것을 전달할 수 없었음을 보여준다. 이것은 김사량의 일본어 소설 창작이 천황제 파시즘 체제 아래 포섭되는 성질의 것이자 따라서 타협 개념을 포함한 협력의 성격을 강하게 보여주고 있었음을 의미한다.

김사량의 「天馬」는 아주 문제적인 작품이지만 그 초점은 일본어 창작과 창씨개명 비판에만 있는 것이 아니라 '현룡'이라고 하는 기형적 존재를 전형으로 삼아 당대 조선 문단의 질병적인 상태를 묘사하는 데 있었다고 보아야 한다. 이 문단은 단순히 조선 작가들로만 구성되어 있지 않다. 김사량은 민족적인 콤플렉스를 앓고 있는 현룡의 이틀 밤낮을 중심에 놓고 조선어로 쓸 것인가 일본어로 쓸 것인가가 현안으로 제기되어 있는 조선 문단을 '총체적'으로 부감한다. 그러나 이러한 '총체적' 축도에는 조선어로만 써야 한다든가 침묵을 선택해야 한다는 입장은 처음부터 아예 배제되어 있다. 대립의 축은 어디까지나 조선어만을 주장하는 언어 쇼비니즘을 경계하면서도 조선어 창작에 무게를 두는 '이명식'과 "애국주의라는 미명 하에 숨어서 조선어로 창작은커녕 언어 그 자체의 존재조차도 정치적인 무언의 반역이라며 중상을 하고 돌아다니는"[51] '현룡' 사이에 가로놓인다. 그러나 모든 소설은 특정한 측면을 부각시키기 위해 다른 측면을 삭제하거나 외면하는 선택 행위다. 「天馬」는 이러한 중대한 희생을 치르고 무엇을 얻어냈던 것일까?

대립축의 근본적 한계에도 불구하고 이 작품은 1934년의 「소설가 구보 씨의 일일」에 비견될 수 있을 만큼 우수한 구도를 가진 작품이다. 여기서 현룡은 내지인 거리인 신마치에서 깨어나 종로 뒷골목에 이르는 '여행' 코스를 거쳐 다시 신마치로 돌아간다. 이 폐쇄적인 순환 코스는 「소설가 구보 씨의 일일」의 구보가 다옥정 집에서 나와 다시 그곳으로 돌아간 것과는 맥락이 다르다. 구보에게 이 여정은 경성 역에서 돌아서는 폐쇄적 순환 구도에도 불구하고 참다운 생활, 예술을 통해 식민지 근대 도시 경성의 고뇌를 초극해 나가고자 하는 의지를 향한 길이다. 반면에 현룡의 이틀에 걸친 여정은 조선인이면서 내지인이 되기를 꿈꾸는 그의 광적인 '흉내'가 막다른 골목 같은 절망에 다다르는 과정을 보여주기 위한 것이다.

다시 그 신마치 골목의 거미줄 같은 미로에 들어선 것이다. 환각에 빠진 현룡에게는 그것이 정정한 포플러가 서 있는 넓은 가로수 길처럼 보인다. 웅덩이 투성이인 하수는 깨끗하게 물이 맑은 실개천 줄기같이 생각된다. 거기서는 개구리가 입을 모아 맹렬하게 개굴개굴 울어대는 듯

51. 김사량, 「天馬」, 김재용·김미란·노혜경 편역, 『식민주의와 비협력의 저항』, 역락, 2003, 254쪽.

귀가 먹먹해질 정도의 환청을 들었다. 그 위를 바람이 획 하고 휘몰아쳐서 포플러 가지가 꺾일 것 같이 보인다. 이제 발은 비틀거리기도 하고 넘어지기도 하고 물구덩이에 빠지기도 하였다. 그래도 그는 정신없이 기어 올라간다. 그때 갑자기 발밑에서 개구리들이,

"센징!, 센징!"

하고 떠드는 것처럼 들린다. 그는 겁이 나는 듯 갑자기 귀를 막고 도망치면서 외쳤다.

"센징이 아냐!, 센징이 아니라고!"

그는 조선인이기 때문에 일어난 오늘의 비극으로부터 몸서리치게 도망치고 싶었던 것이리라. 그런데 갑자기 그의 고막이 굉음을 내며 폭발하는 것 같더니 신기하게도 아까 들리던 개구리 소리는 사라지고 무엇인지 온통 주위에서 이상한 소리가 들리기 시작했다. 그것이 점점 복잡하게 크고 확실하게 들려온다. 어느 사이엔가 벌써 수 천 수 만의 사람들이 함께 합창을 하는 듯한 '남무묘법연화경, 남무묘법연화경'이라는 염불이 북과 목탁 소리를 타고 바다와 같이 그의 주위에 퍼졌다. 그는 마치 버둥거리면서 구조를 청하듯이 당황해서 허둥대며 그 속을 헤매고 돌아다녔다. 하지만 미로는 제 맘대로 빙글빙글 제자리로 돌아가곤 하기 때문에 아무리 걸어도 걸어도 끝이 없다. 혼란 상태라고는 해도 현룡은 극도로 초조해져서 죽을 똥 살 똥 달렸다. 그러다가 발이 걸려 쾅 하고 넘어지기도 한다. 엉금엉금 또 기어오른다. 그리하여 그는 눈만 시뻘겋게 타올라 미쳐 날뛰는 진흙 투성이 소처럼 무서운 모습이 되었다. 하지만 사실은 이번에야말로 독경과 염불소리가 감도는 바닷바람에 실려 두둥실 천상으로 올라갈 것 같은 기분이 되었다. 그런데 그렇지가 않다. 그의 마음속에서는 확실하게 자기가 사창가 근방에 들어와 있다는 것을 알고 있었다. 사실은 자기가 잔 적이 있는 집들을 애타게 찾아다니고 있는 것이다. 하지만 여기도 저기도 똑같이 빨강이나 파란 페인트를 덕지덕지

바른 집뿐으로 때마침 좍좍 억수같이 내리는 비의 물안개에 흐려져서 보이지 않는다. 그는 손을 치켜들고 뭔가 두세 마디 소리 높여 외쳤다. 그리고 나서 갑자기 또 살기등등한 단말마의 투우처럼 무서운 기세로 달려서, 한 집 한 집 대문을 두드리고 다니기 시작했다.

"이 내지인을 살려줘, 살려달라고!"

그는 숨을 헐떡거리면서 울부짖은 것이었다. 그리고 또 다른 집으로 뛰어가서 대문을 두들겨 댄다.

"열어 줘, 이 내지인을 들여보내 줘!"

또 뛰기 시작한다. 대문을 두드린다.

"이제 나는 센징이 아냐! 겐노가미 류우노스케다, 류우노스케다! 류우노스케를 들여보내 달라고!"

어디에선가 천둥이 우르르르 으르렁거리고 있었다.[52]

김사량은 '겐노가미 류우노스케'의 귀신이 들린 것처럼 광기 어린 현룡의 마지막 모습을 더할 수 없이 처참하게 묘사해 나간다. 타락과 절망으로 점철된 현룡의 모습은 그 자체가 1940년을 전후로 한 시대에 대한 환유적인 비유로 기능한다. 현룡은 다만 그것을 대표할 뿐 "조선 문인들 사이에서도 시국인식 운동의 열기가 높아져서 선명하게 물보라를 일으키며 자기를 추월해 버린 것"[53]은 시대의 광기가 현룡만의 것이 아님을 알려준다.

또한 그것은 조선인들만의 문제가 아니다. 작중에 나타난 일본 작가 '다나까'며 관립전문학교 교수 '쯔노이'며 관료 출신의 시국잡지 편집자인 '오무라' 같은 일본인들의 행태는 단지 외관상으로만 현룡과 구분될 뿐 본질적으로 그와 다를 바 없다. 작중에서 현룡이 복숭아나무 가지를

52. 위의 책, 280~281쪽.
53. 위의 책, 266쪽.

어깨에 메고 한밤의 종로 거리를 떠돌아다니는 모습은 작가의 비판이 단순히 현룡을 향한 것이 아님을 시사한다. 원래 복숭아나무 가지는 귀신을 쫓는 축귀의 기능이 있는 것으로 전해져 내려온다. 현룡이 마치 십자가를 짊어진 예수처럼 복숭아나무 가지를 짊어지고 종로 뒷골목을 헤매다니다가 예의 그 일본인들을 만나 자신이 복숭아꽃을 타고 하늘로 올라간다고 외치는 장면은, 현룡이 비단 집도 아내도 자식도 돈도 없이 대일협력을 빌미 삼아 타락과 퇴폐를 일삼는 존재로 그려졌을 뿐만 아니라, 일종의 영매처럼 천황제 파시즘이라는 귀신, '겐노가미 류우노스케'의 귀신이 들린 조선 반도 전체를 상징하는 존재임을 말해준다. 현룡과 마찬가지로 천황제 파시즘의 광기에 휩싸인 조선 반도 전체가 복숭아나무 가지의 주술적인 힘으로나 치유될 수 있는 현룡 그 자체인 것이다.

「ムルオリ島」와 「天馬」는 그가 얼마나 우수한 작가인지 실감하게 해준다. 그 아름다운 자연 묘사와 인간의 원시적인 생명력에 대한 애착, 현실에 대한 날카롭고도 심원한 통찰은 그가 1940년대 문단의 최고의 작가라는 사실을 인정하지 않을 수 없게 한다. 그러나 이것이 일본어로 쓰고 발표한다는, 시국에 대한 중대한 타협을 매개로 해서나 탄생할 수 있었다는 사실에 바로 1940년대 한국문학의 불행이 가로놓여 있었다고 보아야 한다.

6. 맺음말

이 연구는 최근 들어 활발한 양상을 보이고 있는 일제 말기 문학의 제 양상을 협력과 저항이라는 정치적 태도 및 효과의 측면에서 새롭게 고찰하고자 한 것이다.

임종국이 『친일문학론』을 저술한 이래 이 분야는 오랫동안 '친일문학'이라는 범주 아래서 논의되어 왔다. 그러나 이 개념은 일제 말기 문학에 나타난 체제 협력과 개화기, 구한말에 나타난 친일 문제를 개념적으로 준별하지 못할 뿐만 아니라 가치론적 함의가 너무 큰 탓에 체제 협력 문제에 대한 객관적 접근을 가로막는 측면이 있다.

'친일문학'에 대한 연구는 한국현대문학의 중요한 연구 분야를 형성할 만한 것임에도 아직까지 개념적 도구를 비롯한 체계적인 연구 방법 및 시각이 마련되어 있지 못한 상태다. 특히 최근 약 10여 년에 걸쳐 오리엔탈리즘론이나 포스트콜로니얼리즘론이 한국 현대문학 연구를 위한 시각으로 활발하게 수용되는 양상이 나타나면서 에드워드 사이드나 호미 바바의 견해들, 일본적으로 변형된 포스트콜로니얼리즘론이 일제시대 한국문학 연구의 방법론으로 널리 적용되고 있다. 그러나 이러한 직접적 적용은 일제시대 한국문학의 특수한 문제들을 그것대로 천착하지 못하게 하는 위험성이 존재한다.

이 논문은 이러한 문제의식에서 출발하여 일제 말기 대일협력 문제를 동기, 전개 양상, 이후의 수리 과정으로 나누어 살펴봄으로써 문제를 전체적으로 보면서 또한 분석적으로 볼 것을 제안하고 있다. 또한 이 가운데 가장 큰 주제를 형성하는 전개 양상에 대한 분석은 다른 분야가 아니라 문학 분야에 있어서의 대일협력이라는 점에 비추어 문필행위를 통한 협력 여부, 조선어와 일본어 선택 문제 등을 중시할 것을 제안하고 있다.

나아가 일본어 창작 문제는 지금까지는 일본어로 쓴 문학이라고 해도 그 내용이나 주제에 따라 '친일' 여부를 준별할 수 있다고 보는 관행이 있었음에 유의하면서, 문학 매체로서 일본어를 선택하는 것 자체가 당시로서는 일종의 체제 협력의 의미를 지니고 있었음을 이 논문은 명백히 하고자 했다. 이러한 시각에 따르면 일제 말기의 문학인들의 대일 협력은 단순히 내용상의 문제가 아니라 언어 선택의 문제이기도 하다. 일본식 창씨 제도의 도입과 '국어 상용'이 핵심적인 통치 이데올로기로 작동하던 현실에서 어떤 언어로 문학을 하는가 하는 문제는 아주 중요하게 다루어져야 한다.

그러면서 동시에, 1940년을 전후로 하여 가혹해진 식민지 파시즘 통치 아래서 권력에 의해 통제된 지면들에 글을 발표하면서 현실비판적인 태도를 명료하게 드러낸다는 것이 거의 불가능한 일이었다는 사실을 중시하여 작품들, 비평들, 여타 산문들에 나타난 대일 협력적 포즈를 외면적인 태도 이상의 심층적 수준에서 새롭게 볼 것을 제안하였다. 이것은 일제 말기의 작가와 작품을 당시에 주류를 형성하고 있는 것처럼 보이는 국민문학론 및 그 창작적 '실천'의 맥락을 넘어선 층위에서 분석할 것을 요구하는 것이다. 사물은 어떤 시각에서 보느냐에 따라 그 양상이 다르게 나타난다. 국민문학론의 담론적 '실천'의 맥락에서 보면 모든 작가들이 어떤 형태로든 국민문학론에 포섭되어 있거나 천황제 파시즘의 동화적인 힘에 짓눌려 있는 것처럼 보이지만 그러한 파놉티콘적인 체제와 논리 역시 하나의 불안정한 구조물이며 이러한 구조를 내부로부터 허물거나 새로운 구조로 나아가게 하는 노력들이 펼쳐지게 마련이고 또 나아가 아예 이러한 담론적 구조물의 '외부'에 서 있는 문학들이 있었음을 부인할 수 없다.

일제 말기의 문학에 대한 최근의 연구들은 민족적인 것과 민족주의적인 것을 범주적으로 혼동하는 것 같은 양상을 보이는 경우가 없지 않다. 천황제 파시즘과 국민문학론에 대해서 비판의 초점을 정확히 파지하지 못하고 있던 임종국의 민족주의적 논리는 이러한 혼동으로 나아가는 매개 역할을 하기도 한다. 그러나 출판, 교육, 문단 등 문학에 관련된 전 과정을 장악하고 있던 식민지 권력과 문단제도를 비판적으로 조명하면서 그것에 포섭되지 않는 문학의 가능성을 추구하는 태도를 일괄하여 민족주의적인 것으로 치부하면서 비판을 가하는 것은 바람직하지 못한 것 같다. 제국의 논리에 포섭되지 않는 문학의 논리를 구축하려던 것이 민족주의적인 담론에 귀착하면서 제국의 논리와 이형동질적인 것으로 변질되는 경우를 종종 보게 되지만 이러한 아이러니는 한국 현대문학사만

이 아니라 세계 각국의 포스트콜로니얼 문학에서 흔히 나타나는 현상이
다. 따라서 식민지 파시즘 아래서 민족적인 가치를 추구한 모든 문학적
흐름을 천황제 파시즘의 대동아론이나 국민문학론에서 전혀 자유롭지
못한 것으로 보면서 그것이 해방 후에 보여준 변화에 의거하여 소급적으
로 비판하는 것은 온당치 않다.

이 논문에서 특히 중요시하고자 한 것은 국민문학론을 선도하거나 이
에 적극적으로 협력한 사람들이 아니라 협력과 저항의 틈새에서 고민하
면서 그 자신의 문학적 가치를 보존하고자 한 작가들이다. 이들은 특히
최근 들어 협력에 귀착한 작가들로 분류되곤 하지만 그러한 협력적인 포
즈의 이면에는 만만치 않은 문제의식이 담겨 있는 경우가 많다. 이들은
'사소설'의 환유적 기법을 활용하여 식민지 체제에 역설적인 비판을 가하
거나, 일본어 소설을 쓰면서도 여러 환유적, 상징적 장치를 통해서 체제
에 포섭되지 않는 정신의 가능성을 실험해 나갔다. 채만식, 이태준, 박태
원, 이효석 같은 작가들의 이면에 대한 탐구는 한국문학을 정치적인 것
으로 밀어붙이는 분석적 시각에 대하여 '문학적' 가치에 대한 고민과 실
험이 일제 말기의 야만적인 체제 아래서도 여전히 존재했음을 알 수 있게
해준다.

최근에 필자는 춘원연구학회에서 일련의 발표들을 접하면서 '친일' 협
력자로 이름 높은 이광수조차 그를 둘러싼 권력의 작용과 그 자신의 내
면적 정황이 전혀 간단치 않았음을 다시 한 번 새롭게 인식하지 않을 수
없었다. 과연 신념과 논리와 자발성이란 무엇인가? 그것은 한 문학인이
살아나가고 견뎌내야 하는 사회적 메커니즘 및 권력과 어떤 관계를 맺는
것인가? 한국 현대문학 연구는 이 협력과 저항의 희비극에서 정녕 새롭
고 섬세한 인식을 얻어내지 않으면 안 되겠다.

미래주의와 파시즘의 관계

—마리네티와 무솔리니의 '대중Masses'에 대한 시각을 중심으로

신 혜 경

"미래주의가 없었더라면, 파시스트 혁명은 존재하지 않았었을 것이다."

– 무솔리니(B. Mussolini)[1]

1. 서론

이제는 이미 고전이 되어버린 「기계복제 시대의 예술작품」에서 벤야민은 기술 재생산이라고 하는 새로운 생산조건들과 이에 따른 새로운 예술의 특성, 그리고 그 속에서 거대한 정치 세력으로 등장한 대중들의 예술 수용의 문제들을 논의한 바 있다. 주지하다시피 벤야민은 아우라의 몰락

---

1. 주지하다시피 무솔리니는 1914년 사회주의 당으로부터 축출된 후에 IL Popolo d'Italiana를 창설하면서 독자적인 정치활동을 본격적으로 시작하였다. 이후 1919년 무솔리니는 Fasci del Combattimento의 창설을 모태로 하여 1921년 민족주의 파시스트 당(Partito Nazionale Fascista)을 설립하고 이듬해 정권 장악에 성공한다. 파시즘이란 용어는 '파쉬'(fasci)에서 유래한 것이다. '파쉬'란 집정관의 수행원인 릭토르(lictor)가 들고 다니던 고대 로마의 집정관의 상징으로, 막대기 다발 사이에 도끼를 끼운 상징물을 가리킨다. 이탈리아 파시스트들은 대중적 호소력을 지닌 이미지와 상징들을 활용하기 위해 고대 로마의 신화를 차용하였는데, 파시즘은 라틴어 dix에서 따온 '총통'(Duce)에 의해 지배되고 총통의 상징은 파쉬였다. 무솔리니의 말을 빌자면, "로마는 우리의 수호성이자 우리의 상징이며 우리의 신화"였다. (무솔리니,『파시즘 혁명』, 413쪽)

이라는 기술 재생산 시대 예술의 새로운 특징들이 기존의 자율적 예술이 지니고 있던 숭배적이고 제의적인 기능으로부터 벗어나 정치를 기반으로 한 예술의 새로운 기능, 즉 "예술의 정치화"라는 새로운 가능성을 열어젖힐 수 있을 것이라고 기대하였다. 그러나 벤야민에 대한 일부의 비판과 같이 그의 논의를 단순히 '기술 결정론자'의 낙관주의적 희망으로만 평가해 버리는 것은 잘못이다. 무엇보다도 벤야민은 기술 재생산 시대의 예술이 나아갈 수 있는 또 다른 가능성, 이른바 "정치의 예술화"의 가능성을 목도하고 이에 대한 심각한 우려를 표명한 바 있기 때문이다. 즉 기술 재생산이라고 하는 새로운 생산조건 및 대중의 점진적 형성은 "예술의 정치화"의 가능성뿐만 아니라 "정치의 예술화"의 계기 또한 잠재적으로 지니고 있는 것이었다. 벤야민에 따르자면, "예술의 정치화"의 구체적인 사례는 에이젠슈테인S. M. Eisenstein과 푸도프킨V. I. Pudovkin의 예술작품에서 살펴볼 수 있는 반면, 이제는 일상화되어버린 "정치의 예술화"는 무엇보다도 파시즘의 대중 전략에서 분명하게 표현된다.

「기계복제 시대의 예술작품」에서 벤야민은 파시즘을 다음과 같이 서로 관련된 세 가지 점에서 간략하게 특징화했다. (1) 산업적 근대화의 문맥과 그것의 사회적 귀결, (2) 자본주의적 소유구조와의 제휴, (3) 대중의 설득과 동원으로서의 정치의 심미화.[2]

> 오늘날 사람들의 점진적인 무산계급화와 대중의 점진적인 형성은 동일한 사건의 양면이다. 파시즘은 새로이 생겨난 무산계급화한 대중을 이 대중이 폐지하고자 하는 소유관계는 조금도 건드리지 않은 채 조직하려 하고 있다. 파시즘은 대중으로 하여금 결코 그들의 권리를 찾게 함으로써가 아니라 그들 자신을 표현하게 함으로써 구원책을 찾고 있다.[3]

---

2. Russell A. Berman, *Modern Culture and Critical Theory*, The University of Wisconsin Press, 1989, 36쪽.

노동계급의 투쟁을 통하여 계급 갈등이 종식되고 진정한 무계급 사회를 만들어내는 대신 파시즘은 현 사회, 다시 말해 계급사회 안에서 계급 문제 자체를 해소시킴에 의해서 계급투쟁을 끝내버린다. 무솔리니에 주장에 따르면 파시즘은 사회주의와 대립한다. 왜냐하면 사회주의는 역사의 운동을 계급투쟁에 한정하며 하나의 경제체계 속에 확립되는 계급들의 총합과 국가의 도덕성을 무시하기 때문이다. 이에 반해 파시즘은 민족이나 국가 같은 개념을 통해서 계급대립의 상황을 이데올로기적으로 해소시켜 무계급적인 통일체를 전면에 내세운다. 그리하여 파시즘은 "투쟁 중인 계급"에서 "전쟁 중인 민족"으로의 신화를 창조한 것이었다.[4] 결국 이런 관점에서 보자면, 파시즘의 대중 동원은 노동계급의 물질적 해방이 아닌 대중 기만과 길들이기에 불과하다는 것이다. 그리하여 벤야민은 파시즘의 대중 정책을 "지도자의 숭배라는 모욕과 수모를 강요당하는 대중의 강간"[5]이라고 혹독하게 비판하였다.

여기에서 흥미로운 것은 벤야민이 "정치의 예술화"의 최종점으로서 파시즘에 의한 전쟁의 찬양을 논하는 가운데 마리네티F. T. Marinetti의 선언문을 인용하고 있다는 점이다. "'세상은 무너져도 예술은 살리라'라고 파시즘은 말하면서 기술에 의해 변화된 지각의 예술적 만족을, 마리네티가

3. W. Benjamin, 최성만 편역, 「기계복제시대의 예술작품」, 『기계복제시대의 예술작품, 사진의 작은 역사 외』, 도서출판 길, 147쪽.
4. 마크 네오클레오스, 『파시즘』, 62~70쪽. 무솔리니는 주장하기를, 대중은 사회주의자와 민주주의자의 "물신"(fetish)을 재현하는 반면, 파시즘은 근본적으로 사회주의와 민주주의에 적대한다고 하였다. 파시즘은 이해관계에 의한 분열의 제거와 계급 없는 사회라는 이데올로기를 통하여 이탈리아인에게 국민적인 정체성을 부여해주려는 것이었다. 파시즘은 대규모의 조직화된 노동자 계급에 대한 반동이었고, 이를 위하여 민족이라는 개념이 강조되었던 것이다. 즉 계급투쟁이 격렬해지자, 노동계급은 혁명적 변화를 야기해 국민적 안정성을 파괴할 수 있는 위협적인 존재가 되었고 민족주의는 바로 이러한 역사적 국면에서 확립되었다. 파시즘은 공격적인 활동을 전개해서 계급을 민족에 통합함과 동시에 노동계급을 민족아래 통합시키고자 했다. 파시즘의 시각 하에서 모더니티의 전개과정, 즉 민주주의의 발흥, 합리주의와 프랑스 혁명의 공포, 프롤레타리아 계급의 조직화 등은 민족의 이상적인 통일성을 위협하는 공포로 여겨졌다. 따라서 국민적 통일성을 부활시키는 것은 근대적 타락에 대한 대응을 의미하는 것이었다.
5. W. Benjamin, 앞의 책.

고백하고 있는 것처럼 전쟁에서 기대하고 있다. 이것은 분명 예술지상주의의 마지막 완성이다."[6] 이후 미래주의를 연구하는 입장에는 이러한 벤야민의 문장에 공명共鳴하여 미래주의를 파시즘의 미학과 동일한 것으로 단순화시키면서, 정치를 심미화하는aestheticizing politics '나쁜' 파시스트 예술 대對 예술을 정치화하는politicizing art '좋은' 공산주의 예술이라는 대립구도 속에서 미래주의에 대한 무차별적 난사亂射를 가하는 이론들도 생겨났다. 그렇다면 여기에서 다시금 검토를 요하는 문제는 첫째로 과연 마리네티의 미래주의와 무솔리니의 파시즘의 관계를 어떻게 볼 것인가 하는 것과 둘째로 "정치의 예술화"와 "예술의 정치화"의 관계를 어떻게 규정할 수 있을 것인가 하는 지점이다.[7]

이 글은 바로 이러한 전반적인 문제의식에서 출발하였다. 그러나 이러한 문제의 전체 연관에 대한 해명은 보다 광범위한 연구와 지면을 요청하는 작업일 터임에 틀림없다. 따라서 우선 이 글은 위에서 언급한 첫 번째 문제, 즉 미래주의와 파시즘의 관계에 관심을 기울이고자 한다. 그럼에 있어서 필자의 입장은 미래주의=파시즘의 미학으로 양자兩者를 단순하게 동일시하려는 것이 아니라,[8] 그들의 관계를 보다 근원적인 철학적

---

6. W. Benjamin, 위의 책.
7. 예컨대 "정치의 예술화"의 한 사례로서 리히펜슈탈(R. Riefenstahl)의 「의지의 승리Triumph des Willens」(1934)와 같은 작품을 들 수 있고 이에 반하는 "예술의 정치화"의 한 사례로는 에이젠슈테인의 「전함 포템킨Bronenosets Potymkin」(1925)과 같은 작품을 거론할 수 있다면, 현대인의 시선에서 과연 그 두 작품은 확연히 구분되는 본질적 특성을 갖고 있는 것일까?(「의지의 승리」는 1933년 뉘른베르크에서 열린 나치 전당대회를 찍은 다큐멘터리 영화로서, 1935년 베니스 영화제에서 대상을, 파리 국제 박람회에서는 금상을 수상했을 정도로 미학적으로 뛰어난 완성도를 보여주는 작품이다. 그러나 이 영화는 그 내용적 사악함(나치즘의 선전)과 관련되어 많은 미학적 논란을 불러일으켰다. 말하자면 예술 작품의 내용이 지니는 도덕성과 예술적 미학적 평가의 관계, 또는 예술가의 윤리적 책임이라는 문제 등에 대하여 이제껏 치열한 논쟁의 대상이 되어왔다. 「전함 포템킨」은 1917년 혁명 이후 영화산업의 재편과 기존의 영화에 대한 비판 속에서 소비에트 영화는 인민의 교육과 선전을 위해 이용되어야 한다는 이념이 천명되는 가운데, 1905년 전함 포템킨에서 일어났던 민중혁명 20주년을 기념하기 위해 레닌의 지시 하에 만들어진 영화다. 이 영화는 8살 된 러시아 혁명과 27살 에이젠슈테인의 젊은 피가 한데 만나 이루어진 소비에트 몽타주 기념비적인 작품이다.) 과연 그 차이는 정치적 이념의 차별성, 즉 공산주의와 파시즘이라는 "옳은" 이념과 "나쁜" 이념의 차이에서 비롯된 것에 불과한 것인가? 그러나 이에 대한 보다 상세한 논의는 또 다른 지면의 과제로 돌릴 수밖에 없다.

입장으로부터 따져보자는 것이다. 그럼으로써 이 둘 사이의 관계는 우연적이거나 기회주의적인 것이 아니라 발생 초기부터 내적인 동질성을 갖고 있다는 것, 또한 미래주의는 무솔리니의 등장 이전부터 파시즘의 도래를 준비하고 있었다는 것이다. 그리하여 마리네티의 미래주의와 무솔리니의 파시즘은 하나의 토양과 같은 뿌리에서 자라난 두 열매라는 것, 즉 이들 모두 이탈리아라는 상황에서 맞이한 새로운 모더니티에 대한 하나의 대응방식으로서 그 사상적 뿌리를 공유하고 있다는 사실, 그러나 파시즘이 이후 정권을 장악해나가는 과정 속에서 자신의 애초의 이념을 변질시켜 나감에 따라 양자의 사상적 친화성도 자연히 소원해질 수밖에 없었다는 것이다. 따라서 미래주의와 파시즘의 관계를 해명하고자 했던 기존의 논문들이 주로 마리네티와 무솔리니라는 두 인물들 사이의 사적인 교류를 중심으로 양자의 유대관계를 찾아보려고 했다면, 이 글은 보다 근본적인 양자의 철학적 토양 속에서 그 사상적 친화성의 뿌리를 더듬어보려고 하였다. 그럼에 있어서 미래주의와 파시즘은 다음과 같은 점에서 그 태생적인 공통성이 찾아질 수 있다. 그들은 모두 산업화되고 기계화된 모더니티라는 새로운 정치적 사회적 현상에 대한 하나의 대응방식이었으며, 다른 한편으로는 그러한 모더니티의 결과 등장하게 된 대중들을 적극적으로 동원하려 했다는 점이다. 특히 마리네티의 미래주의와 무솔리니의 파시즘에 있어서 공통적인 토대를 보여주는 지점은 다른 무엇보다도 '대중'에 대한 철학적 시각과 이를 바탕으로 한 구체적인 대중 동원 전략에서 분명하게 드러난다고 생각된다. 그럼에도 앞서 말한 첫 번째 지점은 지금까지 미래주의와 파시즘을 연구하는 각각의 논문들에서 간간이 논의되어 왔음에도 불구하고, 이러한 두 번째 지점에 대한 연

---

8. 파시즘은 단 한 번도 미래주의를 공식적인 파시즘의 예술로 선언한 적은 없었다. 그럼에도 이들의 관계에 대한 엄밀한 논의 없이, 미래주의=파시즘의 미학이라는 단순화가 쉽사리 통용되고 있는 것은 자못 놀라운 일이기도 하다. 따라서 최근의 연구들 가운데는 미래주의를 파시즘의 미학이라는 낙인으로부터 구제해 내려는 시도들이 점차로 등장하고 있는 추세인 듯하다.

구는 지금까지 필자가 찾아본 바로는 거의 전무한 실정이다. 따라서 이 글은 바로 이 두 번째 지점, 즉 마리네티와 무솔리니의 대중에 대한 태도에 초점을 맞추어 미래주의와 파시즘의 관계를 살펴보고자 한다.

2. 논의의 배경

1) 미래주의를 보는 기존의 연구 시각

포지올리L. Poggioli는 『아방가르드의 이론』에서 "미학적 급진주의와 정치적 급진주의, 즉 예술에서의 혁명가와 정치에서의 혁명가 사이의 동맹이라는 경험적으로 타당해 보이는 것 같은 가설(실제로는 단지 유추나 상징)은 이론적이고 역사적으로 오류"[9]라고 주장한 바 있다. 그에 따르면, 특정한 아방가르드 운동의 이념과 특정한 정치 당파 사이의 일치는 단명하고 '우발적'인 것이다. 어떤 아방가르드이건 그 한가운데 언제나 자리하는 유일한 이념은, 모든 정치적 이념들 가운데 가장 덜least 정치적이고 가장 반anti 정치적인 것, 즉 무정부주의anarchism와 자유지상주의libertarianism[10]라고 선언한다. 우리는 여기에서 미적인 것의 자율성에 근본적인 이러한 반정치적인 입장이 특정한 정치학의 형태, 즉 무정부주의와 자유지상주의로 구체화되는 것을 목도한다. 나아가 포지올리는 "정치적 관점에서 보자면 자유민주주의적이고, 사회경제적 관점에서 보자면 부르주아 자본주의적인 사회 유형에서만 아방가르드는 존재할 수 있다"(106쪽)고 단언한다. 아방가르드 예술은 그 본성상 전체주의 국가와 집단적 사회의 박해를 받을 때는 물론이고, 그것의 보호와 공식적인 후원을 받을 때도 역시 살아남을 능력이 없다는 것이다. 휴이트A. Hewitt는 이러한 포지올리의 관점에 대하여, 그에게 있어서 아방가르드는 "일종의 자유 시장free-market 미학의 산물로 출현한다"고 비판한 바 있다.[11]

---

9. R. Poggioli, *Theory of Avantgarde*, 95쪽.(국역본 『아방가르드의 이론』, 145쪽.)
10. R. Poggioli, 위의 책, 106쪽.(국역본, 148쪽) 자유지상주의의 근본 가정은 만인은 그들이 타인의 자유를 침해하지 않는 한, 자신이 선택한 대로 행할 수 있는 자유를 가진다는 것이다.

그런데 이탈리아 미래주의와 파시즘의 관계를 파악하는 포지올리의 관점도 바로 이러한 전제로부터 출발한다. 그의 주장에 따르면, 이탈리아 미래주의는 그 발생 초부터 민족주의적 성향을 띠었지만 파시즘은 단지 기회주의적으로 그랬던 것일 뿐이었다. 또한 파시즘이 미래주의를 지지할 때조차 그 지지는 분명하지 않고 관념적이었으며 지속기간도 짧았다는 것이다. 요컨대 이탈리아 미래주의는(프랑스의 초현실주의자들이 그랬던 것처럼) 적어도 부분적으로는 모험정신에 이끌려서 (또 정치적 경향들에 담긴 허무주의적 요소에 이끌려서) 파시즘(또는 공산주의)을 껴안았다는 것을 잊어서는 안 된다는 것이다. 결국 포지올리에 의하면, 이탈리아 미래주의와 파시즘의 관계는 우연적이거나 기회주의적인 만남에 불과한 것이 되어버리고 만다.

지금까지 많은 예술사가들은 끊임없이 미래주의의 정치적 특질을 배제시키고 그 '진보적인' 형식만을 강조하려는 경향을 보여왔다. 즉 아방가르드의 이후 발전 속에서 미래주의의 미적인 혁신을 옹호하기 위하여 그것의 정치적인 문제를 배제하려고 시도해왔던 것이다.[12] 보울러A. Bowler에 따르면, 본질적으로 예술사가들은 파시즘에 대한 미래주의의 관계를 두 개의 서로 다르지만 상관된 전략을 통하여 다루려고 해왔다. 이들 중 첫 번째 전략은, 미학의 전통에서 보다 일반적으로 말해 예술과 정치의 절대적인 분리라는 암묵적인 가정에 입각해서, 예술에서 정치적인 것이 가지고 있는 문제를 무시하는 것이었다.[13] 두 번째 전략은 이탈리아 미래주의의 정치적 차원을 미래주의 운동의 후기, 즉 미학적으로 중요성이 덜한 단계

---

11. A. Hewitt, *Fascist Modernism; Aesthetics, Politics, and the Avant-Garde*, 29쪽. 휴이트는 포지올리의 반정치적이고 형식주의적인 아방가르드의 이론이 미적 모더니티 개념이 형성되었던 정치적 상황의 징후를 담고 있다고 한다. 즉 아방가르드의 형식주의화 및 조이스, 프루스트, 몬드리안, 달리, 클레, 쇤베르크와 같은 인물들의 정전화(canonization)는 비교적 최근의 현상으로서 냉전(the Cold War)의 문화정치학에 빚지고 있다는 것이다. "모더니즘의 규범을 확립하기 위한 일차적인 기준으로서의 '진보적' 형식과 추상 경향은 특정하게 역사적으로 정립된 정치적 기능에 봉사한다. 그것은 아방가르드 미학을 선호하는 정치 환경의 문제일 뿐만 아니라, 형식주의적인 미학적 기준의 구축을 통한 그러한 환경의 비판적 재확증(reaffirmation)의 문제이기도 하다."

12. A. Bowler, *Poltics as Art; Italian Futurim and Fascism*, 765~766쪽.

로 집어넣음으로써 정치적 차원의 중요성을 배제시키려고 해왔다. 예컨대
『미래주의 선언문Futurist Manifestos』의 편집자인 아폴로니오U. Apollonio는 미
래주의 운동의 후기 단계에 속하는 "부정적인 발전을 무시하는 반면, 가
장 진정한 모더니티를 보여주는" 초기의(1909~1918년 사이의) 미래주의 문헌
들을 "주의 깊게 검토"해야 할 필요성을 강조했다.[14] 마찬가지로 『미래주
의의 순간The Futurist Moment』에서 펄로프M. Perloff도 파시즘에 대한 미래주의
의 관계를 간략히 다루는 가운데, 미래주의 운동의 정치적 제휴와 활동
을 1920년대 이후의 단계에다 분명하게 위치지우고 있다.[15]

　　그러나 이러한 앞서의 연구방향과는 달리, 이 글은 미학과 정치학의
융합을 이탈리아 미래주의의 본질적이고 의식적인 특성으로 파악하는
데서 출발하고자 한다. 마리네티의 표현 그대로 하자면, "미래주의는 난
폭하게brutally 예술에다 삶을 들여놓기를 원했으며, 정靜적이고 나약하고
행동을 증오하는 유미주의aestheticism의 낡은 이념에 대항해 싸우려고 했
던 것"이었을 뿐만 아니라, "이탈리아의 정치적 삶으로 예술가들이 열정
적이고 단호하게 개입"할 것을 촉구했다. 그렇다면 우리는 마리네티의
미래주의와 무솔리니의 파시즘의 관계를 어떻게 파악할 수 있을 것인가?

2) 모더니티에 대한 반동적 대응으로서의 미래주의와 파시즘

미래주의와 파시즘의 사상적 토대가 되는 일차적인 지점은 양자兩者 모
두 모더니티의 산업화되고 기계화된 새로운 삶의 방식에 열렬한 찬양을
보내는 한편 근대가 물려받은 18, 19세기의 정신적이고 도덕적인 유산을

---

13. 예컨대 테일러(J. Taler)는 "정치학 내에서의 미래주의 충동의 본질은 (…) 그들의 예술의 업적에 대
　　한 평가에 영향을 끼치지 말아야 한다"고 주장했으며, 『미래주의와 미래주의들』이라는 선집을 펴낸
　　홀텐(P. Hulten)은 현대 예술사 속에서 미래주의의 혁신과 영향의 국제적인 범위를 설정함에 있어 당
　　대의 정치적 사건들에서 이탈리아 미래주의의 역할에 대한 직접적인 언급을 삭제해버린 바 있다.(P.
　　Hulten, Futurism and Futurisms, 13~21쪽 참조.)
14. U. Apollonio(ed.), Futurist Manifestos, 8쪽.
15. M. Perloff, The Futurist Moment, 30쪽.

철저하게 거부하려고 했다는 점이다. 다시 말해 기술적 근대화라는 의미에서 모더니티를 이해하는 한, 미래주의와 파시즘은 그러한 새로운 기술 자체와 기술 발전에 대해 열정적인 찬사와 애착을 표현한다. 이런 애착은 자동차, 비행기, 기차, 라디오나 텔레비전 등 새로운 운송 및 커뮤니케이션 수단에 대한 열렬한 애정에서 잘 드러난다. 그러나 합리주의와 실증주의, 자유주의와 개인주의와 같은 부르주아의 근대적 가치를 옹호하는 의미에서의 모더니트에 대해서는 미래주의와 파시즘은 저항하였다. 스턴헬Z. Sternhell에 따르면, 파시즘은 그 당시의 문화에서 물질주의로 알려진 가치, 즉 자유주의와 마르크시즘을 동일한 물질주의적 사악함을 나타낸 것으로 거부했다. 19세기 말에 이해되었던 의미에서 반물질주의antimaterialism란 17, 8세기의 합리주의적이고 개인주의적인, 또한 공리주의적인 유산에 대한 거부를 의미했던 것이다.[16]

> 파시즘—즉 역사적 유물론의 실천적 부정이자 민주적 개인주의의 부정이며 계몽적 합리주의의 부정—은 역사적 이상이라는 견지에서 위계질서, 권위, 개인의 희생이라는 원리를 긍정하는 것이다. 그것은 이성, 계몽적인 인간의 추상적 경험적 개성, 실증주의자와 공리주의자들 모두에 대립하고 적대하는 것으로서, 영적이고 역사적인 개성(인간, 민족, 그리고 휴머니티)의 가치를 실천적으로 긍정하는 것이다.[17]

산업화되고 기계화된 문명에 대한 찬양, 새로움과 속도의 종교에 대한

---

16. Z. Sternhell, *The Birth oh Fascist Ideology*, 7쪽. 다른 한편 파시즘은 자유주의로부터는 시장경제의 힘과 메커니즘에 대한 존경을 이어받았고 마르크스주의로부터는 폭력이 역사의 동인이라는 신념을 이끌어냈다고 스턴헬은 주장한다. 그러나 필자가 보기에 이러한 후자의 측면은 마르크스주의가 아니라 마르크스주의를 수정한 소렐의 이론으로부터 영향 받은 것이라고 해야 할 것이다.

17. C. Pellizi, "Idealismo e Fascism", *Gerarchia*, 25 October 1922, 571쪽.(Z. Sternhell, 위의 책, 229쪽 재인용)

과도한 집착, 폭력과 전쟁의 필연성과 아름다움에 대한 열정적인 찬미, 이런 모든 것들이 미래주의와 파시즘에게서 태생胎生적으로 드러나는 본질적인 면이라고 아니할 수 없다. 마리네티는 「미래주의 창립 선언문The Founding and Manifesto of Futurism」(1909)에서 투쟁 속에서를 제외하고는 어떠한 아름다움도 존재하지 않으며, 공격적인 특성 없이는 어떠한 작품도 걸작이 될 수 없다고 부르짖었다.[18] 나아가 그는 모든 전통적인 것과 구태의연한 것에 대한 투쟁을 선포한 바, "뮤지움, 도서관, 모든 종류의 아카데미를 파괴할 것이며 도덕주의, 페미니즘, 모든 기회주의적 또는 공리주의적 비겁함과 싸울 것"이라고 선언하였다. 미래주의의 창립이 선포되고 나서 14년이 지난 후에 그간의 총괄적인 의미를 되짚어보는 「이탈리아 제국Italian Empire」(1923)이라는 글에서도 마리네티는 초기의 입장을 보다 강고하게 고수하고 있다.

> 14년 동안 우리는 이탈리아의 자존심, 용기, 대담함, 위험에 대한 사랑, 에너지와 무모함에 대한 습관, 새로움과 스피드의 종교를 가르치려 해왔다. 공격적인 활동, 열정적인 불면증, 달리기, 필사의 도약mortal leap, 그리고 모욕과 주먹다짐.
> 세계의 유일한 건강법hygine으로서의 전쟁, 군국주의, 애국주의, 우리의 인종적 우월함에 대한 굳건한 믿음, 이탈리아, 즉 절대적인 통치권에 대한 복종.[19]

여기서 확인되듯이 이탈리아 미래주의는 첫 출발부터 우리가 지금 이탈리아 파시즘과 관련시키는 특질들을 공공연하게 내세우고 있었다. 사

---

18. F. T. Marinetti, "The Founding and Manifesto of Futurism(1909)"; in U. Apollonio(ed.), *Futurist Manifestos*, 19쪽.
19. F. T. Marinetti, "Italian Empire"; in J. T. Schnapp, (ed.), *A Primer of Italian Fascism*, 276쪽.

내다움virility, 다이내미즘, 강철과 젊음과 속도와 힘에 대한 찬미, 폭력과 파괴와 전쟁의 아름다움에 대한 열정적인 옹호, 나아가 군국주의, 식민주의 및 개인주의를 넘어서는 국가, 즉 지도자의 우월성의 찬미 등을 말이다. 이러한 맥락에서 마리네티의 사회적 비전을 위한 중심적인 은유로서 기계가 갖는 의미도 다시금 주목될 필요가 있다. 갈등과 해결의 형상으로서의 기계는 특수한 사회적 긴장의 상징적 해소를 제공한다. 다시 말해 기계의 형상은 특정한 계급 적대를 해소시켜버리는 것으로서, 계급 간의 적대보다는 인간과 자연의 상호작용 속에다 투쟁을 위치지움에 의해서 새로운 형태의 휴머니즘을 생산한다. 노동자는 계급의 대표라기보다는 인간의 대표로서 행위하며, "새로운 인간", 즉 기계화된 "복합적 인간multiple man"이 이러한 새로운 휴머니즘의 주체로서 기능하게 되는 것이다. 휴이트A. Hewitt에 따르자면, "미래주의가 찬양하는 것은 투쟁의 주인공으로서 노동자가 아니라, 적대적인 힘들의 탈육화된 만남의 지점으로서 기계 그 자체인 것이다. 기계는 어떠한 특정한 투쟁이 아니라 투쟁 그 자체를 존재론화한다."[20] 그럼으로써 기계의 형상 및 이에 대한 찬미는 자연스럽게 투쟁의 주체로서의 노동자의 역할과 계급 적대라는 현실적인 문제 상황을 해소시켜버린다. 나아가 기계의 형상은 산업적 근대화 과정의 제유提喩일 뿐만 아니라, 특정한 사회적 정치적 조직화를 위한 상징이기도 하다. 기계는 "질서, 정확성, 의지, 엄밀한 필연성, 본질적인 것, 종합"을 강조하는 조직을 정당화한다. 따라서 기계는 자연에 대한 생산적인 적대의 상징일 뿐만 아니라, 인간본성에 대한 통제를 함의하는 조직화의 모델이기도 한 것이다. 이는 자연스럽게 전체주의적인 통치의 모델, 곧 파시즘의 원리를 내밀하게 찬양하는 것이기도 하다.

　모더니티에 대한 반동적 대응으로서 "반동적 모더니즘the reactionary

---

20. A. Hewitt, 앞의 책, 142쪽.

modernism"이라고 종종 불리는 이러한 요소가 무솔리니의 파시즘과 마리네티의 미래주의에서 공히 드러나는 본질적 특질이라는 것이 선행先行 연구들을 통해 이미 논의된 바 있다면, 이 글에서 보다 주목하고 싶은 대목은 바로 다음과 같은 지점이다. 요컨대 미래주의와 파시즘을 연결시켜주는 또 다른 지반은 이들이 모더니티의 과정에서 새롭게 부상한 거대한 정치세력, 이른바 '대중masses'이라는 존재를 적극 인식하고 능동적으로 동원하려고 했다는 점, 그러나 그럼에도 그러한 대중에 대한 평가는 상당히 부정적이었다는 점이라는 것이다. 1974년에 펠리스R. D. Felice가 1929~1936년 사이의 무솔리니 체제는 절대 다수 이탈리아인의 동의를 기반으로 한 정치체제였다는 도발적인 주장을 한 이래, 파시즘에 대한 대중적인 합의와 관련된 문제는 중요한 역사적 토론거리로 등장하게 되었다. 이러한 문제가 현재까지도 중요한 까닭은 어떻게 반대중적인anti-popular 정책을 가진 우익 체제가 대중적인 지지를 유지할 수 있는가, 달리 말하자면 그들의 정책이 실제적으로 대중들의 희생을 강요할 수 있음에도 불구하고 어떻게 대중들의 저항을 모면할 수 있는가를 이해하는 데 직접 관련되기 때문이다.[21] 포가치D. Forgacs에 따르면, 경험적인 연구들은 파시즘이 산업노동자 계급, 특히 전통적으로 사회주의 조직이 강했던 그런 지역들로부터는 거의 지지를 받지 못했으며 무솔리니 파시즘의 대중 기반은 주로 쁘띠 부르주아와 소작농들에 입각한 것이라는 사실을 보여주었다. 그럼에도 파시즘은 '대중', '민족', '조합corporation'과 같은 "초계급적trans-class"이거나 비계급적인 규정을 이용하여 대중들을 자신의 편으로 이데올로기적으로 동원하고자 했다. 그러나 이러한 파시즘 체제에 의한 대중동원 전략은 당시의 사회주의자들이 생각했던 것처럼 단순히 환영적illusionary이고 허위적인 이해관계에서 비롯된 것이 아니라, 파시즘

---

21. D. Forgacs, "Introduction: Why Rethink Italian Fascism?"; in D. Forgacs, *Rethinking Italian Fascism*, 6~7쪽.

이 채워줄 것이라고 믿어졌던 실재적인 물질적 상징적 필요와 욕구 위에서 가능해진 것이다.[22] 이런 점에서 볼 때, 포가치는 물질적인 계급이해의 투사投射로서의 이데올로기 개념이나 허위 의식형태로서의 이데올로기 개념과 같은 전통적인 마르크스주의 이데올로기 개념은 파시즘의 대중 호소가 지니는 이러한 "비합리적인" 힘을 제대로 설명해낼 수 없었다고 강조한다. 특히 1917~1933년 사이에 지배적이었던 경제주의적 마르크스주의는 이른바 이러한 역사의 "주관적 요소", 즉 대중들의 이데올로기의 발전과 모순을 충분히 파악할 수 없었다.[23]

바로 이러한 논의에서 경제주의적 마르크스주의의 한계를 넘어서는 데 결정적으로 중요한 영향을 끼쳤던 인물이 다름 아닌 소렐G. Sorel이었다. 소렐은 계급투쟁에 있어서 경제적 요인을 역사변화의 결정적 요인으로 간주하는 것을 거부하고, 일련의 무의식적이고 비합리적인 계기를 집단행동의 원인으로서 강조하였다. 즉 마르크스를 수정하기 위해서는 역사유물론의 심리학이 필요하며 집합적이고 비합리적인 힘을 활용해 집합적 행위자들을 묶어내는 "사회적 신화the social myths"가 요청된다는 것이다.[24] 이렇듯 소렐의 수정주의는 마르크스의 정치경제학 비판을 하나의 윤리학으로, 마르크스의 역사유물론을 주의주의voluntarism와 생기론vitalism[25]으로, 마르크스의 계급 분석을 비합리적 신화를 통해 표현되는 집합적

---

22. D. Forgacs, "The Left and Fascism; Problems of Definition and Strategy", 43쪽. "쁘띠 부르주 아는 부르주아 소유관계의 지속과 사회주의의 성과의 침식에 있어서 쁘띠 부르주아로서의 물질적 이해를 갖고 있었다. 유사하게 그들은 파시즘의 이데올로기와 물질적인 관련성뿐만 아니라 가정생활의 옹호나 공적 질서의 회복이라는 그러한 정서적인 관련성도 갖고 있었다."
23. W. Reich, The Mass Psychology of Fascism, 39~40쪽.(위의 글, 43쪽 재인용)
24. 소렐은 "사회적 신화의 효과는 이미지들의 일체로 구성되어야 한다. 그것은 어떤 사려 깊은 분석이 행해지기 이전에 직관 자체만으로도 감성의 덩어리라는 분리불가능한 전체를 일깨울 수 있다"고 주장했다.(G. Sorel, Reflections on Violence, 130~131쪽.)
25. 생물은 무생물과 근본적으로 다른 것으로, 생명현상은 독특한 활력에 기초하며 물질 기능을 넘어서는 생명원리에 따른다는 설. 생기론은 생명이 유기적 물질의 복합적인 결합으로부터 나온다고 하는 기계적 유물론의 견해에 반대한다.

의지로 바꾸어놓았다. 바로 이러한 소렐의 철학은 당시 이탈리아의 전체 지식인 사회에 커다란 반향을 불러일으켰으며, 말할 나위 없이 미래주의와 파시즘에게도 지대한 영향을 끼쳤다. 이러한 맥락에서 미래주의는 대중으로 나아가고자 하는 최초의 근대적인 예술운동이 되었으며, 파시즘은 이러한 평범한 대중들의 욕구와 열망을 집어내어 지배계급의 이해관계에 이용하는 데 성공하였다.

이제 지금까지의 논의를 배경삼아 본격적인 논의로 들어가서, 이 글의 중심 주제인 미래주의와 파시즘의 '대중'에 대한 태도를 구체적으로 논의하도록 할 것이다. 이를 위해 이들의 사고가 형성되는 데 중요한 영향을 끼쳤던 르봉G. Le Bong의 철학을 먼저 알아보고, 그의 대중에 대한 철학이 미래주의와 파시즘에서 구체적으로 어떻게 나타났는지를 살펴보도록 하겠다.

3. 본론

1) '대중'에 대한 부정적 해석—르봉의 철학

① '대중'의 출현과 이에 대한 과학적 탐구

프랑스혁명과 더불어 대중은 유럽의 정치무대에서 중심적 자리를 차지하게 되었다. 특히 1800년대 말경부터 프랑스에서는 군중the crowd에 대한 '학문적' 관심이 발전되었다. 사회이론가들은 인간 행위의 과학적 법칙을 세우기 위하여 대중운동에 초점을 맞추었고 이에 따라 사람들의 행위에 대한 새로운 해석들이 도입되었다. 물론 이러한 이론들은 지적인 엘리트들 사이에서 퍼진, 산업 도시사회의 급속한 발전에 대한 불안으로 인해 생겨난 것이었다. 다시 말해 군중의 망령은 그것이 지닌 파괴적 잠재력이나 폭력적인 에너지로 인해 프랑스 특권계급의 상상력을 위협하게 되었던 것이다. 확실히 19세기 말경부터는 프랑스에서 파업의 수가 점차 늘어나기 시작했으며 노동자들의 운동도 눈에 띄게 목격되기 시작하였다. 공공영역에서의 '대중'의 출현은 점차 사회적 파국, 다시 말해 내적인 혼란으로 해석되었다.[26] 이런 맥락에서 사회심리학자들은 군중에 대한 연구에 관심을 갖기 시작했는데, 이들은 점점 확대되는 대중적인 폭력이 사회문제의 원천이자 거울이 될 것이라고 주장하였다. 뗀느H. Taine와 졸라E. Zola의 역사적이고 문학적인 전통을 이어받은 새로운 사회이론가들은 근대적인 사회관계 속에서 집단적인 행위를 설명할 수 있는 일반적인 설명법칙을 발견하기 위해 노력하였다. 그에 대해 이들 모두가 공유한 전제는 다음과 같은 것, 즉 인간의 군집群集은 개인의 지성을 맹목적으로 만드는 원인이 된다는 것이었다.[27] 요컨대 집단적인 멘탈리티가 집단을 지배함으로써 예측할 수 없고 통제 불가능한 힘으로 전화시켜버린다는 것이다. 결국 집단적인 상호작용의 결과는 의심의 여지없이 부정적인 것이었으며, 정신의 혼합은 이성의 중지, 다시 말해 범죄가 지속되기 위한 필요조건으로 인식되었다. 군중으로 모이게 되면 언제나 사람들은 비이성적인 전체whole를 구성하며 무책임하게 행위하는 주체가 되어버린다는 것이 이들의 주장이었다.

이러한 일군의 이론가들 가운데 가장 지대한 영향력을 끼쳤던 인물 중의 하나가 바로 르봉G. Le Bong이다. 르봉은 '대중' 속에서의 비합리적인 요소를 강조하였다. 그에 따르면 군중은 무엇보다도 비논리적인 정신과 감정에 의해 지배되는 성향을 지닌다. 나아가 군중은 "충동성, 성급함, 추론에 대한 무능력, 판단과 비판적 정신의 부재, 감상the sentiment의 과장" 등의 독특한 속성을 지닌다고 보았다. 그리하여 그는 혁명적 '군중'의 '무정형성amorphousness'에 관해 말한 최초의 인물 중 한 사람이 되었다. 그는 한편으로 "무정형적인 군중"의 비합리성과 다른 한편으로 계급이

---

26. S. Barrows, *Distorting Mirrors: Visions of the Crowd*, 18~21쪽.
27. S. Falasca-Zamponi, *Fascist Spectacle; the Aesthetics of Power in Mussolini's Italy*, California Univ. Press, 1997, 18쪽.

나 이해집단, 개인들의 합리적 행위 사이의 차이를 강조하였다.[28] 말하자면 대중의 행위는 앞서 말했듯이 "감상의 과장"에 의해, 즉 "만장일치를 위한 분노"라고 불리는 것, "중용이나 연기延期에 대한 무능력", "판단의 부재"와 "추론에 대한 무능력"에 의해 점화된다고 한다. 그러한 집단성은 그들의 감정을 자극시킬 수 있는 "지도자"를 "본능적으로" 추구한다. 르봉은 이러한 '대중'들 내에서 드러나는 자기희생적인 성향과 "복종에 대한 믿음"에 대해 논하였다. 따라서 르봉은 군중이란 근본적으로 원시적인 본성을 지니며 이성에 적대적이라는 명제를 개념화하고, 이를 통해 이성에 적대적인 대중심리학으로 나아갔던 것이다.[29] 더욱이 그는 군중에게서 발견될 수 있는 특질들은 "저급한 진화 형태에 속하는 존재들", 즉 여성, 야만인, 어린이들 안에 있는 것들과 동일하다고 단언하였다.[30] 결국 대중은 충동적이고 감정적이기 때문에 정치과정에 책임 있게 참여할 능력이 없는 존재로 묘사되었다. 이러한 르봉의 사고는 이후 파시즘의 성장과 그것의 역사적 행로를 설명하려 했던 후대의 이론가들의 저작 속에서 계속해서 등장하고 반복된다.[31]

② 여성적인 군중으로서의 대중

특히 우리가 주목하지 않으면 안 되는 사실은, 르봉을 위시한 당시의 사회이론가들이 '대중'에 대한 부정적인 판단을 지지하기 위해 사용했던 주요한 논점 중의 하나가 군중과 여성을 동일시했다는 점이다. 실제로 여성은 문명을 손상시키는 잠재적인 능력을 가졌다는 믿음 때문에, 프랑스 제3공화국 내에서 여성은 엄밀한 병리학적 분석의 대상이 되기 시작했다.[32] 몇몇 과학자들은 여성의 생물학적인 불순함과 그에 따른 광기와 히스테

---

28. A. J. Gregor, *Interpretations of Fascism*, 79쪽.
29. 마크 네오클레우스, 『파시즘』, 31쪽.
30. 마크 네오클레우스, 위의 책, 36쪽.(S. Falasca-Zamponi, 18쪽 재인용)
31. 그레고어는 J. O. Gasset, E. Lederer, F. Neumann 이외에도, T. Parsons, E. Hoffer, W. Kornhauser 등을 거론하고 있다.

리의 성향을 설정해 놓고서는, 공적인 생활이 이러한 성향을 더욱 악화시킬 것이라고 결론지었다. 특히 여성의 광기female insanity는 전염될 수 있다고 간주되어 여성의 사회 참여 제한을 필연적인 일로 여기게 되었다. 나아가 여성이 공적인 생활에 부적합하다는 것을 주장하는 모든 비판적인 태도들은 곧바로 대중들에 대한 논의로 적용되어, 대중들은 결정적으로 문명에 대한 위협으로 묘사되었다. 따라서 사회가 건전하게 유지되기 위해서는 위와 같은 군중의 문제를 해결하는 방법을 발견하는 것이 요청되지 않을 수 없었다. 르봉은 정치적 책임성으로부터 군중들을 영원히 차단시킬 것을 주장함으로써, 이에 대한 하나의 해결방안을 제안하였다. 바로 그것이 이른바 세포 이론the theory of cells이다. 생리학에서의 연구성과는 단세포로부터 다세포 유기체로, 단순성으로부터 복합성으로, 동질성으로부터 이질성으로의 이행을 보여주었고, 이는 세포의 복제에 의해 야기되는 위험과 새로운 평형상태 속에서 그러한 위험을 조정해야만 하는 문제를 필연적으로 함축하는 것이었다. 만약 제대로 조정되지 않는다면, 세포는 원시적인 집적물의 형태로 되돌아감으로써 유기체의 해체가 야기될지도 모르는 것이다.

이러한 진화 이론은 사회현상의 설명에 적용되었고, 그럼으로써 진보의 이념에 대한 낙관주의적인 신념은 데카당스와 퇴보의 시기에 의해 중단되는 역사적 순환의 이론으로 대체되었다. 이러한 맥락에서 대중은 평형상태를 단절시키는 이질적인 요소로 파악되었다. 만약 군중 및 사회질서와 그들의 관계에 관한 문제에 대해서 올바른 해결책을 제시하지 못한다면, 사회는 정체와 붕괴라는 위협에 처할지도 모른다. 세포 이론은 단

---

32. 바로우에 의하면, 여성은 프랑스 제3공화국 내에서 불안(anxiety)의 메타포이자 두려움의 구체적 원천을 이루었다. 한편으로 여성은 성별 불평등을 긍정하는 법칙에 도전함으로써 전통적인 사회질서를 위협한다. 다른 한편 여성은 또한 사회 변화가 감지되는 환경 속에서 두려움의 메타포를 재현한다. 여성에 대한 극단적인 부정적 묘사는 대중에 대한 비관적인 인식과 동일한 원천으로부터 유래한 것이다.(S. Falasca-Zamponi, 206쪽 참조)

세포로부터 다세포적인 유기체로의 성공적인 이행이 서로 다른 세포집단들 사이의 조정과정을 통해서 발생한다는 것을 입증했으며, 또한 이러한 과정이 중심적인 힘에 의해 지배된다는 것을 보여주었다. 이제 이러한 세포에 관한 가정들이 위험에 처한 사회의 생존과 관련하여 군중과 여성에게 동일하게 적용되었다. 여성의 경우, 그들의 열등성과 광기에 대한 과학적인 설명은 자연스럽게 남성의 선천적인 우월함을 확인하고 남성의 사회적 통제와 지배를 정당화하는 주장을 낳았다. 마찬가지로 군중의 경우, 그들의 행위를 비합리적인 것으로 설명하는 논리는 소수의 한정된 엘리트들이 문명의 진화과정을 이끌어야만 한다는 주장을 탄생시켰다.[33]

③ 이미지를 통한 대중 선전

지도자가 어떻게 대중들을 통제해야 하는가에 대한 르봉의 처방은 1800년대 후반 프랑스의 최면술 연구에 깊게 의존하고 있다. 앞서 설명했다시피 대중은 그 본래적 특성 때문에, 지도자에 의해 정치 이전의 prepolitical 단계에 가두어질 필요가 있다. 대중은 정서에 의해 지배되기 때문에, 사회이론가들은 신화의 창조가 대중들을 흥분시키고 종속시킬 수 있는 지도자의 수단이 될 수 있을 것이라고 주장했다. 르봉은 지도자들에게 "군중의 상상력에 영향을 끼칠 수 있는 기술"을 알아내라고 충고하였다. 그에 따르면, 통치의 기술은 대중의 멘탈리티를 지도하는 법칙을 지도자가 얼마나 명확하게 이해하고 있는가에 달려 있다. 이러한 법칙들 가운데 하나가 바로 이미지를 이용한 대중 통치기술이다. 르봉은 "단지 이미지 속에서만 사유할 수 있는 군중들은 단지 이미지에 의해서만 감동을 받는다. 공포에 떨게 만들거나 관심을 끌게 만드는 것, 그리고 행위의 동기가 되게끔 만드는 것은 단지 이미지 뿐"[34]이라고 주장하였다.

33. S. Falasca-Zamponi, 앞의 책, 19쪽.
34. G. L. Mosse, "The Political Culture of Italian Futurism; A General Perspective", *Journal of Contemporary History*, vol. 25. 1990.(S. Falasca-Zamponi, 20쪽 재인용)

이와 같이 열등하고 비이성적인 존재로서의 대중에 대한 규정은 곧바로 그러한 대중의 저급한 능력으로 인해서 논리적인 추론과 설득보다는 감성적인 이미지에 의한 선전선동 수단을 더욱 강조하는 것으로 연결된다. 같은 맥락에서 르봉은 지도자들에게 재현의 힘을 이용하고 연극적 양식을 채택할 것을 촉구하기도 하였다. 그리하여 그는 이미지와 결합된 언어의 이용에 직접 주의를 기울였다. "예술로 다루어지면" 재현이 마술로 전화될 수 있듯이, 동일한 방식으로 언어와 훈령들은 대중에게 "초자연적인 힘"이 될 수도 있을 것이다. 이렇듯 지도자가 대중과 관계 맺는 방식에서 마술적인 능력을 강조함으로써, 르봉은 신비화mystification의 교의를 제도화했다.[35] 르봉은 "감정에 호소할 것, 절대 이성에 호소하지 말 것"을 제안했다. 따라서 대중들에게 신뢰를 얻기 위해서는 반드시 "이들 감정을 공유하는 체하는 것"이 필요하며, 그럴 때에야 비로소 "자신의 담론이 생겨나게 하는 감정들을 순간순간 예측하는 것"이 가능해진다는 것이다. 의심할 여지없이 르봉은 정치적 조작의 미묘한 기술을 성립시키고 선전하였다.[36] 이러한 르봉의 이론은 이후 무솔리니를 비롯한 많은 정치가들에게 중요한 영향을 끼쳤다.

> 감정이 과장되었을 때, 군중은 단지 과장된 감정에만 영향을 받을 뿐이다. 군중을 움직이고자 하는 웅변가가 있다면, 그 사람은 공격적인 확언을 남발해야만 한다. 과장하고, 확신하고, 반복에 의지하며, 무언가를 입증하기 위해서는 결코 논증하려고 시도하지 말라. 이런 주장의 요령은 대중 앞에 나선 연설가들에게는 익히 알려진 것이다.[37]

---

35. S. Falasca-Zamponi, 앞의 책, 20쪽.
36. 잠포니에 따르면, 이러한 기술은 기본적으로 군중을 최면시키는 것을 목표로 하는 것이었다. 그는 지도자에게 복종해야만 하는 군중의 본능적인 필요성을 강조하는 반면에, 지도자가 갖추어야 하는 "설득의 수단", 즉 확언(affirmation), 반복, 감화력 등을 지적하였다. 이러한 요소들은 비록 신비적이고 무의식적일지라도 최면이라고 하는 비이성적인 과정에 잘 맞아떨어지는 것이었다.
37. G. Le Bong, *The Crowd*, 77~132쪽.(네오클레우스, 앞의 책, 32쪽 재인용)

2) 미래주의의 대중 정치학–마리네티를 중심으로

① 대중에 대한 정치적 선전선동으로서의 예술운동

금세기 초 유럽의 문화예술계에 출현한 미래파는 예술의 생산방식 및 사회적 역할이라는 문제에 부여된 아방가르드 이념을 탄생시켰다. 이제 예술은 더 이상 아카데미나 미술관이라는 제도적 틀에 맞추어진 관조적이고 삭막한 활동일 수만은 없게 되었다. 예술은 사회의 심장부에서 그 과업을 실현시킬 원천적 힘을 스스로 시험하게 되었다. 또 낭만적 모델을 따르고 있었던 국외자, 방랑자, 재능인으로서의 예술가는 자신의 사회적 역할과 역사에의 직접적 참여를 당당히 주장하면서 문화 조정자로서의 기능에 박차를 가하게 될 것이었다. 창작과 일상적 활동 사이의 모든 구분을 파기시켰던 혁명적 행동주의와 동일한 사고방식에 매혹된 화가, 조각가, 시인, 음악가 집단의 부상으로 예술활동 및 그 전통적 사회적 위치 또한 근본적인 변화를 감내해야 하게 되었다.[38]

주지하다시피 이탈리아 미래주의는 1909년 파리의 일간지 『피가로』에 마리네티의 「미래주의 창립 선언문」을 게재함으로써 공식적으로 출현하였다. 이탈리아 미래주의는 직접적이고 계획적으로 대중 관객을 목표로 한 20세기의 최초의 문화적 운동이었다.[39] 이를 위하여 미래주의는 모든 이용가능한 수단과 매체를 활용하고 새로운 수단들을 창안하였다. 다시 말해 최대한 광범위한 관객에게 도달하고자 하는 것이 미래주의의 핵심이었다. 그것은 미래주의의 가장 대담하고 자극적인 실험일 뿐만 아니라 미래주의의 가장 격앙된 호언장담bombast의 특징이기도 하다. 특히 이는 이 운동의 지도자인 마리네티가 '문화'라고 정의될 수 있는 것의 경계를 확

---

38. 지오반니 리스타, 『미래파』, 7쪽.
39. C. Tisdall & A. Bozzolla, *Futurism*, 7쪽.

장시키려는 데 왜 그토록 엄청난 힘을 쏟아 부었는지를 설명해 주는 것이다. 이는 단지 회화, 조각, 시, 음악, 건축 같은 전통적인 예술을 부활시키는 것이 아니라 속도, 운동성 및 예측불가능한 과학적 진보의 세기에 인간에게 열려 있는 경험의 영역을 충분히 표현할 수 있는 모든 언어의 새로운 차원을 발명하는 것이기도 하였다. 그리하여 마리네티는 "미래주의 세계에서 예술은 문화의 모든 양상을 포괄하며, 그것은 모든 것을 심미화한다"라고 선언하였다. 같은 맥락에서 마리아L. D. Maria는 「미래주의의 주제에 관하여」라는 글에서 미래주의를 다음과 같이 규정하였다.

> 그 출발부터 미래주의자들은 단지 화가나 작가가 되기를 원했던 것이 아니었다. 그들은 능동적인 예술적 특질을 가진 인간, 즉 인간 표현과 관습의 다양한 영역을 망라하게 될 이데올로기를 갖춘 그런 인간이 되기를 원했던 것이다. 실제로 미래주의자들은 모든 것에 대한 선언문을 저술하였다. 무용, 옷 입는 방법, 시네마, 연극, 요리 등등.[40]

티스달과 보졸라C. Tisdall & A. Bozzolla는 미래주의자들이 문화적 지식인들의 보호된 피신처sheltered life로부터 등을 돌렸다고 적어놓았다. 그들은 화석화된 지식을 가진 인간에 대한 노예적인 존경을 비웃었을 뿐만 아니라 전통의 보헤미안적인 칩거 속에 함의된 사회에 대한 거부 또한 조롱하였다. 그 대신 그들은 공공 영역을 선택했고 즉각적인 반응을 요구했다. 여기에서 본질적인 것은 더 이상 수동적이고 순종적이지 않는 대중과 관계하는 것이었다. 모든 활동 분야에서의 예술가와 모든 삶의 영역에서의 관객이라는 관계를 이렇듯 변혁시키는 것은 미래주의의 중심 테마였고 대중에게 접근하고자 하는 그들의 목표와 정확히 들어맞는 것이기도

---

40. G. Marchicelli, *Futurism and Fascism; the Politicization of Art and the Aestheticization of Politics*, 111쪽 재인용.

하였다.

② "새로운 인간new man"의 창조와 여성에 대한 경멸

확실히 미래주의자들은 세간의 이목을 끌기 위해 가능한 모든 선전 방법을 동원하여 그들 자신의 대의를 선전하는데 성공적이었다. 그들의 목표는 이른바 "새로운 인간", 즉 모더니티의 상징이자 민족의 권력과 힘의 상징으로서의 새로운 인간의 창조였다. 그 경우에 미래주의의 이러한 새로운 인간은 자율적인 개인을 말하는 것이 아니라, 삶에 대한 태도 및 규율 등에 대해서 국민적 지도자와 동일한 태도를 자발적으로 공유하는 수퍼맨과 같은 엘리트의 일부였다.[41] 이러한 새로운 인간의 이상이야말로 미래주의 운동의 역동적이고 적극적이며 정력적인 돌진을 표현했던 중요한 메타포였다.

1910년부터 1913년까지 쓰인 5개의 정치적 선언문에서 미래주의는 계급 단결을 주장하는 사회주의 이념을 경멸하고 그 대신에 위험과 모험을 사랑하는 용기 있는 젊음의 미덕을 찬양했다. 바로 이러한 젊음의 미덕들은 늙어빠지고 무감각한apathetic 인간들로부터 새로운 이탈리아 제국의 지배자인 "새로운 인간"을 구분시켜 주는 특질이기도 하였다. 미래주의자들은 이를 발전시키기 위하여 상업, 산업, 농업을 강조하는 기술학교의 창설을 요구하였으며, 낡은 책들과 죽어버린 시들을 연구하는 것이 아닌 직접적인 신체 교육을 강조하였다. 마리네티에 따르면, 미래주의 세대의 이탈리아의 새로운 인간은 전쟁을 위한 기술, 속도와 국가의 영광을 건설하는 방법을 배워야 한다. 마리네티에게 이러한 이상은 곧바로 호전적인 남성성a militant masculinity과 동일시되었다.

우리는 전쟁—세계의 유일한 건강법hygiene—, 군국주의, 애국주의, 무

---

41. G. L. Mosse, 앞의 글, 258쪽.

정부주의자들의 파괴적인 몸짓, 그것을 위해 죽을 만한 가치가 있는 아름다운 이념, 그리고 **여성에 대한 경멸**을 찬양한다.[F.T. Marinetti, [*The Founding and Manifesto of Futurism* 1909]

여성성에 대립하는 것으로서 사내다움에 대한 찬양은 곧바로 젊은 남성적 엘리트에 의한, 평범한 인간이나 여성에 대한 경멸로 해석되었다. 보울러A. Bowler도 이러한 점에서 미래주의의 전략이 가장 심오하게 성별화된gendered 것이라는 점을 스스로 드러내고 있다고 강조한 바 있다.[42] 왜냐하면 미래주의는 퇴보와 타락에 대한 특수하게 성별화된 메타포를 이용함으로써, 신체적이고 도덕적인 오염의 장소로서 여성화된 이탈리아의 신체corpus를 구축했기 때문이다. 따라서 마리네티에게 있어서 미래주의의 과제는 이러한 모든 것을 포괄하는 여성화된 몸으로부터 이탈리아 문화의 영웅적인 해방을 이룩하는 것이었다. 그것은 곧 마리네티의 비유적인 표현에 따르면, "신적인 미-여성Beauty-Woman" 주변에 떼지어 모여있는 적들로 가득 찬 탑에 대항하여, 호전적이고 서정적인 남성들에 의해 퍼부어지는 일종의 영웅적 공격"[43]이었던 것이다. 그리하여 사실상 미래주의자들은 이러한 여성적 육체의 "오염"을 정복해서 강건하고 파괴적인 남성성을 위해 투쟁해 나가는 일종의 전사에 다름 아니었던 것이다.

결국 이런 점에서 보자면, 미래주의는 자신의 예술운동의 직접적인 대상으로서 대중을 설정하고 목적의식적으로 대중을 향한 운동으로 나아갔으나 대중을 파악하는 관점은 본질적으로 상당히 부정적이었음을 알 수 있다. 대중으로 하여금 그들 자신의 실제적 이해관계를 인식하도록 하고 이를 통해 그들을 능동적이고 목적의식적인 행위주체로 만들어내기보다는, 대중을 일종의 예술적 재료, 즉 그것을 가지고 작업함으로써

42. A. Bowler, "Politics as Art; Italian Futurism and Fascism", 771쪽.
43. F. T. Marinetti, "Multiplied Man and the Reign of the Machine", 앞의 글, 772쪽 재인용.

자신의 의도에 따라 새로운 형으로 주조해낼 수 있는 작업 대상으로 간주한다는 혐의를 지우기 어렵다. 그 속에서 미래주의가 생각하고 있었던 이상적인 새로운 인간형이란 철저히 지도자의 권위에 복종하여 전쟁의 화염 속으로 뛰어들 채비가 된, 남성답고 파괴적인 전사였던 것이다.

③ 대중을 향한 정치적인 예술형식으로서의 "선언문manifesto"과 "미래주의의 밤serata futurista"

바로 이러한 맥락에서 '선언문'이라는 형식은 대중에게로 향하는 선전 기구의 이상적인 확장을 위해 고안된 것이었다. 특히 마리네티가 고안한 선언문 형식은 이후의 예술가들에게 있어서 이론적이고 공개적인 성명을 대중에게 전달하는 전략의 중심이 되는 주요한 선례가 되었다.[44] 미래주의 선언문은 그 운동이 문화적, 사회적, 정치적인 모든 삶의 분야에 침투하고 있다는 분명하고 동적인 증거를 제공하고자 의도된 것이었다. 선언문의 기능은 대중들 사이에서의 흥분과 논쟁을 창조하기 위한 것이었고 그것은 이를 위한 이상적인 매체가 되었다. 왜냐하면 그것은 값싸고 빠르게 생산될 수 있을 뿐 아니라 수많은 판본으로 인쇄되어 거리에서 배포되고 전 세계적으로 전송될 수 있기 때문이다.

그러나 책이나 신문, 또는 선언문의 형태로 쓰인 글들만으로는 충분하지 않았다. 마리네티는 자신의 작업이 효과적이기 위해서는 당시 이탈리아에서 높은 비중을 차지했던 문맹자들을 포함하여 사회의 전 계층에 도달해야만 한다는 것을 알고 있었다. 거리에서의 선전이나 베니스에서 있었던 초기의 소동들은 바로 이러한 목표를 위해서 계획된 것이었다. 무

---

44. 다다, 러시아 구축주의자, 초현실주의자로부터 1960년대의 플럭서스 운동에 이르기까지 예술의 영역을 확장시키려고 시도해왔던 집단들에 의해, 선언문 형식은 계속해서 사용되어져왔다. 1960년대의 예술사가들이 새로운 시각에서 미래주의 회화와 조각을 검토하는 가운데, 플럭서스 예술가들이 미래주의에 의해 시작된 개혁들 중 잊혀졌던 많은 것들을 재발견했다는 사실은 우연이 아니다. 예컨대 가장 자극적인 미래주의 선언 가운데 하나인 루솔로(L. Russolo)의 "소음의 예술(The Art of Noises)"은 플럭서스 예술가인 필리우(R. Filliou)에 의해 번역되어 출판된 바 있다.(C. Tisdall & A. Bozzolla, 위의 책, 11쪽)

엇보다도 이 모든 것들 중에서 가장 효과적이고 특징적으로 표명된 것은 이른바 '미래주의의 밤*serata futurista*'이었다. 이것은 연극, 콘서트, 정치집회, 토론과 폭동을 적절하게 결합시킨 것이었다. 극장이라는 공간이 이탈리아에서는 서점이나 신문 자판대에 비해서 대중들에게 접근할 수 있는 가장 대중적인 형태라는 것을 마리네티가 깨달은 이래, 이탈리아 전역의 도시 극장들은 이러한 이벤트들을 위한 정규적인 행위 장소가 되었다.[45] 보통 '미래주의의 밤'은 미래주의 회화를 보여주거나 선언문의 낭독, 루솔로의 "소음 연주자들Noise Intoners"의 삐삐 긁는 소리나 신음하는 소리, 또는 미래주의 버라이어티 연극이나 서로간의 욕설과 비방을 포함하는 것이었다. 이상적으로 성공한다면 미래주의의 밤은 도시의 거리로 확산되어야 할 폭동으로 인해 중단될 것이며, 다음 날 언론 기사에서 물의를 일으키는 것이 되어야 했다. 모스G. L. Mosse는 "미래주의가 첫 번째로 대중적인 아방가르드 운동 중의 하나가 되는 데 중요한 수단이 되었던 것이 바로 이러한 '밤'이었다"고 강조한다. 나아가 이러한 '미래주의의 밤'의 대중들은 사회적인 스펙트럼을 초월한 것이었다. 부르주아, 학생, 노동자와 지식인 등등 말이다.[46]

이러한 미래주의의 대중전략은 마리네티의 "버라이어티 연극*The Variety Theatre* 1913"[47] 선언문에서 잘 살펴볼 수 있다. 이 선언문은 마리네티가 세라테 형식을 4년간 실험한 후 찾게 된 새로운 연극 모델을 보여주는 것이었다. 마리네티는 전통적인 연극이 역사적인 재구성과 우리의 일상생활의 사진적인 재생산 사이에서 어리석게 동요하고 있기 때문에 깊게 환멸을 느낀다고 한다. 이에 대한 대안으로서 미래주의자들이 주장하는 버라이어티 연극은 절대적으로 실천적이다. 왜냐하면 그것은 희극적인 효

---

45. 1910년 1월에 로제티 극장(the Teatro Rossetti)에서 '첫 번째 미래주의의 저녁'이 열렸을 때, 미래주의자들은 애국주의, 영토회복운동, 전쟁의 가치들을 찬양했다.
46. G. L. Mosse, "The Political Culture of Italian Futurism", 258쪽.
47. U. Apollonio(ed.), *Futurist Manifestos*, 126~131쪽.

과들, 에로틱한 자극이나 상상적인 경악imaginative astonishment을 통해서 대중들을 즐겁게 하고 관심을 끌기 위해 제안된 것이기 때문이다. 관객은 수동적 관조의 입장이 아니라 공연물에 대해 휘파람을 불어대고 야유하고 조롱하고 격려하고 코멘트를 하는 중요한 요소로서, 소위 "관객 반응의 드라마투르기"[48]가 적용되었던 것이다.

> 버라이어티 연극은 관객의 협력을 추구하는데 있어서 외롭지 않다. 그것은 멍청하게 엿보기 좋아하는 사람voyeur처럼 정적으로 남아 있는 것이 아니라, 오케스트라의 반주에 맞춰 놀랄만한 행위와 별난 대화 속에서 배우와 의사소통하는 가운데 연기와 노래 속에 시끄럽게 참여하는 것이다. (…) 관객은 이러한 방식으로 배우의 환상에 협조하기 때문에, 연기는 무대 위에서, 좌석에서, 그리고 오케스트라에서 동시에 전개되는 것이다.[49]

이러한 버라이어티 극에 대한 논의는 이후 마리네티가 세티멜리E. Settimelli와 코라B. Corra와 함께 작성한 「미래주의 종합극The Futurist Synthetic Theatre 1915」[50] 선언에서 보다 분명해지는 것을 볼 수 있다. 거기에서 그들은 미래주의 연극은 미래주의의 감수성에 있어서 가장 핵심적인 두 가지 경향으로 태어난 것이라 하면서, 이 두 경향이란 "(1)실재적이고 신속하고 우아하며 복잡하고 냉소적이고 강건하고 정처 없는 미래주의적인 삶에 대한 우리들의 광포한 열정, (2)어떠한 논리도, 어떠한 전통도, 어떠한 미학도, 어떠한 기술도, 어떠한 기회도 예술가의 타고난 재능에 강요될 수 없다는 데에 근거한 우리의 아주 근대적인, 지성에 호소하는cerebral 예

---

48. 김미혜, 「이탈리아 미래주의 연극의 관객 전략」, 264쪽.
49. F.T. Marinetti, *The Variety Theatre*, 1913. 127쪽.
50. F.T. Marinetti, 위의 책, 183~196쪽.

술 개념"이 그것이다. 이러한 지성에 호소하는 예술 개념에 따르면, 예술가는 새로움Ncvelty이라는 절대적 가치를 지니는 지성적인 에너지의 종합적 표현을 창조하는 데에만 전념해야 한다. 나아가 이러한 종합극 이념을 토대로 하여 미래주의 연극은 관객을 흥분시킬 수 있을 것이라고 선언되었다. 즉 그것은 "관객을 가장 격분시키는 독창성으로 각인되고 도저히 예상할 수 없는 방식으로 조합된 감각의 미로를 통하여 일상생활의 단조로움을 쓸어내 버림으로써 관객들이 그것을 잊어버리게끔 만든다"는 것이다. 그리하여 그들은 매일 밤 벌어지는 미래주의 연극이 위험한 열정을 위해 이탈리아인의 정신을 훈련시키는 교육장이 될 것이라고 과감히 선언하였다.

그리하여 1915년 발표된 「야유당하는 즐거움pleasure of being booed」이라는 선언문에서는 과거의 연극과 미래주의 연극이 다음과 같이 비교된다.

과거의 연극	미래주의 연극
관객을 즐겁게 하기	관객을 경멸하기
박수갈채 보내기	야유 보내기
소화를 위한 연극	지적 탐닉
사회적 이벤트로서의 연극	일상의 현실로부터 해방시키는 연극
역사적 사건의 묘사	미래에 일어날 사건들의 유발
사랑, 간통 등의 전통적 모티브	20세기의 감각과 기질에 대한 고찰
현실의 사진적 재현	위대한 미래주의적 꿈의 묘사
과거의 극적 패턴의 복사	절대적인 독창성과 혁신
산문과 영웅 시격의 운문	시와 자유로운 산문
돈을 벌기 위한 글쓰기	영감에 기초한 글쓰기
성공하려고 애씀	혁신적이려고 애씀
관객에게 종속되는 배우	극작가에 종속되는 배우[51]

이렇듯 마리네티는 연극적인 방식으로 표현된 정치학이 이탈리아 사람들 사이에서 그 어떤 다른 방식보다도 잘 먹혀들어갈 것이라는 점을 깊이 이해하고 있었고, 그런 방법을 사용하는 가운데 르봉의 철학에서 논의된 바 있는 집단의 심리학을 구체적으로 실현에 옮기려고 하였다. 사고 대신에 쇼킹한 것, 명상 대신에 신경을 자극하는 센세이션, 외형적으로 눈길을 끄는 것, 저속하고 공격적인 것이 강조되었다.[52] 그리하여 미래주의의 저녁은 종종 무정형적인 대중의 감성을 자극하고 흥분시켜 지도자에 의한 맹목적인 추종과 광신적인 행위로 나타날 수 있도록 하는 일종의 기폭제 역할을 하려는 것이었다. 예컨대 이탈리아 영토에 대한 오스트리아의 통제에 대한 항거로서 오스트리아 국기를 불태운다던가, 심지어는 좌석에 앉은 관객의 놀라움과 분노를 불러일으키기 위해 의자에 접착제를 붙여놓는다거나, 한자리의 표를 열 장이나 팔게 함으로써 열 명의 희생자들 사이에 싸움을 붙인다거나 관중에게 욕설을 퍼붓는 것과 같은 구체적인 전술이 사용되어졌다. '미래주의의 저녁'은 미래주의자들이 이러한 종류의 정치적 표현과 미적 예술적 표현 사이에 어떠한 구별도 하지 않았다는 것을 여실히 입증하고 있다. 미학과 정치학의 이분법은 미래주의자들에게는 전혀 존재하지 않는 것이었다.[53] 그리하여 마리네티의 새로운 연극운동의 선언과 실천은 이후 무솔리니가 대중연설에서 채택했던 연극조histrionic의 스타일에 많은 영향을 끼쳤다. 다시 말해 미래주의는 파시즘 이데올로기와의 내용적 유사성뿐만 아니라, 그러한

---

51. G. Berghaus, *Italian Futurist Theatre 1909-1944*, 158쪽.(김미혜, 「이탈리아 미래주의의 관객 전략」, 262쪽 재인용)

52. M. Brauneck, 『20세기 연극; 선언문, 양식, 개혁모델』, 225쪽. 이 책에서 브로넥은 미래주의 미학의 두 가지 중점적인 구성요소가 몽타주의 원칙과 동시성의 원칙이라고 설명하면서, "미래주의자들은 이 두 원칙에 따라 현대적 삶의 현실의 구성요소들을 형상화하고 관객에게 '새로운 미래주의적 민감성'의 요소로 전달하려 했다"고 하였다. (참고로 이 책의 국역본에서는 마리네티를 '내정간섭론자'라고 번역해 놓았는데, 이는 1차 대전 '참전(參戰)론자'를 오역한 듯하다.)

53. G. Marchicelli, *Futurism & Fascism; The Politicization of Art & The Aestheticization of Politics 1909-1944*, 42쪽.

이데올로기를 실행하는 데 있어서, 즉 이후 대중 동원과 통제를 위한 파시즘 전술의 토대가 되었던 선전선동과 스펙터클의 구체적 형식을 발전시키는 데 지대한 영향력을 끼쳤던 것이다.

3) 파시즘의 반동적인 대중 정치학-무솔리니를 중심으로

① 대중에 대한 예술가-정치가로서의 무솔리니

르봉은 대중 심리가 대중을 동원하고자 하는 사람에게는 정치적으로 중요하다는 점을 역설했고 미래주의는 자신의 다양한 예술적 방법을 활용하여 이를 실천하였으며 파시즘은 바로 이 교훈을 주의 깊게 받아들였다. 무솔리니는 일찍이 파시즘이 근대적인 정치세계의 가장 단순한 특징인 "익명적인 수많은 대중들"의 출현이 낳은 부산물이라고 주장한 바 있다. 이후에도 파시스트들은 그들의 체제를 "일치된 대중들의 체제"라고 특징짓는 데 주저하지 않았다. 사실상 르봉은 무솔리니의 스승이었다. 르봉은 자신의 책을 무솔리니에게 선사했을 뿐 아니라 무솔리니도 자신이 르봉에게 영향 받았음을 시인하였다.[54] "대중"에 대한 무솔리니의 미학적 개념은 르봉에 의해 상술된 군중에 대한 비난에 의존하고 있으며 그것을 완벽하게 보충한 것이다. 무솔리니는 자신을 일종의 예술가로 주장하였다.

> 정치가 하나의 예술이라는 사실은 의심의 여지가 없다. 확실히 그것은 과학도 아니요, 경험주의도 아니다. 따라서 그것은 예술이다. 또한 정치에서는 수많은 직관이 존재하기 때문이기도 하다. 예술적인 창조와 같이 "정치적인" 창조는 더딘 조탁과정과 돌연한 선견지명이다. 어떤 시기에 예술가는 영감으로 창조를 하며, 정치가는 결단으로 창조를 한다. 둘

---

54. 무솔리니는 "나는 르봉의 저작 모두를 읽었다. 나는 그의 『정신의 심리학』을 몇 번이나 읽고 또 읽었는지 알지 못한다. 그것은 오늘에 이르기까지 내가 자주 언급하는 주요한 책이다"라고 하였다.

다 재료material와 정신을 작업하는 것이다.(…) 사람들에게 현명한 법칙을 부여하기 위하여, 예술가의 어떤 것이 또한 필요하다.

예술과 정치의 관계를 강조함에 있어서, 무솔리니는 그의 정치학의 개념에서 미학이 차지하는 중요성을 공개적으로 표명하기도 하였다. 무솔리니에게 미학이란 인간 존재의 해석에 대한 주요한 범주를 드러내는 것이다. 정치학에 대한 미적인 접근을 통해, 무솔리니는 인간적인 가치들을 완전히 무시할 수 있는 걸작, 일종의 예술작품을 창조하려고 하는 하나의 캔버스로서 세계를 사고하였다. 그에게 현실은 인간의 의지에 따라 예술적으로 형성될 수 있는 것이었다. 미학에 대한 무솔리니의 의존, 그리고 이러한 예술가와 정치가의 동일시는 결국 신처럼God-like 창조할 수 있는 존재, 신과 같은 정신적인 힘을 가진 존재로 정치가를 규정함으로써, 정치가의 힘에 대한 절대적인 개념으로 나아가게 하였다.[55] 삶 그 자체는 예술작품으로 전화되어야 할 필요가 있는 백지 캔버스나 대리석 덩어리에 불과하다. 종종 그는 자신의 삶으로부터 "걸작을 만들어내려는" 니체적인 삶의 의지를 표명하였다. 이러한 메타포를 통해서 무솔리니는 '대중'을 예술가의 작업 매체, 즉 무기력하고 수동적인 집합체whole와 동일시하였다. 그리하여 '대중'을 원료로 개념화하는 것은 누군가 '대중'을 깨부수고 그것을 때려서 새롭게 만들어낼 수 있다는 것을 의미하였다. 거기에는 어떠한 고통도, 어떠한 비명도, 어떠한 저항도 존재하지 않을 것이다. 파시즘에 있어서 사람들은 탈육체화되고 단지 조각가-지도자의 손끝에서만 살아 있게 되었다. 그리하여 파시즘의 예술가-정치가는 19세기의 예술을 위한 예술의 주창자들과 다르지 않게, 그의 창조적 의

---

55. 무솔리니는 그 자신을 파시즘의 예술가, "아름다운" 체제와 "아름다운" 교의의 명장으로 주장하였다. 1923년 밀라노 연설에서 무솔리니는 "파시즘을 말하는 사람들은 무엇보다도 미에 관해서 말한다"고 천명하였다. 1924년 파시스트 당대회 연설에서 그는 파시즘을 "힘의 교의, 즉 미의 교의"라고 규정하였다.

지에 대한 완전한 자율성을 주장하고 민주적인 통치의 탈마법화된 세계를 자신의 예술적 비전으로 대체하는 것이다. 다시 말해 무솔리니의 예술가-정치가의 초상은 대중들을 하나의 응집된 대상으로 만드는 것이었다.[56] 대중은 그저 정치가의 예술적이고 창조적인 천재성을 표현할 수 있는 매체일 따름이다. 이리하여 그는 근본적으로 대중에 대한 정치가의 우월성을 강조하는 통치의 모델을 이론화하였다.

> 우리는 대중을 사용하고 교육하기를 원한다. 그러나 과오가 있을 때에는 몽둥이로 두들긴다. (…) 우리는 군중의 지적, 도덕적 표준을 높여야 한다. 그 이유는 국민의 역사 속에 그들을 끼워주기를 원하기 때문이다. 왜냐하면 난폭하기 일쑤이고 말라리아 환자이며 문둥병에 걸린 프롤레타리아를 가지고서는, 거기에는 국민의 향상은 있을 수 없기 때문이다.[57]

② 여성적 존재로서의 대중에 대한 부정적 규정과 "새로운 인간"의 창조

'대중'에 대한 무솔리니의 미학적-정치적 시각은 '대중'과 여성을 동일시하는 데서 더욱 잘 드러난다. 앞서 살펴보았듯이, 예술가와 재료(정치가와 대중) 사이의 관계에서 예술가(정치가)의 역할의 우월성을 함축하는 메타포와 마찬가지로, 여성으로서의 대중의 개념은 정치적 지도자, 즉 남성의 지도적 역할을 정당화하게 만든다. 무솔리니는 "여성은 종합을 할 수 있는 커다란 힘을 가지지 못했으며, 따라서 여성은 위대한 정신적 창조에는 부적절하다고 믿는다"고 하였다. 한편으로 무솔리니는 세계에 대한 그의 비민주적인 시각을 확증하기 위해 여성의 특질에 대한 자신의

---

56. 1922년 10월의 연설에서 무솔리니는 다음과 같이 선언하였다. "파시즘의 과제는 대중으로부터 민족의 유기적 전체를 만들어내는 것이다. (…) 예술가가 그의 걸작품을 주조하기 위하여 원료를 필요로 하듯이, 민족은 대중을 필요로 한다."
57. 무솔리니, 앞의 책, 394쪽.

부정적인 인식을 이용하였다. 그러한 시각에서 파시즘은 '대중'뿐만 아니라 자유주의와 민주주의도 지배해야 한다. 왜냐하면 그것들은 모두 나약하고 평화로우며 우유부단하다는 것, 다시 말해 그것들은 여성적 특성들을 구현하기 때문이다. 다른 한편 여성적인 유약함을 거부함으로써 파시즘은 스스로를 남성적인 것으로 정의하였으며, 민족과 대중을 지도하기 위해 필연적인 것으로서 파시즘의 법칙을 긍정하였다.

우리가 앞서 르봉의 철학과 미래주의의 이념에서 보았던 바 그대로, 무솔리니의 파시즘도 그들과 똑같은 용어를 사용하여 낡은 자유주의 체제에 대항하는 새롭고 "매우 강한", "사내다운virile" 파시스트 국가를 주장하였던 것이다. 다시 말해 파시즘은 공격적이고 대담무쌍하며 용기백배하다. 이러한 남성적 특성 때문에 파시즘은 대중을 돌볼 수 있으며, "그녀"에 대해 지배적인 관계를 설정할 수 있다는 것이다. 이러한 성별 정체성에 대한 언급을 통해, 무솔리니는 대중에 대한 자신의 관계를 공감이나 동등성에 근거한 것이 아니라 부권적인paternalistic 지배에 근거한 것으로 규정하였다. 따라서 무솔리니는 무엇보다도 아버지이자 지도자이며, 비논리적이고 음울하며moody 여성적인 것이라고 규정한 모든 것들을 지배하는 총통이었던 것이다. 1932년 루드비히E. Ludwig와의 대화에서 무솔리니는 "여성은 수동적이어야만 한다"고 주장하고서, 나중에 수동적이란 말을 "복종"이란 말로 바꾸었다. 그리고 그는 "어떤 종류의 페미니즘이든" 그것에 적대한다고 덧붙였다. "당연히 여성은 노예가 아님에 분명하다. 그러나 (…) 우리의 국가에서 여성은 틀림없이 중요하지 않음에 분명하다."[58]

이렇듯 무솔리니에게서 드러나는 일인 독재 규율의 정치적 필연성과 예술적 창조의 이념은 여성으로서의 '대중'에 대한 부정적인 개념과 잘 부

---

58. E. Ludwig, *Colloqui con Mussolini*, 166쪽. (A. J. Gregor, *Italian Fascism and Developmental Dictatorship*, 287쪽 재인용)

합되는 것이라 할 수 있다.

일단 "대중"에게 전가되면, 여성의 부정적인 특징 ―그들의 비논리성, 감각성, 야만성― 은 대중들의 권력 요구에 대한 무솔리니의 거부를 정당화했고 지도자의 의지에 복종하는 것이 파시즘의서 핵심이라는 그의 주장을 정당화했다. "대중"이 여성적 특징을 지닌다는 신념은 무솔리니의 정치학에 대한 미학적 개념을 강화하였는 바, 그것은 정치가―예술가에 대한 대중―재료의 의존성을 수반하는 것이었다. 더욱이 여성으로서의 "대중"은 "남성다운" 지도자에 의하여 지배되도록 요청되는 것이었다.[59]

잠포니에 따르면, 정치학에 대한 미학적 개념으로부터 출현한 대중에 대한 무솔리니의 경멸은 의심할 바 없이 아주 분명하다.[60] 이는 대중들이란 비합리적이기 때문에 실제적인 이해관계보다는 열광적인 호소에 의해 통제될 필요가 있다는 인식으로 자연스럽게 연결되었다. 앞서 르봉이 대중들의 집단적 의식을 통제해야 할 필요성을 말했듯이, 그리고 미래주의자들이 그들의 방식을 이용하여 이를 실천하였듯이, 무솔리니는 신화와 미적인 이미지 같은 감성적인 방식을 총동원하여 대중들의 행위와 신념을 주조해내어 이른바 "새로운 인간", 새로운 파시스트적인 인간을 창조하고자 하였다. 대리석을 부수고 깎아내는 조각가에다 정치가를 비유함으로써, 무솔리니는 "이탈리아인들을 재형성하고" "이탈리아의 특성을 만들어내고" "이탈리아의 새로운 세대를 창조하기 위한" 필요성을 역설

---

59. S. Falasca-Zamponi, 앞의 책, 24쪽. 잠포니는 여기에서 무솔리니의 다음과 같은 말을 인용하고 있다. "독재자는 사랑받을 수 있는가?"라는 질문에 대한 응답에서 무솔리니는 "그렇다"고 하면서 다음과 같이 덧붙인다. "대중이 동시에 그를 두려워할 때 그렇다. 대중은 강한 남성을 사랑한다. 대중은 여성적이다."

60. S. Falasca-Zamponi, 앞의 책, 22쪽.

하였다. 새롭고 파시스트적인 이탈리아인들을 건설함으로써, 그리고 새롭고 파시스트적인 삶의 방식들을 발전시킴으로써, 무솔리니는 자신의 정치적 비전을 실현시키는 그의 최종 걸작, 즉 영원한 파시스트 이탈리아를 창조하려고 하였던 것이다. 이러한 목적을 위하여 그는 모든 사람의 총체적인 참여를 요구했다. 이러한 새로운 인간의 창조는 대중을 국가에 완전히 통합시킴으로써만 달성될 수 있는 것이었다.

> 인간은 국가 안에서만 그의 삶에 있어서의 최고의 도덕적 가치에 도달한다. 그리고 그러한 것으로서 그는 개인주의적인 모든 것, 즉 개인적인 선호와 이해, 나아가 비록 그것이 필요하다 할지라도 삶 자체를 대체한다. 국가 내에서 우리는 최고의 정신적인 가치들을 목도할 수 있다. 영원한 지속성, 도덕적인 위엄, 공적이고 개인적인 교육의 임무 등.[61]

바로 이러한 믿음 아래서 무솔리니는 새로운 이탈리아인을 산출해내기를 꿈꾸었고 도전적인 운명에 맞서 성공할 수 있는 "근대적인 로마인"의 인종race을 새롭게 창조하려고 했다. "내가 적절하다고 믿는 방식으로 이탈리아인의 특성을 주조鑄造하는 데 성공한다면,[62] 그리고 바로 그 일에 파시즘이 성공한다면, 그 때에 운명의 수레바퀴가 우리에게 다다랐을 때 우리는 그것을 낚아채서 우리의 의지에 따라 그것을 구부릴 수 있을 것이라고 확신한다."

③ 정치의 심미화와 무솔리니의 "대중의 연극teatro de massa"

퀴글R. Kuhnl은 「파시스트 정권의 문화정치학」이라는 논문에서, 파시스트 체제와 전통적인 권위주의 체제가 구분되는 것은 주민 대부분을 동

---

61. G. Bottai, *Lo Stato*(1930,3~4)(E. Gentile, "Fascism as Political Religion", 248쪽 재인용)
62. 파시즘은 일반적으로 대중에게는 희생하고 봉사하기를, 청년들에게는 "유쾌하게 복종하기를", 그리고 여성들에게는 "힘내어 번식하기를(go forth and multiply)" 명령했던 것이다.

원할 수 있는 국가적 기구를 설립할 수 있는 능력과 더불어 어떠한 대항 세력도 체계적으로 제거할 수 있는 능력에 의해서라고 설명한 바 있다.[63] 그리고 이러한 과제를 달성하기 위해서 무솔리니는 르봉에게서 이끌어낸 가르침들을 성실하게 실천하였다. 르봉은 주장하기를, "종교적이거나 정치적인 믿음은 신념에 기반하지만, 그것은 의식ritual이나 상징 없이는 결코 지속될 수 없다"고 강조하였다. 사실상 파시스트 운동의 출발부터 이러한 제의와 상징은 파시스트 대중정치학에서 아주 본질적인 요소가 되었다. 무솔리니는 다음과 같이 선언하였다.

> 파시스트 혁명은 새로운 형식들, 새로운 신화들, 새로운 의식들을 창조한다. 자칭 혁명가이고자 하는 사람은 낡은 전통을 사용하는 동안 그것들을 반드시 재가공해야 한다. 그는 새로운 축제들, 새로운 제스쳐들, 새로운 형태들을 창조해내야만 하며, 그것은 그 스스로가 전통적이게 될 것이다. (…) 로마의 인사법, 노래와 신조들, 기념식들 등등 ―이들 모두는 이 운동을 지속시키는 열정의 불길을 부채질하는 본질적인 것이다.[64]

벤야민이 주장했던 것처럼, 정치에 대한 '대중'의 참여는 파시즘 체제의 핵심적인 부분이었다. 정치의 심미화는 파시즘이 상징, 제의, 스펙터클에 호소함으로써 대중에게 그들 스스로를 표현할 수 있는 기회를 제공하고 그 운동의 일부가 되도록 할 수 있게 만들었다. 정치를 미화함으로써 파시즘은 대중의 정치 참여를 신념, 신화, 제의로 흘러가도록 하는 데 필요한, 체제와 통치되는 자들 사이의 아우라적인 거리를 창조하였다. 확실히 파시스트 운동은 "그 상징의 힘과 의식의 아름다움"[65]에 의해서 확

---

63. R. Kuhnl, "Cultural Politics of Fascist Government", 34쪽.
64. E. Ludwig, *Talks with Mussolini*, 70쪽, 123쪽.(G. Berghaus, Fascism & Theatre, 75쪽 재인용)

인될 수도 있다.

민주주의는 사람들의 삶으로부터 "스타일"을 제거해버렸다. 파시즘은 사람들의 삶에 "스타일"을 되돌려준다. 즉 일련의 행위, 색채, 힘, 회화적인 것, 예기치 못한 것, 신비스러운 것, 요약하자면 대중의 영혼 속에 가치 있는 모든 것들이다. 우리는 폭력으로부터 종교로, 예술로부터 정치에 이르기까지 모든 현에서 리라the lyre를 연주한다. [무솔리니, 밀라노 연설 1922]

무솔리니는 소렐의 철학적 영향 하에서 역사란 집합적 힘에 의해 촉발된 투쟁과정이라고 주장하였다. 투쟁이 일어나기 위해서는 공동의 정서를 지니고, 공동체와 하나 되는 감정적 양식을 소유하며, 강력한 지도자가 이끄는 집단이 필요하다. 요컨대 집단의 투쟁이 성공하기 위해서는 전위적이고 혁명적인 엘리트가 필수적인데, 이러한 전위들은 집단적 감정을 활용하고 그 의지를 극대화시켜야 한다. 이를 위해서 무솔리니는 르봉의 견해에 입각하여, 이성이 아니라 감성에 호소하는, 논리가 아니라 이미지와 감각적 흥분에 의해 촉발되는 대중 설득방식을 개발하였다. 예컨대 페젠티G. Pesenti는 정보화 과정 속에 있는 "신세계"에 대한 기대 속에서 스펙터클한 볼거리가 점차 증가하고 모더니티의 경제적이고 사회정치적 위협은 대중들로 하여금 자신들을 통제하고 지도할 수 있는 지도자를 찾으려는 성향을 불러일으켰다고 주장하였다.[66] 군중은 이미지와 감정에 호소하는 슬로건을 통해 생각하며, 강력한 의지를 가진 결의에 찬 지도자에 의해 지배된다. 지도자가 성공하기 위해서는 대중의 비합리적인 힘

---

65. M. Maraviglia, *Il Popolo d'Italia*(1927,3,19)(E. Gentile, "Fascism as Political Religion", 242쪽 재인용)

66. G. Pesenti, "Alcuni aspetti del mondo nuovo", *Gerarchia*, 1935.(Gregor, 앞의 책, 117쪽 재인용)

을 이용하고 그들에게 동기부여가 되도록 이끌어내야 하는 바, 이러한 목적을 위해 공공의식, 축제와 기념식, 극장에서의 연극적 퍼포먼스 등이 널리 사용되어졌다. 말하자면 실내외의 모든 퍼포먼스들은 전통적인 무대-관객 관계를 극복하고 배우와 관객을 하나로 결합시키는 것을 목표로 했다. 따라서 파시스트 극작가들은 이기주의를 극복하고 개인과 개인을 통일시키며 그들 사이에 굳건한 결속을 창조하고, 나아가 그들을 파시스트 국가의 목표와 동일시하여 지도자의 명령에 복종하게 만드는 그러한 새로운 윤리학을 선전하려고 하였다. 최고 원리에 대한 복종이라는 "속죄의 미덕the redemptive virtue"이 당시의 많은 희곡 작품 속에서 표현된 것도 이러한 맥락에서 이해될 수 있다.[67]

나아가 무솔리니는 무대의 교육적 힘을 완전히 신뢰하고 있었다. 그는 "연극은 민중의 가슴 속에 다다를 수 있는 가장 직접적인 수단 중의 하나"라고 천명한 바 있다. 무솔리니는 "대중의 연극teatro de massa"이라는 표현을 만들어냈는데, 그것은 전통적인 연극이 제한된 좌석 수용능력과 낡아빠진 레퍼토리 때문에 파시즘의 기치 하에 사람들을 규합하는 데 부적절하다는 인식에서 나온 것이었다. 무솔리니는 다음과 같이 선언하였다.

나는 연극이 위기를 겪고 있다고 들었다. 이러한 위기가 현존하기는 하지만, 그것이 어떤 식으로건 영화의 인기가 점점 높아지고 있다는 사실과 관련되어 있다고 믿는 것은 잘못이다. 우리는 이러한 위기의 정신적인 양상과 물질적인 양상 둘 다를 고려에 넣어야만 한다. 첫 번째는 작가와 관련된 것이며, 두 번째는 좌석의 수와 관련된 것이다. 우리는 대중의 연극, 즉 15,000~20,000 좌석을 수용할 수 있는 극장을 위한 계획을 세워야만 한다.[68]

---

67. G. Berghaus, 앞의 글, 61쪽.
68. P. Cavallo, "Theatre Politics of the Mussolini Regime", 115쪽 재인용.

그가 대중 극장을 주장하는 이유는 두말할 필요 없이 무대 위의 예술이 보다 광범위한 사람들에게 호소력을 가져야만 하기 때문이다. "대중의 연극은 거대한 집단적 정열을 뒤흔들어 생생하고 심오한 인류의 감각으로 채워야만 하기 때문"이다. "집단적 정열이 극적인 표현을 찾도록 하라, 그러면 그대들은 또다시 사람들로 북적대는 객석을 보게 될 것이다." 그리하여 이러한 모든 집단적 정열은 오직 하나의 불꽃 아래 훨훨 타오를 수 있었다. "신봉하라! 복종하라! 투쟁하라!" 그것이 바로 파시즘의 교의였다.

4. 맺음말

이 글은 마리네티의 미래주의와 무솔리니의 파시즘의 관계를 재조명하였다. 그러함에 있어서 필자는 그들의 관계가 단순히 우연적이고 기회주의적인 것이거나 마리네티와 무솔리니의 개인적 유대관계에서 기인하는 것이 아니라, 이탈리아의 특정한 역사적 상황에서 그들이 맞이한 모더니티에 대한 하나의 대응방식이었다는 점에서 양자의 사상적 친화성을 찾아보았다. 그리하여 그들 모두는 기계, 속도, 힘, 새로움 등으로 상징되는 기술적인 근대화에 대한 열광적인 찬미를 공유하였으며, 합리주의와 실증주의, 유물론과 사회주의, 자유주의와 개인주의 등으로 대변되는 근대의 사상적 유산에 대한 거부를 공통된 지반으로 삼았다. 이러한 배경하에서 이 글은 미래주의와 파시즘의 대중에 대한 인식과 태도를 중점적으로 분석하였다.

이 글이 주장하는 바를 다시금 요약하자면, 다음과 같다. 미래주의와 파시즘은 모더니티의 산물로서 하나의 정치세력으로 역사의 무대에 등장한 대중들의 중요성을 철저히 인식하고 이들을 직접적인 대상으로 설득하고 동원하려 했다는 점에서, 다시 말해 본격적으로 대중을 지향하는 (예술 또는 정치) 운동이라는 점에서 공통성을 지닌다. 그러나 대중에 대한 인식과 태도를 면밀히 검토해 보면, 미래주의와 파시즘은 대중을 역사의 주체

로서 평가하고 대중의 이해관계와 권리를 요구하는 운동으로 나아가기
보다는, 그들을 비합리적이고 열등한 존재로 인식하고 지도자에 의해 새
롭게 주조되어 새로운 인간형으로 거듭나야 할 대상으로 파악했다. 더
욱이 그들이 생각한 새로운 인간형은 유약하고 불순한 존재로 이해된 여
성성에 대립되는 호전적이고 파괴적인 남성적 존재로 설정되었다는 점에
서 역시 유사한 흐름을 보여준다. 미래주의의 새로운 방법적 실험으로부
터 직접적으로 영향을 받은 파시즘의 정치의 심미화는 새로운 기술 재생
산 시대와 소비주의 시장경제 체제에서 등장한, 그 어떤 정치운동보다도
더 강력하게 대중을 지향하는 것이었다. 그러나 앞서 살펴보았듯이 그것
은 어디까지나 대중에 대한 부정적인 이해를 토대로 지도자에 대한 맹목
적 신념과 복종을 목적으로 하는, 근본적으로 반대중적인 것이었다.

　이제 마지막으로 결론을 대신하여, 이들과 같은 시대에 이탈리아의 정
치적 격랑激浪을 헤쳐 나갔던 사람, 그람시A. Gramsci를 통해서 미래주의와
파시즘의 대중에 대한 태도를 다시 한 번 비판적으로 평가해 보고자 한
다. 필자가 유독 그람시라는 인물의 시각을 통해서 이들을 비판적으로
재검토하려는 이유는 무엇보다도 동일한 정치적 환경에서 동일하게 대
중을 설득하고 동원하고자 하였음에도 불구하고 그람시의 대중에 대한
태도는 본질적으로 그들과 상이하였기 때문이다. 미래주의에 대한 그람
시의 견해는 청년기에 집필된 세 편의 글과 투옥 후 『옥중수고』에 나타
난 단편적인 언급들에서 찾아볼 수 있다. 그런데 이와 관련하여 기존의
연구자들은 미래주의에 대한 그람시의 평가가 옹호로부터 비난에 이르
는 관점의 변화를 겪었음을 강조해왔다.[69] 이에 대한 대표적인 전거典據
가 되는 문헌이 각각 「마리네티는 혁명가인가(1921. 1)」와 「트로츠키에게
보내는 편지(1922. 10)」[70]이다. 여러 이론가들은 「트로츠키에게 보내는 편

---

69. M. Perloff, 앞의 책, 35쪽.

지」나 『옥중수고』에 드러난 견해와는 달리 「마리네티는 혁명가인가」라는 글은 그람시가 마리네티를 혁명가로서 옹호하는 입장을 보여주고 있는데, 이는 그람시가 루나챠르스키의 발언(모스코바 2차 회의에서 루나챠르스키가 이탈리아에서는 마리네티라는 혁명적인 인텔리가 살아 있다고 말했던 것)에 동조하기 위해 쓴진 것이기 때문이라거나, 또는 그람시가 코민테른 대표단으로 모스코바에 머물렀던 시기여서 이탈리아의 국내 실정에 어두웠던 때문이라는 등의 이유를 들어 그람시 입장의 비일관성을 애써 설명하려고 하였다.

그러나 필자는 미래주의에 대한 그람시의 시각에서 본질적으로 일관된 하나의 평가관점을 찾아볼 수 있을 것이라고 생각한다. 그것은 바로 "국민적-대중적national-popular 문화"라는 개념이다. 물론 미래주의에 대한 세 편의 글들이 쓰였던 시기는 그람시의 초기 저작에 해당하는 시기이고 프롤레타리아 문화운동에 전념하던 시기였기 때문에, 이후 『옥중수고』에서 성취된 "국민적-대중적 문화"라는 개념을 완전하게는 선취하지는 못했다. 그럼에도 불구하고 이 시기 미래주의에 대한 그람시의 평가는 이미 발전된 후기 사상의 단초를 보여주는 길목 위에 서 있는 것으로 파악될 수 있다.

1930년 옥중에서 쓴 수고에서 그람시는 "왜 이탈리아에는 국민적이고 대중적인 문학이 존재하지 않는가?"라는 물음을 던지면서, 다음과 같이 적어놓았다.

여러 언어에서 "국민적"과 "대중적"은 동의어이거나 거의 그렇다는 사

---

70. 이 편지는 트로츠키의 *Literature & Revolution*중 "미래주의" 부분에 대한 그람시의 응답이기도 하다. 이에 관해서는 L. Trotsky, *Literature & Revolution*, pp.126-161을 참조하라. 여기에서 트로츠키는 미래주의를 보헤미안의 허무주의에 그 사회적 기원을 둔 것으로 설명하며 이는 과거에 대한 과장된 거부 속에 존재하지만 결코 프롤레타리아 혁명은 아니라고 강조한다. 따라서 트로츠키에 따르면, "이탈리아 미래주의가 파시즘의 급류 속으로 섞여 들어갔다는 것은 우연이나 잘못된 이해가 아니다. 그것은 전적으로 인과법칙에 일치하는 일이다."(129쪽) 원래 그람시의 이 편지는 트로츠키의 책의 부록으로 실렸다고 하는데, 필자가 가지고 있는 판본에는 포함되어 있지 않았다.

실을 기억해야 한다. (…) 이탈리아에서는 "국민적"은 이데올로기적으로 매우 제한된 의미를 지니고 있으며 어떤 경우에도 "대중적"과 일치하지 않는다. 왜냐하면, 이탈리아에서 지식인들은 대중, 즉 "국민"으로부터 소원하기 때문이다. 대신에 그들은 아래로부터의 강력한 대중적이거나 국민적인 정치운동에 의해 단절되지 않은 특권적 전통과 결부되어 있다.[71]

그람시는 이 글에서 이탈리아에서는 어떠한 국민적 대중적인 지적 도덕적 블록이 존재하지 않는다고 주장하였다. 이탈리아의 지식인들은 스스로를 대중들과 연관된 것으로 느끼지 않으며 그들의 필요와 열망과 감정을 인식하지도 감지하지도 못한다는 것이다. 그리하여 그람시는 이탈리아의 지식인들은 대중과 분리된 일종의 특권층이며 대중과의 유기적 결합관계를 지니지 못하고 있다고 비판하였다.

주지하다시피 "국민적-대중적"이라는 개념은 그람시의 사상을 이해하는 데 있어 핵심적인 개념 중의 하나이다. 그람시는 이탈리아에서의 파시즘의 부상과 서구에서의 혁명의 퇴조를 목도하면서 이 개념을 조탁하기 시작하였다.[72] 이탈리아에서의 국민적-대중적 문화의 부재에 대한 그람시의 비판은 미래주의를 평가하는 근본적인 관점을 구성하는 것이다. "국민적-대중적 문화"라는 이념에 입각해 보자면, 미래주의에 대한 그람시의 평가는 양면적인 것이다. (1) 한편으로 미래주의는 공산주의자들이 미처 생각하지 못했던 시기에 이미 대중적인 문화적 투쟁의 필요성을 절감하고 아무런 두려움이나 망설임 없이 기존 지배계급의 문화를 파괴하

---

71. A. Gramsci, *Selections from Cultural Writing*, 208쪽.
72. 그람시는 파시즘의 등장을 '유기적 위기'에 처한 전통적인 지배계급이 헤게모니를 강화하는 과정으로 보고, 이를 국가의 경제개입에 의한 '수동적 혁명(passive revolution)'으로 설명하였다. 이를 통해 국가는 개인이나 집단에 의한 이윤의 사적 취득을 변경함이 없이 생산 영역에 있어서 사회화와 협업을 증가시키는 관료주의적, 엘리트주의적 사회재생산 기제를 도입하였으며, 이는 기존의 기생 계급의 자본에 전적으로 의존함으로써 가능하였다. 바로 이러한 파시즘에 대항하기 위한 그람시의 전략이 바로 국민적-대중적인 대항 헤게모니의 구축과정과 이를 통한 새로운 국가의 건설이었던 것이다.

려고 했다는 점에서는 "혁명적"이다. (2) 그러나 다른 한편, 미래주의는 민중과의 유기적 결합을 위한 진정한 국민적-대중적 문화를 건설하기 위한 투쟁은 전혀 아니었다.

그람시에 따르면, 대중과 유기적으로 결합한 새로운 지식인이 되는 양식은 이제 더 이상 "감정과 열정의 외부적이고 순간적인 전달자에 불과한 웅변"에 내재하는 것이 아니다. 그 양식은 단순한 웅변가로서가 아니라 건설자, 조직자, '영구적인 설득자로서' 실제 생활에 적극 참여하는데 있는 것이다. 그람시는 강조하기를, 대중적인 요소는 '느끼지만' 언제나 알거나 이해하는 것은 아니며, 이에 반해 지식인적 요소는 '알지만' 언제나 이해하거나 특히 언제나 느끼는 것은 아니라고 한다. 그리하여 이 두 극단은 한편으로는 현학성과 무교양을, 다른 한편으로는 맹목적 열정과 분파주의를 대표한다. 그러나 그람시는 이것이 곧 현학자가 열정적일 수 없다는 것은 아니라고 한다. "전혀 그렇지 않다. 열정에 사로잡힌 현학은 어느 모로 보나 가장 거친 분파주의나 선동정치처럼 우스꽝스럽고 위험하기조차 하다." 우리는 바로 마리네티의 미래주의에서 그람시가 비판한 이렇듯 "열정에 사로잡힌 현학"의 적절한 사례를 보게 된다.

> 지식인은 대중-국민으로부터 분리되더라도, 즉 대중의 생생한 감정과 정열을 느끼지 않고서도, 그것을 이해함으로써 특정한 역사적 상황에서 그것을 설명하고 정당화하며 역사의 법칙, 보다 고차적이고 과학적이며 일관된 세계관, 즉 지식과 변증법적으로 결부시키지 않고서도 지식인 일 수 있다고 믿는 것은 (…) 지식인의 오류이다. 이와 같은 열정 없이는, 즉 지식인과 국민-대중 간의 이러한 감정적 결합이 없다면, 어떠한 정치-역사도 이루어낼 수 없다.[73]

---

73. A. Gramsci, *Gefängnis Hefte*, s.1490.

그리하여 그람시에 따르면, 지식인과 대중-민족이, 지도자와 피지도자가, 지배자와 피지배자의 관계가 감성-열정이 이해-인식이 되는 하나의 유기적 결속이 이루어진다면, 오직 그 때만이 양자 관계는 진정한 대의 representation 관계가 될 수 있다. 오직 그때만이 지배자와 피지배자, 지도자와 피지도자 사이의 개별 인간들의 교환이 이루어질 수 있고 삶의 공유가 실현될 수 있다. 이렇듯 함께 나누는 생활을 통해서만 하나의 사회 세력, 즉 '역사적 블록'이 창출될 수 있다는 것이다. 그렇다면 이러한 관점에서 볼 때 마리네티의 미래주의와 무솔리니의 파시즘은 결코 그람시가 주장한 진정한 대의관계를 실현시키지 못했으며 이를 목적으로 하지도 않았다. 그들은 대중의 감성-열정이 참된 인식과 결합된 능동적인 역사적 주체로서, 요컨대 대항 헤게모니의 주체로서 대중을 인식했던 것도, 이를 위해 투쟁했던 것도 아니었기 때문이다.

논문을 마치면서, 서두의 문제 제기에서 얼핏 스쳐 지나친 벤야민의 해묵은 명제, 즉 "예술의 정치화"와 "정치의 예술화"라는 문제에 대하여 잠시 생각해본다. 예술과 삶의 통합이라는 계기 속에는 필연적으로 예술의 정치화의 계기뿐만 아니라 정치의 예술화의 계기 또한 포함하는 것일 수밖에 없다. 그렇다면 이 양자를 구분하는 것은 무엇인가? 지금까지 논의에서 미래주의와 파시즘의 대중에 대한 태도를 살펴봄으로써 밝혀진 바를 하나의 잣대로 사용하자면, 예술의 정치화와 정치의 예술화의 갈림길을 비추어주는 또 하나의 지표가 될 수 있지는 않을까? 정치의 예술화의 본질적 측면은 대중의 비판적이고 반성적인 이성을 마비시키면서 권위와 복종을 강요하게 하는, 다시 말해 대중을 동원하면서도 동시에 그들을 침묵시키는 그러한 예술의 기능과 수용방식을 지칭하는 것은 아니었을까? 그렇다면 예술의 정치화란 단순히 미적인 가치를 정치적 가치로 대체할 것을 주장하는 것이 아니라, 예술과 대중과의 관계에 있어서 대중의 능동적인 수용을 일깨워 상호주관적인 의사소통intersubjective communication[74]을 가능하게 하는, 예술의 새로운 형식과 수용방식, 그리고 그러한 기능전환을 지칭하기 위한 것이라고 짐작할 수 있다. 벤야민이 에이젠슈테인의 몽타주나 브레히트의 서사극에서 그 구체적인 사례를 보려고 했던 것처럼 말이다. 그러나 이에 대해서도 우리는 차가운 감방의 한 구석에서 대중운동의 불씨를 당기기 위해 끝까지 투쟁했던 불운한 한 혁명가의 가르침을 다시금 떠올려 보아야 한다.

가장 통상적인 편견은 이렇다. 미래주의의 경우에서처럼, 새로운 문학은 인텔리 출신의 예술적 학파에서 스스로를 찾아내야만 한다는 것이다. 새로운 문학의 전제는 역사적, 정치적, 대중적일 수밖에 없다. (…) 중요한 것은 그것이 대중문화의 부식토 그 자체에 뿌리내려야 한다는 것이다. 비록 그것이 후진적이며 관습적이라 하더라도, 그것의 취향, 경향, 그 도덕적 정신적인 세계와 더불어 말이다.[75]

그리하여 그람시는 대항 헤게모니 주체로서의 대중의 웅비雄飛를 가능하게 하는 장구한 진지전의 전략을 위해 곧바로 이탈리아 대중의 일상생활, 그들의 상식, 그들의 대중문학에 대한 연구로 들어갔다. 만약 그람시가 옳다면, 벤야민의 사고에는 하나의 허점虛點이 존재하는 것임에 틀림없다. 왜냐하면 새로운 예술의 전제는 벤야민이 생각한 에이젠슈테인이나 브레히트와 같은 인텔리 출신의 학파가 아니라 어디까지나 대중문화의 부식토 그 자체에서 출발하지 않으면 안 되기 때문이다. 다시 말해 그저 새로운 감각적 자극이나 충격을 통해서 대중들을 수단으로 동원하는 것이 아니라, 그들의 감성—열성이 이해—인식으로 고양될 수 있도록 대중들을 진정한 역사적 주체로서 성립시키는 위해서는 대중들의 일상

---

74. Russell A. Berman, 앞의 책, 39쪽.
75. A. Gramsci, 앞의 책, s.1777.

과 그들의 문화로부터 출발하여 그것을 변화시키려는 데서 출발하지 않으면 안 되기 때문이다. 나아가 이제까지의 논의에서 입증된 것처럼, 대중의 능동성을 일깨워서 그들을 동원하려는 (예술 또는 정치) 운동이 앞서 그람시가 지적했던 것처럼 대중과 지식인, 피지도자와 지도자의 유기적 결속을 추구하는 진정한 "대의" 관계를 추구하지 않는다면, 그것은 결코 대중의 실제적 이해를 증진시키기 위한 것이 아닌 한낱 반동적인 이념의 제물로 대중을 전락시킬 수 있는 가능성을 언제든지 내포하고 있는 것이다. 특히나 오늘날과 같이 이미지와 스펙터클이 난무하는 시대에 있어서, 우리는 다시 한 번 대중의 멘탈리티를 지배하기 위한 지도자의 통치기술로서 이미지를 통한 감성에의 호소를 주장했던 르봉의 철학, 그리고 궁극적으로 이러한 철학을 이어받은 미래주의의 예술전략과 파시즘의 정치의 심미화를 곰곰이 되씹어보지 않으면 안 된다. 왜냐하면 오늘날에도 수많은 이미지와 스펙터클이 본질적으로 대중에 대한 부정적인 시각에서 기원한 권력의 요구를 내밀하게 채워주는 또 다른 폭력, 또 다른 압제가 될 수도 있기 때문이다. 그러므로 만약 그람시가 옳다면, 그러한 "정치의 심미화"에 대한 대안으로서 "예술의 정치화 및 대중화"의 과제는 아직껏 한 번도 제대로 실현되지 않은, 그러나 우리가 여전히 고민하지 않으면 안 될 미완의 과제임에 분명할 것이다.

파시즘적 황홀과
숭고 미학

박 현 수

1. 서론

한국에서 파시즘 문학에 대한 본격적인 연구가 시작된 것은 그리 오래지
않다. 그 동안 진행된 친일 문학 연구는 파시즘 문학의 방계적 연구에 불
과하다. 파시즘 문학 연구는 파시즘의 본질이 무엇인가에 대한 고민이
있을 때 가능하기 때문이다. 근래 파시즘에 대한 기본적인 서적들이 다수
번역되고 광범위한 자료가 축적되면서 파시즘 문학에 대한 논의도 활발
해졌다.

　그 동안 문학 이하의 것으로, 혹은 문학 바깥의 것으로 평가되어 문학
연구에서 소외되었던, 파시즘 문학 연구의 방계로서 친일 문학 혹은 친
일 파시즘 문학 연구가 시작된 것은 1960년대의 『친일 문학론』[1]에서부
터라 할 수 있다. 그러나 그것은 초기 단계 수준으로서 친일 문학의 실

상에 대한 고발의 성격을 벗어나지 못하여 엄밀하게 말하자면 본격적인 학문적 접근이라 보기 힘들다. 이후 논문 형태의 접근이 있었으나 한 권의 연구서로 나온 것은 『일제말암흑기문학연구』[2]이다. 이 책은 일제 말기 문학을 정리하고 그 성격을 규명하는 데 초점을 두었다. 그러나 이 역시 친일 파시즘 문학의 파행성 폭로에 주력하고 있다는 점에서 한계를 지닌다. 이런 한계 때문에 기존 연구는 친일 문학에 대한 논의에 그치고 친일 파시즘 문학의 해명에 도달하지 못하였다.[3]

근래에는 이런 사실 확인의 차원을 넘어서 친일 파시즘 문학이 지닌 문학적 특성을 규명하려는 시도들이 많이 발견된다.[4] 그리고 탈식민주의, 페미니즘, 기호학 등 접근 방식도 다양해지고 논의의 내용도 풍요로워졌다. 미묘한 부분에서 여전히 논란이 있기는 하지만, 이들 연구에서 친일 파시즘의 대상을 선정하는 기준은 '자발성'과 '지속성'으로 잠정적인 결론을 내린 것으로 보인다. 내용적인 면에 있어서는 어느 문학단체의 친일문인 명단 발표에서 규정한 '식민주의와 파시즘 옹호 여부'가 친일 파시즘의 기준이 된다. 그것의 구체적인 내용은 "대동아공영권의 전쟁 동원과 내선일체의 황국신민화"[5]에 대한 옹호 여부이다. 그러나 이런 규정은 그런 문학의 특성을 너무 특수한 국면에 가두는 역할을 한다는 점

---

1. 임종국, 『친일 문학론』, 평화출판사, 1963.
2. 송민호, 『일제말암흑기문학연구』, 새문사, 1991.
3. 본고는 '친일 문학'이라는 개념이 민족주의적 특수 개념으로 한정된다고 판단하기 때문에 '친일 파시즘 문학'이라는 명칭을 사용한다. 이 명칭은 친일적 성격보다는 친파시즘적 성격이 더 문제적이라는 점을 부각시킬 것이다. 후자는 김재용에 의해 간혹 사용되었으나 의미상의 변별성을 지니고 있지 않다. 이것을 구체적으로 구별한 것은 윤대석이 아닐까 한다. 그는 "전자가 '민족적 주체'라는 고정된 본질적 개념을 설정함으로써 근대적 주체론으로 귀결되는 반면, 후자는 근대적 주체란 사회적·정치적 담론의 구성물에 불과하다는 구조주의 내지 탈구조주의적 주체론으로 귀결된다"(윤대석, 『식민지 국민문학론』, 역락, 2006, 197쪽)고 주장한다. 그러나 이들 개념을 주체의 이항대립적 문제로 환원하는 것은 후자가 전자의 국지적 개념을 넘어서서 보편적 관점으로 시야를 넓힌다는 측면을 간과하게 만든다는 점에서 문제가 있다.
4. 『협력과 저항』, 『친일 문학의 내적 논리』, 『친일 문학의 재인식』, 『탈식민주의를 넘어서』 등의 단행본과 기타 학술지에 발표된 논문들은 친일 파시즘 문학에 대한 높은 관심을 보여주고 있다.

에서 문제가 있다. 즉 특수성에 너무 얽매여 그것이 지닌 보편성을 놓치고 만 기존의 한계를 넘어서지 못 하고 있는 것이다.

이것은 탈식민주의적 접근이 지닌 한계와 연계되어 있다. 일제 말기 친일 파시즘 문학이 중요한 연구 분야의 하나로 각광을 받게 된 것은 근래 탈식민주의 이론의 소개 및 연구가 활발하게 이루어졌기 때문이다. 그러나 탈식민주의적 관점에서 접근할 경우 친일 파시즘 문학 연구는 필연적으로 협력과 저항이라는 이분법으로 나아가게 되어 파시즘 문학 자체의 본질적인 측면을 간과하게 만든다. 협력과 저항은 협력에 대한 비판과 저항에 대한 상찬이라는 이분법적 논리를 전제로 한다. 이는 자신이 속한 피지배 민족주의적 관점에서 타자로서의 지배 민족주의에 대한 원한 감정의 표출로 나타난다. 이는 자민족중심주의, 상대주의 그리고 감정적 비판의 차원에서 벗어날 수 없다. 협력과 저항이 강조될 경우 그것의 판단 기준도 문제지만 그보다 더 큰 문제는 협력과 저항의 문제가 과연 파시즘 문학의 본질적 특성과 연계될 수 있는가 하는 점이다. 지금까지 친일 파시즘 문학론이 파시즘 문학에 대한 비판의 수준에 머물 뿐 파시즘 문학의 내재적 특성을 이해하는 데까지 도달하지 못한 것도 이 때문이다.

협력과 저항이라는 이분법적 이해가 득세하게 되면 파시즘 문학에 대한 논리적인 접근이 차단되어 기존의 이론적 성과도 간과될 수밖에 없다. 파시즘에 대한 논의가 우리 논단에서 어느 정도 축적되어 왔지만 지금까지 주목되지 않은 것도 이 때문이다. 1930년대 중반부터 해방 전까지 활발한 논의가 있어 왔으며 각종 잡지에서 다양한 주제로 특집을 마련하며

---

5. 김재용, 『협력과 저항』, 소명출판, 2004, 59쪽. 그러나 이 두 가지 사항은 독립적인 것이 아니라 '동아신질서론'이라는 동일한 정책의 변이태로 보는 것이 타당할 것이다. 본고는 대동아공영권론을 친일 파시즘 문학의 중핵으로 파악한다. 이들 논의의 중심 대상은 주로 서정주·주요한·김동환·김억 등의 시인, 이광수·최정희·박태원·채만식·정인택·장혁주 등의 소설가, 송영·박영호 등의 희곡작가, 최재서·백철·조연현 등의 평론가들이다.

지속적인 관심을 보여주었다.[6] 우리 논의에서 당시 현재진행형 상태에 있던, 혹은 아직 그 구체적 형태를 드러내지 않은 파시즘은 국수주의적 성향 혹은 배타성 및 자본가 계급의 독재정치 등의 개념에 의해 정의되었다.[7]

파시즘의 정의가 가장 명확하게 드러난 것은 해방 직후에 발표된 박치우의 논의라 할 수 있다. 그에 따르면 파시즘은 "계급 대신에 민족의 이름으로써 비상사태를 처결하려는 반역사적인 폭력 독재" 즉 "계급 대신에 민족을 내걸고 민족감정에 호소함으로써 폭력에 의한 비상사태의 반역사적인 해결을 도모하는 것"[8]이다. 그는 파시즘의 철학적 근거로, "비합리성의 원리"를 든다. 이 역시 하나의 논리로서 종교나 토테미즘 사회, 혹은 신비주의의 배후에 깔린 "전논리적인 논리"이다. 여기에서 중요한 것은 "피나 흙의 논리"이다. 그는 해방 후 상황과 관련하여 국수주의의 부상이 파시즘의 부상과 연계되어 있다고 본다.

그렇기에 '피'와 '흙'을 돌보지 않는 여하한 국수주의도 없는 것과 마찬가지로 국수주의로부터 발족하지 않는 파시즘이라곤 없는 것이다. 국수주의가 권력에의 의욕과 결부되는 순간 그것은 횡포무쌍한 파시즘으로 전화되는 것이다. (…) 外로는 만주를, 서백리아를! 內로는 조선판 天

---

6. 특히 『비판』(제4권 제4호, 1936. 6)의 「팟시즘 총검토」라는 특집이 주목할 만하다. 이 특집에서는 「팟시즘 운동의 본질」, 「조선형적 팟시즘 검토」, 「팟쇼 독일의 위기」, 「파쇼 이태리의 전율」 등의 글이 실려 있다. 현재 원문을 확인할 수 없는 상태이다. 파시즘에 대한 서지적 연구는 비록 이탈리아 파시즘에 국한된 것이긴 하지만 김효신의 「이탈리아 파시즘의 이입 양상―일제 강점기를 중심으로」(『이탈리아어 문학』 19집, 2006)를 주목할 만하다.

7. "국수적 규모로 나타나서 온갖 혁명운동에 대하여 맹렬한 박해와 탄압을 행하며 소브르조와 계급을 그 사회적 기반으로 삼는 대금융자본의 독재정치." 「현대어사전: 파시즘 외 4개 용어」, 『신생활』 3권 6호, 1932. 6. 27쪽. 김효신, 앞의 글, 64쪽에서 재인용; "자국의 역사, 전통, 정치, 문화 등이 외국의 그것보다 훨씬 우월하다고 믿고 이를 적극적으로 유지하며 발전시키기 위하야 외국문명의 침입을 방지하는 소위 배타주의적 입장을 취하는 동시에 정치적으로는 사회민주주의적 외모를 벗어버리고 자본가계급의 독재적 신형태를 조직한 것." 「금일의 화제: 파시즘」, 『동아일보』, 1935. 10. 8.

8. 박치우, 「국수주의의 파시즘화의 위기와 문학자의 임무」, 1946. 2. 8. 조선문학가동맹 주최, 제1회 전국문학자대회 발표문; 조선문학가동맹 편, 『건설기의 조선문학』, 조선문학가동맹 중앙집행위원회서기국, 1946. 6, 137쪽.

孫思想 八紘一宇를 재현시키고야 말게 될 것은 의심 없는 일이다.[9]

　박치우는 파시즘의 기본적인 요소를 비합리적인 '피나 흙의 논리'에 바탕을 둔 '민족주의적 국수주의'와 '폭력 독재'로 규정한다. 이는 유럽발 파시즘이나 그것의 기형적 형태인 일제식민지 파시즘의 특수성을 극복하여 보편적인 기준을 제시하려는 의도에서 나온 것으로서 비록 계급적 입장이 가미된 것이긴 하지만 파시즘 논의에 준거가 될 만하다. 이런 규정은 해방 이전과 그 이후의 비합리적인 민족감정에 호소하는 여러 폭력 독재적 정치체제를 파시즘이라는 개념으로 포괄할 수 있게 한다.

　이분법적 접근이 놓친 이런 논의에서 새로운 관점이 도출될 수 있다. 박치우의 개념 규정을 따를 때 한편으로 일제 파시즘의 '피와 흙의 논리'에 우리 문인들이 흡입된 상황의 부조리성이 부각될 수 있다. 즉 파시즘의 본질인 민족주의적 국수주의가 식민지 지식인에게 민족적 이질성에도 불구하고 어떠한 심리적 왜곡을 조성하여 집단적인 경향성을 부여하였는가 하는 문제에 주목할 수 있게 한다. 그러나 이런 관점이 지닌 의의도 중요하지만 이 역시 친일 파시즘 문학의 특수성과 관련된 것이라는 점에서 한계를 지닌다. 다른 한편으로, 박치우의 이 규정은 파시즘 문학에 만연해 있는 비합리주의를 해명하는 데 도움을 줄 수 있다. 이는 친일 파시즘 문학을 파시즘 문학의 본질적인 측면에서 접근하여 미학적으로 규명하고자 하는 노력으로서 파시즘 문학의 보편성과 관련된다. 이 후자의 방식은 기존 연구가 보여준 선악 이분법적 접근의 한계를 넘어설 수 있게 할 것이다.

　본고는 파시즘 문학의 본질을 숭고 미학의 관점에서 접근하여 그런 문학에 내재된 근원적인 특성을 미학적으로 해명하는 것을 목적으로 삼는

---

9. 박치우, 위의 글, 139쪽.

다. 지금까지 거의 주목을 받지 못하였지만, 숭고라는 것이 수사학과 정치학, 혹은 미학과 윤리학의 접경에 존재하는 개념이기 때문에, 미학과 정치학의 혼종으로 성립된 파시즘 문학의 본질을 해명하는 데 가장 적절한 개념이라 할 수 있다. 이를 통하여 파시즘 문학 논의의 자발성 문제나 문학행위의 평가에 대한 딜레마도 새로운 측면에서 해명할 수 있을 것이다.

2. 파시즘 문학과 숭고 미학

파시즘 문학이 어떤 의미를 지닌다면 "미학과 정치의 심오한 상호관련성"[10]을 지니고 있는 문제적 장르라는 데 있을 것이다. 또한 미학과 정치의 상호관련성이 특정한 시기에만 나타나는 일회적 현상이 아니라 인류의 삶이 있는 한 언제나 반복될 수 있는 무한회귀적 현상이라는 점에서 파시즘 문학은 미학의 본질을 규명하는 데 놓쳐서는 안 될 개념이다.

파시즘 문학이라는 개념이 지닌 이질적 범주의 상호관련성은 근대 예술을 탄생시킨 미적 자율성 담론으로 인하여 낯선 것으로 받아들여진다. 자율성 담론에 의해 미학의 독립성이 강조되면서 미학과 정치의 분리가 상식화되었기 때문이다. 그러나 미학은 근원적으로 특정 시대 담론의 영향 아래 놓이며 정치적 지형도 내에 포함되어 있을 수밖에 없음은 부인하기 힘들다. '정치적 무의식'과 같은 개념은 정치나 윤리 등의 외적 요소와 미학의 내밀한 관련성을 보여주는 한 가지 사례일 뿐이다. 그러나 미적 자율성 담론은 매개적인 방식으로 정치와 미학의 교묘하고도 왜곡된 결합으로 나아갈 수 있다는 점에서 문제적이다. 미적 자율성 담론이 강화될수록 파시즘은 그것을 정치적으로 활용할 수 있는 발판을 쉽게 마련할 수 있다.

---

10. David Carroll, 'Literary Fascism or the Aestheticizing of Politics: The Case of Robert Brasillach', *New Literary History*, Vol. 23, No. 3, History, Politics, and Culture(Summer, 1992), 718쪽.

파시즘 정치는 대중들을 선동하면서 동시에 그들을 침묵시킨다. 왜냐하면 국가는 단독으로 비판되어서는 안 되는 폐쇄성을 주장하기 때문이다. 대중이 자율적인 예술 작품과 만나지만 그들에게는 단지 무능한 수용과 복종만이 허용된다. 이러한 의미에서 파시즘 국가와 전쟁은 그것이 부추기듯이 '예술을 위한 예술'이라는 미학주의의 합법적인 상속자이다.[11]

벤야민의 암시를 계승하고 있는 이 글은 폐쇄적인 미적 자율성 담론이 형성한 독자의 무비판적 수용과 복종의 자세가 파시즘을 파생시켰다고 본다. 이런 판단은 일종의 비약을 내포하고 있지만 미적 자율성 담론이 성행한 뒤에 갑작스럽게 파시즘이 등장하게 된 이유를 설명하는 데 도움이 될 수 있다. 정치 혹은 외부적 요소와의 절연을 선언한 미학주의가 오히려 더 강력한 정치적인 효과를 발휘할 수 있다는 사실은 미학주의가 지닌 내적 속성에서 오기보다는 미학주의조차도 외면하거나 거부할 수 없는 정치적 영역의 편재성에서 온 것이다. 그러나 미학주의가 제공하는 수용미학적 효과가 파시즘과 공통분모를 지니고 있다는 지적은 논리적 타당성을 지닌다. 어떤 선언이 정치적 영역과 절연될수록 정치적 요소에 대한 비판적 견제가 그만큼 불가능해져 그에 대한 방어력이 취약해지기 때문이다. 그래서 미학주의가 파시즘의 도래를 준비하는 세례 요한적 존재라는 사실은 미학과 정치학의 거리가 애초에 확보될 수 없는 것은 아닌가 하는 의문을 갖게 한다. 그래서 친파시즘적 지식인과 문인들을 이해하는 일은 "미학적인' 문제가 '정치적인' 문제와 거의 같다는 것을 이해하는 것"[12]이 된다.

미학과 정치의 상호관련성에서 보듯이 이질적인 범주의 혼종적인 결합

11. Russell A. Berman, "The Aestheticization of politics: Walter Benjamin on Fascism and the Avant-garde", *Modern Culture and Critical Theory*, The University of Wisconsin Press, 1989, 39쪽.

은 파시즘 문학의 특성일 뿐 아니라 파시즘 자체의 특성이기도 하다.[13] 벤야민이 파시즘을 "정치의 미학화"라는 개념으로 파악한 것도 이 때문이다. 파시즘이 정치와 미학의 결합을 시도한 것은 파시즘의 성립 자체가 "대중 정치 시대에 급조된 새로운 고안물"[14]로서 '대중'에 절대적으로 의존하고 있기 때문이다. 대중을 정치에 적극적으로 끌어들이기 위해 정치는 필연적으로 미학적 구성을 필요로 하는 것이다. 파시즘에 이르러 정치는 미학과 손을 잡고 대중의 정서를 자극하는 데 성공했던 것이다.

파시즘과 연합한 미학은 본질적으로 초월적인 것을 끊임없이 호명하는 숭고 미학이다. 파시즘이 끊임없이 자신의 신성을 환기하는 데 주목하여, "신성의 환기가 파시즘 윤리학의 영감이며, 이를 통해 파시즘이 효과적으로 스스로를 새로운 종교로 정립한 것"[15]이라는 지적도 파시즘 미학의 본질을 암시한다.

숭고는 원래 라틴어 'hypsous', 즉 '높은, 고귀한, 고양된'에서 파생된 단어로, 이것이 비평과 미학 용어로 사용된 것은 롱기누스Dionysius Cassius Longinus로 전해지는 수사학자에 의해서이다. 그의 숭고론을 종합하여 보면 '숭고'란 "사상의 웅장함이라는 내용이 표현의 탁월함이라는 형식을 통해 나타나, 초월적인 세계 속으로 독자를 몰입하게 하는 황홀의 효과를 주는 미적 범주"[16]로 정리할 수 있다. 이런 규정에서 알 수 있다시피 숭

---

12. David Carroll, 앞의 글, 649쪽. 이 글은 '문학적 파시즘'이라는 개념을 통해 파시즘 문학보다 문인들의 파시즘 행위에 초점을 맞추고 있다. '문학적 파시즘'은 "특정한 지도적인 위치에 있는 작가들이나 문학 비평가들의 파시즘과 파시즘을 주되게 지지하기 위해 문학에 의존하는 파시즘 양자를 가리킨다."(692쪽)

13. 파시즘의 이런 특성은 "A이면서 A가 아닌 것"(오르테가 이 가세트), "모순 위에 모순을 더하는 파시즘의 성향"(네오클레오우스)으로 규정되기도 한다. Kevin Passmore, 강유원 역, 『파시즘』, 뿌리와이파리, 2007, 30쪽; Mark Neocleous, 정준영 역, 『파시즘』, 이후, 2002, 17쪽.

14. Robert O. Paxton, 손명희 외 역, 『파시즘—열정과 광기의 정치 혁명』, 교양인, 2005, 53쪽.

15. Emilio Gentile, "Fascism as Political Religion", *Journal of Contemporary History*, Vol. 25, No. 2/3 (May–Jun., 1990), 230쪽.

16. 박현수, 『현대시와 전통주의의 수사학』, 서울대출판부, 2004, 272쪽. 『숭고론』의 저자는 롱기누스로 알려져 있으나 근래 연구는 그 가능성이 희박하다고 한다. 여기에서는 편의상 롱기누스로 표기한다.

고는 인간적인 범위를 넘어서 있는 초월적 영역을 겨냥하고 있다. 그런 영역을 추구하며 자신의 영혼을 고양시키는 것이 인간의 의무가 된다. 롱기누스는 이를 "인간이 자신의 소멸하는 부분들을 찬미하고 불멸의 증대를 소홀히 여긴다면(그 얼마나 애석한 일인가)."[17]라는 말로 표현하고 있다. 따라서 롱기누스가 쓴 『숭고론』의 본래 사명은 그 자체가 미학적이면서 동시에 "윤리적—정치적인 것"[18]이다. 그래서 "숭고는 미학과 윤리학의 혼합"[19]이라 단언할 수 있는 것이다. 이런 숭고의 특성은 앞에서 본 파시즘의 혼종성 및 초월성과 닮아 있는데, 본고가 파시즘과 숭고 미학을 연계시키는 것도 이런 유사성이 파시즘 문학의 본질을 규명하는 데 적절하다고 판단하였기 때문이다. 이 유사성은 칸트의 숭고론에서 더욱 분명해진다.

숭고에 대한 개념 규정이 규범적인 효과를 얻은 것은 칸트에 와서이다. 본고는 칸트의 논의 중 숭고의 주관성과 이중성에 주목하고자 한다. 숭고의 주관성은 숭고를 외부의 대상이 아니라 인간의 마음속에서 찾아야 한다는 것이다. 더 중요한 것은 숭고의 이중성이다. 이것은 '상상력의 한계의식—불쾌'의 축과 '이성의 환기—쾌'의 축으로 구성되는데, 이때 숭고의 쾌감은 불쾌를 거쳐 간접적으로만 발생한다는 점에서 미적 만족과 차이가 난다. 칸트에 따르면 숭고의 쾌감은 "생명력들이 일순간 저지되었다가 곧이어 한층 더 강력하게 분출함으로써 야기된 감정을 통해 발생"하는 "부정적 쾌감"[20]이다. 숭고의 이중성은 이 감정의 복합성을 가리킨다. 그래서 미적 심성이 평정한 관조 상태와 관련되는 데 반하여, "숭고의 감정은 대상의 판정과 결부된 마음의 동요를 특징으로 가진다."[21] 이런

---

17. Michel Deguy, 「고양의 언술」, Jean—Luc Nancy 외, 김예령 역, 『숭고에 대하여—경계의 미학, 미학의 경계』, 문학과지성사, 2005, 17쪽에서 재인용.
18. Michel Deguy, 위의 책, 17쪽.
19. Judith Huggins Balfe, "Sociology and the Sublime", *New Literary History*, Winter 1985, 238쪽.
20. I. Kant, 김상현 역, 『판단력 비판』, 책세상, 2005, 82쪽.

이중성 속에서 '동요'가 어느 한편으로 극단적으로 치우칠 때 숭고의 감정은 부정적인 결과를 초래한다. 상상력의 실패로 인한 한계 경험(불쾌)의 축에 설 때 우리는 비판의식을 가질 수 있으며, 이 한계의식 자체는 새로운 의식의 탐색으로 갈 수 있다. 그러나 그것이 극단화될 때 불쾌, 공포의 감정에 주저앉아 자아의 파멸을 맞게 된다. 이것은 숭고의 효과인 고양과 거리가 먼 것이다. 반면에 초감성적인 존재의 환기로 인한 쾌의 축에 설 때 우리는 우리 자신의 한계를 넘어선 진정한 고양된 의식을 느끼게 된다. 그러나 그 의식이 극단화될 경우 공포와 불안의 반대급부로 얻어진 황홀이 과대망상으로 나아가게 되고 그것이 결국 인간성을 배제하는 전체주의로 귀결하게 된다. 우리는 이러한 대표적인 예를 하이데거나 파운드, 폴드만 등에서 찾을 수 있다. 그것은 바로 "배타적인 숭고 시학이 너무 쉽게 비이성적이고 파시즘적인 정치학으로 변질될 수 있음"[22]을 보여주는 것이다. 숭고와 파시즘의 본질적인 연관성은 바로 이 지점에서 발생한다.[23]

파시즘과 숭고의 이런 연관성으로 인하여 파시즘은 숭고 미학을 전략적으로 그리고 적극적으로 이용하였다. 독일과 이탈리아에서 보여주었던 "구경거리 정치politics of spectacle"[24] 혹은 "파시즘적 구경거리fascist spectacle"[25]가 그것이다. 파시즘 정권은 거대한 건축물과 박람회, 대규모 집회, 신성한 행사 등을 통해 관중의 마음을 고양시키는 전략을 자주 사용하였다. 이런 거대한 구경거리는 '정치의 미학화'의 대표적인 예로서 숭

21. I. Kant, 위의 책, 86쪽.
22. Gary Shapiro, "From the Sublime to the Political: Some Historical Notes", *New Literary History*, Winter 1985, 216쪽.
23. 이중성 속의 동요와 관련된 내용은 박현수의 앞의 책, 281~282쪽을 정리한 것임.
24. Russell A. Berman, 앞의 책, 41쪽.
25. Andrew Hewitt, *Fascist modernism: aesthetics, politics and the avant-garde*, California: Stanford University Press, 1993, 175쪽. 파시즘과 스펙터클의 관계는 제6장 '파시스트 모더니즘과 극장의 권력' 참조.

고의 감정을 자극하며 이성적인 소통을 방해하여 관중을 수동적인 존재로 만든다.[26] 유럽의 파시즘과 달리 일제 식민지 파시즘 정권은 중국이나 미국과의 전쟁이나 대동아공영권이라는 관념을 이용하여 '구경거리 정치'를 시도하였다. 일제의 '구경거리 정치'는 박람회나 건축물 등으로 나타나긴 하지만, 주로 전장으로 향하는 대규모 병력의 이동, 역 광장이나 거리에 대기하는 대규모 군인들의 열광적인 모습 등과 같은 구체적인 군사 이미지와 일본, 러시아, 미국과 같은 대적하기 힘겨운 상대를 적으로 삼음으로써 빛을 발하는 숭고한 전쟁 이미지 그리고 대동아공영권과 같은 이념의 추상적 형태를 더 선호하였다. 즉 일제는 중일전쟁의 무한, 삼진 함락이나 진주만 공습 등과 이런 침공을 합리화하기 위한 거대한 문명권 설정으로 식민지 지식인들의 비판의식을 잠재우고 그들을 지지세력으로 흡입하였던 것이다. 1942년에 친일 파시즘 문학 활동에 뒤늦게 합류한 서정주의 첫 글도 대동아공영권의 영향 아래 쓰인 것이다.

서구제국의 문화가 그 근원에 있어서는 조금씩이라도 모두 희랍·로마 문화의 혜택에서 출발하는 것처럼, 동양의 정신문화라는 것은 그 전부가 근저에 있어서 한자를 중심으로 하는 일환의 문화를 운위하는 것임은 두말할 필요도 없다. 동아공영권東亞共榮圈이란 또 좋은 술어가 생긴 것이라고 나는 내심 감복하고 있다.[27]

1937년 7월에 명분 없는 중일전쟁이 발발하고 이 전쟁에 대한 합리화의 일환으로 다음해 고노에 수상이 '동아신질서' 수립을 선언하였다. 여

---

26. 파시즘의 구경거리 정치와 숭고의 관계에 대해서는 다음 논문 참조. 여기에서 I. B. Whyte가 나치 건축의 기념비적 특성을 '역동적 숭고'라는 칸트의 개념과 연관시킨 사실을 지적하고 있다. Mark Antliff, "Fascism, Modernism, and Modernity", *The Art Bulletin*, Vol. 84, No. 1 (Mar., 2002).
27. 서정주, 「시의 이야기─주로 국민시가에 대하여」, 『매일신보』, 1942. 7.13~17; 김병걸, 김규동 편, 『친일 문학작품선집 2』, 실천문학사, 1986, 289~290쪽.

기에 호응하여 일본사회에서 '동아연맹체론'이니 '동아협동체론'이니 하는 아시아 연대주의가 이론적으로 시도되었다. 1940년 중국 남경에 왕정위 친일정권이 수립되고 서구에서 독일군에 의해 파리가 점령되자, 그해 7월 고노에 수상은 대동아 신질서를 선언하고 대동아공영권을 국가적 이념으로 확정하였다. 대동아공영권은 서구 제국주의 침략으로부터 아시아의 해방과 보호 및 공동 번영을 중심 목적으로 표방하였는데, 이는 단순한 선언에 그치지 않고 교토학파의 지지를 통하여 형이상학적 형태를 갖추었다.[28] 이를 바탕으로 일제는 다음 해 12월 7일 진주만을 공습하여 태평양전쟁을 시작하였다. 대동아공영권 이념은 무력시위와 이론적 명세화를 통해 일본의 침략 전쟁의 판도를 개별 국가의 영역을 넘어서 아시아 전체로 확대시키며 거대하고 웅장한 이념으로 거듭나게 되었다.[29]

서정주는 중일전쟁 발발(1937)이나 무한, 삼진 함락(1938), 독일군의 파리 함락(1940), 일본의 진주만 공격(1941) 등에도 그다지 반응하지 않았다. 그러나 일제가 1941년 12월에 태평양전쟁의 명칭을 '대동아전쟁'으로 공식화하고 전쟁의 목적을 '대동아 신질서 건설'에 있다고 천명하고, 이듬해 2월에 싱가포르를 함락시킨 이후 그때서야 비로소 친일 파시즘 문학 활동에 참여하였다. 해방 이후 김동리와 더불어 남한의 문학적 이념을 이끌어갔던 조연현이 친일 파시즘 문인 대열에 합류할 때와 비슷한 시기이

---

28. 니시다 기타로는 1943년 5월 군부로부터 의뢰를 받고 쓴 「세계신질서의 원리」라는 글에서 "종래 동아민족은 유럽민족의 제국주의 때문에 압박받고, 식민지시되어 각자의 세계사적 사명을 박탈당했다. 지금이야말로 동아의 제민족은 동아민족의 세계사적 사명을 자각하고 각자 자기를 초월하여 하나의 특수한 세계를 구성하고 그것으로 동아민족의 세계사적 사명을 수행하지 않으면 안 된다. 이것이 동아공영권 구성의 원리이다"라며 대동아공영권의 이념을 정리하였다. 윤기엽, 「대동아공영권과 경도학파의 이론적 후원」, 『불교학보』 48집, 동국대학교 불교문화연구원, 2008, 251쪽에서 재인용.
29. 대동아공영권의 지리적 범위는 "일만지(日滿支)를 근간으로 구독일령 위임통치제도, 프랑스령 동인도, 미얀마, 호주, 신서란(新西蘭) 및 인도 등"(「기본국책요강」, 1940.8)에서 이후 "일만지 및 동경 90도에서 동경 180도까지의 사이에 있는 남위 10도 이북의 남북 제지역"(대본영정부연락회의, 1942.2)으로 변화된다. 이 변화에서 인도, 오스트레일리아, 뉴질랜드가 제외되고 필리핀이 들어간다. 김경일, 「전시기 일본의 대동아공영권 구상과 체제」, 『일본역사연구』 10집, 일본사학회, 1999, 234쪽.

다.[30] 서정주는 대동아공영권이라는 거대 담론 앞에서 비로소 태평양전쟁을 내면화할 수 있는 계기를 발견한 것으로 보인다. 이 거대 담론에서 자신과 당시 조선의 왜소함과 비극적인 처지를 초월할 어떤 가능성을 발견한 것이다. 그는 해방 전까지 그 개념이 어떤 진실을 담고 있다고 믿었다고 고백한다.[31] 그렇기에 그의 친일 파시즘 문학에서 유일하게 일제의 용어를 자신의 개념 목록 속에 등록하고, 이에 감복한 마음을 고백한 것이다. "동아공영권東亞共榮圈이란 또 좋은 술어"가 서정주에게 가져다준 감복의 정체는 무엇일까. 그것은 일제 식민지 파시즘의 '구경거리 정치'가 기대고 있는 숭고 미학과 관련되어 있는데, 본고에서는 그 핵심을 '파시즘적 황홀'이라 부른다. 바로 이를 통해 파시즘은 문인들의 자발성을 이끌어내었던 것이다.

3. 파시즘적 황홀의 실체

친일 파시즘 문학의 생성 동기에 대한 여러 의견이 있지만 본고에서 주목하는 것은 자발성론이다. 자발성론은 친일 파시즘 문학이 일제의 위협이나 강요에 의한 것이 아니라 문인들의 자발성에 의해 생성되었다고 판단하기 때문에 "자발성을 띤 경우에만 친일 문학"[32]이라고 규정한다.

내선일체의 황민화의 입장에 서는가 혹은 대동아공영권의 입장에 서는가에 따라 징병을 바라보는 시각은 다르지만 공통적인 것은 이 두 경우 모두 철저한 내적 논리에 입각하여 해방감을 맛보고 있다는 것이며 이것이 바로 그들이 가졌던 감격의 원천임을 알 수 있다. 그런 점에서 친

---

30. 조연현의 친일 파시즘 문학 활동의 시원은 「동양에의 향수」(『東洋之光』, 1942. 5) 발표이다.
31. 자신의 행위를 고백하는 글에서 상가포르 함락 이후 일본의 승리를 예감하게 되었다고 하고, "일본 중심의 대동아공영권이라는 것은 벌써 장차의 시베리아 총독엔 한국인을 기용한다는 소문" 등을 사실로 받아들였음을 언급하고 있다. 서정주, 『서정주 문학전집 3』, 일지사, 1972, 238쪽.
32. 김재용, 앞의 책, 95쪽.

일 문학은 철저하게 자발적이다.[33]

이런 자발성론은 몇 가지 점에서 한계를 지닌다. 먼저 이런 입장은 자발성의 근거를, 친일 파시즘 문인들이 "철저한 내적 논리"를 지니고 있다는 점과 "해방감" 혹은 "감격"이라는 정서적 반응을 보이고 있다는 점에서 찾는다. 여기에서 전자는 후자의 원천으로 처리된다. 즉 자발적인 정서적 수용은 질서정연한 내적 논리에 의해 가능했다는 것이다. 그러나 정서와 논리의 관계가 지닌 불안정성으로 인하여 이런 인과관계 설정에는 일종의 비약이 개입되어 있다. 어떻게 보면 내적 논리보다 정서적 수용이 선행되어 있다고 볼 수도 있다. 이 점에서 자발성론은 정서의 역할에 대한 폄하를 내포하고 있다. 다음으로 내적 논리라는 것이 구체적으로 무엇이며 어떤 식으로 확인할 수 있는가 하는 점도 자발성론이 해결할 문제라 할 수 있다.[34] 마지막으로 자발성론이 협력과 저항, 즉 비판과 찬양이라는 이분법을 합리화하기 위한 논리적 근거로 작용하고 있다는 점도 한계일 것이다. 즉 자발적으로 행한 비행에만 처벌을 가할 수 있다는 법철학적 논리가 그것이다. 그러나 이런 여러 결함에도 불구하고 자발성론이 친일 파시즘 문학의 성격을 파시즘 체제의 위협과 강요라는 통로에서 찾은 것이 아니라 그것이 지닌 내적 논리에 주목하였다는 점은 이전의 친일 문학론의 한계를 넘어선 것이라 평가할 만하다.

앞에서 지적하였다시피 자발성론은 내적 논리에 주목하고 정서적 반응을 평가절하하면서 파시즘의 핵심적인 전략을 간과하였다. 박치우가 지적하였듯이 파시즘은 비합리주의의 전형이다. 그렇기 때문에 논리의 비

---

33. 김재용, 위의 책, 119쪽.

34. 또다른 결함은 방민호에 의해 지적되었다. 그에 따르면 자발성론은 "천황제 파시즘이 근본적으로 폭력적인 체제라는 사실을 간과하는" 결과를 파생시킬 수 있으며, 이는 협력과 저항의 이분법에 균열을 가져온다고 본다. 방민호, 「일제 말기 문학인들의 대일 협력 유형과 의미」, 『한국현대문학연구』 22집, 한국현대문학회, 2007, 240~241쪽.

약이 오히려 파시즘을 강화시켜 왔다고 할 수 있다. 이제 자발성론에서 무시된 정서적 반응에 초점을 맞추어 그 특성을 규명하고 그것의 평가 문제에 접근해 보자.

파시즘에 접근하는 가장 간단한 방법은 호르크하이머의 논의에서 보이듯이 파시즘의 기반을 "공포와 강압을 불변적으로 끊임없이 사용하는 데"[35]에서 찾는 것일 것이다. 그러나 이런 접근은 독일 파시즘이 그 많은 대중의 합법적인 지지를 통해 정권을 획득하고 지속적인 지지를 바탕으로 자신들의 정책을 수행해 나간 사실을 설명하는 데 한계를 지닌다. 그래서 라이히와 같이 대중심리학적 접근에 주목하게 되는 것이다. 이때 중요한 것은 파시즘 정권을 장악한 지배자의 심리가 아니라 파시즘 하의 대중들의 수용 심리이다. 라이히는 "왜 수백만 명의 대중들이 억압을 긍정하였는가라는 모순은 정치적 또는 경제적으로써가 아니라 오직 대중심리학적으로써만 설명될 수 있다"[36]고 본다. 그는 "왜 대중들이 정치적 속임수에 넘어갔는가"[37]라는 물음에, 당시 독일 소시민층에 만연한 "광범위한 성의 억제와 억압"[38]을 그 답으로 제시한다. 소시민 계층에게 일어나는 유년기의 성적 억압이 신비주의와 비합리주의를 승인하도록 조장함으로써 "종교적 신비주의의 극단적 표현"[39]인 파시즘을 수용하게 만들었다는 것이다. 이런 관점은 여러 한계에도 불구하고 파시즘의 문제를 심층적으로 이해하게 만든다는 점에서 일정한 의미를 지닌다.

앞에서 설명하였듯이 파시즘은 '구경거리 정치'를 통하여 대중들의 감정을 자극하는 일을 정책의 핵심으로 삼고 있다. 대중정치 시대에 급조된 새로운 고안물로서 파시즘이 "세밀하게 연출된 의식과 감정이 가득

---

35. Martin Jay, 황재우 외 역, 『변증법적 상상력』, 돌베개, 1979, 246쪽.
36. Wilhelm Reich, 황선길 역, 『파시즘의 대중심리』, 그린비, 2006, 73쪽.
37. Wilhelm Reich, 위의 책, 75쪽.
38. Wilhelm Reich, 위의 책, 91쪽.
39. Wilhelm Reich, 위의 책, 14쪽.

실린 수사修辭를 적절히 사용하여 사람들의 정서에 주로 호소"[40]했기 때문에 지식인이나 대중들이 그 자극에 비판적 거리를 유지하기는 힘들었을 것이다. 파시즘의 수사는 언어나 건축물, 연극, 집회 등에 전방위적으로 사용되어 새로운 지지층을 흡수하려고 노력하였으므로, 친일 파시즘 문인들이 상황의 전개와 더불어 파시즘에 동조하게 된 것은 그렇게 부자연스러운 일이 아니었다. 최재서의 전신轉身이 파시즘에 대한 이런 반응을 전형적으로 보여준다.

애초에 낭만주의 연구자로 학자의 삶을 시작한 최재서는 주지주의 평론가로 활동하면서 문명을 얻었다. 왕성한 비평활동을 하던 최재서가 『인문평론』 권두언과 논문을 통해 일제의 파시즘을 옹호하기 시작하다가 『국민문학』을 창간한 다음부터는 노골적으로 선두에 서서 선구적인 논의를 펼쳐나갔다. 그런 노력의 결과, 그는 "그 자신이 매우 자랑스럽게 여긴 듯한 회심의 저서"[41] 친일 파시즘 문학 비평집 『전환기의 조선문학 轉換期の朝鮮文學』(人文社, 1943)을 펴내기에 이른다. 이런 전신에 대한 해석은 다양하다.[42]

최재서의 일본 파시즘 옹호론이 논리 정연한 형태를 갖추는 것은 「국민문학의 요건」[43]이라 할 수 있다. 이 글에서 그는 국민문학은 "유럽의 전통에 뿌리박은 이른바 근대문학의 한 연장延長이 아니라, 일본정신에 의해 통일된 동서東西의 문화종합을 바탕으로, 새롭게 비약하려는 일본 국민의 이상을 담은 대표적인 문학"으로 정의하고, 거기에 필요한 창작

---

40. Robert O. Paxton, 앞의 책, 53쪽.

41. 김흥규, 「최재서 연구」, 『문학과 역사적 인간』, 창작과비평사, 1980, 352쪽.

42. "뿌리없는 지식인의 자멸"(김흥규), "낭만주의와의 사상사적 관련성의 결과"(김윤식), "지식의 원천에 얽매인 주체성 잃은 지식인의 결말"(조동일), "편집인으로서 권력에의 의지의 결과"(김동식), "차별로부터의 도피의 논리적 귀결"(이은애), "소시민성의 현실추수적 태도의 결과"(김춘식) 등의 평가가 그것이다.

43. 崔載瑞, 「國民文學の要件」, 『國民文學』 창간호, 1941. 11. 이 글은 김병걸, 김규동 엮음, 『친일 문학작품선집 1』(실천문학사, 1986)에 번역되어 실려 있음. 352~354쪽.

정신으로 "국책國策에 그저 맹종하지 않고, 거기에서 의의와 가치를 찾아내고, 그것을 사상과 예술 속에서 살릴 것"을 주장한다. 문학의 사명이 선전에 있다는 생각은 짧은 생각이라 비판하고 보다 내면화, 형상화시킬 것을 요구하는 이 주장은 그의 예이츠론[44]에서 애국심을 외면적으로 취급하는 아일랜드 시인 일파를 비판하는 논리와 동일하다. 「국민문학의 요건」에서 그는 개성을 중시한 낭만주의를 비판하면서도, 나치 독일의 이론가들이 시가에서 민족의 예지를 찾고 윤리적 측면을 강조하는 것을 테니슨이나 브라우닝 등의 교훈시의 비상한 부활로 파악한다. 그리고 다른 글에서는 "최상의 방책은 개성을 억제하는 것이 아니라 그것을 보다 큰 것 속에 발전시키는 것"[45]이라고도 한다. 이것은 파시즘 논리와 낭만주의, 그리고 숭고 미학과의 상관성을 보여주는 경우라 할 수 있다.

최재서의 논리가 이런 근원적인 전환을 보인 것은 어디로부터 기인하는가. 그의 친일 논리는 1939년에 이미 드러나고 있지만,[46] 그 의식은 그 전에서부터 비롯되었던 것으로 보인다. 그것이 드러나는 것이 「사변당초事變當初와 나」라는 글이다. 1937년 중일전쟁을 회고하는 이 글에서 우리는 그의 의식의 방향을 가늠해볼 수 있다. 이때 그는 동경에 있었는데 전쟁의 분위기 속에서 점차 고조되는 흥분을 느끼고 있었다. 그 중 동경역의 풍경을 말하고 있는 다음 장면에서 그 흥분은 최고조에 달한 것이었다.

역 구내는 벌써 출정군인 전송인으로 초만원이어서 택시는 근방에도 못 간다. (…) 그러나 나는 그곳에 벌어진 창가와 만세와 격려와 절규의 흥분이 소용돌이치는 광경에 완전히 나 자신을 잃고 말았다. 무엇인지 모를 커다란 힘에 압도되어 실로 위협을 느끼면서 겨우 찻간에 올라 앉

44. 崔載瑞, 「イエイツの神秘と現實」, 『淸凉』 5집, 1928.
45. 崔載瑞, 「朝鮮文學の現段階」, 『國民文學』 2권7호, 1942. 8; 김병걸, 김규동, 앞의 책, 371쪽.
46. 崔載瑞, 「內鮮文學の交流」, 『朝鮮放送協會ラヂオ講演, 講座13輯』, 1939. 7. 16.
　　崔載瑞, 「秋風と共に(1)─(6)」, 〈京城日報夕刊 11457─65號〉(1939. 9. 28~10. 6).

았다. (…) 그날밤 나는 차안에서 낭격浪激처럼 밀려오는 국민적 정열에 좀체로 눈을 붙일 수가 없었다. (…) 만세를 부르는 정경은 참으로 눈물겨웠다. 이리하여 나는 전쟁 속의 한 사람이 되었다.[47]

최재서는 전쟁으로 흥분된 동경역의 격렬한 풍경에 완전히 자신을 잃어버리는 망아의 상태에 빠지고, 그 실체를 몰라 두려움을 느낄 수밖에 없는 "무엇인지 모를 커다란 힘"에 압도되어 버린다. 이 상태는 숭고의 상태와 유사하다. "숭고의 불길은 스스로의 구성 요소들을 한데 녹이면서 듣는 이들을 황홀경으로, 오직 그 불길만이 보이는 지점으로 몰고" 가서 "청자의 편에, 아니 발화자까지 포함한 모든 이들에게 일종의 가사 상태 내지 의식의 상실"[48]을 요구하기 때문이다. 최재서의 언급에서 발견되는 일종의 가사상태와 같은 이러한 정서적 반응을 '파시즘적 황홀'이라 명명할 수 있다. 이는 파시즘이 기획한 거대한 건축물, 박람회, 열광으로 가득한 집회 등 '파시즘적 구경거리'에서 비판적 능력을 상실한 대중이 느끼는, 순간적으로 초월적 존재나 세계와 합일하는 듯한 느낌에서 오는 정서적 충격을 말한다. 이는 동시에 칸트식으로 말하자면 압도적인 풍경을 마주한 상상력이 스스로의 한계를 통감하고 그 한계를 이성(물론 이때의 이성 개념은 수정되어야 할 것이다)의 무한한 능력의 표상으로 전환하면서 얻게 되는 쾌감을 말하는 것이다. 이런 감정은 친일 파시즘 문학에서 흔히 발견된다.

사실 나는 이번 사변(중일전쟁—인용자)에 의하야 북경·상해·남경·서주·한구 등이 연차 함락되는 보도와 접하고 또는 실사 등을 통하야 지나의 모든 봉건적 성문이 몰락되는 광경을 눈앞에 볼 때에 우리들의 시야가

---

47. 최재서, 「事變當初와 나」, 『인문평론』, 1940. 7, 99쪽.
48. Michel Deguy, 앞의 책, 45쪽에서 재인용.

휜하게 뚫려지는 이상한 흥분이 내 일신을 전율케 하는 순간이 있다.[49]

중일전쟁에서 일본이 파죽지세로 중국의 주요 거점도시를 장악해 나가는 소식을 접하면서 백철이 느끼는 이 "이상한 흥분" 역시 파시즘적 황홀이다. 이는 앞에서 언급한 바 있는 서정주의 "감복"과 동궤의 것이다. 그리고 "히틀러와 그에 의해서 영도되는 나치 운동에 대해서 가졌던 환상이 하이데거가 나치에 참여하게 되는 하나의 중요한 원인"[50]이라고 보는 관점에 따른다면, 하이데거가 가진 환상도 일종의 파시즘적 황홀이라 할 수 있다.

파시즘적 황홀은 파시즘이 사용하는 숭고 미학의 주요 목표이다. 파시즘의 대중적 기획은 언제나 대중의 고양된 정서적 반응을 겨냥한다. "최고의 정치적 경험이 항상 어떤 의미에서의 몰입"[51]이라 할 때 파시즘은 그 몰입을 위해 항상 준비되어 있는 정치 형태인 것이다. 그 몰입의 감정은 "통합의 경험이고, 전체 국가와 일체가 되는 존재의 느낌"[52]이다. 이때 전체 국가는 실재하는 국가가 아니라 초월적 세계에 놓인 이상화된 관념적 국가이다. 그래서 파시즘적 황홀은 실재하지 않은 초월적 국가와의 합일의 감정이다. 그래서 프랑스의 친파시즘 문인 브라지야크가 "해질 무렵의 젊은이들의 캠프, 하나의 몸을 하나의 전체 국가로 만들 때의 감동, 전체주의적인 축제, 이러한 것들은 파시스트 시학의 요소들"[53]이라고 한 것은 파시즘적 기획 속에 가득한 초월적인 대상과 연계된 파시즘적 황홀을 정확하게 표현한 말이라 할 수 있다. 브라지야크는 파시즘적 황홀을 적절하게도 "파시즘적 기쁨fascist joy"[54]이라고 부른다. 파시즘적

49. 백철, 「시대적 우연의 수리」, 조선일보, 1938.12.6.
50. 박찬국, 『하이데거는 나치였는가』, 철학과현실사, 2007, 102쪽.
51. David Carroll, 앞의 글, 712쪽.
52. David Carroll, 앞의 글, 712쪽.
53. David Carroll, 앞의 글, 712쪽.

황홀이나 파시즘적 기쁨은 정확히 숭고의 감정 상태이다. 그래서 최재서는 브라지야크와 같은 내용을 다루면서 국민학교 전체 아동의 분열 행진을 두고 "거기에 개체가 도저히 기획할 수 없는 웅대하고도 장엄한 미가 만들어지는 것"이라 하였던 것이다. 그가 말하는 이 미는 바로 숭고미이다. 그가 숭고를 의식하고 있다는 것은 그 미를 두고 "거기에는 생명의 극도의 발휘와 극도의 억압 사이에 긴장 상태가 있어서, 불꽃을 튀기듯 엄격한 아름다움이 빛을 발하고 있다"는 언급에서 확인할 수 있다. 이런 언급은 칸트가 숭고를 "생명력들이 일순간 저지되었다가 곧이어 한층 더 강력하게 분출함으로써 야기된 감정"[55]으로 설명한 것과 동일한 구조를 지닌다. 이처럼 숭고 미학과 연계된 파시즘적 황홀은 근본적으로 신비주의적이고 종교적인 경험이다. 그래서 파시즘을 일종의 종교로 파악하는 논리는 그리 과장이라 말할 수 없을 것이다.[56]

파시즘 문학은 파시즘적 황홀의 생산을 주요 목적으로 삼는 문학이다. 즉 불길과 같은 수사학으로 독자를 초월적 세계와의 합일로 이끌어 가사상태와 같은 황홀을 생산하는 문학인 것이다. 파시즘 문학의 성패는 바로 이 황홀의 발생 여부에 달려 있다. 그래서 파시즘 문학은 신앙 간증 같은 황홀 경험의 고백으로 이루어지거나 개인이 관념화된 전체 속에서 느끼는 희열을 표현하는 데 집중한다. 파시즘 문학에서 숭고 역시 특수한 성격을 지닌다. 일반적으로 숭고에 의해 환기되는 초월적 세계가 개별적이고도 특수한 특성을 지니는 데 반하여, 파시즘적 숭고는 초월적 대상이 앞에서 살펴본 것처럼 언제나 전체주의적이라는 점에서 차이가 난다. 친일 파시즘 문학은 이런 파시즘 문학의 특수한 형태로 일제의 파시즘 정책에 동조하여 파시즘적 황홀을 생산하는 문학이다. 여기에서 전

---

54. David Carroll, 앞의 글, 713쪽.
55. I. Kant, 앞의 책, 82쪽.
56. 에밀리오 젠틸레는 "파시즘은 국가의 신성화에 초점이 맞춰진 고유한 신앙, 신화와 의식의 체계를 고안했다."고 주장한다. Emilio Gentile, 앞의 글, 230쪽.

체주의의 모형은 대부분 대동아공영권이라는 이념이다.

파시즘적 황홀은 유사 종교적 비전을 제시하는 파시즘의 정서적 자극에 대한 반응이다. 이는 동시에 숭고가 대상이 아니라 이성적 존재인 인간의 주관성에서 발생한다는 점을 고려할 때 이것은 인간이 스스로 만들어낸 황홀이자 환상이다. 거시적 관점에서 볼 때 이런 감정이 잘못된 상태라고 규정짓는 것은 쉬운 일이다. 그러나 엄밀하게 본다면 그런 감정 자체가 거짓이거나 허위라고 판단하기는 어렵다. 바로 이 점에 파시즘 문학 평가의 어려움이 있다. 동시에 파시즘적 자극에 반응하는 것을 파시즘에 대한 수용이나 협력으로 판단하기도 힘들 것이다. 파시즘적 황홀이 비판의 대상이 되는 것은 파시즘의 기획이 "정치적 속임수"[57]라는 것을 알 때 소급적으로 판단될 수 있다. 친일 파시즘 문학의 경우 그것의 진위는 서정주처럼 해방 이후에나 판단될 수 있다. 나치가 등장하고 그 방향이 명확하지 않은 초기에 좌우파를 막론하고 파시즘 정권에 열광적인 지지를 보냈던 사실을 고려해 보라. 그렇다면 그 정체를 알기 힘든 상태인 파시즘 초기의 황홀(모든 파시즘적 황홀은 근원적으로 초기의 상태에 놓인다)과 그에 기반한 문학적 결과물들은 어떻게 평가하여야 할 것인가. 이것은 파시즘 문학 평가의 딜레마이자 동시에 숭고 판정의 딜레마가 된다.

4. 숭고 판정의 딜레마

파시즘적 황홀을 문제 삼을 때 그것에 대한 평가는 판단중지 상태에 놓일 수밖에 없다. 중립적 상태에서 볼 때 파시즘적 황홀은 비판의 대상이 될 수 없다. 거짓 황홀이니 기만적 황홀이니 하는 식으로 비판할 수 없다는 뜻이다. 라이히 역시 파시즘에서 강조하는 명예와 의무를 설명하면서 "이런 개념이 주는 황홀은 참된 것"이며, "문제가 되는 것은 원천일 뿐"[58]

---

57. Wilhelm Reich, 위의 책, 75쪽.
58. Wilhelm Reich, 위의 책, 95~96쪽.

이라고 하였다. 또한 파시즘적 황홀과 종교적 황홀을 동일한 것으로 보며 "그들(신도들—인용자)이 경험하는 육체의 자율·신경적인 흐름과 그러한 흐름이 만들어내는 황홀 상태는 정말로 진실이다. 특히 열등한 사회계층의 사람들에게는 종교적 감정은 절대적으로 진실하다."[59]고 강조한 바 있다. 이 때문에 파시즘적 황홀은 자발성론과 모순관계에 놓인다. 파시즘적 황홀은 파시즘의 정서적 자극에 능동적으로 반응한 결과라는 점에서 자발성론을 지지하지만, 그것이 감정 자체로서는 허위가 아니라는 점에서 자발성론이 겨냥한 비판을 거부하기 때문이다.

파시즘 문학 행위를 한 사람들이 자신의 행위를 흔쾌하게 반성하지 않는 것도 바로 이 파시즘적 황홀의 성격 때문이다. 하이데거는 자신의 나치 협력에 대해서 명확한 말로 반성한 적이 없다. 오히려 그는 죽을 때까지 파시즘이 등장하던 "1933년을 독일 민족과 서구 전체의 정신을 혁신할 수 있었던 기회로 보았으며 그러한 절호의 기회를 살리지 못했다는 사실을 항상 아쉬워했다"[60]는 것이다. 이런 상황은 친일 파시즘 문인에게서도 동일하게 나타난다. 서정주나 최재서도 친파시즘적 행위에 대한 명확한 반성을 전혀 보이지 않는다. 서정주는 두고두고 비난의 대상이 되었던 부족한 반성문에서 자신의 친일 파시즘적 행위를 다음과 같이 말하고 있다.

그래, 창피한 대로 꽤 길 미래의 일본인의 동양주도권은 기정 사실이니 한국인도 거기 맞추어서 어떻게든 살아 견디어야 한다는 생각을 세우고 만 것이다. 정치세계에 대한 내 부족한 지식이 내 그릇된 인식을 만들고, 이 그릇된 인식에서 나온 언행들이 내 생애의 가장 창피한 일들을 빚었다. 그러나, 그때에는 나는 나를 가장 객관적인 관찰가라고 생각했던

---

59. Wilhelm Reich, 위의 책, 224쪽.
60. 박찬국, 앞의 책, 107쪽.

것이다.[61]

이 글에서 서정주는 친일 파시즘 행위의 원인을 "정치세계에 대한 내 부족한 지식"에 돌리고 있다. 이것은 변명으로 들리기 충분하다. 그가 비난을 받은 것도 이런 불명확한 태도 때문이다. 이는 하이데거가 나치 협력 이후 30여 년이 지난 인터뷰에서 제시한 "나는 당시 다른 대안이 없다고 생각했습니다."[62]라는 대답과 동일하다. 그러나 라이히의 관점에서 파시즘적 황홀을 평가한다면 이런 반응은 그다지 의아한 것이 아니라 지극히 당연하고도 자연스러운 일이 될 것이다. 당시에 느꼈던 감정에 충실한다면 사과나 반성을 하는 것이 오히려 가식적이거나 허위적인 것이 될 뿐이기 때문이다. 파시즘적 황홀이 지닌 진정성 때문에 시간이 지나 파시즘의 허위성을 인식하더라도 친파시즘 문인들은 사과나 반성을 할 수 없었던 것이다. 반성을 하지 않는 것이 오히려 내적 논리의 정합성을 보여주는 경우가 된다.

이 사실은 우리를 불편하게 만든다. 우리는 이 문제에 대해서 칸트의 기준을 가지고 와서 다음과 같이 분명한 판정을 내리는 것을 바랄지 모른다. 칸트적 기준에 의하면 파시즘적 황홀에 빠진 상태는 '균형을 잃은 숭고'의 상태, 즉 열정이 아니라 열광의 상태이며, 자신의 인식 능력을 넘어서 존재하는 초월적인 것의 환기에 응하여 이루어진 고양된 의식이 길을 잃어 전체주의로 연결되는 과대망상에 도달한 것이라고.[63]

그러나 칸트의 기준을 따르더라도 이처럼 명확한 결론이 나올 수 없

61. 서정주, 「창피한 이야기들」, 『서정주 문학전집 3』, 일지사, 1972, 238쪽.
62. 박찬국, 앞의 책, 292쪽.
63. 이것은 C. Pries와 Klaus Poenicke의 주장이다. *Das Erhabene, Zwischen Grenzerfahrung und Grossenwahn*, hrsg. von Christine Pries, VCH, Acta Humaniora, Weinheim 1989; 村田誠一, 「クリスティーネ・プリース編, 〈崇高—限界經驗と誇大妄想との間〉」, 『美學』 161, 1990. 夏, 55쪽. 村田는 클라우스 포에니케의 논의가 독일의 파시즘적 열광에 대한 변명의 혐의가 있다고 본다.

다. 먼저 파시즘적 황홀은 "참된 것"이며, "문제가 되는 것은 원천일 뿐"이라는 라이히의 언급에서부터 시작해 보자. 라이히는 파시즘이 야기한 황홀의 진실성은 의심할 여지가 없는 것으로 보고 그 황홀의 원천, 즉 파시즘의 "정치적 속임수"가 잘못된 것일 뿐이라고 말한다. 그러나 칸트는 숭고의 감정은 대상에서 오는 것이 아니라 주관적인 것임을 분명하게 언급하고 있다. 즉 "진정한 숭고성은 오직 판단자의 마음속에서만 찾아지는 것일 뿐, 자연물의 판정이 그러한 마음 상태를 유발한다고 해서 자연물에서 찾아지는 것은 아니라는 사실"[64]을 지적하고 있는 것이다. 그렇다면 파시즘적 황홀은 외부적인 파시즘의 "정치적 속임수" 여부와는 무관하게 주관적인 상태에 의해서만 판단을 내려야 한다. 그러나 순환론적으로 되지만 주관적인 상태에 의해서만 판단을 내릴 때 라이히가 지적한 바처럼 그 감정 자체는 진실한 것으로 비판의 여지가 없게 된다. 이것이 바로 파시즘 문학을 규정하는 숭고 미학의 딜레마이다.

칸트는 이런 부정적 효과를 염두에 두고 숭고의 감정인 열정과 부정적 정서 상태인 열광을 구별한다. 열정은 열광과 달리 도덕성과 긴밀하게 연계되어 있어 부정적인 상태와 연계될 수 없다는 것이다.

> 도덕성의 이러한 순수하고도, 심성을 고양시키는, 단지 부정적 제시는 열광Schwarmerei의 위험을 초래하지 않는다. 그 열광이란 감성의 모든 한계를 초월하여 무엇인가를 보려고 하는 망상, 다시 말해 원칙에 따라 몽상하려는 (이성을 가지고 날뛰는) 망상을 뜻한다. 그런데 부정적인 제시가 광신의 위험을 초래하지 않는 이유는 그때의 제시가 단지 부정적이기 때문이다. 왜냐하면 자유이념의 탐구 불가능성은 모든 긍정적 제시의 길을 차단한다.[65]

---

64. I. Kant, 앞의 책, 100쪽. 다른 곳에서도 "숭고에 대해서는 단지 우리의 내부에서만, 그리고 자연의 표상에 숭고성을 끌어넣는 우리의 심적 태도에서만 그 근거를 찾아야 한다."(85쪽)고 밝힌다.

칸트에 따르면 열정은 "정서가 딸린 선의 이념"[66]으로서 맹목성의 위험이 있는 정서와 연관되어 있지만 이것이 이념들에 의해 일어나는 힘의 긴장이기 때문에 긍정적이고도 숭고한 것이다. 이에 반하여 열광은 광기와 같은 것으로 다루어진다. 지젝은 칸트의 언급을 풀어서 "숭고한 것에 의해 환기된 열정enthusiasm이 공상적인 열광schwarmerei과 구별되는 것"은 "(상상력의) 무능력의 매개를 통해서, 다시 말해 실패나 불일치 자체에 의한 그 성공적인 제시"[67]에 달려 있다고 한다. 이런 논의에 의하면 파시즘적 황홀은 열정이 아니라 열광이 된다. 따라서 그 황홀은 감성의 한계 너머에 있는 초월적인 세계와 아무런 매개 없이 직접적으로 합일하려는 망상에 불과하다. 이 점에서 파시즘적 황홀은 비정상적인 정서로서 비판될 수 있다. 따라서 그에 기반하여 생성된 파시즘 문학 역시 무가치한 것으로 판정될 수 있다.

그러나 칸트의 구분 기준이 선험적인 차원에서만 작동되고 있어 현실적인 판단이 불가능하기 때문에 칸트식으로 파시즘적 황홀이 왜 열정이 아니라 열광인지 명쾌하게 해명하는 것은 불가능하다. 이 감정이 선험적이고도 주관성의 범주 내에 속한 것이라면 다른 사람뿐만이 아니라 본인 스스로도 정확하게 그것이 열정인지 열광인지를 구별할 현실적인 기준을 가지고 있지 않기 때문이다. 즉 파시즘적 황홀이 부정적 제시를 통해 초월적인 세계에 도달하는지 아니면 긍정적 제시를 통해 도달하는 것인지 현실적으로 판단할 수 없다는 의미이다. 그러므로 그 황홀이 감정 자체로서 진실성을 지닌다는 라이히의 판단을 부정할 수 없다. 칸트의 구분이 지닌 모호성에 대한 불만은 다른 논자에 의해서도 제기된 바 있다.[68] 이런

---

65. I. Kant, 이석윤 역, 『판단력비판』, 박영사, 1974, 146쪽. 여기에서는 이 책을 바탕으로 기타 번역본을 참고로 하여 일부 구절을 수정했다. "Schwarmerei"은 열광, 광신, 광기 등으로 번역되지만 여기서는 '열광'으로, "enthusiasm"은 가끔씩 열광으로 번역되지만 여기서는 '열정'으로 번역하였다.

66. I. Kant, 위의 책, 142쪽.

67. Slavoj Zizek, 이수련 역, 『이데올로기라는 숭고한 대상』, 인간사랑, 2002, 341쪽.

결함 때문에 더 나아가 상상력의 희생으로 이루어지는 칸트의 '숭고의 희생경제학'이 파시즘에 이르게 된다고 평가되기도 하는 것이다.[69]

칸트는 선개입된 윤리적 기준으로 열정이나 열광, 종교와 미신 등을 구분하기 때문에 동일한 정서에서 파생된 감정의 상태를 발생론적으로 판단하는 데 취약하다. 그래서 윤리적인 혼돈을 막기 위해 그는 숭고를 유발하는 대상을 주로 자연물로 선정한다. 화산이나 폭풍우, 폭포, 밤하늘의 별 등이 그것이다. 그러나 간혹 인간사와 관련된 대상을 언급하기도 하는데 이때 그 규정은 가혹해진다. 파시즘과 관련된 주제라 할 수 있는 전쟁을 언급한 부분을 보자.

> 심지어 전쟁조차, 만일 그것이 질서 있게 그리고 시민의 권리를 신성시하면서 수행된다면, 그 자체로 어떤 숭고한 것을 가진다. 그리고 동시에 그와 같은 전쟁을 수행하는 국민이 보다 많은 위험에 처했었고 그런 위험을 용감하게 견디어낼 수 있었다면, 그럴수록 전쟁은 그 국민의 신념을 그만큼 더 숭고하게 만든다.[70]

여기에 나오는 전쟁에는 윤리적 기준이 선개입되어 있다. 즉 불순한 어떤 사유도 틈입할 수 없도록 윤리적으로 엄격한 단서가 붙어 있는 것이다. 그 전쟁은 일반적인 전쟁이 아니라 "질서 있게 그리고 시민의 권리를 신성시하면서 수행되는" 전쟁이다. 그러나 현실적으로 전쟁이 일반적인 윤리가 전혀 지켜질 수 없는 특수한 상황이라는 사실을 고려하면 칸트식의 전쟁은 지상에 존재하지 않는 관념적인 개념일 뿐이다. 그의 단서를

---

68. 자콥 로고진스키는 "이 구분이 본질적이기는 하나 일시적이며, 또 숭고와 기괴성 간의 구분이 그런 것과 마찬가지로, 필수적인 동시에 어쩌면 취약한 것"으로 판단한다. Jean—Luc Nancy 외, 앞의 책, 263쪽. 이런 구분의 한계는 숭고와 관련하여 종교와 미신을 구분하는 데에서도 반복적으로 드러난다.
69. Slavoj Zizek, 앞의 책, 148쪽.
70. I. Kant, 김상현 역, 앞의 책, 111쪽.

수용한다고 하더라도 어떤 것이 "질서 있게 그리고 시민의 권리를 신성시하면서 수행되는" 전쟁인지 판단할 수 없다. 파시즘에 동조한 많은 사람들은 자신이 참여한 전쟁이 칸트식의 신성한 전쟁임을 믿었기 때문에 기꺼이 동참한 것이 아니겠는가.

숭고 판단의 딜레마가 해결되지 않으면 파시즘 문학에 대한 판단도 영원히 보류될 수밖에 없다. 판단중지 상태에 놓이는 대상은 연구의 대상이 될 수 없다. 연구는 판단과 판정을 유일한 도구로 사용하기 때문이다. 이런 딜레마를 벗어나기 위한 몇 가지 방식이 가능하다. 먼저 숭고의 개념을 폐기하는 것이다. 그러나 숭고가 엄연히 존재하는 미학적이고도 현실적인 사건이기 때문에(그래서 파시즘 문학은 현재진행형이다) 숭고 개념의 폐기를 주장하는 것은 사려깊지 못하다. 또다른 방식으로 숭고의 개념을 새롭게 정의하는 방법이 있을 수 있다. 즉 숭고의 초월성이 파시즘적 황홀이라는 상황을 야기하기 때문에 숭고의 개념에서 초월성을 제거하는 방식이다. 이것이 리오타르가 한 방식이다. 그러나 이것은 숭고에서 가장 중요한 고양의식의 가치를 일방적으로 제거하는 방법으로, 이때 숭고는 존재가치가 사라진 빈 껍질에 불과한 개념이 된다. 물론 리오타르의 우려를 이해하지 못하는 바는 아니지만 숭고를 인정하는 한 숭고의 기본적인 가치가 인간을 고양시키는 윤리적 혹은 정서적 경험에 있음을 인정해야 할 것이다.

5. 세속적 황홀, 대안을 생각하며

그렇다면 숭고 판정은 영원히 이루어질 수 없는 것이며, 파시즘적 황홀은 파시즘 옹호의 근거가 될 것인가. 여기에서 그 대답을 제시하는 것은 본고의 목적이 아니다. 그러나 파시즘에서 경험하는 황홀이 지닌 심리적 진실성은 인정되어야 한다는 것은 틀림없는 사실이다. 그렇다면 파시즘적 황홀의 가치는 인정하면서 파시즘에 함몰될 위험성을 어떻게 피해 나갈 것인가가 문제이다. 이것은 고를 달리하여 구체적으로 다룰 문제이지만, 여기에서는 대안에 대한 간략한 스케치는 그릴 수 있을 것이다.

　해결책은 숭고 미학의 폐쇄적인 구조를 깨는 데 있다. 주관성의 성채 안에 숭고가 놓일 경우 상대주의의 딜레마로부터 벗어나기 힘들다. 라이히는 폐쇄적인 구조의 파괴를 파시즘적 원천에 대한 이성적 판단에서 찾았다. 즉 황홀의 진실성을 인정하고 그 원천을 이성적으로 판단하자는 것이다. 라이히는 파시즘 하의 대중들이 지도자와 동일시함으로서 파시즘적 황홀의 함정에 빠진 점을 지적하고 동시대에 그런 위험에 노출되지 않았던 노동자들을 긍정적인 예로 제시하고 있다. 노동자들 역시 파시즘적 민족주의자들이 지닌 격정과 동일한 감정을 지녔지만 그 감정들을 자극하는 내용에 차이가 있기 때문에 그런 위험으로부터 안전했다고 판단한다.

　　동일시하려는 욕구는 같지만 대상은 다른 것이다. 즉 그 대상은 지도자가 아니라 동료 노동자이며, 환상이 아니라 자신의 일이며, 가족이 아니라 지구상의 노동하는 사람들인 것이다. 여기에서 국제적인 전문가 의식은 신비주의 및 민족주의와 대립한다. 그러나 이것이 노동자들이 자존심을 포기한다는 의미는 분명 아니다. 위기가 닥칠 때 '공동체에 대한 봉사', '개인의 이익에 앞서는 일반의 이익'에 열광하는 것은 반동적인 인간들이다. 노동자의 자존심은 오직 전문가 의식에서 나온다.[71]

　그러나 라이히의 대안은 두 가지 점에서 문제를 지닌다. 하나는 숭고 판정의 딜레마를 외부적 원천을 변경함으로써 해결하고 있다는 점이다. 라이히에 따르면 지도자와의 동일시가 파시즘적 황홀이고, 동료 노동자

---

71. Wilhelm Reich, 위의 책, 109쪽.

와의 동일시가 올바른 황홀이 된다. 그러나 대상의 변경이 파시즘적 황홀의 위험성을 제거해 준다는 생각은 칸트의 숭고 미학과는 거리가 멀다. 칸트와 라이히는 숭고의 주관성을 인정한다는 점에서 동일한 기반에서 있기 때문에 숭고의 대상은 주관성 속에서 찾아야 할 것이다. 동료 노동자와의 동일시가 파시즘적 황홀과 다르다는 것은 무모한 확신에 불과하다. 다음으로 그는 황홀의 정의를 재규정함으로써 논리적 파탄을 보여준다. 라이히는 외적 준거를 가져옴으로써 숭고 판정의 딜레마는 부분적으로 해결하였지만, 파시즘적 황홀의 '감정 그 자체로서의 진실성'을 인정하는 것이 아니라 그 황홀의 내용을 슬그머니 다른 것으로 교체해 버림으로써 황홀의 진실성을 거부하였던 것이다. 황홀의 진실성을 인정한 이상 부정적 황홀의 설정은 불가능하다.[72]

본고에서 주장하는 숭고 미학의 패쇄적 구조의 파괴는 파시즘적 황홀이 지닌 고립성을 해체하는 것과 관련이 있다. 황홀은 진실하지만 바람직한 것은 아니다. 따라서 비판의식이 개입된 숭고, 절제된 고양을 적극적으로 검토해야 할 것이다. 그래서 우리가 살려야 할 것은 세속적 황홀이자 일상의 숭고라 할 수 있다. 숭고 경험의 순간성이 이때 장점으로 작용할 것이다. 순간적인 황홀에서 깨어나 다시 일상으로 복귀하면서 합리주의적인 정신을 지속적으로 개입시키는 것이 중요하다.

이렇게 볼 때 파시즘적 황홀은 황홀의 순간에 너무 집착하여 일상이 가져다주는 회복을 의식적으로 거부하였다는 점에서 문제가 있는 정서적 반응인 것이다. 일상과 의존관계에 있는 황홀이 아니라 특정 시공간에 고립된 황홀에 도착증적으로 집착하고 그것을 절대적 진리로 받아들인 것이 파시즘 문인들의 패착이라 할 수 있다. 그러나 이런 대안에 대한 명세화는 본고의 남은 과제가 될 것이다.

---

72. 그래서 파시즘과 관련하여 "사이비 아우라"(김철, 신형기 외, 『문학 속의 파시즘』, 삼인, 2001, 77쪽)와 같은 단정적인 개념을 사용하는 것은 소박한 판단이라 할 수 있다.

신체제 문화론의 친일 파시즘 논리
—최재서의 경우

홍 기 돈

1. 문화론의 맥락—식민지 전반기와 말기의 차이

식민지시대 조선朝鮮 문화는 일제에게 언제나 교정해 나가야 할 대상이었다. 가령 1920년대 일제가 대대적으로 펼쳐나간 '생활개선 운동'을 보자. 이는 조선의 문화를 비조선적인 문화로 만들기 위한 목적에서 시행되었고, 이를 합리화하는 논리의 배경에는 '우등한 일본 : 열등한 조선'이라는 관점이 전제되어 있었다.[1] 흔히 식민지 말기의 사건으로 논의되는 경향이 있으나, 가족제도의 근간을 뒤흔들려는 취지의 창씨개명에 관한 논의가 시작된 것도 1924년 9월에 열린 중추원회의에서부터이다. 논의의 이유는 분명하다. "천황을 종가宗家로 하여 그 아래 신민인 가장이 이끄는 각 가

---

1. 홍기돈, 「식민지, 근대화 그리고 여성」, 『근대를 넘어서려는 모험들』, 소명출판, 2007. 참조.

家가 분가分家로서 존재한다는 관념을 갖고 있었던 일본의 국가·사회체제와는 달리, 조선 사회에 강고한 종족집단이 존재한다는 것은 천황의 이름에 의한 식민지 지배체제를 불안정하게 할 수 있다는 인식이 있었기 때문이다."[2] 강경애의 『人間問題』(『동아일보』, 1934. 8. 1~12. 22)를 보면 일제가 펼쳤던 생활개선 운동의 일단이 드러나고, 이태준의 「浿江冷」(『삼천리문학』, 1938. 1)에서는 생활개선 운동에 맞서서 조선의 고유한 문화를 강조하는 관점이 드러나 있는데, 이는 모두 조선문화를 교정하려 했던 일제와 기획과 관련이 있다.

물론 이를 단순히 식민지와 제국의 관계로만 파악하기에는 무리가 뒤따른다. 봉건적인 요소를 극복하고 근대로 진입하려면 나름의 변화가 필요할 터, 봉건 요소의 척결이란 곧 조선문화와의 결별이란 측면을 어느 정도 끌어안을 수밖에 없기 때문이다. 이럴 경우 지식인들이 펼쳐나가는 봉건 척결은 일제의 생활개선 운동과 분간하기가 어려워진다. 예컨대 계명구락부의 활동이 이에 해당한다. "이 단체는 1918년 1월 조직된 조선인 엘리트들의 단체로 1921년 기관지 『계명啓明』을 창간하여 본격적인 활동을 하였다. 이 해 1월 제6회 정기총회에서 성명 경칭으로 남자나 여자 모두에게 성명 하에 '씨'를 붙이기로 결정하였다. 또 의복에 색의를 권장할 것을 결정하고, 4월에는 부녀의복 개량을 연구하였으며, 5월엔 2인칭 경칭으로 '당신'을 사용하기로 결정하였다."[3] 봉건을 탈피하고 근대로 나아가고자 했던 조선 지식인들의 이러한 지향을 일제의 생활개선 운동과 확연히 변별하기는 어려울 수밖에 없다. 의도야 어찌 되었든 조선 재래의 문화를 바꾸어 나가려는 기획에서야 다를 바 없는 것이다. 재래의 민족 지표를 희미하게 만들어 나가려는 제국의 정책과 근대를 지향하는

---

2. 미즈노 나오키(水野直樹), 『창씨개명』, 산처럼, 2008, 49쪽.
3. 정근식, 「근대적 시간 체제의 식민화와 일상생활」, 『한국사회사학회 2005년도 특별 심포지엄—일본 제국주의의 지배와 일상생활의 변화』, 한국사회사학회, 2005. 2, 3쪽.

식민지 지식인의 노력이 교묘하게 착종하는 대목이라고 할 수 있겠다.

그렇지만 1930년대 중반부터 문학계에는 이러한 경향과 맥락을 달리하는 논의가 불거지기 시작한다. 우선 세계사 전개에 주목할 필요가 있는데, 1935년 6월 21일부터 26일까지 프랑스 파리에서 개최되었던 문화옹호국제작가회의를 상징적인 사건으로 꼽을 수 있겠다. 24개국 대표 230명이 참석한 이 대회의 의의를 간단히 정리하면 다음과 같다. "종래까지 자유주의와 공산주의가 적대시되었으나, 파시즘이라는 공동의 적을 앞에 바라볼 때 그들은 연합 전선을 펴지 않으면 안 되었던 것이다."[4] 1935년 말부터 1936년 상반기까지 조선 문단에서 펼쳐졌던 기교주의 논쟁은 이와 관련이 있다.[5] 카프 서기장 출신 임화에 맞섰던 모더니스트 김기림의 다음과 같은 진술이 그러한 정황을 보여준다. "나는 勿論 右로부터 기우러지는 全體主義의 線을 그려보앗다. '푸로'詩가 萬若에 今後 全體主義의 線을 쪼차서 發展을 꾀한다고하면 그것은 勿論左로부터의 線일것이다. 이 두線이 어떠한 地點에서 서로 맛날가 또는 反撥할가는 이제부터의 과제다."[6] 임화가 '좌로부터 기우러지는 전체주의의 선'을 염두에 두었던 것은 의심의 여지가 없다. 문화옹호국제작가회의를 모델로 하는 좌우 연합전선이 이렇게 조선 문단에서도 모색되었던 것이다.

임화와 김기림의 이러한 시도는 프랑스 파리의 상황과 식민지 조선의 상황이 달랐던 까닭에 실패하고 말았다. 하지만 이때의 실패로 말미암아 조선 문학인들이 상황의 차이를 파악하게 되었다는 사실은 표 나게 강조할 필요가 있다. 즉 조선이 처한 특수성 인식이 전체주의 전선 구축이 좌절한 자리에 뿌리를 내리고 깊어지기 시작했던 것이다. 계급을 전면에 내세우면서 국제주의internationalism를 표방하였던 임화는 1939년 9월

---

4. 金允植, 『韓國近代文藝批評史研究』, 일지사, 2002, 207쪽.

5. 홍기돈, 「일제 강점기 김기림의 의식 변모 양상」, 『근대를 넘어서려는 모험들』 참조.

6. 金起林, 「詩人으로서 現實에積極關心」, 『조선일보』, 1936. 1. 5.

"新文學史는 朝鮮에잇서서의 西歐的文學의移植으로부터 시작되는것이다"[7]라고 발언하고 나섰다. 이 즈음에 이르러 자신이 걸어온 프로문학의 길을 객관화시킬 수준에 도달한 것이다. 민족의 특수성을 자각하였기에 가능해진 결과라 할 수 있다. 김기림 또한 마찬가지 반성을 보여주었다. 그는 애초 각 개인이 국적과 무관하게 어울릴 수 있으리라는 세계주의 cosmopolitanism의 입장을 견지하고 있었다. 그렇지만 1940년에 이르러 "朝鮮에있어서의 지금까지의 新文化의 '코—쓰'를한마디로써 要約한다면 그것은 '近代'의 模倣이였다"[8]라고 진술하기에 이르렀다. 현실의 조건을 무시하고 단번에 민족을 뛰어넘으려던 관념이 얼마나 공허할 수밖에 없는가를 깨달은 결과였다.

좌와 우의 연합전선 구축, 즉 전체주의 기획이 좌절되는 시점을 전후로 하여 조선 문단의 비평계가 전형기轉形期로 접어들었다는 사실은 널리 알려져 있다. 교리(教理, dogma)가 사라지고 나니 비평의 지도적인 위치가 급격하게 붕괴했던 것이다. 이에 따라 비평의 역할과 위치를 확보하기 위한 노력이 치열하게 펼쳐지기 시작하였는데, 예컨대 이원조는 「批評精神의 喪失과 論理의 獲得」에서 다음과 같은 물음으로 이러한 고민을 정리하고 있다. "時代의 轉換과 함께 우리의 變身도 必要한것이라면 우리는 모름직이 새로운 時代的倫理를 獲得하기위한 크다란 決意가 먼저 필요하지 아니할까?"[9] 이때 염두에 두어야 할 것이 '시대의 전환'에 따른 '커다란 결단'을 이야기한다고 해서 모두 친일로 파악해서는 곤란하다는 점이다. 제2차 세계대전의 징후 혹은 전개가 근대의 몰락으로 이어지리라는 인식이 당대에 광범위하게 확산되었는데, 이에 따라 새로운 질서를 모색하려는 시도가 다양하게 나타났기 때문이다. 즉 새로운 질서를 모색

---

7. 林和, 『槪說 新文學史』(3), 『조선일보』, 1939. 9. 7.
8. 金起林, 「朝鮮文學에의反省—現代朝鮮文學의한課題」, 『인문평론』, 1940.10, 38쪽.
9. 李源朝, 「批評精神의喪失과論理의獲得」, 『인문평론』, 1939. 10, 23쪽.

하는 모든 노력이 일제가 내세웠던 신체제新體制와 반드시 일치하지는 않는다는 것이다. 같은 글에서 이원조가 다음과 같이 진술하는 데에서도 이는 어느 정도 드러난다.

　아직 우리 論壇에서는 일직이 白鐵氏의 '事實受理論'밖에 이와 關聯된 論文이 나타나지 않았으나 東京서 問題된 '世界史論'이니 '協同體論'이니 하는것은 이러한 論理獲得을 전제로한 한개의 內部的 要請의 一端이 아닐까한다. 勿論 이 '世界史論'이나 '協同體論'이 곧 우리 文藝批評의 論理的 根據가 될수는 없는것이고 가령 될수가 있다고 하드래도 아무런 批判이나 檢討가 없이 더구나 그것은 더 많이 政治的 意味가 包含된 것을 가저다가 文藝批評의 領域에서 援用한다는것은 不必要도하고 不可能도 한일이지마는 何如間 現代란 時代가 決코 一時의 廻旋이라던지 中斷의 時代가 아니고 어떠한 方向으로던지 한번 飛躍하려는 轉換의 그전날 밤임에는 틀림이 없다.[10]

시대의 전환을 둘러싼 인식은 1940년 6월 프랑스 파리가 나치에 함락되자 더욱 전면적으로 몰아치게 되었다. 프랑스대혁명의 도시 파리는 근대의 상징이었고, 그런 까닭에 세계의 예술가들이 파리로 몰려들어 파시즘과 대항할 근거지를 마련해 나간 형편이었기 때문이다. 김기림은 나치의 파리 함락으로 맞닥뜨린 절박한 감정을 진술하게 기록해 놓았다. "結局은 近代라는것은 이以上 발하나옴겨놓을수없는狀態에 다다렀다는 深刻한印象이다. 巴里의落城으로써 가장 象徵的으로 表現된困惑이 바로그것이다."[11] 이러한 절망감 위에서 반복되고 있는 것이 이원조가 토로했던 비평정신의 상실이다. "일찌기 李源朝氏는 우리論壇의 原理의喪失

---

10. 李源朝, 위의 글, 22쪽.
11. 金起林, 앞의 글, 43쪽.

을 痛歎하였다. 原理의喪失이란 다름아닌思想의 喪失이라고하면 오늘 남은것은 思惟만의 形骸라는것이 우리自身의 소김없는 素描일것이다."[12] 그들은 근대의 막다른 벽 앞에 내몰렸다고 판단하고 있으나, 이를 대체할 새로운 질서를 제시할 수는 없었다. 그래서 절박한 처지에 내몰렸던 것이다. 반면 나름의 출구를 발견한 이들은 문화담론에 의거하여 앞으로 나설 수 있었다. 일제 말기 새로운 문화를 둘러싼 논의는 이러한 상황을 배경으로 삼고 있다.

2. 전형기를 건너는 두 갈래 길—협력과 저항

논의에 직접 뛰어들기 전에, 당시 시행되고 퍼져나갔던 일제의 여러 정책과 담론이 채 확정되지 못한 상태였다는 사실에 주목할 필요가 있다. 이는 일제 지도부의 혼란에서 기인한다. 가령 1941년 10월 미국이 중국에서의 철군을 요구하자 일본에서는 어떻게 대응할 것인가를 두고 입장이 크게 갈렸다. 당시 쇼오와昭和 천황, 코노에 후미마로近衛文磨 수상이 미국과의 전쟁을 피하고자 했던 반면, 토조 히데키東條英機 육군장관이나 시마다 시게타로嶋田繁太郎 해군장관 등 군부 세력은 개전開戰을 결의하였다.[13] 총독부의 상황도 별반 다를 바 없었다. 가령 시오바라 도키사부로鹽原時三郎 학무국장이 일본인풍의 씨명 짓기를 주장한 반면, 법무국은 씨제도를 창설하여 '이에[家]' 관념을 강화하고자 시도하였고, 단속의 어려움을 우려한 경무국은 창씨와 관련된 논의에 부정적이었다.[14] 이러한 상황이니 일본에서 내놓은 신체제론이 조선 평론계에 그리 명확하고 대단한 논리를 제공하였을 리 만무하다. 따라서 그 균열되고 비어 있는 지점에 이르러서 조선 평론가의 능동적인 개입이 요구될 수밖에 없는 상황이었다.

---

12. 金起林, 앞의 글, 같은 쪽.
13. 사토 카즈오(佐藤和雄), 「전사자에게는 면목없다는 주술적 속박」, 동아시아를 만든 열 가지 사건」, 창비, 2008. 참조.
14. 미즈노 나오키(水野直樹)의 『창씨개명』 중 제3장 「창씨개명의 정책 결정과정」 참조.

백철에게 전형기가 새로운 논리를 계발해 나갈 계기로 작용한 까닭은 이로써 해명할 수 있다. 그는 국제주의자로서 지내왔던 자신의 삶이 마르크스주의의 복창復唱에 불과하다는 사실을 깨달았을 때의 감정을 이렇게 표현하고 있다. "소년시절부터 자기의 노력과 창조에서 얻은행복과 진리가 아니면 결코 만족하지않던 인간이하루아침 우연히 자기를 돌아볼때에 어느동안 자기는 다른 사람의 의관과 행장을 빌려입고 가장 행열에 섞여있었다는 사실에 눈을뜬것은 자신에 대한 이상없는 모욕이요 수치였다."[15] 그러니까 이 순간부터 백철은 '자기의 노력과 창조에서 얻은 행복과 진리'를 찾아 나설 수 있게 된 셈이다. 「비평정신의 상실과 논리의 획득」을 모색하는 이원조에게 비판을 가하는 최재서의 견해도 그리 다르지 않다. 자신 역시 새로운 논리를 내세울 수는 없다. 그러한 논리를 획득하기가 어디 그리 쉬운가. 그렇지만 신념을 가지고 태도만 명확히 한다면 이 문제를 돌파할 수 있다고 주장한다. "결국 연구와 인식의 문제가 아니고 태도와 신념의 문제였기 때문이다. 국민적 입장을 솔직하게 수용하여 국민 의식을 확실하게 파악하는 데는 오늘날 연구나 인식보다도 신념과 용기가 필요하다."[16] 1943년 10월 발표한 「국민문학의 요건」 가운데 한 대목이다.

주지하다시피 백철과 최재서는 적극적으로 친일 행위를 펼쳐나간 부류에 포함된다. 친일 문학의 논리를 추출하려는 시도는 여기서 비롯된다. 친일은 능동적인 선택의 결과였다는 것이다. "친일 협력은 일반의 통념과 달리 외부의 강요에 못 이겨 어쩔 수 없이 한 것이 아니라 철저하게 자발적으로 이루어진 것이다. 또한 거기에는 그러한 자발성을 뒷받침해 주는 내적 논리도 엄연하게 존재하였다."[17] 물론 일제에 반발했던 작가들도 나름의 논리를 내장하게 된다. 일제가 내세운 신체제 논리의 균열

---

15. 白鐵, 「展望」, 『인문평론』, 1941.1, 206쪽.
16. 최재서, 「국민문학의 요건」, 『전환기의 조선 문학』, 영남대학교출판부, 2007, 55쪽.

되고 비어 있는 지점으로 파고 들어가서 자신의 자리를 마련해 나가려는 시도가 나름의 논리를 낳는 것이다. 마침 김윤식이 "『國民文學』誌 중심의 소위 '新體制論'"에 대하여 "東洋文化論 및 일본 정신에 野合하는 논리와 과학주의의 포기가 중심으로 되어 있다"고 정리하고 있으니 이러한 동양문화론을 거스르는 몇 가지 사례만 밝혀두기로 한다. 동양문화를 이야기하면 성급하게, 무의식을 분석한다는 명목으로 친일 혐의를 제기하는 시도가 왕왕 있기 때문이기도 하다.

우선 1938년 7월 20일부터 1939년 2월 7일까지 『동아일보』에 연재된 현진건의 장편소설 『무영탑』을 보라. 작가는 부여에서 온 석수장이 '아사달'을 등장시켜 민족의식을 고취시키고 있다. 이때 아사달이 부여 출신이라는 사실은 특별한 주목을 요한다. 일제는 내선일체內鮮一體 혹은 동조동근同祖同根의 상징으로 부여에 신궁神宮을 짓고자 시도하였다. 부여를 근거지로 하여 일본이 백제와 함께 대륙, 신라에 맞섰다고 주장하면서 그 상징으로 응신천황應身天皇, 재명천황齋明天皇, 천지천황天智天皇, 신공왕후神功王后의 위패를 모시겠다는 기획이었다. 하지만 현진건은 이를 뒤집어서 부여 출신 아사달로 하여금 신라로 건너가서 석가탑을 만들도록 이끌었다. 내용도 민족주의에 입각해 있거니와 인물의 설정을 통해서도 동조동근을 거역했던 셈이다.

제3휴머니즘이라고 하여 새로운 르네상스를 역설했던 김동리는 논리의 중심에 신라의 화랑을 내세우고 나섰다. 이로써 천황 중심의 일제 신체제와 맞섰던 것이다. 일제가 내세웠던 동양문화론東洋文化論을 수용하되 그 중심을 바꿔치기함으로써 저항의 동력을 확보했다고 정리할 수 있다. 이러한 선택이 힘들어졌을 때는 절필로 들어갔다. 애초 고완古翫의 세계에 빠져 동양정신을 강조하던 이태준은 또 어떠한가. 1930년대 후반

---

17. 김재용, 「책머리에」, 『협력과 저항』, 소명출판, 2004, 3쪽.

일제가 동양문화론을 유포해 나가자 태도를 싹 바꾸어 고완을 경계하기에 이르렀다. 일제 담론과 의도적으로 거리를 두고 나선 셈이다.

이렇게 파악하고 나면, 일제 말기는 새로운 질서를 모색하는 데 작가, 비평가들의 능동성을 적극적으로 요구하는 상황이었음을 알게 된다. 다시 말해서, 가령 1920년대 계명구락부가 펼쳤던 근대 기획과는 다른 관점으로 접근해야 한다는 것이다. 계명구락부의 활동은 민족주의의 산물로 이해할 수 있다. 조선이 근대화에 뒤쳐진 까닭에 식민 상태로 전락한 마당이니 지금이라도 노력하여 제국을 따라잡아야 한다는 의도가 드러나기 때문이다. 이때 나아가야 할 모델은 이미 정해져 있다. 하지만 바로 그 근대의 기획 안에서 조선 민족의 문화 지표를 지워나가는 제국의 의도와 착종되는 양상을 드러내기도 하였다. 제국 담론에 대한 "'동화'와 '이화'라는 양가적 감정으로 분열되고 모순되고, 그 사이를 요동하는 것이 바로 식민지 담론인 것이다"[18]라는 진술이 가리키는 지점은 바로 여기를 향한다. 계명구락부의 멤버들이 이를 자각한 것 같지는 않다. 무의식 층위에서 동화와 이화가 양가적으로 펼쳐졌다는 말이다.

반면 나아가야 할 역할 모델이 불분명한 상황에서는 이러한 의식, 무의식 구조가 달라진다. 이제부터는, 제국의 역할 모델 따라 배우기가 아니라, 새로운 모델을 모색해야 하는 상황이었다. 더군다나 국제주의자든 세계주의자든 민족의 특수성에 눈을 뜨게 된 시점이었다. 즉 민족의 특수성을 전제해야 했기 때문에 이를 고수할 것인가, 몰각해 버릴 것인가의 두 갈래 선택이 펼쳐진다는 말이다. 여기에 더하여 일제는 조선의회를 끝까지 인정하지 않았다는 사실까지 염두에 두어야 한다. 유럽 제국이 경영한 식민지의 많은 경우와 같이 식민지의회를 통하여 자치권이 부여되었더라면, 조선 엘리트들은 자연스럽게 제국과 식민지를 매개하는 존재로

---

18. 윤대석, 『식민지 국민문학론』, 역락, 2006, 161쪽.

자신의 자리를 설정해 나갔을지도 모른다. 무의식 층위에서의 동화와 이화는 바로 그 지점에서 발생한다. 하지만 조선의 상황은 그러하지 않았다. 그래서 일제 말기의 담론을 분석하면서 펼쳐놓은 다음과 같은 전제는 수긍하기 힘들다. "고유의 담론을 만들어 낼 능력이 없는 식민지인들이 식민지 본국의 담론을 식민지 현실에 조응하여 변형해낼 때 '차이'가 발생한다. (…) 식민지인들은 식민지 본국의 담론을 반복하지만 똑같이 반복하지 않는다. (…) 그러나 이것은 화자의 의도나 주체성과는 큰 관계가 없고 무의식 속에서 이루어지는 경우가 대부분이라고 할 수 있다."[19]

최재서는 '조선'이라는 민족 단위를 무시하고 일제의 신체제론으로 곧장 달려나갔다. 이러한 능동성은 신체제론을 바탕으로 하는 문학이론 모색에서 일본 측에 비해 그리 뒤처질 것이 없다는 자신감으로 이어지기도 하였다. 1942년 10월 2일 '제1회 국민문학 강좌'에서 행한 최재서의 강연 내용에 이러한 측면이 표출되어 있다. "물론 국민문학론을 처음 시작한 곳은 내지(일본—인용자)입니다만, 내지에서는 그 후 그다지 발전하지 못한 채 오늘에 이르렀습니다. 그런데도 조선은 출발이 늦었지만, 지금에는 내지 이상으로 열심이며, 특히 이론 방면에서는 조선쪽이 오히려 일보 앞서 있음을 보여주는 점도 있습니다."[20] 그러니 최재서의 문화론을 이해하기 위해서는 논리 구조를 분석해 나가는 것이 옳은 선택일 듯하다. 그래서 다음과 같은 물음으로 최재서에 관한 구체적인 논의를 풀어나가게 된다. 자, 최재서가 펼쳐나갔던 문화이론의 논리는 어떠했는가.

3. 최재서의 신체제 문화론

1) 비평 기능의 새로운 규정과 문화론의 기본 방향

최재서가 본격적으로 친일에 나서게 된 계기는 1940년 6월 나치의 파리

---

19. 위의 책, 21쪽.
20. 최재서, 「국민문학의 입장」, 『전환기의 조선문학』, 영남대학교출판부, 207, 92쪽.

함락으로 파악된다. 애초 그는 김기림의 뒤를 잇는 주지주의 이론가로서 문단에 화려하게 등장한 인물이었다. 「現代主知主義의 文學理論 建設」(『조선일보』, 1934. 7. 6~12)이라든가 「批評과 科學」(『조선일보』, 1934. 8. 31~9. 7) 등이 그러한 사실을 증명해 준다. 따라서 처음 출발할 때의 사상이 세계주의 위에 구축되었으리라는 사실은 쉽게 추측할 수 있다. 그렇지만 파리의 함락이 몰고 온 충격은 자못 큰 것이었다. 근대의 종말이라는 판단과 함께 이를 대체해 나갈 새로운 논리가 필요하리라는 요청은 이렇게 하여 솟아오르게 되었다. 그러니 일견 김기림의 「朝鮮文學에의 反省」을 겨냥하고 있는 듯 파악되는 「조선문단의 현단계」(『국민문학』, 1942. 8)의 다음과 같은 구절은 기실 자신의 내면을 드러내는 장면이라 파악해도 무방하다.

> 만주사변이 일어났을 때나 또 중일전쟁이 일어났을 때에도 그다지 충격을 받지 않았던 조선 문단이 1940년 6월 15일, 유럽 몰락의 보도를 접하고 처음으로 아연실색하며 반성의 빛을 보였다는 것은 부끄러운 이야기이기는 하지만, 한편으로 조선 문학의 특수성을 말해주는 것이어서 흥미롭기도 하다. 파리의 함락은 소위 근대의 종언을 의미하는 것으로, 최근 특히 유럽문학의 유행을 쫓아 온 조선 문학이 처음으로 새로운 사태에 눈을 떴다고 말할 수 있겠다. 특히 모더니즘의 경향을 쫓던 시인들에게 심각한 반성의 기회를 주었고, 비평가들로 하여금 마침내 모색으로 분주하게 하였다.[21]

그런 까닭에 이 시기 최재서 비평의 특징은 이미 파산을 선고받았다고 판단되는 근대 비판에 무게중심을 두게 되었다. 필자가 찾아본 바에 따르면, 최재서의 친일은 「신체제하의 문학」(『경성일보』, 1940. 9. 10~15)에서부터

---

21. 최재서, 「조선 문학의 현단계」, 『전환기의 조선 문학』, 67~68쪽.

시작되었다.[22] 신체제 성명이 일제 각의閣議에서 승인받았던 때가 1940년 8월 27일이었으니 별다른 시차를 두지 않고 재빠르게 호응해 나갔던 셈이다.[23] 「신체제하의 문학」은 약간의 수정을 거쳐 「신체제하의 문예비평」으로 제목을 바꾸어서 『전환기의 조선 문학』(인문사, 1943)에 포함되어 있다. 이 평론을 보면 비평의 위기에 대한 최재서의 답변이 나타난다. 그는 우선 비평에 관한 주위의 불평을 인용한다. "국책은 비평을 용서하지 않는다. 따라서 비평가는 당국의 앞잡이가 되는 외에 달리 길이 없다. 사실상 비평은 폐지되었다."[24] 그리고는 여기에 대하여 비판적으로 답변한다. "우리의 경우 국체를 비방하는 것은 용서받을 수 없다. 또 지금 국책에 대하여 이런 저런 비판을 더하는 것이 비평가의 임무는 아니다. (…) 비평의 기능이라고 하는 것은 시대와 함께 변하는 것으로 결코 고정불변한 것은 아니다. 이러한 사실은 시대를 앞선 비평가가 언제나 그 자신의 '비평의 기능'을 써서 세간에 문제 삼아왔던 것에서 알 수 있다."[25]

뿐만 아니라 비평가의 임무를 문화정책의 선전 위에 포개어놓기도 하였다. 이로써 '새로운 비평의 기능=국가(일제)의 문화정책 홍보'라는 등식이 만들어지게 되었다. 최재서는 여기서 한 걸음 더 나아가 '새로운 문화정신의 양성'을 '진정한 비평적 임무'로 설정하기도 하였다. 최재서의 비평 행위 자체를 문화론 일반으로 이해해도 무방한 까닭은 바로 이 대목에서 마련된다. "비평가는 어디까지나 문화적인 입장에서 국책을 받아들여 소화하고 선전하지 않으면 안 된다. 국민 계몽에 관한 경우도 마찬가

---

22. 물론 "獨逸戰歿學生의書翰』을 材料로 兵隊의 편지가 戰爭文學으로서 얼마나 貴重한것인가를 說明"(63쪽)한 「戰爭文學」(『인문평론』, 1940. 6)이 앞에 놓이기는 한다. 하지만 가급적 설명으로 일관하려는 태도가 전면적으로 부각되기에 소극적으로 다가온다. 이에 따라 「신체제하의 문학」을 적극적인 친일의 기점으로 삼는 것이다.
23. 당시 일제의 동향에 대해서는 전상숙의 「일제 군부파시즘체제와 '식민지 파시즘'」, 『일제 파시즘 지배정책과 민중생활』, 혜안, 2004. 참조.
24. 최재서, 「신체제하의 문예비평」, 『전환기의 조선 문학』, 42쪽.
25. 최재서, 위의 글, 43~44쪽.

지다. 국책을 일단 문화적으로 새로이 번역해서 수행하지 않으면 효과가 없다. (…) 금일에 있어서 진정한 비평적 임무는 새로운 문화 정신을 양성하는 것이다."[26] '진정한 비평가의 임무'라는 대목에 이르면 앞에서 강조하였던 문학인의 능동적인 역할이 최재서에게 어떠한 것이었는가를 확인할 수 있게 된다. 즉 '새로운 문화정신을 양성하는 것'이다. 반복하건대, 이러한 모색이 무의식 속에서 이루어진다고 파악해서는 곤란하다. 명백하게 의식의 차원에서 펼쳐지고 있는 것이다.

　최재서는 일제가 벌인 전쟁을 옹호하는 논리도 여기서 확보한다. 새로운 문화를 만들어내는 계기라는 것이다. "이번 대동아전쟁이 문화 창조전이라는 것을 의심하는 사람은 매우 이상한 사람이다. 그리고 더욱이 문예의 현상 복귀를 꿈꾸는 자가 있다면 우리들이 가르쳐 줄 방법이 없다. (…) 문예인은 어떻게 해서든 문예 본래의 사명으로 돌아가서 복권을 계획해야 할 것이다. 잃어버린 지도성을 회복하고 새로운 가치 창조에 매진해야만 한다. 통제의 손아귀에서 벗어나려고 허우적대는 대신, 통제의 손이 손가락질하는 커다란 흐름의 선두에 서서 노를 저어야 한다."[27] 「文學精神의 轉換」에서도 이와 같은 논리는 반복되고 있다. "戰爭은 從來의 緩慢한 或은 無自覺的인 轉換에다 악센트를주고 템포를 올리고 또 모든點을 明確하게 意識化시키는 役割을 不過 二三年동안에 完邃하고말았다. (…) 戰爭은 一定한期限後에는 決定的으로 새로운 生活條件을 맨들어낼것이 움지길수없는 嚴然한事實로서 우리앞에 가로놓여있는것이다."[28]

　국가정책을 적극적으로 홍보하되, 단지 홍보에 그칠 것이 아니라 새로운 문화정신을 양성하는 데로까지 나아가야 한다는 것이 최재서 문화론의 기본 방향이었다. 그리고 여기에는 비평의 기능이란 고정불변한 것

---

26. 최재서, 위의 글, 45쪽.
27. 최재서, 「우감록(偶感錄)」, 『전환기의 조선 문학』, 120쪽.

이 아니므로 이에 맞춰서 전환시키면 별 문제 없다는 판단이 함께 하고 있다. 그러한 새로움을 위해서라면 전쟁도 긍정할 수 있다는 데까지 그는 이르렀다. 이러한 변화를 야기한 계기는 근대, 즉 구체제의 몰락으로 파악되었던 1940년 6월 나치의 파리 함락이었다.

2) 구체제(근대) 비판의 논리

새로운 질서를 구축하려면 낡은 질서를 파괴하여야 한다. 그래서 최재서는 낡은 질서를 비판하는 데 적극적으로 나섰다. 「신체제하의 문학」으로써 자신이 선택한 방향을 만천하에 공표하고 나선 직후부터 이러한 활동을 벌여나갔다. 예컨대 그는 1940년 11월 '문예보국강연대'의 일원으로 서북지방의 도시들을 순회하면서 강연을 펼쳤는데, 당시의 강연문이 「신체제와 문학」이었다. 이 글의 다음과 같은 대목이 그 내용을 확인시켜 준다. "프랑스혁명 이래 50여 년에 걸쳐 세계를 지배해온 구질서는 완전히 그 역사적 사명을 다하고, 지금은 도리어 인류의 발달을 방해하는 질곡이 되었습니다. 이 질곡을 부수고 인류를 새 시대 안으로 해방시키지 않으면 안 됩니다."[29] 일제가 망할 때까지 최재서는 이러한 논리를 반복하면서 세심하게 가다듬어 나갔다. 1941년 4월 『인문평론』에 발표한 「文學精神의 轉換」을 보면 논리의 계발 과정이 가시적으로 느껴질 정도이다. 그는 개인의 자율성에 입각한 세계주의를 비판함으로써 '문화=국가'라는 등식을 창출해 내었고, '문화=국가'에 바탕을 두는 새로운 문화가 필요하다고 역설하고 있다. 국책을 선전하는 비평의 기능은 이러한 규정 위에서라면 당연한 사명으로 설정될 수밖에 없다.

佛巴里의陷落은 우리에게 많은 教訓과同時에 問題를 던저주었다. 흔히

---

28. 崔載瑞, 「文學精神의 轉換」, 『인문평론』, 1941. 4, 8~9쪽.
29. 최재서, 「신체제와 문학」, 『전환기의 조선 문학』, 33쪽.

말하기를 佛蘭西는 그文化가 極度로 發達하였기 때문에 獨逸軍에게 敗를보았다고 한다. 그러나 이것은 至極히皮相的인觀察임을 免치못한다. 文化의發達이 國民을弱體化시킨다는 것은 理致에서도 벗어나는일이거니와 歷史的으로도 證明되지않는 일이다. (…) 佛蘭西는 一七九○年의革命以來 스스로 그 搖籃이되었던 文化의 고스모포리타니즘때문에 文化의國家性을 等閑視하지 않았던가? 自律的으로發展하여가는 文化의純粹性때문에 國民的文化는 重大한缺陷을가지게 되지않았던가? (…)

　文化의擁護와 國家의擁護가 決코 別다른 두가지것이아니라 不卽不離의 한가지것이라는것을 우리는 佛蘭西의 悲劇에서 배웠다. 文化의擁護를위하여서 國家를擁護한다면 語弊가있을런지 모르나 原來가 同一한것이니 文化를위하여서라도 國家를 擁護한다는것이 至當할것이다. 그것을 그렇지않다고생각해온것은 역시 十九世紀的의 고스모포리타니즘의 幻想이었던것이다. 國家의 羈絆을 벗어나서만 文化는 純粹하게發展할수있다는 文化主義的 思考形式은 이 十九世紀的幻想과더부러 大砲소리에 깨어지고 말았다."[30]

　이러한 논리를 다시 발전시켜서, 최재서가 「문학자와 세계관의 관계」(『국민문학』, 1942. 10)에서 "개성 존중의 이데올로기"에 대하여 "국가 대 개인 관계의 인식에 있어서는 이기주의와 동일한 오류를 범하여, 동일한 죄로 단죄되어도 어쩔 수 없다"[31]라고 강경하게 발언하는 장면은 기억해 둘 만 하다. 그가 얼마나 적극적으로 근대 비판에 나섰는가를 판단하는 기준이 되기 때문이다. 그 적극성은 백철과 비교할 때 한층 선명하게 부각되어 드러난다. 백철은 「낡음과 새로움」(『국민문학』, 1942. 1)에서 "개인주의, 자유주의와 같은 근대적인 것을 전적으로 부정하는 것은, 우리의 커다

---

30. 崔載瑞, 「文學精神의轉換」, 9~10쪽.
31. 최재서, 「문학자와 세계관의 관계」, 『전환기의 조선 문학』, 83쪽.

란 손실일 뿐만 아니라 문화의 전진을 올바르게 시도하는 방법도 되지 않는다"[32]라고 주장하면서 개성의 문제와 문학 창작의 사례를 결부시키고자 한 바 있다. 반면 최재서는 그 가능성을 전혀 인정하지 않는다. "개인주의적 세계관에서는 일체의 가치가 개성의 가치에 종속되고 만다. 가족도, 사회도, 국가도 개성에 봉사해야만 하며, 또 개성이 자기의 소질과 능력을 최대한도로 발휘할 수 있도록 보장할 때 그것들은 존재의의를 갖는다. 국가라고 하는 것은 개인의 권리를 보장하는 제도이므로, 국민의 의무는 최소한도로 축소해야만 한다. 그렇기 때문에 오늘 세계 신질서의 원리로서 새롭게 등장한 국가주의적 제諸사상은 개성의 자유로운 발달을 방해하는 것으로 백안시되는 것이다."[33]

하지만 이러한 논리는 퍽이나 울퉁불퉁하여 매끈하게 유지되기가 힘들다. 우선 김기림의 반성에서 알 수 있듯이, 국가를 단박에 뛰어넘어 개인이 세계와 직접 만날 수 있다는 관념은 공허해지게 마련이다. 그러니까 세계주의는 그 자체의 근거부터 이미 허약하다는 것이다. 따라서 청산해야 할 구체제(근대)의 유물로 개성(근대적인 개인)을 비판하면서 동시에 국적 잃은 문화의 보편성(세계주의)을 비판하는 작업은 각각 다른 층위의 문제를 한데 묶은 꼴이 된다. 세계주의가 개인주의에 근거를 두는 것은 사실이지만, 개인주의가 항상 세계주의와 일치하는 것은 아니라는 것이다. 이러한 사실을 간파하고 있다는 점에서 「국민문학의 입장」[34]은 「문학자와 세계관의 관계」보다 논리가 한 걸음 진척한 것으로 다가온다. "세계시민적 인류는 인간의 개인적 차이를 무시할 뿐만 아니라, 민족과 국토와의

---

32. 백철, 「낡음과 새로움」, 『親日文學作品選集』 1, 실천문학사, 248쪽.

33. 최재서, 「문학자와 세계관의 관계」, 82~83쪽.

34. 이 평론은 1942년 10월 2일 '제1회 국민문학 강좌'에서 행한 강연 원고이다. 반면 「문학자와 세계관의 관계」는 『국민문학』 1942년 10월(10월 1일 발행)호에 실렸으나, 최재서는 『전환기의 조선 문학』에 묶을 때 원고 말미에 '1942. 9'라고 하여 발표 시점을 한 달 전으로 끌어올려 굳이 밝혀두었다. 『국민문학』 1942년 9월호가 출간되지 못한 데 따라 그런 흔적을 남겼던 것으로 추정된다. 이렇게 따지면 「문학자와 세계관의 관계」와 「국민문학의 입장」 사이에는 최소한 한 달 이상의 시간 차이가 개입하는 셈이다.

직접적인 연관성을 무시하는 것입니다. 인간은 나면서부터 피와 땅에 묶인 존재로, 이 현실 조건을 뛰어넘는 것은 불가능합니다. 다만 관념적 사유에 의해서만 현실로부터 유리되어, 인류로서 추상화될 수 있습니다"[35]라는 진단은 그래서 일견 설득력을 가질 수 있다(밑줄 강조—인용자).

그러나 논리의 진척에도 불구하고 문제는 다시 발생한다. 최재서는 개별 단자로서 뿔뿔이 흩어져 있는 근대 개인과 구체성을 잃고 현실의 표면 위를 부유하는 세계주의 사이에 매개항을 설정하고 나섰다. 기준이자 근거는 "인간은 나면서부터 피와 땅에 묶인 존재"라는 사실이다. 그런데 여기에 합당한 단위가 어째서 반드시 '일본 제국'이어야만 하는가. 이러한 관념은 오히려 근대의 민족국가에 닿아 있는 것이 아닌가. 그렇다면 '식민지 조선'이 그러한 단위로 더욱 합당하지 않은가. '개인—일본 제국—세계'의 도식에 내재해 있는 이러한 불연속면은 최재서가 해결해 나가야만 할 과제였다. 최재서 문화론의 울퉁불퉁함이란 바로 이를 가리킨다.

3) 신체제(친일 파시즘) 구축의 논리

신체제(친일 파시즘) 구축의 논리는 낡은 질서의 한계를 극복하는 데서 획득되게 마련이다. 최재서는 이러한 정석을 제대로 따라갔다. 예컨대 "개인은 가치를 창조하는 힘을 가지고 있지 않습니다. 그는 다만 생활전일체의 분지로서 부여받은 가치를 실현하는 능동적인 존재에 지나지 않습니다"[36]라는 진술은 다음과 같은 국가의 위상을 설정하기 위한 정지整地 작업의 의미가 강하다. "국가의 가치는 모든 가치의 상위에 있는 최고의 가치일 뿐만 아니라, 실로 가치의 근원으로서 모든 가치 표현에 선행하는 것입니다. 그런 까닭에 국민 한 사람 한 사람의 창조에 의해서 국가의 가치가 집적되는 것이 아니라, 국가의 가치는 국민의 본질적인 것으로

---

35. 최재서, 「국민문학의 입장」, 『전환기의 조선 문학』, 103쪽.
36. 최재서, 위의 글, 97쪽.

이미 존재하며, 그 본질적인 가치가 국민 한 사람 한 사람에게 분기되어 그들 개인의 활동을 통하여 현양되는 것입니다."[37] 이러한 가치를 집약하고 있는 존재는 물론 일본의 천황이다. "천황을 위해 버리는 것이야말로 가치가 있는 목숨이다. 즉 천황은 가치의 근원체로서 신민의 한 사람 한 사람에게 가치를 나누어주셔서, 그의 생명을 가치 있게 하시는 것이다. 이것은 (…) 일본 국민 전체를 통하여 변하지 않는 진리이다."[38]

신체제 문화론을 구축해 나가면서 이러한 최재서의 신념이 점차 확고해진 것은 확실하다. 「轉形期의 文化理論」(『인문평론』, 1941. 2)과 「국민문학의 입장」 사이의 차이가 이를 증명한다. "文化價値의絶對性, 文化活動의 自律性이라는것은 合理主義的眞理 그自體와 마찬가지로 決코 永遠不變한것이아니라 歷史的法則에依하여 變動된다는것을 깨닫게된다"[39]라는 문화의 변화 가능성에 대한 인정이 다음과 같이 절대적인 관점으로 변하고 있는 것이다. "세계 어떤 나라와도 비교할 수 없는 일본의 국가 가치는 일본 국민의 본질로서 이미 옛날 신대神代에서부터 있었던 것입니다. 그리고 그 국가 이상의 본질적 가치를 온몸으로 현현하는 것이 일본 국민의 영원히 변치 않을 사명이었습니다. 그것을 황운皇運의 부익扶翼이라 하며 신도臣道의 실천이라고 합니다. 이처럼 국가와 개인이 가치 의식에 의해서 하나의 관계로 묶이는 것―그것이 곧 국민문학의 입장입니다."[40] 신체제 문화론을 구축하는 최재서의 기본 입장은 바로 이러한 내용으로 정리할 수 있다.

그런데, 앞에서 언급하였듯이, 최재서의 문화론은 불연속면이 있어서 매끄럽지 못하다. 그래서 요청되었던 것이 '지방문학론'이었다. 이를 설정하는 까닭은 분명하다. "그 취지는 말할 것도 없이, 조선의 창조적 능력

---

37. 최재서, 위의 글, 109쪽.
38. 최재서, 「문학자와 세계관의 문제」, 88쪽.
39. 崔載瑞, 「轉形期의文化理論」, 『인문평론』, 1941.2, 21~22쪽.
40. 최재서, 「국민문학의 입장」, 『전환기의 조선 문학』, 110~111쪽.

을 살려서 신일본 문화 건설에 기여하고자 하는 것이다. 그러기 위해서는 반도의 문화인이 시세에 눈을 잘 떠서 대승적 문화의식을 확고히 가질 필요가 있다."[41] 그러니까 최재서 문화론의 기본 단위가 일본 제국이라는 사실만은 조그만 흔들림도 없다. 사실과 논리보다 "신념과 지도원리"[42]가 선행하는 입장에서라면 이러한 구상이 충분히 가능하다. 최재서 자신이 이미 비평 기준을 새롭게 규정했던 시도도 있었거니와, 국제주의 측에서는 '민족이란 상상의 공동체'에 불과하다고 진작부터 주장해 오지 않았던가. 하지만 신체제에 관한 신념의 밀도로 따진다면 대부분의 조선인들은 그와 비교하여 한참이나 떨어진 상황이었다. 개인―일본 제국―세계로 이어지는 체계 속에서, 일본 제국을 다시 지방과 국가로 나눌 수밖에 없었던 까닭은 여기서 파생하였다. 즉 최재서의 기획과 식민지 조선의 상황 사이에는 그만큼 낙차가 컸던 것이다. 이에 대하여 최재서는 다음과 같은 방식으로 진술해 놓았다. "조선 문학은 규슈 문학이나 동북 문학이나 아니면 대만 문학 등이 가지고 있는 지방적 특이성 이상의 것을 갖고 있다. 그것은 풍토적으로나 기질적으로도 다르다. 따라서 사고형식상으로도 내지와는 다를 뿐만 아니라, 오랫동안 독자적인 문화 전통을 함유하고 있으며, 또 현실적으로도 내지와는 다른 문제와 요구를 지니고 있다."[43]

1942년 5월 8일 일제 내각회의에서 징병제 실시를 결정하였을 때 최재서가 보여준 태도는 이와 관련이 있다. 그는 "조선의 징병제 실시 건은 우리들이 오랫동안 기다리던 바람이었음과 동시에 그 발표가 누구도 상상하지 못한 시기에 실시되었기에 감격스러웠다"[44]라거나 "반도인(조선인―인용자)이 조국 관념을 갖는다는 행복을 생각하는 것만으로도 가슴이 부푼

---

41. 최재서, 「조선 문학의 현단계」, 72쪽.
42. 최재서, 「징병제 실시와 지식계급」, 『전환기의 조선 문학』, 151쪽.
43. 최재서, 「조선 문학의 현단계」, 72쪽.
44. 최재서, 위의 글, 142쪽.

다"[45]라면서 징병제 실시를 적극 환영하고 나섰다. 이처럼 흥분을 감추지 못했던 까닭은 무엇이었을까. 그가 제기해왔던 '지방문학론'의 불편함을 제거할 가능성이 확보되었기 때문이다. 조선인 징병제 실시를 곧장 피, 국토(땅)와 결합시켜 펼치는 그의 논리를 보라. "아무래도 피로써 국토를 지킨다는 각오가 없으면 조국 관념은 생기지 않는다. 지금까지의 내선일체 운동이 관념적인 운동이었던 것은 결코 아니지만, 그것이 단순한 관념론으로 끝난 부분도 있었다. 그것은 반도인이 끝까지 피로써 일본 국토를 지킨다는 외곬의 보장성이 없었기 때문으로 여겨진다."[46] 이제 '외곬의 보장성'이 생겼으니 조선인 또한 적극적으로 전쟁에 동참하는 외에 달리 방법이 없다. 그러니 피와 국토(땅)와 조선인을 '일본 제국' 안에서 하나로 묶는 관념을 창출하는 데 징병제는 더없이 좋은 결정이었던 셈이다.

"국민적 정열이라는 것이 설득이나 권유나 더구나 명령이나 호령에 의하여 생기는 것이 아니다. 조국을 위하여 스스로 피를 흘려 생명을 버리고 싸우는 일에서부터 국민적 정열은 용출한다. 그리고 그것이 시가 되고 소설이 된다."[47] 이 순간 '국민적 열정'이 향하는 '조국'의 실체는 분명하다. 바로 일본 제국주의이다. 국민문학의 '시'와 '소설'은 그러한 조국 안에서 비로소 창작할 수 있으며, 비평가는 '비평의 역할과 위치'를 마련할 수 있다. 물론 이는 새로운 문화의 초석을 놓는 작업과 일치한다. 그동안 그가 강변해온 주장이 제대로 실행되지 못했던 까닭은 바로 '조국을 위하여 스스로 피를 흘려 생명을 버리고 싸우는 일'이 동반되지 않았기 때문이었고, 그러한 까닭에 조국인 일본 제국주의 내에 조선을 특화시키는 '지방문학론'이라는 매개 단계가 요청되었던 것이다. 자, 이제 징병제를 통해 그러한 불편함을 넘어설 수 있는 계기를 마련하게 되었다.

45. 최재서, 위의 글, 143쪽.
46. 최재서, 「징병제 실시의 문화사적 의의」, 『전환기의 조선 문학』, 143쪽
47. 최재서, 위의 글, 144쪽.

'연구와 인식'이라는 논리를 벗어던지고, '태도와 신념'이라는 충심忠心으로 무장하고 길을 나선 그의 선택은 어떻게 판명되었던가.

　주지하다시피 역사는 최재서의 바람대로 진행되지 않았다. 그래서 그는 친일 인명사전에 굵은 글씨로 등재되는 처지에 오르고 만다. 물론 그로서는 나름의 변명이 있을 수도 있다. 1944년 2월 8일 징병제가 실시되었음에도 불구하고, 그가 기획했던 이론을 현실 속에서 확인하기에는 일제가 너무도 빨리 패망해 버렸다는 것. 진작부터 '조국' 관념 속에서 일제와 하나로 묶였더라면 이러한 청산조차 불가피하고, 무의해질 수도 있었을 것이다. 일제가 승리했거나 전쟁이 상당 기간 지속되었더라도 마찬가지 상황에 직면했을 수 있다. 그러니 최재서의 입장에서라면, 어쩌면, 일제의 이른 패망은 안타까운 장면으로 남았을 법도 하다. 반면 식민지 조선은 그러한 안타까움을 뒤로 하면서 해방을 맞을 수 있었다. 그가 부르짖었던 '조국' 일본 제국주의와 그의 '모국' 식민지 조선의 운명이 교차하는 시점이 바로 여기였다.

4. 비평과 논리

예술가는 자신의 눈으로 세계를 바라보고자 욕망하는 존재이다. 예술에 요구되는 독창성은 여기서부터 배태되기 시작한다. 비평가라고 하여 이러한 사항으로부터 동떨어질 수는 없다. 자신의 눈으로 작품을, 작가를, 세계를 해석하고 의미를 부여해가는 한편, 마침내 독자적인 이론을 세움으로써 세계의 움직임에 적극적으로 동참해 나가고자 하기 때문이다. 그런 까닭에 이러한 비평가의 욕망을 문제 삼을 수는 없다. 최재서는 이러한 욕망에 충실하였다. 비평가로서의 욕망을 최대치로 팽창시키기 위하여 그가 수용했던 것은 국민의식이었다. 국민의식으로 무장하고 그는 비평이란 "결국 연구와 인식의 문제가 아니라 태도와 신념의 문제"라고 당당하게 주장하고 나섰다. 문제는 여기에서 발생하기 시작하였다.

논리를 포기한 비평가가 과연 존립할 수 있을까.

과연 논리를 포기한 비평가가 존립할 수 있을까. 이원조라든가 김기림이 쉽사리 연구와 인식을 포기하지 못하고 절망의 나락으로 빠져들었던 까닭은 이를 인식했기 때문이다. 논리를 포기한 비평가는 기껏해야 체제나 자본의 홍보요원에 머무를 수밖에 없을 터, 이를 거부하면서도 새로운 길을 아직 마련하지 못했던 탓에 연이어 절망을 토로하고 나섰던 것이다. 세계를 파악하는 하나의 이론 만들기가 얼마나 지난한 일인가가 여기서 드러난다. 비단 이러한 지난함을 최재서에게만 한정할 필요는 없다. 비평가, 연구자라면 모두들 짊어져야 하는 운명이기 때문이다. 가령 최재서를 어떻게 볼 것인가만 하더라도 마찬가지다. 친일 행각이 분명한 그를 새롭게 읽고자 하는 욕망이 연구자, 비평가에게 일어나는 현상은 피할 수 없다. 그렇지만 새로움에만 매달리다 보면 스스로를 경박함 속에 빠뜨릴 수 있다. 그래서 연구자는 주도면밀해야만 한다. 호미 바바 Homi Bhabha의 '양가성 이론'을 적용하려면 제국주의 영국의 인도印度 지배정책과 제국주의 일본의 조선 지배정책의 차이를 고려해야만 한다. 탈식민주의를 적용하려면 실증을 과장하거나 왜곡하지 말고, 이에 근거하여 의식/무의식 분석에 나서야 한다. "민족국가는 상상의 공동체"라는 명제의 앞뒤를 재지 않고, 이에 공명하여 민족국가 해체로 달려 나가는 경우도 그리 다를 바 없다.

현실은 이론보다 언제나 복잡하고 무거우며, 제국주의의 역사와 식민지의 역사 사이에는 거대한 바다가 가로놓여 있다. 서구의 이론과 한국의 역사와 현실 사이에도 물론 한달음에 뛰어넘지 못할 심연이 펼쳐져 있다. 이를 절박하게 인식하지 못한 데서 비극은 발생한다. 일찍이 최재서가 이를 몸소 보여주었고, 최근의 최재서 연구 경향은 이를 반복하고 있는 듯하다.

독일 파시즘 이론[1]

에른스트 윙어[2](편)의 『전쟁과 전사』[3]에 대하여

발터 벤야민 | 이덕형 옮김

알퐁스 도데Alphons Daudet의 아들로서 역시 탁월한 문필가이자 프랑스 왕당파의 지도자였던 레옹 도데Léon Daudet는 언젠가 그의 『악씨옹 프랑세즈』에 자동차 살롱에 관한 글을 기고한 적이 있다. 그 글은 꼭 이 말은 아니지만 "자동차는 전쟁이다"라는 등식으로 끝을 맺고 있다. 이 놀라운 관념의 연관 밑바닥에 깔려 있는 것은 우리의 사생활에서 남김없이 완전하고 적절하게 이용되지는 못하지만 자신의 존립근거를 인정해 줄 것을 집요하게 요구하는 기술적 수단과 템포, 에너지의 원천이 점점 증대되고 있다는 생각이었다. 조화로운 합주를 포기하는 이 기술적 수단과 템포 및 에너지의 원천은, 파괴를 통해 사회가 기술을 사회의 유기적인 기관으로 통합할 만큼 충분히 성숙되어 있지 못했다는 점과 기술 또한 사회의 근원적인 에너지를 감당할 만큼 충분히 발달하지 못했다는 점을 증명해 주는 전쟁에서 자신의 존립근거를 찾는다. 전쟁의 경제적 원인의 의미를 조금도 고려하지 않는다면, 제국주의 전쟁은 그 고도의 냉혹성과 숙명성의 측면에서 한편으로는 거대한 기술적 수단과, 다른 한편으로는 그 기술에 대한 보잘것없는 도덕적 해명 사이의 엄청난 괴리에 의해 결정된다고 해도 지나친 주장이 아니다. 실제로 시민사회[4]는 그 경제적 본질에 비추어 모든 기술적인 것을 이른바 정신적인 것으로부터 최대한 분리시킬 수 있고, 기술이 사회질서를 함께 결정할 권리가 있다는 생각을 단호하게 배척할 수도 있다. 따라서 앞으로 올 모든 전쟁은 기술이라는 노예의 반란이다. 우리는 이 책 필자들에게 전쟁에 관한 오늘날의 모든 물음은 제국주의 전쟁의 물음이며 그 물음의 형태는 이러한 상황 혹은 이와 유사한 상황에서 생긴다는 점을 상기시킬 생각이 없다. 오히려 그들이 왕년에 세계대전의 병사들이었고 어떤 이의가 제기되든 그들은 의심의 여지없이 세계대전의 체험으로부터 논의를 시작할 것이라는 점을 그들에게 상기시키고자 한다. 그러므로 이 책 첫 쪽에서 이미 "어느 세기에, 어떤 이념을 위해, 또 어떤 무기로 전투가 수행되고 있는지는 부차적인 역할밖에 하지 않는다"는 주장을 발견한다는 것은 매우 놀라운 일이다. 그러나 정작 더 놀라운 것은 에른스트 윙어Ernst Jünger가 이러한 주장으로

---

1. 독일어 원서 제목은 *Theorien des deutschen Faschismus*로서 1930년 *Die Gesellschaft* 7(제2권, 32~41쪽)에 처음 게재되었다. 본 번역본은 1989년 독일 Suhrkamp 출판사에서 간행된 전 7권 벤야민 전집(책임편집: 헬라 티데만—바아텔스 Hella Tiedemann—Bartels) 중 제3권(238~250쪽)에 수록된 독일어 원본을 대본으로 했고, *New German Critique*, No.17, *Special Walter Benjamin Issue*(Spring 1979)에 실린(pp.120~128) 영역본 Theories of German Fascism을 참고하였다. 이하 각주 3, 7, 11을 제외한 나머지는 모두 역주임.

2. Ernst Jünger(1895~1998)에 대해서는 본서 196쪽 각주 참조.

3. 에른스트 윙어(편), *Krieg und Krieger*, 베를린 1930.

4. 독일의 경우 '시민(Bürger)'에 대해서는 아직 일치된 학술적 정의가 없지만, 최소한 세 개의 의미층을 가지고 있음은 분명하다. 첫째, 사회문화적 층위에서 '도시민'이라는 전통적 의미, 둘째, 경제적 층위에서 '부르주아', 셋째, 프랑스대혁명으로 구현된 '공민(citoyen)'과 같은 정치적 층위에서의 '국가시민'이라는 의미가 그것이다. 새독일사, 이민호, 까치 2003, 159쪽(각주8) 참조. 벤야민의 이 글에서는 대체로 두 번째 의미인 '부르주아'(계급적으로는 '부르주아지')를 뜻한다고 보면 되겠다.

써 평화주의의 명제, 곧 모든 명제 중 가장 논란의 여지가 크고 가장 추상적인 명제를 자기 것으로 하고 있다는 점이다. 물론 그와 그의 동료들의 경우 평화주의의 배후에 틀에 박힌 교조적인 이념이나 남성적 사유의 어떠한 기준에 비추어 보더라도 부도덕하다고 말할 수밖에 없는 뿌리깊은 신비주의가 숨어 있지는 않다. 전쟁에 대한 그의 신비주의와 판에 박힌 평화주의 이념, 이 둘은 서로 상대방을 비난할 필요가 없다. 오히려 아무리 소모성 질환에 걸린 평화주의라 하더라도 간질병 거품을 내는 그의 형제보다 나은 점이 한 가지 있는데, 그것은 현실적인 것에 대한 모종의 근거, 특히 다음에 올 전쟁에 대한 몇 가지 개념들이다.

이 책 필자들은 기꺼이 그리고 힘주어 '제1차 세계대전'에 대해 이야기하고 있다. 그러나 설사 직접 체험했다고 하더라도 그들은 1차 세계대전의 실제 모습을 '세속과 현실'이라는 의아스럽기 짝이 없는 점층법으로 말함으로써 결국 1차 세계대전의 실제 모습을 제대로 파악하는 데 실패했음을 보여준다. 이는 앞으로 올 전쟁들에 대한 개념을 아무 생각 없이 고정시켜 버리는 그들의 무감각으로도 입증이 된다. 나치 독일군의 선구자격인 이들을 보면 군복이 그들의 심장 섬유조직을 통틀어 열망하는 최고의 목표인 반면, 나중에 그 군복이 위력을 발휘하게 될 상황 같은 것은 완전히 뒷전에 물러나 있지 않나 하는 생각이 들 정도이다. 이러한 태도는 여기서 대변되는 전쟁 이데올로기가 유럽의 군비상태에 비추어 얼마나 낡은 것인가를 분명히 할 때 더 잘 이해될 수 있다. 그들 필자들은 이 책 어디에서도 그들 중 몇몇에게는 현존재가 최고도로 현시顯示되는 것으로 간주되는 과학기술전이 세계대전 후 여기저기 잔존해 있는 초라한 영웅주의의 상징을 무효화시키고 있다는 점을 언급하지 않고 있다. 그들이 눈에 띄게 거의 관심을 보이지 않는 가스전戰은 결국 앞으로의 전쟁에서 병사와 관련된 범주들을 스포츠 관련 범주들로 대체하는 한편, 전투에서 군사적인 모든 요소를 걷어내어 그것을 온통 기록의 면전에 세우는 인상을 주게 될 것이다. 왜냐하면 가스전의 가장 첨예한 전략적 특징의 본질은 그것이 단순하고 과격하기 이를 데 없는 공격전이기 때문이다. 잘 알려져 있는 대로 공중에서 살포되는 가스전에 대해서는 방어가 충분할 수 없다. 개인용 보호수단인 방독면조차 겨자가스와 레비지트에는 쓸모가 없다. 때때로 우리는 프로펠러 소리를 아주 먼 거리에서도 기록하는 예민한 청음기의 발명과 같은 "위안제" 이야기를 듣는다. 그러나 몇 달 뒤에는 소리 없는 비행기가 발명된다. 그렇게 되면 가스전은 대량살상 신기록에 급급하는 불합리한 모험행위로까지 발전할 것이다. 가스전이—선전포고 후—국제법 규범 안에서 전개될지 어떨지는 알 수 없는 일이다. 그러나 그 결말은 그런 제한을 염두에 둘 필요가 없다. 잘 알려져 있다시피 가스전은 민간인과 전투원의 구별을 없애버리지만, 국제법의 가장 중요한 토대는 양자를 구별하는 데 있다. 제국주의 전쟁에 수반되는 해체가 가스전을 종결될 수 없는 것으로 만들 우려가 있고 또 어떻게 그렇게 되는지를 바로 앞의 전쟁은 이미 잘 보여주었다.

1930년에 나온 '전쟁과 전사'에 관한 책이 이 모든 것을 비켜가고 있다는 것은 그저 신기한 일에 그치지 않는 하나의 징후라고 해야 한다. 그것은 전쟁의 숭배와 찬미로 귀결되는 어린애 같은 도취의 징후인데, 여기서는 그러한 도취의 전도사로서 폰 슈람von Schramm과 귄터Günther가 등장한다. 거칠기 짝이 없는 데카당스의 뿌리를 이마에 새기고 있는 이 새로운 전쟁론은 '예술을 위한 예술'의 명제를 아무런 거리낌 없이 전쟁에 옮겨놓은 것에 다름아니다. 그러나 이 이론이 본거지의 평범한 대가의 입에서조차 조롱거리가 될 지경이라면, 전쟁의 새로운 국면이 전개되는 마당에 그것이 제시하는 전망은 부끄러운 정도다. 그 누가 마른Marne 전투의 병사나 베르덩Verdun 주둔 병사들 중 하나를 다음과 같은 문장을 읽는 독자라고 상상할 수 있겠는가. "우리가 수행한 전쟁의 원칙은 매우 불순한 것이었다", "실제로 남자 대 남자, 부대 대 부대로 싸우는 것은 점점 드물어졌다", "두 말할 나위도 없이 전선의 장교들은 가끔 전쟁을 정말 멋있게 만들었다", "왜냐하면 대중과 시원찮은 혈통을 물려받은 자, 실용적이고 시민적인 심성을 가진 자들, 요컨대 비천하기 짝이 없는 출신이 장교단과 하급 장교단에 들어옴으로써 병사가 하는 작업의 영원히 귀족주의적인 요소들[5]이 점차 소멸되어 버렸기 때문이다." 세상에 이보다 더 잘못된 음조를 짚을 수 있고 이보다 더 졸렬한 생각을 종이에 옮길 수 있으며, 이보다 더 분별없는 말을 입 밖에 낼 수 있을까. 그들 필자들이 여기서 완전히 실패할 수밖에 없었던 이유는—영원한, 근원적인 것에 대한 그들의 온갖 장광설과는 상관없이—그들이 지난 과거의 일을 제대로 파악하지도 못한 채 목전에 닥친 것만을 잡으려 했던 천박하고도 전적으로 저널리스트적인 조급증 때문이었다. 전쟁의 제의적祭儀的인 요소들이 존재했던 적이 물론 있었다. 바로 신정神政 공동체가 그랬다. 그러나 정신이 나가지 않고서야 이미 사라지고 없는 이러한 요소들을 전쟁의 첨단 부분에 다시금 끌어올리고자 하지는 않을 것이다. 이는 이념의 도피 중에 있는 전사戰士들에게도 마찬가지이다. 그들이 잘못 접어든 방향으로 에리히 웅어Erich Unger[6]라는 한 유태인 철학자가 이미 얼마나 멀리 갔는가를 안다면, 또 유태 역사에서 따온 부분적으로는 옳지만 문제성이 다분한 구체적인 자료들에 의거한 그의 주장이 여기에 마법처럼 불려와 피비린내를 내는 형식들을 얼마나 무無로 사라져버리게 하고 있는가를 안다면 그것은 그들에게 더욱 큰 고통을 줄 것이다. 무언가를 명료하게 하는 것, 사물이 가진 이름을 그대로 부르는 것은 이 책 필자들에게 어울리지 않는다. 전쟁은 그들에게 "오성悟性의 영역인 경제를 거부한다. 전쟁의 이성理性은 비인간적이고 측량할 수 없는 거인과 같은 그 무엇, 화

---

5. 이 "영원히 귀족주의적인 요소들"의 전형적인 예와 관련해서는 본서 196쪽(각주 4) 참조.
6. 에리히 웅어Erich Unger(1887~1952)·오스카 골트베르크(Oskar Goldberg)라는 카발라(Kabbala, 중세 때 철자와 숫자 풀이를 중심으로 한 유태인들의 전통적인 비교(秘敎) 서클의 멤버로서, 마적·신비주의적 관점에서 경험주의를 비판했다.

산폭발 과정처럼 근본적인 무엇인가의 폭발을 연상시키는 그 무엇이다. 그것은 고통스러울 정도로 깊고 강압적인 단일한 힘이 방향을 잡아주는 거대한 생명의 파도이자, 오늘날 이미 신화로 화해버린 전쟁터로 인도되어 당장 이해할 수 있는 범위를 훨씬 뛰어넘는 과업을 위해 소용되는 그 무엇이다."[7] 이렇게 장광설을 펴고 있는 구혼자는 상대방을 잘못 품고 있다. 사실상 이 책 필자들은 생각을 잘못 품고 있는 것이다. 우리는 몇 번이든지 그들을 바른 생각으로 인도해야 한다. 우리가 여기서 하고자 하는 바가 바로 그것이다.

그들이 생각하는 전쟁은 이런 것이다. 전쟁, 즉 지난번 전쟁과 마찬가지로 여기서 그들이 그렇게도 많이 언급하는 '영원한' 전쟁이야말로 독일 민족 최고의 표명이라는 것이다. 영원한 전쟁 뒤에는 제의적 전쟁이, 지난번 전쟁 뒤에는 과학기술 전쟁에 대한 생각이 숨어 있는데, 이 책의 필자들이 그런 생각들의 상호관계를 분명하게 정리하는 데 얼마나 성공하지 못했는가는 나중에 명백하게 밝혀질 것이다. 그러나 지난 마지막 전쟁에는 특별한 사정이 하나 더 있었다. 그 전쟁은 과학기술전이었을 뿐만 아니라 패배한 전쟁이었기 때문에, 아주 특별한 의미에서 독일적인 전쟁이었다. 다른 민족들 역시 스스로 전쟁이란 내면 깊숙한 곳으로부터 수행되는 것이라고 주장할 수 있다. 그러나 내면 깊숙한 곳으로부터 전쟁에 패했다고 주장할 수는 없다. 1919년 이래로 독일에 심각한 충격을 안겨주고 있는 패배한 전쟁에 대한 논쟁의 현재 마지막 단계에서 특수한 현상은 다름아닌 전쟁의 패배가 독일적인 것으로 요구되고 있다는 것이다. 마지막 단계라고 말할 수 있는 이유는 전쟁의 패배를 극복하려는 시도들이 하나의 뚜렷한 단계화를 보여주기 때문이다. 그 첫 단계는 히스테리컬하게 전인적으로 고양된 죄의 고백을 통해 패배를 하나의 내면적 승

7. 이하 웅어 관련 부분은 1922년에 나온 그의 「유태민족의 무국가적 교육론Über die staatslose Bildung eines jüdischen Volkes」 참조.

리로 전도順倒시키려는 시도였다. 몰락해가는 서구와 함께하면서 표명된 이러한 정치적 태도는 아방가르드적 표현주의에 의한 독일적 '혁명'의 충실한 반영이었다.[8] 그 다음 단계는 패배한 전쟁을 잊으려는 시도였다. 시민계급은 거칠게 숨을 몰아쉬며 다른 쪽으로 누워 잠을 청했다. 그때 소설보다 더 부드러운 베개가 있었던가? 몇 년간의 공포는 베개 속 부드러운 깃털로 화했고, 어떤 잠의 흔적도 그 베개 속 깃털에 가볍게 남을 수 있었다. 이제 우리가 여기서 다루어야 할 마지막 단계, 그 전의 것과 구별되는 마지막 단계의 시도는 어떤 것인가. 그것은 전쟁 패배를 전쟁 그 자체보다 더 진지하게 생각하는 경향이다. 하나의 전쟁에서 승리하거나 패배하는 것은 무엇을 의미하는가? 놀랍게도 이 승리와 패배라는 두 개의 단어에는 이중의 의미가 들어 있다. 겉으로 명백하게 드러나는 첫 번째 의미는 결과이다. 그러나 두 번째 의미, 이 두 개의 단어 속에 독특하게 비어 있는 공간과 공명판을 만들어주는 두 번째의 의미는 결과 전체를, 다시 말하면 그 결과가 우리에게 남아 있을 전쟁의 존재양태를 어떻게 변화시키는지를 말해준다. 이 두 번째 의미에 의하면, 승자는 전쟁을 간직하고 패자에게서는 전쟁이 사라져 없어지며, 승자는 전쟁을 자기 것으로 하여 소유물로 삼지만 패자는 더 이상 전쟁을 소유하지 못한 채 그것 없이 살아가야 한다. 단순한 그리고 보편적인 의미에서의 전쟁뿐만이 아니다. 아무리 사소한 인생의 부침浮沈도, 아무리 미세한 장기판의 말 움직임도, 아무리 멀리 떨어져 보이지 않는 행동도 사정은 마찬가지이다. 하나의 전쟁에서 승리하거나 패배한다는 것—이것은 말 그대로 우리 현존재의 구조 속에 너무나 깊이 스며들어 있어 한평생 우리는 그와 관련된 그림과 상징, 착상들로 보다 더 풍요로워지기도 하고 보다 더 곤궁해지기도 한다. 세계사에서 가장 큰 전쟁 중의 하나, 민족의 총체적인 물질과

---

8. 여기에 대해서는 본서 199쪽(본문) 참조.

정신의 실체와 결부되어 있던 그 전쟁에서 우리가 패했기 때문에 이 패배가 무엇을 의미하는지는 충분히 짐작될 수 있을 것이다.

윙어 주위의 사람들이 이를 짐작하지 않았다고 해서 그들을 비난할 수는 없다. 그러나 그들은 패전이라는 괴물을 어떻게 다루었던가. 그들은 서로 싸움을 멈춘 적이 없으며, 실제로 적이 없는데도 여전히 전쟁의 제의를 거행했다. 틀린 답을 쓴 곳에 잉크 얼룩을 덧씌우려는 학생처럼 그들은 서구의 몰락을 열망하는 시민계급의 욕구를 좇아[9] 어디를 가든지 몰락을 외치고 설파하였다. 잃어버린 것을—이를 악물고 견디지는 못하더라도—지금 잠깐만이라도 참아내야겠다는 생각이 그들에게는 없었다. 그들은 항상 맨 먼저 가장 심하게 제정신으로 돌아오는 데 반대되는 태도를 취했으며, 패자敗者의 좋은 기회, 이를테면 유럽 제민족이 다시 통상通商 파트너로 빠져들 때까지 때를 기다리면서 싸움을 다른 방향으로 이끄는 러시아식 패자가 쓰는 그런 좋은 기회를 놓쳐버렸다. "전쟁은 관리되고 있지 지휘되고 있지 않다"고 필자들 중 한 사람이 불평 섞인 어조로 쓰고 있는데, 이 말은 독일의 전후시대에 수정되지 않으면 안 되었다. 이 전후시대는 앞선 전쟁에 대해서만큼이나 그 전쟁의 시민적 성격에 대해서도 비판적인 시대였다. 무엇보다도 이성이라는 경멸적인 요소가 전쟁에서 제거되지 않으면 안 되었던 것이다. 그러고 보면 전후시대의 이 필자 팀이 괴물 펜리스볼프Fenriswolf[10]의 아가리에서 뿜어져 나온 김으로 목욕을 했음에 틀림없는데, 그 입김은 황색 격자 수류탄이 내뿜는 가스와 비교할 바가 아니었다. 그렇지만 군 막사의 병사들과 민간 주거지의 가난에 찌든 가족들에게 이러한 원시 게르만의 운명의 마법은 곰팡내 나는 희미한 빛을 던져줄 뿐이다. 전쟁을 과학기술적으로 분석하지 않고서도 이 책의 필자들과 대적할 수 있는 사람도 물론 있었다. 바로 플로렌스

---

9. 본서 200쪽(각주 9) 참조.
10. 게르만 신화의 주신(主神,) 보탄(Wotan)에게 적대적인 악마들 중에서 가장 난폭하고 위험한 악마.

크리스티안 랑Florens Christian Rang[11]인데, 그는 자유롭고 폭넓은 지식과 참된 변증법적 정신의 소유자로서 그의 삶의 이력에는 이 희망을 잃은 자들 모두를 합친 것보다 더 훌륭한 독일정신이 구현되어 있었다. 그는 자신의 건강한 느낌에 기대어 다음과 같은 불멸의 문장을 남겼다. "인간적 미덕을 필요로 하지 않는 운명의 마적인 믿음, 신의 세계의 타오르는 불길 속에서 빛의 힘의 승리를 태워 없애는 칠흑같이 어두운 저항의 밤, 이념을 위해 삶을 내던지며 전장에서의 죽음을 신봉하는 빛나는 의지의 찬미, 수천년 우리 머리 위에서 층을 이루며 별 대신에 번개를 길 안내자로 보내는 구름을 잔뜩 인 밤, 마비시키듯 혼란스러운 밤이 지나면 더욱 어둡게 우리를 감싸주는 밤, 세계의 삶이 아닌 세계의 죽음에 대한 이 공포에 가득 찬 세계관(구름 너머에 별 반짝이는 하늘이 있다고 하는 독일 관념론 철학으로 이 세계관은 다소 가벼워지기도 하지만)—이러한 독일정신의 근본 노선에는 너무 심하게 의지가 결여되어 있어, 그것은 바닥을 기는 듯한 비겁함이자 무엇을 알고자 하는 것도, 살고자 하는 것도, 그렇다고 죽음을 동경하는 것도 아니다. 왜냐하면 도취의 순간 아무런 대가를 치를 필요가 없다면, 돌보아야 될 사람들은 뒤에 남겨둔 채 영원한 후광에 둘러싸여 이 단명한 삶을 내버릴 수 있다는 것, 이것이 삶에 대한 독일인의 어정쩡한 태도이기 때문이다." 그러나 같은 텍스트 다른 곳에서 랑이 다음과 같이 언급하고 있다면, 그것은 아마도 윙어 주위의 사람들에게 꽤 친숙하게 들릴 것이다. "죽을 각오가 되어 있는 200명의 장교만 있었더라도 베를린에서 혁명을 진압하기에 충분했을 것이다. 다른 곳 역시 마찬가지였을 텐데, 그러나 그런 자는 아무도 없었다. 물론 틀림없이 많은 사람들이 구조에 나

---

11. 플로렌스 크리스티안 랑(Florens Christian Rang). 벤야민의 아주 가까운 친구로서, 벤야민이 염두에 두고 있던 진정한 급진적 독일정신의 이념을 구체화한 인물. 1924년에 요절. 이하 랑 관련 부분은 1924년 그가 쓴 「독일 교회건축 장인 조합. 벨기에·프랑스와 구별되는 정의의 가능성 및 정치철학에 대해 우리 독일인에게 드리는 한 말씀(Deutsche Bauhütte. Ein Wort an uns Deutsche über mögliche Gerechtigkeit gegen Belgien und Frankreich und zur Philosophie der Politik)」 참조.

서고자 했겠으나, 실제로 지도자로 자처하여 솔선수범하거나 개인 자격으로 나서지도 않았다. 오히려 그들은 길거리에서 계급장을 떼어버리기를 원했다.” 랑은 자신의 경험에 비추어 이 책 필자들이 가진 바와 같은 태도와 습성을 잘 알고 있었음에 틀림없다. 그는 아마도 과학기술전의 언어가 만들어질 때 물질주의에 대한 적의를 이들과 공유했던 것 같다.

전쟁 초기에 국가와 정부 쪽에서 관념론을 제공했다면, 전쟁이 오래 지속될수록 부대는 더욱 더 그것에 의지했다. 그들의 영웅주의는 점점 더 어둡고 숙명적이며 푸른 잿빛을 띠었고, 영광과 이상이 손짓하는 곳은 점점 더 멀고 희미해졌으며, 세계대전의 부대가 아니라 스스로 전후 시대의 집행자라고 여겼던 그들의 자세는 점점 더 경직되어 갔다. 그들이 세 단어를 말하면 반드시 그 중 하나는 ‘자세’라는 단어이다. 병사의 자세도 하나의 자세라는 사실을 그 누가 부인할 것인가? 그러나 언어란 글 쓰는 사람의 자세는 물론이고 모든 개인의 자세를 시험하는 시금석이다. 그렇게 본다면 이 책 필자들은 그 시험을 통과하지 못한다. 윙어의 경우 17세기 귀족계급 아마추어들을 흉내내어 독일어가 태고의 언어라고 말하고 있을는지 모르지만, 태고의 언어로서 독일어가 문명과 교양 세계에 대해 극복할 수 없는 불신을 불러일으킨다고 덧붙임으로써 자기가 말하고자 하는 바를 저버리고 있다. 그러나 윙어의 동료들로 하여금 전쟁을 ‘맥을 짚는’ ‘막강한 교정자’로 보고 ‘시험을 거친 결론’을 ‘부정하는 것’을 허용하지 않으며, “빛나는 외양 뒤에 있는” “폐허”를 억지로 세련된 시선으로 보도록 강요한다면, 언어에 대한 불신이 그들에 대한 불신과 어떻게 비교될 수 있겠는가. 이 외눈박이 괴물 같은 사고구조에서 그런 잘못들보다 더 수치스러운 것은 어떤 신문 사설이라도 너끈히 치장할 수 있을 매그러운 짜맞춤이며, 이 매끄러운 짜맞춤보다 더 당혹스러운 것은 내용의 범상함이다. 이 책의 필자들은 우리에게 “전사자들이 죽음을 통해 불완전한 현실에서 완전한 현실로, 한시적인 독일에서 영원한 독일로 들어갔다"고 이야기한다. 이 한시적인 독일도 악명이 높지만, 영원한 독일 역시 달변으로 증언하는 그들의 말을 따라 그 형상을 그려본다면 그렇게 좋지는 않다. '불멸의 확고한 느낌,' 즉 "지난 전쟁의 참상을 공포로 고양"시키면서 '내면을 향해 끓는 피'의 상징성을 얻어냈다는 확신을 그들은 얼마나 값싸게 얻은 것일까. 기껏해야 그들은 자기네가 여기서 찬미하는 전쟁을 치렀을 뿐인데. 그러나 우리는 전쟁에 대해 이야기하면서 전쟁밖에 모르는 그 누구도 인정하지 않을 것이다. 우리는 우리나름의 급진적인 방식대로 다음과 같이 물을 것이다. 당신네들은 어디서온 사람들인가? 당신네들은 평화에 대해서 무엇을 알고 있는가? 당신네들은 전쟁터에서 순찰병과 마주쳤던 것처럼 어린이와 나무, 동물에게서 평화를 발견한 적이 있는가? 더 기다릴 것도 없이 대답은 '아니오!' 이다. 당신네들이 전쟁을 찬미할 수 없다는, 더구나 지금보다 더 열정적으로 찬미할 수 없다는 말은 아니다. 그러나 당신네들이 지금 하는 **방식대로** 전쟁을 찬미하는 것은 불가능하다고 본다. 포틴브라스Fortinbras[12]라면 전쟁에 대해 어떻게 증언했을까? 셰익스피어의 기법에서 우리는 그것을 추론할 수 있다. 셰익스피어가 로미오를 처음부터 사랑에 빠진 인물, 곧 로잘린데Rosalinde와 사랑에 빠진 인물로 그려냄으로써 로미오의 줄리엣에 대한 사랑을 열정의 불꽃 속에서 드러내고 있듯이, 포틴브라스 역시 마음을 녹일 정도로 너무나 달콤하게 평화를 찬미할 것이기 때문에 결말 부분에서 그가 전쟁을 옹호하는 목소리를 높이게 되면 누구나 전율하면서 다음과 같이 자문할 수밖에 없다. 평화의 기쁨으로 충만한 육체

---

12. 셰익스피어의 『햄릿』에 나오는 노르웨이 노왕의 조카. 거리낌없이 폴란드 침공을 실행에 옮기는 노르웨이 왕자 포틴브라스를 두고 햄릿은 극단적으로 행동을 지연시키는 자신의 성격을 자탄한다. 다음의 햄릿의 독백 참조. "섬세하고 부드러운 왕자가 이끄는 이 대규모 호화판 군대를 보라. 그의 마음은 하늘같은 야심으로 부풀어 예측 못할 결과 따윈 코웃음치면서, 죽기 쉽고 불확실한 목숨을 계딱지만한 땅 때문에, 온갖 운명과 사망과 위험에 내맡긴다. 진정으로 위대함은 큰 명분이 있고서야 행동하는 게 아니라, 명예가 걸렸을 때 지푸라기 하나에도 큰 싸움을 찾아내는 것이다. 그럼 난 어떤가?"셰익스피어, 최종철 역, 『햄릿』, 민음사, 1998, 149쪽.

와 영혼을 가진 이 사람을 전쟁에 몰두하게 만드는 거대한 이름 없는 힘은 과연 무엇이란 말인가? 그러나 이 책에서는 여기에 대해 아무런 언급이 없다. 이들 전문 표절꾼들은 무언가 말을 하고 있지만, 불타듯 이글거리는 그들의 시야는 좁을 수밖에 없다.

그들의 좁지만 이글거리는 시야 속에는 무엇이 들어올까? 그것은 변화이다. 이와 관련하여 F. G. 윙어[13]를 인용해도 무방할 것이다. "정신적 결단이 나타난 각양각색의 얼굴표정들이 전쟁을 종횡무진한다. 전투의 변화는 병사의 변화와 일치한다. 1914년 8월의 가슴 설레고 붕 뜬 기분과 열정에 사로잡힌 병사들의 얼굴과 1918년 과학기술전에 내몰린 병사들의 기진맥진 초췌하고 무자비하게 긴장된 얼굴을 비교하면 금방 알 수 있다. 점점 팽팽해지다가 결국 터져 끊어지는 전쟁의 활줄 뒤에 폭력과 정신적 충격으로 범벅이 된 잊을 수 없는 병사들의 얼굴이 보인다. 고난의 길을 따라 주둔지에서 주둔지로, 전투에서 전투로 상형문자와 같은 힘겨운 섬멸전을 수행하는 얼굴들. 또 냉혹하고 냉정하게 유혈이 낭자한 가운데 끝없이 펼쳐지는 과학기술전이 단련시켜 만들어낸 병사들은 어떠한가. 타고난 전사의 강건하고 냉혹한 이들의 표정에는 고독한 책임감과 영혼의 황량함이 어려 있다. 그들의 위력은 점점 더 깊은 단계로 나아가는 전투에서 입증되었다. 그들이 간 길은 좁고 위험했지만 미래로 통하는 길이었다." 그것이 엄밀한 공식화든 진정성이 담긴 강조나 신뢰할 만한 논증이든 이 구절 곳곳에서 우리가 접할 수 있는 현실은 에른스트 윙어가 제시하는 "총동원"과 에른스트 폰 살로몬Ernst von Salomon[14]의 "전선의 풍경"이다. 바로 얼마 전까지 "권태의 영웅주의"라는 슬로건으로 이 새로운 민족주의를 찾아내고자 했던 자유주의 저널리스

---

13. 프리드리히 게오르크 윙어(Friedrich Georg Jünger, 1898~1977). 에른스트 윙어의 동생. 작가로서 그는 독일 시민계급의 보수적·반민주적 전통에 편향된 작품을 주로 썼으며, 문화철학자로서는 기술에 함몰된 현대인의 변형과정을 비판적으로 분석하였다.

트는 여기서 보듯이 목표에 도달하지 못했다. 현실에 남은 것은 위와 같은 유형의 병사이며, 그가 바로 살아남은 세계대전의 증인이다. 그리고 전후시대에 와서 그의 진정한 고향인 전선이 옹호되었다. 이 전선의 풍경에 계속 주의를 기울여보기로 하자.

여기서 아주 냉정하게 말해 두어야 할 것이 있다. 이렇게 총동원된 풍경을 대하면서 독일인의 자연에 대한 감정이 생각지도 않게 비상飛翔했다는 사실이다. 그저 그렇게 감각적으로 살아가던 평화의 수호자들은 자리를 물러났고, 참호 너머로 눈에 들어오는 주변의 모든 것은 독일 관념론 지대로 화했다. 수류탄이 떨어진 곳마다 하나의 문제가, 모든 철조망 울타리에 모순이, 철조망 가시마다 정의定義가, 모든 폭발은 명제가 되었다. 또 낮하늘은 철모의 우주적인 내면, 밤하늘은 도덕률이었다. 과학기술은 불의 띠와 참호로써 독일 관념론의 얼굴에다 영웅적인 풍모를 그려 넣으려 했지만 실패했다. 왜냐하면 영웅적인 풍모라고 여겼던 것이 사실은 히포크라테스의 표정, 곧 죽음의 표정이었기 때문이다. 실패했다는 생각에 사로잡힌 과학기술은 자연에 묵시록의 얼굴을 그려 넣고 그 자연의 입을 막아버렸다. 물론 자연으로 하여금 제 목소리를 낼 수 있도록 하는 힘은 유지한 채로. 이 새로운 민족주의자들이 전쟁을 형이상학적으로 추상화시켰다는 것은 그들이 관념론적으로 이해한 자연의 비밀을 인간사회의 제도를 거쳐 우회로로 해명하려 하지 않고 과학기술을 통해 신비주의적으로 직접 풀려는 시도에 다름 아니다. 그들의 머릿속에는 '운명'과 '영웅'이 곡Gog과 마곡Magog[15]처럼 자리잡고 있어, 인간뿐만 아니라

---

14. 에른스트 폰 살로몬(Ernst von Salomon, 1902~1972). 급진민족주의 계열의 독일 (시나리오)작가. 바이마르 공화국 초기 의용단 및 카프 폭동에 적극 가담. 1922년 전쟁 배상금 문제에 현실인정 정책을 펴던 당시 제국외무장관 발터 라테나우(Walther Rathenau) 암살 종범으로 유죄판결을 받아 1927년까지 5년간 복역. 대표작으로 제1차 세계대전 후 젊은이의 급진민족주의적인 행로를 그린 자서전적 소설 『추방자Die Geächteten』(1931)가 있는데, 이 작품은 1951년에 반어적이고 냉소적인 문제작 『설문지Der Fragebogen』로 확대·개작됨.

인간의 생각까지도 그들의 희생양이다. 인간의 공동 삶을 개선시키기 위해서 존재하는 냉철하고 깨끗하고 소박한 모든 것은 42센티미터 박격포가 내는 트림 소리로 응대하는 이 우상들의 닳아빠진 아가리 속에서 자취를 감춰버린다. 영웅정신을 과학기술전과 연결시키는 것은 이 책의 필자들에게 때로는 조금 가혹할는지 모른다. 그러나 필자들 모두가 다 그런 건 아니다. '전쟁의 형태'에 대한, 즉 이 고상한 양반들이 '싫어했음에 틀림없는' '의미 없는 기계의 과학기술전'에 대한 환멸감을 털어놓는 이 책의 불평 섞인 부설附設들보다 더 우스꽝스러운 것은 없다. 그럼에도 불구하고 그들 중 몇 사람이라도 사태를 직시하고자 노력했더라면, 영웅적이라는 것의 개념이 모르는 사이에 얼마나 많이 변화를 거듭했는지, 그들이 찬양해마지 않는 불굴성과 자제력, 냉혹함이라는 덕목이 실제로는 병사가 아닌 검증된 계급 전사들의 덕목이었음이 명백하게 드러난다. 세계대전의 지원병과 나중 전후시대 용병의 마스크 아래에서 실제로 양성된 것은 믿을 수 있는 파시즘 계급 전사였던 것이다. 이 책의 필자들이 이해하는 민족이란 바로 이 계급 전사에 의해 지지되는 지배자 계급을 말하는데, 자신을 비롯한 그 누구에게도 변명할 의무가 없는 이 지배자 계급은 까마득하게 높은 곳에 군림하면서 생산자인 동시에 금방 자기 상품의 유일한 소비자가 될 것임을 약속하는 스핑크스의 면모를 가지고 있다. 경제적으로 새로운 자연의 비밀인 이 스핑크스 얼굴의 파시스트 민족은 옛날 자연의 비밀 옆에 자리를 잡는다. 그러나 이 옛날 자연의 비밀은 과학기술에 자신을 전혀 노출시키지 않은 채 가장 위협적인 풍모를 과시한다. 여기서 자연과 민족이라는 두 개의 요소가 만드는 힘의 평행사변형의 대각선이 바로 전쟁이다.

---

15. 성서(창세기)에 따라 중앙아시아 스텝지역에 살았던 것으로 추정되는 야만 민족. 요한계시록에 이들은 사탄이 이끄는 세계종말과 반(反)예루살렘적인 적(敵)의 모습으로 등장하며, 오늘날 유태교와 기독교에서도 반기독교·반유태교적인 세력으로 간주된다.

이 책에 실린 글 중 가장 훌륭하고 주도면밀한 글에서 "국가에 의한 전쟁의 억제"에 대한 물음이 제기되는 것은 충분히 이해할 만하다. 왜냐하면 국가란 원래 이런 신비주의적인 전쟁이론에서 조금의 역할도 맡지 않기 때문이다. 그러나 이 억제 역할이 잠깐이라도 평화주의를 뜻한다고 이해되어서는 안 된다. 여기서 국가에게 요구되는 것은 국가가 직접 동원하지 않으면 안 되는 마법의 힘에 그 국가의 구조와 태도가 이미 적응하여 위풍당당한 모습을 보여주어야 한다는 것이다. 그렇지 않으면 국가는 전쟁을 자신의 목적에 맞도록 하는 데 성공하지 못할 것이다. 이 책 필자들의 독자적인 사고에 있어 가장 중요한 문제가 전쟁 상황에서 국가권력의 마비였다. 전쟁 말기 동지애로 똘똘 뭉친 집단과 정규부대 중간쯤 되는 대형隊形은 곧바로 국적이 없는 독립된 용병부대로 통합되었는데, 국가의 재산보증 능력을 의심하기 시작한 재정담당자들은 쌀이나 순무 같이 민간 또는 제국군대를 통해 언제든지 굴러들어와 잡을 수 있는 용병의 무리를 높이 평가할 줄 알았다. 실제로 이 책에 실린 글들은 이데올로기에 따라 교묘하게 분절된 새로운 유형의 용병 또는 (더 정확하게 말한다면) 콘도티에레Kondottiere[16]의 선전 책자를 닮았다. 예컨대 필자들 가운데 한 사람은 노골적으로 다음과 같이 선언한다. "30년 전쟁의 용맹스러운 병사들은 온 몸으로 자신을 팔았다. (…) 그것은 신념과 재능만을 파는 것보다 훨씬 더 고귀하다." 이어서 그가 독일 전후시대의 용병은 자신을 판 것이 아니라 그저 바친 것이라고 쓰고 있다면, 이는 용병부대의 비교적 높은 급료에 대해 이야기하고 있는 것이라고 이해할 수 있다. 그들의 거래에서 기술적으로 필요한 것만큼 이 새로운 전사들의 머리에 단단히 들어 있던 것이 바로 이 급료였던 것이다. 지배자 계급의 전쟁기술자인 이들은 모닝코트 차림의 지도급 관리들과 짝을 이룬다. 지도자로

---

16. 14~15세기 이탈리아의 용병부대장.

서 이들이 보여주는 몸짓을 진지하게 받아들여야 한다면, 그들의 위협이 그저 웃기는 것만이 아님은 분명하다. 가스탄을 가득 싣고 단독비행하는 조종사의 몸은 평화시 수천 명의 사무관리자들에게 나누어줄 빛과 공기와 생명을 시민에게서 빼앗아도 되는 절대권력을 구현한다. 자기 자신과 신 이외에는 아무도 없는 까마득한 하늘 높이 고독 속에서 국가라는 중병重病이 든 상관을 위해 전권을 휘두르는 이 소박한 폭격기 조종사—그가 서명한 곳에서는 더 이상 풀 한 포기도 자라지 않는다. 이것이 필자들의 머리에 떠오르는 '제국의' 지도자이다.

독일은 이 책의 글들이 내세우는 메두사 같은 얼굴 모양을 파괴하기 전까지는 미래를 기대할 수 없다. 아니 파괴보다는 느슨하게 한다는 말이 더 나을 것 같다. 그렇다고 이것이 따뜻한 격려나 사랑을 의미하는 것은 아니다. 여기서는 격려나 사랑 둘 다 어울리지 않는다. 또 설득하기 좋아하는 논쟁이나 논증을 준비하라는 말도 아니다. 그보다도 우리는 아직은 건재한 언어와 이성의 모든 빛을 저 '근원체험'에다 집중시켜 조명하지 않으면 안 된다. 세계의 죽음이라는 신비주의가 눈에 띄지 않는 무수한 개념의 발로 이 근원체험의 텅 빈 어둠으로부터 슬슬 기어 나오고 있기 때문이다. 그러나 그러한 언어와 이성의 빛 속에서 모습을 드러내는 것은 평화주의자들이 몰두하는 '마지막' 전쟁도, 이 책의 필자들과 같은 신종 독일인들이 숭배하는 '영원한' 전쟁도 아니다. 민족 상호간의 관계를 제대로 정립할 능력이 없는 제민족의 무능력을 교정할 수 있는 마지막 유일한 기회—실제로 이 빛 속에서 볼 수 있는 것은 이것뿐이다. 만약 이 교정 노력이 실패한다면, 수백만 인간의 육체는 어떻게 피할 도리도 없이 그저 가스와 쇠붙이에 의해 토막나고 물어뜯겨 산산이 분해되어 버릴 것이다. 그러나 자기네 클라게스Klages[17]를 늘 등에 업고 다니는 이 세상 공포의 세력들은 과학기술을 통해 몰락의 물신物神이 아닌 행복의 열쇠를 찾는, 호기심은 덜하지만 정신이 맑은 어린애들에게 자연이 약속하는 바의 10분의 1도 건져내지 못할 것이다. 이 맑은 정신의 어린애들은 이 것을 순간적으로 입증해 낸다. 그들은 바로 다음에 올 전쟁을 마법이 개입된 것으로 보지 않을 뿐만 아니라 오히려 거기에서 일상의 모습을 발견한다. 이렇게 일상의 모습을 발견하는 가운데 그들은 이 어두운 루넨 Runen[18] 마법을 유일하게 능가하는 마르크시즘적 방책을 실행에 옮김으로써 그 전쟁을 내전內戰으로 변화시켜 버린다.

---

17. 루트비히 클라게스(Ludwig Klages, 1872~1956). 독일의 철학자·심리학자. 원래는 화학자(화학박사). '삶의 형이상학'을 제창, 생명 있는 모든 존재에는 영혼이 깃들어 있으므로 신체가 갖는 의미는 영혼이라고 주장.
18. 라틴어 문자보다 먼저 사용된 고(古) 게르만 문자.

정치와 전쟁의 심미화
—발터 벤야민의 「독일 파시즘 이론」

이 덕 형

1

아마도 1970년대 말이었을 것이다. 당시 대학원생이던 필자의 눈에 모 중앙일간지에 게재된 짤막한 칼럼 하나가 눈에 확 들어왔다. 이미 오래 전에 퇴임하셨겠지만, 그 당시 서강대 국문과에 재직하시던 이태동 교수 의 자조적이지만 촌철살인의 기가 담긴 글이었다. 워낙 오래된 일이라 칼 럼의 제목은 생각나지 않지만, 적어도 필자에게는 내용이 너무나 파격적 이라 지금도 눈에 선하다. 내용을 한마디로 간추리자면 "우리나라에서 학자연하는 사람들은 아무도 읽어주지 않는 글을 쓰기 위해 아무도 읽 지 않는 글을 읽는다"는 것이었다. 좀 과장된 감은 있으나 지금 다시 곱 씹어보아도 정말 정곡을 찌른 말이라고 생각한다. 물론 "아무도 읽지 않 는 글을 읽는다"는 언명은 긍정적·부정적 함축을 동시에 갖는 것이지만, "아무도 읽어주지 않는 글을 쓴다"는 것은 때에 따라 자신도 잘 이해하지 못하는 지나치게 난해하고 현학적인 글을 써대는 당시 우리 학계—특히 인문학계—의 잘못된 풍토를 질타했던 것으로 이해된다.[1]

그렇다면 생전에 아도르노Th. Adorno, 브레히트B. Brecht 등으로부터 주목을 받은 것을 제외하고는 크게 독자를 갖지는 못했지만, 사후에 '20세기의 가장 빼어난 산문가'라는 평을 듣고 있는 발터 벤야민(Walter Benjamin, 1892~1940)의 글의 경우는 어떠한가? 함부로 말하기 어렵지만, 그의 글 역시 매우 난해하고 때로 현학적이기까지 하다. 그러나 그의 글의 난해함은 무엇보다도 그것이 특정 분야에 국한되어 있지 않고 내용 또한 단순하지 않다는 데 기인한다. 실제로 그의 방대한 저작은 너무나 광범위한 분야에 폭넓게 걸쳐 있기 때문에, 문학·역사·철학·정치·종교·미술·문화·영화·사진 등 생각할 수 있는 거의 모든 인문학 분야에 대한 선지식先知識이 없이는 그의 글을 제대로 이해할 수 없다. 그의 글이 다루고 있는 광범위한 내용이 이처럼 매우 추상적·정신적인 데 반해, 문체는 오히려 감각적·구체적이다. 그의 비평 글들은 텍스트 자체를 떠나지 않고 한편으로 그것을 실제 체험의 섬세한 지각의 구조에 비추어 해명하는가 하면, 다른 한편으로는 문화와 사회 그리고 역사의 거시적인 움직임에 연결시키고 있기 때문이다.[2]

2

발터 벤야민의 「독일 파시즘 이론」의 비평 대상인 에세이 모음집 『전쟁과 전사』의 책임편자는 에른스트 윙어이다. 그는 한국에는 잘 알려져 있

---

1. 차봉희 전 한신대 독문과(당시에는 전남대 독문과) 교수 역시 거의 같은 시기(1980년)에 "의식과 이념을 전달하는 인문과학 분야의 모든 글들이 지극히 난해하다"는 점을 인정하면서도, 학문의 속성상 인문학 분야의 글들은 "부단한 이해의 혼란과 시련"을 겪을 수 밖에 없지 않으냐는 견해를 피력한 적이 있다. 발터 벤야민, 차봉희 편역, 『현대사회와 예술』, 문학과지성사, 1980, 273쪽부터 참조. 그러나 문제의 칼럼을 읽고 가슴이 답답해짐을 느낀 지 어언 이십 수 년, 그동안 인문학(독문학) 연구자로 자처해온 필자 역시 과연 위의 자괴적인 명제에서 자유로워졌는가 하는 질문에 자신 있게 그렇다고 대답할 수가 없음을 유감으로 여긴다.
2. 유종호 편, 『문학예술과 사회상황』, 민음사, 1979, 17쪽 참조.

지 않으나, 반反부르주아·엘리트적 심미주의의 경향을 보이는 작품들로 인해 특히 독일어권에서 오늘날까지도 많은 논란의 대상이 되고 있는 작가이다.[3] 그는 학생시절인 1913년에 이미 외인부대에 자원입대한 적이 있고, 제1차 세계대전에는 지원병으로 참전했으며 1925년부터 전업작가로 활동했다. 세계대전 참전의 직접적인 체험이 반영되어 있는 장편 처녀작 『빗발치는 총탄 속에서In Stahlgewittern』(1920)와 에세이집 『전투. 내적 체험 Der Kampf als inneres Erlebnis』(1922) 등의 초기작품들을 통하여 그는 삶과 죽음이 교차하는 전쟁터에서 전투와 피와 공포를 찬미하는 전사의 '영웅적 허무주의'를 그려내는가 하면, 1932년의 『노동자Der Arbeiter』와 같은 작품에서는 반부르주아적인 인간 유형을 창조해 내었다. 시민사회의 윤리와 현대사회를 거부하는 그의 이러한 태도는 국가사회주의(나치)의 노선과 부합되는 점이 있었기 때문에, 윙어는 나치 측으로부터 문학을 통한 독일국민의 나치즘 교육자 역할을 제안받게 된다. 그러나 그는 당시 사회주의 쪽에 경도되어 있었기 때문이기도 하지만 무엇보다도 심미적인 이유로 나치 체제의 천박한 파시즘 방식을 경멸해 왔기 때문에, 그 제안을 받아들이지 않았다. 그 이후 그는 나치 집권세력과 체제에 일정한 거리를 둔 채 비판적 참여의 태도로 일관하게 된다.[4]

---

3. 1982년 윙어는 독일 프랑크푸르트 시(市)로부터 괴테상(賞)을 수상했는데, 당시 이에 대해 일각에서 많은 이의가 제기되었다. 반면, 그의 프랑스적 초현실주의 서술기법은 프랑스에서 수차례의 문학상 수상으로 연결되어 독일 쪽과 뚜렷하게 대비된 바 있다.

4. 윙어는 2차대전 중 파리 점령 독일군 장교로 복무하였으나, 1944년 히틀러 암살 기도에 연루되어 강제 전역되었다. 그러나 그는 이미 그 이전 1939년에 난해한 상징적인 문체로 쓴 『대리석 절벽에서 Auf den Marmorklippen』란 작품을 통해 심미적인 견지에서 익명으로 나치 체제를 비판의 도마 위에 올려놓은 바 있었다. 한편 동시대 독일작가 중 이러한 정신적 귀족주의의 전형으로서 시인 슈테판 게오르게 (Stefan Geroge, 1868~1933)를 들 수 있다. 제1차 세계대전을 전후하여 게오르게는 부르주아 정신이 드러내는 "비형식적인 천박함"과 "현실의 고상하지 못한 소음"을 차단하는 미(美)의 세계를 복원하고자 했다. 그렇게 하기 위해 게오르게는 "유익한 독재"가 가능한 밀교적인 서클 내에서 지도자로 살려고 했다. 1930년대 초 한때 히틀러를 '새로운 영도자'로 칭송하던 그는 곧 나치즘을 멀리 하게 된다. 그가 나치즘을 혐오한 이유는 그들이 저지른 비인도적인 행위 때문이 아니었다. 오히려 그것이 행해지는 비엘리트적인 방식, 즉 자신의 "엘리트적 영도 사상이 국가사회주의자들에 의해 더럽혀졌다고 생각했기" 때문이었다. 볼프강 보이틴 외, 허창운 역, 『독일문학사』, 삼영사 1993, 424, 512쪽 참조.

이러한 에른스트 윙어가 책임편집한 에세이 모음집 『전쟁과 전사』에는 총 8명의 기고자들이 쓴 글들이 수록되어 있는데—여기에는 「총동원Totale Mobilisation」이라는 제목의 윙어의 것도 포함되어 있다.— 전체적으로 이 글들은 제1차 세계대전과 1920년대 독일 이데올로기의 풍토 속에 나타난 '전사'의 모습을 다각도로 그려내고 있다.[5] 벤야민은 이 책에 실린 글들의 이론적인 내용과 8명의 필자들이 파악하고 있는 전쟁 체험의 기본적인 성격, 나아가 결국 독일 관념론이 변형된 1920년대 파시즘에 의해 전쟁이 심미화 내지는 신화화되는 징후를 포착한다. 동시에 그는 이 글들에서 파시즘 현상을 '정치의 심미화'로 설명할 수 있는 근거를 찾아낸다. 파시즘 체제에 있어 이러한 정치의 심미화 현상에 대한 그의 예리한 진단과 분석은 점차 마르크시즘적 색채를 보여주고 있는 후기 저작들, 예컨대 이 「독일 파시즘 이론」과 「생산자로서의 작가Der Autor als Produzent」(1934) 및 「기술복제시대의 예술작품Das Kunstwerk im Zeitalter seiner technischen Reproduzierbarkeit」(1936) 등에서 더욱 자세하게 다루어진다.

3

『전쟁과 전사』 기획 의도와 관련하여 윙어는 서문에서 이렇게 쓰고 있다. "이 책에 실린 에세이들의 바탕에 깔려 있는 내적 연관성은 독일 민족주의이다. 이 민족주의는 할아버지 세대의 관념론과 아버지 세대의 합리론 사이의 연관성 상실을 그 특징으로 한다. 따라서 여기서 독일 민족주의가 취하는 자세는 역사적 실재론이라 하겠으며, 독일 민족주의는 피상적인 표현에 불과한 이념과 합리적 추론이 아닌 절대적 리얼리티의 실체와 층을 파악하고자 한다. 독일 민족주의의 자세는 인간의 모든 행동과 사고와 느낌을 민족주의에 내재된 법칙을 벗어날 수 없는 통일된 불변적 존재

---

5. Ansger Hillach, *The Aesthetics of Politics: Walter Benjamin's* "Theories of German Fascism", New German Critique, No.17, Special Walter Benjamin Issue (Spring 1979), pp.99~119, 여기서는 99쪽 참조.

의 상징으로 파악하는 한 하나의 상징적인 자세라고 할 수 있다."⁶ 여기서 윙어가 말하는 '절대적 리얼리티'와 '민족주의에 내재된 법칙'은 정치와 전쟁의 심미적 해석 과정을 통해 독일적 영웅주의의 "영원한 전쟁"으로 미화된다. 벤야민이 보았을 때 에세이집 『전쟁과 전사』에서 가장 비판받아야 할 부분이 바로 이 정치와 전쟁의 심미적 해석 태도이다.

파시즘이 정치의 심미화로 치닫게 되는 것은 역사의 당연한 귀결이고, 정치의 심미화를 위한 모든 노력은 한 점에서 그 정점을 이루는데 이 한 점이 바로 전쟁이다.⁷ 벤야민의 시야에 들어온 정치와 전쟁의 심미적 해석의 예를 몇 가지만 들어보자. 우선 눈에 띄는 것이 이 책 필자들의 "전쟁 숭배와 찬미로 귀결되는 어린애 같은 도취의 징후"이다. 벤야민에 의하면 데카당스의 흔적을 지울 수 없는 그들의 전쟁론은 '예술을 위한 예술', 곧 예술지상주의의 심미적인 태도를 전쟁에 그대로 옮겨놓은 것이다. 삶과 죽음이 언제 갈릴지 모르는 전쟁터에서 과연 어느 누가 이 책에서 보는 것처럼 "우리가 수행한 전쟁의 원칙은 매우 불순한 것이었다"라든가 "전선의 장교들이 가끔 전쟁을 정말 멋없게 만들었다", "왜냐하면 다른 무엇보다도 비천한 출신이 장교단과 하급 장교단에 들어옴으로써 병사가 하는 작업의 영원히 귀족주의적인 요소들이 점차 소멸되어버렸기 때문이다" 라는 식으로 생각하거나 말할 수 있겠는가. 피비린내 나는 현실의 전쟁이 마치 순수하고 멋있고 귀족적인 것이 될 수 있다고 말하는 것은 이른바 '제의적祭儀的이고 영원한 전쟁'에 대한 이 책 필자들의 관념의 소산에 지나지 않는다. 그들은 이 영원한 제의적인 전쟁에서 가장 고차원적인 독일민족의 특성을 찾고자 하는 것이다. 이는 명백히 도착倒錯된 전쟁관이요 민족관이다.

---

6. 위의 글, 같은 쪽.
7. 발터 벤야민, 반성완 역, 「기술복제시대의 예술작품」, 『발터 벤야민의 문예이론』, 민음사, 1983, 197~231쪽, (여기서는 230쪽부터)

벤야민이 파악하는 이들의 도착된 전쟁관 및 민족관의 가장 큰 특징은 제1차 세계대전이 패배한 전쟁이었기 때문에 '독일적'이었다는 식으로, 다시 말하면 1919년 이래로 전쟁의 패배가 오히려 독일적인 것으로 요구되고 있다는 점이다. 그에 의하면 독일의 경우 전쟁의 패배를 극복하려는 시도는 세 단계를 거치는데, 먼저 그 첫 단계는 패배를 내면적 승리로 전도順倒시키려는 일련의 시도였다. 벤야민이 적절하게 파악하고 있듯이 이 첫 단계는 당시 "아방가르드적 표현주의에 의한 독일적 '혁명'을 충실하게 반영"하는 것이었다. 아방가르드적 표현주의가 '독일적인' 혁명이었다는 것은 독일문학사의 맥락에서 분명하게 드러난다. 잘 알려져 있는 대로 아방가르드적 표현주의는 20세기 초 독문학사의 맥락에서 거의 혁명에 가까운 사건이었지만, 그것은 어디까지나 '독일적'이고 '문학적'인 것이었음은 분명하게 드러나는 역사적 사실이다. 18세기 말 '슈트름 운트 드랑Sturm und Drang' 운동 당시 시민 계층의 젊은 지식인들이 서정시나 드라마 등의 문학적 수단을 통해 봉건절대주의에 저항했던 것처럼, 1910년대 독일 표현주의 문학운동 역시 문학적 반역을 통해 몰락의 와중에 놓여 있던 서구사회에 대해 절망적인 거부 의사를 폭발적으로 '표현' 혹은 '표출'했다. 이 두 운동이 '전형적으로 독일적인' 이유는, 둘 다 세계사적으로 거대한 역사적·정치적 변혁들(1789년 프랑스대혁명, 1917년 러시아혁명) 바로 앞에 전개되었으면서도 정작 독일에는 정치적 영향을 전혀 끼치지 못했기 때문이다. 이 두 운동의 저항 동력은 문학 내적인 형식과 내용의 혁명을 꾀하는 데서 한 걸음도 더 나아가지 못했던 것이다.[8] 이어 두 번째 단계는 이미 패배한 전쟁을 애써 잊으려는 것이었고, 가장 문제적인 마지막 단계는 전쟁에서 패배했다는 사실을 전쟁 그 자체보다 더 진지하게 생각하는 경향이다. 벤야민의 말마따나 "틀린 답을 쓴 곳에 잉크 얼룩을 덧씌

---

8. 상기 『독일문학사』, 438쪽 참조.

우려는 학생처럼 그들은 서구의 몰락을 열망하는 시민계급의 욕구를 좇아[9] 어디를 가든지 몰락을 외치고 설파하였다." 이른바 '영원한' 전쟁에 대한 근거 없는 동경은 이렇게 생겨나는데, 전쟁터라는 살벌한 풍경에 대한 순수한 관념론적 파악은 그러한 근거 없는 동경을 더욱 강화시킨다. 이를테면 "참호 너머로 눈에 들어오는 주변의 모든 것이 독일 관념론 지대로 화"하고 "수류탄이 떨어진 곳마다 하나의 문제가, 모든 철조망 울타리에 모순이, 철조망 가시마다 정의定義가, 모든 폭발은 명제가 되며", 급기야 "낮하늘은 철모의 우주적인 내면, 밤하늘은 도덕률"로 변용하는 식이 되는 것이다. 벤야민에 의하면 이것이 파시즘이 행하는 전형적인 전쟁의 심미화 혹은 예술화의 한 단면이다. 이렇게 「독일 파시즘의 이론」이 씌어진 1930년대 이후 벤야민의 내면의 풍경은 그때껏 그의 본령이 되어왔던 유대교적 성향과 모더니즘을 크게 벗어난 마르크시즘적 색채를 분명하게 보여주기 시작한다. 요컨대 1930년대 초의 시점에서 정치와 전쟁의 심미적 예술화[10]를 획책하는 파시즘에 맞설 수 있는 추동력은 오히려 마르크시즘인 '미학과 예술의 정치화'라는 것이 그가 내리는 잠정적인 결론이라 하겠다. 이러한 그의 잠정적인 결론은 "어두운 루넨Runen 마법을 유일하게 능가하는 마르크시즘적 방책의 실현"이라는 이 에세이의 간명한 결어 속에 잘 함축되어 있다.

---

9. 이런 경향은 우리에게도 친숙한 헤르만 헤세의 문학세계에서도 일부 엿볼 수 있다. 잘 알려져 있다시피 헤세는 독일 시민계급 지식인 가운데 손꼽히는 반전 평화주의자였지만, 문학적으로 형상화되어 나타나는 그의 전쟁관은 매우 감상적이고 심미적이다. 예컨대 1919년에 나온 그의 대표작 중 하나인 『데미안(Demian)』 끝부분에서 제1차 세계대전은 다음과 같이 몰락과 탄생을 화두로 심미적인 견지에서 해석된다. "지금 나는 많은 사람들이, 아니 모든 사람들이 이상을 위해서 죽을 수 있음을 본다. 전쟁의 깊은 곳에서 무엇인가 생겨나오고 있었다. 새로운 인간성과 같은 무엇인가. 그 피비린내 나는 소행은 내면의 방사이자 영혼의 방사에 불과했다. 한 마리의 거대한 새가 알에서 뛰쳐나오려고 안간힘을 쓰고 있었다. 알은 곧 이 세계였다. 그리하여 이 세계는 깨어지고 부서지지 않으면 안 되는 것이다." 헤르만 헤세, 전영애 역, 『데미안』, 민음사 2006, 217쪽부터.
10. 전쟁에 대한 심미적 이해는 이탈리아 미래파 창설자인 마리네티(Marinetti)에게서 절정을 이룬다. 벤야민에 의하면 마리네티는 '포화(砲火)와 시체 썩는 냄새가 교향곡을 이루는' 전쟁을 예술작품으로 찬미한다. 기술복제시대의 예술작품,' 230쪽 참조.

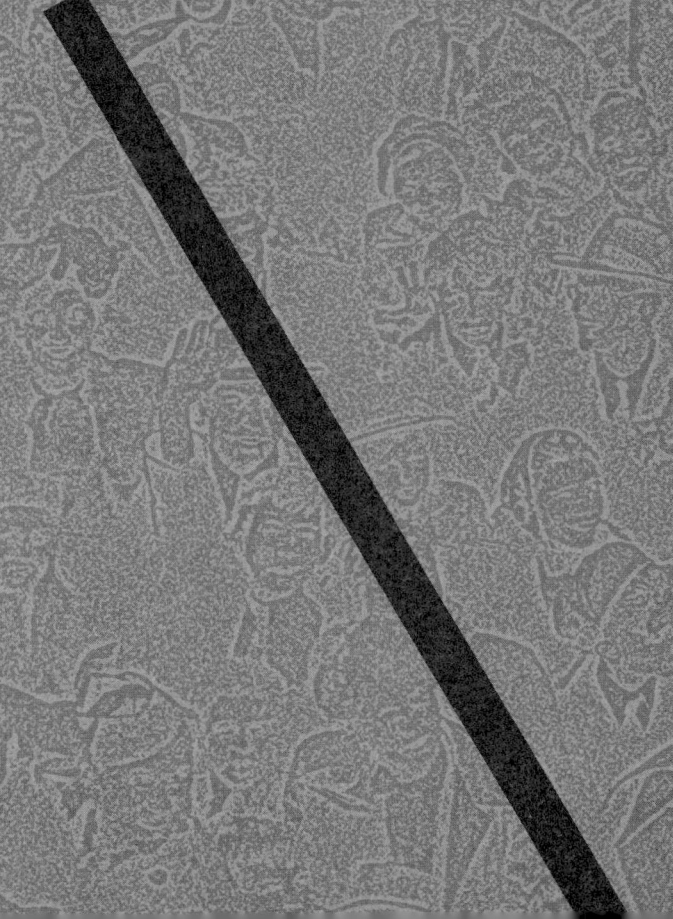

제2부 파시즘과 문학 이데올로기

권력의 재현과 재현의 권력

―국가선전과 1970년대 민중시학의 전략

허 혜 정

1. 서론

70년대 박정희 정권의 문화전략을 살펴보면, 그가 언어의 효과와 핵심을 누구보다도 잘 알고 언어에 내재해 있는 효과를 국가통치에 극적으로 이용해 왔다는 것을 알 수 있다. 그러나 그러한 점은 충분히 잘 인식되지 않고 있다. 마르크시스트의 관점에서 보면 이념을 위한 언어의 도구화라고 할 만한 것인데, 미디어는 물론 헌장·표어·선언문·비문 등을 적극 활용하여 그가 얼마나 선전을 통해 국민의 의식을 결집시키고 조종, 통제하려 노력해 왔는지를 증명하기란 그리 어렵지 않다. 통치세력은 늘 국가와 민족을 위한 대의를 대중에게 어필할 수 있는 언어적 표현을 통해 자신의 이념과 논리를 관철시키려 한다. 이는 박정희 휘호집 『위대한 생애』(민족중흥회) 혹은 대통령의 일과와 행적을 기록한 『박정희 치적사』(총무처)와 같은 관제문학처럼 국가적 정체성의 구축을 위해 생산되는 것이다. 선전을 언어적 기능을 통합하고 물리적 힘의 행사를 문화적으로 대체하는 전면적이고 주도적인 언어소통으로 볼 때, 관제언어의 선전성은 당대의 통치어에 대한 해석과 분쇄, 무한한 차이화를 지향함으로써 윤리적 정당성을 확보하려 했던 민중시와 서로 그 토대가 겹치며 얽혀 있는 것이다.

본고는 이러한 관제언어의 수사전략을 '권력의 재현'이라는 측면에서, 그리고 그 권력을 분쇄하기 위한 '재현'의 권력화를 모색했던 민중시학의 전략을 '문화'라는 측면에서 살펴보고자 한다. 잘 알려져 있듯 '유신'으로 압축되는 70년대의 특별한 통치패턴은, 자본주의를 지향하는 국가가 시장에 개입해 침묵을 창조함으로써 공적 언어의 헤게모니를 장악하고자 하는 무수한 검열사태를 낳는다. 정부가 출판을 방해하고, 더 나아가 시인을 수감조치하는 검열행위는 적어도 70년대부터 80년대까지 수많은 기록을 남긴다.[1] 본고는 이러한 기류하에 재현의 장을 확보하기 위한 민중시 진영의 몇 가지 전략을 주목해봄으로써 국가선전과 관련된 몇 가지 주목되지 않은 지세를 지적해 보고자 한다. 본 고에서 언급하는 사건들은 민중시학에서 자주 논의되어 왔던 사실을 기반으로 하지만,

---

1. 민중시학이 주도권을 잡기 시작하던 70년대에 민중사관을 기초로 하는 문인들의 수난이 시작되고 필화사건들이 연이어 터지게 되는데, 이는 80년대를 거쳐 90년대 초반에 이르기까지 이어진다. 70년대에 걸쳐 일어난 대표적인 필화사건은 김지하의 「오적」과 「비어」, 양성우의 「겨울 공화국」 조태일의 「국토」와 일본잡지 『세계』에 실린 「노예수첩」, 『다리』지의 필화사건 등이 있다. 또한 남성현의 「분지」, 한수산의 중앙일보 연재 장편 『욕망의 거리』, 선우휘의 「불꽃」 등의 작품들은 당시 사회에 대한 신랄한 비판을 가함으로써 필화사건을 일으키며 대중들에게 상당한 영향을 끼쳤다. 80년~1990년 사이에도 필화사건은 무수히 발생했다. 한수산 사건을 필두로 하여 당시 일어난 언론·문인 탄압사건은 더욱 가열하고 교묘하게 지속되었다. 가장 대표적인 경우는 광주항쟁을 문제삼은 김준태 필화사건, 1986년 3월 2일에 발행된 비정기간행물 『녹두서평』에는 제주도 4·3사건을 다룬 장편 연작시 『한라산』이 발행되고 작가 이산하 역시 필화를 겪게 된다. 이 밖에 1980년 『농민시집』에 실린 「벼들의 속삭임」으로 문제가 된 문병란, 1981년 『현대문학』 2월호에 실린 「대청봉 수박밭」이 문제가 된 고형렬 등은 대표적인 예이다. 1985년 광주항쟁 증언록 「죽음을 넘어 시대의 어둠을 넘어」의 황석영, 1988년 8월 10일 8·15남북학생회담과 관련하여 공연되고 있는 「통일밥」의 작가이자 연출자인 주인석 또한 국가보안법 위반으로 구속되었다.

이를 '문화시장'이라는 재현의 장과 결부시켜보는 것은, 독재세력의 안티 코드로 등장한 민중시학의 지반, 그리고 앙가주망의 의미와 전략을 보다 심도 있게 관찰할 거점이 되리라는 판단이다.

2. 국민정신의 건축과 선전, 그리고 민중시학의 시장

전체주의적 정부는 검열을 통해 시장경제를 지배한다. 검열은 바로 시장을 권력으로 통제하려는 거대한 국가권력의 행사라는 점에서 자본주의를 지향하는 국가의 이념에 위배되는 폭력이다. 하지만 이른바 독재적인 국가는 대중의 선택이 가능한 그 시장성 때문에 더욱 검열을 강화하게 되고, 대중의 호기심을 차단함으로써 '불온한' 견해의 유포를 막는다. 동시에 글쓰기의 형식화된 시스템, 즉 교과서와 같은 형식으로 대중에게 국가의 이념을 설파한다. 그렇다면 이러한 국가의 언어시스템과 민중시의 전략은 어떤 관련성을 가지고 나타나는가? 국가선전은 왜 민중시학의 탄생의 지반이 되는가? 여기에 대한 답변을 얻기 위해서는 관제언어가 추구하는 목적과 효과에 대한 질문에서부터 출발할 수밖에 없다. 먼저 언어와 관련된 박정희의 문화전략의 속성을 소박하게 분석하는 것으로 논의를 출발시켜 보자.

어느 시대나 국가가 선전적인 캐치프레이즈를 통해 권력을 다지기는 했지만, 70년대의 박 정권만큼이나 선전적인 수사를 적극 동원했던 시대는 찾아보기 힘들 것이다. 국가가 관제언어를 통해 고취시키고자 하는 것은 강한 애국심이다. "4월 혁명으로부터 비롯되어, 5월 혁명을 거쳐 발전된 1960년대 우리 세대의 한국이 겪어야만 할 역사적 필연의 과제는 정치, 경제, 사회, 문화 모든 분야에 걸쳐 조국의 근대화를 촉성하는 것"(제5대 대통령 취임 연설문)이라는 언명은 박정희의 혁명론을 압축한다. 유신으로 상징되는 민주주의의 퇴영과 독재로의 고착 속에, 경제자립과 자주국방, 민족전통 수립이라는 명제를 중심으로, '애국애족'으로 압축되는 국민정신의 세트를 구성하기 위해 박정희는 상당히 많은 언어와 수사를 동원함과 동시에, 권력의 효율성을 저해하는 목소리를 침묵시켰다. 국가가 시장의 논리를 넘어서서 문화의 패트론이 되겠다는 정책[2]은 이미 박대통령의 대통령 취임연설에서부터 보이는 국가정책이었다. 정부는 60년대 후반부터 혁명의 논리를 문화 속에 관철시키고자 거대한 프로젝트를 추진하고, 국가장치의 하나로서 68년 문화공보부, 72년 문예진흥원을 발족시키는데 국가의 문화정책은 '문예중흥 5개년 계획'같이 미술, 연극, 문화예술 전반에 걸치는 것이었다.[3] 1973년 10월에 발표된 문예중흥선언에 의하면 "한 겨레의 운명을 좌우하는 결정적인 힘은 그 민족의 예술적, 문화적 창의력이다." 민족정신의 기틀을 확립하고, 한민족의 우수성을 선양하는 민족유산의 창달, 전통문학의 강조는 문화정책의 핵이었다.

이러한 문화통치의 원칙은 뉴스, 신문, 각종 헌장, 표어, 프로파간다의 형식으로 제출되었다. 시민의 애국심은 문화적 행위를 통해 고취되어야 했고, 국가가 시행한 문학행사 수상작을 발간하는 등의 행위는 중요한 문화정책의 일부였다. 애국적 열정을 고취시키는, (동시에 박정희의 영웅적 이미지가 오버랩되는) 이순신, 유관순 등의 전기류의 발간 등도 중요한 전략의 일

2. "통일 신라나 세종대왕 때와 같이 국운이 융성하고 민족의 기상이 드높았던 시대를 자랑스러이 회상할 수 있습니다. //우리에게는 역사와 전통과 문화의 뿌리가 있습니다. 지금 우리는 민족 중흥을 구현하기 위하여 이 시대를 살고 있는 것입니다. 그러므로, 나는 우리의 중요 정책 지표를 앞으로도 계속 완전 자립 경제의 달성, 자주 국방 태세의 확립, 사회 개발의 확충, 정신 문화의 계발에 두고 온 국민과 더불어 총력을 기울여 나가고자 합니다."(「제 5대 취임연설문」)라는 취임연설문에서도 볼 수 있듯이, 문화정책은 국가정책의 핵심부분이었다.

3. 한국문화예술진흥원은 우리 민족문화의 계승발전과 문화예술의 연구, 창작, 보급활동을 지원함으로써 우리 문화예술을 진흥시킬 목적으로 문화예술진흥법에 근거하여 1973년 3월 30일 설립된 특수법인이다. 1968년 7월 문화예술정책을 통합, 관장하는 문화공보부가 발족되면서 박정권의 문화예술정책의 입지가 처음으로 마련되었고, 문예진흥을 위한 혁명정책을 현실화시킨다. 유신체제가 확립되기 시작한 1972년 각종 문화예술진흥 정책의 모법이 된 문화예술진흥법 제정, 한국문화예술진흥원의 개원은 문화에 대한 국가정책의 전환을 알리는 새로운 의미를 지니고 있다. 우리나라의 문화예술정책은 1972년 8월 14일 법률 제2337조로 제정 공포된 문화예술진흥법을 기점으로 본 궤도에 오르게 되는데, 실질적인 사업추진은 문예중흥 5개년 계획의 시행 첫해인 1974년부터 본격화하여 1974년 3월 22일에는 부설 문예진흥원 마로니에 미술관(구 미술회관)을 개관했고, 이어 7월 5일에는 부설 연극인회관 (현 문화예술위원회의 전신)을 개관하였으며 우리나라 문화예술 전반의 각종 사업을 지원하기 시작하였다.

부였다. 박 정권에게 있어 국가는 건설되어야 할 것이었고, 문화와 정치는 올바른 인식 속에 바로잡아야 할 것이었다. 예컨대 국정교과서를 확립한 것, 전통 강조 등은 국가에 대한 기억의 시스템을 구축함으로써 국민의 역할을 인식시키고, 국가의 미래에 대한 집단적인 환상을 만들어낸다. 이러한 집단적인 환상은 "싸우면서 건설하는" 국민으로 압축되는데, 여기서 국민의 개념은 국가의 영토 안에 단순히 존재하는 것이 아니라 실천하는 존재, 즉 인식과 행동의 주체로 호명당한 존재였다. 이는 민중의 핵심적인 요소가 '인식'과 '실천'으로 요약되는 것과 마찬가지로, 바꿀 수 없는 환경을 바꾸는, 자기규정의 혁명과 연관되었다.

국가의 전 영역을 힘있게 조직하고, 더욱 분명한 목표를 제공하며, 역사의 과정을 분명하게 해석하고, 미래의 과업을 수행할 국민정신을 불어넣는 것은 총체적인 문화정책의 목표였다. 국가는 산만한 집회, 토론 등의 민주적 원칙이 아니라 위대한 영도자의 논리에 따른 질서화된 실행으로 만들어진다. 이러한 박정희의 국가관을 잘 보여주는 책은 최고회의 의장 시절에 쓴 『국가와 혁명과 나』(1963)이다.[4] 박정희가 망국의 악유전을 일삼는 '봉건수구세력'을 일소하는 혁명과 '근대화론'으로부터 국가의 인식 시스템을 건축했다는 것은 퍽 시사적이다. 박정희에게 있어 국가의 건축은 단순히 경제적 재건만이 아니라 국민정신의 재건이었고, 국민의 의식은 문화를 통해 형성되어야 했다. 역사에 대한 인식은 텍스트를

---

4. 이 책에서 박정희는 당파싸움을 민족사의 악유전이라 비난하고 시비와 패거리짓을 일삼는 조선조 양반 정치의 전통을 이어받은 지주정당인 한민당과 그 쌍생아 자유당과 민주당, 즉 이른바 구정치인들에 대한 비판을 수행한다. 즉 이승만 정권과 장면 정권을 다 같이 '이조의 당파정치 전통을 이어받은 봉건적 수구 세력'으로 규정하고 근대화를 주도하는 박정희의 정권을 혁명정부라 지칭한다. 조선조 양반정치─한민당─자유당─민주당 계열을 당파적 이해관계에 집착하는 봉건정치세력이라 해석하고 이를 애국적 엘리트로 교체한 것이 바로 5 · 16이라는 박정희식 혁명 논리는 조선조의 양반정치 행태에 대한 경멸과 증오심과 더불어 박정희식 국가의식의 핵을 이룬다. 이런 논리에 따라 근대화라는 구국의 건설을 망쳐 버릴 국가분열의 세력은 국가의 입장으로 보아서 도대체 역사관이 존재하지 않는, 궁극적으로 국가의 안전을 저해하는 이적세력으로 매도된다. 시민의 자유로운 결정권이 존중되는 국가는 궁극적으로 생존의 바탕이 마련된 다음에나 가능한 것이었고 모든 문화는 그런 방식으로 조직되었다.

통해 교정되어야 했고, 주체적 민족사관의 올바른 확립, 실제로는 유신
체제 지속을 위한 이념적 장치였던 역사교육 강화[5], 국정교과서의 도입
(1974)[6] 등은 결코 무시할 수 없는 박정희의 문화정책의 핵이었다. 특별히
국민교육헌장은 가정교육·학교교육·사회교육 등 모든 교육의 근본
지표가 되었다.[7] 이는 국적 있는 교육, 유신 과업 수행에 앞장서는 참다
운 새 한국인 상을 육성[8]함과 동시에 '독재에 대한 저항을 막는 예방 장
치'[9]였다.

이렇게 정신의 세트를 쇄신한 국민들은 개인의 이미지가 집단의 이미
지와 동일한 군사문화의 논리에 따라, 역사를 창조할 '국민총력전'을 세
계와 치른다. 애국애족 정신의 화신인 지도자의 상징 아래 국민은 근대
화의 문법에 복속되며, 위대한 영도자와 정신적으로 쇄신된 국민, 국가
의 거듭남(재의)은 같이한다. 이러한 군사주의적 조직의 이념하에 국부의
전위대인 기업과 산업의 전사로서 노동자는 배치되었다. '민족중흥의 역
사적 소명'을 띠고 탄생한 혁명정부는 개인·사회·국가가 일체화된 국민

<hr>

5. 박준성, 「올바른 역사 이해와 국정 국사교과서의 문제점」 (국어교육을 위한 교사모임, 『교과교육』1) 푸
   른나무, 1988. 171~175쪽 참조.
6. 1969년 연말에는 올바른 국사교육에 필요한 새로운 국사교과서 편찬을 위한 시안(試案)으로서 「中·
   高等學校 國史敎育 改善을 위한 基本方向」이라는 책자가 간행되었다. 그 머리말에 "오늘날 우리가 서
   있는 이 중대한 시점에서 특히 역사학도의 입장에서 시대와 대결하는 민족의 정신적 자세를 올바로 체
   인(體認)하고 우리의 역사관을 창조적 전진적 방향으로 정립시키는 일은 우리에게 절실히 요청되는 당
   면의 과제로 되어 있다. 우리들은 여기에서 나아가 2세 국민에 대한 역사교육의 중요성을 깊이 느끼
   고 현행 중고등학교 국사교과서의 검토와 새로운 교과 요목의 시안(試案)의 작성에 뜻을 같이하게 되
   었다"고 취지를 밝히고 있다. 李佑成, 「1969~70年度 韓國史學界 回顧와 展望 國史 總說」 『歷史學報』
   49, 1971) 2~3쪽.
7. 1968년 12월 5일 대통령에 의하여 반포되었다. 헌장은 초장에서 한민족의 긍지와 사명의식을, 중장에
   서는 생활의 규범·덕목을, 종장에서는 조국통일의 실현과 민주주의 발전을 강조하고 있다. 이러한 헌
   장의 기본정신은 ① 민족주체성의 확립, ② 전통과 진보의 조화를 통한 새로운 민족문화의 창조, ③ 개
   인과 국가의 조화를 통한 민주주의 발전으로 집약될 수 있다.
8. 대한교육연합회, 『한국교육연감』, 새한신문사, 1974. 66쪽.
9. 아울러 실증이라는 보편주의 수사법을 동원하여 객관성을 내세움으로써 독재 체제를 합리화하는 정
   치이데올로기로서의 본질을 은폐하도록 도왔다고 한다. 역사교육을 위한 교사모임·한국역사연구회,
   특집 제5차 교육과정 개편에 따른 중학교 국사교과서 분석—국사교육과 지배이데올로기(역사교육을
   위한 교사모임, 『살아있는 삶을 위한 역사교육』, 푸른나무, 1989. 40~43쪽 참조)

과 함께 분명한 목표를 향해 총력전을 펼치며 국민약진의 신화를 달성한다. 이른바 이러한 '조국근대화'의 논리는 한국적 특수성의 논리, 즉 특별한 영도자의 질서를 따르는 유신으로 경직화된다. 경제는 시장질서 속에서의 국제논리를 따르지만, 정치는 국내질서 속에서는 영도자의 논리에 따른다는 이율배반을 낳는 것이다.

민중시 진영이 주목한 것은 바로 이러한 경제와 정치논리의 이율배반이었다. 그들은 국내의 정치논리와 마찰을 빚는 공동체로서의 개인, 즉 '민중'이라는 상상적 주체를 호명함으로써 국가가 선전하는 집단성의 환상과 영도자의 상징을 격파하고자 했다. 이는 국가선전과 깊숙이 얽혀 있는 것으로, 국가정신의 상징적 이미지인 대통령은 잘 편집된 배경, 농촌, 공장, 휴전선 등을 순시하는 이미지로 조합되고, 그것이 총체적으로 그려내는 것은 국가의 정신, 즉 부동의 전진이었다. 군자켓을 입고 모내기를 하고 농번기마다 군인의 귀향과 봉사를 독려하는 대통령의 선전적인 이미지는 '국민'의 역할적 모델을 구성하고, 휴전선을 순시하고 공장과 농촌을 둘러보는 대통령은 미디어로 중계되고, 검약과 절도가 몸에 밴 대통령의 이미지는 '미니스커트'와 '장발' 단속 같은 문화적 검열의 당위성을 보강한다. 애국애족의 화신인 영도자의 이미지는 시민적 역할의 가시적 지표이다. 공적 이미지의 네트워크를 통해 중계되는 대통령의 상징적인 동선은 근대화의 최전선인 공장, 농촌, 분단의 기표인 휴전선 등으로 이어지며 성공적인 근대화의 현장을 선전한다.

하지만 민중시 진영에 의하면 그것은 민중과 민족을 억압하는 가장 중요한 곳이었다. 대통령이 선도하는 국민이란, 말이 아니라 이미지였고 제의였으며 환상이었고, 더 나아가 '군홧발'에 유린당한 침묵의 존재였다. 대통령의 행동과 위치로 스펙트럼화된 근대화의 문법은 김지하의 「오적」에 의하면 친일파의 잔재이자 봉건 수구세력의 논리로 환원된다. 그것은 완벽한 통치권을 구축하는 하나의 가족적 모델, 궁극적으로는 왕국을 지향했다.[10] 하지만 그런 말끔하고 분명한 질서는 사회적 정보와 시각적 이미지로 꼼꼼히 디자인되었고, 소통체계를 장악하였다. 이렇듯 거대한 영도자 혹은 영웅으로 정점화된 국가의 선전언어에 반해, 민중시 진영이 들어올린 상징은 단연코 '민중'이었다. 그것은 시의 역할, 수사적 층위까지 광범위하게 지배하는 상징이었다. 민중시 진영은 국민교육헌장 등으로 규정된 개인의 역할적 모델이 아니라 피억압자로서의 역사적 인식을 공유하는, 정서적 연대체로서의 '민중'이라는 이념을 구축함으로써 독재적 상징을 분쇄하는 방향으로 나아가야 했다. 민중은 국가가 파행적일 때 국가의 틀을 부수고 혁명을 일으킬 수도 있는 존재이다. 이러한 혁명성은 집단 속의 개인을 강조했던 국민교육헌장의 이념처럼 국가에 대한 정치적 역사적 책임과 연관이 있다. 70년대에 탄생한 국정교과서가 '사회적인 인간'을 통해 '우리'라는 집단성을 강조했듯, 민중시학 진영도 공동체적 이념을 문학 속에 불어넣음으로써 민중의 이념을 선전적으로 전파하려고 했다. 민중시 진영은 마치 대통령의 카리스마를 최대한 부각시킨 대통령의 어록과 일화집처럼, '전봉준'과 상징적 인물을 내세움으로써 표현의 제국을 지배하는 선전과 적대적인 긴장을 형성한다. 진정한 역사의 주체인 민중은 근대화를 주도하는 정부, 기업 같은 경제의 전위대가 아니라, 압제의 세월에 반항하는 자유로운 개인이었다. 민중시 진영은 이러한 민중의 이념을 설파할 수 있는 문학노선의 조직화 혹은 거대한 틀을 도출해내야 했다.

특별히 여기서 우리가 주목해야 할 것은 '문화적 실천'의 전략 탐구이다. 백낙청의 『창비』창간사적 권두논문인 「새로운 창작과 비평의 자

---

10. 한국의 국모상도 한몫을 하였다. 이승만 정권시 외국인인 영부인이었던 오스트리아인 프란체스카 (Francesca) 여사와 달리 육영수 여사는 깊은 인상을 준다. (프란체스카 여사는 아이를 낳지도 부패에 연루되지도 않았다.) 74년 한국민의 유교적인 국모상을 대변하는 육여사의 죽음은 거의 신화에 가까웠다. 국가의 재건이라는 경제적 민족주의 속에 사랑하는 아내를 잃어버린 대통령의 비애는 민족의 비애로 상징되었다.

세」(백낙청, 「새로운 창작과 비평의 자세」, 『창작과 비평』, 1966년 1월 창간호)는 문학의 역할과 문학인의 자세에 대한 원론적 성찰에 관한 논문을 4장으로 나누어 기술하였다. 1장 '문학의 순수성을 어떻게 볼 것인가'에서 어설픈 순수문학론을 비판하며 문학이 참여와 순수의 절충주의로 환원되지 않기 위해서는 문학의 사회기능에 대한 더 구체적인 분석이 따라야 한다고 했다. 특히 주목되는 것은 2장 '문학의 사회기능과 독자'인데, 그는 여기서 문학이 그들의 오락일 수도 없는 사람들의 괴로움과 억울함을 대변하는 것, 동시에 최고의 수준을 고집하는 독자에게 즐거움을 주는 것, 그리고 그것이 그의 용기와 양심을 마비시키지 않고 오히려 북돋아주는 건전한 오락이 되는 것이 한국문학이 가야 할 길이라고 말한다. 또 단 한 사람의 잠재적 독자라도 현실의 독자로 얻고, 한마디의 자유로운 호소라도 더 하기 위해 갖가지 삶과 글의 실험을 행해야 한다고 한다. 3장 '한국의 문학인은 무엇을 할까'에서 그는 작가는 언론의 자유를 위한 싸움이 자기 싸움임을 알아야 하며 강건한 저항적 자세와 아울러 조금이라도 더 널리 읽히려는 열의가 있어야 한다고 주장한다. 이는 문학이 '건전한 오락'으로서 대중에게 다가갈 다양한 전략을 궁리하고, 궁극적으로는 '언론의 자유'를 자기싸움으로 인식해야 한다는 점으로 요약된다.

여기서 무시할 수 없는 것은 "작가는 언론의 자유를 위한 싸움이 자기 싸움임을 알아야 한다"는 민중 진영의 논리인데, 이는 대중을 향한 저널리즘이 민중시의 전파에 얼마나 커다란 역할을 수행했는지를 살펴보면, 그 의미가 더욱 분명해진다. 예컨대 양성우가 「겨울공화국」(나중에 실천문학사에서 『겨울공화국』으로 발행)을 쓰고 낭독하여 뜻밖의 필화사건(1975년 2월 22일)을 겪게 되었던 것도, 시와 시인이 갑작스레 유명해진 것도 야당지나 동아일보의 작품 게재로 인해 촉발된 일이다. 이렇듯 언론의 필요성과 유용성을 절감하면서 민중시 진영은 '언론의 자유를 위한 싸움'이 '작가'를 위한 싸움이라 치켜세우며, 말들의 시장에 관심을 돌린다. 즉 문학을 문학잡지라는 제한된 공간뿐만 아니라 '문화시장'으로 확대시켜가고 자 하는 것이다. 뿐만 아니라, 민중문학 진영은 이미 전후戰後부터 다양 한 문화 교양지의 시대를 거쳐온 출판시장[11]에도 관심을 돌린다. 잘 알 려져 있듯 당대에는 민중이념을 실어나르는 다양한 출간물이 범람한다. 1970년 5월에 김지하의 시 「오적」을 실었다는 이유로 폐간 처분당했던 『사상계思想界』 이후, 민중시 진영은 대중과 소통할 수 있는 매체들에 적 극 관심을 기울인다. 경제적 도약 속에 잡지의 대중화, 대형화 현상이 두 드러졌던 70년대에[12] 민중적 이념을 교양의 차원으로 전이시키며 오락적 인 요소를 부각시킨 『아리랑』,[13] 특히 4·19 10주년 기념일에 맞춰 창간 된 『씨알의 소리』[14]는 독재정권 시대에 대표적인 저항매체로 떠올랐다. 이 외 '평범한 사람들의 행복을 위한 교양지'라는 모토 하에 중산층의 문

---

11. 전반기(한국전쟁 이전)에는 좌·우익을 포함한 다양한 이데올로기를 표방한 잡지들, 광복의 희망찬 미 래 조국을 건설하기 위한 다양한 문화, 교양지 등이 선보였다. 또한 문화잡지, 여성잡지는 물론 종합 교양지를 내세운 여론 형성용의 다양한 잡지가 등장했다. 문예잡지 역시 봇물을 이루어 이 시기에 『신 태양』, 『문예』 등이 창간되었다. 일부에서는 전문잡지들이 창간을 준비하고 있었다. 이 시기(전후)에 등장한 잡지들의 제목만 보아도 알 수 있듯이 시대적 염원을 담은 듯 잡지들의 제목이 눈길을 끈다. 『희망』, 『새벗』 등은 한국전쟁 후 발간된 잡지이고, 『사상계』, 『현대공론』, 『현대문학』, 『학원』 등은 본 격적인 교양잡지와 문예잡지로서 선을 보였다고 한다. 이 시기는 또한 우리 잡지사에 대중잡지가 열 린 시기로 기록되었다. 『야담과 실화』, 『여원』, 『명랑』, 『아리랑』 등의 대중 오락잡지가 등장 후 크게 유행한 시기로, 당시 암울했던 시대 상황을 반영하고 있다. 박기현, 『한국의 잡지출판』, 늘푸른소나무, 2003, 260~274쪽

12. 이를테면 1970년 4월 창간된 샘터사의 4×6판 『샘터』와 함석헌이 창간한 5×7판(국판) 『씨알의 소리』는 우리 잡지의 수준을 한 단계 올린 획기적인 시도였다. 1976년의 『뿌리깊은나무』 또한 한 국 잡지의 새 지평을 열었다는 평가를 받으며 폭넓은 인기를 모았다. 우리나라에서 아트 디렉션(art direction) 제도를 처음 채택한 것으로도 유명한 이 잡지는 전문 편집 디자인과 사진 식자 등을 도입, 시각적 요소를 최대한 부각시킨 잡지였다. 또 같은 해 『디자인』, 1979년의 『리더스다이제스트』의 창 간 등으로 1970년대는 풍성한 잡지 시대를 열었다.

13. 이 잡지는 특히 연예계 스캔들을 과감하게 게재해 대중잡지 시대의 기수로 떠올랐다. 만화와 시사 컷 으로 정치·경제·사회를 신랄하게 풍자함으로써 독자들의 폭발적인 반응을 얻었다.

14. 이 잡지는 지속적으로 언론과 정부 정책 비판을 멈추지 않았다. 이런 이유로 인해 1980년 7월 31일 정기간행물 정비 때 통권 95호를 펴내고 등록이 취소되었다. 1988년 12월 10일 속간되었고 1989년 함석헌 타계 후 편집겸 발행인이 김용준으로 바뀌어 1991년 3월까지 발행된 뒤 휴간되었다. (현재 이 잡지는 함석헌 출생 100주년을 맞아 디지털 버전(CD-ROM)으로 다시 선보였고, 기념사업회가 주관 해 현재 격월간으로 명맥을 유지하고 있다.)

화적 비판의식을 고취시킨 『샘터』,[15] 『뿌리깊은나무』, 『샘이깊은물』 등
도 기억할 수 있을 것이다.[16] 이렇듯 대중의 성향과 취향에 따라 다양하
게 분화되어가는 대중문화시장에서 민중시 진영은 경제적 생태계의 법칙
속에 대중과 공생관계에 있는 시장의 위력을 인정하고 받아들이면서 문
학을 광범위한 문화생산의 영역 안에 귀속시킴으로써 민중의 이념을 설
파하려고 했다. 문학을 대중의 오락으로 전파시키며 민중의 이념을 실어
나를 언론과 출판기구를 확보하는 것은 '재현의 권력화', 즉 표현의 헤게
모니를 장악하기 위한 문학적 권력의 생산이었다.

3. 이미지와 소리의 전쟁—대중과 오락의 발견

"박통시절, 박통터지게 인기있었던 프로레슬링/김일의 미사일 박치기에
온국민이 들이받쳐서/박통 터지게 티브이 앞에 몰려들던 프로레슬링"(『프
로레슬링은 쑈다!』)[17]과 같은 유하의 시에서도 암시되듯이, 박정희는 자유시
장의 엔터프라이즈를 국가정신의 함양에 적극 이용하였다. 한국의 프로
레슬러 김일이 반일감정에 힘입어 폭발적인 인기를 얻던 때는 바로 박정
희가 장기집권을 위해 국민들의 투표권을 박탈하고 유신독재를 펴나가
던 제4공화국 당시이다. 자본주의의 핵심이 바로 시장질서라는 것을 대
통령은 정확히 파악하고 있었고, 대중문화의 위력을 이미 잘 알고 있었

---

15. 1970년 4월 사단법인 샘터사에서 발행한 월간지. 이 잡지는 다른 잡지에 비해 무엇보다 튀지 않는 편
집으로 맑고 담담하게 한국 사회의 주춧돌인 중산층 보통 사람들이 자기 인생의 주인으로서 보다 나
은 내일을 창조할 수 있는 개개인으로 각성되어갈 수 있게 편집의 포인트를 맞추어 놓은 점이 특징이
다. 첫 호부터 한글만 쓰기를 원칙으로 하고, 고운 우리말 찾기에 앞장서 지면 내부에 늘 관련 기사를
게재했다.

16. 『뿌리깊은나무』는 정치적인 이슈나 사회적인 민감한 부분을 직접 다루지는 않았지만 한국인의 주체적
문화의식을 불러일으키는 기사들 즉, 환경과 교육에 관한 객관적이면서도 비판적인 기사들, 토속문화
에 대한 예술기사 등을 실어 정부 당국자들로부터 요주의 잡지로 견제받다가 1980년 8월 1일 강제
폐간되었다. 이 잡지의 폐간 후 맥을 이은 『샘이깊은물』은 1984년 11월 창간되어 2001년 11월 창간
17주년 기념호를 끝으로 휴간 상태에 있다. (박기현의 위의 책, 274~276쪽)

17. 유하, 『武林일기』, 세계사, 1995, 59쪽.

다. 대통령은 "영화가 시작하기 전에/일제히 일어나 애국가를 경청한다"
라는 황지우의 「새들도 세상을 뜨는구나」[18]에 나타나는 광경처럼, 탈중
심화되어가는 대중문화시장에서조차, 그러한 향락을 제공하는 국가에
대한 의무를 잊지 않도록 했다. 이러한 국가의 대중문화 정책의 뒤안에서
1978년 『창작과비평』은 다시 「민족문학과 문화운동」 특집을 마련한
다. 여기서 백낙청은 「인간해방과 민족문화운동」을 통해 문학운동을 포
괄하는 문화운동 전반의 지향점을 논의하는데, 민중문학의 주체가 지식
인이냐 민중이냐 하는 문제가 중요한 것은 아니며, 본질은 세계관에 있
다. 그리고 여기서 중요한 것은 '대중성의 문제'[19]라고 주장한다. 즉 지식
인의 한계를 극복하고 문학이 '대중의 오락'이 되어 문화 속으로 파고 들
어야 한다는 주장에 따라 민중시는 급격하게 팽창하는 문화시장으로
침투할 다양한 전략을 궁리한다.

　여기서 우리가 주목해야 할 것은, 민중 진영이 이러한 전방위적 소통을
적극 강구해야만 했던 상황, 즉 엄청난 위력을 발휘했던 관제선전의 전
략이다. 극장에서 상영되는 '대한뉴스'에서 잘 알려져 있듯 박정희는 서
민과 끈끈한 유대감을 지닌 '농민의 아들'로 자신의 이미지를 각인시켜
켰고, 그의 선전적인 이미지와 더불어 농민정책은 적어도 1972년 이후 최
중점 사업[20]으로 추진되었다. 전통적으로 농사는 못 배운 자들이 짓는
것이었지만, '과학하는 농촌(1966)'이라는 기술적 캐치프레이즈는 근대화

18. 황지우, 「새들도 세상을 뜨는구나」, 『새들도 세상을 뜨는구나』, 문학과 지성사, 1989, 37쪽.
19. 문학사와 비평연구회 편, 『1970년대 문학연구』, 예하, 1994, 54쪽.
20. 1973.04.18 새마을운동 中央協議會, 전국 145개 農漁村 새마을 家內工業센터 중 休業 51개소
(35%), 不實 36개소(25%), 正常 58개소(40%)로 집계. /1972.02.25 內務部, 새마을운동 4개
년 계획 基本資料 얻기 위해 3월 1일부터 全農漁村地域 34,668개 마을의 실태조사 실시키로 결정.
/1972.03.07. 朴大統領, 地方長官會議서 최중점사업은 새마을운동이며 새마을정신을 범국민화할 것
을 유시./1972.03.13. 內務部, 새마을운동의 일환으로 京釜, 嶺東, 湖南 3개 高速道路 주변 개발 위
해 1972년 중 47억원 투입하여 草家 개량 등 6개 事業 벌이기로 결정. /1972.03.24. 全國敎育者會
議 개막(大邱), 各級學校 敎職者 8천여명 참가, ① 安保敎育體系 확립 ② 새마을운동 추진 ③ 國民統
和 저해요인 제거 ④ 敎育風土 개선 결의.

의 이념을 강렬하게 대중 속으로 실어날랐다. '개발도상국'이라는 진보의 이념 하에 근대화의 '이미지'를 보여주는 슬레이트 지붕은 초가지붕을 벗겨내며 근대화의 '영토화'를 달성한다. 그것은 '인공화된 신세계'와 '자연적 토착문화'를 대비시킨 일종의 추상의 문자이며, 부의 이미지이며, 폭발적인 약진의 상징이었다.

또 하나 주목할 만한 것은 국가의 약진과 실천, 행동의 결과를 물질적으로 보여주는 숫자였다. 해마다 갱신되는 숫자는 다시 태어나는 한국의 약진을 표상하고, 개개인의 고통이나 인내 등의 모든 의미를 빨아들인다. 수학적인 지수로 선전되는 경제성장률은 막연한 신념에 대한 분명한 구체성을 확보할 수 있는 가장 극단적인 수사다. 특히 경제개발 5개년 계획같이 프로젝트화된 시간은 놀라운 효과를 발휘했고, 실제로 한국사 연표에 의하면 60년대 이후 국민총생산의 비약적인 발전은 놀라운 바가 있었다.[21] 집단적인 실행지수인 수학적인 표현은, 한국의 문제 많은 정치구조가 얼마나 경제적 약진에 효율적인가 하는 것을 보여주었다. 국가의 미래란 수학적 인식의 축 위에 서 있으며 이러한 숫자의 무한한 상승에 대한 기대가 바로 국가의 미래에 대한 확신과 연관된다. 지수 자체가 목표를 향해 전진하게 하는 유인력을 발휘하며 '선진국 진입'이라는 목표점을 향해 치닫는다. 교역의 지수로 확인되는 국가의 증강은 정권에

---

21. 1966.06.10 제2차 5개년계획 總量 결정(경제성장율 년 7%, 1971년도 GNP 1조 1,696억원 목표, 투자분배 2차 산업에 역점)./1966.08.07. 政府, 1966년도 夏穀 27%의 增産과 秋穀의 豊作으로 당초의 계획을 초과하는 9,427억원에 달할 것이며 GNP 成長率은 10%線에 달할 것으로 推計. 1966.04.21 韓銀, 1965년도 GNP는 3,413억 1,000만원, 개인소득 110달러(1964년 비교 4.7%증가)로 집계. /1973.04.18 새마을운동 中央協議會, 전국 145개 農漁村 새마을 家內工業센터 중 休業 51개소(35%), 不實 36개소(25%), 正常 58개소(40%)로 집계. /1972.02.25 內務部, 새마을운동 4개년 계획 基本資料 얻기 위해 3월 1일부터 全農漁村地域 34,668개 마을의 실태조사 실시키로 결정. /1972.03.07. 朴大統領, 地方長官會議서 최중점사업은 새마을운동이며 새마을정신을 범국민화할 것을 유시./1972.03.13. 內務部, 새마을운동의 일환으로 京釜, 嶺東, 湖南 3개 高速道路 주변 개발 위해 1972년 중 47억원 투입하여 草家 개량 등 6개 事業 벌이기로 결정. /1972.03.24. 全國敎育者會議 개막(大邱), 各級學校 敎職者 8천여명 참가, ① 安保敎育體系 확립 ② 새마을운동 추진 ③ 國民統和 저해요인 제거 ④ 敎育風土 개선 결의.

제2부 파시즘과 문학 이데올로기 215

대한 신념을 보증해 주었다. 자본주의의 성장을 보여주는 국민총생산 100만불의 신화는, 엄청난 화폐단위에 흥분한 국민으로 하여금 국가에 대한 '충성'을 맹약케 하였고, '조국 근대화'의 소명은 영웅 없이는 실현되기 어려운 기적의 이미지로 각인되었다. 국가경제의 성장은 박정희의 가장 큰 위업이었고, 구국의 행위였고, 바로 그런 영도자를 따르는 것이 곧 국가를 따르는 것이었다. 그런 경제성장의 이미지를 디자인하고, 효과적으로 선전할 수 있었던 '극장' 같은 대중문화 시장은, 박정희가 선택한 가장 극적인 재현의 장이었던 것이다.

이렇듯 국가가 '과학'과 '수학'이라는 합리의 담론으로 국민을 설득하는 동안, 민중시 진영은 빚과 실업에 몰린 대중의 모습을 '감상적으로' 재현하였다. 감상과 탄식, 비애로 얼룩진 시적 화자의 모습들은 당대 현실의 파행성을 '리얼'하게 재현하고 있는 듯하지만, 실제로 그러한 재현이 형성될 수밖에 없는 배경에는 민중주의자들의 논리와는 반대로, 국가선전에 동조하고 경제성장에 환호하는 다수의 대중이 존재하고 있다는 사실 또한 간과되어선 안 된다. 비록 당대의 농민이나 노동자의 현실이 지극히 간난했다 하더라도 그들 가운데 상당수는 빈곤의 극복을 위한 국가논리에 동조하면서, 분노와 슬픔보다 근대화에의 신념과 부에의 노력을 경주했다는 사실 또한 놓쳐서는 안 된다. 어쨌든 신경림, 이시영, 이성부, 정희성 등이 작품을 통해 보여주는 것은 국가가 선전하는 광명의 미래란 민중들에게 어둠의 나락에 다름 아니라는 것이었다. 국가의 부에 대한 수학적인 인식에도 불구하고, 부에 대한 인공적인 관념(국민총생산)과 일치하지 못하는 심리적 균열과 상대적 빈곤 혹은 불평등의 문제[22]는 민중시 진영에 광범위한 문학적 이슈를 제공한다. 가령 신경림 시집 『농무』(창작과비평사, 1973)는 "신명나지 않는 농촌 생활"[23]을 재현하고 있다. 텅 빈 운동장, 철없는 조무래기들만 따라나서는 장거리에서의 농무, 채산성이 없는 농사 등에 대한 자조와 한탄은, '새마을 노래'로 선전되는 농촌의 신바람과는 거리가 먼 것이지만, '농촌'을 선전의 기지로 활용했던 관제언어의 맥락을 십분 활용하고 있다. 또한 정희성의 「저문 강에 삽을 씻고」에서처럼, 국가적 진보에의 신념을 뒤흔드는 빈곤의 재현도 민중시 진영에서 중요한 주제로 부상하였다. 모든 것이 경제적 질서로 재편되는 사회는 인간마저 팔아넘기는 '인간시장'(김홍신)으로 축약되었다.

경제에 대한 통치세력의 관심만큼이나 민중시 진영도 경제적인 문제에 초점을 맞추었는데, 박 정권에게 있어 국제적인 시장이란 국가의 번영과 풍요를 약속하는 고무적인 것이었지만, 민중시 진영의 인식으로 그것은 제3제국의 민중에게 이중의 수탈을 강요하는 고통스런 질서였다. 문학의 입장에서 보면 무섭게 성장하는 국가의 시장은 민중을 짓이기는 것이었고, 끝없는 저항 속에서도 노동자는 영원히 부유한 자로 재건될 수 없는 계급이었다. 그렇게 파괴적인 방식으로 재건되는 국가는 한도를 벗어나는 폭력에 짓밟힌 '겨울공화국'으로 재현되었다. 통치자의 선전이 서서히 물질주의에 경도되기 시작한 대중의 호응에 의존했다면, 민중시학은

---

22. 근로기준법이라는 추상적인 법이 구체적인 삶의 문제로 인식되었고, 그것이 바로, 경험, 사실, 삶의 현상에 대한 인식의 시발탄이다. 특히 1970년 11월 13일 평화시장 재단사였던 전태일이 "근로기준법을 준수하라", "노동자들을 혹사하지 말라"라고 외치며 분신함으로써 추상적인 법으로 인식되었던 것이 구체적인 삶의 문제로 인식시킨 것이나 동시대의 말기에 일어난 Y·H무역 노동자들의 신민당사 농성 사건 등은 비록 언론에 보도되지 않았음에도 불구하고, 정부의 일방적인 경제 정책이 안고 있는 문제성과 비인간성을 널리 알려주는 계기가 되었다. 정권말기에 이른 1979년 8월 9일 새벽, Y·H무역의 여성 노동자 200여 명은 공장 폐쇄를 반대하던 농성장(기숙사)을 빠져나와 신민당사로 몰려갔다. 그 곳에서 다시 농성을 시작하자 집권당의 독재정치에 대항하던 야당, 언론인, 지식인, 종교인 등도 연대하고 나섰다. 이에 집권당은 8월 11일 새벽, 경찰을 통해 무력으로 진압하였는데, 이 과정에서 Y·H 무역의 노동자 김경숙 양이 숨졌고, 100여 명이 부상당했다. 이 사건은 집권당의 도덕성에 큰 타격을 주었고 또 능력 부재를 드러내었다. (이태호, 「1970년대 노동운동의 궤적」, 『실천문학』 제4권, 1993, 190~191쪽) 이러한 사회적 불평등이라는 구조적인 문제에 대한 인식 이후 민중진영에서 막시즘의 이슈를 다시 돌아보는 것은 자연스러운 일이었다.

23. 신경림이 그의 시에서 농촌 문제에 관심을 기울였던 것은 근대화 자체에 대한 반대가 아니라 서구적인 근대화에 대한 반대와 깊이 연관되어 있다. "한 나라, 한 민족이 살아온 길이나 이룩해 온 문화는 그 나름으로 타당한 근거를 갖는 것으로서 단번에 외국적인 삶이나 문화에 종속될 수 있는 것이 못된다"라는 지적에서 알 수 있듯이, 그는 우리의 근대화가 서구식으로 진행되는 것에 반감을 갖고 있었다. (인용 부분은 신경림, 「왜 농촌문학이 우리 문학에서 중요한가」, 『삶의 진실과 시적진실』, 전예원, 1983, 91쪽.

국가가 건설한 시장의 이데올로기를 공격하면서도 국가가 건설한 시장경제 덕에 문화적 향락을 가질 수 있었던 대중에 의존했다. 그럼에도 불구하고 시장의 이윤이 자유와 번영을 창조하는 게 아니라 가난과 빈곤의 악순환을 낳는다는 도식은 민중시에서 너무나 자주 반복되는 문학적 주제이다. 문제는, 시장에 대한 이념적인 저항과 현실적인 타협이라는 양립적인 갈등이다. 바로 이것은 민중시가 직면한 적나라한 현실일 수밖에 없었으며, 이러한 현실이 바로 '독재 대 민중'이라는 단순한 도식성을 벗어나 민중시의 구도를 '문화'라는 관점에서 바라보아야 하는 까닭이다. 실제로 '대중의 오락'은 서서히 불어닥친 경제적 '여유'에서 가능한 것이다. 생계를 유지하며 평범한 소시민이 되어 텔레비전을 보고 극장을 방문하는 대중들에게 민중시 진영이 제시한 것은, 새롭게 갱신되는 숫자 같은 '새로움'이 아니라 '기억'의 호명이었다. 민중시 진영은 국가가 제공하는 수학적 인식보다 정서적 인식을 유도하는 '향수' 어린 전략들을 개발하는데, 그 대표적인 것이 향토적인 '놀이'로서의 공동체 문화이다. 그들은 전통적인 민예나 소집단의 놀이문화 등에 주목함으로써 대중이 함께 호흡할 수 있는 민중이념의 장을 확보하고자 했다. 이를 민중 진영이 '문화'를 이용하고, 국가가 '문학'을 이용했던 상황과 연결시켜보면 대단히 흥미롭다.

　여기서 우리는 국가선전의 또다른 문학적 요소를 주목할 필요가 있다. 『우리 민족이 나아갈 길』, 『민족의 저력』, 『민족중흥의 길』, 『국가와 혁명과 나』, 『지도자의 길』, 『연설문집』 등의 관제문학은 물론, 메모와 기록을 유달리 좋아하던 대통령은 쿠데타를 일으키기 위해 비행기로 상경하던 때도 "영남에 솟은 영봉 금오산아 잘있거라. 삼차 걸쳐 성공 못한 흥국일념. 박정희는 일편단심 굳은 결의 소원 성취 못하면 쾌도할복 맹세하고 일거귀향 못하리라"라는 시를 남겼다. 무엇보다 박정희가 애용했던 것은 표어였는데, 언제나 현장 공무원들은 지필묵을 대령하고, 대통령은 (79년 10월 26일 서거일에도) 삽교천 방조제 준공식에 참여해 '삽교천 유역 농업개발 기념탑'을 남겼다. 그는 경복궁 준공 아산 현충사 성역화 작업, 경주종합관광개발계획, 강화도 전적지 정화사업 등 곳곳에서 글을 남기고 광화문 현판, 수원시 화령전의 운한각 현판, 세종로 충무공상, 강화도 용두돈대에 세워진 강화 전적지 정화사업비(신미양요기념), 윤봉길 의사를 기리는 예산사당이나 3·1운동의 발상지인 탑골공원 삼일문 등, 언제나 글을 남겼다. 관공서를 방문하면 기관에 따라 글을 남겼는데, 해병대 사령부엔 '우리 청룡만세(1965)', '출전준비(1967)', 농협중앙회엔 '과학하는 농촌(1966)', 전매청엔 '잎담배 수출증대(1966)' 민주공화당 중앙훈련원엔 '이곳을 거쳐나가는 자여, 조국은 너를 믿노라(1969)' 문화공보부엔 '유신이념의 구현(1973)' 재무부에는 '저축은 국력(1976)' 같은 표어성 구호성 문구를 내렸다. 새해에는 '민족의 나아갈 길'을 밝히는 휘호를 내리고, '혁명완수(1962)' '근검절약(1962)' '자립(1966)' '중단없는 전진(1971)' '총력안보(1972)' '근면협동 총화단결(1974)'이라는 문구를 강조했다. 그리하여 국민에겐 서예 붐이 불었고, 대통령은 통일주체 국민회의 원원들에게 '유신'을 새긴 벼루를 선물하기도 했다. 그는 이러한 '글'과의 친화성을 통해 영조나 정조 같은 '명필성군'의 이미지를 대중에게 각인시켰다.[24]

특히 박정희가 애용했던 표어는 수백 년 지워지지 않을 비문에 새겨지기도 하며 국민의 소명을 각인시켰다. 분명하고 확신에 찬 언어는 국민의 역할을 상기시키는 대단히 실용적인 효과를 발휘한다. 여기서 우리가 유의해야 할 것은 표어 자체가 언어적 수학이라는 점이다. 숫자나 구호, 표어로 제시되는 미래의 희망을 믿고 국민은 국가를 따라야 했으며, 그 시스템 자체에 내재된 폭력에도 불구하고 단합과 실행이라는 지상명제 앞에 비판적 태도를 취할 수 없었다. 문자기호의 특수한 재현인 표어라

---

24. 「2005년의 박정희 박정희의 2005년」, 『한겨레21』, 2005. 2.15. 32~34쪽.

는 형식은 정보를 극단적으로 시각화하고 짧은 어구로 기억시킨다는 점에서, 국가가 지향해온 이상과 정신, 가치를 효과적으로 주입시킬 수 있었다. 특히 70년대의 관제언어는 대통령의 훈시나 대통령이 유행시킨 '서예'라는 글자의 이미지 속으로 파고듦으로서 전통의 이미지화, 기억의 실용화를 지향한다. 다시 말해 언어적 실용성이 극대화된 표어문화는 이미지에 민감한 인간정신을 예민하게 자극한다. 즉 비문이나 현판 같은 물질적 형식에 문자의 의미가 결합됨으로써 그 자체로 하나의 강력한 이미지를 구성한다. 전달하는 물질(매체)과 의미의 완전한 결합체는, 국가이념의 강력한 인지표상, 국가선전의 최종 형태인 셈이다.

뿐만 아니라 박정희는 대중의 정신을 결집시키고, 국민들을 분기시키고 신바람나게 만드는 노래와 문학의 힘을 아는 사람이었다. 여러 가지 자료를 통해 보면 그는 대중의 심리를 교묘하게 조종하는 방법에 탁월한 안목을 보여주고 있다. 특별히 대통령이 문학에 대한 애호[25]를 자주 표현했다는 점, 문학검열이 극단에 이른 시절, 『25시』를 쓴 게오르규가 정부의 초청으로 한국을 찾았던 사실(1975)[26] 등도 의미심장하게 돌이켜 보아야 할 현상이다. 박정희는 작사와 작곡에도 일가견이 있었는데, 그 시절 무려 222곡이 금지곡으로 지목당했음에도 불구하고 박정희는 「나의 조국」「새마을 노래」 등 건전가요의 가사를 썼고 직접 작곡도 했다. "종이 울리네 꽃이 피네"로 시작되는 「새마을 노래」처럼 공격적이고 거친 건전가요는 귀가 따갑도록 사방에서 울려퍼졌다. 노래 속에 끼어든 강력한 악센트는 진보와 약진의 문법을 소리 속에서 '이미지화'한다. 그것

---

25. 박정희는 실제로 시를 사랑했을 뿐 아니라 시인들과 친했다. 일례로 6·25동란 때 정훈장교였던 시인 이용상은 1951년에 '아름다운 생명'이란 제목의 시집을 내려고 했지만 돈이 없었다. 이 시인의 사정을 전해 들은 박정희 대령(당시 육군정보학교장)은 시인에게 시집 발간 비용을 대준 것은 물론 대구사범 동기인 인쇄소 사장에게 소개장까지 써주었다.

26. 이때는 김지하 시인이 사형 언도를 받고 투옥되어 있을 때인데 박정희 대통령이 김지하는 꼭 죽인다고 여러 사람 앞에서 공언하여 그가 꼭 죽을 것이라는 소문이 돌 때였다. (신경림, 『나의 문학이야기』, 문학동네, 2002, 43~44쪽)

은 메시지를 재현하기 위한 선전의 도구로서 음악이 활용된 것이라는 점에서 순수한 음악 그 자체는 아니다. 그것은 마치 음표가 입고 있는 유니폼처럼 끝없이 주기적으로 공격적으로 울려퍼진다. 대중가요집의 끝막에 수록된 '건전가요'는 음악 속에서 메시지를 전달하는 '언어'의 역할을 수행한다. 그것은 대중의 의식을 결집시키고, 각성시키는 계도적 '오락'이며, 그 어떤 노래보다 깊이 반복적으로 대중의 의식 속에 메시지를 각인시킴으로써, 국민정신을 쇄신시키는 국가선전의 역할을 수행한다.

재미있는 것은 민중시 진영에서 주목했던 것 또한 바로 이런 음악적 요소라는 점이다. 국가선전이 '건전가요'를 통해 국민이 지닌 신념 혹은 이상을 불러일으켰다면, 민중 진영은 시대에 대한 묘한 비애감을 부추기는 비장한 음율이나 집권자의 지배에 익숙해져 있던 민중들의 서러운 가락들을 통해 분노와 체념, 혁명의 감각을 불러일으킨다. 누추한 생의 비애로운 정서를 '과장되게' 담아냄으로써, 이념적으로는 자유와 민주를 부르짖으면서도 내면으로는 절대 권력의 지배에 길들여진 왜곡 양상을 표출하는 것이다. 여기서 '노래시'라는 특이한 양상이 탄생하는데, 특히 문학의 구비성과 구전성에 대한 관심은 민중시학이 자신의 미학을 구축하는 중요한 토대가 된다. 그것은 활자화된 텍스트를 너머 '텍스트화'라는 '사건' 즉 문학이 생성되는 거대한 장으로서의 토대에 관심을 기울이게 한다. 권력관계의 네트워크 속에서 활자로 실현되지 못한 판소리, 민요가락 등에 대한 민중시인들의 인식, 가령 김지하 시의 판소리 가락이나 신경림 시의 민요가락 등은 민중의 미학을 육체화하기 위한 전략이었다. "시인이 민중과 만나는 길은 풍자와 민요정신 계승"이라는 신념하에 김지하가 "민요·민예(판소리·탈춤)에 나타난 민중의 언어"[27]에 관심을 기울인 것도 이러한 맥락에 놓여 있다. 하지만 그것은 근대화의 논리나 마르크시즘과 같은 치열한 '의식'의 소산이 아니라, 독재정권을 증오하는 '감정'의 소산이었음을 김지하는 밝히고 있다.[28] 김지하의 시적 의도를 가장 뚜렷하게 잘 반영한 작품이 그의 시집 『黃土』의 제일 끝에 수록된 「탈」이다.

　　놀램탈 겁냄탈 참을탈 뇌둘탈

　　성난 눈에 고춧가루 특제 발라 탈

　　최루탄 발라 탈

　　큰집 발라 탈

　　법 발라 탈 총 발라 탈

　　엮음 발라 탈[29]

　이 「탈」은 민중들이 향유했던 판소리, 사설 등의 전통적 운율을 통해
'최루탄'이나 '법', '귀밝은놈' 등에서 연상되는 독재정권의 폭압과 민중의
수난을 재현하고 있다. '탈'이라는 단어 자체가 갖는 이중성 또한 대단
히 희화적이다. 그것은 '가면'과 같은 '탈'이 될 수도 있고 '아파서 잘못되
었다'는 의미의 '탈'이 될 수도 있다. '탈'이 난 사회를 '탈'의 해학적인 모
습으로 알레고리화하고, 너무도 잔인했던 고문관들을 '큰 집'에서 '성난
눈에 고춧가루 특제'를 바르는[30] 민중을 '탈'내는 존재로 풍자하고 있다.

27. 이야기의 도입에 못지않게 중요한 의미를 지니고 있는 것이 이들 시에 나타나 있는 화자(서정적 주인
　　공)의 신분과 관련된 목소리의 전환이다. 그의 작품세계는 『황토』에서 『애린』으로 이어지는 서정시와
　　『오적』에 대설 『南』으로 이어지는 담시로 구성되어 있으나, 70년대 민중시의 대표작은 다분히 주관적
　　인 서정시보다 담시 쪽이라고 할 수 있다. 민중의 한(恨)은 김지하의 서정시와 담시의 공통적인 주제
　　이다. 『황토』의 서정시가 이 한이 내면화된 형식이라면, 담시는 민중적 자기긍정에 바탕을 둔 어두운
　　역사, 부도덕하고 억압적인 정치권력, 사회적 모순―이것들은 민중의 한의 직접적인 원인으로 인식된
　　다―에 대한 비판적 풍자의 형식이다. 『오적』, 『비어(蜚語)』(1972)로 대표되는 민중적 이야기꾼의 목소
　　리로 서술되는 풍자적인 담시에서의 '풍자'는 그에 의하면 사회적 폭력과 추(醜)를 "예술적으로 왜곡·
　　고장하고 사실의 폭력을 찬탈하거나 폄출하는 방법에 의하여 그 모순을 전형적으로 폭로하고 규탄하
　　는 비판의 예술이다"(「풍자냐 자살이냐」, 서준섭, 「현대시와 민중」, 문학사와 비평연구회 편, 『1970년
　　대 문학연구』, 1994년, 38쪽)
28. 그는 자신을 저항의식 투철한 혁명투사로 인정하지 않는다. 자신은 그저 박정희를 가슴 가득 미워했
　　을 뿐, 그것이 사상적 치열성은 아니었다고 말한다. 김지하, 『흰 그늘의 길 2』, 학고재, 2003, 95쪽
　　참조.
29. 김지하, 『타는 목마름으로』, 창작과비평사, 1993, 104~105쪽 재수록 시.
30. 이승하, 『한국의 현대시와 풍자의 미학』, 문예출판사, 1997, 135쪽.

그에게 '탈'이란 국가가 총체적으로 덮어쓰고 있는 허위의 이미지였고, 그 이미지의 뒤안에서 판소리의 음율은 그 허위의 이미지를 풍자하는 민중의 목소리를 하나로 묶어낸다. 이렇듯 김지하는 '담시'라는 하나의 갈래를 정립해 놓았는데, 그는 "우리 국민의 정서에 걸맞은 민중시를 쓰기 위해" 형식은 노동요니 판소리니 하는 고전문학 작품에서 끌어오고, 문학정신은 그런 작품에 담겨 있는 풍자와 해학의 정신에 의거하기로 결심한다.[31] 담시의 개념을 정의하고 있는 다음의 진술은 70년대 민중시가 강조했던 '소리'의 중요성을 확인시켜준다.

> "극적 요소와 서정시적 요소, 서사시적 요소가 뒤섞여 있음에 그치지 않고, 결정적으로는, 그 모든 요소들을 작품의 바탕에서 떠받쳐주는 핵심 요소가 담시 속에는 있으니, 그것이 바로 '소리'다. 그리하여 '담시'는 소리꾼의 요소가 강한 광대에 의해 구연되는 것이 원칙이다. 물론 이러한 '담시'가 우리 민족의 자랑스러운 문화유산인 저 '판소리'의 전통을 이어받고 있음은 지극히 당연한 일이다."[32]

위의 진술에서도 엿보이듯이, '소리'에 대한 민중시인들의 경도는 문자로 정착된 내용만이 아니라 의미의 형식에 대한 새로운 탐구이자 의미의 복잡한 사회적 구성에 대한 비판적 인식의 표출이다. 재미있는 것은 이러한 가락, '소리'에의 집중이 '건전가요' 류의 전략을 통해 근대화의 이념을 주입했던 박 정권의 문화정책과 상응한다는 점이다. 이는 다시 '이미지와 소리'의 구도로 이해될 수 있을 것이다. 박 정권이 근대화의 선전적인 이미지나 악센트로 근대화의 이미지를 '주입하는' 노래를 통해 대중을 장악하려 했다면, 민중시는 다각적인 '소리'의 전략으로 국가선전을 분쇄

---

31. 이승하, 위의 책, 138쪽.
32. 김지하, 『五賊』, 솔출판사, 1993, 19쪽.

하고, 권력의 문법과 표현들을 전복하려 하였다. 간략히 말해 '노래' '소리' 등에 대한 민중시 진영의 특별한 강조는, 근대화라는 신념의 형식 속에 만들어진 이미지를 분쇄하는 중요한 '정서적' 전략이었다. 권력적으로 한정된 경계나 형식을 거부하는 '소리'는, 인공적으로 의미를 고정시키고 배치하는 권력의 뒤안에서 대중의 정서를 손쉽게 묶어내며 신념과 확신 이전의 심리적 자연으로 대중을 유인한다. 국가는 자연적 주체를 각성과 신념의 형식으로 이미지화시키고자 했지만 민중시 진영은 그러한 인공의 신념을 벗어던진 정서와 소리의 영역으로 주체를 소환한다.

여기서 우리는 국가선전의 가장 기본적인 장치가 시각적인 이미지라는 점을 다시 상기할 수 있을 것이다. 시각적인 이미지는 가장 강렬한 감각을 짧은 시간에 각인시킨다는 점에서 손쉽게 정치의 도구가 될 수 있다. 하지만 청각적인 요소는 표현의 주권을 가진 권력에 대항하여 우회적이고 정서적인 방식으로 공공의 장소에 도달한다. 즉 노래나 음악 같은 것은 확신의 형태가 아니라 감정이입을 통해, 기사나 뉴스 같은 '권력의 재현'과 경쟁하고 대중의 '오락'으로 유포됨으로써 권력을 얻게 된다. 문학은 활자와 지면을 넘어서서 문화적 영역으로 흘러나간다. 「아침이슬」 같은 '불온한 노래'는 시장에서 '건전가요'와 경쟁한다. 의미로 존재하지 못했던 소리에 문자를 입히고 표현의 '장소'를 박탈당한 메시지를 대중의 입을 통해 유포시키는 것은, '노래시' 혹은 노래시 운동의 형식으로 광범위하게 퍼져나간다. '이념의 노래화'는 말 그대로 '대중의 오락거리'로 문학을 주고자 했던 민중 진영의 핵심적인 전략이다. 정치적 목표를 향해 '노래'라는 무기를 얻은 이들은, 한걸음 더 나아가 공공의 언어 시스템이 허용하지 않는 벽시 또는 전단과 등사물 등의 작은 소통방식을 통해 대중과 적극적으로 만나고자 했다. 가령 김지하의 「타는 목마름으로」(『타는 목마름으로』창작과비평사, 1982)에 암시되는 유신 시절의 광경처럼, 비장하게 쓰여진 '벽시'는 대중의 공감과 연민을 통해 '재현의 권력'

을 확보하며 노래로 작곡되어 퍼져나간다. 민주주의에의 갈망을 새벽 뒷골목에서 남몰래 '벽'에 써야 한다는 시적 정황이나 그가 화장실 휴지에 썼던 양심선언 같은 귀퉁이의 말들은 80년대의 황지우의 시 속에 암시되는 바, ("예비군편성및훈련기피자일제자진신고기간//자 : 83. 4. 1 ~ 지 : 83. 5. 31"(「벽·1」)) 벽에 붙어 있는 정부의 광고물과 대비되어 '소리'와 '이미지'라는 대립구도를 다시 한번 만든다.

이와 같이 국가가 장악한 복잡한 언어 시스템이 근대화의 이념을 정신적이고 의식적인 차원의 관제언어와 이미지로 조직하려 했다면, 민중시 진영은 그 저변에 흐르는 '소리'와 소통물들을 통해 '정서'의 공동체라는 목표를 지향했다. 이러한 모순적인 이중구도 속에서 주목해볼 수 있는 것은 1970년대의 '노래문화'와 민중음악의 태동이다. 70년대의 민중음악은 직접적으로 저항의 메시지를 노출하기보다 우회적이고 정서적인 음율로 시대의 비극성을 강조하였다.[33] 예컨대 김민기의 「아침이슬」은 가사만으로 보아서는 민중음악적 특성을 발견하기 어려우나, 곡조의 비장함 등은 저항적 감수성을 불러일으킨다. 이 노래의 가사에 대한 한 문화평론가의 해석을 보자.

"마치 '밤'과 같은 엄혹한 현실에서 '설움'을 맺고서 태어난 '아침이슬'이 독재 하에서 죽어간 사람들이 묻힌 '묘지'에 떠오르는 '태양'을 보면서

---

33. 1972년 초헌법적인 긴급조치 시대가 시작되면서, 그 이전까지의 낭만적 학생 운동기는 막을 내리고 사회 각계각층에서 새로운 민주화 운동의 풍가가 만들어지게 되었다. 민주화 세력들은 대중음악의 향유를 거부하고, 대중음악이 가지는 체제순응성에 대한 비판적 인식과 함께 새로운 노래문화를 원하게 되는데, 이는 1970년대 후반, 민중음악 문화를 성립시키게 되는 배경이 되었다. 대중음악에 대한 비판 내지는 극복의 전망을 가지고, 대중음악과는 구별되는 별도의 향유 계층과 별도의 존재 방식을 가진 독자적인 노래문화가 이 시기부터 성립되기 시작한 것이다. 이러한 태동기를 거쳐 민중음악은 1980년대에 꽃피기 시작한다. 하지만 1970년대 민중음악의 가사는 직접적으로 현실적 문제를 토로하고 이의 해결을 추구하는 방향보다는 최대한 민중음악적 색채를 숨기면서 그 이면에 우회적이고 은유적으로 사회상을 지적한 내용이 주를 이룬다. 또한 그 문제의 해결 방안에 있어서도 뚜렷한 정치 사회적 지향점을 제시하기 보다는 '~로 가고 싶다'는 류의 불분명한 목표를 내세우는 특성을 보인다. 이러한 이유로 이 시기의 민중음악은 '철학적인 가사의 대중음악'이라 보아도 손색이 없을 듯한 특성을 지닌다.

'나의 시련'에 대한 각성을 하고 이 깨달음을 통해 마침내는 드넓은 지향
점인 '광야'로 '가노라' 라는 선구적 의미를 담고 있다고 해석할 수도 있
는 것이다."[34]

　그 밖에 대중가요와 민중가요의 습합 현상도 두드러진다. 일례로 조
하문의 「해야」[35](박두진의 해를 노래로 바꾸어 불렀다), 김광석의 「광야에서」[36], 김
민기의 「봉우리」 등은 민중적 이념을 담은 대중의 오락물로 폭넓은 인기
를 얻었던 예이다. 이러한 여러 현상들을 통해 볼 때 우리가 간과해선 안
될 것은, 민중시 진영과 국가선전이 표면적이고 직접적인 갈등 너머 공유
하고 있는 유사한 지반이다. 민중 담론을 국가가 선전하는 허위의 말들
에 대한 반담론으로 해석할 수도 있지만, 민중 담론의 형성과정에서 함
께 지속되어 온 국가선전의 전략들을 고려하여 본다면 오히려 그것은
국가선전이 전제되어야만 존재할 수 있었던 특이한 '공존의' 담론으로
받아들이는 것이 무난할 듯하다. 또 하나 간과할 수 없는 것은 노래를
통한 정서적 연대체가 바로 민중시 진영이 비난하면서도 적극 타협을 지
향했던 자본주의 시장과의 합작품이라는 점이다.
　마지막으로 부언하고 싶은 질문은, 이러한 민중가요의 확장이 독재세
력에 대한 저항감 때문이라고 말할 수 있을까 하는 점이다. 인간의 내면
에는 언제나 슬픔과 비애를 느끼는 강렬한 본능이 잠재되어 있고, 결국

34. 이영미, 「서태지와 꽃다지」, 『한울출판사』 1995, 24쪽.
35. 어둠 속에 묻혀 있는 고운 해야, 아침을 기다리는 앳된, 얼굴 어둠이 걷히고 햇볕이 번지면 깃을 치리
　　라. 말간 해야, 네가 웃음지면 홀로라도 나는 좋아라. 어둠 속에 묻혀 있는 고운 해야, 아침을 기다리
　　는 앳된 얼굴. 해야 떠라, 해야 떠라, 말갛게 해야 솟아라. 고운 해야, 모든 어둠 먹고 앳된 얼굴 솟아
　　라. 눈물 같은 골짜기에 서러운 달밤은 싫어. 아무도 없는 뜰에 달밤이 나는 싫어라. 해야 떠라, 해야
　　떠라, 말갛게 해야 솟아라. 고운 해야, 모든 어둠 먹고 앳된 얼굴 솟아라, 해야 떠라, 해야 떠라, 말갛
　　게 해야 솟아라, 고운 해야, 모든 어둠 먹고 앳된 얼굴 솟아라. 해야 떠라.
36. 찢기는 가슴 안고 사라졌던 이 땅의 피울을 있다. 부둥킨 두 팔에 솟아나는 하얀 옷의 핏줄기 있다. 해
　　뜨는 동해에서 해지는 서해까지 뜨거운 남도에서 광활한 만주벌판 우리 어찌 가난하리오. 우리 어찌
　　주저하리오. 다시 서는 저 들판에서 움켜쥔 뜨거운 흙이여.

민중 진영이 그처럼 열렬하게 신봉했던 노래는 사회의 불의와 모순에 대한 자각보다 노래 그 자체가 담지하고 있는 인간 본성의 표현에 힘입어 대중에게 그 위력을 발휘할 수도 있는 것이기 때문이다. 근대화의 논리로 견고하게 구축된 국가선전이 '음악'이란 요소를 유달리 강조한 것도, 동서고금 언제나 음악을 향유하고자 하는 대중의 평범한 욕구와, 노래를 통해 공동체를 지향하고자 하는 인간 본성을 간파했기 때문인지도 모른다. 마찬가지로 노래시 운동은 민중이념의 '공동체화'만이 아니라 무의식적으로 노래를 통해 발생하는 '군중화'라는 현상을 통해서도 그 의미가 되새겨질 필요가 있다. 즉 무언가에 감화되고 설득당하기보다 인간 스스로가 자신을 귀속시킬 감성적 공동체를 찾는 것은 현대의 자본주의 문화에서 너무나 쉽게 찾아볼 수 있는 현상이기 때문이다. 어쨌든 자본주의 사회에서 다수의 민중을 지배하는 것은 개개인의 저열한 욕망이다. 그 욕망은 윤리적 신념보다는 강력한 힘에 복종하고, 영웅에 의해 지배받고자 하는 성향을 가지고 있다는 점은 70년대의 국가선전과 민중시의 문화전략을 통해서도 다시 한 번 되새겨볼 요소라 판단된다.

4. 결론

1960년 군사정권의 출현 이후, 정권이 바뀔 때마다 문화정책은 국가통치의 중요한 전략으로 다루어져 왔다. 국가가 '선전과 검열'을 통해 국민의 의식을 결집하고 조종하려 한다는 사실 자체가 문화적 권위를 지니지 못한 한국정치의 척박한 현실을 웅변하는 것이지만, 그러한 국가선전이 정권의 부당성에 대한 의혹에도 불구하고 70년대만큼 대중에게 막강한 위력을 발휘했던 시절은 드물 것이다. 국정 교과서가 설정되고 문예진흥원이 설치되는 등 국가문화 전반을 정부가 장악했던 시기, 민중시 진영은 다양한 논의를 거쳐 '문화운동'으로서의 문학관념을 제창한다. 국가가 정치적 메커니즘을 노련하게 조종하며 근대화를 촉성할 수 있는 '국민정신'의 건축을 노정했다면, 민중시 진영 또한 대중을 새로운 역사적 주체이자 정서적 연합체로 조직하기 위해 수많은 문화전략을 모색한다. 그 대표적인 전략인 언론을 위한 싸움이나 노래시 운동 등은 박정희의 문화정책이 노정했던 대중문화 정책과 유사한 지반을 공유하고 있다.

민족의 영도자라는 거대한 상징에 복속되어 있던 국가선전과 마찬가지로, 민중시는 '민중'이라는 거대한 상징을 구축하며 모든 문학적 내용과 수사를 그 아래 복속시킨다. 이는 관제언어가 주입한 국민정신 혹은 '영웅'의 이미지의 역상문자인 셈이다. 국가가 '현실'을 운반하고 전달하는 숫자, 표어, 건전가요 등을 통해 '국민'의 이미지를 생산하고 단합의 정신을 촉구했다면, 민중시 진영은 민중이란 정서적 연합체의 이미지를 농민과 노동자 등의 이미지로 생산함으로써 제국에 반항하는 '민중'의 이념을 구체화시킨다. 그럼에도 불구하고 관제선전이 구성한 '영도자'의 이미지와 민중시학이 노정한 민중의 이미지는 다양한 차원에서 충돌하면서도 어딘지 닮은 느낌을 던져주는 것은 왜일까. 민중이념에 의하면 민중의 국가는 근대화를 위한 총체적이고 인공적인 의식혁명이 아니라 과거(역사, 경험)의 의미에 대한 자각과 정서적 연대를 통해 가능하다. 이러한 양자의 언어는 '영웅성'과 '집단성' 혹은 '미래'와 '과거' 같은, 서로를 지반으로 하는 상호공생의 의미관계에 놓여 있는 것은 아닐까. 실제로 정부가 고취하고자 했던 '역사의 중흥'을 위한 문화정책은 민중시에 주어진 토대이자 그와 긴밀하게 상호작용하는 발판이 되는 것은 아닐까.

그럼에도 불구하고 문화시장에서의 '대중'의 장악을 위한 양자의 전략은 분명한 차이점을 보인다. 군사문화와 규율적 사고에 익숙한 대통령에게 있어 시장의 사유는 국가논리를 뛰어넘어서는 안 되는 것이었고, 집단을 위태롭게 하는 개인적 사유는 제거되어야 했다. 막연하거나 모순되거나 하는 것은 분명히 정의되어야 했다. 국가정신의 메시지는 구호나 표어, 숫자처럼 확신과 신념을 불어넣는 방식으로 선포되었다. 반면에 민중시 진영은 독재국가에 대한 저항감을 대중에게 불어넣기 위해 특별히 음악적 요소를 통해 대중을 이런 비참한 국가에 대해 책임감을 지닌 감정적 주체로 탈바꿈시킨다. 즉 하나의 개인을 '국민'으로서 정치적 질서에 동화시키는 것이 아니라 '민중'이라는 감정적 단합체로 묶어내는 것이다. 이것은 바로 국가가 경쟁하고 있는 세계시장 대 개인경제, 그러한 국가의 승리와 약진만을 지속적으로 비춰주는 텔레비전의 이미지와, 감춰진 개인들의 삶의 '어두운' 재현이라는 구도 등으로 압축된다. 국가는 급속히 뻗어가는 고속도로, 도시, 빌딩 등의 조작되고 편집된 이미지를 대한뉴스 등을 통해 실어나른다. 하지만 그러한 조작된 이미지 뒤에 작동하는 폭력을 민중시 진영은 서럽고 비장한 '노래가락'으로 자주 표출하였다. 국가가 과거와는 낯설게 차이화된 새로운 이미지를 통해 대중을 장악하려 했다면, 민중시 진영은 친숙하고 전통적인 음률을 통해 대중과 만나고자 했다. 특히 '노래시'는 민중의 이념을 실어나를 시와 정서적 격동을 유발하는 음율이 함께한다는 점에서, 대중의 호기심과 욕망에 의존하는 시장 시스템을 타고 번져나갈 수 있는 강점을 지닌다. 이는 재현의 헤게모니를 박탈당한 민중시 진영이 얻어낸 표현의 무기이며, '문화'의 발견에 초점을 맞추고 전략적인 혁명을 모색했던 시기의 커다란 수확이다.

　우리는 박정희의 문화정책을 70년대의 '축'으로 기억하고 있지 않다. 하지만 70년대의 국가문화정책은, 민중시가 전개시켜나간 다양한 논제들과 깊숙이 얽혀 있고, 민중문학의 강조점, 체험구조, 언어에 이르기까지 상당히 강렬하게 그 영향이 입력되어 있다. 세세히 민중시의 전개맥락을 짚어가다 보면, 민중시에는 국가가 대중을 조종하기 위해 사용했던 관제언어와 유사한 맥락들이 상당히 많이 녹아 있음을 알 수 있다. 이러한 사실은 민중시의 표현의 지반이 곧 국가선전이자, 그것에 의해 상당부문의 메시지와 스타일이 생산되었다는 점을 암시한다. 민중 진영의 문학적 재현은 다름 아닌 국가선전의 역상문자이며, 선전적인 이미지로 가시화된 '사실'의 배음이기도 하다. 민중시 진영은 국가선전이 노정했던 거의 모든 영역의 전략을 역으로 면밀하게 구사함으로써 유신독재의 '문화적' 장벽을 돌파하고자 했다. 관제문학이 가진 헤게모니를 따라잡을 수 없는 문학은 대중문화 속으로 노래나 음송방식을 통해 파고들었고, 유인물·정당지·팜플렛·만화 등의 대중문화의 전파력은 정권에 도전할 수 있는 또다른 통로이자 무기로 활용되었다. 여기에는 어떻게 대중들의 의식과 접촉할 수 있을까, 어떤 방식으로 말할 수 있을까 하는 질문이 공명한다. 어쩌면 민중시가 울려보낸 목소리는, 민중의 목소리 그 자체가 아니라 국가선전과 얽히고 설켜 있는 대중의 목소리를 정치적으로 '편집'한 것은 아닌가 하는 비판적 질문도 가능할 것이다. 문학을 대중의 '오락물'로 주고자 했던 새로운 문화전략의 모색 또한 궁극적으로는 정의와 진실을 대변하기 위함이 아니라 재현의 '권력화'를 위한 전략은 아닐까 하는 혐의도 약간 끼어든다. 지배와 검열에 맞서기 위한 정치적인 글쓰기가 '대중'의 발견과 더불어 더욱 속화된 상업화로 치달렸던 민중시 진영의 최근 현상 또한 우리는 외면할 수 없기 때문이다.

여기서 우리는 군사독재 정권이 구축해놓은 시장경제가 얼마나 민중시학에 기여하였는가? 라는 질문을 새롭게 던질 필요가 있다. 독재정권과 민중시 진영은 자본주의라는 경제시스템 안에 공존함으로써 다층적인 갈등과 마찰을 빚어냈지만, 대중의 오락물과 습합되며 그 영역을 '경쟁적으로' 확장시켰다. 그간 민중시는 독재정권 혹은 폭압적인 현실의 대항담론으로서, 경제적 정치적 차원에서 그 반담론적 성격만이 지나치게 부각되어왔다. 하지만 당시 민중시가 그토록 분쇄하고자 했던 당대의 문화정책 혹은 국가선전과 관련된 증거자료를 찾아 민중시의 전개와 연결시켜보는 것은, 민중시의 다양한 면모들과 체험구조, 표현적 실체를 더듬어보기 위한 대단히 중요한 과제로 남겨진다고 하겠다.

동화의 수사학과 예술의 정치성

박 정 선

1. 일제 말기 서정시에 대한 의문

중일전쟁 발발(1937)을 계기로 일본은 본토와 마찬가지로 식민지 조선에
서도 준전시체제에서 전시체제로 전환을 강제했다. 국가총동원법의 시
행(1938)으로 본격화된 전시체제는 중일전쟁, 태평양전쟁으로 이어지는 제
국주의적 침략전쟁의 승리를 위해 사회 제반 영역에 총동원을 강요했다.
문학 분야에서도 예외 없이 파시즘[1]을 체현한 '국민문학' 창작을 요구했
다. 『문장』 창간호의 권두언은 식민지 조선 문학인들에 대한 일본 파시
즘의 요구가 어떠했는가를 명징하게 보여준다. 그 요구란 "동아의 천지"
가 "미증유의 대전환기"에 있기 때문에 문학인들은 "우물 안 같은 서재"
에 갇혀 있지 말고 "필봉을 무기삼아 시국에 동원하는 열의"를 보여야
한다는 것이다.[2] 정도의 차이는 있을지언정 이런 요구에 자유로울 수 있

는 문학인은 없었다. 그런데 이 시기에 일본 파시즘의 이데올로그로 변신한 시인들은 파시즘 이데올로기를 번안한 시를 쓰면서도 정치적 구호를 직설적으로 드러낸 시가 아니라 일정한 문학적 수준을 갖춘 서정시를 썼다. 또한 파시즘과 어느 정도 거리를 두고 있던 시인들도 문학의 전시 동원이 강제되는 상황임에도 불구하고 현실과 무관한 순수서정시를 창작하였다. 이런 현상은 이전의 사상적 기반이 민족주의였건, 자유주의였건, 마르크스주의였건 상관없이 여러 시인들에게서 두루 나타난다. 그래서 서정시는 일제 말기 시의 주된 경향 가운데 하나라고 말할 수 있을 정도이다. 이 현상을 어떻게 설명할 수 있을까?

서정시의 장르적 성격을 고려한다면, 의문은 더욱 증폭된다. 전통적으로 서정시는 인간과 세계의 행복한 합일과 그런 상태에서 발현되는 환희를 노래하는 장르로 정의되어 왔다. 그런 정의가 가능하기 위해서는 합일과 환희를 노래할 수 있는 세계에 시인이 실제로 존재해야만 한다. 그러나 실상은 그렇지 못했으므로 근대 이래 서정시인들은 현실에서 벗어난 세계를 발견하고 그 영토에서 합일의 대상을 찾음으로써 반서정의 현실로부터 탈주하였다. 낭만주의는 서정시인들의 이 같은 미학적 탈주를 가장 극명하게 보여준 사례였다. 그렇다고 그들이 억압받은 것은 아니

---

1. 지금까지 이루어진 파시즘 연구에서 파시즘 개념은 대체로 네 가지 의미로 사용되고 있다. 이데올로기로서의 파시즘, 운동으로서의 파시즘, 정치체제로서의 파시즘, 그리고 지배세력으로서의 파시즘이 그것이다. 이 가운데 이데올로기로서의 파시즘 개념이 가장 보편적으로 사용되고 있다. 본 논문에서도 파시즘은 대부분 이데올로기의 의미로 사용될 것이며, 그 외에도 정치체제나 지배세력의 의미로 사용되기도 할 것이다. 파시즘 개념의 의미를 구체적으로 밝힐 필요가 있을 때에는 파시즘 이데올로기, 파시즘 체제, 파시즘 세력과 같이 표현할 것이며, 그렇지 않을 경우에는 단독으로 언급할 것이다. 파시즘 개념이 홀로 쓰일 경우에는 이 셋 중 어느 한 의미로 쓰이기도 하고, 때론 중층적 의미로 쓰이기도 할 것이다. 그렇다 하더라도 그것이 어떤 의미로 쓰이는지는 문맥을 통해 쉽게 유추할 수 있을 것이다. 한편 본 논문에서는 운동으로서의 파시즘 개념은 제외된다. 본 논문에서 중심적으로 다루는 대상이 일본 파시즘인데, 일본은 이탈리아나 독일과 달리 대중정당이나 대중조직이 미약하여 파시즘 체제의 구축이 대중적인 운동을 통해서가 아니라 기존의 지배세력, 특히 군부를 중심으로 한 지배세력의 강제를 통해서 이루어졌기 때문이다.
2. 「시국과 문필인」, 『문장』, 1939. 2, 1쪽.

었다. 그들은 다만 시인들일 뿐이었기 때문이다. 하지만 파시즘의 시대가 되면 사정은 달라진다. 파시즘은 자신의 정치적 목적을 달성하기 위해 미학을 이데올로기의 선전도구로 적극 활용했다. 따라서 파시즘 체제하의 예술가는 누구나 예술을 통해 파시즘에 복무해야만 했다. 파시즘 체제에서는 반파시즘적 예술은 물론이고 파시즘과 무관한 예술도 배격되었기 때문이다.[3] 그런데도 정치나 현실과 무관한 지점인 리리시즘lyricism[4]에 자신의 존재 근거를 둔다고 간주되어 온 서정시가 예술의 도구화가 강요되던 파시즘의 시대에 어떻게 쓰일 수 있는가? 그것이 가능하다면, 서정시인은 자신에게 그토록 적대적인 세계에서 어떻게 합일과 환희를 노래할 수 있는가? 왜 어떤 서정시인은 파시즘에 동조했고, 또 어떤 서정시인은 그로부터 거리를 두었는가? 그리고 무엇보다 파시즘은 왜 탈현실적인 성격을 지닌 서정시가 창작되도록 방관했는가? 이러한 의문은 파시즘과 서정시, 나아가 파시즘과 리리시즘 사이에 어떤 상관성이 존재할 것이란 점을 가정하게 한다. 본 논문은 이런 가정을 일제 말기 서정시를 통해 검증하고, 그것을 토대로 파시즘과 리리시즘의 관계를 규명하려는 목적에서 비롯되었다.

지난 10여 년 동안 한국 근대문학 연구는 오랫동안 '암흑기'로 규정하여 논외로 취급했던 일제 말기 문학을 새롭게 조명하는 데 열중해 왔다. 일제 말기 문학에 대한 그 이전의 연구는 '친일/반일'의 이분법적 관점에 근거를 두고 있었다. 그렇기 때문에 논의는 친일 문학과 반일문학을 구

---

3. 그것을 증명할 근거를 무수히 제시할 수 있지만, 이광수의 다음과 같은 발언만으로도 충분할 것이다. 일제 말기에 이광수는 예술이 '국가의 이상' 실현에 기여해야 하며, 그러기 위해서는 '예술지상주의'를 청산해야 한다고 주장했다. 이광수, 「신체제하의 예술의 방향」, 『조광』, 1941. 2.

4. 한국문학에서 'lyricism'은 서정(抒情), 서정성(抒情性), 서정주의(抒情主義) 등으로 번역되어 다양하게 쓰이고 있다. 따라서 연구자별, 맥락별 쓰임새에 대한 분석을 통해 리리시즘 개념의 한국적 수용과 활용에 대해 정리할 필요가 있다. 이는 별도의 논의 공간이 필요할 것이다. 일단 본 논문에서는 리리시즘을 서정성을 핵심원리로 하는 미학적 입장으로서 미학주의(aestheticism)의 범주에 속하는 것으로 규정하도록 하겠다. 그러므로 본 논문에서 리리시즘은 '서정주의'의 의미로 쓰인다.

분하고, 민족주의적 윤리적 차원에서 작품을 평가하는 데 치우쳐 있었다. 게다가 연구대상도 몇몇 문학인과 그들의 작품에 한정되어 있었다. 최근의 연구는 이러한 단조로운 연구방식을 지양하고, 일제 말기 문학의 실상을 심층적으로 새롭게 고찰하는 방향으로 전개되고 있다. '협력과 저항'의 인식틀 도입, 협력과 저항의 내적 논리 재구성과 역사철학적 의미 부여, 미검토 자료에 대한 실증주의적 분석, 텍스트와 컨텍스트의 변증법적 비교 등이 최근 일제 말기 문학 연구의 주요 방향이라 할 수 있다. 게다가 최근의 연구는 양적으로나 질적으로 지난 반세기의 연구를 능가할 정도에 이르렀다. 일제 말기 문학에 대한 이 같은 연구는 근대문학사의 결락을 메우고, 문학과 정치의 관계에 대한 폭넓고 근본적인 성찰과 모색을 추동한다는 점에서 의의가 매우 크다.

그러나 일제 말기 문학에는 아직 미답지가 많이 남아 있다. 특히 시 장르가 그러하다. 최근의 일제 말기 시 연구는 친일시에 집중되어 있다. 물론 이는 그 동안 소홀히 다루어진 분야라는 점에서 집중적인 고찰이 필요하다. 그러나 친일시와 동시대에 존재했지만 비타협적 저항의 성격을 띠는 시에 대한 연구는 상대적으로 소홀한 편이다. 그런 점에서 대일협력적 작가와 문학에 집중된 연구가 일제 말기 문학사에 대한 총합적, 균형적 이해를 가로막고, 절필과 침묵의 길을 선택했던 문학인들에 대한 관심을 약화시킨다는 지적[5]은 최근의 연구 경향에 대한 예리한 비판이다. 이 시기 시에 대한 예전의 연구가 윤동주, 이육사에 완고하게 결박되어 있었다면, 최근의 연구는 친일 시인에게만 집중되는 역편향 현상을 보이고 있다. 따라서 비타협적 경향을 띤 시인들과 그들의 시에 대해서도 고찰할 필요가 있다. 그럼으로써 일제 말기 시에 대한 총체적인 이해가 가능해질 것이다. 다른 한편으로 연구 경향이 개별 시인론과 작품론에만

---

5. 방민호, 「일제 말기 문학인들의 대일 협력 유형과 의미」, 『한국현대문학연구』 22집, 한국현대문학회, 2007, 234쪽.

치중되어 있다는 것도 문제다. 이제 각론적 논의가 어느 정도 축적된 시점이므로 전체를 아우르는 총론적 논의가 필요하지 않은가 한다. 그럼으로써 일제 말기 파시즘 문학에 대한 거시적 파악이 가능해질 것이다. 이는 각론적 논의에 연구 관점이나 이론틀을 제공하는 역할을 할 수 있을 것이다.

본 논문은 이상에서 제기한 의문과 문제를 토대로 다음 두 가지를 중심으로 전개될 것이다. 파시즘과 리리시즘을 원리적 측면과 발생론적 측면에서 비교하여 서로 어떻게 같고 다른지를 분석할 것이다. 또한 전시체제기(1938~1945) 일본 파시즘과 한국시의 리리시즘이 어떻게 관계 맺는지를 추적함으로써 파시즘과 리리시즘의 상관성이 어떤 양상으로 현현하는지를 살펴볼 것이다. 이를 위해 일제 말기 서정시를 고찰할 때에는 텍스트의 내외적 요소를 함께 고려할 것이다. 이는 문학연구의 상식이지만, 일제 말기 서정시에 접근할 때에는 특히 유념해야 할 사항이다. 만일 서정시의 외적 요소만을 살핀다면, 왜 친일 시인들이 파시즘을 예찬하는 시를 쓰면서도 다른 한편으로 서정시를 썼는가를 제대로 해명하기 어렵기 때문이다. 또한 만일 서정시의 내적 요소만을 살핀다면, 왜 서정시를 쓴 어떤 시인들은 친일로 나아가지 않았는가를 해명하기도 어렵기 때문이다.

2. 전체주의와 동화의 수사학

1) 주객 동일성의 원리

지금까지 서정시는 시적 주체가 자신을 둘러싼 세계와 일체화된 상태에서 솟구치는 감정을 노래한 시라고 일컬어져 왔다. 그런데 서정시에 나타나는 주체의 감정은 저절로 생겨나는 것이 아니라 외부 세계의 매개를 통해서만 생성된다. 그렇기 때문에 '서정抒情', 즉 감정의 발현은 주체와 객체의 관계를 전제로 할 때 비로소 가능해진다. 그 관계가 합일과 조화의 양상, 다시 말해 이질적인 존재들 간의 거리가 사라지고 서로가 하나로 융화하는 '동일성'[6]의 양상을 띨 때, 주체의 내면에서 샘솟는 감정은 에로스적 황홀이다. 이러한 황홀의 감정을 가능케 하는 동일성의 상태는 시의 서정성을 담보하는 기본 조건이다.[7] 그런 점에서 동일성은 서정시를 판별하는 주된 요소이자 서정시를 '동화의 수사학'으로 부를 수 있는 근거가 된다. 그렇기 때문에 서정시 논의는 오랫동안 주체와 객체의 동일성을 중심으로 이루어져 왔다.[8] 그 동안 서정시를 재정의하려는 시도가 여러 차례 있었다. 이런 시도들은 근대 서정시가 19세기 낭만주의에서 기원했으며, 그 이후 서정시는 다양한 방향으로 자기진화를 거듭해 왔다는 사실에 바탕을 두고 있다. 이는 서정시의 다채로운 역사적 변전을 근거로 서정시에 대한 본질주의적 정의를 비판하고, 서정시론을 새롭게 정립하려는 노력이라는 점에서 의의가 있다. 그럼에도 '새로운' 서정시론은 아직까지 시론적試論的 수준을 넘어서지 못하고 있으며, 동일성의 원리는 지속적으로 공격받고 있음에도 서정시의 장르적 성격을 해명하는 주된 근거로 널리 인정받고 있다. 그래서 서정시에 나타나는 동일성은 리리시즘의 핵심 성분이라 할 수 있다.

그런데 원리적 측면에서 볼 때, 파시즘에는 리리시즘의 동일성과 유사

---

6. 여기서 '동일성'은 슈타이거가 서정적인 양식을 지칭하기 위해 사용한 'Erinnerung'과 상통한다. 그는 이 개념을 "주체와 객체 사이의 거리의 소멸"과 "서정적 상호침투"를 의미하는 것으로 사용했다. Emil Staiger, *Basic Concept of Poetics, trans.* by Janette C. Hudson and Luanne T. Frank, Pennsylvania: Pennsylvania Univ. Press, 1991, 82쪽. 이 개념은 한국어판에서는 '회감(回感)'으로, 영어판에서는 '회상(remembrance)'이나 '내면화(interiorization)'로 번역되었다. 이 번역어들은 슈타이거의 의도와는 달리 주체의 인식 작용이란 의미를 내포하고 있어서 부적절해 보인다. 슈타이거의 설명에 따른다면, 이 개념은 관계성이나 상태성을 나타내는 것이기 때문이다. 따라서 이 개념은 합일된 관계나 상태를 가리키는 '동일성' 개념으로 이해하는 것이 더 적절할 것이다.
7. 김준오는 주체와 객체 사이의 거리가 소멸되어 있다는 점에서 주객 동일성의 상태를 "거리의 서정적 결핍(lyric lack of distance)"이라 명명하고, 이를 서정시의 본질이라고 보았다. 김준오,『시론』, 삼지원, 1991, 29쪽.
8. 서구문학과 마찬가지로 한국문학에서도 서정시 논의는 대부분 주체와 객체의 관계에 초점이 맞춰져 있다. 대표적인 예에 대해서는 박현수,「서정시 이론의 새로운 고찰」,『우리말글』40호, 우리말글학회, 2007, 261~262쪽을 참고할 것.

한 점이 있다. 파시즘을 규정하는 한 특성인 전체주의가·바로 그것이다. 파시즘은 "개인보다는 전체, 부분적 파편성보다는 유기적인 총체성"[9]을 지향한다. 이러한 전체주의 이데올로기는 일본 파시즘에서도 뚜렷이 나타난다. 천황제의 이데올로기적 특성을 "가족국가관"이라는 개념으로 요약할 수 있는데, 이는 "국가를 '가족(家)'의 연장과 확대"로 보는 관점이다.[10] 이 관점에 따르면, 천황은 가부장[11]이며 국민은 천황의 자녀이다. 그래서 천황제 하에서는 천황과 국민, 국민과 국민은 모두 혈연적 유대관계로 굳건히 결속되어 있다고 간주되었다. 이러한 가족주의적 전체주의가 파시즘 이데올로기와 결합된 것이 일본 파시즘이다. 그런 탓에 그 주축은 처음부터 지배세력이었다.[12] 일본 파시즘 세력은 가부장제적 가족국가관을 일본을 넘어 식민지 조선으로, 아시아로 확대 적용해 갔다. 중일전쟁을 계기로 병참기지로서 조선의 중요성이 높아지자, 일본 파시즘은 이전의 내선융화론을 폐기하고 내선일체론을 식민지 조선에 강력히 설파했다. 이 내선일체론의 근거가 된 것이 고대사 연구를 토대로 만들어낸 동근동조론同根同祖論이었다. 일본 파시즘은 동근동조론에 의거한 내선일체론과 '만세일계'라는 신화에 근거를 둔 천황제론을 통해 식민지 조선인을 일본 제국의 신민으로 호명하였다. 또한 국가총동원법, 국민총력조선연맹 등의 법적, 제도적 장치를 통해 식민지 조선인을 국가로 동일화시켰다. 그럼으로써 조선인의 전시 동원을 기반으로 하여 전쟁 승리라는 정치적 목적을 달성하려 했다. 파시즘은 이 같은 전체주의적 동

9. 최문규, 「파시즘 문학의 담론과 정치적 기능」, 『문학이론과 현실인식』, 문학동네, 2000, 190쪽.

10. 후지타 쇼조, 김석근 역, 『천황제 국가의 지배원리』, 논형, 2009, 30쪽.

11. 여기에 '살아 있는 신'의 이미지와 '정치적 주권자'의 이미지가 덧씌워지면서 천황이라는 정치적 상징이 만들어졌다. 후지타 쇼조, 위의 책, 36~37쪽 참고.

12. 일찍이 마루야마 마사오는 일본 파시즘의 특징을 '위로부터의 파시즘'이라는 개념으로 설명한 바 있다. 일본 파시즘이 군부나 관료 등 지배집단을 주축으로 하여 확립되었음에 주목했기 때문이다. 이는 독일 파시즘이나 이탈리아 파시즘이 대중운동의 형태로 출발한 것과는 상반된다. 파시즘의 두 가지 유형에 대해서는 마루야마 마사오, 김석근 역, 『현대정치의 사상과 행동』, 한길사, 1997, 제2부 '제3장 파시즘의 제 문제'를 참고할 것.

일화를 효과적으로 이루기 위해 '스펙터클의 정치학'을 병행한다. 파시즘은 대규모 군중 집회나 일상적 의식, 대중매체, 웅장한 조형물이나 건축물을 통해 국가와 민족의 위대성을 대중에게 보여준다. 예컨대 일본 파시즘이 강제한 궁성 요배나 신사 참배, 정오 묵도 등의 각종 관제행사, 대중매체를 통해 유포한 남방 담론[13] 등은 파시즘이 구사한 스펙터클의 정치학의 대표적인 예이다. 이러한 일련의 과정 속에서 파시즘은 대중에게 하나의 운명공동체에 속한다는 희열과 새 역사 창조에 참여한다는 흥분을 불러일으키고, 공동선共同善을 위해 희생할 수 있도록 해준 국가에 대해 감사의 마음을 갖게 한다.[14] 스펙터클의 정치 과정에 동원된 대중이 비판적 능력을 상실하게 될 때 그는 국가와 합일하는 듯한 느낌, 즉 "파시즘적 황홀"[15]을 경험한다. 또한 그는 자신을 국가라는 유기체적 시스템의 일부라고 인식하며, 나아가 자신을 국가와 동일시하게 된다. 파시즘은 이처럼 동일성의 원리를 전유하여 전체주의 이데올로기를 생산하고, 스펙터클의 정치학을 통해 대중을 전체주의적으로 조직한다.

　리리시즘과 파시즘은 공통적으로 동일성의 원리를 내장하고 있다. 리리시즘과 파시즘은 이런 측면에서 유사성이 있다. 그러므로 리리시즘은 동일성의 원리를 수단으로 하여 파시즘으로 나아갈 수도 있다. 다시 말해 리리시즘은 자신의 입장을 고수하면서도 파시즘을 노래할 수 있다. 그 때문에 파시즘은 리리시즘이 체제에 즉자적으로 혹은 직접적으로 기여하지 않는다 하더라도 그 존재가치를 인정해 준다. 그래서 미학주의로서 리리시즘은 파시즘 체제에서도 살아남을 수 있다. 일제 말 전시체제기의 경우 많은 시인들이 파시즘의 전체주의에 자신의 서정시학을 일치시

---

13. 태평양전쟁기에 전선이 동남아시아로 확대되면서 일본 파시즘의 팽창주의 정책에 부응하는, 때론 그것에 앞서나가는 남방 담론이 급속히 확산되어 갔다. 이에 대해서는 권명아, 『역사적 파시즘』, 책세상, 2005, '제4부 남방 종족지와 제국의 판타지'를 참고할 것.
14. 로버트 O. 팩스턴, 손명희·최희영 역, 『파시즘—열정과 광기의 정치 혁명』, 교양인, 2005, 55쪽 참고.
15. 박현수, 「친일 파시즘 문학의 숭고 미학적 연구」, 『어문학』 104집, 한국어문학회, 2009, 217쪽.

킴으로써 친일 문학의 길로 황홀하게 이끌려간 바 있다. "시 정신은 미를 사수하는 정신"[16]이라고 말할 정도로 철저한 미학주의자였던 김종한이 파시즘의 미학적 이데올로그로 변신하는 경위를 추적함으로써 리리시즘과 파시즘의 내적 연관성을 확인할 수 있다.

> 오래된 돌배나무에, 늙은 원정園丁은
> 사과나무의 어린 가지를 접목했다.
> 날이 시퍼런 칼을 놓고
> 차가운, 유릿빛 하늘에 담배연기를 흘려보냈다.
> "그런 일이, 가능할까요."
> 가만히, 원정의 아내는 고개를 갸우뚱했다.
>
> 머지않아, 철쭉이 매소賣笑했다.
> 머지않아, 버드나무가 음탕했다.
> 오래된 돌배나무에도, 변명처럼
> 두 송이 반의 사과꽃이 피었다.
> "그런 일도, 가능하군요."
> 원정의 아내도, 마침내 웃었다.
>
> 그리고, 버드나무는 실연失戀했다.
> 그리고, 철쭉은 늙어버렸다.
> "내가, 죽은 후에는"
> 늙은 원정은 생각했다.
> "이 가지에도, 사과가 열리겠지.

---

16. 김종한, 「시단시평」, 『문장』, 1940. 11, 155쪽.

그리고, 내가 잊힐 때에는…"

정말, 원정은 죽었다.
정말, 원정은 잊혔다.
오래된 돌배나무에는, 추억처럼
사과의 붉은 볼이, 가지가 휠 정도로 빛났다.
"그런 일도, 가능하군요."
원정의 아내도, 지금은 죽었다.

—김종한, 「원정園丁」[17] 전문

  김종한의 「원정」은 기존 연구자들에 의해 친일시로 분류된 작품이다.
그러나 텍스트 자체만을 보았을 때, 이 시는 전혀 친일적이지 않다. 이 시
에서 돌배나무와 사과나무는 서로 이질적인 존재임에도 불구하고 원정
(정원사)의 접목을 통해 하나가 된다. 원정의 아내는 두 나무의 접목이 과
연 실현될 수 있을지에 의문을 제기하지만, 돌배나무에 접목한 사과나
무에 꽃이 피고 마침내 가지가 휠 정도로 붉은 사과가 가득 열린다. 이러
한 결실은 원정의 신념과 노력이 있었기에 가능했다. 그래서 그의 접목은
다음 세대를 위한 숭고한 행위가 된다. 비록 원정은 죽고 존재조차 잊히
지만, 그는 자신의 노력의 결실인 사과를 통해 재생한다. 시적 주체는 이
모든 과정을 담담한 어조로, 그러나 숭고한 자세로 표현하고 있다. 그렇
기 때문에 돌배나무, 사과나무, 원정, 그리고 시적 주체 사이에는 거리감
이 존재하지 않는다. 이러한 내재적 읽기를 통해 본다면, 이 시는 이질적
인 것들의 합일과 그것을 위해 헌신한 한 늙은 원정의 숭고함에 대한 서
정적 찬가이다.

---

17. 김종한, 「원정(園丁)」, 『국민문학』, 1942. 1, 58~59쪽. 원텍스트를 기본으로 하고, 김병걸·김규동 편,
  『친일 문학작품선집2』(실천문학사, 1986)를 참조하여 번역하였다.

그럼에도 이 시를 친일시로 분류할 수 있는 이유는 이 시가 세련된 수사학적 장치를 통해 파시즘 이데올로기를 미학적으로 재생산하고 있기 때문이다. 최문규는 나치에 부역했던 고트프리트 벤의 시를 근거로 "명확하고 구체적인 언어를 통해 파시즘 이데올로기를 노골적으로 생산해내고 있는 문학작품도 있지만, 동시에 차원 높은 형이상학적 수사를 통해 독자를 파시즘 이데올로기로 유도하려는 시도가 있다."[18]라고 지적한 바 있는데, 「원정」이 바로 이러한 시에 속한다. 이 시가 쓰일 무렵 일본 파시즘은 식민지 조선 문학인들에게 내선일체의 문학적 형상화를 요구하고 있었다. 또한 김종한은 이미 일본 파시즘을 내면화하고 있었다. 이러한 사항을 고려한다면, 이 시에서 오래된 돌배나무와 그에 접목되는 사과나무 가지는 각각 일본과 조선을 상징한다. 그리고 두 나무의 완전한 합일의 결과인 사과는 내선일체의 완성이 가져올 '아름다운' 결과를 상징한다고 해석할 수 있다. 그 사과는 원정도, 원정의 아내도 죽은 뒤에야 비로소 열리는데, 이는 내선일체의 지난함에 대한 일본 파시즘의 인식에 부합한다. 하지만 일본 파시즘이 내선일체를 완성할 수 있을 것이라 확신했듯이, 가지가 휠 정도로 탐스럽게 열린 사과는 내선일체 실현의 지난함에 대한 인식을 상쇄하고도 남을 만큼 아름답게 빛난다. 이 모든 것을 가능케 하는 원정은 일본 파시즘이 요구했던 새로운 인간, 즉 내선일체 실현과 동아공영권 건설을 위해 헌신하는 인간을 의미한다. 김종한은 대동아 건설이라는 이상보다도 "그것을 건설하고 싶어 피를 흘리며 애쓰는 국민의 '인간'으로서의 생명력과 진실"에서 "영원에 이어지는 시적 아름다움"을 느낀다고 말하면서 그러한 인간을 "무명의 영웅" 또는 "반도의 새로운 영웅"으로 불렀다.[19] 그런 존재가 이 시에서는 원정인 셈이다. 따라서 이 시는 내선일체 이데올로기를 형상화[20]한 작품으로서 파시

---

18. 최문규, 「파시즘 문학의 담론과 정치적 기능」, 214쪽.

즘적 수사를 전혀 동원하지 않으면서도 파시즘을 노래하는 것이 어떻게 가능한지를 잘 보여준다.

김종한은 등단 초기부터 민요시나 자유시 형식을 통해 향토적 서정을 노래했다. 예컨대 그의 초기 대표작인 「낡은 우물이 있는 풍경」[21]은 봄날 오후의 농촌 풍경을 낡은 우물을 중심으로 하여 서정적으로 묘사한 작품인데, 이 시에는 일제하의 농촌 현실에 내재된 모순은 탈락되고 목가적인 아름다움만이 선명히 부각되어 있다. 한편 그는 서정시를 "순수의 예술시"[22]로 정의하면서 시에서 사회성이나 사상성을 날것의 형태로 노출해서는 안 된다고 주장했다. 또한 순수시(서정시)가 구현해야 할 최고의 순간을 "'시적 법열法悅'이나 '신神에의 일치'나 '기운생동氣韻生動'이나 또는 '무사념無邪念', '진성眞性'"[23]이라 설명했다. 여기서 최고의 순간이란 시인이 절대적 순수의 상태에 이른 때를 말한다. 김종한은 이러한 순간에 도달한 시인의 내면을 표현한 것이 진정한 시라고 여겼다. 그런 점에서 그의 시론은 순수서정시론에 속한다. 이러한 서정적 시풍과 리리시즘적 미학주의는 파시즘을 수용한 이후에도 계속 유지된다. 이 무렵 김동환은 당면한 국가적 과제를 최대한 많이 시화詩化하는 것이 중요하며, 이 경우 시의 미적 성취는 긴급한 문제가 아니라는 입장을 취했다.[24] 반면 김종한은 "싱가포르의 함락에 그지없이 감격하면서도 돌아앉아 일본 국민의 정감과 사유에 혈액적인 전통과 역사를 가지는 매화를 노래하는

---

19 김종한, 「新しき史詩の創造」, 『국민문학』, 1942. 8. 21쪽.

20. 김종한 스스로도 「원정」이 내선일체를 위해 헌신하는 인간을 노래한 작품이라고 설명했다. 김종한, 위의 글, 21쪽.

21. 김종한, 「낡은 우물이 있는 풍경」, 『조광』, 1938. 9, 198~199쪽. 1937년 『조선일보』 신춘문예 당선작인 이 시는 그 후 여러 잡지와 시집에 수록되었으며, 그때마다 개작이 이루어졌다. 이 시의 발표 서지사항에 대해서는 고봉준, 「'동양'의 발견과 국민문학—김종한론」, 『한국문학이론과 비평』 35집, 한국문학이론과 비평학회, 2007, 195쪽을 참고할 것.

22. 김종한, 「시집 『동경』 독후감」, 『해협』, 1938. 10, 4쪽.

23. 김종한, 「시문학의 정도—참된 '시단의 신세대'에게」, 『문장』, 1939. 10, 202쪽.

24. 김동환, 「전쟁과 애국시인—조국과 조선시인의 관련」, 『매일신보』, 1941. 11. 22~11. 24.

시인이 있다면 그의 작가적 태도에도 행동 이유를 허락하는 것이 대국민으로서의 건설적인 금도襟度가 아닐까 생각합니다"[25]라고 말했다. 이 발언은 김동환의 견해에 대한 우회적 반박의 의미를 지니는데, 그 이면에는 『만엽집萬葉集』이라는 절대적 배후가 있었다. 김종한에겐 『만엽집』이야말로 일본정신의 정수이자 시의 정전正典이며, 그러한 세계를 노래하는 것이 전쟁찬가를 쓰는 것보다 더 가치 있는 일이라는 믿음이 있었던 것이다.[26] 이를 통해 파시즘으로 나아가면서도 미학주의를 고집했던 김종한의 독특한 입장을 확인할 수 있다. 이 점이 파시즘을 직설적으로 노래한 시와 김종한의 시를 구별하는 결정적 요소이다.

김종한이 파시즘을 내면화한 데에는 제국—식민지 관계에 대한 무자각성 혹은 인식의 불철저성,[27] 그리고 시대의 대세로서 파시즘 수용의 불가피함에 대한 판단[28]이 작용했기 때문이다. 그런데 미학주의자로서의 신념은 그로 하여금 파시즘을 노래할 경우에도 철저히 리리시즘에 기반을 두도록 했다. 리리시즘과 파시즘 각각에 내재된 동일성의 원리가 매개적 역할을 했음은 물론이다. 그는 "일본국민으로서의 조선인의 아리까따를 생각하는 동시에 국민문학으로서의 조선문학의 아리까따를 생각하는 것으로 지방작가의 봉공의 가능과 방법을 발견할 수 있을 것"[29]이라고 말했다. '아리까따ありかた'가 당위적인 상태나 태도를 의미한다는 점에서 그의 이런 언급은 전체에 대한 개체의 의무를 강조한 전체주의적 동일화 논리와 일치한다. 그러므로 리리시즘의 주객동일성과 파시즘의 전체주의적 동일성이 그의 내부에서 서로 연결되어 있음을 알 수 있다.[30] 이

25. 김종한, 「일지의 윤리」, 『국민문학』, 1942. 3, 30쪽.
26. 김종한은 「일지의 윤리」에서 여러 차례 『만엽집』에 대해 언급했으며, 시 「원정」 말미에 『만엽집』을 본 떠 '반가(反歌)'를 덧붙이기도 했다.
27. 고봉준, 「'동양'의 발견과 국민문학-김종한론」, 200쪽 참고.
28. 심원섭, 「김종한의 전향 과정에 대하여」, 『정신문화연구』 114호, 한국학중앙연구원, 2009, 226~227쪽 참고.
29. 김종한, 「일지의 윤리」, 35쪽.

처럼 시대와 현실에 대한 비판적 성찰이 결여된 리리시즘은 동일성의 원리를 징검다리로 하여 파시즘으로 쉽게 건너갈 수 있다.

2) 주객 관계설정의 이질성

파시즘이 리리시즘과 동일성을 원리적 공통분모로 공유한다 하더라도, 그것의 실현 양상이나 인식적 기원의 측면에서 파시즘은 리리시즘과 다르다. 전체주의로서 파시즘은 전체에 개체를, 국가에 개인을 편입시키기 위한 이데올로기이다. 패스모어는 "'전체주의'라는 용어는 이탈리아 파시스트들이 이탈리아 대중을 '국민화'하려는 자신들의 노력—이탈리아의 요구에 봉사하기 위해 대중을 동원하여 위계질서적이고 준군사화된 공동체 안에 통합하려는 노력—을 정리하기 위해 고안한 것"[31]이라고 지적한다. 그의 설명에 의거하면, 파시즘의 동일성은 주체의 객체 지배와 통제를 목적으로 하는 주체중심적 동일성이라 할 수 있다. 따라서 전체주의적 동일화 과정에서 국가는 개인을 동일화하는 주체가 되고 개인은 국가에 동일화되는 객체로 대상화된다.[32] 여기서 개인의 고유성이나 특수성은 인정되지 않는다. 개인은 다만 국가라는 주체의 일부로서 언제든지 대체나 교환이 가능한 존재로 균질화, 일반화될 뿐이다. 파시즘 체제에서 개인이 존재가치를 인정받는 경우는 "전체의 일부분으로서 전체를 위해"[33] 봉사해야 한다는 조건을 충족시킬 때뿐이다. 그런 점에서 파

---

30. 앞서 살펴본 것처럼 「원정」에서는 동일성의 원리가 '내선일체'로 나타나며, 뒤이어 쓴 「합창에 대하여」(『국민문학』, 1942. 4)에서는 '동아공영'으로 발현된다. 그래서 전자는 내선일체론을, 후자는 동아공영론을 작품화한 것이다.

31. 케빈 패스모어, 강유원 역, 『파시즘』, 뿌리와이파리, 2007, 41쪽.

32. 그럴 때에도 파시즘은 동일화시킬 수 없는 '잉여'의 객체를 항상 규정해 둔다. 그 객체를 주체의 자기 정체성 보증의 증거로 활용함으로써 동일화를 효과적으로 진척시키려 하기 때문이다. 그래서 동일화는 철저히 선택과 배제의 메커니즘에 의해 작동한다. 파시즘 체제 하에서는 사회주의자, 유대인, 성적 소수자, 장애인 등이 동일성의 범주에 포함시킬 수 없는 타자로 규정되어 통제와 억압에 시달려야 했다. 그런데 극단적인 경우에 그런 비동일자를 아예 절멸시켜 버리는 방식으로 파시즘적 동일화가 이루어질 수도 있다. 나치의 홀로코스트가 그것을 대표적으로 보여주었다.

시즘의 동일성 원리는 주체와 객체의 이분법, 주체의 객체 지배라는 근대 인식론의 문제점을 고스란히 내장하고 있다. 더 문제적인 것은 파시즘적 동일화가 식민지에서는 이중의 과정, 즉 피식민지인의 식민주체화와 식민제국과의 종속적 결합을 통해 이루어진다는 점이다. 일본 파시즘의 내선일체론은 일본인과 조선인의 상호 대등적 일체화가 아니라 조선인의 황국신민화를 의미했다.[34] 따라서 내선일체란 조선인의 '일본인 되기'와 '천황의 신민 되기'라는 이중의 과정을 동시적으로 완수해야만 가능한 것이었다. 일본 파시즘의 내부문서에서도 "내선일체의 근본 전제는 황국신민화에 있으며 사심을 버리고 공公을 받들며 진정으로 폐하의 백성이라는 자각에 철저한 것이 모든 제도상의 일체화의 선결 문제이다"[35]라며 내선일체가 상호 대등적이고 무조건적인 동일화를 의미하지 않음을 분명히 하고 있다. 파시즘적 동일화가 식민지에서는 이중의 질곡으로 작용했던 것은 이처럼 동일화가 이중의 과정을 통해 진행되었기 때문이다.

지금까지 서정시에 나타난 동일성은 주체와 객체의 관계 양상에 따라 주체중심적 동일성과 주객대등적 동일성으로 유형화할 수 있다. 주체중심적 동일성은 주체와 객체를 분리하고, 주체의 객체 지배를 정당화하는 근대 인식론의 토대 위에서 구축되었다. 가령 그것은 주체와 객체의 '거리의 서정적 결핍'을 주장하면서도 서정시에서 "대상(세계)은 자립적 의의를 갖지 못하고 주관(자아)에 종속되어 있다"[36]라는 논의에서 발견할 수 있

---

33. 國民總力朝鮮聯盟 防衛指導部 編,『國體の本意と內鮮一體』, 1941, 33쪽, 김명구,「중일전쟁기 조선에서 '내선일체론'의 수용과 논리」,『한국사학보』 33호, 고려사학회, 2008, 384쪽에서 재인용.
34. 김문집의「'조선민족'의 발전적 해소론 서설」(『조광』, 1939. 9)은 그런 논리를 충실히 번안한 글이다. 그는 이 글에서 조선인의 정신적 내장을 소제하고 일본정신으로 채우자고 말했다.
35. 「極秘 內鮮一體ノ理念及具現方策要綱」, 6쪽, 최유리,『일제 말기 식민지 지배정책연구』, 국학자료원, 1997, 31쪽에서 재인용. 한편 윤치호는 내선일체가 사회적으로 논의되고 있음에도 불구하고 생활세계에서는 조선인에 대한 차별이 여전히 존재하는 원인이 조선인에게 있다고 주장했다. 그는 조선인은 일본인과 달리 '책임감'이나 '공덕심'이 없다고 비판하고, 이런 상태라면 차별은 불가피하다고 지적했다. 따라서 진정한 내선일체는 조선인이 황국신민이 되는 것이라고 보았다. 윤치호,「내선일체에 대한 이념」,『조광』, 1940. 3.

듯이 "세계의 자아화"[37]로서의 동일성을 의미한다. 그러나 주체중심적 동일성 논의는 서정시를 역사적 맥락 속에서 새롭게 이론화하려는 시도, 예컨대 전통주의 시학이나 생태주의 시학 등에 의해 지속적으로 비판받아왔다. 따라서 이제 이러한 주체중심적 동일성 논의는 설득력을 얻기 힘들다. 본 논문에서 주목하는 것은 주체와 객체가 서로 대등하게 융화하는 주객대등적 동일성이다. 전통주의 시학이나 생태주의 시학에 기댄 최근의 서정시 담론이 강조하는 것이 주객대등적 동일성이다.[38] 동일성의 진정한 형태로서 주객대등적 동일성은 주체가 객체를 대상화하여 자신에 종속시키려는 목적을 내포하고 있지 않다. 그것은 주체와 객체가 상대의 고유한 존재성에 대한 인정을 바탕으로 합일하는 주객대등적 관계에서 생성된다. 그래서 주객대등적 동일성에서 객체는 주체의 지배 대상이 아니라 '다른 주체'로 간주되며, 주체―객체 관계도 실제로는 주체―주체의 관계를 의미한다. 이러한 주객대등적 동일성은 동양에서는 오랜 역사성을 지닌 것으로서 시학적 차원의 근대 극복이라는 미학적 기획에 의해 진정한 인간해방의 계기로 재발견된 것이다. 바로 이 점에서 리리시즘은 파시즘과 뚜렷이 구별된다.

이와 같이 파시즘과 리리시즘은 그 동일성의 원리의 인식적 기원이나 실현 방식에서 서로 다르다. 전자가 주체의 객체 지배에 인식적 기원을 두기 때문에 주체와 객체의 동일화가 위계적 방식으로 이루어진다면, 후자는 그러한 인식적 기원에 근거하지 않기 때문에 주체와 객체의 동일화는 대등적 방식으로 완성된다. 그래서 파시즘적 서정시와 비슷한 형태를 취하지만 파시즘과 전혀 다른 지반 위에 서 있는 서정시가 존재할 수 있다. 그러므로 리리시즘은 주객대등적 동일성을 통해 파시즘에 저항할 수

---

36. 김준오, 『시론』, 29쪽.
37. 조동일, 『한국소설의 이론』, 지식산업사, 1977, 103쪽.
38. 주체와 객체가 상호 대등 관계에서 이루어지는 '상호주체적 서정성'의 한국적 계보에 대해서는 박현수, 「서정시 이론의 새로운 고찰」, 280~288쪽을 참고할 것.

도 있다. 주체와 객체가 각자의 고유성과 독자성을 잃지 않으면서도 에로스적 융화에 이르는 것이 어떻게 가능한지, 그것을 통해 리리시즘이 파시즘과 어떻게 긴장 관계를 형성하는지를 권환의 서정시를 통해 알 수 있다.

> 박꽃같이 아름답게 살련다
> 흰 눈같이 깨끗하게 살련다
> 가을 호수같이 맑게 살련다
>
> 손톱 발톱 밑에 검은 때 하나 없이
> 갓 탕건에 먼지 훨훨 털어버리고
> 축대 뜰에 티끌 살살 쓸어버리고
> 살련다 박꽃같이 가을 호수같이
>
> 봄에는 종달새
> 가을에는 귀뚜라미 우는 소리
> 천천히 들어가며
> 살련다 박꽃같이 가을 호수같이
>
> 비 오면은 참새처럼 노래하고
> 바람 불면은 토끼처럼 잠자고
> 달 밝으면 나비처럼 춤추며
> 살련다 박꽃같이 가을 호수같이
>
> ─권환, 「윤리」,[39] 일부

권환의 「윤리」는 자연의 비유를 통해 올바른 삶에 대한 희망을 노래한 순수서정시이다. 이 시에서 시적 주체는 소박하고 순정한 삶을 지향한다. 그러한 지향 속에서 그는 박꽃이나 흰 눈, 가을 호수와 같이 아름답고 깨끗하고 맑은 것들을 발견하며, 그것들과 동일화됨으로써 은자적인 삶에 대한 염원을 실현하려 한다. 그러한 염원은 각 연 마지막에 표현된 "살련다 박꽃같이 가을 호수같이"의 반복으로 점점 더 간절함을 더해 간다. 이 시에서 주체와 객체의 동일화를 가능케 하는 것은 이처럼 자연이 지닌 심미성과 순수성이다. 여기에 직유가 수사학적 장치로 적극 활용되었다. 이 시는 직유로 축조되었다고 할 수 있을 만큼 시 전체에서 직유가 강렬한 빛을 발하고 있다. 따라서 이 시에서 주체와 자연은 직유를 통해 합일의 경지를 향해 나아간다.[40] 이러한 동일화는 주체나 객체 어느 한쪽이 다른 쪽으로 편입되는 방식으로 이루어지지 않는다. 주체는 자연을 지배하려 하지 않고, 자연을 닮으려 한다. 그렇기 때문에 자연은 단지 대상화된 존재로 전락하여 주체에 종속되는 것이 아니라 주체에게 삶의 방향성을 지시해 주는 존재로서 자신의 본래성을 훼손당하지 않는다. 또한 주체는 자연을 닮으려 하면서도 자신의 고유성을 잃지 않는다. 그의 자연지향성은 올바른 삶에 대한 희망에서 파생된 것이기 때문이다. 요컨대 이 시에서 주체는 자연을 닮으면서도 본성을 유지하고, 자연은 주체를 위해 자신을 내어 주면서도 고유성을 잃지 않는다.

그런데 시대적 맥락을 고려할 때, 「윤리」는 문제적인 작품이다. 권환이

39. 권환, 「윤리」, 『조광』, 1943. 5; 『윤리』, 성문당서점, 1944. 12, 1~3쪽.
40. 은유가 직접적 동일화 방식을 따르는 반면, 직유는 간접적 동일화 방식에 의지한다. 다시 말해 은유가 이질적인 존재들을 매개항 없이 직접적으로 일치시키는 수사학이라면, 직유는 서로 다른 것들을 '같이', '처럼'과 같은 조사의 매개에 힘입어 간접적으로 연결시키는 수사학이다. 이처럼 직유가 완전한 동일화가 아니라는 점에서 그것을 '결여의 수사학'으로 간주하고 은유와 다른 것으로 구분하는 견해도 있다. 그러나 큰 틀에서 보면, 은유나 직유 모두 이질적인 것들에 존재하는 유사성을 발견하고, 그 유사성을 통해 그것들을 통합시키려는 의식의 산물이다. 본 논문에서는 직유를 이러한 방식으로 이해하고자 한다. 은유와 직유를 엄밀히 구분하는 견해에 대해서는 박현수, 「위조 서정시에 대한 고백」, 『황금책갈피』, 예옥, 2006, 132~138쪽을 참고할 것.

이 시를 발표한 시기가 1943년 5월이었다. 이때는 동아공영권 건설을 지상 과제로 내세운 일본 파시즘이 필리핀과 싱가포르를 점령한 지 1년여가 지난 시점이었고, 식민지 조선에서는 징병제가 공포된 직후였다. 그렇기 때문에 '대동아전쟁' 승리를 위해 총후국민의 멸사봉공이 전사회적으로 강력히 강제되고 있었다. 시인들도 일본 파시즘의 위대성과 동아공영권 건설을 위한 국민의 멸사봉공을, 한마디로 자신의 시대를 노래해야 했다. 그러나 이 시는 그러한 시국과 무관하게 탈속적인 세계에 대한 지향만을 노래하고 있다. 그렇기 때문에 이 시의 세계는 일본 파시즘의 근대초극론에 연결된 사회적, 정치적 유토피아와 전혀 상관없는 개인적, 미학적 유토피아이다. 더 문제적인 것은 시의 제목이다. 권환은 자연 속에서, 자연의 섭리를 따르는 삶의 가치를 노래한 이 시에 '윤리'라는 제목을 붙였다. 이러한 윤리는 일본 파시즘이 요구하는 시대적 윤리와 상반된다. 앞서 살펴보았듯이 김종한은 「일지의 윤리」에서 '전체에 대한 부분의 아리까따'를 강조한 바 있다. '아리까따'가 의무나 윤리와 관련되어 있다고 볼 때, 김종한의 발언은 국가에 대한 국민 개개인의 의무나 윤리를 강조한 것이다. 이는 일본 파시즘의 요구였다. 그런 사항을 고려한다면, 권환은 이 시에서 전체주의적, 시대적 윤리에 개체주의적, 반시대적 윤리를 맞세웠다고 볼 수 있다.

그럼에도 「윤리」는 일본 파시즘으로부터 별다른 제제를 받지 않고 공식적으로 발표되었고, 나중에는 시집에까지 수록될 수 있었다. 이것이 어떻게 가능했는지 이해하기 위해서는 전시체제기에 창작된 권환의 다른 시와 동아공영론을 함께 고려해야 한다. 이 무렵 권환은 「윤리」와 같은 순수서정시를 쓰면서도, 다른 한편으로는 「황취」, 「그대」, 「송군사」 등 몇 편의 파시즘적 서정시를 쓰기도 했다. 이런 시들은 자발성에 따른 것이라기보다는 시집 발간을 위한 현실타협의 결과였겠지만, 어쨌든 이런 시들 때문에 「윤리」와 같이 당대 현실과 무관한 순수서정시가 어느 정도까지는 용인되었을 가능성이 높다. 하지만 이 시만을 놓고 본다면, 그 이유는 다른 곳에서도 찾을 수 있다. 이 시는 동양적인 가치관과 삶의 태도, 즉 동양적인 것을 노래한 작품이다. 전시체제기에 동아공영론에 포박된 국민문학론자들이 지속적으로 요구했던 것이 바로 동양적인 것의 문학적 형상화였다. 그런 점에서 이 시는 일본 파시즘의 동양주의를 간접적인 방식으로 노래한 시로 해석될 수도 있다. 이 시가 잡지나 시집에 실릴 수 있었던 것은 그런 이유 때문으로 보인다.

하지만 권환의 창작 의도는 이러한 파시즘적 해석과는 무관한 지점에 있었다. 일반적으로 시에서 시공간적 지향성이 나타나는 것은 시적 주체가 자신을 둘러싼 조건을 고통스러운 것으로 지각하기 때문이다. 그럴 때 시는 이곳과 저곳, 현재와 과거(혹은 미래)라는 이원적 세계인식에 기초를 둔다. 또한 대개의 경우 두 세계는 대립적인 양상을 띠며, 전자보다 후자에 가치가 부여되어 있기 마련이다. 서정시는 시인의 자기표현이라는 특성이 있으므로, 서정시의 주체는 시인과 일치하거나 그에 근접한 존재로 간주되기도 한다. 그런 의미에서 자연에 대한 낭만주의적 지향을 드러내는 「윤리」에서 전시체제기 권환의 내면을 읽을 수 있다. 권환은 카프 맹원으로서 신건설 사건으로 피검되었고, 전향서약을 했다는 이유로 집행유예를 언도받았다.[41] 그러나 그 이후 그가 파시즘에 자발적으로 부역하지 않았다는 사실을 고려할 때, 그가 사상적으로 전향했다고 보기는 어렵다. 그는 카프 해산 후에도 사상적으로는 현실비판 의식을 견지하고 있었던 것으로 보인다. 반면 삶의 측면에서는 문학운동에서 완전히 벗어나 생활세계로 편입된다. 카프 해산 후 그는 김해 박간농장 농장원을 거쳐 시집 『윤리』를 발간할 무렵에는 경성제대 도서관 사서로 살아가고 있었다.[42] 사상과 생활의 모순은 필연적으로 고뇌를 낳을 수밖에 없

---

41. 권영민, 『한국 계급문학 운동사』, 문예출판사, 1998, 314~324쪽에 수록된 전주지방법원 1심 판결문 참고.

다. 이러한 고뇌는 「명일」[43]에서 실존적 고통과 미래에 대한 갈망 속에서 직접적으로 발현되기도 했다. 그의 '판타지론'을 살펴보면, 「윤리」에 나타나는 자연지향성은 이 같은 고뇌를 초극하고자 하는 열망에서 비롯된 것임을 알게 된다. 그는 판타지를 "현실에 뿌리를 두고 발화發華하는 것"이며, "현실의 아무런 구속과 제한을 받지 않고 자유롭게 창조되는 것"이라고 정의했다.[44] 즉 판타지는 현실의 경험을 토대로 하여 만들어지며, 그 과정에서 상상력이 매개되므로 현실은 일정한 변형을 거쳐 새로운 세계로 재창조된다는 것이다. 그리고 그 세계는 현실로부터 자유로운 세계라는 것이다. 그는 판타지의 아름다움을 언급하며 시에서 판타지가 중요한 역할을 한다고 역설했다. 판타지의 자유성과 아름다움을 거듭 강조하는 그의 발언은 현실의 부자유성과 추함을 암시하며, 현실 초극의 열망을 우회적으로 드러낸다. 그런 의미에서 주체와 자연이 조화를 이룬 이상세계를 형상화한 「윤리」는 그의 판타지론의 시적 구현으로 보아야 할 것이다. 이처럼 「윤리」는 당대 현실과는 다른 세계의 존재들과 합일함으로써 당대 현실을 거부하려는 권환의 리리시즘적 저항의 산물로 볼 수 있다.

3. 근대초극론과 초월의 형이상학

1) 반근대적 초월성의 원리

파시즘은 서구적 근대에 대한 비판과 부정을 토대로 하여 그것을 초극한 신세계의 이미지[45]를 창조하고, 전체주의적으로 통합된 국민의 힘으

---

42. 전시체제기에 일본 파시즘은 사상범죄의 재발을 막는 방법의 하나로 사상범을 대상으로 직업알선 정책을 시행했는데, 그의 생활세계로의 편입은 이런 정책에 따른 것으로 보인다. 권환의 김해시절에 대해서는 이순욱, 「권환의 삶과 문학 활동—권환 문학 연구의 쟁점과 과제를 중심으로」, 『어문학』 95집, 한국어문학회, 2007, 416~422쪽을 참고할 것.
43. 권환, 「명일(明日)」, 『자화상』, 조선출판사, 1943, 3~6쪽.
44. 권환, 「시와 '판타지'」, 『조광』, 1940. 12, 175~176쪽.

로 그 같은 '유토피아'를 건설하려 했다. 그래서 파시즘은 기존 질서에 대해 전복적 태도를 취하는 "의사_{疑似}혁명적인 모습"[46]을 보인다. 독일 파시즘은 부르주아 질서와 자본주의 체제를 타파하고, 흩어져 있는 게르만민족을 규합함과 동시에 영토를 확장함으로써 "독일인에 의한 대독일"[47]을 건설하는 것을 이상으로 내세웠고, 이탈리아 파시즘도 그와 유사한 방식으로 로마제국 재건을 목표로 삼았다. 또한 일본 파시즘은 정치, 경제, 사회, 문화 등 제 방면에서 총동원체제를 확립하고, 일본 민족을 중심으로 동아시아 제 민족을 하나로 통합함으로써 "동양인의 동양"[48]을 건설하는 것을 비전으로 설정했다. 파시즘은 그것을 위해 끊임없이 적을 필요로 한다. 파시즘은 유토피아로 가는 길목을 적이 가로막고 있다는 선전을 통해 국민을 효과적으로 규율하려 하기 때문이다. 그것은 공포를 수단으로 국민을 통제하고 조직화하는 '공포의 정치술'이다. 일본 파시즘은 서양(연합국)을 동양의 평화 정착과 동아공영의 신세계 건설을 방해하는 '귀축_{鬼畜}'으로 규정했다. 그와 함께 서구적인 요소들인 개인주의, 자유주의, 민주주의, 자본주의(공산주의까지도) 등을 모두 사악한 것으로 낙인찍어 배격했다. 반면 동아공영론은 "동아 대지에 부정불의한 모든 현상은 타파해 버리고 새로운 건전하고 명랑한 질서를 가져와서 동아의 인민이 동아의 국가가 참된 의미의 공존공영인 신생을 누리자는 것"[49]으로 미화하며 지속적으로 유포했다. 요컨대 일본 파시

---

45. 파시즘이 제시한 근대초극의 미래상은 신화나 고대 혹은 중세로부터 차용된 것이다. 그런 이미지들은 국가 구성원들을 결속시키거나 이질적인 민족들을 통합하기 위한 정치적, 이데올로기적 수단으로 활용되었다.

46. 마루야마 마사오, 『현대정치의 사상과 행동』, 305쪽. 마루야마 마사오는 파시즘의 이 같은 근대초극적 성격을 다음과 같이 예리하게 지적한다. "파시즘은 …(중략)… 테크놀로지의 고도 발전을 기반으로 하며 현대사회의 제 모순을 반혁명과 전쟁으로의 조직화에 의해서 일거에 구제하려는 구(舊)세계의 '목숨을 건 비약'에 다름 아니다." 마루야마 마사오, 같은 책, 344쪽.

47. 이갑섭, 「나치스 독일의 추진력」, 『조광』, 1939. 7, 42쪽.

48. 「지나사변 2주년」, 『조광』, 1939. 7, 21쪽.

49. 편집부, 「동아신질서 건설의 신 단계」, 『춘추』, 1941. 2, 22쪽.

즘의 근대초극론[50]인 동아공영론은 영미를 중심으로 한 서구세력의 동양 침략에 맞서 전쟁에 승리함으로써 동양 민족을 해방시키고, 나아가 서구적 근대를 초극한 동아공영의 신세계를 건설한다는 것을 골자로 한다. 그러므로 파시즘은 근대 초극의 유토피아 논리를 품고 있다는 점에서 '초월성'을 지닌다.

그런데 초월성은 리리시즘에도 나타난다. 리리시즘의 본질을 동일성이라 본다면, 그 다음으로 주목할 사항은 서정시에 나타나는 동일성의 실상과 그것을 구축하는 과정이다. 동일성에 대한 지향이 서정시의 또 다른 특징인 초월성을 수반하기 때문이다. 앞서 말했듯이 근대는 주체와 객체의 분리, 주체의 객체 지배라는 인식론적 토대 위에 구축된 세계이다. 그래서 근대는 분열과 혼란, 갈등과 억압이 악무한적으로 반복되는 세계이다. 서정시인은 벤야민이 말한 '근대의 천사'처럼 역사의 폭풍에 휩쓸려 미래로 떠밀려가면서 "잔해 위에 또 잔해를 쉼 없이 쌓이게 하고 또 이 잔해를 우리들 발 앞에 내팽개치는 단 하나의 파국"[51]을 고통스럽게 바라보는 존재이다. 그는 이러한 근대의 생활세계에서 서정적 합일에 이르는 유의미한 가치를 발견하기 위해 유랑하지만, 세계 내의 어느 것과도 온전히 합일하지 못한다. 파국의 세계는 서정시가 탄생할 수 없는 황무지이기 때문이다. 그래서 그는 '이 세계'와의 진정한 소통 가능성이 선험적으로 부재한다는 것을 인식하고, '이 세계의 바깥' 가령 시원이나 자연

---

50. 여기서 말하는 근대초극론이란 전시체제기에 『문학계』 그룹과 교토학파, 일본낭만파를 중심으로 전개되었던 이른바 '근대의 초극' 논의를 가리킨다기보다는 군부를 중심으로 한 일본 파시즘 세력이 생산한 정치 이데올로기로서의 근대초극론을 지칭한다. 전자보다 후자가 근본적이고, 실질적으로 제국 일본이나 식민지 조선에 영향력을 발휘했기 때문이다. 이 점과 관련하여 히로마쓰 와타루의 다음과 같은 지적을 참고할 수 있다. 그는 일본 사상계에서 논의된 근대초극론이 그 내부에 다양한 입장의 차이가 있었고 논리도 복잡미묘했지만, "일본 제국주의의 동아시아 정책, 나아가 세계 정책을 이데올로기적으로 추인하면서 합리화하는 성격을 짙게 띠고 있었다"고 평가한다. 히로마쓰 와타루, 김항 역, 『근대초극론』, 민음사, 2003, 45쪽.

51. 발터 벤야민, 반성완 편역, 「역사철학테제」, 『발터 벤야민의 문예이론』, 민음사, 1983, 348쪽.

혹은 초자연과의 소통을 꿈꾼다. 이 초월적 세계와의 합일은 서정적 순간, 즉 "자아와 세계의 실존적 차이를 주관적으로 초월한다는 점에서 현실적·과학적인 순간과 구별되는 마법적인 순간"[52]에 이루어진다. 이러한 마법적 순간을 표현한 서정시는 그가 상상력[53]에 의해 실제 세계를 미적으로 재구성함으로써 창조해낸 새로운 세계이다. 이 새로운 세계는 분열과 갈등의 현상계를 초월한 합일과 조화의 가상계이다. 그래서 서정시는 근원에 대한 동경 내지 유토피아에 대한 갈망이 담긴 미적 가상이다. 서정시를 '초월의 형이상학'으로 규정할 수 있는 것은 그 때문이다. 현실을 토대로 하되 그것을 초월한 미적 가상의 세계를 구축하는 것이 바로 서정시의 또 하나의 특성인 것이다. 그런 의미에서 서정시에 나타나는 초월성은 동일성과 더불어 리리시즘을 구성하는 중심축이자 리리시즘의 반근대성 내지 탈근대성을 입증하는 근거이다.

파시즘은 대중에게 유토피아적 비전을 유포함으로써 정치적 목적, 특히 대중의 전쟁 동원이라는 목적을 이데올로기적으로 완수하려 했다. 일본 파시즘의 동아공영론은 서구적 근대를 초극하고 동양적 신세계를 건설하는 것을 일본의 세계사적 사명이라고 규정했다. 한편 리리시즘은 갈등의 현상계를 화해의 가상계로 대체한다. 그 가상계는 반근대의 정신과 탈근대의 열정이 시인의 상상력과 만나 창조된 것이다. 그런 맥락에서 리리시즘은 파시즘과 근친적이다. 따라서 리리시즘은 미적 가상을 통해 대중을 탈현실적 환각에 빠뜨림으로써 파시즘에 대한 대중의 비판의식을 무력화할 수도 있다. 리리시즘은 그러한 특성을 통해 파시즘에 복무할 수도 있다. 일제 말기 친일시인들은 일본 파시즘의 유토피아 담론, 즉

---

52. 박현수, 「서정시의 본질과 한계」, 『황금책갈피』, 117쪽.
53. 김준오는 상상력을 "여러 가지 사물들의 유사성을 발견하여 이것들을 결합해서 새로운 하나의 전체를 창조하는 능력"으로 정의한다. 김준오, 『시론』, 삼지원, 1991, 30쪽. 본 논문의 상상력 개념은 김준오의 정의에 의거하고 있다.

'동양'의 파시즘적 재영토화 담론에 동화됨으로써 리리시즘의 초월성을 파시즘의 초월성에 결합시켰다. 초월적 세계에 사로잡혀 현실에 맹목적일 경우, 리리시즘은 파시즘을 자신의 의장으로 두르기도 한다. 서정주의 시는 그러한 경향의 대표적인 예이다.

사실 서정주는 태평양전쟁 발발(1941) 직후까지도 일본 파시즘에 별다른 호응을 보이지 않았다. 그러던 그가 일본 파시즘의 대열에 적극적으로 합류한 계기는 일본군의 싱가포르 함락이었다. 싱가포르 함락은 당시 일본 본토는 물론 식민지 조선에서도 커다란 반향을 불러일으켰다. 싱가포르가 일본 파시즘이 '귀축鬼畜'으로 규정하여 적대시하던 영국의 점령지였기 때문이다. 일본군이 진주만 공습을 시작으로 홍콩, 필리핀, 말레이시아를 비롯해 영국령이던 싱가포르마저 함락시키자, 동아에서 귀축을 몰아내고 공존공영의 신세계를 건설하는 '성전聖戰'의 승리가 목전에 다가왔다는 인식이 급속히 확산되었다. 파시스트들과 파시즘에 포획된 식민지 조선인들이 싱가포르 함락에 그토록 열광했던 것은 그런 이유에서였다. 일본 파시즘에 유보적이었던 서정주가 태도를 바꾼 것은 동아공영권에 대한 그 같은 인식을 자발적으로 수용했기 때문이다.[54] 싱가포르 함락 이후에 서정주는 동서양 문화를 비교하면서 동양문화에 대한 관심의 필요성을 역설했다. 그는 "동양의 정신문화라는 것은 그 전부가 근저에 있어서 한자를 중심으로 하는 일환一環의 문화"이므로 "동양에의 회귀"가 필요하다고 강조했다.[55] 또한 그는 서양의 침략에 맞서기 위해 동양의 단결이 필요하다는 일본 파시즘의 주장을 상황논리를 내세워 별 거부감 없이 되풀이했다. 그의 논리대로라면, 동양에의 회귀는 기원적 토대와 시대적 상황의 측면에서 필연적인 것이 된다. 따라서 그의 동양 담

54. 서정주의 친일, 나아가 친일 문학의 자발성에 대해서는 김재용, 「서정주―전도된 오리엔탈리즘」, 『협력과 저항―일제 말 사회와 문학』, 소명출판, 2004, 131~142쪽을 참고할 것.
55. 서정주, 「시의 이야기―주로 국민시가에 대하여」, 『매일신보』, 1942. 7. 13~7. 17(16일자).

론은 동아공영론의 추인이다. 서정주가 친일시를 썼던 이유는 이처럼 현실추수적인 시대인식이 강하게 작용했기 때문이다.

그러나 단지 현실인식의 변화만이 친일시 창작의 원인이 된 것은 아니다. 만약 그렇다면 그의 시는 앞 시기의 미학적 성취에 못 미치는 구호 수준으로 떨어졌을 수 있다. 그러나 그는 파시스트로 변신한 이후에도 이전의 미학적 수준을 일정하게 유지하고 있었다. 그것이 가능했던 이유는 그가 자신의 미학과 파시즘의 친연성을 발견했기 때문이다. 다시 말해 그는 동아공영론에서 후일 '영원성의 시학'[56]으로 불린 자신의 초월미학의 역상逆像을 보았기 때문이다. 서정주는 초기시에서부터 지속적으로 근원적인 것이나 초월적인 것, 즉 영원한 것을 지향했다. 이러한 지향의 근저에는 "'심미적인 것'의 절대화를 통해 근대적 질서를 벗어나려는 욕망"[57]이 도사리고 있었다. 그의 영원성의 시학은 초기에는 서양적인 것과 동양적인 것에 대한 지향이 혼재된 양상으로 나타났으나, 동아공영론을 만나면서 완전히 동양으로 귀착하게 된다. 그 증거가 「시의 이야기」에 나타난 동양 담론이다. 이처럼 영원성의 시학은 초월성을 매개로 일본 파시즘과 자연스럽게 결합할 수 있었다.[58] 서정주는 자신의 미학을 고수하면서도 파시즘을 노래할 수 있는 길을 찾게 된 것이다.

---

56. 그간 여러 연구자들이 서정주 시의 본질적 특성으로 '시간성'을 지적해 왔다. 서정주 시의 시간성은 현실적, 역사적 시간에 대한 초월을 통해 구축되는 것이므로 '영원성'으로 바꾸어 부를 수도 있다. 최현식은 서정주 시 전체를 영원성 개념으로 고찰하고, 서정주 시를 '영원성의 시학'으로 규정하였다. 영원성의 시학으로서 서정주 시의 성격에 대해서는 최현식, 『서정주 시의 근대와 반근대』, 소명출판, 2003, '1부 서정주와 영원성의 시학'을 참고할 것.

57. 남기혁, 「서정주의 동양 인식과 친일의 논리」, 『국제어문』 37집, 국제어문학회, 2006, 103쪽.

58. 흥미롭게도 이와 유사한 논리가 김종한의 시론에도 보인다. 김종한은 당대 시단에 "자연주의에 데모크라시의 몰시관념(沒詩觀念)을 결합"시킨 경향이 존재한다고 진단하고, 초속주의(超俗主義)에 토대를 둔 '순수시' 즉 사상이나 이념, 현실적인 문제 등을 초월한 '순수시'를 창작해야 한다고 역설했다. 그는 이러한 논리를 서구적 근대성의 초극 문제와 연결시켰다. 그는 당대 조선시에도 반영된 "데모크라시란 미국이 배독(排獨) 선전의 프로파간다로 정책적으로 유포시킨 경박무비한 사상"이며 "문학정신이 되기에도 너무나 속악"한 것이라고 비판했다. 그에게 데모크라시(서구적 근대)의 초극은 정치와 문학의 영역에 두루 걸쳐 있는 문제였다. 김종한, 「시단개조론」, 『조광』, 1940. 3, 157쪽.

어린 숨을 폭폭 내쉬며
내 귓가에 자그만 서운녀西雲女가
일곱 살 서툰 고향 말투로
아이 하늘은 서울이레야 하고 속삭이던
그 하늘이구나.

마늘과 파와 고추를 먹는
기름때 절은 흰옷의 사람
뜨겁디뜨거운 형제자매가
산비둘기 울던 누런 길을
가고 가던 진초록의 그 하늘이구나.

아아 애달파라 아직은 감을 수 없는 눈과 눈이여.
잊을 수 없는 파란 정 해 저물어 밤이 되면
별똥은 반짝거려.
아아 애달파라 사람들 지금 사랑하는 사람들
스러져 나날이 하늘은 깊어가고

(… 중략 …)

아아 날고 싶구나 날고 싶어
부릉부릉 온몸을 울려
사라진 모든 것
파랗게 걸린 하늘 가운데를
힘차게 비상함은 나의 오랜 소망!

—서정주, 「항공일에」[59] 일부

서정주의 영원성의 시학이 일제 말기 시에서 어떤 양상으로 구현되는
가는 「항공일에」를 통해 파악할 수 있다. 이 시는 서정주의 대표적인 친
일시로 규정되어 왔다. 김종한의 「원정」과 마찬가지로 일본어로 쓰였고,
『국민문학』에 발표되었다는 점이 이 시의 친일적 성격을 말해 준다. 그
러나 이 시는 텍스트 자체만을 놓고 볼 때에는 친일시로 단정하기 어렵
다. 이 시에서 시적 주체는 눈이 부시게 푸르른 하늘을 우러러보고 있다.
그 하늘은 고향의 아름다운 하늘이자 사랑하는 사람들이 스러져간 하
늘이다. 그가 하늘을 바라보며 찬탄과 그리움을 표출하는 것은 그 때문
이다. 그는 그런 아름답고 그리운 세계를 향해 날아오르고 싶어한다. 이
하늘은 서정주 시에서 영원성의 세계로 나타나는 하늘과 동일한 의미를
지닌다. 따라서 「항공일에」는 한계적 공간인 대지를 초월하여 하늘이라
는 영원의 공간을 향해 비상하고자 하는 인간의 꿈을 노래한 시라고 할
수 있다.

그런데 이 시의 제목에 나타나는 '항공일'은 고도국방국가 건설을 목
표로 했던 일본 파시즘이 항공전력 강화에 대한 국민적 관심을 높이기
위해 1940년에 제정한 기념일이다.[60] 20세기 들어 전쟁 무기와 기술의 발
달은 전선을 지상과 바다에서 하늘로까지 확장시켰고, 그에 따라 전쟁
에서 항공전력의 비중은 나날이 증대되었다. 이때는 중일전쟁이 장기화
되고, 유럽전선이 점점 더 격화되고 있었다. 일본 파시즘으로서는 중요성
이 더해 가는 항공전력 강화에 국민을 동원하기 위한 이데올로기적, 정책
적 조치가 필요한 시점이었다. 그런 이유에서 일본 파시즘은 1940년부터

59. 서정주, 「항공일에」, 『국민문학』, 1943. 10, 132~133쪽. 김병걸·김규동 편, 『친일 문학작품선집2』
(실천문학사, 1986)를 참고하여 번역하였다. 선집의 텍스트에는 행 구분이 잘못되어 있거나 번역이
어색한 부분이 있는데, 이를 바로잡으면서 표현을 좀더 자연스럽게 다듬었다.
60. 「항공일에 제하여」, 『매일신보』, 1940. 9. 28 참고. 항공일을 1940년부터 실시하기로 한 이유는 이
해가 "황기 2천 6백년의 가년(佳年)인데다 일본의 항공사(航空史)가 30년의 돌을 맞이하는 해"이기
때문이라고 한다. 「가을하늘을 수놓을 '글라이더'의 난무―금일, 항공일의 행사 다채!」, 『매일신보』,
1940. 9. 28. 제1회 항공일은 1940년 9월 28일이었고, 그 이듬해부터는 9월 20일로 변경되었다.

국가적인 차원에서 항공일 행사를 대대적으로 거행했다.[61] 「항공일에」는 바로 이러한 관제 기념일을 맞이하여 쓰였다. 이 시가 발표된 때는 1943년 10월이었다. 시간적 인접성을 고려한다면, 아마도 1943년에 열린 제4회 항공일과 관련하여 쓰인 것으로 짐작된다. 1943년이라면 이미 태평양전쟁이 치열하게 전개되던 시기였기 때문에 일본 파시즘에겐 전투기 증산은 물론 전투조종사 확보가 절실히 필요했다. 그 때문에 일본 파시즘은 식민지 조선 청년들에게 항공병 지원을 적극 독려했다.[62] 그런 역사적 사실은 이 시가 일본 파시즘에 대한 적극적 호응의 산물임을 알게 한다.

그런 점을 염두에 두고 다시 텍스트 속으로 들어가보면, 이 시는 전혀 다른 의미로 해석된다. 우선 '스러진 사랑하는 사람들'은 전투 중에 죽어간 조종사들을 의미한다. 또한 하늘을 향해 비상하고 싶다는 시적 주체의 토로는 동아공영권 건설을 위해 산화한 그들의 뒤를 잇겠다는 의지의 표명이다. 따라서 이 시의 하늘은 동아공영권의 하늘을 표상한다고 볼 수 있다. 서정주 시에서 초월적 공간인 하늘이 이 시에서는 동아공영권 건설이란 일본 파시즘의 이상을 표상하는 현실적인 공간이 된 것이다. 그리고 동아공영권을 뒤덮고 있는 거대하고도 끝 간 데 없는 하늘, 그 하늘을 향해 날아올라 꽃잎처럼 흩어져간 황군들. 그 아래에서 그것들을 노래하는 시적 주체의 가슴 속에는 지극한 숭고의 감정이 소용돌이치고 있다. 그런 의미에서 「항공일에」는 "파시즘과 연합한 미학은 초월적인 것을 끊임없이 호명하는 숭고 미학"[63]이라는 정의에 정확히 부합하는 시이다.

61. 제1회 항공일에 조선에서는 기념식, 강연회, 영화 상영, 모형비행기대회, 활공기대회, 항공공로자 시상식, 경성비행장 견학 등 여러 가지 행사가 개최되었다. 항공일 행사는 매년 거의 비슷했고, 제2회부터 전사자에 대한 위령제가 추가되었다.
62. 「항공결전장으로 가자」, 『매일신보』, 1943. 9. 20.
63. 박현수, 「친일 파시즘 문학의 숭고 미학적 연구」, 208쪽.

2) 초월의 발생론적 상반성

서정시에 대한 가장 대표적인 비판은 서정시가 비사회적 혹은 현실도피적이라는 것이다. 이런 비판은 서정시의 세계가 초월성의 원리에 의해 구축되기 때문일 것이다. 서정시는 초월적 세계를 지향함으로써 현실로부터 등을 돌리고, 그 초월적 세계로 현실의 모순을 은폐함으로써 독자들을 현실 망각의 상태에 빠뜨리는 측면이 분명히 있다. 그런 의미에서 서정시에 대한 비판은 타당하다. 그러나 서정시가 초월성을 갖게 되는 현실적 맥락을 고려한다면, 서정시에 대한 이 같은 비판은 재고의 여지가 있다. 아도르노는 비사회성을 근거로 한 서정시 비판에 맞서 서정시는 "산업혁명 이후 삶의 지배적인 힘으로 전개된 세계의 사물화, 인간에 대한 상품의 지배"에 대한 반작용의 한 형태라고 설명했다.[64] 그의 논리에 의거하면, 서정시의 비사회성(초월성)은 사회적 상황이 야기한 것이며, 서정시는 바로 그 비사회성을 통해 그것을 초래한 사회적 상황에 저항한다. 그가 "예술의 사회적 일탈은 특정한 사회에 대한 명확한 부정이다"[65]라고 언급한 것은 이런 맥락에서였다. 사실 근대 이후 모든 시학은 기본적으로 사회에 대해 저항적 입장을 취했다. 낭만주의는 그러한 저항의 최초의 형태였다. 자본주의에 대한 반동으로 탄생한 낭만주의는 상상력의 가치를 절대적으로 옹호했다. 현실에 존재하지 않는 것에 대한 자유로운 상상은 현실에 대한 비판과 도전을 가능하게 하기 때문이다.[66] 낭만주의자들은 상상력을 통해 현실과 대립되는 초월적 세계를 창조하고,

---

64. 테오도르 W. 아도르노, 김주연 역, 「시와 사회에 대한 강연」, 『아도르노의 문학이론』, 민음사, 1985, 15쪽.

65. 테오도르 W. 아도르노, 홍승용 역, 『미학이론』, 문학과지성사, 1984, 350쪽; Theodor W. Adorno, *Aesthetic Theory*, trans. by Lenhardt, ed. by Gretel Adorno and Rolf Tiedemann, London, Boston, Melbourne and Henley: Routledge & Kegan Paul, 1984, 321쪽. 한국어판에는 "예술의 비사회적 요인은 특정한 사회에 대한 확정적인 부정이다"라고 되어 있는데, 번역 문장이 어색하여 영어판을 참조해 인용하였다.

66. 오성호, 『서정시의 이론』, 실천문학사, 2006, 304쪽.

그 세계를 통해 근대에 대한 미적 저항을 감행했다. 낭만주의에 기원을 두고 있는 리리시즘도 근대에 대한 부정을 기본적 태도로 지닌다. 그래서 서정시에 표현된 미적 가상은 그 자체로는 허위이지만, 근대에 대한 비판으로서 성립되었다는 점에서 진리성을 내포하고 있다. 그것은 아도르노가 아직 존재하지 않은, 그렇기 때문에 현실 비판적 기능을 지닌 것으로 여긴 '비존재자'(유토피아)[67]의 시적 현현이다. 이와 같이 리리시즘의 초월성은 근대에 대한 발본적 비판을 내포한 미적 저항의 의미를 지닌다.

반면 반근대적 색채를 띠는 파시즘은 실상 서구적 근대의 극단적 양상이다. 네오클레우스는 반근대적이면서도 근대적인 파시즘의 이러한 모순적 성격을 "'반동적 모더니즘reactionary modernism'의 한 형태"[68]라고 규정한다. 반동적 모더니즘으로서 파시즘의 특성은 여러 측면에서 고찰할 수 있는데[69], 초월성에 초점을 맞춘다면 근대초극의 이데올로기와 그것의 실현방식에서 파시즘의 모순성을 발견할 수 있다. 일본 파시즘의 근대초극론은 여러 민족이나 국가의 합일을 통한 신세계 건설을 제시했지만, 다른 한편으로 단일한 주체, 즉 일본을 신세계 건설의 중심으로 설정했다. 그리고 그 밖의 민족이나 국가는 중심이 되는 단일한 주체로 동일화될 것을 요구했다. 그러니까 일본 파시즘이 말하는 신세계는 평등한 관

---

67. 테오도르 W. 아도르노, 『미학이론』, 137~139쪽 참고.
68. 마크 네오클레우스, 정준영 역, 『파시즘』, 이후, 2002, 141쪽. 그는 파시즘의 반근대성은 근대성의 기획 자체에 내재해 있다고 본다. 이런 분석은 계몽의 기획이 품고 있는 모순적인 힘들에 대한 아도르노와 호르크하이머의 통찰과 동일한 인식적 지반에 뿌리를 두고 있다. 그의 설명은 이렇다. "'모더니티'는 진보뿐 아니라 그 반대 세력, 즉 반동적 세력도 발생시킨다. 우리는 계몽주의의 변증법을 다룰 때처럼 모더니티의 변증법도 염두에 두어야 한다. 모더니티가 낳은 반동적 세력은 모더니티의 함정을 활용해 계몽주의적 진보의 개념과 합리적 사회를 향한 갈망을 부정했다. 파시즘은 국가와 전쟁을 위해 기술을 도용했고, 기술을 보편적 전쟁에 이바지하게끔 만들었다. 하지만 이것은 모더니티의 본질인 전위(轉位)의 경험을 진전시킨 것에 불과했다." 네오클레우스, 같은 책, 162쪽.
69. 파시즘의 특성인 근대성과 반근대성의 모순적 종합에 대해서는 네오클레우스, 위의 책, '4장 반동적 모더니즘인 파시즘'을 참고할 것. 그는 이 책에서 근대적 기술(technology) 발전에 대한 애착과 근대적 생산방식의 활용을 파시즘의 근대성으로, 이상화된 과거에 대한 예찬을 파시즘의 반근대성으로 설명하고 있다.

계에 기초한 융합이 아니라 우월한 단 하나의 중심으로의 흡수를 통해 서만 실현될 수 있다. 동아공영권 건설의 궁극적 목표를 집약한 구호인 '팔굉일우八紘一宇'에서 근대초극론의 그러한 근대적 성격을 확인할 수 있다. 팔굉일우란 온 세계를 천황의 나라로 만드는 것, 다시 말해 온 세계를 일본화하는 것을 의미하기 때문이다. 전체주의가 근대 인식론에 의거하고 있는 것처럼 근대초극론도 객체의 존재성을 인정하지 않는, 주체의 자기증식 논리에 토대를 두고 있는 것이다. 따라서 그것은 약육강식의 자연법을 사회에 적용한 사회진화론의 파시즘적 재판再版이라고 할 수 있다. 파시즘이 근대초극을 실현해 가는 과정 역시 근대적인 방식에 의해 전개된다. 파시즘은 자본주의를 비판하면서도 자본주의 체제 자체를 근본적으로 변혁시키려 하지는 않았다. 다만 전쟁 수행에 용이하도록 통제했을 따름이다. 또한 일본 파시즘이 동아공영의 '아름다운' 이상을 실현하기 위해 식민지 조선 민족을 동원한 방식은 서구 제국주의가 법적, 제도적 장치를 수단으로 식민지를 규율하던 방식과 다를 바 없었다. 게다가 만주사변, 중일전쟁, 동남아 침략, 태평양전쟁 등을 통해 알 수 있듯이 동아공영권 건설은 실제 현실에서는 평화적 방식이 아니라 침략적 방식을 통해 이루어졌다. 근대초극론은 이데올로기에서도, 구현 방식에서도 객체에 대한 주체의 침략과 지배, 강제적 동일화를 전제로 하고 있다. 그러므로 파시즘은 도구화된 근대 이성이 근대적 기술과 장치를 활용하여 새로운 야만을 초래하는 상황을 가장 극단적으로 보여주는 예이다.

파시즘과 리리시즘은 이처럼 초월성의 발생론적 측면에서 서로 다르다. 전자가 근대의 극단이라면, 후자는 근대에 대한 발본적 비판이다. 일본 파시즘은 내선일체 완수와 동아공영권 건설을 토대로 마침내 팔굉일우의 신세계를 건설할 수 있다고 선전했다. 그러나 파시즘이 제시하는 비전은 정치적 이데올로기였을 뿐, 실제 현실의 국면에서 그것의 실현은 지난했다. 전시체제기의 일부 시인들은 이데올로기와 현실의 이 같은 균열을 목격하고, 파시즘으로 나아가는 길을 스스로 차단하였다. 그리고 파시즘이 제시하는 것과는 다른 미적 가상을 통해 파시즘에 저항했다. 이러한 저항은 1920~30년대에 문학의 미적 자율성을 옹호했던 미학주의자들에게서 극적으로 나타난다. 예술의 자율성조차 위협받는 파시즘의 시대에 미학주의자들이 바로 그 자율성을 무기로 현실과 치열한 긴장관계를 형성했기 때문이다. 리리시즘은 초월성을 무기로 파시즘에 맞설 수도 있다. 정지용의 시에서 그 점이 발견된다.

벌목정정伐木丁丁이랬거니 아름드리 큰 솔이 베어짐직도 하이 골이 울어 메아리소리 쩌르렁 돌아옴직도 하이 다람쥐 좇지 않고 멧새도 울지 않아 깊은 산 고요가 차라리 뼈를 저리우는데 눈과 밤이 종이보다 희고녀! 달도 보름을 기다려 흰 뜻은 한밤 이 골을 걸음이란다? 웃절 중이 여섯 판에 여섯 번 지고 웃고 올라간 뒤 조찰히 늙은 사나이의 남긴 내음새를 줍는다? 시름은 바람도 일지 않는 고요에 심히 흔들리우노니 오오 견디랸다 차고 올연兀然히 슬픔도 꿈도 없이 장수산 속 겨울 한밤내

—정지용, 「장수산1」[70] 전문

「장수산1」은 일제 말기 정지용의 자연서정시의 백미로 꼽히는 작품으로서 현실에 대한 서정적 초월이 구축할 수 있는 세계가 어떤 것인가를 잘 보여준다. 이 시에서 시적 주체는 탈속의 세계인 겨울 장수산 깊은 골짜기에 은거하고 있다. 장수산, 겨울, 한밤, 흰 눈, 보름달 등의 이미지가 간결하면서도 감각적으로 묘사된 풍경은 이 시를 읽는 사람으로 하여금 한 폭의 산수화 앞에 서 있는 듯한 착각에 빠지게 한다. 산수화의 정신이 우주적 합일의 이상향에 대한 희구에 있다고 볼 때, 언어적 산수

---

70. 정지용, 「장수산1」, 『문장』, 1939. 3; 『백록담』, 문장사, 1941, 12쪽.

화라 할 만한 이 시 역시 유토피아 정신으로부터 비롯되었다고 볼 수 있다. 그런데 흥미로운 것은 시적 주체는 그러한 유토피아적 공간에 존재하면서도 행복감을 느끼지 못한다는 점이다. 시 후반부에 이르면 주체의 정서적 반응이 나타나는데, 그것은 '시름'이다. 그의 시름의 원인과 정체는 무엇일까? 표면적 독법으로는 은거와 그로부터 생성되는 고독감으로 해석할 수 있다. 그러나 좀더 확장해서 읽어보면 또 다른 해석이 가능하다. 동양적 전통에서 산중 은거는 대개 개인과 현실의 갈등에서 비롯된다. 그것이 자발적인 것이라 하더라도 궁극적인 원인은 마찬가지이다. 그런 의미에서 주체의 시름은 지상과 산중, 현실과 자연의 대립에서 연원한 것이며 현실초월과 현실회귀의 열망이 뒤엉킨 복잡미묘한 것이다. 그는 그 시름을 '슬픔도 꿈도 없이 차고 올연히' 견딤으로써 이겨내려 한다. 이처럼 동양 산수시에 맥이 닿아 있는 「장수산1」은 소란한 세상에 대한 초월, 그리고 견딤을 통해 시름을 극복하려는 염원을 노래한 시이다.

시집 『백록담』의 세계를 대표하는 「장수산1」은 정지용의 미학주의를 명징하게 드러낸다. 그는 시인은 "늘 겸손하고 깨끗하고 맑은"[71] 상태에 있어야 한다고 강조했다. 그럴 때 시가 자연스럽게 쓰인다고 생각했기 때문이다. 그의 이런 생각은 시인의 성정을 중시하고, '사무사思無邪'의 경지를 강조하던 동양시학에 근거를 둔 것이다. 그는 시인이 항상 옳은 것을 추구한다면 세상 그 어떤 것에 공격받더라도, 그 때문에 설령 패배하더라도 궁극적으로는 승리한다고 보았다. 그래서 그는 "타당한 것이란 천성天成의 위의를 갖추었기 때문에 요설을 삼간다. 싸우지 않고 항시 이긴다"라고 단언했으며, 시인에겐 "다만 의로운 길이 있어 형자荊莿의 꽃을 탐하며 걸을 뿐이다"라고 도도하게 말했다.[72] 그 연장선성에서 그는 "경제사상이나 정치열에 치구馳驅하는" 시인은 결국 "시의 압제자에 가담"하고

71. 정지용 · 박용철, 「시문학에 대하여」, 『조선일보』, 1938. 1. 1.
72. 정지용, 「시의 옹호」, 『문장』, 1939. 6, 121~122쪽.

만다고까지 지적했다.[73] 이런 발언에서 미학을 정치에 일방적으로 종속시키는 정치주의 문학에 대한 정지용의 비판적 입장을 살필 수 있다. 그와 동시대의 여러 문학인들이 의롭지 못한 파시즘의 길로 이끌려 들어가 시와 미의 압제자가 되었다는 점을 고려할 때, 그의 서정시론은 국민문학을 향해 던지는 강도 높은 비판이란 의미를 지닌다. 「장수산1」을 비롯한 그의 현실초월적 자연서정시는 이 같은 도도하고도 완고한 미학주의에서 탄생한 것이다.

일제 말기에 정지용이 순수서정시를 쓴 것은 그가 미학주의를 고수했기 때문이지만, 다른 한편으로는 파시즘에 대한 거부의식 내지 자기방어의식이 작용했기 때문이기도 하다. 일본 파시즘의 국민문학적 요구가 점점 강화되어 가고 있는 가운데서도 그가 탈속의 자연을 노래하는 데 열중한 데에는 이 같은 반파시즘적 의식이 있었기 때문이다. 그는 자연서정시를 통해 전시체제라는 현실을 거부하고 탈속의 자연 속에 스스로를 정신적으로 유폐했다. 그런 점에서 그는 리리시즘을 통해 파시즘에 저항했다고 할 수 있다.[74] 그것은 그의 회고를 통해 더욱 잘 알 수 있다. 대개의 회고가 사후적 의미부여와 자기변명의 성격이 강하지만, 그런 점을 감안하더라도 정지용의 회고는 그 자신뿐만 아니라 미학주의 시인들이 전시체제기에 어떠한 상태에 처해 있었으며, 그들에게 순수서정시를 쓰는 것이 어떤 의미를 지닌 행위인가를 진솔하게 언급한 것이라는 점에서 주목을 요한다. 해방 후 그는 일제 말기를 이렇게 회고했다.

『백록담』을 내놓은 시절이 내가 가장 정신이나 육체로 피폐한 때다. 여러 가지로 남이나 내가 내 자신의 피폐한 원인을 지적할 수 있었겠으

---

73. 정지용, 「위의 글」 125쪽.
74. 최승호, 「전통서정시론의 시대적 변천」, 『서정시의 이데올로기와 수사학』, 국학자료원, 2002, 94~100쪽 참고.

나 결국은 환경과 생활 때문에 그렇게 된 것이었다.

　그러나 모든 것을 환경과 생활에 책임을 돌리고 돌아앉은 것을 나는 고사하고 누가 동정하랴? 생활과 환경도 어느 정도로 극복할 수 있는 것이겠는데 친일도 배일도 못한 나는 산수에 숨지 못하고 들에서 호미도 잡지 못하였다. 그래도 버릴 수 없어 시를 이어 온 것인데 이 이상은 소위 '국민문학'에 협력하든지 그렇지 않고서는 조선시를 쓴다는 것만으로도 신변의 협위脅威를 당하게 된 것이었다.

　일제 경찰은 고사하고 문인협회에 모였던 조선인 문사배에게 협박과 곤욕을 받았던 것이니 끝까지 버티어 보려고 한 것은 그래도 소수 비정치성의 예술파뿐이요 프롤레타리아 예술파는 그 이전에 탄압으로 잠적하여 버린 것이니 당시의 비정치적 예술파를 자본주의의 무슨 보호나 받아온 것처럼 비난한 것은 심히 부당한 일이었다.

　위축된 정신이나마 정신이 조선의 자연 풍토와 조선인적 정서 감정과 최후로 언어 문자를 고수하였던 것이요 정치감각과 투쟁의욕을 시에 집중시키기에는 일경의 총검을 대항하여야 하였고 또 예술인 그 자신도 무력한 인텔리 소시민층이었던 까닭이다.[75]

이 글에서 주목할 점은 두 가지다. 첫째, 정지용은 친일도 배일도 못한 채 비정치적인 예술파에 머물러 있었는데, 그런 미학주의자들조차도 일제 말기에는 억압받았다는 것이다. 둘째, 예술파는 파시즘에 강력하게 저항하지는 못했지만, 그래도 조선의 자연과 조선인의 정서, 조선어를 지키기 위해 그들 나름대로 최선을 다했다는 것이다. 여기서 파시즘 체제에 처한 미학주의의 위기와 저항성을 읽어낼 수 있다. 마루야마 마사오에 따르면, 파시즘은 "20세기에서 반혁명反革命의 가장 첨예한, 그리고 가

---

75. 정지용, 「조선시의 반성」, 『문장』, 1948. 10. 112~113쪽.

장 전투적인 형태"[76]이다. 그런데 혁명성은 맥락 속에서 결정되므로, 어떤 것이 혁명적인가 아닌가는 항상 상대적이고 가변적이다. 따라서 파시즘 체제에서는 어떤 무언가가 '혁명의 온상'으로 판단될 경우에는 억압받거나 통제받지만, 반대로 혁명의 방파제로 간주될 때에는 방임되거나 심지어 지지받기도 한다.[77] 파시즘의 반혁명적 공격성은 혁명성이 그렇듯이 가변적이고 상대적이다. 여기에서 미학주의의 역사적 운명이 결정된다. 파시즘이 미학주의를 어떻게 보느냐에 따라 그것은 방임될 수도, 억압받을 수도 있다. 또한 미학주의는 파시즘 체제에서 자신의 본래성을 지키는가 아닌가에 따라 파시즘에 대한 저항이 될 수도, 순응이 될 수도 있다. 식민지 조선의 경우에 미학주의는 일제로부터 억압받지 않았다. 그러나 전시체제기가 되자 사정은 달라졌다. 미학주의의 정치적 토대가 자유주의인데, 자유주의야말로 일본 파시즘이 악으로 규정한 서구적 근대성의 한 요소였기 때문이다. 일제 말기에 예술파조차도 억압받았다는 정지용의 말은 이러한 맥락에서 이해할 수 있다. 한편 어떤 무언가를 하도록 강요받는 상황에서는 그와 다른 것을 하는 것도, 심지어 아무 것도 하지 않는 것도 저항일 수 있다. 따라서 일제 말기에 예술파의 시 창작이 역사적으로 의의가 있다는 정지용의 발언은 타당하다. 일제 말기에 미학주의자들이 조선어와 조선인적 정서를 지키려 했던 것은 파시즘에 대한 최소한의 저항이었지만, 사실 그것은 그들이 할 수 있는 최대한의 저항이었다. 그러므로 정지용의 순수서정시는 일본 파시즘에 대한 미학주의적 저항의 소산이다.

그럼에도 정지용이 일정 기간 동안 순수서정시를 쓸 수 있었던 이유는 그의 시에 대한 해석의 양가성 때문이다. 거기에는 아이러니하게도 파시스트 김종한의 힘이 컸다. 김종한은 정지용의 추천으로 문단에서 시인으

---

76. 마루야마 마사오, 『현대정치의 사상과 행동』, 298쪽.
77. 마루야마 마사오, 위의 책, 300쪽.

로 공식적 입지를 굳혔으며, 정지용의 미학주의를 절대적으로 신봉하고 있었다. 그런 그에게 정지용은 스승과 같이 각별한 존재였다. 김종한은 파시즘적 색채를 띠고 있는 정지용의 「이토異土」[78]를 중일전쟁 이후 일본과 조선에서 발표된 전쟁시 가운데 매우 탁월한 작품이라 평가했다. 그러면서 그는 "만일에 전쟁시를 끝끝내 쓰지 않고 말았대도 그(정지용—인용자)를 국민적인 시인의 한 사람으로 대우하기에 주저하지 않을 것"[79]이라고 공언했다. 이런 주장은 자연서정시 형식으로도 충분히 훌륭한 '국민시'를 쓸 수 있다는 그의 미학관에서 비롯된 것이다. 게다가 그는 "금일에 있어서는 동양적이란 것은 국민적이란 말과 동의어"[80]라고 여기고 있었다. 그런 그에겐 동양적인 것을 노래하는 것은 곧 일본을 노래하는 것을 의미했다. 그 때문에 그는 정지용의 자연서정시가 동양적인 것을 노래하는 시로서 일본정신에 맥이 닿아 있는 것으로 해석한 것이다. 따라서 그는 정지용의 자연서정시를 "남화적南畵的인 간소미簡素美와 동양적인 시심"을 품고 있으며, "내지 시단의 장남적 존재"인 미요시 다쓰지三好達治의 『남창집南窓集』의 경지에 도달한 작품이라 고평했다.[81] 『백록담』에 수록된 자연서정시는 당시 이처럼 파시즘적으로 해석될 수도 있었다. 동아공영론의 연장선상에서 동양주의가 유행하고 있었다는 점을 고려할 때, 이 시에 나타나는 동양적 산수와 은일은 동양적 가치의 재발견으로 의미

---

78. 정지용, 「이토」, 『국민문학』, 1942. 2, 64~65쪽. 이 시는 '大東亞戰爭の詩'라는 특집에 수록된 다섯 편의 시 가운데 하나이다. 흥미로운 것은 다른 시들이 일본어로 쓰인 반면 유독 이 시만이 한국어로 쓰였다는 점이다. 일본어 구사에 능숙했던, 그래서 등단 무렵에는 일본어 시를 곧잘 썼던 정지용이 다른 시인들과 달리 왜 이 시를 한국어로 써서 발표했는지에 대해서는 심도 깊은 고찰이 필요하다. 한편 이 시에 대해서는 상반된 해석이 존재하지만, 어쨌든 표면적으로는 태평양전쟁 승리를 향한 의지를 노래한 것임은 분명하다. 하지만 여러 연구자들이 지적했듯이 이 시는 불가피한 상황에서 쓰인 것으로 보인다. 이는 이 시가 정지용의 유일한 친일시라는 점, 이 시 발표 이후에 정지용이 절필했다는 점, 정지용이 일본 파시즘에 부역하지 않았다는 점을 고려한 판단이다.
79. 김종한, 「조선시단의 진로—특히 국민시와 관련하여」, 『매일신보』, 1942. 11. 13~11. 17(13일자).
80. 김종한, 위의 글, 같은 일자.
81. 김종한, 위의 글, 같은 일자.

부여될 수 있기 때문이다. 김종한이 정지용의 자연서정시를 국민시로, 정지용을 '국민시인'으로 평가한 것은 그런 맥락에서였다. 정지용은 김종한의 파시즘적 해석과 적극적 옹호에 힙입어, 아울러 「이토」와 같은 전쟁시에 힙입어 순수서정시를 쓰고도 일본 파시즘으로부터 그다지 탄압받지 않을 수 있었던 것이다.

4. 파시즘과 리리시즘의 상관성

동일성과 초월성을 요체로 하는 서정시는 그에 적대적인 파시즘 체제 하에서 쓰일 수 있는가 하는 물음과 무관하게 파시즘 체제 하에서도 지속적으로 쓰였다. 식민지 조선의 경우 일본 파시즘이 내선일체 완성, 동아공영권 건설을 내세워 파시즘 문학을 강요하던 전시체제기에도 서정시는 여전히 쓰이고 있었다. 이런 아이러니적 상황을 어떻게 설명할 수 있는가 하는 것이 본 논문의 문제의식이었다. 그것을 해명하기 위해 동일성과 초월성을 파시즘과 리리시즘을 함께 논의할 수 있는 매개적 특성으로 보고, 파시즘과 리리시즘이 이 두 가지 특성을 매개로 하여 서로 어떻게 끌어당기고 밀어내는지를 일제 말기 서정시를 통해 규명하고자 했다.

파시즘과 리리시즘은 원리적 측면에서 유사성을 보인다. 일본 파시즘의 내선일체론과 팔굉일우론은 일본 민족과 조선 민족의 합일, 나아가 동양의 모든 이질적 민족들의 동화를, 동아공영론은 서구적 근대초극과 새로운 아시아공동체 건설을 핵심원리로 한다. 전자는 동근동조론과 고대 동양문화의 동질성론을 근거로 하고, 후자는 그러한 근거들과 아울러 서구의 동양침략이라는 '현실'에 따른 동양 제 민족의 운명공동체론을 근거로 한다. 그런데 주체와 객체의 행복한 합일이라는 리리시즘의 동일성은 파시즘의 전체주의와 원리적으로 유사하며, 현실에 대한 서정적 초월이라는 리리시즘의 초월성은 파시즘의 근대초극 논리와 원리적으로 유사하다. 이처럼 파시즘의 민족 동화 논리와 동아공영권이라는

'상상의 공동체' 비전은 서정시의 기본문법인 동일성, 초월성과 원리적으로 유사하다. 따라서 리리시즘의 탈정치성과 파시즘의 정치성은 이러한 원리적 공통분모를 매개로 합일할 수 있다. 미학주의를 고수하던 김종한이나 서정주 같은 시인들은 일제 말기에 파시즘으로 손쉽게 건너갈 수 있었다. 그 이유는 파시즘을 받아들일 수밖에 없다는 그들의 현실추수적 판단이 작용했기 때문이지만, 그들이 파시즘과 리리시즘의 원리적 근친성을 발견했기 때문이기도 했다.

파시즘과 리리시즘이 원리적으로 유사함에도 불구하고, 그 원리의 인식적 기원이나 구현 양상은 서로 다르다. 일본 파시즘의 전체주의는 주체의 객체 지배를 목적으로 하며, 따라서 객체의 폭력적 편입을 통한 주객 동일화 방식을 취한다. 내선일체론과 그에 기초한 강압적 정책들이 그것을 증명한다. 또한 일본 파시즘은 서구적 근대의 초극을 지향하지만 기실은 도구적 이성의 극단화된 양상을 드러냈다는 점에서 근대의 극단적 형태였다. 반면 리리시즘의 동일성은 주체의 객체 지배나 억압을 목적으로 하지 않는 주객대등적 동일성이다. 또한 리리시즘의 초월성은 근대에 대한 발본적 비판이다. 권환과 정지용은 이 같은 리리시즘 본연에 충실함으로써 파시즘에 대적할 수 있었다. 그리고 이들이 순수서정시를 쓰고도 크게 탄압받지 않은 것은 파시즘적인 몇 편의 시를 썼기 때문이지만, 서양을 악으로 규정했던 일본 파시즘의 입장에서는 이들의 서정시가 동양적인 것을 노래한 것으로 보였기 때문이기도 했다.

리리시즘의 동일성과 초월성은 서정시에서 미적 가상의 구축을 가능케 하는 원리이다. 그 미적 가상은 어떤 방식으로 전유되는가, 그리고 어떤 역사적 맥락에 놓이는가에 따라 현실의 추함을 은폐하기도 하고 폭로하기도 한다. 일제 말기 시인의 경우 김종한과 서정주가 탈정치 미학인 리리시즘을 정치적으로 전유함으로써 일본 파시즘을 서정적으로 노래했던 반면, 정지용과 권환은 리리시즘을 통해 파시즘에 대한 미학주의적 저항을 감행했다. 파시즘적 시인도, 반파시즘적 시인도 리리시즘을 통해 각각의 방식으로 당대 현실에 대응한 것이다. 그런 의미에서 리리시즘은 탈정치적이지만, 그 탈정치성이 특정한 정치적 목적을 달성하기 위한 수단 혹은 특정한 정치적 국면에 대응하기 위한 방패로 활용될 가능성은 언제나 있다. 이는 서정시를 현실적 지반과 함께 살폈을 때 읽어낼 수 있는 리리시즘의 탈정치적 정치성, 곧 양가성이다. 서정시는 리리시즘의 이러한 양가성 때문에 어떤 관점에 의거해 해석하는가에 따라 상이하게 읽힐 수 있다. 일제 말기에 파시즘적 시인도, 반파시즘적 시인도 현실과 무관한 듯 보이는 서정시를 쓸 수 있었던 것은 리리시즘의 양가성으로 인해 발생하는 해석의 양가성 때문이다. 이처럼 리리시즘은 주체의 의도와 역사적 맥락에 따라 파시즘 미학으로 변전하기도 하고, 반파시즘 미학으로서의 본연의 면모를 견지하기도 한다.

혁신적 형식과
반동적 정치의 조우

권 유 성

1. 서 론

일반적으로 파시즘은 20세기 중엽에 존재했던 역사상 가장 폭력적인 정치체제의 하나로, 2차 세계대전의 종결과 함께 사라진 것으로 알려져 있다. 그러나 최근 이루어지고 있는 연구들에서 파시즘은 역사적으로 지나가버린 예외적인 정치체제로만 파악되고 있는 것 같지는 않다. 오히려 최근 연구들은 파시즘이 현대 세계를 살아가는 오늘날에도 여전히 되살아날 수 있거나 혹은 우리도 모르는 사이에 이미 그 요소들이 우리들의 삶 속에 녹아들어 있을지도 모른다는 가정을 가지고 진행되고 있다고 보인다.[1] 역사적으로 친일 파시즘을 경험한 우리의 경우, 그 잔재 청산이 단

---

1. 그 대표적인 예로는 김철 외, 『문학 속의 파시즘』(삼인, 2001)을 들 수 있다.

한 번도 제대로 이루어진 적이 없다는 것을 감안한다면 이와 같은 전제는 매우 심각하게 다가올 수밖에 없다. 이런 의미에서 최근 이루어지고 있는 친일 파시즘에 대한 활발한 연구와 반성은 기본적인 의의를 인정받을 수 있다고 보인다.

이 글에서 다루고자 하는 파시즘과 모더니즘의 관계 문제는 최근의 파시즘 연구에 있어서도 비교적 소홀하게 취급된 감이 없지 않다. 이것은 기본적으로 일제 말기 친일 파시즘 문학 창작에 참여한 모더니스트를 찾아보기가 쉽지 않다는 역사적 사정이 작용한 결과라고 보인다. 그러나 파시즘이 '폭력과 공포'에 의해서만이 아니라 광범위한 대중정치를 활용한 '동의와 협력'을 통해 권력을 획득·유지했다는 점을 고려한다면, 모더니스트들이 파시즘의 유혹으로부터 예외적으로 자유로웠다고 보기는 어렵다. 그리고 실제 서구의 경우 많은 모더니스트들이 파시즘에 자발적으로 협력했다는 사실은 익히 알려져 있다. 마찬가지로 우리 문학사에서도 모더니스트들이 파시즘의 흡인력으로부터 자유로웠던 것은 아니라고 보인다.

이 글에서는 파시즘과 모더니즘이 미학적으로 만날 수 있는 접점에 대해 살펴보고, 그런 미학적 원리가 실제 우리 문학사에서 어떻게 적용되었던가를 일제강점기 대표적인 모더니스트였던 최재서[2]와 김기림[3]을 통해 살펴보고자 한다. 따라서 이 글의 주요한 관심사는 최재서나 김기림이

---

2. 최재서와 파시즘의 관련성에 대해 살핀 대표적인 연구로는 채호석, 「과도기의 사유와 '국민문학론'」, 『외국문학연구』 16호, 2004. 2; 박노현, 「內鮮人과 국민문학:신민족에 의한 신문학 고안의 기획」, 『한국어문학연구』 42집, 2004. 2; 고봉준, 「지성주의의 파탄과 국민문학론」, 『모더니티의 이면』, 소명출판, 2007; 박수연, 「친일과 배타적 동양주의」, 『한국문학연구』 34집, 2008; 이양숙, 「일제 말기 비평의 존재양상」, 『비평문학』 28집, 2008; 김예림, 「'동아'라는 시뮬라크르 혹은 그 접속자들의 문화 이념」, 『상허학보』 23집, 2008 등이 있다.
3. 김기림과 파시즘의 관련성에 대해 살핀 연구로는 진영복, 「반파시즘 운동과 모더니즘」, 『상허학보』 3집, 1996; 고봉준, 「모더니즘의 초극과 동양 인식」, 『한국시학연구』 13집, 2005; 김준환, 「김기림의 반─제국/식민 모더니즘」, 『비교한국학』 16호, 2008 등을 참고할 수 있다. 이 중 고봉준은 '협력'의 맥락에서 진영복과 김준환은 '저항'의 맥락에서 김기림의 모더니즘론을 살피고 있다.

파시즘에 협력했느냐 저항했느냐를 판단하는 곳에 있지 않다. 이 글의 주요한 관심사는 최재서와 김기림의 모더니즘과 일본 파시즘이 어떤 측면에서 미학적으로 만나거나 결별하는지를 살피는 것이다. 이 글이 이런 관점을 취한 이유는 지금까지의 일제 말기 문학에 대한 연구들이 협력/저항의 논법으로부터 자유롭지 못해 결과적으로 질곡과도 같은 친일논란으로 회귀할 수밖에 없었다는 점을 고려했기 때문이다.

2. 모더니즘과 파시즘의 교차점

1) 자율성의 역설

역사적으로 그리고 이론적으로 다양한 함의를 내포하고 있는 파시즘과 모더니즘의 관련성을 살핀다는 것이 결코 쉬운 일은 아니다. 파시즘에 대한 규정은 "20세기 반혁명의 가장 첨예한, 그리고 가장 전투적인 형태"[4]라는 포괄적인 것에서부터 이탈리아의 무솔리니라는 특정한 경우에만 한정해야 한다는 가장 협소한 규정까지 상당히 다양하다. 팩스턴이 지적한 것처럼 파시즘이라는 용어의 이런 다양한 함의 때문에 이 용어가 그 어떤 구체적인 함의도 지닐 수 없다[5]는 주장도 존재한다. 그럼에도 불구하고 역사적으로 파시즘이라는 체제가 존재했다는 것을 부인할 수는 없다. 팩스턴은 파시즘을 여타의 다른 '이즘'들과는 본질적으로 다른 것으로 보고 기본적으로 다음과 같이 규정한다. 즉 "파시즘은 승리자가 되기 위한 진화론적 투쟁에서 선택된 민족들이 승리하는 것 외에 다른 어떤 보편적 가치도 거부하"며, "파시즘적 가치에서는 공동체가 인간 개인보다 앞서며, 개인의 권리나 법적 절차를 존중하기보다는 민족의 운명을 먼저 생각"[6]하는 체제라는 것이다. 팩스턴은 그 결과 파시즘이라는 현

---

4. 마루야마 마사오, 김석근 역, 「파시즘의 제문제」, 『현대정치의 사상과 행동』, 한길사, 2007, 298쪽.
5. 로버트 O. 팩스턴, 『파시즘』, 교양인, 2005, 63쪽 참고.
6. 로버트 O. 팩스턴, 위의 책, 62쪽.

상이 각 나라의 문화적 특수성을 반영하고 그 발전 과정에서 각 파시즘이 처한 구체적인 상황에 따라 그 발전 가능성은 물론 형태가 결정된다고 보고 있다. 이런 팩스턴의 파시즘 정의는 상당히 포괄적이기는 하지만 극단적인 인종주의를 토대로 한 민족주의라는 점, 개인보다 공동체의 가치를 우선하기 때문에 대중조작(또는 대중정치)과 폭력적인 통제가 동반될 수밖에 없다는 점, 그리고 파시즘의 구체적인 형태가 각 민족이 처한 상황에 따라 달리 나타날 수 있다는 점 등을 동시에 고려할 수 있는 틀을 제공해주고 있다.

모더니즘에 대한 규정도 파시즘에 대한 규정만큼이나 다양하고 광범위한 것이 사실이다. 모더니즘을 '근대주의'로 번역한다면 그것은 '진보'라는 핵심 개념을 중심으로 근대를 지향하는 모든 경향을 포괄할 수 있는 개념이다. 그러나 이 글에서 다루고자 하는 모더니즘은 특히 예술(혹은 문학) 영역에서의 모더니즘이다. 예술 혹은 문학 영역에서 모더니즘은 때로는 좁게 때로는 넓게 규정되기도 하는데, 우선 협의로 볼 때 모더니즘은 역사적으로 아방가르드 이전 단계의 자율성 개념을 중심으로 한 심미주의적 경향의 문학 혹은 예술을 지칭한다. 그리고 넓은 의미로 볼 때 모더니즘은 심미주의는 물론 그 이후의 아방가르드까지를 포괄하는 개념으로 사용된다.[7] 모더니즘을 파시즘과의 관련성이라는 측면에서 살피는 이 글에서는 모더니즘의 개념을 후자, 즉 심미주의는 물론 아방가르드까지 포괄하는 개념으로 사용한다.[8]

---

7. 모더니즘에 대한 협소한 규정은 주로 프랑스를 중심으로 한 유럽에서 사용되고 있는데, 이 경우 모더니즘과 아방가르드는 엄격하게 구분된다. 반면 영미의 경우 모더니즘은 심미주의는 물론 아방가르드까지 포괄하는 개념으로 사용되는 경우가 많다. 특이한 것은 이탈리아의 경우 '모더니즘'이 천박한 근대문화를 의미하는 비하의 의미를 띤다는 점이다.

8. 이것은 파시즘과 직간접적으로 관련된 모더니스트들이 대부분 심미주의적 경향의 작가들이 아니라 아방가르드적 경향의 작가들이라는 점이 중요하게 고려되었다. 우리 문학사에 있어서도 '모더니즘'은 낭만주의나 상징주의와 같은 심미주의적 경향을 지칭하기보다는 아방가르드를 중심으로 그 개념이 형성되고 있다고 보인다.

파시즘과 모더니즘 양자의 스펙트럼이 워낙 다양하고 넓기 때문에 이 둘의 연관성을 살피는 데도 많은 어려움이 따른다. 그럼에도 불구하고 역사적으로 모더니즘(특히 아방가르드)은 "운동으로서의 파시즘의 출현과 광범위하게 동시에 발생"[9]했을 뿐 아니라, 미학적으로도 만나는 지점이 있다고 보인다. 이미 지적했듯이 파시즘은 대중조작을 통해 정권을 획득하고 유지했다. 대중조작을 위해 파시즘은 상호 모순적인 논리들까지도 무차별적으로 활용했다고 알려져 있는데, 여기서 우리는 다음을 가정해 볼 수 있다. 즉 역사적으로 모더니스트들이 파시즘에 협력을 했고 할 수 있었다면, 파시즘 내부에 모더니스트들의 협력을 이끌어낼 수 있는 논리가 존재했으리라는 것이다. 그렇다면 중요한 것은 파시즘의 어떤 논리가 모더니스트들의 자발적인 협력을 이끌어낼 수 있었느냐는 문제일 것이다. .

파시즘 문학은 근대문학사상 문학이 현실과 가장 첨예하게 결합되는 예를 보여준다. '정치의 심미화'라는 벤야민의 파시즘 정의[10]를 굳이 언급하지 않더라도, 파시즘 체제 아래에서 근대문학이 극단적으로 정치와 결합되어 있었다는 점에 이의를 제기하기는 어려워 보인다. 즉 예술(또는 문학)은 파시즘 아래에서 정치의 심미화 과정에 적극적으로 활용되거나 활용될 수 있었다는 것이다. 파시즘이 '정치의 심미화'를 필요로 했던 이유는 비교적 분명해 보인다. 파시즘은 민족적인 신화(대부분은 침략 전쟁을 통한 정복)를 위해 대중의 정서에 적극적으로 호소해 그들을 조작하고 동원할 필요가 있었고, 대중을 조작하는 가장 강력한 무기 중 하나가 이미지를 중요한 표현수단으로 삼는 예술이었기 때문이다.

---

9. A. Hewiit, *Fascist Modernism*, Stanford University Press, 1993, 38쪽 참고.
10. 벤야민은 '정치의 심미화'를 향한 모든 노력이 '전쟁'이라는 한 점으로 귀결된다고 보았다.(벤야민, 「기술복제시대의 예술작품」, 『발터 벤야민의 문예이론』, 민음사, 1983. 229~230쪽 참고.) 그리고 벤야민은 사회주의를 '예술의 정치화'로 보아 파시즘과 구분했다.

그렇다면 우리는 여기서 파시즘과 모더니즘의 접점이 형성되기 위한 이론적인 전제를 하나 정리할 수 있다. 즉 그 전제는 모더니즘 내부에 문학이 현실과 결합될 수 있는 논리가 마련되어야 한다는 것이다. 주지하다시피 근대예술은 근대의 발전 과정과 함께 '자율성autonomy'을 강화시켜 왔다.

> "자율적인 예술은, 시민사회가 성립하면서 경제적 체제와 정치적 체제가 문화적 체제로부터 분리되어 나오고 정당한 교환이라는 하부구조의 이데올로기가 스며듦으로써 약화된 전통주의적 세계상들이 제반 예술을 이들이 의식에 사용되어 왔던 연관관계로부터 벗어나게 해주는 정도에 상응한 만큼 자리를 잡게 되었다."(위르겐 하버마스) 여기서 자율성은 예술이라는 사회적 부분체계의 기능방식을 나타낸다고 볼 수 있다. 즉 여기서 자율성은 사회적 이용에의 요구들에 맞서는 예술의 (상대적인) 독립성을 가리킨다.[11]

뷔르거는 예술의 독립성(혹은 자율성)이라는 개념이 시민사회가 성립되는 과정에서 정치와 문화가 분리되면서 형성되었다고 보고 있다. 그리고 이때 자율성의 핵심은 '사회적 이용에의 요구들에 맞서는' 것이다. 예술의 자율성에 대한 이러한 규정은 지금도 일반적인 것으로 받아들여지고 있다. 이렇게 볼 때 근대 예술은 사회 혹은 정치의 영역으로부터 분리됨으로써 자율성을 강화하는 과정에서 형성되었다고 정리할 수 있겠다. 예술의 자율성은 소위 심미주의에서 절정에 이르렀다. 예술의 자율성이 절정에 이르렀을 때 예술의 가치를 담보해 주는 것은 '정치적인 진보성과 형식적인 진보성이 일치한다'는 암묵적인 전제[12]였다. 즉 정치적인 진보성

---

11. 퍼터 뷔르거, 『전위예술의 새로운 이해』, 심설당, 1986. 41쪽.
12. 이 부분에 대해서는 A. Hewiit, 앞의 책, 25~26쪽 참고.

과 형식적인 진보성의 유비구조에 의해 예술의 가치가 담보되었던 것이다. 19세기 말에서 20세기로 이어지는 예술 영역에서의 다채로운 형식 실험은 이런 가치의 전제가 있었기 때문에 가능했던 것이다.

형식적인 진보성이 정치적인 진보성을 담보한다는 유비구조가 유지되는 한 예술이 현실과 적극적으로 결합될 가능성은 거의 없다고 할 수 있다.[13] 왜냐하면 이러한 구조에서는 적극적으로 정치를 제거함으로써 진보성을 담보할 수 있을 것이기 때문이다. 이것은 달리 말하면 예술의 자율성이 비판받지 않는 한 예술이 정치와 결합될 여지가 없었다는 것을 의미한다. 그리고 이때 예술의 자율성을 비판하고 정치(현실)와의 결합을 적극적으로 주장한 모더니즘 예술 조류가 바로 아방가르드였다. 아방가르드는 제도 예술을 적극 비판하면서 예술을 다시 실제 생활과 결합시킴으로써 그 실천적인 기능을 회복해야 한다고 주장했다.[14] 따라서 아방가르드의 단계에 오면 형식적인 진보성과 정치적인 진보성의 유비구조는 깨어질 수밖에 없게 된다.

파시즘을 정치의 심미화로 규정할 수 있다면, 그리고 그것이 예술과 정치의 가장 첨예한 결합이라고 할 수 있다면, 아방가르드는 바로 이러한 가능성을 열었던 모더니즘의 조류였다. 즉 아방가르드의 단계에 와서야 파시즘과 모더니즘의 결합이 가능하게 되는 이론적인 토대가 마련된다는 것이다. 서구에서 아방가르드[15]에 포함되는 예술 조류들은 1차 세계대전을 전후한 시기에 주로 발생해서 진행되었는데, 이 시기는 파시즘의 발생 시기와 거의 일치한다.[16] 이렇게 본다면 아방가르드의 자율성에 대

---

13. 그러나 이것이 예술의 '정치적 기능'이 없다는 것을 의미하는 것은 아니다. 시민사회의 발전과 함께 각 영역의 독립성이 강화되지만 그 각 영역은 '상대적'으로 독립되어 있을 뿐, 상호 관계를 통해 전체를 이루기 때문이다.

14. 이 부분은 페터 뷔르거, 앞의 책, 79~92쪽을 참조. 뷔르거는 여기서 아방가르드를 '시민사회에서의 예술의 자기비판'으로 규정하고 있다.

15. 일반적으로 아방가르드에 속한 예술 조류로는 입체파, 표현주의, 다다이즘, 초현실주의, 미래파 등을 들 수 있을 것이다.

한 비판은 예술이 다시 정치(현실)에 참여할 수 있는 길을 열었지만, 그것은 곧 파시즘으로 나아갈 수 있는 길 또한 열었다는 것을 의미한다. 자율성의 구조를 깨뜨림으로써, 아방가르드는 모더니즘 예술이 확보하고 있었던 현실에 대한 비판적 거리를 지워버리는 역설적 방식으로 현실과 만났던 것이다.

2) 부정의 미학과 '혁신성'

모더니즘의 조류 내부에 예술과 정치를 결합할 수 있는 이론적 토대가 마련되었다고 해서, 곧 모더니즘이 파시즘과 결합할 수 있었다는 것을 의미하는 것은 아니다. 그것은 다만 모더니즘이 현실 속의 파시즘과 결합될 수 있는 길을 열었다는 의미일 뿐이다. 서구의 경우 많은 모더니스트들이 파시즘 체제에 협력했던 것이 사실이다.[17] 그러나 '많은 모더니스트들이 파시스트였고 많은 파시스트들이 모더니스트'였다[18]고 하더라도 모더니즘 그 자체가 파시즘의 한 형태라고 할 수는 없다. 이것은 많은 유럽의 지식인들이 파시즘의 토대가 될 수 있는 철학적이고 이론적인 작업을 했다고 하더라도, 그들 자신이 파시스트였다고 할 수 없는 것[19]과 마찬가지이다. 아방가르디스트들 중 어떤 인물은 파시스트가 되고 또 어떤 인물들은 파시즘을 비판하는 인물이 되는 이유를 설명한다는 것은 너무나 복잡다단한 과정이 될 것이다. 이 자리는 이 문제를 다룰 만한 자리도 아니고 또한 필자에게는 그런 능력도 없다. 다만 여기서 다루고자 하는 것은 많은 모더니스트들이 파시즘에 참여했다면, 도대체 파

---

16. 이 부분은 로버트 팩스턴, 앞의 책, 90~110쪽 파시즘의 '지적·문화적·정서적 뿌리' 부분을 참조.

17. 서구에서 파시스트 모더니스트로 지목되는 대표적 인물로는 윈드햄 루이스, 에즈라 파운드, W. B 예츠, 마리네티 등이 있다.

18. R. D, Dasenbrock, "Paul De Man", *Facism, Aesthetics, and Culture*, University Press of New England, 1992, 240쪽 참고.

19. 로버트 팩스턴, 앞의 책, 90~110쪽 참고.

시즘의 어떤 논리가 그들을 참여할 수 있도록 만들었는가를 알아보는 것이다. 파시즘이 '정치의 심미화'라고 한다면, 우리는 미학적 범주에서 그 논리를 찾아볼 수도 있을 것이다.

파시즘은 정권획득을 위해 사용 가능한 모든 논리를 활용했다. 비록 그것이 모순된 논리라고 하더라도 파시즘에서는 전혀 문제가 되지 않았다. 파시스트들은 부르주아적 가치가 지배하는 근대 산업사회를 격렬하게 비판하면서도 한편으로는 기계문명을 예찬했으며, 민족의 원시적인 상태의 회복을 열정적으로 주장하면서도 미래에 도래할 천년왕국을 약속했다. 이들은 "신화적인 과거와 동시에 기술적인 미래 모두"[20]를 긍정했다. 이런 의미에서 파시즘은 반동적이고 과거회귀적인 동시에 대단히 모더니즘적이기도 했다. 마루야마 마사오가 파시즘을 '반혁명 세력'이라는 부정적인 방식으로 규정할 수밖에 없었던 이유가 아마도 이곳에 있었을 것이다. 즉 파시즘은 어떤 긍정적인 가치를 중심으로 대중의 동의를 이끌어내기보다는 차라리 부정의 방식으로 대중의 열정을 불러일으켰다. 파시즘이 '정치의 심미화'로 규정될 수 있는 이유가 바로 여기에 있다. 이런 의미에서 파시즘 정치의 미학을 우리는 '부정의 미학'이라고 할 수 있을 것이다.

모더니즘이 파시즘과 미학적으로 조우할 수 있는 지점 또한 이 '부정의 미학'에서라고 할 수 있다. 주지하다시피 모더니즘은 심미주의든 아방가르드든 전통에 대해 적대적이었다.[21] 모더니즘의 전통이 '반전통의 전통'[22]으로 규정되기도 한다는 점은 모더니즘의 부정의 미학을 단적으로 보여주는 말이다. 물론 모더니즘의 부정이 전통에 대해서만 이루어지는 것은 아니다. 이들의 부정은 기존 예술 전통에 대한 부정뿐 아니라 부

---

20. Mark Antliff, "Facism, Modernism, and Modernity", *The Art Bullitin*, Vol. 84, No. 1(2002), 2쪽 참고.
21. 레나토 포지올리, 박상진 역, 『아방가르드 예술론』, 문예출판사, 1999, 87~93쪽 참고.
22. M. 칼리니스쿠, 이영욱 외 역, 『모더니티의 다섯 얼굴』, 시각과언어, 1998, 91쪽 참고.

르주아가 지배하는 근대사회, 더 나아가서는 근대문명 전체에 대한 부정으로 이어지기도 한다. 이런 모더니즘의 부정의 미학은 주로 끊임없는 형식의 혁신으로 표출된다. 결국 파시즘의 미학과 모더니즘의 미학은 '부정의 미학'을 공유하고 있다고 할 수 있는데, 역사적으로 모더니스트들이 파시즘과 이론적으로 만날 수 있었던 이유가 바로 이 부분이라고 할 수 있다. 최근 앤드류 휴이트는 마리네티를 통해 이런 "'진보적인' 미학적 실천과 '반동적인' 정치적 이데올로기 사이의 연속적인 지점들"[23]에 대해 상세하게 고찰한 바 있다.

서구에서 파시스트 모더니스트로 지목되는 대표적인 인물이 윈드햄 루이스, 에즈라 파운드, W. B 예츠, 마리네티 등이다. 이 중에서도 이탈리아 미래주의의 대표자격인 마리네티는 전형적인 파시스트 모더니스트로 지목된다. 마리네티는 근대의 기계화된 삶의 방식은 열렬히 찬양하지만, 다른 한편으로 근대의 합리주의와 실증주의, 자유주의와 개인주의와 같은 부르주아의 근대적 가치에 대해서는 저항했던 인물이다.[24] 마리네티는 산업화되고 기계화된 문명을 찬양하고 새로움과 속도에 과도하게 집착했으며, 폭력과 전쟁의 필연성과 아름다움에 대해 열정적으로 찬양했다. 마리네티의 이러한 특징은 파시즘의 특징과도 일치하며, 그는 실제로 파시즘에 적극적으로 협력했던 인물이었다. 그가 파시즘에 적극적으로 협력할 수 있었던 것은 그의 이론적인 구조와 파시즘의 이론적인 구조가 상당 부분 일치했기 때문으로 보인다. 그 중 가장 중요한 부분은 대중의 개조를 통한 새로운 이탈리아의 건설이라는 파시즘의 교의가, 마리네티의 민족의 권력과 힘의 상징으로서의 '새로운 인간' 주조라는 이상과 일치했다는 점이다. 이런 과정을 통해 마리네티는 파시즘의 대중조작에 적극적으로 참여할 수 있었다.

---

23. A. Hewiit, 앞의 책, 1쪽.
24. 신혜경, 「미래주의와 파시즘의 관계」, 『미학』, 33집, 2002, 154쪽 참고.

여기서 우리는 파시즘과 모더니즘의 부정의 미학이 만나는 역사적 실례를 볼 수 있는데, 그런 부정의 미학을 규정해 줄 수 있는 미적 범주를 우리는 '혁신성novelty'[25]으로 정리해 볼 수 있을 것이다. 즉 모더니즘과 파시즘은 끊임없는 부정을 통해 세계를 혁신시키고자 하는 행위를 심미화하고 있다는 점에서 공통적이라는 것인데, 일찍이 벤야민은 이를 '예술의 정치화'와 '정치의 심미화'로 규정한 바 있다.

3. '근대의 파국'에 대응하는 모더니스트의 두 가지 방식

이 글이 한국문학사에서 모더니즘과 파시즘의 접점을 보여줄 수 있는 인물로 최재서와 김기림을 택한 이유는 비교적 분명하다. 우선 이 두 인물은 파시즘이 점차 강화되고 있었던 1930년대 중반에 가장 활발하게 활동한 대표적인 모더니스트 이론가였다는 점이다. 그리고 그들의 모더니즘 이론의 궤적이 앞서 살핀 모더니즘과 파시즘의 접점이 형성되는 과정과 상당 부분 겹친다는 것도 중요한 이유 중 하나다. 그러나 가장 중요한 이유는 이 두 인물의 모더니즘론이 특히 일제 말기(1937~1945)를 거치면서 서로 다른 모습으로 파시즘과 만나고 있다는 점이다. 따라서 이 장에서는 우리 문학사를 대표하는 이 두 모더니스트가 어떤 지점에서 어떤 논리로 파시즘과 만나고, 그리고 어떻게 거기에 대응하는지를 중점적으로 살핀다.

1) 신념으로서의 세계관과 근대 초월

최재서는 김기림과 함께 1930년대를 통해 의식적으로 모더니즘을 추구한 대표적인 문학자였다. 일제 말기 이전 최재서의 모더니즘론은 '주지주의 문학론'[26]으로 요약이 될 수 있는데, 그의 주지주의 문학론은 지성론,

---

25. 이 개념은 칼리니스쿠에 의해 모더니티를 추구하는 모더니즘의 핵심 개념으로 설정되고 있는데, 그는 이 개념의 완성자로 보들레르를 지목한다.(M. 칼리니스쿠, 앞의 책, 58~71쪽 참고)

모랄론, 교양론 등으로 구체화되었다. 일제 말기 이전 그의 주지주의 문학론은 감상적 낭만주의와 프롤레타리아 문학을 동시에 비판하면서 출발하고 있다. 그가 이 두 가지 조류를 비판하는 이유에는 전형기에 대한 의식이 깔려 있다.[27] 다음 인용문은 일제 말기 이전 그의 주지주의 문학론의 핵심적인 지향과 방법을 알려주는 글이다.

> 현대가 혼돈하다 함은 다시 말하면 현대가 의거할 만한 전통과 신념을 잃었단 말이다. 이 잃어진 전통과 신념에 대신될 만한 전통과 신념을 탐구하고 모색하는 정신이 곧 불안과 초조를 특징으로 삼는 현대정신이다. 그리고 현대인은 이 엄청난 대용물을 과학 가운데에 구하려고 한다.
> 과연 과학이 차대의 인류를 통제할 만한 인생관을 제공하겠느냐 함에 대하야 의혹이 不無하다. 현대정신의 비극적 일면은 반듯이 이곳에서 생겨난 것이라고 볼 수 있다. 그러나 여하튼 현대정신이 과학에 절대적 기대를 갖이고 있는 것만은 사실이다. 따라서 우리가 현대비평이론 가운데서 많은 과학수용을 목도함은 당연한 일이라 할 것이다.[28]

최재서는 현대를 '혼돈'의 시대라고 보는데, 그 이유는 과거의 전통이 무너진 상황에서 새로운 전통이 아직 수립되지 못하고 있다고 보기 때문이다. 따라서 그는 현대에 맞는 새로운 질서가 수립될 필요를 역설하고 있으며, 그 방법으로 주지주의 문학론을 제시했던 것이다. 이런 의미에서 그의 모더니즘론은 '혁신성'을 바탕에 깔고 진행되었다고 할 수 있을 것

---

26. 최재서의 주지주의 문학론은 주로 흄, 엘리어트, 리드 등과 같은 영미 이론가들의 모더니즘론에 영향을 받아 형성된 것이다. 그 대표적인 글로는 「현대 주지주의 문학이론」(1934년), 「비평과 과학」(1934년), 「현대비평에 있어서의 개성의 문제(1936년), 「현대적 지성에 관하여」(1936년) 등이 있는데 이 글의 대부분이 1938년 출간된 비평집 『문학과지성』(인문사)에 실려 있다.
27. 최재서는 낭만주의를 비합리적이고 비과학적이라는 이유로, 프롤레타리아 문학을 편협하고 주관에 의한 인위적 조작이 이루어진다는 이유로 비판한다.
28. 최재서, 「비평과 과학」, 『문학과지성』, 19쪽.

이다. 그리고 최재서는 그런 혁신을 가능하게 하는 핵심적인 방법이 '과학'이라고 보고 있다. 이후 그의 주지주의 문학론은 '지성'이라는 개념을 중심으로 전개되는데, 그의 지성은 과학적 방법과 개성의 확충이라는 내용물로 채워지고 있다. 개성은 과학과 함께 그의 주지주의 문학론의 핵심 개념 중 하나로, 주의할 것은 그가 낭만주의적인 개성에 대해서는 비판하면서 현대적인 개성의 확충을 강조하고 있다는 점이다.

> 이상과 같이 개성의 개념은 현대 비평에서 로맨틱한 내용을 배제하면서 더욱 깊어지고 넓어져 간다고 생각한다. (…) 현대의 비평가들이 생각하고 있는 창작원리로서의 개성이라는 개념도 이미 전시대에 있었던 것이지만, 그것이 현대에 와서 더욱 순화되고 심화되고 확대되어 가는 과정이라고 나는 생각한다.[29]

최재서의 이런 '개성'에 대한 강조는 파시즘이 세계적으로 강화되어 가는 상황에 대응하기 위한 논리이기도 한데, 그는 1935년 니스에서 개최된 '국제연맹문학예술위원회'의 토론회에 전달된 토마스 만의 서한을 소개하면서 "개인적 노력을 기피하고 집단적 행동 가운데에 도취"하는 현대청년들을 비판한다. 그는 세계적으로 "최근 이삼년 동안에 지성이 퇴각함을 따라 선전과 폭력주의 감상적 내슈내리즘과 신비주의 모든 미신과 애매철학 비합리적 영웅주의와 煽情문학 등이 세력을 차지하"고 있는 상황을 비판적으로 바라보고 있다.[30] 이런 상황은 왜 그가 문화를 수호하고 확충할 수 있는 지성의 핵심 개념으로 개성을 강조할 수밖에 없었는지를 잘 보여준다.

---

29. 최재서, 「현대비평에 있어서의 개성의 문제」, 『최재서평론집』, 청운출판사, 1961, 52쪽.(『영문학연구』, 1936년 4월)
30. 최재서, 「지성옹호」, 『문학과지성』, 149쪽 참고.

요컨대 일제 말기 이전 최재서의 주지주의 문학론은 지성을 핵심 개념으로 하고 있으며, 그 지성은 과학적 방법을 통한 개성의 확충으로 요약된다고 할 수 있겠다. '혁신'에 대한 의지를 바탕에 깔고 있는 그의 주지주의 문학론은 모랄론, 개성론, 교양론 등으로 끊임없이 변화하면서 시대적인 상황에 대응해가고 있다는 점에서, 그 혁신성을 뚜렷이 보여주고 있음을 알 수 있다.

　최재서의 비평이 다시 급변하는 것은 1940년경 '근대 초극론'에 와서라고 할 수 있다. 그의 모더니즘론은 파시즘의 논리와 매우 흡사해지고 있다. 그것은 이 시기 그의 모더니즘론에서 혁신성과 파시즘의 혁신성이 동시에 빛을 발하고 있었기 때문이다. "태평양 전쟁 전과 전쟁 당시 일본의 논단에서 '근대의 초극'에 관한 논의는 일본 제국주의의 동아시아 정책, 나아가 세계 정책을 이데올로기적으로 추인하면서 합리화하는"[31] 이데올로기로 작용했으며, 이 이데올로기로 인해 많은 지식인들이 전향을 하게 된다.

　　중일전쟁의 세계사적 의의는 공간적으로 보면 동아의 통일을 실현함으로써 세계의 통일을 가능하게 하는 데에 있다. 이제까지 '세계사'로 일컬어진 것도 실은 유럽의 역사에 지나지 않았다. 그것은 '유럽주의'의 입장에서 본 것이었다. (…) 유럽주의의 붕괴는 동시에 유럽 사상으로는 세계사의 통일적인 이념이기를 포기한 것이다. 이와 같은 유럽주의의 뒤를 이어 적극적으로 동아시아의 통일을 실현함으로써 진정한 세계의 통일을 가능하게 하고, 세계사의 새로운 이념을 분명하게 한다고 하는 것이 중일 전쟁이 갖는 의의라 하지 않을 수 없다.[32]

---

31. 히로마쓰 와타루, 김항 역, 『근대초극론』, 민음사, 2003, 45쪽.
32. 미키 키요시, 「신일본의 사상 원리」, 최원식·백영서 엮음, 『동아시아인의 '동양'인식: 19—20세기』, 문학과지성사, 2005, 53쪽.

위 글은 '중일전쟁을 계기로 아시아주의에 철학적 기초'를 제공한 미키 키요시[33]의 글인데, 당시 근대초극론의 실질적인 내용이 어떠한 것이었는가를 잘 보여주고 있다. 즉 이 글은 근대초극론이 서구적 근대의 보편성을 부정함과 동시에 새로운 보편성의 필요성을 역설하면서 일본 제국주의의 침략전쟁을 합리화하는 과정을 잘 보여주고 있다. 그럼에도 불구하고 이 침략의 논리는 '근대초극', 즉 새로운 근대의 구상이라는 혁신성으로 많은 지식인들의 호응을 이끌어내고 있었다. 이 시기의 최재서 또한 근대의 초극을 운위하면서 일본 파시즘의 논리를 적극적으로 수용하게 된다.

조선문학의 혁신은 신체제 이래의 일로 결코 그 역사가 오래 되지는 않았다. 그럼에도 불구하고 혁신의 정도는 정말 눈부신 것이어서, 그런 점에서는 일본 문단보다도 일보 앞서 가고 있다고 말해도 그다지 과언은 아닐 것이다.[34]

최재서는 주지주의 문학론의 시기에도 그리고 일제 말기에도 공통적으로 '혁신'을 추구하고 있다. 위 글에서 그는 일제 말기 조선문학의 혁신이 '신체제 아래'[35]에서부터 본격화되었다고 주장하고 있다. 그리고 그러한 '혁신'은 1940년을 전후해 본격화되는데, 그 외부적인 계기는 소위 '파리의 낙성'이었다.

만주사변이 일어났을 때나 또 중일전쟁이 일어났을 때에도 그다지 충

---

33. 최원식 · 백영서 엮음, 위의 책, 17쪽 참고.
34. 최재서, 「조선문학의 현단계」, 『국민문학』, 1942. 8.(노상래 역, 『전환기의 조선문학』, 영남대출판부, 2004, 67~68쪽) 『전환기의 조선문학』은 1943년 일본어로 출판된 최재서의 평론집이다.
35. 소위 '신체제'는 1937년 중일전쟁 이후 고도 국방국가를 지향하며 파시즘체제를 강화해간 것에 다름 아니다.

격을 받지 않았던 조선 문단이 1940년 6월 15일, 유럽 몰락의 보도를 접하고 처음으로 아연실색하여 반성의 빛을 보였다는 것은 부끄러운 이야기이기는 하지만, 한편으로 조선문학의 특수성을 말해주는 것이어서 흥미롭기도 하다. 파리의 함락은 소위 근대의 종언을 의미하는 것으로, 최근 특히 유럽문학의 유행을 쫓아 온 조선문학이 처음으로 새로운 사태에 눈을 떴다고 말할 수 있겠다. 특히 모더니즘의 경향을 쫓던 시인들에게 심각한 반성의 기회를 주었고(김기림의 발언—인용자), 비평가들로 하여금 마침내 모색으로 분주하게 하였다.[36]

'파리의 낙성'은 이후 살필 것이지만 김기림에게 '근대의 파산'을 수긍할 수밖에 없는 계기가 되었는데, 위 글은 그 사건이 최재서에게도 '근대초극론'으로 나아가는 커다란 계기가 되었음을 말해준다. 특히 "모더니즘의 경향을 쫓던 시인들에게 심각한 반성의 기회를 주었"다는 언급은 그 자신에게도 해당하는 것이었다. 이미 살핀 바와 같이 일제 말기 이전 영문학도로서 최재서는 영미의 최신 모더니즘 이론을 그 누구보다도 적극적으로 수용해왔기 때문이다. 그렇다면 최재서는 도대체 어떠한 근거로 스스로의 문학적 이력을 전면적으로 부인하게 된 것일까? 그 과정은 그의 주지주의 문학론의 핵심이었던 지성의 개념이 어떤 과정을 거치며 어떻게 변화되고 있는가를 살펴보면 파악할 수 있을 것이다. 그의 지성 개념은 과학적 방법과 개성의 확충, 부정적인 형식으로 규정하자면 반신비주의적 방법과 반전체주의적인 지향으로 구성되어 있었다.

우선 일제 말기 최재서의 비평에서 개성이 어떻게 취급되고 있는지를 살펴보자. 그에게 개성은 이미 살펴본 대로 집단적 혹은 전체주의적인 문화에 대한 저항의 의미를 띠고 있었는데, 이 시기에 오면 개성은 '개인주

---

36. 최재서, 앞의 글.

의'와 결합되면서 그 기본적인 의의를 부정 당한다.

　이상과 같이 개성 존중의 이데올로기는 말할 것도 없이 인간성의 고귀한 일면을 도야하여 완성시키는 것으로, 물질적 이익과 향락만을 추구하는 소위 이기주의와는 엄밀히 구별하여 생각될 필요가 있다. 그러나 국가 대 개인의 관계의 인식에 있어서는 이기주의와 동일한 오류를 범하여, 동일한 죄로 단정되어도 어쩔 수 없다. (…)
　개인주의가 위험하다는 것은 결코 유물사관처럼 사람을 곧바로 혁명적 수단으로 몰아세우기 때문이 아니다. 인격 완성이라는 지극히 정당한 주장을 하면서도 결국은 유기적 전일체로서의 민족과 국가의 해체를 초래하는 데에 잠재적이며 편재적인 위험을 내포하고 있기 때문이다.[37]

　이 글을 보면 그가 이 시기 '개성'을 어떻게 바라보고 있는가를 알 수 있다. 즉 그는 개성의 기본적인 가치를 인정하면서도 그것이 국가와 관계되는 한 이기주의와 동일한 것으로, 즉 위험한 개인주의의 소산으로 취급될 수밖에 없다는 것이다. 이런 그의 논리는 이전 시기 그가 '지성 파괴'로 비판했던 논리 바로 그것이었다. 그리고 이 논리에는 이미 '국가 혹은 민족'이 지고의 가치로 전제되어 있음을 알 수 있다. 일제 말기 그가 전제하고 있는 국가 혹은 민족은 물론 일본(민족)이다.
　그렇다면 그가 지성의 다른 한 축으로 설정했던 '과학'이라는 방법은 어떻게 되었을까? 일제 말기 최재서의 비평에서 '과학'이라는 말을 찾아보기는 어렵다. 당연히 그의 비평 방법에서 '과학'은 완전히 자취를 감추게 된다. 당시 최재서의 비평에서 과학의 자리를 대체하고 있는 것은 '세계관'이라는 것이다. 그런데 이 세계관이라는 것이 합리적인 지성을 바탕

---

37. 최재서, 「문학자와 세계관의 문제」, 『전환기의 조선문학』, 83~84쪽.

으로 하고 있는 것이 아니라는 것이 문제다. 그에게 세계관은 이성적이고 합리적인 것이 아니라 오히려 반이성적이고 비합리적인 '신념'의 문제로 자리잡고 있다.

　　이원조 씨 자신이 확실히 발견이라는 말을 사용하였는지 여부는 지금 기억이 없다. 그러나 새로운 원리는 발견되어야 할 것이 아니라 체득되어야 한다는 것이 지금에 와서 확실해졌다. 즉 새로운 비평 원리를 발견하고자 하여 추상적 이념 속에서 탐색해 온 모든 노력이 허사로 끝났다. 대신 지금은 지도 원리가 국민적 입장에 있어서만 체득된다는 것이 판명되었기 때문이다. 이 간단한 진리가 왜 지금까지 도달되지 않았을까? 그것은 결국 연구와 인식의 문제가 아니고 태도와 신념의 문제였기 때문이다. 국민적 입장을 솔직하게 수용하여 국민 의식을 확실히 파악하는 데는 오늘날 연구나 인식보다도　신념과 용기가 필요하다.[38]

　이 글에는 일제 말기 최재서의 비평론이 집약적으로 표현되어 있다. 즉 서구적인 근대가 파국을 맞은 상황에서 '연구와 인식'이라는 서구적 방식으로는 새로운 질서가 모색될 수 없다는 것이고, 그렇다면 이제 새로운 질서는 '연구와 인식'에 의해서가 아니라 소위 '국민적 입장을' 받아들이는 태도와 신념에 의해 드러날 수밖에 없다는 것이다. 여기서 '연구와 추상'은 '과학'으로 대체되어도 무리가 없을 듯하다. 최재서는 이런 간단한 진리를 과거에 미처 인식하지 못했던 원인으로 '용기'의 부족을 들고 있다. 최재서의 이런 주장에는 서구적인 근대가 파국을 맞은 상황에서 일본 파시즘의 정복전쟁이 새로운 세계질서를 구축하는 혁신의 과정일 수 있다는 인식이 깔려 있다. 즉 백철로 대표되는 '사실수리론'[39]이 전

---

38. 최재서, 앞의 글, 55쪽.

제되어 있는 것이다.

그러나 이런 과정에는 분명 이론적인 비약이 게재되어 있는 것이 사실이다.[40] 그는 '서구' 전체를 단일한 타자로 설정하고 일본으로 대표되는 '동양'이 새로운 질서의 모색자 및 담지자가 될 수밖에 없다고 믿고 있는데, 이 과정에는 분명 논리적 비약이 게재되어 있기 때문이다. 단적으로 '서구'의 내부에는 그가 새로운 세계 질서의 건설자로 긍정한 독일과 이탈리아도 포함되어 있기 때문이다. 그가 비평가로서 출발할 때부터 보여준 '혁신성'에 대한 과도한 열망이 이런 논리적 모순을 간파할 수 없도록 했는지, 혹은 그런 논리적 모순을 간파하고 있었음에도 불구하고 '신념'으로 무화시켜버렸는지 단언하기는 어렵다. 다만 일제 말기 최재서의 비평 이론이 논리적 비약을 통해 '초월'로 향하는 파시즘의 논리와 상통하고 있다는 것은 분명해 보인다.

2) 방법으로서의 과학과 근대 초극

1930년대 초반부터 활동하기 시작한 김기림은 애초부터 스스로를 모더니스트로 규정하고 문단활동을 시작했다. 그의 시론은 우리 문학사에서 가장 철저하게 모더니즘 정신에 입각해 구축된 것이었다고 해도 과언은 아닐 것이다. 1930년대 초반 그의 모더니즘 이론은 서구의 산업문명에 대한 추구를 그 바탕에 깔고 있었다. 즉 그는 서구 산업문명의 질서와 리듬을 '명랑'하고 '건강'한 것으로 전제하고 시의 창작 또한 그러한 명랑한 질서와 리듬을 담을 수 있어야 한다고 주장한다. 그는 그것을 시의 '제작'이라고 불렀다. '제작'을 통해 시가 담아야 할 것으로 그는 다음 세

---

39. 백철의 '사실수리론'에 대해서는 한도연·김재용, 「친일 문학과 근대성」, 『친일 문학의 내적 논리』(역락, 2003)을 참고.
40. 이런 의미에서 일제 말기 최재서의 비평을 '지성주의의 파탄'으로 규정한 고봉준의 논의(앞의 글)는 참고할 만하다.

가지를 제시한다.

> 첫째 우리들의 시는 기계에 대한 열렬한 미감을 가지게 되었다는 것
> 둘째 정지 대신에 동하는 미
> 셋째 일하는 일의 미[41]

김기림은 의식적인 시의 제작을 통해 시가 산업사회의 역동적인 질서와 리듬을 담아낼 수 있어야 한다고 주장하고 있는 것이다. 이 시기 김기림은 근대문명을 무비판적으로 찬양하고 있다고 해도 과언이 아닐 것이다. 그러나 그의 이론은 1930년대 중반 들어서면서 변화하고 있는데, 일방적으로 찬양되던 근대문명이 부분적으로 비판받기 시작하고 있기 때문이다. 1936년 발표된 『기상도』는 그의 문명 비판의식을 시적으로 표현하기 위해 발표된 것이었다.

1930년대 중반 그의 변화는 임화와 벌인 소위 기교주의 논쟁과도 연결되어 있다. 이 시기 김기림은 시가 시인의 지성을 바탕으로 의식적으로 제작되어야 한다는 그의 주장을 부정하지는 않지만, 모더니즘 시가 쇄말적인 기교주의에 빠져 있다는 임화의 비판을 일정 부분 수용한다. 이 과정에서 그가 제기하는 것이 바로 전체시론이다.

> 그러나 「모더니즘」은 30년대의 중쯤에 와서 한 위기에 다닥쳤다.
> 그것은 안으로는 「모더니즘」의 말의 중시가 이윽고 그 말류의 손으로 언어의 말초화로 타락되어가는 경향이 어느새 발현되었고, 밖으로는 그들이 명랑한 전망 아래 감수하던 오늘의 문명이 점점 심각하게 어두워 가고 이지러가는 데 대한 그들의 시적 태도의 재정비를 필요로 함에 이른

---

41. 김기림, 「시의 「모더니티」, 『신동아』, 1933. 7, 『김기림전집2』, 심설당, 1988, 82~83쪽.

때문이다.

이에 시를 기교주의적 말초화에서 다시 끌어내고 또 문명에 대한 시적 感受에서 비판에로 태도를 바로잡아야 했다. 그래서 사회성과 역사성을 이미 발견된 말의 가치를 통해서 형상화하는 일이다.(…) /전시단적으로 보면 그것은 그 전대의 경향파와 「모더니즘」의 종합이었다.[42]

전체시론은 간략히 요약하자면, 모더니즘(기교주의)과 리얼리즘(편내용주의)의 통일을 지향하는 시론이다. 이런 과정은 현실과 괴리된 기교주의 시를 비판하고 시에 현실적인 내용을 수용하겠다는 의사에 다름 아니다. 이 같은 그의 생각은 임화와의 논쟁 과정에서 발표된 「현실에의 적극 관심」[43]에 잘 반영되어 있다.

김기림의 이러한 궤적은 아방가르드의 제도 예술에 대한 비판과 상당히 유사하다고 보인다. 형식적인 진보성과 정치적인 진보성의 유비구조를 김기림은 기교주의 논쟁을 통해 깨고 있는 것이다. 그리고 문학에 현실을 적극적으로 개입시킬 것을 요구하고 있다. 그런데 김기림은 모더니스트로서 본격적인 활동을 하기 시작한 시점에 이미 심미주의를 현실과 괴리되었다는 이유로 비판하면서 문학과 현실의 결합이 중요하다는 것을 강조하고 있었다.[44] 따라서 그의 기교주의 비판은 시의 자율성에 대한 비판이라기보다는 당대 모더니즘 시의 기교적 편향을 비판한 것이라고 보는 것이 타당하다.

'근대의 추구'에서 시작된 김기림의 모더니즘론이 30년대 중반 문명비판을 거쳐 최종적으로 도달한 지점은 30년대 말의 '근대초극'론이다.

---

42. 김기림, 「「모더니즘」의 역사적 위치」, 『인문평론』, 1939. 10, 『김기림전집2』, 심설당, 1998, 57쪽.
43. 『조선일보』, 1936. 1. 1~5, 『김기림전집2』, 심설당, 1988, 100~101쪽.
44. 이 점은 김기림의 「상아탑의 비극」(『동아일보』, 1931. 7. 30~8. 9, 『김기림전집2』, 심설당, 1988, 304~318쪽)을 참고할 수 있다.

그러나 당장의 문제는 그런 데만 있는 것이 아니다. 실은 엉뚱한 딴 곳에서 튕겨져나왔다. 그것은 이것이다. 우리가 개화당초부터 그렇게 열심히 추구해오던 「근대」라는 것이 그 자체가 한 막다른 골목에 부딪쳤다는 것이 바로 그 일이다. 그리하여 「르네상스」 이래 오늘까지도 근대사회를 꿰뚫고 내려오던 지도원리는 그것에서 연역할 수 있는 모든 답안을 남김없이 끄집어 내놓아 보였다. 그래서 얻은 최후의 해답이라는 것이 결국은 근대라는 것은 이 이상 발 하나 옮겨 놓을 수 없는 상태에 다달았다는 심각한 인상이다. 「파리」의 낙성으로써 가장 상징적으로 표현된 곤혹이 바로 그것이다.[45]

근대초극론은 파시즘이 강화되면서 서구적인 근대가 더 이상 '보편'으로 존재할 수 없다는 인식이 팽배한 상황에서 제기된 것이었다. 김기림은 이미 미학과 현실의 거리를 허물어버렸기 때문에 파시즘이 강화되는 현실에 직접적으로 대면할 수밖에 없었다. 그런 상황에서 그는 '서구적인 근대'의 초극을 이야기하고 있는 것이다.

이렇게 1930년대 김기림의 모더니즘론을 간략하게 살펴보면, 그의 모더니즘론이 끊임없이 스스로를 갱신해감으로써 '반전통의 전통'이라는 모더니즘의 핵심적인 미학을 잘 보여주고 있음을 알 수 있다. 즉 그의 모더니즘에서 혁신성은 가장 근본적인 특성으로 자리 잡고 있다. 그리고 그의 모더니즘의 혁신성은 '근대초극론'에서 일본 파시즘과 가장 가까운 거리에 놓인다고 할 수 있다.

그렇다면 이 시기 김기림의 근대초극론을 파시즘의 일환으로 읽을 수 있을까?[46] 이것을 확인하기 위해서는 김기림이 말하고 있는 '근대초극'

---

45. 김기림, 「우리 신문학과 근대의식」, 『인문평론』, 1940. 10, 『김기림전집2』, 심설당, 1998, 48쪽.
46. 참고로 고봉준은 이 시기 김기림의 모더니즘론을 파시즘에 포섭된 것으로 판단하고 있다.(고봉준, 앞의 글 참고)

과 일본 파시즘에서의 근대초극의 내적 논리를 비교해 볼 수밖에 없다. 이 과정에서 활용될 수 있는 것이 바로 '동양'에 대한 담론들이다. 이 시기 동양담론은 크게 본다면 근대초극론의 세부 논리 중 하나였다. 동양 담론은 이후 동아협동체론으로 이어지고 더 나아가 대동아공영권의 논리로 이어져 태평양전쟁을 정당화하는 논리로까지 이어지게 된다. 이렇게 본다면 이 시기 '동양'이라는 것은 일본 파시즘으로 빠져 들어가는 하나의 통로와 같은 것이었다.

이미 살펴보았듯이 김기림은 30년대 말 근대초극론을 제기한다. 그리고 새로운 보편의 필요성을 역설하기도 한다. 이 과정에서 그는 '동양'이 그러한 새로운 보편의 구성 혹은 구축을 위한 출발점이 될 수 있으리라 생각하고 흥분한다.

> 동양에 태여난 문화인에게 있어서 이 순간은 바로 새로운 결의와 분발과 희망에 찰 때라 생각된다. 수동적으로 압도된 모양으로만 넘쳐들어오던 서양문화는 드디어 우리와의 사이에 한 거리를 두고 잠시 물러섰다. 아니 차라리 한 개 현혹에 가까운 태도로써 몸을 그 속에 던져 빠져 있었던 서양문화에서 잠시 우리가 물러서게 되었다.(…) 그래서 이 순간에 유달리 흥분에 차는 까닭은 낡은 것의 추구는 이에 끝나고 새로운 것의 구상과 건설을 향하야 바야흐로 너나없이 용기를 떨쳐야 할 때이므로써다.[47]

김기림은 서구적 근대가 벽에 부딪혔다는 것을 동양이 이제 더 이상 서구의 근대를 따라잡기 위해 빠른 속도로 근대를 추구할 필요가 없어졌다는 의미로 받아들이고 있다. 따라서 이제 동양과 서양이 동일 선상에

---

47. 김기림, 「『東洋』에 관한 단장」, 『문장』, 1941. 4, 214쪽.

서 나란히 서서 새로운 보편의 수립을 위해 나아갈 수 있게 되었다는 것이다. 물론 김기림은 이런 생각을 표면적으로는 '문화적 감상주의'라 비판하고 있다. 그럼에도 불구하고 서구적 근대의 몰락이 새로운 근대의 모색이라는 가능성을 열어놓았다는 의미에서 '유달리 흥분에 차' 있다. 그렇다면 이제 김기림이 '동양'이라는 것을 어떻게 보고 있는지가 중요해진다.

> 또 하나의 다른 감상주의가 있다. 오늘 와서는 서양은 돌아볼 여지조차 없는 것이라 속단하고 그 반동으로 실로 손쉽게 동양문화에 귀의하고 몰입하려는 태도가 그것이다. 그것은 관념적으로는 매우 하기 쉬운 일이고 또 경솔한 사색 속에 즉흥적으로 떠오르기 쉬운 아름다운 포말이기도 하다. (…) 서양문화가 일정한 거리에까지 물러선 것처럼 동양문화도 한 번은 어느 거리밖에 물러가서 우리들의 새로운 관찰과 평가에 견디어야 할 것이다. 그래서 그것은 우리들의 새로운 태도와 방법으로써 다시 발견되어야 할 것이다.(…)
>
> 동양은 그저 덮어놓고 경도될 것이 아니라 다시 발견되어야 하리라고 말했다. 그러면 어떻게 발견될 것인가? 서양적인 근대문화가 우리들의 시야에서 한창 관찰되기에 알마즌 거리로 마침 우리가 물러선 기회에 우리는 이 근대문화의 심판장에서 무엇을 명일의 문화로 가져갈 유산일가를 반성해야 할 것이다. 우리는 서양적인 근대문화가 다음 문화에 남겨줄 가장 중요한 유산의 하나는 『과학적 정신=태도=방법』이 아닌가 생각한다. 과학문명이 아니다. 과학하는 정신, 과학하는 태도, 과학하는 방법이다.[48]

---

48. 김기림, 위의 글, 214~215쪽.

위 글에서 김기림은 서구적 근대의 초극이 동양의 발견을 통해 가능할 수 있다고 생각하고 있음에도, 그 동양은 서양이 새롭게 검증되어야 하는 것과 마찬가지로 일정한 관찰과 검토를 거쳐야만 한다고 말하고 있다. 따라서 김기림은 '있은, 있는 그대로의 동양문화'를 긍정할 수는 없다고 본다. 그리고 김기림은 그 검증의 방법으로 '과학적 정신=방법=태도'를 제시하고 있다. 물론 이때의 '과학'은 서구의 근대문화가 남긴 중요한 유산으로 긍정된 것이다.[49] 이렇게 '과학'적인 방법으로 검증된 동양문화는 서구적인 근대를 넘어선 새로운 보편을 구성할 수 있는 재료 혹은 토대로서 작용할 수 있다고 김기림은 보고 있다. 즉 김기림의 동양 담론은 동양을 본질화함으로써 전도된 오리엔탈리즘을 구축하는 방향으로 나아가지 않고, 동양을 과학적인 검증을 거친 후에야 새로운 보편 혹은 근대의 구성에 활용될 수 있는 그 어떤 것으로 보고 있다.

이상의 논의를 종합해 보면, 1930년대 말 김기림의 근대초극론은 상당 부분 일본 파시즘의 논리와 일맥상통하는 측면을 지니고 있으나 일본 파시즘과 동일시할 수는 없다고 보인다. 왜냐하면 김기림의 근대초극론이 파시즘의 논리와 유사해 보인다고 하더라도 그것은 두 '혁신성'의 우연한 조우이지 의식적인 동조는 아니기 때문이다. 즉 다시 말해 김기림의 근대초극론은 그의 모더니즘론의 본질적 속성인 혁신성의 필연적인 발현이지 파시즘의 혁신성에 현혹된 결과는 아니라는 것이다.[50] 그리고 김기림이 새로운 보편의 수립 가능성 때문에 흥분하고 있음에도 여전히 방법으로써의 '과학'을 포기하지 않고 있었다는 점이다. 방법으로써의 '과

---

49. 김기림의 '과학적 정신=방법=태도'에 대한 긍정은 앞서 인용된 「우리 신문학과 근대의식」에서도 강조되고 있다. 김기림의 모더니즘론에서 '과학'이 차지하는 위치와 그것이 가지는 의미에 대해서는 송기한, 「김기림 문학 담론에 나타난 과학과 유토피아 의식」, 『한국현대문학연구』 18, 2005, 12와 윤대석, 「김기림 시론에서의 '과학'」, 『한국근대문학연구』 제7권1호, 2006, 4를 참고할 수 있다. 송기한은 김기림에게 있어서 '과학'이란 단순히 모더니즘론의 일분자가 아니라, 세계관의 차원에서 추구되는 유토피아에 도달하기 위한 방법이자 힘으로 인식되고 있다고 본다. 반면 윤대석은 김기림이 말하는 '과학'이란 것이 구체적이면서도 실질적인 자연과학의 방법론에 가까운 것이라고 보고 있다.

학'을 고수하는 것으로 그는 파시즘의 맹목적인 열정과 흥분으로부터 어느 정도 거리를 유지할 수 있었다고 보인다. 그럼으로써 그는 최재서와는 달리 신념을 통한 '초월'이 아니라 과학적 방법을 통한 '초극'으로 나아갈 수 있었다고 보인다.

4. 결론

이 글은 미학적 관점에서 파시즘과 모더니즘의 접점을 정리하는 동시에 일제강점기 대표적인 모더니스트였던 최재서와 김기림을 통해 우리 문학사에서 모더니즘과 파시즘이 실제 어떻게 만나는가를 살펴보고자 했다. 이 글이 이런 관점을 취한 것은 기본적으로 일제 말기에 대한 논의가 이론적인 차원에서 이루어지지 못할 경우 자칫 친일 논란으로 빠져들 수 있다고 보았기 때문이다. 따라서 이 글에서는 파시즘과 모더니즘의 관계를 미학적 관점에서 정리하고, 그것을 바탕으로 최재서와 김기림의 모더니즘론이 파시즘과 맺고 있는 관계를 이론적인 측면에서 규명해 보고자 노력했다.

파시즘은 '폭력과 공포'뿐만 아니라 대중정치를 이용한 '동의와 협력'을 통해 정권을 획득하고 유지했다. 따라서 파시즘에는 대중의 열정을 이끌어낼 수 있는 대중조작의 논리 혹은 장치가 필수적이다. 그리고 파시즘의 입장에서 예술은 정치를 심미화함으로써 대중들의 열정을 이끌어낼 수 있는 유효한 수단으로 활용될 수 있었다. 이 글에서는 파시즘의 대중조작 논리 내부에 모더니스트를 끌어들일 수 있는 논리 또한 내장

---

50. 이 부분은 포지올리의 다음 언급을 참고할 수 있다. "…심미적 급진주의와 사회적 급진주의, 예술의 혁명가와 정치의 혁명가 사이의 동맹이라는 완전히 비유적이고 상징적인 가설은 이론적이고 역사적으로 오류다."(포지올리, 앞의 책, 145쪽) 포지올리는 아방가르디스트와 파시즘의 조우를 지속적인 것이 아니라 '반대되는 이념적 방향에서도 자연스럽게 이루어질 수 있는 일치성'으로 설명하는데, 이런 지적은 김기림의 경우에도 해당하는 설명이다. 김기림의 혁신성은 본질적인 것이지만, 파시즘의 혁신성은 일시적인 것일 뿐이다. 따라서 김기림의 혁신이 지속적인 갱신의 과정으로 나아간다면, 파시즘의 혁신은 일본의 지배를 영속화하는 방향으로 나아간다.

되어 있으리란 전제 하에 그 접점을 살펴보았는데, 그 둘은 부정의 미학을 공통적으로 가지고 있었기 때문에 '혁신성'이라는 범주를 통해 만날 수 있었음을 알 수 있다.

그리고 최재서와 김기림을 통해 모더니즘과 파시즘의 접점으로서의 '혁신성'이 우리 문학사에 적용될 수 있는지를 살펴보았다. 그 결과 최재서와 김기림의 모더니즘론도 모더니즘의 미적 범주인 '혁신성'을 그 핵심으로 하고 있었으며, 그러한 혁신성이 주로 일제 말기 일본 파시즘의 혁신성과 만나는 지점에서 형성되고 있었음을 알 수 있었다. 그러나 그러한 만남은 각자의 이론구조 혹은 선택에 따라 일시적인 것에 그치기도, 그리고 지속적으로 이루어지기도 했다. 최재서는 초기 주지주의문학론의 중요한 축이었던 과학과 개성 모두를 포기하고 '신념으로서의 세계관'을 수용함으로써 파시즘의 '초월'로 나아갈 수 있었다. 반면 김기림의 일본 파시즘과의 만남은 이론 구조상 필연적인 것이었으면서도 '방법으로서의 과학'을 견지함으로써 파시즘의 '초월'로 나아가지는 않았다. 그 결과 일본 파시즘이 극도로 강화된 상황에서 김기림은 모더니스트로서의 활동을 정지할 수밖에 없었던 것으로 보인다.

| 파시즘과 리얼리즘 |

근대 초극으로서의 파시즘과 리얼리즘

김 도 경

1. 매끄러운 이음매로서의 전향

우리 문학사에서 리얼리즘이란 단순히 객관적이고도 정밀한 표현 기법일 뿐 아니라 하나의 철학이자 세계관으로 이해되어 왔다. 일종의 문학 이념이자 세계관으로서의 리얼리즘 문학의 특질은 사회주의 사상에 입각하여 창작활동을 한 작가들, 특히 카프 맹원들 대부분은 작품 및 비평에서 잘 드러난다. 이들은 리얼리즘을 비평적 측면에서 심화시키는 역할을 담당했으며, 1920~30년대 비평과 창작 분야에서 활동하고 있던 카프 맹원들은 대부분 조선 문단 및 사상계를 대표하는 인물들이었다. 이들은 스스로 과학적 리얼리즘의 입장을 표방하며 계급적 의식, 계급 혁명의 사상을 문학화하고자 하였으며, 기본적으로 "프롤레타리아 작가는 리얼리즘의 작가여야 한다"는 것에 이견이 없었다. 당시 카프 맹원들의 비평 및 창작활동이 식민지 해방의 문제, 민족 독립의 문제에 관심을 보이고 있었던 것은 주지의 사실이다. 이러한 리얼리즘 문학은 한국문학사에서는 드물게 당대 식민지 현실을 핍진하게 반영하였다는 긍정적인 평가를 받고 있다. 리얼리즘 문학을 비판하는 입장 역시 주로 리얼리즘 작가들이 문학보다 주의를 내세움으로써 도식적인 작품을 생산했다는, "얻은 것은 이데올로기요, 잃은 것은 예술"이라는 박영희식의 논리를 반복하고 있을 뿐이다. 최근의 탈식민적 논의에서도 리얼리즘 문학만은 식민주의의 내재화라는 혐의에서 비교적 자유로운 편이다. 또한 리얼리즘 문학의 두 축이라 할 수 있는 현실의 총체적 재현과 이를 통한 전망의 제시는 현재의 문학 비평에서도 여전히 유효할 뿐 아니라 강력한 가치 기준으로 존재하고 있다.

이처럼 한국문학사 혹은 사상사적 측면에서 일종의 식민지 해방운동이자 민족 독립운동을 의미했던 사회주의에서 많은 카프 맹원들이 파시즘으로 향했다는 것, 즉 전향을 표명했다는 것은 곧 이들이 일제 식민지배와 현실적으로 타협하고 반민족적 친일로 돌아섰다는 것, 즉 변절했음을 의미하는 것이었다. 김윤식은 일본에서의 전향자는 전향 후에 떳떳이 돌아갈 조국이 있었지만, 한국에 있어서의 전향자는 돌아갈 조국, 그것이 없다는 하야시 후사오의 말을 빌려, 조선에서 사회주의자의 전향 문제는 필연적으로 일본 군국 파시즘에의 귀착을 의미하는 것이라고 지적한다.[2] 사회주의자 전향의 문제를 일본 군국 파시즘으로의 귀결로 보는 시각은 비단 김윤식뿐만이 아니었다. 반일 민족해방 운동의 일환으로서의 글쓰기가 '친일 문학'으로 전환되는 계기를 일제의 억압과 현실적 타협의 결과로서의 전향에서 찾으면서 비전향·반일·저항을 전향·친일·협력과 이항 대립적인 것으로 보는 것이 기왕의 문학사의 주된 시각이었다.[3]

---

1. 김기진, 「변증적 사실주의」, 『동아일보』, 1929. 3. 4.
2. 김윤식, 『박영희연구』, 열음사, 1989. 98쪽.

전향을 변절로, 또한 커다란 전환점, 획기적인 변화로 보는 이와 같은 관점에는 한사코 리얼리즘을 파시즘으로부터 자유로운 것으로 만들고자 하는 연구자들의 욕망이 개입되어 있다고 할 수 있다. 여기에는 민족문학사에 대한 지향이 얽혀 있다. 전향을 획기적 전환점으로 설정함으로써 변절과 친일 파시즘이라는 혐의에서 자유로운 비전향 혹은 전향 이전 리얼리즘 문학의 자리를 만들어내고 이를 통해 순전한 민족문학사를 꾸려내고자 하는 것이다. 이러한 시각은 결국 우리 문학을 친일과 저항의 거친 체로 걸러내도록 한다. 흥미로운 것은 전향 이전과 일제 파시즘 체제 하에서의 리얼리즘 작가들의 비평 및 창작론을 검토해보면, 그 표현이나 현실 인식적 측면에서 의외로 유사한 점이 많이 발견된다는 사실이다. 당시를 비상시국으로 인식하고 문학을 사회적 기능을 완수하는 수단 또는 혁명활동을 위한 도구로 보며, 작가 개인의 개성보다는 전체성과 통일성에 가치를 두는 것 등은 일제 협력기에도 비교적 일관되게 드러난다. 이러한 유사성은 이들에게 있어 전향이라는 것이 정말로 코페르니쿠스적 전환에 가까운 것이었는가 하는 의구심이 들게 한다. 또한 적극적인 친일 인사 가운데 유독 리얼리즘 작가들이 많았다는 것 역시 이러한 의구심을 부추긴다. 이것은 비단 조선에서만 나타났던 현상은 아니다. 일본 천황제 파시즘의 사상적 근간으로 평가되는 근대 초극 논의의 핵심 멤버였던 가메이 가쓰이치로와 하야시 후사오, 나카무라 미쓰오 등이 기왕에는 사회주의 사상가와 리얼리즘 작가로 왕성한 활동을 펼친 바 있으며, 일본의 전향 문인들은 스스로의 문학을 전향문학이 아니라,

---

3. 물론 그렇지 않은 연구적 성과 역시 분명히 존재한다. 대표적인 것으로 이상갑의 「전향과 친일, 그리고 저항」(『한국근대문학의 형성과 발전』, 국제어문학회 편, 보고사, 2004)을 들 수 있다. 이 논문에서 이상갑은 전향이 곧 친일이라는 도식에 의문을 표시하며 구 카프 작가들이 전향 이후에도 비전향, 비친일의 균열을 드러내고 있다는 것을 지적하고 있다. 이 논의는 전향을 곧 친일 파시즘에의 경사로 보았던 기존의 논의에서 벗어나고 있기는 하지만, 전향 이후에서 비전향, 비친일적 균열을 다시 저항으로 끌어올리는 과정에서 여전히 민족주의적인 저항과 협력이라는 이분적 구도를 노출시키고 있다.

"프롤레타리아 문학의 연장"[4]이라고 인식했던 것이다.

이렇게 본다면 전향은 획기적인 결절점이라기보다는 오히려 매끄러운 이음매에 가까웠다고 할 수 있는데, 여기에서 리얼리즘 작가들이 기존에 가지고 있던 지향점과 파시즘 사이에 일련의 연속성이 존재한다는 가정이 가능해진다. 리얼리즘 문학 혹은 카프 작가들과 파시즘과의 연속성은 이미 조정환 등에 의해 논의된 바 있다.[5] 조정환은 프로문학을 '잠재적 국민문학'으로 명명하며 사회주의 리얼리스트들이 파시즘적 국민문학으로 흡수되는 과정이 필연적인 것이었음을 주장하고, 문학을 정치적 수단으로 파악하는 이들의 문학관이 대동아 문학관과 마찰 없이 어울릴 수 있었다고 파악하고 있다. 조선에서 리얼리스트들의 지향이 민족주의와 결코 배치되는 것이 아니었으며, 이러한 경향이 언제든지 파시즘적 국민문학으로 경사될 수 있는 위험을 내장하고 있음을 지적한 점에서 이러한 논의는 가치가 있다. 그런데 이러한 논의는 카프 작가들이 파시즘으로 옮아가게 되는 과정을 여전히 설명하고 있지 못하며, 또한 근대 민족국가를 파시즘과 곧바로 등치시킴으로써 파시즘적 특징을 파악하는 데 실패하고 있다. 파시즘을 그저 억압이나 통제의 시스템으로서만 파악한다면, 파시즘이 어떻게 많은 엘리트들의 기꺼운 헌신을 이끌어냈으며 대중들의 열광적인 지지를 유인해 내었는지 설명할 수 없다. 들뢰즈를 포함한 많은 서구 지식인들이 파시즘의 열병과 같은 유행을 목도하며 던졌던 의문, 왜 사람들이 억압을 욕망하는가에 대한 의문은 파시즘의 성격을 고찰하는 데 있어 늘 참조되어야 할 것이다. 그러므로 본 논문은 기존의 논의를 바탕으로 하여 전향을 리얼리즘과 파시즘 사이에 놓인 단절로 읽어내고자 하는 시각을 괄호 안에 넣고, 절단이 아니라 매끄러운 이음매로서의 전향이 어떻게 가능할 수 있었는지를 살펴보고자 한

---

4. 本多秋五, 이경훈 역, 「전향 문학론」, 한국문학연구회 편, 『1930년대 문학 연구』, 평민사, 1993, 186쪽.
5. 조정환, 「한국문학의 근대성과 탈근대성」, 『상허학보』19집, 2007. 2.

다. 이를 위하여 우선 리얼리즘 문학에서 드러나는 리얼리스트들의 지향과 욕망을 살피고 이것이 어떠한 측면에서 파시즘적 논리에 근접하며 또한 식민지 조선이라는 상황 속에서 어떻게 파시즘적 욕망과 맞물리는지를 살펴볼 것이다. 이러한 작업은 친일과 반일이라는 이분적 구도를 넘어서 전향과 친일 파시즘의 문제를 살펴볼 수 있는 하나의 계기를 마련하는 한편, 우리 시대의 파시즘을 살피는 데 있어서도 한 시사점을 제공해줄 것이라 기대한다.

2. 근대적 개인 개념의 지양

여기에 있어서 작자는 결정적으로 소부르의 입각지에 서는 것이다. 그는 사회적 죄악의 근원을 개인의 심성 문제로 돌려버리고 말았다. 설령 이 소설의 모델 소설이요, 복녀의 서방이 게으름뱅이였다 하더라도 작가가 소부르적 개인주의가 아니었다면 이 사회적 죄악을 자본주의 문명의 커다란 혹이며 동시에 자본주의 사회가 존속하는 날까지 그것은 불가분의 인과관계에 있는 것으로 그렸을 것은 두말할 것도 없다. 그리고 나아가서는 이러한 사회적 죄악의 필연적 소멸을 강조하였을 것이다. 그러나 도리어 이렇게 하는 것이야말로 진정한 리얼리즘의 태도이다. 왜 그러냐 하면 현실에 있어서 이러한 사회적 죄악을 양조하는 정서적, 경제적 기구는 점점 소멸로의 길을 걷지 않을 수 없는 역사적 필연에 있는 까닭이다. 프롤레타리아 리얼리스트는 여기까지 객관적, 역사적 사실에 대한 정확한 파악이 있어야 한다. 즉 우리는 한 개의 사물을 전체 중에서 발전 상에서, 불가분의 관계에서 파악하고 묘사하지 않으면 안 된다.[6]

---

6. 김기진, 「변증적 사실주의」, 『동아일보』, 1929. 3. 5.

이상은 김동인의 「감자」에 대한 김기진의 비평의 일부분이다. 김기진은 김동인의 소설이 현실을 실감 있게 반영하고 있다고 평가하는 한편, 작품에 나타난 생활의 문제를 개인의 심성 문제로 환원시켜버리는 것에 대해 이것이야말로 소부르적 개인주의의 소산이라고 비판한다. 김기진은 리얼리즘이란 현실을 단순히 객관적으로 반영하는 것이 아니라 "한 개의 사물을 전체 중에서 발전상에서, 역사적 사실에 대한 정확한 파악"이 되어야 한다고 주장하는데, 이는 리얼리즘 문학이 지향하는 바를 잘 드러낸 말이라고 할 수 있다.

하나의 사건과 사물을 전체 속에서 또한 발전상에서, 역사적 사실 속에서 파악할 것을 주장하는 김기진의 리얼리즘 문학관은 루카치의 리얼리즘 문학관과 유사하다. 루카치는 삶이 본질의 내재성을 지닌 그리스 시대를 총체성의 시기라고 보고 고대 그리스 이후 인간은 총체성을 상실했다고 지적한다. 루카치가 말하는 총체성이란 한마디로 "현실의 본질적인 연관관계"를 의미하는 것으로, 모든 부분 현상을 전체의 계기로서 고찰하고자 하는 관점이다. 『유럽 리얼리즘 연구』에서 루카치는 리얼리즘 문학의 목표가 인간의 총체성 회복에 있다고 주장한다.

미학에서 우리 고전의 유산은 인간의 총체성, 즉 전인全人을 그의 사회적 세계의 총체성 속에서 제공하는 위대한 예술이다. (…) 프롤레타리아 휴머니즘의 목표는 전체성의 인간, 즉 실생활에 있어서 인간 존재의 총체성의 회복이다. 그것은 다시 말하면 계급사회에 의해 야기된 우리 존재의 불구화된 파편화를 실제적으로 지양하는 것이다. 이러한 이론적 및 실제적 전망들은 마르크스주의 미학이 고전을 되찾게 되는 기초로서의 기준을 결정한다. 그리스인, 단테, 셰익스피어, 괴테, 발자크, 톨스토이, 고리키 등은 인류 진화에 있어 명백히 위대한 단계의 적절한 표상Bilder인 동시에, 인간의 총체성을 쟁취하기 위한 이데올로기 투쟁의 지표이다.[7]

이러한 루카치의 관점은 블로흐와의 리얼리즘 논쟁을 통해 더욱 명확히 드러난다. 루카치는 현실이란 무한히 매개된 총체성의 연관관계가 아니라 오히려 균열과 단절 상태로 파악해야 한다는 블로흐의 주장을 반박하면서, 이처럼 현실을 균열 상태로 지각하는 것은 표면현상에만 집착하고 있기 때문이라고 주장한다. 근대 자본주의 사회에서 인간은 위기 상황에 이르러 현실을 균열 상태로 경험하게 되는데 이는 자본주의 생활의 직접성에 사로잡혀 있기 때문이며, 이러한 체험이 장기화되면서 마침내는 현실 자체를 그렇게 간주하고 있다는 것이다.[8] 루카치는 파편화된 사물과 개인의 지양을 위해 인간 존재의 총체성의 회복이 요구된다고 지적하고, 이것이 리얼리즘 문학의 역할이라고 보았다. 그러므로 리얼리즘 문학 혹은 예술에 있어서 중요한 것은 직접적 표면적으로 나타나는 현실을 그대로 재현하는 것이 아니며, 대상을 실제로 알기 위해서는 그것의 모든 측면과 연관관계, 매개 과정을 파악하고 연구하는 것이 요구되는 것이다. 이 때문에 루카치는 세부 묘사에 치중하는 자연주의 작가들을 비판하기도 했다. 루카치는 과거 서사작가들과 플로베르를 비교하며 플로베르에게서는 주요 인물의 심리와 외부세계 간의 연관이 전혀 보이지 않으며, 결국 플로베르의 엄밀성은 겉치장과 장식에 지나지 않는다고 혹평했다.[9] 현실적 삶의 현상들이 본질적 매개를 얻지 못한 채 그려지면 잡다한 현상들의 표면적 묘사에 그치게 된다는 것이다. 이러한 루카치의 논리는 「감자」를 비판하는 김기진의 논리와 상당히 흡사하다고 할 수 있을 것이다. 루카치는 이처럼 자연주의 소설을 비판하며, "개인사는 특정한 시간 속에서 순수히 외적으로만 특정한 시대로 이끌린다. 그리하여 전적으로 개인적인 성격의 줄거리는 역사성을 완전히 상실한다"라고 언

---

7. Georg Lukács, *Studies in European Realism*, New York; Grosset and Dunlap, 1964. 5쪽.
8. 이주영, 『루카치 미학 연구』, 서광사, 1998. 144~145쪽.
9. Georg Lukács, 이영욱 역, 『역사소설론』, 거름, 1997. 267쪽.

급한다.

특정한 시공간의 한 개인이 아니라 역사 발전 과정을 담지하는 총체적인 인물을 다루는 것이야말로 루카치가 지향하는 리얼리즘 문학이다. 한 사회의 역사 전개를 총체적으로 그려내기 위해서는 보편성을 담지하고 있는 개별자, 즉 전형적 인물이 필요하다. 그러므로 루카치는 리얼리즘의 인물은 전형적 인물이어야 함을 주장한다. 전형적 인물을 통해 당대 현실의 일반성을 드러냄으로써 개별자의 특수성은 특정 시공간을 넘어서는 보편성으로 도약한다. 루카치는 그들의 작품 속 인물이 예외적이거나 돌출적 개인이 아니라 전 민중이 공유하고 있는 영웅적 가능성이 어떤 계기에 의해 촉발된 인물이라고 보고, 많은 민중들은 단지 어떤 계기에 의해 각성되지 않은 가능태의 상태라고 파악하였다. 리얼리즘 문학에서의 개인에게는 민중이 공유하는 보편적인 에너지와 위대성이 잠재되어 있으며 이는 위기의 상황에 어떤 계기를 통하여 현실태로 나타나게 되는데, 여기에서의 개인이란 개별자와 보편자가 어우러진 전형으로서 비로소 의미를 지니게 된다. 리얼리즘 문학에서의 전형성이란 현상과 본질의 통일 혹은 개별과 보편의 통일이라 할 수 있으며, 이는 결국 총체적 역사 전개에 기여하게 되는 것이다. 이처럼 개별 현상과 인물은 총체성을 드러내는 그 분화된 일부로 이것의 총체를 드러내는 것을 목적으로 하는 리얼리즘 문학에서 개인주의는 기본적으로 부정되며, 삶에 대한 총체적 인식이 작가의 개성에 앞서게 된다. 개인이란 특정한 개인인 동시에 그 내부에 보편성, 본질을 지니고 있어야 한다. 이 때문에 카프 비평가들은 개성과 개인주의를 강조하는 것에 대해 부정적이었다. 박영희는 각 문사가 작가 개인의 개성을 주장하기보다는 '계급혁명'을 위해 조직되고 단결될 것을 주장한 바 있었으며,[10] 또한 이광수의 「개척자」에 대해 그 "너

---

10. 박영희, 「무산예술운동의 집단적 의의」, 『조선지광』 제65호, 1927. 3.

무도 개인주의에 갓가움"[11]을 비판하기도 하였다.

파편적 현상을 뛰어넘어 그것을 이끌어 나가는 배면의 어떤 것을 상정하는 것은 파시즘적 논리의 전제라 할 수 있다. 즉 현실적으로 읽히는 분열은 본질적인 것이 아니라 현상적인 것이며, 이면에 이 모든 것들의 총체인 어떤 실체를 가정하는 것이 파시즘의 기본적인 논리이다. 현상적인 분열과 파편을 부정하는 파시즘은 개인주의를 근대 자본주의의 산물로 보고 이를 극복하고자 하는데, 이는 리얼리즘 문학의 지향과 맞물리는 부분이기도 하다. 근대를 총체성의 상실로 읽고 인간 존재의 총체성 회복을 주장하는 리얼리즘 문학의 주장은 이러한 부분에서 파시즘과 매우 흡사하다. 파시즘에서 민족과 자연이라는 개념은 본질적일 뿐만 아니라 유기적인 것으로 기능하는데, 파시즘은 이러한 개념을 활용하여 파편적인 근대와 근대 속에서 분열된 개인을 극복하는 '전체'의 이미지를 입는다. 파시즘은 근대적 합리주의가 인간의 필수적 전제인 공동체와 조직을 파괴한다고 비판한다. 파시즘에서 인간이 태어나면서부터 속하게 되는 가족과 민족, 국가라는 조직은 본질적인 것이며, 자유주의나 개인주의에서 주장하는 자유로운 개인이라는 개념은 이론가들이 만들어낸 한갓 추상적이며 허위적인 것으로 비판되었다. 개개인들은 유기체적 민족의 일부였으며 그 부분적 발현이었고, 파시스트적 관점에서 민족이나 국가라는 공동체는 자연적이며 전통적일 뿐 아니라 초개인적이며 초이성적 실체였다.[12] 파시즘은 그 이론과 실천에서 민족과 자연의 중요성을 지속적으로 반복하고 강조하면서, 민족의 신화와 전통을 창조해내고 이를 통해 개인과 전체를 종합해낸다. 이 때문에 파시즘은 흔히 전체주의의 아종으로 파악되어 오기도 했으며, 무솔리니는 전체주의라는 비난을 오히려 자랑스럽게 수용하기도 했다.

---

11. 박영희, 「문학상으로 본 이광수」, 『개벽』 제55호, 1925. 1.
12. 김용우, 『호모파시스투스』, 책세상, 2005. 29쪽.

이처럼 파시즘은 순수한 개인, 원자적 개인이라는 자유주의적인 개념을 비난하면서 민족 혹은 인종의 정신을 공유하고 있는 개별적이면서도 보편적인 개인을 설정한다. 개인은 민족정신이라는 위대한 정신의 일부이며 그것의 구체적인 발현인 것이다. 민족정신이 피 속에 흐르고 있는, 민족의 일부로서의 개인이라는 개념은 루카치의 전형적 인물과 흡사한 측면이 있다. 이러한 개개인의 덩어리인 대중이라는 요소는 파시즘을 지탱해 주는 매우 중요한 요소였다. 팩스턴은 파시즘이 대중정치 시대에 급조된 새로운 고안물이라고 분석하고, 권위주의 통치자들이 국민을 동원하지 않고 수동적인 상태에 놓아두는 편을 선호한다면, 파시스트들은 대중을 흥분시켜 끌어들이고자 한다고 지적한다.[13] 이로써 파시즘은 그들이 동원한 대중들에게 의회민주주의로써는 불가능한 직접적인 정치참여와 결속의 감정을 제공한다는 것이다. 그것이 비록 기만적인 것이라 할지라도 당시 파시즘 운동과 체제에 협력한 개인은 엘리트 지도자와 심정적으로 일치되고 그에 따라 직접적인 행동을 함으로써 자신이 이 혁명의 역사에, 위대한 민족의 역사에 일정한 역할을 하고 있다고 느끼게 된다. 로코는 파시즘이 '개인을 위한 사회'라는 자유민주주의적 슬로건을 '사회를 위한 개인'으로 역전시키면서, 자유민주주의가 사회를 소거했던 것과 달리 자신들은 사회집단 내부에 개인을 은폐하지 않으며, 개인을 종속할 뿐 배제하지 않는다고 주장한다.[14] 그러므로 파시즘 국가 속에서 개인은 그 스스로는 아무리 덧없고 보잘것없을지라도 국가와 그 세대의 일부분으로 의미를 지니게 된다는 것이다. 자유주의가 제공하지 못했던 소속감이나 기존의 의회민주주의가 제공할 수 없었던 이러한 참예의 감각은 파시즘이 개개인을 민족이라는 이름으로 동원할 수 있게끔

---

13. Robert O. Paxton, 손명희 역, 『파시즘: 열정과 광기의 정치혁명』, 교양인, 2005. 484쪽.
14. Alfredo Rocco, *Readings On Fascism And National Socialism*, sel. by Members Of The Department Of Philosophy University Of Colorado, Athens, Ohio: Swallow Press/Ohio University Press, 1984. 34쪽.

하는 주요한 힘이었다.[15] 이처럼 파시즘은 근대적 개인 개념을 지양하고 파시즘적 개인의 개념을 제시하면서 근대 초극의 주체를 자처한다.

본질적이며, 개개인의 배후에 존재하는 선천적인 민족, 국가 공동체의 저변을 흐르고 있는 공통적·불변적인 정신과 그것이 제공하는 일체감, 소속감은 파시즘이 개인을 민족이라는 이름으로 동원하게 하는 강력한 무기라 할 수 있다. 이 정신은 민족에게 선천적으로 부여된 특수한 것이면서도 동시에 세계에 적용되는 보편성을 지닌다. 일본 천황제 파시즘에서 이 공통 불변의 정신은 '일본정신'으로 표상된다.

그러므로 주체적 무無의 종교성이 일반적으로 동양적인 종교성이라고 할 때, 이 종교성이 현실생활 속에 투입되어 국민의 윤리심과 상통하는 길을 찾아낼 수 있었던 것은 일본의 특수한 사정에서 기인한 것이다. 나는 여기에서 일본정신의 가장 심오한 점을 발견한다. 그리하여 만일 현대의 근본문제인 통일적 세계관의 건설과 인간의 새로운 자각적 형성이 앞서 서술한 바와 같이 세계종교성—즉 문화와 과학과 같은 근본적으로 세계성을 담고 있는 입장과 그것에 담긴 개인의 자유 활동에 대하여 종교의 초월성을 유지하는 한편, 이들을 내부에서 적극적으로 감싸 안는 세계적 종교성—과 국가 윤리성의 상즉상입相卽相入에 기반하여, 주체적 무의 근원에서 개인과 국가의 세계를 일괄하는 길 위에서 살아가는 삶을 기반으로 한다면 현대의 이 세계적 문제에 대하여 해결의 방향을 줄 수 있는 것이 일본 전통적 정신의 심오한 근저 속에 포함되어 있다고 생각한다.[16]

서구적 근대의 초극을 논하며 니시타니 게이지는 일본정신을 그 방안

---

15. 괴벨스는 국가사회주의적 통제의 계급 제도 속에서 그 자신의 위치를 얻고자 하는 독일 젊은이들에게 그 길을 열어주어야 한다고 언급하고 있기도 하다.(Raymond R. Murphy, et al., "National Socialism", ibid, p.84)

으로 제시한다. 니시타니에 의하면 이 일본정신은 통일적 세계관을 상실한 근대를 초극하고 근대인을 구제하는 것으로, 일본의 전통적인 무의 사상으로부터 길어 올려진 것이다. 이러한 일본정신은 개인과 국가의 세계를 통일하여 근대의 문제를 해결해주는 것이다. 일본의 촉망받는 리얼리즘 작가였으며, 이후 근대 초극의 논자이기도 한 하야시 후사오는 「작가를 위하여」에서 지금의 사회조직이 인간을 의식적으로 사회에 있어서의 자기 직위와 임무를 자각하는 것을 가능한 한 방해하도록 한다고 지적한다. 현대 사회가 "사람의 관심을 근본적인 문제로부터 떼어놓고 진실을 숨기고 정당한 지식도 단편적으로 제공함으로써 사람들이 여러 가지 문제에 대해 전체적으로 예측하는 것을 방해"[17]한다는 것이다. 그가 의미하는 사회에 대한 전체적인 예측과 인식, 즉 근본이란 결국 "커다란 폐하의 마음"을 생각하는 「근황의 마음」으로 이어졌다. 개개인의 "피"[18]를 타고 흐르는 천황에게 충성을 다하는 일본인이라면 마땅히 내장하고 있을 근황의 마음이야말로 니시타니가 말했던 일본정신이었으며 또한 동양적 무의 정신이었다.

리얼리즘의 전형적 인물의 설정도 파시즘의 피로 이어진 민족의 일원이라는 개념도 근대적 개인주의의 극복을 꾀하는 것이었다. 자본주의 체제 아래에서의 개인화 경향을 위기로 간주하고 개인과 보편을 종합하고자 했던 것이다. 이처럼 개별자와 보편을 잇고, 개별자를 보편의 한 부분으로, 그것의 현현으로 보는 방식은 개별자의 다양한 욕망에 대해서는 무관심하거나 억압적이었다. 루카치가 꿈꿨던 개인의 파편화가 지양된 고대 그리스와 같은 총체성의 세계는 이미 현실에서는 불가능한 유토피아에 가까웠다. 패스모어의 지적대로 이러한 유토피아주의는 항상 테러를

---

16. 西谷啓治, 「『近代の超克』私論」, 『知的協力會議 近代の超克』, 創元社, 1943.
17. 林房雄, 「座談會」, 『知的協力會議 近代の超克』, 創元社, 1943.
18. 하야시 후사오는 "근황의 마음은 일본인의 피 속에 있다"고 표현한다. 林房雄, 「勤皇の心」, 『知的協力會議 近代の超克』, 創元社, 1943.

초래한다. 현실적 인간이란 실상 매우 다양하고 완벽할 수 없기 때문에 이들을 유토피아 속에 자리 잡게 하기 위해서는 강제적인 방법들이 동원될 수밖에 없는 것이다.[19] 리얼리스트들은 총체성이라는 기치 아래 다양하고 산발적인 개인의 욕망을 부르주아적인 것으로 비판했고, 이러한 것을 일탈로 취급했다. 개인화의 경향은 "생동감 있게 통찰된 연관들을 상실시키는 것"[20]이었으며, "역사성"을 상실한 것으로 비판되었다. 개인주의는 "자본주의적 인간에 기인한" 것으로 총체적인 역사와 연결되지 않는 개인과 사건은 "유령 같은 가상"[21]적인 것일 뿐이었다. 총체성이라는 보편으로 수렴될 수 없는 개인이란 무의미하고 무용한 것으로 취급되었으며, 퇴폐한 자본주의의 산물인 동시에 이기주의적이라는 비난을 받아야 했다. 비리얼리즘 작가들은 "위선적 가면을 걸친 돈주머니나 매수"를 일삼는 부르주아 작가라는 비난을 감수해야 했다. 파시즘이 민족정신이라는 보편적 본질에서 빠져나가고자 했던 개별자들에게 얼마나 가혹했는지는 굳이 설명할 필요도 없을 것이다.

3. 근대적 권력구도의 전복

박영희는 김기진과의 논쟁 과정에서 "철학자는 세계를 여러 가지로 설명함에 불과하였다. 그러나 중요한 문제는 세계를 변혁하는 데 있다"라는 마르크스의 말을 인용하는데,[22] 이는 조선에서의 리얼리즘이 그저 문학상의 주의가 아니었음을 선명하게 드러낸다. 리얼리스트들은 근대 자본주의 사회가 부르주아 대 프롤레타리아의 계급적 대립을 발생시키고 이를 심화했다고 보았다. 그러므로 이러한 억압과 피억압의 관계를 전복하

---

19. Kevin Passmore, *Facsism: A Very Short Introduction*, Oxford Univ. Press, 2002.
20. Georg Lukács, 앞의 책, 291쪽.
21. 위의 책, 267쪽.
22. 박영희, 「투쟁기에 있는 문예비평가의 태도—동무 김기진군의 평론을 읽고—」, 『조선지광』 제63호, 1927.1.

고 프롤레타리아를 해방시키는 것이야말로 리얼리즘 문학의 궁극적 지향점이라고 보았다. 이는 또한 리얼리즘 문학에서 작품활동이란 사물과 인간을 단지 그려내는 것이 아니라 그들의 발전과 상호작용에 관계하는 것을 의미하며, 당위를 현실화하는 것은 계급투쟁을 통해서 비로소 가능하다는 인식을 담고 있는 것이기도 하다. 리얼리즘이 곧잘 단순한 문학 사조가 아니라, 세계관인 동시에 하나의 운동으로, 리얼리스트들이 그저 예술가가 아니라 투사 혹은 운동가로 파악되는 것은 이 때문이다.

스테른헬은 파시즘이 마르크시즘으로부터 폭력이 역사를 이끌어가는 힘이라는 신념을 빌려오고 있다고 주장하며, 이러한 신념이야말로 파시즘이 마르크시즘에 가장 크게 빚지고 있는 부분임을 지적한다.[23] 마크 네오클레우스 역시 "무솔리니가 역사는 집합적 힘에 의해 촉발된 투쟁의 과정이라는 관점을 고수하고 있으며, 이는 마르크스에게서 채용한 것[24]이라고 언급한다. 이처럼 역사를 이끌어가는 힘에 대한 지향, 투쟁으로서의 운동성과 활동성은 파시즘을 분석하는 데 있어 매우 주요한 요소로 취급되어 왔다. 파시즘은 리얼리즘의 투쟁과 폭력을 전유하여, 고전적 마르크스주의의 혁명적 계급투쟁을 민족을 주체로 한 전쟁으로 변용한다. 계급이 민족 속에 용해되면서 혁명의 주체는 프롤레타리아에서 민족으로 바뀌는데, 민족은 근본적으로 공격적인 역사의 주체로 개념화되고, 전쟁을 지향하며, 정서적 연대로 민족 구성원들과 연결되어 있다. 마크 네오클레우스는 바로 이 지점에서 파시즘이 탄생했다고 지적한다.[25] 이러한 인식적 토대 위에서 파시스트에게 전쟁이란 근대적인 권력구도를 전복하려는 근대 초극의 시도였으며 그 자체로 전위와 진보를 함의하게 되었다.

---

23. Zeev Sternhell with Mario Sznaider and Maia Asheri, *The Birth of Fascist ideology*, trans. by David Maisel, Princeton, N.J. : Princeton University Press, 1994. 8쪽.
24. Mark Neocleous, 정준영 역, 『파시즘』, 이후, 2002. 45쪽.
25. Mark Neocleous, 위의 책. 66~67쪽.

계급투쟁에서 민족국가의 전쟁으로 치환하여 여기에 해방의 의미를 덧씌우는 방식은 팩스턴이 일본의 대표적 파시스트로 지목했으며 또한 베네딕트 앤더슨이 급진적 민족주의자의 전형이라고 평가했던 기타 잇키에게서 이미 그 모습을 드러내고 있다. 기타 잇키는 1920년대에 사회주의의 계급을 국가 간 문제 혹은 동서양의 문제로 치환시키고 있다. 영국과 러시아는 부르주아 국가이며 일본은 무산자 국가로, 일본이 이들에 대해 국가 간 계급투쟁을 수행할 권리가 있다는 것이다.

한 나라에서 계급투쟁이 불평등한 구별을 재조정해 주듯이 명예로운 명분을 위한 국가간의 전쟁은 현재의 불공평한 구별을 개혁할 것이다. 영국은 전세계에 부를 소유한 백만장자이다. 러시아는 지구 북부의 절반을 차지하고 있는 대지주이다. 여기저기 흩어진 섬 조각들만 가진 일본은 무산자이다. 그래서 일본은 대독점세력들에게 전쟁을 선포할 권리를 갖고 있는 것이다. 서구의 사회주의자들은 국내에 있는 무산자들의 계급투쟁의 권리는 인정하면서 무산국가들이 벌이는 전쟁은 군국주의와 호전주의라고 비난하는 자기모순에 빠져 있다. 노동자 계급이 연합해서 피 흘려 불공평한 권력을 전복할 수 있다면 일본이 육·해군을 완비하여 불공평한 국경을 바로잡을 수 있다는 것도 무조건 용인해야 한다. 합리적 사회민주주의의 이름으로 일본은 호주와 동부시베리아의 소유를 주장한다.[26]

서양을 부르주아지로, 일본을 위시한 동양을 프롤레타리아트로 배치하는 기타 잇키의 방식은 일본의 군국주의와 호전주의를 옹호하는 동시에, 일종의 해방적 의미를 덧씌우고 있다. 기타 잇키의 이러한 논리는 일

---

26. 北一輝, 『日本改造法案大綱』, 1923.(Benedict Anderson, 윤형숙 역, 『상상의 공동체』, 나남출판, 2002. 137쪽에서 재인용)

견 식민지의 해방 문제가 계급해방 문제와 상관적임을 인식하고 식민지 국가에서의 사회주의자들이 민족주의 운동과 연계하는 것을 긍정했던 레닌의 식민지 해방론과도 일견 유사한데,[27] 그는 무산자 계급의 해방을 주장하는 사회주의적 사상을 일본 내셔널리즘과 교묘하게 결합시키고 있다. 기타 잇키는 국가 내부의 분열과 경쟁 자본주의라는 방해물만 사라진다면 일본이 유럽의 지배에서 벗어난 새로운 아시아의 명실상부한 중심이 될 것이라 주장하며, 내적으로는 금벌에 대한 쿠데타와 외적으로는 서구에 대한 전쟁을 역설했다. 계급의 문제를 민족의 문제로 치환시키는 기타 잇키의 방식은 사노와 나베야마의 「공동 피고 동지에게 고하는 글」에서도 그대로 드러난다. 이 글은 일종의 전향선언문으로 평가되는데, 이 글 가운데서 이들은 비록 외피일지언정 사회주의적인 입장을 견지하고 있다.[28] 이들은 이 선언문에서 중국 침략 전쟁과 태평양전쟁을 계급투쟁의 논리를 통해 정당화시키며, 여기에 진보와 해방이라는 의의를 부여한다. 계급해방을 위한 진보적, 전위적 투쟁이라는 리얼리즘적 인식이 활용되고 있는 것이다.

히로마쓰 와타루는 당시 일본 사상계를 분석하면서, 당대의 근대 초극 논의 및 니시다 철학 등이 결국은 일본의 천황제 파시즘에 기여하고 있다고 지적한다. 근대의 초극 논의는 근대성을 서양─유럽으로 규정하고 이를 초극하고자 하는 이론적 논의로, 여기에서는 자유주의와 자본주의 및 서구적 합리주의가 청산의 대상으로 논해졌다. 근대의 초극에 대한 구체적 방안이 제시되었던 것은 아니지만, 이들이 서구적 근대를 초극하기 위해 내세웠던 것은 일본정신의 근저에 흐르고 있는 동양적 무의

---

27. 레닌은 민족 해방 운동을 사회주의의 전단계로 파악하고 부르주아 정파들과의 화해 정책인 통일 전선 정책을 코민테른 제4차 총회에서 제안함으로써 계급 해방의 문제와 민족 해방의 문제를 연결시킨 바 있다. Robert J.C.Young, 김택현 역, 『포스트식민주의 또는 트리컨티넨탈리즘』, 박종철출판사, 2005. 257쪽.
28. 이 글에서 사노와 나베야마는 계급투쟁의 개념과 노동대중계급의 입장을 지지하고 있다. 佐野學·鍋山貞親, 「共同被告同志に告ぐる書」, 『改造』, 1933.7.

사상이었다. 히로마쓰는 당시 일본이 자본주의와 사회주의의 사이인 통제경제 형태로 자유주의와 공산주의 양자를 넘어섰다는 망상과 "천황을 정점으로 하는 협동체국가"라는 망상이 근대의 초극 논의를 존속시킨 것이라고 분석한다.[29] 이처럼 일본은 천황을 정점으로 하는 일본정신을 근간으로 하여 서구적인 근대를 넘어설 것을 꾀하는데, 이러한 신념이 현실적 행위로 드러났던 것이 바로 태평양전쟁이었다. 근대 초극의 논자들에게 이 전쟁은 서구 중심의 세계사를 동양으로 돌리기 위해 세계의 피지배 계급으로서의 전 동양을 대표하여 수행하는 성전으로 인식되었다.

리얼리즘에 있어서의 총체성이란 현실의 전체적인 반영인 동시에 그 현실이 당위적으로 변혁되어야 한다는 필연성을 의미하는 것이다. 리얼리즘이 내세우는 변혁의 필연성에 근거하여 리얼리스트들은 스스로를 전위, 진보로 인식하였으며, 이를 자처하였다. 이들은 반동적 자본주의를 타파하고자 하였고, 자본주의와 보수적 부르주아지에 대한 투쟁을 선언한다. 그들에게 있어 문예는 이 운동의 일부분으로서 의미를 가지는 것이었다.

루카치는 그의 시대에 이미 나타났던 파시즘을 경계하고 있었다. 루카치의 『역사소설론』의 후반부는 파시즘에 대항하는 리얼리즘 문학으로서 민주주의적 휴머니즘의 역사소설에 대한 서술에 할애되고 있다. 여기에서 루카치는 자본주의와 제국주의, 파시즘을 나란히 놓고 이것들을 이성에 대립되는 야만적, 비합리적인 것으로 파악했다. 이러한 맥락에서 루카치는 파시즘을 보수적 자본주의와 결탁한 반동으로 파악했다. 루카치를 포함한 많은 리얼리스트들은 파시즘이 근대적 자본주의를 초극하고자 하는 급진적인 측면을 가지고 있다는 것을 간과했다.[30]

일제 파시즘은 자본주의는 물론 공산주의마저 넘어선 가장 급진적이

---

29. 廣松涉, 김항 역, 『근대초극론』, 민음사, 2003. 118쪽.

며 진보적인 이데올로기로 자처했으며, 이를 통해 자신들의 전쟁을 진보적 전쟁으로 의미화했다. 중국과의 전쟁은 자본주의의 하수인이 되고 있는 중국을 해방하는 것이었으며, 태평양전쟁은 서구적 자본주의에 시달리는 전 아시아의 해방을 의미했다. 이들에게 태평양전쟁은 근대 초극의 결정적 지점이므로 이러한 진보적 해방전쟁에 전 아시아 국가들은 참여하는 것은 당연한 의무였다. 대외전쟁에 이처럼 진보적 의의를 부여하며 근대 초극의 논자들은 일본을 제국주의 시대의 제국과 변별하고자 노력했으며, 실제로 다르다고 생각했다. 진보와 해방을 내거는 파시즘 이데올로기는 종종 파시즘 자체를 스스로 부정하기도 하는데,[31] 일본의 파시스트들은 히틀러를 부정했으며 히틀러를 포함한 근대의 초극을 기도했다.

4. 식민지 조선에서의 근대 초극

파편화를 지양하는 총체성과 해방을 위한 투쟁에 대한 지향이 현실과 맞부딪치면서 그 합리적 모색이 요원해진 것처럼 보이는 지점에서 많은 리얼리스트들은 근대적 합리와 논리를 뛰어넘을 수 있는 비합리적 직관으로 비약한다. 리얼리스트들은 계급의식을 통해 무산자 대중이 총체성 인식에 이를 수 있으며 결집될 수 있다고 믿었다. 이 믿음은 이러한 연대를 통해 근대를 극복할 수 있다는 신념이었으며, 한편으로는 진보적 존재로서의 위치를 보장하는 것이라 할 수 있다. 그러나 번번이 이러한 믿

---

30. 물론 파시즘이 자본주의와 정면으로 배치된다거나 그것을 전면 부정했다고는 볼 수 없다. 자본주의에 대한 파시즘의 태도는 매우 모순적이라 할 수 있는데, 팩스턴은 파시즘의 자본주의 비판이 주로 물질주의와 국가에 대한 무관심, 대중의 영혼을 고양하지 못하는 무능력에 집중되어 있다고 지적한다. Robert O. Paxton, 앞의 책, 42쪽.

31. 국민정신총동원조선연맹의 기관지인 『총동원』에는 나치 독일과 일본을 비교하는 글이 종종 실리는데, 여기에서 나치 독일을 한편으로는 옹호하면서도 일본정신을 통해 일본은 나치독일을 넘어섰다는 주장이 반복적으로 드러난다. 蓑田胸喜, 「日本精神を語る」, 『총동원』 제1권 제4호, 中島信一, 「全体主義と日本精神」, 『총동원』 제2권 제1호 등 참조.

음이 좌절되면서 그들은 더욱 보편적인 어떤 것을 요구하게 된다. 요시모토 류메이는 일본에서 사회주의자들이 대거 전향한 주요인은 대중으로부터의 고립감 때문이라 주장하는데,[32] 이러한 사정은 조선에서도 크게 다르지 않았다고 할 수 있다. 박영희는 식민지 조선에서 프롤레타리아 리얼리즘 문학의 의의가 "무산계급 혁명의 역사적 필연과 변증법적 운동과정에서 무산계급의 정치투쟁을 위해서 용감한 투쟁을 감행하는 데 있으며, 이 항쟁의 의식을 민중의 의식으로서 전취하는 데"[33] 있다고 선언한 바 있다. 이들에게 계급투쟁의 의식을 민중의 의식으로 쟁취하는 것이야말로 리얼리즘 문학의 존재 의의였던 것이다. 그러므로 이들에게 계급의식으로 연대하는 민중의 존재는 리얼리즘 문학과 리얼리스트들의 존재가치를 증명하는 대상이었다.

그러나 박영희가 그의 전향문으로 알려진 「최근 문예이론의 신전개와 그 경향」에서 분명히 지적하고 있듯이, 당시 카프는 스스로 민중으로부터 이반되고 있었다. 이것이 전향에 대한 박영희의 변명이나 자기정당화에 가까운 것이었다고 할지라도 이러한 지적이 의미가 없다고 볼 수는 없다.

　　「갑푸」가 검열관이라기는 너무 과도한 말이엇으나, 자기 권외의 작가에게는 주의 하지않엇다. 그 예술적 재능을 무시하엿다. 배척하엿다. 자체스스로가 민중에게 이반되엇엇다. 심한데가서는 글만 여기저기써도 곧 법규위자로 문제되고 토의되고, 규명하고 비판하야 눈물을 흘리며 사죄하지않으면 아니되엇다. 특별히 예술적 명작이 없으나, 최근의 「캅푸작가집」 「농민소설집」 「캅푸시집」이 이제한과 부자유틈에서 피여나

32. 鶴見俊輔, 최영호 역, 『전향』, 논형, 2005. 33쪽.
33. 박영희, 「무산계급 예술운동의 정치적 역할─비통한 호소에서 발랄한 투쟁에─」, 『예술운동』창간호, 1927.11.

온 「딱—플라워」다. 그러므로 그 그글을 읽으면 그러한조잡한 흔적이 명백이 드러나보인다. 지금도 지도부의 의견은역시 「당파성」의 옹호에 잇어보인다.[34]

박영희뿐 아니라 이 시기 이미 많은 리얼리즘 문인들은 스스로가 민중에게 이반되고 있다고 인식했으며, 이러한 사실에 강한 위기의식을 느끼고 있었다. 박영희는 그 원인으로 당시 지도부의 편협한 당파성을 들면서 일견 자유주의를 옹호하고 있는 듯 보이지만, 이는 자유주의 그 자체에 대한 옹호라기보다는 카프라는 조직이 가진 경직성과 이로 인해 개별 작가들에게 가해지는 억압에 대한 비판에 가깝다. 그러므로 박영희는 자유주의나 개인주의가 아니라 이반된 민중을 다시 포섭할 수 있는 더 큰 보편의 원리, 더 본질적인 총체를 구하게 되는 것이다.[35]

표면에 드러나는 분열된 파편이 아니라 그 이면의 총체적 본질을 인식하고, 이를 창작에 드러내야 한다는 조선 리얼리스트들의 총체성에의 추구는 전시체제 하에서 일본정신에 대한 지향에 중첩되고 있다. 박영희는 「전쟁과 조선문학」[36]에서 전쟁문학이 나아가야 할 길을 논하며, 조선의 작가들이 당면한 과제는 전쟁의 외형뿐만이 아니라 전쟁이 가져오는 하나의 이념을 포착하는 것이라고 역설한다. 이어서 그는 전쟁의 일면을 일일이 국민에게 보이는 것보다도 황군과 국민 전체가 움직이고 있는 그 정신적 기본을 잡는 것이 필요하다고 주장한다. 이는 새로운 역사가 가져오는 이상과 생활에 대한 통찰로, 즉 본질적이며 근원적인 '일본정신'을 의미하는 것이다. 박영희는 이 이상이 오랫동안 조선 문학에 결여되어

---

34. 박영희, 「最近文藝理論의 新展開와 그 傾向, 社會史的及文學史的考察」, 『동아일보』 1934.01.10.

35. 이러한 측면에서 박영희는 카프식의 사회주의 리얼리즘을 개별을 사상하고 억압하는 악무한에 가까운 것으로, 일본정신이란 이러한 개별자의 자유를 포용하며, 더 높은 차원에서의 총체성으로 비약하는 진무한적인 것으로 인식하고 있다고 볼 수 있을 것이다.

36. 『인문평론』, 1939. 10.

있었으므로 이를 보충하는 동시에 그 이상—일본정신의 일단이 되는 것이 조선 문학의 임무라고 주장한다.

또한 박영희는 전쟁이라는 비상시를 맞아 문학이 국가에 충성을 하여야 한다고 보고, 국가에 '유용'한 예술가가 될 것을 주장한다. 인생과 국가를 위해 봉사하는 문학의 공리성을 주장하는 박영희는 이러한 전쟁문학을 과거 소련의 문학정책과 비교한다. 그에 의하면 "당책의 문학화, 예술화"는 전 세계의 문학계를 동요시킨 것으로 조선문단에도 지대한 영향을 미쳤다. 그러나 또한 박영희는 지금의 "신계단의 문학운동인 전쟁문학"과 결정적으로 변별되는 지점은 소련처럼 위정자 일인의 정책을 억지로 문학화하여 선전에 이용하는 것이 아니라, 위정자나 국민 모두가 일치단결된 대중적 한 과정이라는 점이라고 지적한다. 박영희는 이 일본정신이 지도자 일개인에 의해 하달된 것이 아니라 개개인에게 이미 내장되어 있는 것으로 파악하였다. 박영희는 각 작가의 산만한 개성은 통일되어 일본정신으로 고양되어야 한다고 보고 자유주의의 극복을 주장하기도 하였다.

백철 역시 「조선 문단의 재출발을 논한다」라는 제하의 좌담회에서 새로운 국민문학의 목표가 개인주의적인 입장을 부정하는 데 있다고 주장한다. 백철은 조선 문단의 혁신 방향을 논하며, 기왕의 조선 문학뿐 아니라, 내지 문학 역시 개인주의적 경향이 농후하여 신변소설적 경향이 강하고 세태묘사가 유행했다는 것을 지적하며 이를 비판하는 것이 혁신에 선행되어야 할 것이라 주장한다.

새로운 국민문학의 목표는 개인주의적인 입장을 부정하고, 전체적인 입장에서 국책을 따르는 문학을 건설하는 것입니다. 거기에서 국책을 민중에게 선전하고 이를 계몽해 가는 것이 새로운 국민문학의 과제이며, 또한 새로운 가치인 것입니다. 다만 시국은 너무도 급격한 진전을 보이므로 문학이 이를 하나하나 뒤쫓을 수는 도저히 없어요. 역시 심각한 의미에서의 시대의 흐름을 파악하고 대동아공영권의 확립이라는 것이 영원한 목표이며, 이를 자신의 문학관으로 수립하고 그 커다란 주제 아래 시국의 단편을 파악해 가는 것에 진정한 국책문학이 발생한다고 생각합니다. 그러므로 우선 이러한 때에 국민으로서 대동아공영권의 세계관이 어떤 입장과 어떤 의미로 되어가고 있는지를 확실히 파악하는 것이 국민문학의 출발에 있어 가장 바람직한 기초적 입장이 될 것이라 생각하는 것입니다.[37]

또한 백철은 대동아공영권의 확립을 문학관으로 삼는 것이 국책문학이라는 정의를 내리며, 파편적 현상을 파편 그 자체로서가 아니라 그 배후에 놓인 영원하고 심오한 일본정신의 일단으로 붙잡는 것이 당대 문학인의 역할이라고 역설한다. 백철은 일본정신을 통해 대동아공영권에 대한 인식을 공고히 하여 파편화와 개인화의 경향을 지양하는 것이야말로 문학인의 의무라고 지적하면서 국민문학의 의의 역시 여기에서 찾고 있다.

이러한 일본정신이란 결국 태평양전쟁을 세계사적 흐름에서의 필연적 귀결로 정당화하는 것이었다고 할 수 있는데, 태평양전쟁을 서구 중심의 근대적 권력구도를 전복하고 서양에게 착취당하는 동양을 해방시키기 위한 성전으로 읽어내는 것은 비단 일본인들뿐만이 아니었다. 당대 조선의 많은 지식인들은 이 전쟁이 내걸고 있는 동양인을 위한 동양, 아시아인을 위한 아시아라는 기치에 매료되었다. 이 때문에 식민지 조선의 지식인들 역시 이 전쟁을 성전으로 인식했다. 앞서 언급했던 「전쟁과 조선문학」에서 박영희는 일본정신을 동양정신의 선구라고 평가하며, 일본정

---

37. 「座談会—朝鮮文壇の再出発を語る」,『국민문학』창간호, 1941. 11. 71쪽.

신을 예부터 조선사람들이 귀중하게 생각하던 도덕과 정의감 또는 중국인들이 생각하던 것들이 모두 포함된 광범한 정신이라고 정의하고 있다. 그러므로 이 일본정신을 기초로 한 전쟁은 "말할 것도 없이" 성전이며, 이 성전에서 피를·흘리며 스러지는 황군은 일본정신의 정화精華이다. 박영희는 이제 이러한 이상을 그려내는 것이 조선문학의 임무라고 주장한다. 일본이 동양을 대표하여 전쟁을 수행하고 있으므로 이 전쟁은 성전이라는 박영희의 논지는 1942년 일본에서 이뤄졌던 근대의 초극 논리와도 매우 흡사하다. 박영희는 일본의 근대 초극론자들과 매우 유사한 방식으로 전쟁이라는 비상상황에서 조선인, 특히 조선 문인들이 무엇을 하여야 하는가를 밝히면서 그것을 "국민적 의무"이자 필연적인 "세계사적 한 과정"으로 인식한다.

또한 김기진 역시 1944년 문인보국회가 주최한 적국봉헌문인대강연회에서의 「文化人に檄す」에서 "우리들 일본 국민의 동아인의 금일에 있어서의 역사적 지상명령은 영미를 이겨내고 아시아를 해방한다는 것이며, 아시아 10억의 민중을 악마의 손으로부터 해방시키기 위해서는 하루라도 속히 전략을 증강하는 것이며, 일억의 전력이 급속히 증강하기 위해서는 하루라도 속히 전략을 증장하는 것이며, 일억의 전력이 급속히 증강하기 위해서는 반도 이천육백만의 혼이 불길이 되어 타오름에 있다고 굳게 믿는 바이올씨다"[38]라고 말함으로써 태평양전쟁에 대한 적극적인 지지를 드러낸다. 김기진은 영미와 아시아를 대극적인 지점에 놓고 아시아의 10억 민중을 악마 영미에게서 해방시키는 것이 이 성전의 목적이며, 역사적 지상명령이라고 주장한다.

이처럼 리얼리즘 작가들이 가졌던 현상 저변에 존재하는 역사를 움직이는 힘에 대한 지향이 더 큰 보편, 더 본연적인 총체성, 즉 탈역사화된 정

---

38. 임종국, 『친일 문학론』, 민족문제연구소, 2002.

신 혹은 심연에 대한 천착으로 빨려들게 되면서 결과적으로 파시즘으로 쏠리게 되었다. 계급의식의 각성을 통해 프롤레타리아 민중이라는 투쟁 주체를 구성하는 데 실패한 리얼리스트들은 더욱 본질적이고 근원적인 곳에서 일치되는 투쟁의 주체를 요구하게 되었으며, 총체성에 대한 지향과 해방적 투쟁의 이데올로기를 통해 자본주의적 근대를 넘어서겠다는 이들의 야심찬 기획은 일본정신과 태평양전쟁의 이데올로기로 수렴되게 된다. 리얼리즘과 달리 파시즘은 지난한 반성과 투쟁의 과정을 통해서가 아니라 직접적이고 무매개적인 종합을 추구한다. 계급의식을 통해 민중과의 연대를 꾀하고 개인과 보편을 아우름으로써 근대를 극복하겠다는 기획이 종종 민중에서 고립되고 이반되는 것으로 귀결되었던 리얼리스트들에게 파시즘이 제시하는 이러한 비약적인 종합은 매우 유혹적인 것이었음에 틀림없다.

5. 결론

리얼리즘에서 파시즘으로의 전향이 획기적인 전환점이라기보다 매끄러운 이음매에 가까운 것이었다고 하더라도 리얼리즘이 필연적으로 파시즘으로 귀착되는 것은 아니다. 리얼리즘 내부에 파시즘과 유사한 어떤 측면들을 추출하여 이것이 필연적으로 파시즘과 연결된다는 설명방식 역시 상당히 위험하다고 할 수 있다. 루카치는 '파시즘적'이라는 말을 '비합리주의'와 동궤로 놓고, 이성의 파괴에 기여하였던 모든 예술적이며 정신적 경향을 여기에 포함시켜 비판한 바 있다. 루카치에게 자본주의, 제국주의, 파시즘이란 결국 그리 크게 다르지 않은 말들이었다. 루카치는 자본주의의 필연적 귀결인 파시즘 및 제국주의 전쟁을 저지할 수 있는 유일한 방법이 프롤레타리아 혁명이라고 보았으며, 리얼리즘 문학은 이 혁명의 과정을 그려내는 역할을 해야 한다고 보았다. 이러한 루카치나 조선의 리얼리스트들을 다시 파시즘의 논리와 나란히 놓는 것은 루카치

못잖은 '파시즘'의 남용이 될 수도 있다. 실제로 리얼리즘의 유물론적 성향과 파시즘의 유심론적 성격은 거의 대극에 있으며, 파시스트들 스스로 반사회주의를 천명하기도 했다.

그러나 오르테가 이 가세트의 지적처럼 파시즘의 주요한 특징 가운데 하나가 바로 "반대되는 것들의 종합"이었으며, 파시즘은 서로 상반된 여러 사조들을 숙주로 삼고 있었다고 할 수 있다. 루카치를 비롯한 리얼리스트들은 상당 부분 이 점을 간과하고 있었다. 파시즘은 단순한 반동과 과거 추수적 이데올로기가 아니었으며, 그 내부에 급진적인 측면을 담지하고 있었다. 무솔리니는 파시즘이 과거로의 후퇴가 아님을 천명하고 있기도 하다. 파시즘은 자본주의의 초극을 기도했으며, 또한 민족이라는 총체적 혹은 전체적인 주체를 상정함으로써 근대적 개인 개념을 지양하고 그들의 전쟁에 서구 중심의 근대적 권력구도를 전복한다는 진보적 의의를 부여했다. 루카치가 주장했던 개별자와 보편의 종합으로서의 총체성이란, 어떤 측면에서는 개인주의와 국가주의라는 대립의 초극을 꾀하는 일제 파시즘의 개인과 민족이라는 관계의 구도와 흡사했다. 외부적 요인의 영향을 무시할 수는 없으나, 역사적으로 조선에서의 총체성과 전체성에 대한 갈망은 결국 일본정신으로 향했다. 또한 많은 리얼리스트들은 전향 이후에도 그들이 가지고 있던 근대 자본주의 사회가 가져온 파편화의 경향과 부르주아에 의해 억압받는 프롤레타리아를 해방시키고자 하는 자신들의 지향을 견지하며, 이것이 일제 파시즘의 '성전'을 통해 실현될 것으로 믿었으며 그럴 것이라고 대중들을 설득하여 참여시키고자 했던 것이다.

그러므로 근대를 넘어서려 했던 파시즘의 급진적 측면(그것이 비록 진보를 가장한 기만적인 것이라 할지라도)을 간과한다면, 파시즘을 부정하면서 파시즘에 기여하게 되는 것은 여전히 가능하다. 적극적으로 일제 파시즘에 협력한 것으로 평가되는 백철은 1936년 『삼천리』의 파시즘에 대한 앙케이트에서 "금일에 있어 일부적으로 파시즘 문학이라는 것이 유행된다고 하여도 그것이 순전히 그 정치적 독재자에 대한 노예 문학에 불과한 것입니다. 인간의 성엄한 정신을 대표하는 문학의 주류가 히틀러와 같은 야만인의 노예일 수는 없습니다"라고 조선에서의 파시즘 문학의 가능성을 완전히 부인하고 있다. 이러한 의미에서 우리 시대의 파시즘이 파시즘을 부정하면서 등장할 수 있다는 우려는 타당해 보인다.

파시즘과
공명하는 여성의 욕망
—파시즘과 페미니즘의 여성담론

여 상 임

1. 파시즘 담론의 불균질성과 여성의 욕망

오르테가 이 가세트는 파시즘에 대해 "파시즘은 가장 모순적인 내용을 갖고 있으므로 불가사의한 외형을 하고 있다. 우리가 어떤 방식으로 파시즘을 연구하더라도 파시즘이 어떤 것이면서 동시에 그 반대되는 것, 즉 A이면서도 not-A라는 상반된 것을 동시에 내포하고 있음을 알게 된다"고 말한다.[1] 그런 반면에 마루야마 마사오는 파시즘의 유일한 목적은 오직 반혁명일 뿐이라고 말한다. 파시즘은 반혁명의 총체적인 조직화를 지향하는 소위 끝없는 운동으로만 존재한다는 것이다.[2] 이와는 달리 데

---

1. 라클라우,「파시즘・이데올로기・계층」, 서동만 편역,『파시즘 연구』, 거름, 1983, 265쪽 재인용.
2. 마루야마 마사오,「파시즘의 본질—파시즘의 정치적 동학에 관한 연구」, 서동만 편역,『파시즘 연구』, 거름, 1983, 30쪽.

이비드 캐럴은 사실상 파시즘은 비이성적이고 극단적인 이데올로기로서가 아니라 차라리 사회 정치적인 불안과 경제적인 불안정성, 계급 분할에 대한 비공산주의적인 해결책, 그리고 경제 단체와 정치적인 당파들·정치로 특징지어지는 광범위하게 확산된 부패에 대한 결정적인 해결책으로서 많은 사람들에게 인식되었다고 얘기한다.[3]

　이렇듯 파시즘은 어느 하나의 정의나 가치 평가로 귀결되지 않는다. 그것은 파시즘 자체가 통일된 이데올로기나 이념을 바탕으로 하여 전개되지 않았기 때문이다. 마루야마 마사오처럼 파시즘의 본질을 반혁명으로 볼 수도 있지만 데이비드 캐럴처럼 파시즘이 현재의 난국을 타개할 어떤 총체적이고 근본적인 해결책으로 보는 관점에 대해 긍정할 수도 있다. 이것은 라클라우도 지적하고 있는 것처럼 파시즘 담론이 가지고 있는 불균질성 때문으로 보인다. 이러한 불균질성은 파시즘의 여성담론에서도 동일하게 드러난다. 실제로 파시즘의 여성담론은 여성에 대한 다양한 담론들을 생산해낸다. 여성을 현모양처로 호명하기도 하면서 동시에 경제전의 전사와 같은 산업 역군으로 호명하기도 한다. 여성을 가정 안에 위치 지으려 하는 시도들과 더불어 여성에게는 상당 부분 닫혀 있던 공적 영역으로 여성들을 불러내기도 한다. 여성다움에 대해서도 "어디까지나 아름다운 몸가짐 말의 말세 모든 것에 이르러 女子다움이 必要하다"[4]고 말하고, 다른 한편으로는 "感情도 또한 家庭을 떠나 좀더 넓은 意味로써 社會的訓練을 거처나 社會的인 人間性을 가진 마음에 깊이가 있는 女性이 되지 않으면 안 될 것이다. 이러한 것에서부터 「女子다운 點」이 생기는 것"[5]이라고 하면서 전시 국가의 여성으로서의 사회적 인간

---

3. David Carroll, "Literary Fascism or the Aestheticizing of Politcs: The Case of Robert Brasillach", *New Literary History*, Vol. 23, No. 3, History, Politics, and Culture(Summer, 1992), 692쪽.
4. 노천명,「職業女性과 趣味」, 特輯 職業女性의 生活,『신시대』, 1943. 3.
5. 노천명, 위의 책.

성이 빛날 때 여자답다고 말하고 있다. 같은 글에서도 여자다움이 무엇인가를 보는 시각 차이가 존재하고 있다.

이처럼 파시즘의 여성담론은 균질적이거나 단일한 담론으로 드러나기보다는 불균질적이거나 때로는 서로 상충되는 형태로 드러나기도 한다. 물론 이렇게 된 데는 여성을 향한 파시즘의 관심의 일차적 목적이 여성 자체에 있다기보다 여성을 국민으로 호명하는 데 있었기 때문이다. 파시즘의 여성을 향한 관심의 주된 목적이 파시즘 체제를 구축하기 위한 것이었기 때문에 파시즘의 여성담론은 매끈한 단일체를 이루기보다는 서로 상충하는 가치들이 공존하는 많은 틈새를 가진 불균질적인 담론의 형태를 띨 수밖에 없었던 것이다. 파시즘 담론 자체에 남성적 판타지와 남성적 욕망만이 내재해 있었던 것이 아니라 다양한 주체들의 욕망이 뒤엉켜 있었던 것처럼, 파시즘의 여성담론에도 담론을 생산해내는 주체들의 욕망과 당대 여성들의 욕망들이 함께 얽혀 있었던 것이다. 실제로 파시즘은 단순한 강제적 합의뿐만 아니라 새로운 문명의 이상을 제시하면서 대중의 자발적 열정을 조직화하기도 했다. 파시즘이 제시하는 새로운 문명의 이상은 위에서 아래로 일방적으로 주어지는 것이 아니라 대중의 절망과 희망, 편견과 욕망을 자극하고 부추기며 그것에 가시적인 외형을 부여하는 과정에서 탄생하였다.[6]

본고는 이러한 문제의식에서 출발해서 파시즘과 페미니즘의 여성담론의 상관성과 접점들을 살펴보고자 한다. 이러한 논의는 파시즘 체제와 여성 작가·여성 지식인들·일반 여성들과의 욕망의 접점이 무엇인지를 밝혀주게 될 것이다. 이를 위해 파시즘과 페미니즘 여성담론의 상관성을 원론적인 측면에서뿐만 아니라 일제 파시즘 체제 하에서 적극적으로 활동했던 여성작가들과 지식인들의 평론 및 작품들을 대상으로 하여 이들과

---

6. 김용우, 「이탈리아 파시즘—강제적 동의에서 문화적 동의로」, 『대중독재 1』, 책세상, 2005, 61~62쪽.

파시즘 체제의 교호작용의 내적 원리들을 밝혀보고자 한다.

2. 새로운 주체성의 호명과 구성

파시즘이 어떤 특정한 이념적 기반이나 통일성을 가지고 진행되지 않았기 때문에 파시즘 개념을 어느 하나로 정의하는 것은 불가능하다. 그렇다하더라도 파시즘 담론에서 두드러지는 것은 새로운 주체 구성의 담론이다. 파시즘은 체제를 구축하고 유지하기 위해 체제에 적합한 새로운 주체를 구성하고자 했다. 파시즘 정권들은 각자에게 맞는 환경에 따라 새로운 남성과 새로운 여성을 만드는 작업에 착수했다. 용감한 전사인 동시에 정권에 순종하는 '새로운' 남성과 여성을 만드는 것은 파시즘 교육 체제에 주어진 힘겨운 과제였다.[7] 파시즘은 역사에 대한 새로운 낙관주의적인 요청을 내세우면서 새로운 역사, 새로운 정신, 구성적 정신을 요청했다. 파시즘은 낭만주의 이후 현대의 중요한 정신 사상으로 자리 잡았던 허무주의 및 니힐리즘을 극복하고자 하였으며 이를 위해 "새로운 인간"의 탄생을 요청하였던 것이다.[8]

이것은 독일이나 이탈리아 파시즘뿐만 아니라 일본 파시즘에서도 예외는 아니었다. 실제로 일본 파시즘 체제에서는 "自己를 버리고 天皇에 歸一하여 全我를 擧하여 國家에 奉仕하는 것이 日本精神의 본질이고 國家非常時의 경우 이 精神이 凝結하여 鞏固한 萬民翼贊의 體制를 취하는 것이 我國體의 傳統이다."[9]라고 하면서 자신들의 체제에 적합한 주체를 구성하고자 했다. 파시즘 체제에서는 자신들의 체제에 적합한 새로운 인간이 필요했던 것이다. 파시즘의 여성을 향한 담론들 또한 파시즘 체제에 적합한 새로운 여성 주체성을 구성하는 데 목적이 있었다.

---

7. 로버트 O. 팩스턴, 손명희 외 역, 『파시즘』, 교양인, 2004, 324쪽.
8. 최문규, 「파시즘 문학의 담론과 정치적 기능」, 『인문과학』 제78집, 1997, 12, 307쪽.
9. 「二千三百萬民衆의 團結 半島新體制確立—南總督의 決意演說」, 『삼천리』, 1940. 12.

京城에 府民舘이 생겨서 半島의 婦人만이 이처럼 많이 모힌 光景은 처음입니다. 이것만 보더라도 아마 오늘이란 이때는 男子에게는 勿論이고 女子에게도 무슨 심상치안은 사태가 버러진것만은 사실입니다. 가정에서 아이나 기르고 시부모공경이나 잘 했으면 婦女子로서의 할 일은 다 했다고 볼수있겠는데 이렇게 한 장소에 모혀가지고 이렇게 하자 저렇게 하자 하고 前에 없든 生活의 새 綱領이 작고 나오고 있습니다. 이게 웬 일입니까? 고요한 여러분의 세계가 일조에 흔들니지 않으면 안될때가 왔습니다. 여러분의 思想의 변혁을 要求하게 되었고 여러분의 일이 對外的으로 늘어가게 되었다는것을 웨치지 안으면 안되게 되었습니다. 얌전하고 사양심많고 수집어서 아름다웠든 우리의 전통이 깨어지게 되었습니다. (…) 어떻게 생각하면 우리 半島婦人에게 큰 변이 이러난 셈입니다.[10]

이 시기 파시즘 체제에 협력하면서 파시즘 담론을 많이 생산해냈던 모윤숙은 이 새로운 시대에 요구되는 새로운 여성에 대해 감격과 흥분에 차서 얘기하고 있다. 새로운 시대는 새로운 여성을 요구한다는 것이다. 가정이라는 사적인 공간에서 얌전하게 육아와 시부모 공경을 하던 여성상은 이제 깨어질 전통이고, 새로운 시대에 걸맞는 일을 해낼 새로운 여성이 필요하다는 것이다. 이처럼 파시즘의 여성 담론은 파시즘 체제에 적합한 새로운 여성 주체를 호명하고 구성하고자 했다.

당대 여성 작가이자 지식인이었던 모윤숙이 이렇게까지 감격하고 흥분하면서 새로운 시대, 새로운 여성을 강조하는 것은 이전과는 다른 여성에 대한 파시즘의 기획 때문이었다. 즉 파시즘 체제에서는 여성을 국민이라는 공적 영역의 일원으로 호명하고 구성하고자 했던 것이다. 파시즘 체제에서는 체제를 유지하기 위해서 남성뿐만 아니라 여성도 필요로 했

---

10. 모윤숙, 「女性도 戰士다」, 『대동아』, 1942. 5.

기 때문이다. 이는 일제 파시즘뿐만 아니라 독일 파시즘에서도 역시 마찬
가지였다. 히틀러는 여성들의 지원이 없었다면 그의 정당이 독일 최대 정
당이 되지 못했을 것이라고 시인하면서 나치 정부는 여성들에게 많은 것
을 제공할 것이라고 공언하였다.[11]

근대 국민국가가 수립되고 나서도 여성은 국민에서 제외되어 있었다.
참정권은 국가가 누구를 국민의 범주로 보고 있는가를 알 수 있는 대표
적 지표이다. 이 참정권은 유럽에서도 1차 세계대전 이후에서야 여성들이
쟁취할 수 있었던 것이다. 일본에서도 1925년 보통 선거법이 실시되었을
때 "일본 신민 남자"만이 유권자에 포함되어 있었다. 이 "일본 신민 남자"
에는 "재일 조선인·대만인 남성"도 포함되어 있었지만, 같은 일본인이라
도 "일본 신민 남자"에 속하지 않았던 여성은 유권자에서 제외되어 있었
다.[12] 근대에 들어서서 국민 국가는 학교나 징병제 등을 실시하면서 국민
화 프로젝트에 심혈을 기울이지만 국민화의 의제 속에서도 여성이 국민
화의 대상이 된다고 하는 문제의식 자체가 희박했다.[13] 그런데 파시즘 체
제에서는 여성에게 체제 유지를 위한 국가의 중요한 동력이자 국민으로
서의 정체성을 부여하고자 했던 것이다.

페미니즘 또한 여성을 새로운 주체성으로 구성하고자 한다. 파시즘을
하나의 단일한 성격으로 규정할 수 없는 것처럼 페미니즘 또한 하나의
페미니즘으로 깔끔하게 정리할 수는 없다. '페미니즘'이 무엇인지를 정의
할 수 없다는 가정에서 출발해, 그 모든 다양한 '페미니즘들'의 공통적인

---

11. 유정희, 「파시즘 국가와 여성」, 『페미니즘 연구』, 동녘, 2001, 116쪽. 물론 파시즘이 처음부터 여성을
   자신들의 동력으로 인식하거나 인정한 것은 아니었다. 초창기에 그들은 여성들의 지지를 얻는 데 관심
   을 보이지 않았다. 1919년 창당 때부터 나치당은 남성들의 정당으로 자처하였으며, 그 결과 당 내외적
   으로 '여성 문제'에는 거의 관심을 기울이지 않았다. 하지만 여성들의 표가 결정적이라는 것을 알게 된
   이후 나치당은 여성들을 더 이상 종이나 하녀로 취급하지 말고 '일터와 가정에서 남성의 동료'로 지
   칭하도록 하면서 여성들을 주목하기 시작했다. 유정희 같은 글, 126쪽~128쪽.
12. 우에노 치즈코, 이선이 역, 『내셔널리즘과 젠더』, 박종철출판사, 1999, 20쪽 참조.
13. 우에노 치즈코, 위의 책, 20쪽.

성격을 집어내려 해야 할 것이다. 페미니스트들은 여성의 열등한 사회적 위치와 섹스로 인해 여성들이 직면하는 차별에 관심을 가지고 있다. 나아가 모든 페미니스트들은 페미니즘이 여성에 대한 차별을 줄이고 점차 극복하기 위해서 사회적·경제적·정치적 또는 문화적 질서의 변화를 요구한다고 주장할 수 있을 것이다.[14] 이러한 페미니즘을 좀 더 세분화해서 분리형 페미니즘과 참가형 페미니즘으로 구분하기도 한다. 분리형 페미니스트들은 남녀의 생물학적인 차이를 인정하면서 모성을 보호하고 그 권리를 찾아나가는 것에 중점을 둔다. 이러한 분리형 페미니즘은 여성성 혹은 남성성으로 구분지어져 온 젠더의 경계 내에서 여성의 문제를 고민한다. 그런 반면에 참가형 페미니스트들은 여성 참정권 운동 등에 주된 관심이 있다. 이들은 기존에 여성성 혹은 남성성이라고 구분지어져 있는 젠더의 경계 내에서 여성의 위치를 고민하기보다는 그러한 경계를 넘어서거나 해체하고자 한다.[15]

분리형으로 보든 아니면 참가형으로 보든 페미니즘에는 여성을 지금까지와는 다른 새로운 여성을 구성하고자 하는 시도가 들어 있다. 새로운 여성 주체성에 대한 고민이 들어 있는 것이다. 이들 페미니즘들은 이전과는 다른 새로운 여성을 구상하고 제시한다. 참가형 페미니즘은 남자와 여자는 평등하다는 남녀 평등으로 그 주장을 요약해볼 수 있는데 이럴 때 페미니즘에서 주장하는 여성은 이전의 여성과는 다른 새로운 주체성을 가진 여성이다. 참가형 페미니즘의 가장 두드러진 형태라고 할 수 있는 참정권 운동에서도 여성들이 주장했던 것은 여성도 남성과 동일한 시민 혹은 국민이라는 것이다. 더 나아가 여성이 역사의 바깥에 서 있거나 역사의 종속적 존재로만 서 있는 것이 아니라 여성들 또한 주체라는 것을 각인시키고자 했다. 1차 페미니즘 운동은 여성들이 자신을 역사

---

14. 제인 프리드먼, 이박혜경 역, 『페미니즘』, 이후, 2002, 17쪽.
15. 우에노 치즈코, 앞의 책, 5장 페미니스트의 반응, 9장 '국민 국가'의 젠더 전략과 그 딜레마 참조.

의 주체로 확인하고 새로움의 해방적 행위 주체로서 제시하도록 격려했다.[16] 여성 참정권 운동의 가장 혁명적인 측면은 정확히 남성의 전장에 여성이, 나아가서는 여성의 지도력까지도 존재한다는 것을 주장했다는 데 있다.[17] 이러한 페미니즘에서는 남성과 동등한 여성, 더 나아가 역사의 바깥에 서 있거나 역사의 수동적 존재로서의 여성이 아니라 역사의 주체인 여성을 구상하고 그런 여성을 구성하고자 했던 것이다.

새로운 여성 정체성을 구성하고자 하는 페미니즘의 시도는 여성성과 모성성의 가치를 재정의하려는 시도에서도 동일하게 드러난다. 기존의 남성 중심적 담론에서는 남성성을 건강함·강인함·절제·이성·조화·정상이라는 의미를 부여하고 여성성을 병약함·유약함·무절제·감정·부조화·불온함 등의 의미로 규정해왔다.[18] 페미니즘에서는 기존 담론들이 긍정적인 남성성과 부정적인 여성성으로 의미화하고 있는 그 지점에 주목한다. 그래서 프랜시스 스위니와 같은 페미니스트는 진정으로 자기를 절제할 줄 알고 감정과 본성을 억누를 줄 아는 진정한 도덕성의 담지자는 여성이었다고 주장한다. 남성의 이기적이고 무절제한 본성을 누그러뜨리는 힘을 발휘해온 이상주의와 이타주의라는 도덕적 지침을 제공하면서 윤리적 진보에 있어 항상 전면에 서 있었던 존재도 여성이었다고 주장한다. 또한 문명과 남성성을 동일시하는 시각들을 대담하게 부인하며 여성이야말로 문명과 동일시되어야 한다고 주장한다. 여성이야말로 남성보다 더 훌륭한 언어적 능력과 세련된 미학적 감수성을 소유한 존재이고, 한 세대에서 다음 세대로 문화를 전달하는 중요한 책임을 떠맡은 존재였다는 것이다.[19]

페미니즘은 한편으로는 남성과 여성의 차이를 최소화시켜 남녀가 평

---

16. 리타 펠스키, 김영찬 외 역, 『근대성과 페미니즘』, 거름, 1998, 228쪽.
17. 리타 펠스키, 위의 책, 236쪽.
18. 조지 모스, 서강여성문학회 역, 『내셔널리즘과 섹슈얼리티』, 소명출판, 2004, 43~79쪽 참조.
19. 리타 펠스키, 앞의 책, 221~262쪽 참조.

등하다는 것을 주장하든가 다른 한편으로 남성과 여성의 차이를 인정하면서 여성적 가치의 긍정성을 발견하고 이에 대해 의미를 부여한다. 페미니즘은 이전과는 다른 새로운 여성 주체성을 호명하고 구성하고자 했던 것이다.

이렇게 파시즘과 페미니즘의 여성 담론은 이전의 여성과는 다른 새로운 여성 주체성을 구성하고자 했다. 그런데 이러한 파시즘과 페미니즘의 새로운 여성 주체성의 구성 욕망에는 서로 겹쳐지면서 교호하는 측면들이 내재해 있었다. 파시즘과 페미니즘의 여성 담론에는 역사나 국가 바깥의 여성이 아니라 역사나 국가의 중요한 동력이자 주체인 여성으로서의 여성 주체성에 대한 요구가 들어 있었다. 그리고 실제로 이 시기의 여성 작가들이나 지식인들이 파시즘 체제 하에서 이러한 여성 주체성에 대한 자각과 기대감들을 상당 부분 가지고 있었음을 알 수 있다.

> 우리는 배우고 생각하고, 남을사랑하는 말을가지고 代表的 皇國臣民이되어서 우리스스로가 지도자도 되고 또는 우리子女들을 길러그들로 지도자되게합시다. 우리前에도 몇억천만명 사람이 왔다가고, 우리앞으로 여러 억천만명이 왔다갈테나 유독히 우리에게 오늘이러한 기회가 온 것은 필시 큰 뜻이있는것이와다. 그럼半島의 一千二百萬名女性은 유감없이 大東亞건설에 한목을 단단히봅시다.[20]

박인덕은 이렇게 '동아여명과 반도여성'에서 이 시기를 여성이 스스로 지도자가 될 수 있는 시대로 보고 있다. 자녀들을 길러서 그들을 지도자로 세울 뿐만 아니라 여성 스스로도 지도자가 되자고 독려한다. 그리고 이러한 시대를 맞게 된 여성들은 새롭고 큰 기회를 맞이한 것이라고 감격

---

20. 박인덕, 「東亞黎明과 半島女性」, 『대동아』, 1942. 5.

에 차서 얘기하고 있다. 그러면서 "조선 女子들은 어려서는 아버지가 대신 생각하여 주었고 혼인하여서는 남편이, 늙어서는 아들이 대신하여 주었습니다. 그러나 이제부터는 스스로 머리 쓰기를 배웁시다"라고 주장한다. 이전의 여성들이 삼종지도에 따라 살아왔지만 지금의 여성들은 스스로 생각하고 스스로 배워서 자신의 삶을 살아갈 것에 대해 얘기하고 있는 것이다. 박인덕은 총력전 체제 하에서 여성의 자기 결정적인 삶의 가능성과 이전과는 다른 새로운 삶의 가능성을 보고 있었다.

> 生産은 男子가 하고 소비는 女子가 한다는일은 한가한 平常時의 일입니다. 그러나 지금은 여자나 아씨나 마님이나 양반이나 상인이나 가문 문벌 가릴것없이 모두가 大日本제국의 平等한 국민이면 그만입니다. 가문에서 쫓겨나드라도 나라에서 쫓겨나지안는 안해 며느리가 됩시다.[21]

모윤숙 역시 파시즘 체제가 여성에게 부여한 국민의 자리에 대한 새로운 기대를 드러낸다. 모윤숙에게 '국민'의 자리는 직업이나 귀천 혹은 남녀의 차이가 무화되는 모두가 평등한 자리가 되는 것으로 인식되고 있다. 남성들뿐만 아니라 여성 또한 남성과 동등한 국민이므로 여성들도 국민으로서의 역할을 다할 것에 대해 얘기하고 있는 것이다. 파시즘 체제 하에서 경제적 위계와 사회적인 위계는 계속해서 유지되고 강화되었지만, 모든 사람들은 새로운 국가의 성원이라는 동등한 지위를 부여받았다. 아무리 비천하고 가난한 자라고 할지라도 말이다.[22] 여성들이 한데 모여 시국에 대해 토론하고 국민된 자로서의 여성이 국가를 위해 무엇을 할 것인가를 논의하면서 모윤숙은 이전과는 다른 여성의 삶에 대한 기대를 드러내고 있는 것이다. 같은 글에서 모윤숙은 "京

---

21. 모윤숙, 「女性도 戰士다」, 『대동아』, 1942. 5.
22. 조지 모스, 앞의 책, 315쪽.

城에 府民舘이 생겨서 半島의 婦人만이 이처럼 많이 모힌 光景은 처음입니다. 이것만 보더라도 아마 오늘이란 이때는 男子에게는 勿論이고 女子에게도 무슨 심상치안은 사태가 버러진 것만은 사실입니다"라고 하면서이 광경에 대해 감격해서 얘기하고 있다. 시국 토론장과 같은 공적 영역 또는 시국토론과 같은 사회적 의제들도 여성들의 영역이라기보다는 남성들의 공적 영역에 해당하는 것이었다. 그런데 남성들의 영역인 시국 토론장이라는 곳으로 여성들이 들어가게 되었던 것이다. 모윤숙은 또한 이 글에서 여성이 "비행기 공부도 하고 잠항정 부리는 공부도 합시다. 비행기나 잠항정을 못하게 말리는 분은 아버지가 아니라 어머니들입니다. 말니지 마십시오. 국가 비상시를 爲해서는 호기심에서가 아니라 허영심에서가 아니라 女子비행사도 있어야겠습니다"라고 말하고 있다. 이는 징병제라는 남녀의 차이가 완강하게 남아 있는 그 영역에서조차도 남녀의차이를 제거하고자 하는 입장이 드러난 것이라고 할 수 있다.

모윤숙의 인식 저변에는 총력전 체제가 이전의 여성의 삶과는 다른 삶을 허용하고 기대하는 것을 가능하게 한다는 생각이 있었다. 총력전 체제에서 모윤숙은 여성의 새로운 삶을 기대하게 된 것이다. 이전의 여성들에게는 가정생활과 같은 사적인 영역만이 허용되었다면 여성의 국민화를 요청하는 총력전 체제는 이전에 허용되지 않던 공적인 영역들이 허용되고 적극적으로 요청되는 시대로 보였던 것이다. 전근대적인 여성들의삶과는 다른 삶의 방식을 모윤숙은 여성의 국민화라는 논리 안에서 발견해 내고 있었던 것이다. 이것은 한국의 여성 작가들이나 지식인들에게만 해당하는 것은 아니었다. 일본에서도 '여성의 국민화' 프로젝트는 당시 여성 운동가들에게 '잘못된 길'이나 '반동'이 아니었으며 오히려 '혁신'으로 받아들여졌다는 점이다. 여성의 공적 활동을 요청하고 또한 가능하게 한 '신체제'를 그들은 흥분과 사명감으로 받아들였다.[23]

파시즘 체제는 또한 여성들을 직업의 장으로도 호출하고 있다. 신시대에서 마련한 직업여성 특집 좌담회를 보면 좌담회에 참석한 여성들은 직업여성으로서 대체로 자신이 직업을 가지고 싶어서 직업을 가졌다는 여성들이 많았고, 동생들과 집안을 건사하기 위해 직업을 가지게 되었다는 여성도 있었다. 여기에서 "이 婦人들의 職業에는 家庭의 協力이 없이는 能率도 效果도 적습니다. 家庭의 理解와 協力이 없이는 職業을 가지기 어렵습니다. 앞으로는 婦人의 職業이 急速度로 切實히 要望될뿐 아니라 半島人으로써 國民으로써 으레이 해야합니다"[24]라는 진술이 보이는데, 총력전 체제 하에서 여성들의 직업에 대한 인식도 상당히 변화하고 있다는 것을 알 수 있다. 물론 총력전 체제 하에서 여성들이 직업을 가지도록 동원하는 데에는 남자들이 전장에 나가고 난 뒤의 일터를 여자들로 채우려는 것이 주된 목적이기는 했다. 그렇다 하더라도 여성들은 "女性으로써 職業을 가질 수 있다는 것은 적지아니 큰 進步에 틀림이 없다"[25]고 하면서 여성으로서 직업을 가지는 것에 대한 자부심이 드러난다.

또한 일본 파시즘 체제 하에서 여성들은 국민으로 교화의 대상이 된다. 일본 파시즘 체제는 더 효율적인 관리를 위해 10호를 한 조로 하는 애국반을 조직하면서 광범위한 여성들이 교화 대상에 포함된다. 국민총력연맹의 말단 조직인 애국반은 한 달에 한 번씩 정기회를 열어 각 가정의 주인이나 주부를 의무적으로 출석하도록 했다. 『국민총력』에서는 "반장은 부인도 가능", "주부가 반장을 하는 것이 효과적"이라고 했으며 실제 반의 활동도 여성이 중심이 되었다.[26]

---

23. 우에노 치즈코, 앞의 책, 58~59쪽. 우에노 치즈코는 이 시기 대표적인 여성운동가이면서 국가에 협력했던 히라츠카 라이쵸의 말을 이렇게 인용하고 있다. "어쨌든 부인 대중을 동원해 가사 이외에 사회적, 국가적인 일을 할 수 있게 하고, 부인들이 그러한 일로 집을 비우는 것을 남편들이 인정하게 된 것은 일반적으로 부인들의 생활에 상당히 큰 변화가 온 것이라고 생각합니다." 우에노 치즈코, 위의 책, 59쪽.
24. 「鍊成하는 職業女性」, 『신시대』, 1943. 3.
25. 金川慶子, 「職業女性과 敎養」, 特輯 職業女性의 生活, 『신시대』, 1943. 3.
26. 가와 가오루, 김미란 역, 「총력전 아래의 조선여성」, 『실천문학』, 2002. 가을, 293쪽.

최정희의 소설 『薔薇의 집』[27]에서도 여성의 애국반 활동과 관련된 이야기가 나온다. 성례는 집에서 살림을 하면서 사람들이 모이는 곳에 나가는 것을 좋아하지 않는 얌전한 주부였다. 지금까지는 식모를 데리고 살림을 하다가 스스로 살림을 하기 위해서 식모를 내보냈다. 그리고 직접 애국반에 참석하게 되면서 성례는 "구장이며, 반장이며 또 애국반원들 사이에 곤치지 않으면 안될 일이 많은 것도 느끼었다." 그래서 성례는 애국반에 참여하면서 자신의 의견을 내게 되었다.

성례는 이럴때, 어째서 저금을해야하고 어째서 국방헌금을해야하고 어째서 국채를 사야한다는것을 깨달도록 해주어야하겠다고 말하였다. 오랫동안 전쟁이 무엇이며, 나라를 위해 살아야한다는 생각을 잊어버리고 살아온 우리요, 더구나 밤낮 집안에만 들어앉어있는 부녀자들은 정말 모히는목적과 취지를잘리해하고 출석하는여자는 몇안된다고 말하였다.[28]

장미꽃 울타리가 쳐진 예쁜 집에서 바깥출입도 별로 하지 않으면서 살림만 하던 성례는 애국반을 통해 가정이 아닌 다른 공적인 영역을 경험하게 된다. 애국반은 가정의 사적인 문제들이 아니라 사회적인 문제들이 논의되는 공적인 공간이다. 이러한 공적인 공간인 애국반에 가정에 있던 성례가 참여하게 되고, 애국반에 참여하면서 성례는 자신의 의견을 내게 된다. 그리고 그것이 매개가 되어 애국반 반장이 되는데, 이를 통해 성례는 이전과는 다른 공적인 주체가 된다. 뿐만 아니라 남편의 친구인 남식으로부터 "아즈머니는 훌륭한 지도자가 될겁니다"[29]라는 기대 섞인 얘기를

---

27. 최정희, 『薔薇의 집』, 『대동아』, 1942. 7.
28. 최정희, 위의 책, 150쪽.
29. 최정희, 위의 책, 154쪽.

들게 되면서 성례는 이전과는 다른 새로운 여성 주체로 거듭나게 된다.

애국반 활동이 비록 통치 정책의 일환으로 실시된 것이긴 했지만 여성들은 이러한 애국반 활동을 통해 가정이라는 경계를 벗어나 공적 영역으로 진출하게 되는 것이다. 이런 점은 일본에서도 마찬가지였는데, 국방부인회 발족식에 모여든 여자들이 부끄러워하면서도 기뻐하는 것 같았으며, 일찍이 자신의 시간을 가져본 적이 없는 농촌부인 대중이 반나절이나 집에서 해방되어 강연을 들을 수 있다는 것만으로도 부인 해방일 수 있다는 것이다.[30]

이렇듯 파시즘 체제가 여성들을 국민으로 호명하는 과정에서 여성들은 남성들의 공간과 제도 그리고 시간 속으로 들어갈 수 있게 되었다. 여성들에게도 근대적 공적 제도인 학교를 향한 길이 열렸고, 좌담회나 강연회와 같은 공간도 개방되었다. 또한 신문과 책을 읽도록 요구되었고, 시간을 분할해서 합리적으로 사용하도록 요청되었다. 공간의 국민화, 시간의 국민화, 습속의 국민화, 신체의 국민화[31]라는 다양한 국민화의 회로 속으로 여성들 또한 호명되어 갔고 그러한 호명의 과정은 여성들에게 이전과는 다른 새로운 삶에 대한 기대를 가지게 했던 것이다. "국방부인회 간부로 침식을 잊고 일했던 날들을 '자기 생애에서 가장 좋았던 날들'로 가슴에 품어두고 있는 여성들은 많다"[32]는 진술들을 본다면 여성들이 파시즘 체제 하에서 자신들의 욕망에 부합하는 새로운 기대를 가지게 되었고 이전과는 다른 새로운 경험을 접했다는 것을 알 수 있다. 즉 파시즘 체제가 당대 여성들의 욕망과 접점을 형성하는 지점들이 있었다는 것이다.

---

30. 우에노 치즈코, 앞의 책, 57쪽. 여성 강습회는 조선에서도 역시 개최되었다. "婦人 講習會 開催 五十세의 어머니들이 모혀 河東邑에 글소리 浪浪" 동아일보, 1939. 12. 1.

31. 니시카와 나가오, 윤대석 역, 「국민국가 형성과 자유민권운동」, 『국민이라는 괴물』, 소명출판, 2002, 165쪽.

32. 우에노 치즈코, 앞의 책, 59쪽.

3. '모성의 정치화'와 '사회적 모성'

파시즘의 여성 담론에서 두드러진 특징은 여성을 어머니로, 모성으로 호명하면서 여성을 국민으로 편입시키고자 하는 것이다. 파시즘은 국가의 경제적 자원과 병사력이라는 인적 차원의 재생산에서 여성의 역할이 필수적이라는 점을 인식했다. 그래서 파시즘 체제에서는 여성에게 국가의 잠재적인 노동력과 병사력이 될 아이를 낳고 기를 것에 대해 요구했다. 파시즘은 아이를 임신하고 낳고 기르는 여성이야말로 국가를 유지하고 재생산하는 데 있어서 가장 중요한 근간이라고 보았다. 여성이야말로 민족을 재생산하는 존재로, 민족을 지키고 영속적이게 하는 존재로 보았던 것이다. 가정의 크기·활력·행복의 일반적인 수준에 민족의 크기·활력·행복의 일반적인 수준이 달려 있고, 여기에서 여성이 핵심적인 역할을 담당한다고 보았다.[33] 파시즘에서는 아이를 임신하고 낳고 양육하는 모성에 주목하여 그것으로 여성의 정체성을 구성하고 이러한 여성을 국민의 경계 내로 편입시키고자 했던 것이다.

파시즘은 여성을 모성적 정체성으로 호명하면서 그러한 정체성적 자질을 가진 자들에게 국민의 자리를 내주고자 했다. 히틀러는 "새로운 독일에서 가장 중요한 시민들은 바로 어머니들"[34]이라고 하면서 국가를 지탱하고 유지하는 근본적인 힘으로 모성으로서의 여성을 찬양한다. 나치 정권의 핵심 인물이었던 괴벨스는 "여성에게 가장 적합한 장소는 가족이며, 가장 중요한 의무는 국가와 민족에게 아이를 선물하는 것"이라고 강조[35]했다. 이렇게 파시즘에서는 여성에게 국민의 자리를 내주는 과정에서 여성의 모성에 주목하면서 모성의 사회적 의미와 역할을 강조했다. 이것은 전시 동원기 일본 파시즘에서도 동일하게 드러나는 것이다. "過去에

---

33. 마크 네오클레우스, 정준영 역, 『파시즘』, 이후, 2002, 178~179쪽 참조.
34. 유정희, 「파시즘 국가와 여성」, 『페미니즘 연구』, 동녘, 2001, 116쪽.
35. 유정희, 위의 책, 118쪽.

中流階級이나 그 이상의 階級의 女子들 中에 享樂主義를 가지고 生産을 避하랴는 傾向이 있었습니다. 그러나 오늘 이 때는 장차 大東亞의 主人이 될 어린이들을 體質은 튼튼하고 힘세고 精神은 건전하고 씩씩하게 많이 生産하고 養育하여야겠습니다"[36]라고 하면서 출산을 독려하고 있다. "「나어라 부러라」하는 국책전을 타고 전시 인적자원 확보에 일로 매진하고 잇는 평양을 보라…전시인구증식을 절실히 부르짓고 잇는 이 때 반가운 현상이라고 아니할 수 업다"[37]고 하면서 더 많은 아이를 낳아 국가의 인적 자원을 늘려갈 것에 대한 요구가 여성들을 향했던 것이다. 이와 같이 매일신보에서는 국민의 수가 국가의 운명과 힘을 결정한다는 논리 하에 여성이 국가와 사회를 위해 아이를 낳고 기를 것에 대한 담론들을 생산해 냈다.

파시즘의 여성담론에서 모성 담론들은 모성에 대한 사회적 의미를 부여했다. 모성을 단지 개인의 생물학적인 과정으로서만 본 것이 아니라 민족과 국가를 이루는 근간이라고 보면서 모성의 사회적 의미를 확장시키고자 했던 것이다. 모성이 근대에 발견된 것이기는 하지만 어떻든 임신과 출산과 양육은 여성의 역할로 자연화되어 있던 것이다. 여성은 자신의 생물학적인 숙명에 의해 아이를 낳았고 양육했다. 그것은 특별한 의미가 부여된 것이 아니라 여성이라면 당연하게 해야 할 역할이었던 것이다. 그런데 파시즘 체제에 와서는 여성의 모성으로서의 역할에 사회적인 의미들이 부여되었다. 모성은 바로 민족과 국가를 재생산하고 보존하는 근간이고, 모성에서 바로 국력과 민족의 힘이 나온다는 의미들을 부여했던

---

36. 박인덕, 「戰勝의 길은 여기 있다」, 『삼천리』, 1941. 11. 이 글에서 박인덕은 독일의 예를 들면서 "한家庭에서 셋째로 생기는 어린이에게부터는 扶養料를 줍니다. 獨逸에 어떤女子는 五十八世에 스물다섯째 아이를 낳았다고 왼 洞里가 그 부인에게 祝賀를 하고 國家에서 賞을 나리고 扶養料를 주고 國家를 위하여 光榮을 나타내였다고 評判이 자자하다고 하였습니다. 우리의 천직도 이로부터 意味가 완연히 닮어저서 個人本位가 아니오 國家를 위하여서입니다"라고 하면서 국가를 위해 아이를 낳을 것에 대해 얘기하고 있다.

37. 「나어라 부러라—평양식솔 1년간 자연증가 4천명」, 『매일신보』, 1941. 10. 24.

것이다.

페미니즘에서도 '사회적 모성'은 중요한 관심사였다. 실제로 페미니즘에서는 '모성'의 의미를 재구성하고자 하는 시도들을 지속해 왔다. 남성 중심적인 담론들은 모성을 태고적부터 자연이 있어온 것처럼 여성에게 가장 자연스럽고 적합한 것으로 보았다. 남녀의 신체적 차이는 바로 여성에게 가장 잘 어울리는 것이 모성이라는 것을 나타내주는 지표와 같은 것으로 여겨졌다. 또한 모성은 여성이라면 누구나 자연적으로 가지고 있는 것으로 간주되었다. 이런 주장들에 대해 페미니즘은 모성은 사회 역사적 구성물이라는 것을 강조한다. 모성을 한 개인이 다른 개인을 양육하고 돌보는 관계에서부터 임신·출산·수유·양육의 생물학적이고 사회적인 측면, 그리고 이데올로기적인 측면을 포함하는 개념으로 볼 것을 주장해 왔다. 말하자면 모성은 생물학적으로 규정된 것이 아니라 다른 관계나 제도들과 마찬가지로 사회적으로 구성되었다는 것이다. 모성은 여성이라면 누구나 갖는 본질적인 특성이라기보다 사회 내 각 세력들의 이해 관심과 그러한 이해 관심의 경합에 의해 구성되고 정의되는 것이다. 그러한 정의는 이미 결정된 것이거나 고정불변의 것이 아니라 사회·역사적으로 변화하며 동시에 하나의 이데올로기로서 형성되고 유포되는 것으로 보는 것이다.[38]

페미니즘에서 모성을 사회 역사적 구성물로 본다는 것은 모성이 단지 여성의 신체적인 특성에 의해서나 여성 개인의 문제에 한정되는 것이 아니라는 것을 의미한다. 그렇기 때문에 페미니스트들은 모성에 대한 사회적·국가적 책임에 대해 요구했다. 육아를 여성 개인의 문제로만 맡겨둘 것이 아니라 사회적 책임의 하나로 사회적 육아에 대한 문제의식을 제기했다. 그러면서 영육아 보호법이나 모성 보호를 위한 여러 가지 법의 제

---

38. 안태윤, 『식민정치와 모성』, 한국학술정보, 2006, 13~24쪽 참조.

정들을 요구해 왔다.

　이처럼 파시즘과 페미니즘의 여성담론들에서 모성담론은 사회적 모성에 대한 관심과 요구라는 점에서 내적 연관성이 있다. 실제로 일본의 페미니스트인 야마다카 시게리는 "모성 보호 시설은 국가가 각 공장에 강제"하도록 "국가가 강력하게 나서실" 것을 "절실하게 희망"하고 있다고[39] 하면서 파시즘 체제 하에서 모성 보호를 국가가 책임질 것을 강하게 요청했다. 대표적인 모성주의 페미니스트인 히라츠카 라이쵸 또한 국가에 의한 모성보호 정책을 총동원 시기에 국가를 향하여 요청했다. 이들 페미니스트들은 지금까지 자신들이 주장했던 국가와 사회에 의한 모성보호 주장과 총력전 체제에서 국가에 의한 모성정책이 상당 부분 겹쳐지고 있다고 보았던 것이다. 이것은 일본에서뿐만이 아니라 일본 파시즘에 협력했던 조선 여성 지식인들과 작가들에게서도 드러나고 있는 부분이다.

　잡지 『삼천리』지의 "戰爭 長期化『家庭生活』主婦 座談會"[40]라는 특집 기사를 보면 국가에 의한 모성보호 정책의 일환인 탁아소에 대한 문제의식이 드러나고 있다. 실제로 이 시기에 탁아소에 대한 요청들과 탁아소가 운영되고 있었다는 것을 알 수 있다. 이 좌담회에는 여류작가나 평론가, 여성 기자나 여학교 교장 등이 참가하여 탁아소에 대한 요구와 기대들을 표명하고 있다.

　　참으로 必要해요. 託兒所 없어서 女工과 職業婦人으로 못 나서는 女性이 얼마나 많은지아서요. 나는 日前에 東大門밖어떤 紡績工場을 가

39. 우에노 치즈코, 앞의 책, 62쪽.
40. 「戰爭長期化『家庭生活』主婦座談會」, 『삼천리』, 1940. 3. 이 좌담회에서 '집단 결혼, 탁아소 설치, 공동 취사와 아파트 생활, 쌀이나 땔감 의복 등 가정 경제, 우체부 제도의 변화, 남편 성씨를 따르는 문제, 여성에게 불리한 사회적인 제도들, 이성간의 우정 성립 여부 등'을 주제로 해서 이야기가 진행되고 있다. 이 좌담회에 참석한 여성들이 여성 작가나 평론가 등 사회 활동을 하는 여성들이라 자신들이 직접 활동하면서 느끼는 여성 문제인식 등이 많이 드러난다.

보았는데 機械(기계)깐 곁에 시렁이(棚)놓였는데 그속에 보작이에 싼 무엇이 움즉여요. 女工(여공)들이 짐짝을 두었는 줄 알았더니 그것이 어린 젖먹이들예요. 집에두재야 봐줄사람이없고, 勞動(노동)은 아니나갈수없고, 그래서 工場(공장)에 끄을고와서 보끄럼이 모양으로 그렇게둡데다그려, 工場地帶(공장지대)에 가보면 母性(모성)도 母性(모성)이려니와 嬰兒(영아)의 保護(보호)가 없는데에 눈물이나요. 어떻게 託兒所(탁아소)를 勞動地代(노동지대)에 많이만들도록 힘씁시다.[41]

탁아소에 대한 얘기가 나오자 여성들은 자신이 직접 경험하거나 보고 들은 얘기들을 중심으로 탁아소의 필요성과 이용 사례들을 얘기한다. 그리고 실제적으로 자신들이 사회활동이나 직장 근무를 하기 때문에 그 필요성과 요구는 아주 구체적이다. 뿐만 아니라 자신들처럼 일을 하는 여성들이 아이를 맡길 곳이 없어서 보자기에 아이를 싸오는 현실적인 상황을 얘기하면서 공장이나 노동 지대에 탁아소가 필요하다고 주장한다. 또한 직업을 가진 여성들뿐만 아니라 가정주부들도 탁아소가 필요하다고 말한다. 쌀이나 땔감 등 가정에 필요한 것을 사러 나갈 때 혹은 집안에서 음식을 만들거나 집안일을 할 때 한두 시간씩 아이를 맡길 곳이 필요한데 그럴 때 탁아소가 여성들에게 유용할 것이라고 말한다. 그러면서 이들은 길모퉁이마다에 탁아소가 생겼으면 좋겠다는 기대를 드러낸다. 탁아소 설립 방침에 대해서도 "지금 말씀가치 모퉁이 모퉁이 탁아소가 생기게 되려면 물론 민간에서 사업가들이 나서서 할뿐외라 정부에서도 하여야 합니다"[42]라고 하면서 민간에서의 투자와 더불어 국가가 탁아소

---

41. 「戰爭長期化『家庭生活』主婦座談會」, 『삼천리』, 1940. 3. 이들은 "어떻게 託兒所를 勞動地代에 많이 만들도록 힘씁시다, 서울만해도 종로 네거리나 東西南北 사람많이다니는데 그런施設이 있으면 女教師, 女記者, 女店員들이 좀들多幸하겠어요, 아츰에 出勤할 때 갔다밑기고, 저녁에 退勤할적에 잠깐 들어 간단한 짐짝을 도로찾어가지고나오듯, 그리고 하로 託兒費一二十錢程度로 되어진다면 좀 좋을가요."라고 탁아소 설치에 대한 필요와 기대감을 드러내고 있다.
42. 「戰爭長期化『家庭生活』主婦座談會」, 『삼천리』, 1940. 3.

를 설치하고 운영해야 할 것이라는 주장을 펼친다.

건강한 아동의 출산과 양육에 관심을 가지면서 국가는 그 양육에 필요한 책임을 어머니가 되는 여성에게 맡도록 했다. 그러면서 양육을 위해서는 지식이 필요하다는 논의가 나오게 되고 모성 교육의 중요성이 제기되었다. 이런 논의는 서구에서는 어머니들을 위한 교육기관과 유아복지센터의 설립으로 이어지게 된다. 이런 여성 교육시설은 1914년에는 400여 개소에 이르렀고 1차 대전 중에는 2배 이상 증가했다.[43] 모성 교육에 대한 필요성 때문에 여성을 교육하고자 한 것은 일본에서나 조선에서도 예외는 아니었다. "어머니가 애기 우는데 주의를 해서 대개 어떠한때 어떠케 우는가를 잘 판단하야 그 희망을 이루어 주는 일은 육아상 대단 필요한 일입니다"[44]라고 하면서 아이를 기를 때 어떻게 길러야 하는지와 같은 육아법 기사가 신문이나 잡지에서는 연일 실렸다. 또한 "모체보호와 갓난 아이의 모유 보급에 지장이 없도록 산모에 식량을 증배"[45]한다는 기사까지 나오고 있다.

물론 이 시기 파시즘 체제가 탁아소 설치나 모성을 위한 여성교육 등을 담론의 차원에서나 사회 제도적인 차원에서 실행하려 한 데는 파시즘의 체제 유지와 전쟁을 대비하기 위한 것이었다. 육아를 위해 여성을 교육하고 모성의 역할에 사회적 국가적 의미를 부여했던 것은 전쟁에 필요한 군사력을 확보하기 위한 것이었으며, 탁아소 설치 또한 전장에 나간 남성들 대신 공장이나 농촌의 일자리를 여성 노동력으로 채우기 위한 것이었다. 그렇다 하더라도 이를 통해 아이를 낳고 기르는 것이 단지 여성 개인의 문제가 아니라 사회적 국가적 의미가 있는 일이라는 가치가 부여되었다. 뿐만 아니라 육아에 대한 책임을 단지 여성 개인에게만 맡겨둘 것

---

43. 안태윤,『식민정치와 모성』, 한국학술정보, 2006, 32쪽.
44. 「제일 만히 희생되는 젖먹이 기르는법 우름소리로 병을 짐작할수 잇고 무엇보다도 어머니 젖이 좃습니다」,『매일신보』, 1939. 9. 13.
45. 「산모에 식량을 증배」,『매일신보』, 1943. 6. 20.

이 아니라 사회와 국가에서 함께 책임지도록 해야 한다는 문제의식을 공론화하고, 그러한 요구들을 여성들이 드러내놓고 할 수 있게 되었던 것이다. 그리고 이러한 요구와 필요성에 의해 미비하지만 육아에 대한 사회 국가적 책임을 위한 제도나 시설들도 마련되었던 것이다.

이와 더불어 육아나 모성을 위해 여성들도 교육과 교화의 대상이 되었다. 여성들을 대상으로 한 강연회나 좌담회가 개최되었고, 이런 교육과 교화의 장이 여성들에게 열렸다. 지식인 남성들의 장이라고 할 수 있는 교육과 교화의 장이 모성과 육아라는 것을 매개로 하여 수많은 여성들에게 열린 것이다. 강연회나 좌담회뿐만 아니라 신문과 잡지들도 육아와 모성과 관련된 여성담론들을 생산해냈다.

파시즘 체제는 실제로 여성들의 욕망과의 접점들을 형성해냈다. 물론 여성을 가정으로 돌려보내기 위해 파시즘은 그들을 가정 밖으로 이끌어낸[46] 측면이 있다 하더라도 그것 자체가 여성들에게는 이전과는 다른 새로운 삶의 경험이었다. 또한 파시즘 체제가 여성을 어머니로, 노동자원으로 동원하면서 생산해낸 담론이나 사회적 상황들에 여성들이 기대감을 가지게 했던 것이다. 총동원 체제는 적어도 부인 운동가들의 눈에 그 동안 산적해 있는 부인 문제, 즉 여성의 노동 참가와 모성 보호, 여성의 공적 활동과 법적·정치적 지위 향상 등 현안 사항을 한꺼번에 해결할 수 있는 '혁신'적인 것으로 보였다는[47] 진술들이 말해주는 것처럼 파시즘 체제와 여성의 욕망이 접점을 형성하는 지점들이 있었던 것이다.

4. 닫힌 해방과 '모성의 미학화'

파시즘 체제는 폭력과 억압이라는 강제의 방식만이 아니라 다수 대중들의 욕망과 접점을 형성하면서 자신들의 체제를 구축해 나갔다. 일본 파

---

46. 캐빈 패스모어, 강유연 역, 『파시즘』, 뿌리와 이파리, 2007, 209쪽.
47. 우에노 치즈코, 앞의 책, 63쪽.

시즘 체제 하에서 다수의 지식인들이 일본의 논리를 내면화하고 체제 구축에 나선 것을 보게 된다. 일제는 그들에게 대동아공영권 확립이라는 목표 아래 대동아에서 조선 민족도 '일등 민족'의 대열에 낄 수 있다는 희망을 주었던 것이다. 여기에는 일제의 침략전쟁에 적극적으로 동참함으로써 그 동안 조선인이 받았던 차별과 열등의식을 그 안에서 털어낼 수 있을 것[48]이라는 기대가 포함되어 있다. 이처럼 파시즘의 여성담론 안에도 여성들의 욕망과의 접점을 형성하는 지점들이 있었다. 파시즘의 여성담론은 새로운 시대에 걸맞는 새로운 여성 주체성을 형성하고자 했다. 가정 안에서 육아와 시부모 공경에만 골몰하는 여성이 아니라 여성을 국민으로 호명한다. 그렇게 함으로써 파시즘의 여성담론은 사회적인 존재로서의 여성이라는 새로운 여성상을 구축해낸다. 이를 통해 여성들은 이전에는 여성들에게 닫혀 있거나 제한된 영역으로 발을 내딛게 되었다. 파시즘 체제 하에서 여성들은 다양한 공적 영역으로 진입했다. 또한 스스로 계몽자가 되거나 계몽과 교화의 대상이 되었다.

이전에는 여성들에게 제한되거나 금지되었던 공간으로 여성들의 진출이 확장되는 상황에서 여성들은 해방의 가능성들을 보았다. 총력전 체제 하에서 여성들은 공적인 담론의 장으로, 가정의 경계를 넘어서서 다양한 노동의 장으로 더 많이 진출할 수 있게 되었다. 여성들은 국민이라는 이름으로 이전에는 금기시되었던 많은 경계의 제한들을 넘어설 수 있게 되었던 것이다. 국민이라는 이름으로 여성들은 애국반이라는 총동원 체제 하에서의 조직으로, 공장지대의 노동자로, 공적인 언설의 장인 연설자나 좌담회의 주체로, 다른 사람들을 계몽시키는 계몽의 주체나 지도자로 호명되고 그 자리에 설 수 있게 되었다. 이것은 여성들에게 새로운 해방의 기대와 경험으로 다가왔던 것이다.

---

48. 신영희, 「식민지 조선에서의 징병제와 '군국모성'」, 『대동문화연구』, 2007, 410쪽.

그러나 여성이 공적인 현장에서 맞닥뜨리는 것은 제국주의적 이해관계의 현장이다. 애국반이라는 공적인 경험은 일본의 제국주의적 이데올로기를 효율적으로 전달하기 위한 장이었고, 강습회와 같은 모임은 제국의 이해관계를 위한 장이었다. 여성들이 공적인 현장에서 맞닥뜨리는 것은 국가와 제국의 얼굴이었던 것이다. 뿐만 아니라 가정의 경계를 뛰어넘어 노동의 현장으로 진출한 여성들은 자본의 이해관계와 만나게 되었다. 직장이라는 또다른 공적 영역에서 여성의 신체는 자본의 이해와 국가의 이해를 위해 존재하는 것이 되었다. 또한 노동의 현장에서 여성들은 남성들과의 또 다른 차별과 경쟁관계에 들어서게 되었다. 여성이 가정에서 벗어나서 직장을 다닌다는 것은 분명 진보한 일이었지만 그 직장에서 여성들은 가정과는 또다른 차별을 대면하게 된 것이다. 동일한 시간을 일하지만 여성들은 남성과 다른 대우를 받고 그 대우를 받아들이도록 요구되었다.[49] 여성들은 해방의 가능성과 기대를 안고 공적 영역으로 향하지만 그곳에서 여성들이 만난 것은 바로 국가와 자본의 이해관계와 이데올로기의 현장이었다.

또한 파시즘 체제에서의 모성의 사회적 확대는 이 시기 여성들에게 새로운 기대를 가지게 하는 것이었다. 파시즘 체제는 여성들의 자녀 생산과 육아에 사회적 국가적 의미를 부여함으로써, 모성은 여성 개인의 문제가 아니라 사회적 국가적 가치를 가지는 일이 되었다. 이러한 의미부여는 담론의 차원에서뿐만이 아니라 제도적 뒷받침이나 새로운 시설의 설치와 같은 변화를 이끌어내는 것이기도 했다. 그리고 이러한 모성의 사회적 확대는 당대 여성들의 욕구와 접점을 형성하기도 했다.

---

49. "福澤 (…) 職場에서 男子와 女子와의 待遇는 어떤가요? 松本 男子와 女子사이의 待遇는 달르더래도 별로 不平이 없는데 女子끼리는 差가 있으면 不平이 생기두군요 福澤 그럴겁니다. 女子와 男子는 天職이 다르고 또 男子에게는 부담도 있으니까요", 「鍊成하는 職業女性」, 『신시대』, 1943. 3. 이 좌담회에서처럼 직장에서 남녀의 차별이 있는데, 이러한 차별을 여성들 스스로가 내면화하고 있고 그것에 대해서 문제의식을 가지거나 제기를 하지 못하고 있는 것을 볼 수 있다.

하지만 파시즘의 모성 담론은 '모성의 미학화'[50]에 머무르고 만다. 파시즘의 정치의 미학화는 사회·계급적 관계에서 파생되는 문제들을 미학적인 담론이나 표상체계들로 대체함으로써 사회적 갈등과 대립을 은폐하거나 억압한다. 정치의 미학화가 사회·정치적인 문제들을 미학적인 용어들로 대체하면서 소유관계의 변화를 꾀하지 못하게 하는 것처럼 모성의 미학화 또한 모성이 처한 구체적인 현실에 대한 물음들을 차단한다.

아이는 어느날 「엄마 내가 戰爭에 나가 죽으면 울테야」 하고 물었읍니다. 突然한 이 물음에 저는 당황했습니다. 그것이 바른길이요 옳은길이라 알면서도 꼭 하나밖에없는 아이! (…) 그래서 저는 잠깐 어리벙벙해

---

50. 발터 벤야민은 파시즘을 정치의 예술화로 규정했다. 파시즘은 대중으로 하여금 그들의 권리를 찾게 함으로써가 아니라 그들의 의사를 표현하게 함으로써 일종의 구원책을 제시한다. 그래서 파시즘은 대중들이 소유관계에 대한 변화를 요구하도록 하기보다는 소유관계를 보존하도록 그럴듯한 명목으로 대체한다고 벤야민은 보고 있다. 이를 벤야민은 파시즘의 핵심적인 성격으로서 보면서 정치의 예술화 혹은 정치의 미학화로 규정하고 있다. 발터 벤야민, 반성완 편역, 「기술복제시대의 예술작품」, 『발터 벤야민의 문예이론』, 민음사, 1983. 참조.
    R. A 버만은 벤야민의 이 개념을 받아들이면서, 정치의 미학화의 예로 보르하르트와 로렌스를 예로 든다. 이들은 사회적 근대성에 대한 정치적 탄핵을 위해 전근대적인 문화적 특성들을 동원하고, 사회정치적인 갈등과 알력들을 미학적인 담론들로 애써서 대체한다고 보고 있다. 그래서 이들은 거부와 미학화의 실천을 통해 근대성의 정치적인 긴장들을 봉합하려고 하게 되고 이로 인해 예술은 당대 문명화로 인한 불만을 해소하거나 짓누르는 수단이 된다고 본다. 이렇게 대체나 미학화의 과정은 바로 억압의 수단이 되고 사회적 갈등의 강요된 화해가 된다는 것이다. Russell A. Berman, "The Aestheticization of Politics: Walter Benjamin on Fascism and the Avant-garde", *Modern Culture and Critical Theory*, The University of Wisconsin Press, 1989, 27~41쪽 참조.
    메리 진 그린은 브라자약과 바르데슈의 영화사 서술과 관련해서 이들의 글에서 나타나는 정치의 미학화를 보여주고 있다. 메리 진 그린은 이 둘이 르느와르의 「토니」라는 영화를 분석하면서 이 영화가 남부 프랑스에 사는 이탈리아 이민 노동자들의 조건을 그린 것인데 이것을 단지 농민영화로 묘사한다고 본다. 그리고 르느와르의 「거대한 환상」이라는 영화가 반전 영화임에도 불구하고 전쟁에서의 동료애로 묘사하면서 미학적인 용어들로 대체하고 있다고 본다. Mary Jean Green, "Fascists on Film–The Brasillach and Bardeche Histoire du cinema", *Fascism Aesthetics and Culture*, University Press of New England, 1992, 164~178쪽 참조.
    정치의 미학화가 사회역사적인 맥락들을 제거하고 단지 미학적인 용어들로 덧씌우거나 대체하면서 억압의 본질을 은폐하는 것처럼, '모성의 미학화' 또한 여성의 모성에 대해 동일한 전략을 구사하는 것으로 볼 수 있다. 즉 모성이 처한 구체적인 현실은 도외시하면서 여러 가지 표상들과 상징들을 이용하여 모성을 이상화하고 신성시하는 일련의 시도들을 모성의 미학화로 부를 수 있을 것이다.

있을수밖에 없었읍니다. 그랬드니 아이는 다시 「엄만 틀렸어」하고 落望하는 얼굴을 보이고있었읍니다. (…) 「울지 않을테야 좋은일하구 죽는데 웨 울까」 이렇게 대답해 주었읍니다. (…) 過去, 우리는 오래똥안 이런 높은 氣慨와 精神을 잊어버리고 사러왔읍니다. 남을爲해서 몸을 밭인다는 높고 貴한 思想을 오랬동안 파묻고 살어 왔읍니다.[51]

군국 모성은 자식을 국가에 기꺼이 바치는 모성을 말한다. 그리고 이 것은 남을 위해서 몸을 바치는 고귀한 사상으로, 높은 기개와 정신으로 미화된다. 자식을 길러 국가에 바치는 것은 개인의 사사로운 이익을 좇아 사는 것이 아니라 남을 위해 봉사하는 미덕이 되는 것이다. 대동아라는 이름으로 약소국가를 전쟁 대상으로 삼은 일본의 제국주의적 침략 전쟁이라는 성격은 이 글에서는 삭제되고 없다. 조선 또한 약소국가로서 강대국의 전쟁 논리에 따라 자식을 전쟁터로 보내야 하는 구체적인 현실은 지워지고 그 자리를 도덕성이나 윤리성과 같은 미학적인 용어들이 차지하고 있다. 자식을 전쟁터로 보내는 사람은 높은 정신과 기개를 가진, 남을 위해서 봉사하는 이타적인 인물이 되는 것이다. 아들을 전장에 보내야 하는 사회 역사적인 맥락은 제거되고 단지 도덕과 윤리의 문제만이 자리를 대신 차지하게 되는 것이다. 이처럼 파시즘의 모성 담론은 사회적 모성의 확대라는 측면으로 당대 여성들의 욕망과 공명하는 부분이 있었다. 하지만 다른 한 측면으로는 그러한 모성 담론이 모성의 사회 역사적인 맥락들을 삭제하고 윤리나 도덕적인 용어들로 대체하면서 모성을 미학화하기도 했다.

---

51. 최정희, 「君國의 어머니」, 『대동아』, 1942. 5.

정체성의 정치와
경계의 권력

이 상 옥

1. 들어가며

최근 친일 문학 혹은 친일 파시즘 문학에 대한 연구가 집중적으로 이루어지고 있다. 임종국의 선구적 업적에서 시작된 초기 친일 문학 연구는 식민주의의 강제와 억압 그리고 친일 문학가들의 비윤리적, 반민족적 측면에 초점이 맞춰졌다.[1] 식민지 과거 청산과 반민족적 행위에 대한 도덕적 단죄 수준에서 논의가 이루어졌던 것이다. 이러한 연구는 식민지 말기의 광범위한 친일 자료를 제시하고 친일 문학의 기준을 정립했다는 점에서 의의가 크다고 할 수 있다. 하지만 친일 행위 자체에 대한 고발 수준에 그치고 있을 뿐 행위의 본질에 대한 접근에는 이르지는 못했다. 행위의 본질적 이유에 대한 규명 없이 민족주의적 관점에서의 도덕적 비난과 단죄만이 이루어졌던 것이다. 이러한 연구 경향은 민족주의에 대한 이해의 폭이 넓어지고 민족주의 담론에 기반을 둔 당위론적 이해가 설득력을 상실하면서 극복되기 시작하였다. 이를 대체한 것이 헤게모니 담론에 기반을 두고 친일 파시즘에의 동의와 포섭의 논리를 규명하려는 연구 경향이다. 이러한 연구는 강제와 복종, 민족적 윤리의 배반에 주안점을 두고 있었던 전시기의 연구 경향을 극복하였고, 친일 문학을 보다 객관적으로 규명하기 위한 길을 열어주었다. 이로부터 보다 정치한 내재적 비판의 근거가 마련되었고, 강제론에서 자발성론으로 연구의 패러다임이 변화되었다. 하지만 김재용을 대표로 하는 내재적 친일 비판 연구에서 확인할 수 있듯이 내적 논리의 지속성과 개인의 자발성과 같은 기준을 근거로 하여 협력과 저항을 가르는 것은 '친일 판정의 유혹'에서 벗어나기 힘든 경향이 짙다.[2] 외재적인 민족주의적 대립 감정으로 환원될 수밖에 없는 것이다. 이는 저항과 협력이라는 이분법적 혹은 상호지지적 개념을 설정한 데서 오는 결과일 것이다. 저항의 존재는 협력을 비판할 강력한 논거가 되고 마찬가지로 협력은 저항을 구제할 면죄부가 된다. 또한 이는 '친일'이라는 개념 자체의 문제이기도 하다. 친일이 말 그대로 일본과의 친연성을 의미한다고 할 때, 그에 대한 비판은 민족주의적 대립으로 회수될 수밖에 없기 때문이다.

이와 달리 본고에서 사용하는 '친일 파시즘'은 민족주의나 반제국주의적 입장이 가지고 있는 이분법적 대립성을 지양하고자 하는 개념이라 할 수 있다.[3] 이것은 친일 파시즘에 대한 비판성을 지니고 있는 개념이지만 민족담론으로 회귀되지 않는 중립성을 가진다. 이는 민족주의나 반제국주의적 입장에서 다루어진 지배 체제의 일방적인 강제와 억압의 측면이 아니라 지배 헤게모니에 의한 합의, 동의, 포섭 등 개인이나 대중의 '자발성'을 보다 객관적으로 이해하기 위한 것이다. 특히 친일 파시즘의 자발

---

1. 임종국, 『친일 문학론』, 평화출판사, 1966.
2. 김재용, 『협력과 저항』, 소명, 2004.

성의 생성 기반이 되었던 다양한 내·외부적 여건들에 주목한다.

　친일 파시즘 문학에 대한 여러 연구 중에서 가장 눈에 띄는 것은 탈식
민주의(적) 접근이라고 할 수 있다. 주로 민족주의, 해체주의나 탈구조주
의, 탈근대론 등 다양한 이론적 근거를 바탕으로 하는 탈식민주의 논의
는 식민지적 구조의 무한 반복성에 주목하여 식민주의가 남겨놓은 물질
적, 정신적 식민구조의 해체를 지향한다. 이를 통해 식민지 시대와 해방 이
후 식민주의가 남겨놓은 식민지적 구조 사이의 거울 관계를 명확히 인식
할 수 있게 되었다. 하지만 이러한 탁월한 성과에도 불구하고 탈식민주의
적 접근은 여전히 협력과 저항의 이분법으로 환원되는 성향이 강하다. 현
재의 주체 위치에서 비롯된 '저항성 읽기'의 욕망에서 자유롭지 못했기 때
문일 것이다. 이에 따라 대다수의 탈식민주의 연구는 주로 식민지배담론
의 불완전성에 주목한다. 식민담론의 균열을 분석하고 그 틈 속에서 저항
의 가능성을 도출한다. 하지만 지배 체제의 일방적인 강제가 아니라 광범
위한 대중의 자발성을 문제시할 때 지배자의 권위 훼손에 주력하는 탈식
민 담론은 한계가 있다. 특히 지배담론의 균열에도 불구하고 왜 수많은

---

3. 식민지 말기 문학은 암흑기문학, 친일 문학, 부왜문학, 국민문학, 친일 파시즘 문학 등으로 다양하게 정의
되고 있다. 본고는 개인의 '자발성'에 논의의 초점을 맞추고 있다. 이에 따라 친일 파시즘 개념을 사용한
다. 그렇지만 자발성을 친일 협력의 결정적 증거로 활용하거나 친일 비판의 논거로 사용하는 입장과는 거
리가 있다. 자발성은 친일 비판의 준거로서의 가치보다는 자발성에 대한 심도 있는 고민, 즉 민족주의적 입
장의 당위적 비판론과 거리를 두고 민족적 중립의 입장에서 친일 파시즘 문학가의 자발성을 인정할 때 도
출될 수 있는 연구의 '난점'과 같은 것으로 이어지는 것이 옳다. 본고에서 파시즘 논의를 가져온 것도 그
때문이다. 파시즘에 대한 가장 근본적인 질문은 대중의 자발성에 관한 것이다. 빌헬름 라이히가 쓰고 있듯
"왜 수백만 명의 대중들이 억압을 긍정하였는가" 혹은 "왜 대중들이 정치적 속임수에 넘어갔는가"(Reich
Wilhelm, 황선길 역, 『파시즘의 대중심리』, 그린비, 2006, 71~122쪽.). 이 의문에서 다양한 파시즘 논의가
파생된다. 즉 자발성의 생성기반(시대적 상황, 여러 계층과 집단의 이해관계, 다양한 사상들, 대중의 성격
구조 등등)을 어떻게 해석하느냐에 따라 논의의 방향이 달라진다. 파시즘이 등장, 성립, 강화된 시대에는
대중의 자발성을 이끌어낼 수 있었던 충분한 시대적 여건이 존재하며, 이를 통해 파시즘 역사의 반복성을
이해할 수 있다. 따라서 우리가 주목해야 하는 것은 대중이 억압을 긍정하게 만든 다양한 역사적 맥락과
담론의 흐름 그리고 그 안에 존재했던 '다양한 가능성들'이지 개개인에 대한 비판만은 아닐 것이다. 역사
와 개인에 대한 균형 있는 시각이 필요하다. 그래야만 억압과 해방의 역사의 반복성을 이해할 수 있다. 본
고는 자발성이 발휘될 수 있었던 여건(생성기반)으로 '전통주의'에 초점을 맞추고 있다. 전통주의를 매개로
하여 식민지 말기 동양주의의 쿠에이즘에 빠져들 수밖에 없었던 사정을 확인하고자 하는 것이다.

대중들이 파시즘 체제에 열광적인 지지를 보내었는지, 그리고 여러 지식인 문학가들이 기꺼이 친밀한 적이 되어 친일 파시즘에 빠져들었는지를 제대로 설명하지 못한다는 점이다. 대중의 지지를 획득하기 위해 논리적 완전성을 가장해야만 하는 이데올로기의 본질을 고려할 때 담론의 (불)완전성은 중요한 사항임에 틀림없다. 하지만 역으로 논리적 결함 여부와 상관없이 체제를 향한 열광적 지지가 지속적으로 보내졌다는 사실은 파시즘의 특이성을 분명히 보여주는 것이기도 하다.[4] 논리적 결함은 대중의 '이데올로기적 환상'을 해치지 않았다. 오히려 현실과 담론의 균열에도 불구하고 체제를 향한 지속적인 지지와 숭배가 바쳐졌다는 사실은 '이데올로기의 숭고성'을 증명하는 결정적 증거라고 할 수 있다. 물론 이러한 자발성과 숭고성을 강압이나 정치적 눈속임의 결과라고 치부해 버릴 수도 있다. 하지만 그것은 단지 비판을 위한 대립적 입장에서의 시각일 뿐 친일 파시즘의 자발성에 대한 객관적 분석은 아니다. 친일 판정의 유혹과 저항성 읽기의 욕망을 넘어 보다 객관적이고 포괄적으로 바라볼 필요가 있다.[5]

정치적 조작이든 진실한 자각에 기반을 둔 것이든 대중이나 개인의 자발성 자체에 대한 객관적인 비판은 쉽지 않다. 자발성을 끌어낸 정치적

---

4. 특히 파시즘은 시대적 혼란을 극복할 유일한 대안임을 자처함으로써 대중의 지지를 이끌어낼 수 있었고, 이성적 설득이 아니라 각종 대회, 건축, 선전 등 다양한 '상징 정치'를 통해 대중의 감성을 자극하는 데 성공함으로써 대중의 숭배를 이끌어낼 수 있었다. 그리고 파시즘 체제 하의 지식인들은 지배 담론의 논리적 결함을 문제시하기보다는 담론과 현실의 괴리나 모순의 보완자로 스스로의 입지를 구축했다.

5. '읽기의 욕망'에 의해 저항성이 선별되거나 '판정의 욕망'에 의해 친일성이 선별되어서는 안 되는 이유는 그것이 선택과 배제의 문제이기 때문이다. 선택과 배제는 반드시 '동일화'의 문제로 귀착될 수밖에 없다. 현재의 민족적 주체의 욕망에 의해 계보화되어 내부 통합을 위한 적대관계 설정에 활용되는 저항성 그리고 그 저항의 가치를 암묵적으로 지지하는 친일은 그 존재 가치가 의심될 수밖에 없다. 친일문건 작성 여부가 최대치의 비난을, 저항의 기록이 최대치의 상찬을 동반하는 우리의 상황을 고려할 때는 더욱 그렇다. 이래서는 친일 아카이브조차 제대로 구축될 수 없고, 앞으로 친일 파시즘에 대한 발본적인 논의가 도출될 수도 없다. 또한 최근의 논의를 통해 알 수 있듯이 민족 담론에 의해 선별된 친일과 저항의 계보는 너무 쉽게 비판에 노출된다. 저항적 민족주의를 비롯해 해방 이후의 민족국가주의를 제국주의와 거울 관계로 파악하는 탈근대적 입장에서 저항의 계보는 침묵을 강요받게 될 뿐이다. 민족주의적 당위론이 친일 파시즘 문학에 대한 발본적인 비판의 가능성을 폐쇄시키는 것과 마찬가지로 근대라는 감옥을 너무 깊고 넓게 확장시키는 것 역시 비판의 가능성 자체를 막아버리기는 마찬가지다.

'원천'을 비판할 수는 있지만 그것을 선택한 개인의 '순수한' 열정, 열망, 숭배 등에 대한 중립적인 비판은 불가능하다. 따라서 민족주의적 관념을 벗어나 개인의 자발성을 인정할 때 가치평가는 끊임없이 유보될 수밖에 없다. 욕망의 원천과 그것의 정치적 활용이 문제시될 수는 있을지라도 친일 파시스트로서의 자발성을 비판할 수 있는 논리란 실상 존재하지 않기 때문이다. 비판은 언제나 대립적 입장에서의 편향적 해석에 한정될 뿐이다. 이러한 일방적 해석은 파시즘의 본질에 대한 접근이나 친일 파시즘에 대한 정당한 비판이 될 수 없다. 그러므로 친일 파시즘으로의 포섭을 정당하게 바라보기 위해서는 친일 판정과 비판에만 주력하는 것이 아니라 파시즘의 세계로 점차 흘러갈 수밖에 없었던 다양한 사정과 맥락을 이해하고, 자발성의 정체 그것에 주목하는 노력이 필요할 것이다.

이 글은 식민지 말기의 다양한 전통주의적 양상을 통해 친일 파시즘 문학 생성 기반의 해명을 목적으로 삼는다. 구체적으로 30년대 후반의 전통주의를 대상으로 하고 있는데, 가장 큰 이유는 당대의 전통주의가 대동아공영권의 문화적 기반인 동양주의로 포섭되는 데 가장 결정적인 국면을 형성하였기 때문이다.[6] 물론 30년대 후반 이전에 고전이나 전통에 대한 탐구가 없었던 것은 아니다. 하지만 이전의 전통 탐구가 주로 낭만적 민족주의에 근거해 유파적으로 그리고 복고 취향 차원에서 이루어졌다면, 30년대 후반의 '전통'은 서구 근대성에 대한 전면적인 회의에서 비롯된 '새로

---

6. 30년대 후반의 전통주의는 '식민지 조선의 전통'을 불러들이고 있다는 측면에서 '저항적 민족주의'로 해석되기도 한다. 여기서 저항적 민족주의는 식민 지배자에 대한 저항의 과정 속에서 형성된 민족주의를 의미하며, 우리나라의 경우 식민주의에 대항한 다양한 저항과 투쟁의 과정에서 만들어진 민족의식을 의미한다. 그러므로 저항적 민족주의는 반드시 지배자에 대한 명확한 '저항의식'이 전제되어 있어야 한다. 또한 식민 지배자에 대한 명확한 '대립각'이 부재한 상태에서 이루어진 행위는 비록 그것이 '저항적 효과'를 만들어냈다고 할지라도 저항적 민족담론으로 소급되어서는 안 된다. 특히 30년대 후반의 전통주의는 지배자인 일본이 아니라, 서구 근대를 명확한 타자로 확립하고 있었다는 점에서 더욱 그러하다. 서구 근대와의 차이를 강조하면 할수록 일본과의 문화적 격차가 소거되고 문화적 동질성이 부각될 수밖에 없었던 시대적 흐름 속에서 전통 탐구를 통한 조선의 문화적 정체성이 부각되었던 것이다. 그러므로 "근대의 파산"이 운위되었던 시대적 상황 속에서 어떤 식으로 조선의 문화적 정체성을 만들어가는가를 주목해 보아야 한다.

운 보편(질서, 전통, 주체)' 창조라는 시대적 요구 속에서 등장했다는 점에서 완전히 그 성격이 다르다. 전통 탐구가 "유행병"처럼 성행하게 되고, 그것이 서구 근대에 대한 전면적 부정과 더불어 새로운 보편 창조의 욕망으로 그리고 동양주의로 흘러들어가는 흐름 자체에 주목해야 한다.[7]

30년대 후반의 전통주의는 '문화적 동질성'의 확립을 통해 근대의 파국 이후에 형성될 새로운 보편의 내용물을 채우고자 했고, 이러한 특성이 향후 동양주의로의 포섭을 가능케 했다. 서구적 보편을 조선의 전통으로 대체하고자 하는 욕망이 향후 일본 파시즘의 동양주의와 결합하고, 친일 파시즘으로 나아가게 된 것은 이상한 일이 아니었다. 근대의 파산을 대체할 새로운 보편 창조와 기존의 근대적 주체와는 다른 보편 주체의 정립이 가능해졌다는 환상은 '이식과 모방의 근대'를 살아온 조선의 지식인에게 도저히 거부할 수 없을 만큼 매혹적이었기 때문이다.[8] 이에 따라 "막다른 골목"에 부딪힌 "근대의 파산"[9]을 대체할 새로운 보편으로 등장한 '동양적 이상'은 아시아 각 민족을 동양이라는 공통 정체성으로 묶어내는 원리로 기능하게 된다. 그리고 동양주의를 통해 동양세계의 일원으로 정체성을 형성한다는 것은 동양을 '숭배의 대상'으로서 확고하게 인식하게 되었다는 것을 의미하기도 했다.[10]

---

7. 식민지 말기 동양주의가 지지될 수 있었던 배경은 크게 세 가지로 볼 수 있다. 먼저 식민지배정책의 일환이었던 고적조사보존사업, 무속조사사업, 성지복원사업 등 조선의 전통성을 재탄생시키기 위한 다양한 작업이 지속적으로 추진되었다는 사실, 그리고 1930년대 중반에 근대 추종에 대한 반성적 차원에서 조선적인 것에 관련된 논의가 활발히 진행되었다는 사실, 마지막으로 서구 근대의 몰락에서 촉발된 근대초극론이 현실성을 가지고 많은 지식인들을 포섭했다는 사실이다. 이러한 사항들이 복합적으로 작용하여 동양주의가 지지, 강화될 수 있었다.

8. 이식과 모방의 근대에 대한 비판과 자기반성을 보여주고 있는 대표적인 글로는 임화, 「개설 신문학사(3)」, 『조선일보』, 1939. 9. 7; 김기림, 「조선문학에의 반성—현대조선문학의 일 과제」, 『인문평론』 1주년기념호, 1940. 10; 서정주, 「시의 이야기—주로 국민시가에 대하여」, 『매일신보』, 1942. 7. 13~17. 김병걸, 김규동 편, 『친일 문학작품선집 2』, 실천문학사, 1986. 또한 백철의 소설 「전망」에서는 이식과 모방의 문제가 반성적 차원을 넘어 자기모멸감으로까지 표현되고 있다.("다른 사람의 의관과 행장을 빌려 입고 가장 행렬에 섞여 있었다는 사실에 눈을 뜬 것은 자신에 대한 이상 없는 모욕이요 수치였다." 백철, 「전망」, 『인문평론』, 1941.1, 206쪽.)

9. 김기림, 위의 글, 1940. 10, 43, 44쪽.

식민지 말기 조선의 전통은 서구 근대를 밀어내는 과정 속에서 동양의 전통으로 재탄생된다. 우리는 일제 말기 이광수, 최남선, 주요한, 김동인, 박종화, 유진오, 김용제, 서정주 등 많은 문인들이 동양주의의 원리를 만들어가기 위해 조선의 전통을 끌어왔다는 사실을 알고 있다. 주지하듯 그간 이러한 사실은 단순히 강제나 친일의 결과로 이해되어 왔다. 하지만 조선적 전통을 통해 기존 서구적 가치 체계를 대체할 새로운 보편을 정립하려 했던 전통주의적 의식 자체가 더 근본적 원인은 아니었을까? 전통주의와 파시즘 사이에 일정한 논리적 근친성이 존재했던 것은 아니었을까? 그렇기 때문에 전통의 창출을 통한 '문화적 경계 설정'이 '내적 통합'을 위한 파시즘의 핵심적 전략으로 활용될 수 있었던 것이 아니었을까? 독일과 이탈리아 등의 서구 파시즘이나 식민지 말기의 일본 파시즘뿐만 아니라 일민 파시즘이나 군부 파시즘에서도 전통은 새로운 문화적 정체성의 확립을 위해 불러들여졌다. 이러한 사실은 지배자의 정치적 목적에 활용될 수밖에 없는 전통주의의 본질, 전통주의와 파시즘 사이의 근친성을 의심하게 만든다. 이와 같은 문제의식을 바탕으로 친일 파시즘과 전통주의의 접점에 대한 논의를 전개하고자 한다. 특히 1930년대 후반에 나타났던 다양한 전통주의적 양상을 친일 파시즘에의 포섭이라는 점에 주목하여 살펴보고, 식민지 시기 조선과 일본의 전통의 실제적인 접점을 살펴보도록 하겠다.

2. 친일 파시즘 문학과 전통주의 미학

파시즘 문학이 중요성을 갖는다면 그것은 문화적 동질성 창출을 위해 활용된다는 점이다. 식민지 말기의 친일 파시즘 문학 역시 조선과 일본의

---

10. 일본 파시즘의 거점으로서 창출된 '동양'은 단순히 지리적 개념을 의미하는 것이 아니었다. 그것은 서구 근대라는 거울보기를 통해 마련된 상상의 공동체였으며, 근대에 대한 비판적 함의를 지닌 동양적 정체성의 확립을 위해 만들어진 상징적 개념이었다. 나아가 서구가 초래한 근대 세계의 총체적 위기를 초극하기 위한 세계사적 대전환의 거점이기도 했다.

문화적 경계 (재)설정을 위해 활용되었고, 새롭게 설정된 '동양'이라는 문화적 기반 위에서 대동아공영권이 확립될 수 있었다. 이처럼 문화적 동질성을 활용한 '공동체적 이상의 창출'은 파시즘이 활용하는 전통주의 미학의 핵심 목표이다. 파시즘은 전통주의 미학을 활용하여 대중에게 문화적 동질성을 각인시키고 그를 바탕으로 자발성을 이끌어낸다. 그렇다면 이와 같이 전통주의 미학의 파시즘적 활용이 가능했던 이유는 무엇일까? 여기에서는 자발성의 기반이 되는 전통주의의 원리와 파시즘의 문화적 전략에 대한 개략적인 검토를 진행함으로써 식민지 말기 조선의 전통이 민족적 차이를 넘어 동양의 전통으로 재탄생될 수 있는 근거를 조금이나마 선명히 하고자 한다.

식민지 시기 우리의 논단에서는 파시즘(문학)을 이해하기 위한 많은 노력들이 이루어졌다.[11] 파시즘, 나치즘, 히틀러, 무솔리니 등이 서구 사회의 시대적 격변을 상징하는 용어로 받아들여졌기 때문에 이를 파악하기 위한 폭넓은 노력이 이루어졌던 것이다. 특히 1936년 4월 조선에서의 파시즘과 파시즘 문학의 성립 여부를 묻는 『삼천리』의 설문은 당시 문학가들의 파시즘 문학에 대한 이해 수준을 보여준다는 점에서 중요한 의미를 가지고 있다.[12] 이 설문에 참여한 대부분의 논자들은 성립 여부에 대한 판단과는 별도로 파시즘을 "국가주의 또는 민족적 배타주의"[13], "극단의

---

11. '파시즘'에 관련된 기사, 논설, 논의 등의 문건만 수천 건에 달한다. 특히 기획이나 특집, 연재의 형태로 많은 논의가 이루어졌다. 주목할 만한 것으로는 「팟시즘」, 『제1선』, 1932.5. 「파시스트 독재인가, 공산××인가?」, 『혜성』, 1932. 3; 백철, 「히틀러와 독일문학의 참화」, 『조선일보』, 1933. 5. 17.~5. 23; 유치진, 「나치스 정치와 독일 연극의 현상」, 『중앙』 제2권 제10호, 1934. 10; 제씨, 「긴급토의, 조선문단에 파시즘 문학이 서지겟는가」, 『삼천리』, 1936.4; 「파시즘 총검토」, 『비판』, 1936. 6; 「전쟁문학과 민족문학」, 『삼천리』, 1940. 9; 서강백, 「파시즘의 찬양과 조선형적 파시즘 안재홍씨의 『독재관견』을 비판(1)~(9)」, 『조선중앙일보』, 1936. 2. 19~3. 3; 전영식, 「조선적 이데올로기 문제 특히 파시즘과의 관련에서(1)~(12)」, 『조선중앙일보』, 1936. 3. 29~4. 11; 안병주, 「파시즘의 장래와 무쏠리니의 운명」(1)~(5)」, 『조선중앙일보』, 1936. 5. 3~5. 8. 등이 있다. 그리고 해방 직후 박치우, 「국수주의의 파시즘화의 위기와 문학자의 임무」, 『건설기의 조선문학』, 1946. 6. 역시 주목할 만한 파시즘 논의이다.
12. 제씨, 「긴급토의, 조선문단에 파시즘 문학이 서지겟는가」, 『삼천리』, 1936. 4.
13. 이갑기, 「우리는 이렇게 규정짓는다」, 위의 책, 247쪽.

민족적 국가주의"[14]의 성향을 가진 독재정치로 보았고, 파시즘 문학을 "국수문화정책"[15]을 지지하는 수단적 문학으로 이해하고 있다. 이는 당대 조선 문학가들의 공통적인 견해로, 그들은 파시즘 문학을 파시즘 체제의 문화적 기반 형성을 위한 수단으로 정의했음을 알 수 있다.[16] 하지만 이와 같은 단편적인 정의가 아니라 파시즘 문학만의 독특한 특성을 파악하는 것은 여간 어려운 일이 아니다.

파시즘 문학을 정의하는 데 있어 겪을 수밖에 없는 어려움의 정체는 파시즘 자체가 워낙 복잡다단한 특성을 보이고 있기 때문일 것이다. 파시즘의 폭넓은 스펙트럼은 실질적으로 다양한 성향의 집단이나 계층(예를 들어 고프리트 벤이나 마리네티와 같은 이질적인 성향의 문학가 그리고 노동자, 농민, 수공업자, 자본가 등과 같은 여러 집단 계층)을 포섭하는 데 유용한 점이기도 했다. 그래서 파시즘은 발생 초기부터 뚜렷한 사상적 기반을 가지지 않은 것으로 여겨졌고, 그에 따라 다양한 방식으로 이해되어 왔다. 마찬가지로 식민지 시기 조선의 논단에서도 파시즘은 모순적인 것으로 이해되고 있었다.[17] 그것은 파시즘을 해석하는 다양한 입장들과 그 입장들에 상응하는 모순적 본질이라 부를 수 있는 파시즘의 복잡한 특성들이 존재했기 때문이다.[18] 이처럼 파시즘은 복잡다단한 면모로 인해 추상화를 시도할수록 오히려 그 모순성이 더욱 가시화된다. 오히려 추상화의 불가능성, 다시 말해 "반대되는 것들의 종합"에서 비롯되는 모순과 역설이 파시즘의 본

---

14. 김광섭, 「파시즘 문학은 정치문학」, 위의 책, 246쪽.

15. 유치진, 위의 글, 122~126쪽.

16. 이갑기, 위의 글. 247쪽. "만일 파시즘이란 것을 이러케 규정하야 파시즘 문학이란 것을 본다면 파시즘독재 그것이 극단의 통제주의로서 문화적 영역에까지 한 개의 통제적 문화정책을 가지는 만큼 이러한 정책과 그 세계관에 의하야 제작되고 통제되고 또는 문화적으로 이 정책을 지지하는 문학으로 볼 수 있을 것입니다." 『삼천리』 설문에 참여한 대부분의 논자들이 '독재정치'나 '문학의 수단화'에 대한 거부감으로 인해 조선에서의 파시즘(문학)의 성립을 인정하지 않는 데 비해 유일하게 이갑기만이 파시즘(문학) 성립을 인정하고 있다.

17. 관련하여 「동광대학 제8강 사회문제편 파씨즘」, 『동광』 제25호, 1931.9. 「춤추는 「파씨즘」의 고민」, 『동광』, 1932. 9.

질로 정의되기도 한다. 그렇다면 질문을 달리하여 파시즘의 본질을 모순과 역설로 파악한다고 할 때, 그 모순과 역설을 가능케 하는 것은 무엇일까? 파시즘의 근본적 성격을 모순과 역설로 파악하고 있는 캐빈 패스모어는 파시스트 운동과 체제의 유일한 공통성으로 '초민족주의와 인종주의'를 제시하고 있다.[19] 이는 파시즘의 모순성이 극단적인 민족주의를 통해 보장되고 있다는 의미와 다르지 않다. 실제 파시즘 체제에서 집단 내부의 다양한 충돌은 외부를 향한 적대성으로 대체되었다. 사회 내부의 모순을 희석시키는 가장 유용한 방법이 바로 적대적 관계 설정을 통해 내적 통합을 창출하는 것이기 때문이다. 바로 여기에서 '전통'을 활용한 문화적 동질성의 창출과 공동체적 이상의 합리화가 중요하게 부각된다.

파시즘과 마찬가지로 전통주의를 정의하는 것 역시 매우 어려운 일이다. 그것은 우리가 집단공동체의 문화인 전통 그 자체를 매우 자명한 것으로 받아들이고 있어서 특별히 하나의 자기완결성을 가진 이데올로기나 인식체계로 대상화할 수 없기 때문이다. 하지만 달리 생각하면 전통이

---

18. 예를 들어 팩스턴은 다음과 같이 파시즘을 정의하고 있다. "파시즘은 공동체의 쇠퇴와 굴욕, 희생에 대한 강박적인 두려움과 이를 상쇄하는 일체감, 에너지, 순수성의 숭배를 두드러진 특징으로 하는 정치적 행동의 한 형태이자, 그 안에서 대중의 지지를 등에 업은 결연한 민족주의 과격파 정당이 전통적 엘리트층과 불편하지만 효과적인 협력 관계를 맺고 민주주의적 자유를 포기하며 윤리적·법적인 제약 없이 폭력을 행사하여 내부 정화와 외부적 팽창이라는 목표를 추구하는 정치적 행동의 한 형태라고 정의할 수 있을 것이다."(Paxton, Robert O., 손명희·최희영 역, 『파시즘』, 교양인, 2005, 487쪽.) 이와 같은 '장황한' 정의는 파시즘의 최소치를 도출하기 위한 것으로 파시즘의 본질에 대한 추상화가 불가능하다는 것을 의미하는 것이기도 하다. 또한 마아틴 키친이나 캐빈 패스모어는 파시즘의 본질에 대한 다양한 입장과 해석들을 점검, 비판하면서 파시즘을 규명하고 있기도 하다.(Passmore Kevin, 강유원 역, 『파시즘』, 뿌리와 이파리, 2007, 28~62쪽. Kitchen Martin, 강명세 역, 『파시즘』, 이론과 실천, 1988, 5~71쪽 참조.)

19. "나치체제의 독특함을 부인하고 싶지는 않으나 모든 체제는 독특하고 비교분석을 해보면 민감한 차이가 드러난다. 나는 초민족주의를 우선시하는 것이 그것의 강력한 인종주의적 요소와 더불어 사실상 모든 파시스트 운동과 체제에 공통적임을 주장하고자 한다."(Passmore Kevin, 위의 책, 2007, 201쪽.) 또한 팩스턴도 파시즘과 여타의 이데올로기가 본질적으로 다른 점으로 인간과 개인의 권리나 가치가 아니라 오로지 "민족의 운명"에 대한 우선시를 지적하고 있다. "파시즘은 승리자가 되기 위한 진화론적 투쟁에서 선택된 민족들이 승리하는 것 외에 다른 어떤 보편적 가치도 거부"한다는 것이다.(Paxton, Robert O., 위의 책, 62쪽.)

가정하는 '자명성' 그 자체를 전통주의의 본질적 특성으로 살필 수 있다. 어떠한 전통이 의심이나 회의의 대상이 된다는 것은 이미 전통으로서의 역할과 가치가 상실되었음을 의미한다. 이런 점에서 전통은 어디까지나 당위적 수용의 대상이지 논리적 규명의 대상은 아니며, 이성의 영역이 아닌 감정의 영역에 속한다고 할 수 있다. 이와 같이 공동체의 문화적 상징인 전통은 자명성을 바탕으로 대중의 자발성을 이끌어내는 강력한 힘을 발휘하게 된다. 그러므로 전통주의는 지속적으로 전통의 자명성을 (재)조직하고 공동체라는 '숭배의 대상'을 명확하게 지시하는 것을 본질로 한다고 할 수 있다. 이러한 의미에서 전통주의는 실체로서의 전통이 아니라 그것을 전통으로 당위화하는 모형의 회복을 주장하는 사상이며,[20] 전통주의에 의해 창출되는 전통은 실체가 아니라 담론적 구성물일 뿐이다.[21] 이런 연유로 파시즘 체제는 전통주의 미학을 적극적으로 활용하여 동일성의 환상을 유지하고 대중의 환유적 이탈을 방지함으로써 대중 지배를 공고히 한다. 전통을 활용한 재해석의 정치학이라 할 수 있다. 지배 체제의 정치적 목적에 의해 전통은 새롭게 만들어지며,[22] 그를 통해 공동체의 특질은 얼마든지 재설정될 수 있다. 전통의 재해석에 따라 공동체 경계의 확장도 축소도 그리 어려운 일은 아니다. 이렇게 볼 때 식민지 말기 조선의 전통이 민족적 경계를 넘어 동양의 전통으로 재탄생될 수 있었던 것도 전통의 자명성을 재조직하는 전통주의의 원리에 근거한다고 할 수 있다.

또한 우리는 흔히 전통을 공동체의 본질을 담고 있는 어떤 텅 빈 용기

---

20. Shils, Edward, 앞의 책, 47~48쪽.
21. 실체로서의 전통과 담론적 구성물로서의 전통은 엄격히 구분해야 한다. 전통은 매우 좁게 이해될 필요가 있다. 엄격한 의미에서 전통이라 부를 수 있는 것들은 강한 내구성과 적응력을 가지고 역사의 흐름 속에서 '살아남은' 것들이다. 따라서 어떠한 특정 시기에 이르러 '자각된 전통'은 모두가 만들어진 것일 뿐이다. 한 시대의 중심 담론에 의해 부활된 전통은 새로운 내용물이 채워진 것이거나, 완전히 창조된 것이기 때문이다. 우리가 진정(?) 전통이라 칭할 수 있는 무엇인가가 있다면 그것은 한 순간도 망각되지 않고 유유히 존재하고 있는 것이어야 한다. 그러므로 엄밀한 의미에서 모두의 뇌리 속에서 사라진 전통은 이미 전통이 아니다.
22. 전통의 창출에 관련해서는 홉스봄의 유명한 저서 『만들어진 전통』,(Hobsbawm Eric, 박지향·장문석 역, 휴머니스트, 2004.) 참조.

로 이해하곤 한다. 그만큼 전통의 외형보다는 그 속에 깃든 함의가 중요하다는 의미일 것이다. 하지만 전통의 기표와 기의는 매우 밀접하게 연결되어 있다. 더구나 전통에는 그것이 공동체의 문화적 상징으로 창출된 이유가 반드시 있다. 상징적 의미를 부여받을 대상은 아무렇게나 선택되지 않는다. 반드시 대중의 자발성을 이끌어낼 기표적 가치가 존재해야만 한다. 대중과 전통 사이의 동일성을 지탱하는 것은 결국 전통의 기표이기 때문이다. 이런 의미에서 전통은 분명 무엇이나 채워도 되는 빈 그릇은 아니다. 독일, 이탈리아, 일본 등의 파시즘 체제가 기념비, 대회당, 박물관, 유적, 성지 등 다양한 상징물의 건설에 주력했던 것은 바로 공동체적 정체성을 지탱할 수 있는 기표적 가치의 확립이 필요했기 때문이었다.[23] 이는 정치적 목적에 의해 담론적으로 구성된 전통을 다시 '물화物化'한 것이라 할 수 있다. 전통의 미학적 제시를 통해 전통은 실체성을 가장하며 재영토화된다. 이와 같이 '추상'과 '실체'가 교착되는 미학적 제시의 반복을 통해 대중의 환유적 이탈은 저지되고, 복종은 강화된다.[24]

여기서 또 하나 주목해야 할 것은 나치 독일의 공동체적 정체성을 상징하기 위한 기표로서 그리스 고전주의 양식으로 만들어진 '거대한' 기념비와 건축물이 선택되었다는 사실이다. 이는 대중에게 동일성의 환상을 심기 위해 공동체의 위대성 표출이 필요했기 때문이었다. 이를 통해 전통은 절대적 가치를 획득할 수 있었고, 숭배의 대상을 명확히 지시할 수 있었다. 마찬가지로 식민지 시기에 만들어진 고적, 성지, 박물관 등도 조선과 일본의 동일성 창출을 위한 산물이었다고 할 수 있다. 그런데 파시즘

---

23. 파시즘 체제 하에서 이루어졌던 전쟁 영웅의 숭배 작업도 동일한 맥락으로 파악할 수 있다. 서구 파시즘의 경우에는 파시즘 투쟁 과정에서 희생된 인물들의 영웅화 작업이 활발히 진행되었으며, 우리의 경우에는 식민지 말기 여러 지식인, 문학가에 의해 이인석의 영웅화 작업이 이루어졌다.
24. 다양한 상징을 활용한 파시즘의 정치 종교적 특성에 관해서는 Emilio Gentile, "Fascism as Political Religion", *Journal of Contemporary History*, Vol. 25, No.2/3.(May~Jun, 1990), 229~251쪽; Mosse L. George, 임지현·김지혜 역, 『대중의 국민화』, 소나무, 2008.

시기 독일의 건축을 그리스 고전주의 양식이 지배했고, 그것이 게르만 민족의 '위대성의 회복'을 위해 바쳐졌다는 사실은 매우 중요하다.[25] 건축 양식의 '원천'이 중요했던 것이 아니라 독일 위대성의 상징화가 핵심적 사안이었던 것이다. 여기서 중요한 것은 원천이 아니라 재맥락화라고 할 수 있다. 이렇게 볼 때 식민지 말기 조선의 전통이 일본의 전통과 접합되어 내선일체의 증거나 동양의 전통으로 재탄생되었던 것은 그다지 특별한 현상도 아니다. 독일 파시즘의 전통 활용에서 볼 수 있듯이 어떠한 맥락(호명주체, 정치적 목적, 시대적 흐름 등)에서 호명되느냐에 따라 전통의 함의와 용도는 얼마든지 변화될 수 있기 때문이다. 그리고 새롭게 정의된 전통의 함의에 따라 공동체의 경계(피/아의 경계)와 숭배의 대상은 달라진다.[26]

파시즘은 광범위한 대중의 열광적인 지지에 의해 떠받들어졌다. 파시즘에 바쳐졌던 대중의 지지, 합의, 동의 혹은 침묵은 강제력이 아니라 오히려 대중 정서의 밑바닥을 장악함으로써 얻어질 수 있었다. 그리고 복합적이며 중층적인 대중의 정서를 장악하고, 단일한 민족국가로 끌어가기 위한 근거를 전통주의에서 발견했다. 위대한 전통의 미학적 제시는 개인과 공동체를 유기적으로 엮어내었고, 전통의 신성화를 통해 지역적, 인종적, 종교적 전체주의를 강화할 수 있었다. 뉘른베르크 대회당이나 파시스트의 탑과 같은 주변 경관을 압도하는 거대한 기념물이나 공동체의 성지나 영지 등과 같은 다양한 상징은 공동체의 문화적 정체성을 확립했고 대중의 자발성을 이끌어냈다. 이처럼 대중의 자발성을 이끌어내기 위한 전통의 미학적 제시는 파시즘 문화정책의 핵심적 사안이었다. 파시즘 체제 하에서 이루어졌던 전통의 상징화 작업은 이와 같은 사정에 기

---

25. Mosse L. George, 위의 책, 49~120쪽.
26. 식민지 말기 '동양'이라는 '동질 문화의 경계'가 만들어짐으로써 민족적, 지역적 차이는 희미해지고 조선과 일본의 '동질적 정체성' 창출이 가능해졌다. 이러한 동질적 정체성을 바탕으로 하여 서구에 대한 적대성이 강화될 수 있었다.

인한다.[27] 이렇게 파시즘 체제는 대중의 협력, 동의, 포섭 등을 위해 공동체를 문화적으로 상징화했고, 다양한 방식으로 정치의 미학화를 추구했다. 이러한 사실에 비춰볼 때 전통주의는 파시즘의 필수적인 문화적 전략이었으며, 그 활용이 가능했던 것은 동질적 정체성의 창출을 통해 내적 통합과 공동체 숭배의 당위성을 만들어내는 전통주의의 원리가 파시즘과 밀접하게 연계되어 있기 때문이라고 할 수 있을 것이다.

3. 30년대 후반의 전통담론과 자발성의 생성기반

1) 위기의 시대와 전통의 발견

파시즘이나 전통주의가 모두 '위기의 시대'를 기반으로 하여 등장한다는 사실은 매우 중요한 의미를 갖는다. 제1차 세계대전에서 시작된 "서구의 몰락"에 대한 위기감은 일상적, 사회적, 지적, 문화적 뿌리를 근저에서부터 흔들어놓았고, 파시즘은 그러한 시대의 대중의 불안을 '결집Fascio'시켰다. 파시즘은 이러한 대중의 불안을 "열정적 민족주의"가 바닥에 깔려 있는 "결집된 열정"으로 전환시켰으며, 그 전환의 산물로 탄생되었다.[28] 파시즘 탄생의 원인은 다양하게 해석될 수 있지만, 그 근본적 원인에는 극심한 시대적 혼란과 그로 인한 광범위한 위기의식 그리고 위기 극복을 위한 파시즘적 대안에 대한 대중의 열광적 지지가 존재한다. 주지하듯 독일, 이탈리아, 일본 등은 모두 근대의 위기와 그 혼란을 기반으로 파시즘 체제를 성립, 강화했다. 한 시대의 지배체제는 위기담론의 유포를 통해 대중에게 현실을 위기의 시대로 각인시키는데, 그것은 체제의 성립과 강화에 핵심적 요건이 되기 때문이다. 이와 같이 파시즘은 위기의식이 야

---

27. 일본 파시즘의 경우 종교나 인종을 활용했던 이탈리아, 독일과 달리 지역적, 민족적 차이를 상쇄시키기 위해 동질문화의 전통을 활용했다는 점에서 차이가 있다. 식민지 시대 일본의 지식인에 의해 샤먼이나 거석문화의 전통이 재발견되고, 수많은 고적조사를 통해 경주, 부여, 평양 등이 일본과의 동질적 전통의 증명을 위해 새롭게 해석되었던 것은 동질적인 문화적 정체성 창출을 위한 방안들이었다.

28. Paxton, Robert O., 앞의 책, 73~135쪽 참조.

기하는 대중의 불안과 두려움을 적절히 활용했다.[29] 혼란을 두려워하는 비정치적인 대중심리를 장악함으로써 오히려 대중을 공적 영역으로 끌어들일 수 있었던 것이다. 특히 파시즘 체제는 광범위한 위기의 극복을 위해 공동체의 전통을 불러들였고, 전통을 통해 내부와 외부의 적대적 관계를 명확히 환기시켰다. 이와 같이 볼 때 위기의식과 그로 인한 내적 통합은 적대자를 통해서 또는 적대자를 만들어내면서 이루어진다고도 할 수 있다. 제3제국 나치 독일의 파시즘이 바이마르 공화국의 혼란 속에서 사회주의자나 자본주의자 그리고 유태인을 공동체의 적으로 설정하면서 체제의 성립과 강화를 이룰 수 있었던 것처럼, 대동아공영권의 기치를 내세웠던 일본 파시즘 역시 서구 근대와의 적대관계를 선명히 하면서 강화될 수 있었다.[30]

파시즘이 광범위한 위기의식의 확산 속에서 성립하였듯 전통주의 역시 기존 질서의 붕괴로 인해 혼돈과 분열이 점철된 전환기 속에서 나타난다. 현실세계를 지탱해 주는 보편적 원리의 붕괴 속에서 인간은 전통으로 향하게 되는데, 그것은 보편적 원리의 상실이 곧 현재와 미래의 상실과 이어지기 때문이다. 현재와 미래의 전망을 상실한 자들에게 과거는 '유일한 선택'이 된다. 전통주의에 대한 가치평가를 떠나 많은 연구자들이 그것을 근본적으로 전환기의 산물이라 평가하는 것은 그 때문이다.[31]

---

29. 여기에서 '적절한 활용'은 양면적으로 파악될 필요가 있다. 파시즘은 민족전통의 활용을 통해 대중의 보수화만을 이끌어내지는 않는다. 다시 말해 위기의식이 야기하는 두려움은 적대자를 명확하게 인식시킴으로써 대중의 급진화를 이끌어내기도 한다. 중요한 것은 적대자의 설정 그 자체이며, 보수화와 급진화의 문제는 부차적이다. 파시즘에서 나타나는 대중의 보수화와 급진화는 서로 분리되는 것이 아니라, 위기의식의 정치적 활용에서 비롯되는 서로 다른 결과일 뿐이다.. 독일이나 이탈리아 파시즘의 경우, 대중의 보수화와 급진화를 동시적으로 활용하면서 당시의 지배체제를 무너뜨릴 수 있었고, 파시즘 체제의 성립과 강화를 이룰 수 있었다.

30. Paxton, Robert O., 위의 책, 101쪽. "파시스트들이 충실한 지지자들을 동원하기 위해서는 그들이 맞서 싸울 악마화된 적이 필요했다."

31. 김윤식, 『한국근대문예비평사연구』(개정신판), 일지사, 1976; 김찬기, 『한국 근대문학과 전통』, 국학자료원, 2002; 전해수, 『1950년대 시와 전통주의』, 역락, 2006; 차승기, 「1930년대 후반 전통론 연구」, 연세대 박사논문, 2002; 황종연, 「한국 문학의 근대와 반근대」, 동국대 박사논문, 1992.

이처럼 전면적인 역사적 패러다임의 전환 과정에서 현재의 정체성을 지탱할 유일한 원리로 불러들인 전통은 새로운 보편질서의 형성을 위해 효과적으로 사용되게 된다.

식민지 말기 일본의 파시즘 체제는 근대의 위기를 기반으로 하여 등장하였다. 당시 일본은 제1차 세계대전, 경제대공황, 독일·이탈리아의 파시즘 체제 성립, 제2차 세계대전으로 이어지는 서구 근대의 혼란을 근대 세계의 총체적 위기로 파악하고 극복을 모색하였다. 그 극복의 과정에서 도출된 핵심적인 사상적 조류는 "서양에서 빌린 차용문화를 청산하는 것이며, 우리 문화가 가진 혼란 상태를 바로잡는"[32] 것으로 여겨졌던 근대초극론이었다.[33] 태평양 전쟁의 사상적 기반으로 "일본 제국주의의 동

---

32. 모로이 사부로(諸井三郎), 「우리의 입장에서」, 『지적협력회의 근대의 초극』, 창원사, 1943, 58쪽.

33. 본고에서는 가와카미 데쓰타로 외, 『지적협력회의 근대의 초극』(창원사, 1943)을 통해 근대초극론을 파악한다. 잘 알려져 있듯이 이 책은 총11편의 논문과 좌담회 기록으로 구성되어 있는데, 철학, 문학, 종교학, 음악, 과학 등 각계의 인사들이 참여한 만큼 논의가 일관된 방향성을 지니고 있지는 않다. 하지만 대부분의 논자들이 근대의 몰락과 위기의 시대라는 현실인식을 공유하고 있고, 그 초극을 위해 '심연의 발견'과 일본 전통의 총체인 '일본정신'의 구현을 주장하고 있다는 공통점을 가지고 있다. 참고로 몇몇 논의를 소개하면, 우선 문학계 동인인 가메이 가쓰이치로는 「현대 정신에 관한 각서」(위의 책, 3~18쪽)에서 "우리가 「근대」라 부르는 서양 말기 문화를 받아들인 날부터 서서히 정신의 심부를 침범해 온 문명의 생태─각종 공상과 요설을 생산해가며 재빨리 유전해 가는 것이, 나에게는 최대의 적이라 생각된다"라고 당대의 위기성을 언급한다. 구체적으로 말의 위기, 감수성의 퇴폐, 속상화 등 근대정신 자체를 현재의 근본적인 위기의 원인으로 제시하면서 일본전통의 근원, 심연으로 돌아가기를 주장한다. 교토학파 철학자인 니시타니 게이지는 「「근대의 초극」 사론」(앞의 책, 19~40쪽)에서 "다만 이처럼 상호충돌하는 각종 분열을 안고 있는 서양 문화가 유신 이후 일본에도 침윤되어 일본에서도 통일적 세계관의 형성의 기반 자체가 무너질, 인간이 자기 파악에 있어 혼란에 빠지는 위기가 나타난 것이다"라고 밝히고, 분열된 근대의 통합을 위해 "주체적 무의 종교에 기반한 개인과 국가와 세계 하나로 관통하는 도덕적 에너지의 윤리성"을 제시한다. 음악가인 모로이 사부로는 「우리의 입장에서 근대의 초극에 관한 일고찰」(앞의 책, 41~63쪽)에서 근대의 위기의 원인 분석을 위해 서구 근대음악을 고찰한다. 그는 낭만주의, 표현주의, 인상주의 등 서구 근대음악을 근대의 위기를 초래한 개인화 경향, 주관주의, 개인주의라는 분열적 현상의 결과물로 파악한다. 그러한 근대주의의 감각주의적 경향에서 탈피해 정신의 예술로 나아가야 함을 주장한다. 문학계 동인인 하야시 후사오는 「근황의 마음」(앞의 책, 90~120쪽)에서 러일전쟁 승리 이후의 국운의 번영 속에서 나타났던 신과 일본정신의 상실 곧 근황의 마음의 상실을 근대의 위기로 파악하고 있다. 특히 문학과 관련하여 서구문학에 대한 맹목적 추종이 '마음의 건강'과 '문학의 순수'를 잃어버리게 했다고 비판하면서, '순수한 문학' 본연의 모습으로 돌아갈 것을 주장한다. 이외에 신의 지반에서 멀어진 근대의 자율적 인간을 문제시하는 요시미치 요시히코(「근대초극의 신학적 근거」, 앞의 책, 64~89쪽), 근대의 위기 극복을 위해 진정으로 타파해야 할 것이 무엇인지를 묻는 쓰무라 히데오(「무엇을 타파해야 하는가」, 앞의 책, 128~149쪽) 등도 주요하게 살필 수 있다.

아시아 정책, 나아가 세계 정책을 이데올로기적으로 추인追認"[34]했던 근대 초극론은 근대의 위기를 세계사적 전환의 계기로 파악하고 일본을 중심으로 한 동양을 통일적 세계로 구축하려 했던 역사철학적 담론이라 할 수 있다.[35] 특히 이 담론은 서구 근대의 위기와 그것의 초극을 위한 '일본정신'의 자각을 강조했던 것으로, 일본의 파시즘화 과정에서 나타났던 여러 지식인들의 위기의식과 전통주의적 의식을 잘 보여주고 있다.

한편 이와 같이 절대적인 근대의 패러다임이 권위를 상실하고 회의의 대상이 되어버린 시대, 전환기의 정신적 공황 속에서 30년대 후반 조선의 문학가들은 전통을 발견했다. 근대의 유입과 마찬가지로 근대의 파산 역시 소문으로 먼저 전해졌고 소문의 실체를 확인하기도 전에 이미 위기는 당위화되었고, 위기의식은 팽배해졌다. 그리고 당대의 지식인들은 전통의 재정립을 통해 기존의 질서를 대체할 새로운 보편 창조를 욕망했다. 이런 의미에서 당대의 전통주의는 근대의 파국으로 인한 사상적 진공 속에서 새로운 보편 창조를 열망했고 그 방법으로 전통을 재발견하려 했던 지극히 현실적인 대안담론이었다고 할 수 있다.

특히 전통지향성을 가장 표면적으로 드러내고 있었던 30년대 후반의

---

34. 히로마쓰 와타루, 김항 역, 『근대초극론』, 민음사, 2003. 45쪽. "태평양 전쟁 전과 전쟁 당시 일본의 논단에서 '근대의 초극'에 관한 논의는 일본 제국주의의 동아시아 정책, 나아가 세계 정책을 이데올로기적으로 추인(追認)하면서 합리화하는 성격을 짙게 띠고 있었다. 물론 근대의 초극에 대한 논의에서 일본의 동아시아 지배권을 확립해야 한다거나, 유럽 열강을 타도하여 세계 지배를 달성해야 한다는 식의 직접적인 주장이 펼쳐지지는 않았다. 일반적으로 그럴듯한 논리를 가졌으며, 일본 정부나 군부의 동향에 대해 비판적 수정을 요구하는 자세를 취하는 경우도 없지는 않았다. 하지만 결론적으로는 일본이 세계 정치, 세계 문화에서 강력한 헤게모니를 장악하는 일이 '근대의 초극'을 위한 전제 조건이라고 이해된 이상, 일본 제국주의의 세계 정책에 대한 이데올로기적 추인이라는 근본적 성격은 불식될 수 없었다."

35. 식민지 말기 근대 세계의 총체적 위기에 대한 대안으로 제출되었던 근대의 초극은 오리엔탈리즘의 역투사로 평가되어서는 안 된다. 근대의 위기는 서구의 위기이면서 동양의 위기로 여겨졌고, 그로 인해 근대초극론이 "역사적 실체를 다루는" 현실적인 대안 담론으로 운위될 수 있었던 것이다. 근대의 위기는 서구에 원인을 두고 있었지만, 그것은 그들만의 위기가 아니었고 근대 문명이 생활 깊숙이 침투한 우리 모두의 위기로 여겨졌다. 그렇기 때문에 근대의 위기가 세계사적 전환의 계기로 받아들여졌던 것이다. 당시 지식인들이 서양과 동양을 바라보는 균형 감각을 상실했던 것은 아니었다.

문예잡지인 『문장』의 창간호에서는 당대를 "미증유의 대전환기"로 규정하고 있었는데, 이는 위기의식과 전통주의의 밀접한 상관성을 고려할 때 매우 중요한 의미를 지닌다.

> 일로전시에는 전쟁이 끝나도록 연구실에만 묻혀 있다가 승전호외를 보고서야 비로소 조국에 전란이 있었음을 안 학자가 있었다 하거니와 학자이니, 진리를 시험관 속에서만 찾는 학자이니 容或無怪, 문필인은 이러할수 있는 학자와는 근본적으로 별개의 문화인인 것이다. 우리 문필인의 시험관은 연구실 속에 있지 아니하다. 우리가 발견하고, 지적하고 선양할바 대상은 민중 속에 있고, 전국가적인 사태에 있고, 시대라거나, 세기란 방대한 국면에 있는 것이다.
> 이제 동아의 천지는 미증유의 대전환기에 들어있다. 태양과 같은, 一視同仁의 황국정신은 동아대륙에서 긴―밤을 몰아내는 찬란한 아츰에 있다. 문필로 직분을 삼는 자, 우물안 같은 서재의 천정만 쳐다보고서야 어찌 민중의 이목된 위치를 유지할 것인가 모름지기 필봉을 무기삼아 시국에 동원하는 열의가 없언 않될것이다.[36]

> 요즈음 이 땅에 있어서도 고전을 돌아다보려는 기운이 점차 성숙하여 이 땅의 고대문학에 대한 관심이나 외국문학의 번역물에 대한 구독열은 여러가지 제약으로 받으면서도 고조되고 있는것이 사실이다. 그것은 오늘의 현실에 있어서 가장 필요로하는 지적양식의 하나이며, 또한 그 자체에 있어서 고상하고 존귀한것임에 틀림없다. (…) 최근 앙양되고 있는 일반 고전열은 문화유산의 계승문제로서 뿐만아니라, 오늘이란 전형기에 있어 새로운 문화창조에의 계기를 거기서 끌어내려는 점으로 보아 불

---

36. 「권두에―시국과 문필인」, 『문장』 창간호, 1939.2, 1쪽.

가결의 경향의 하나이라고 할것이다.[37]

위에 인용하고 있는 「권두에—시국과 문필인」에서는 당대를 대전환기로 규정하며 문학가에게 "우물안 같은 서재의 천정만 쳐다보"는 학자와는 다른 문화인으로서의 시국적 열의를 요구하고 있다. 이 글이 창간호의 권두언이었다는 상징적 의미를 고려한다면 『문장』에서 중심적으로 이루어졌던 당대의 전통 논의들은 위기의 시대, 즉 기존의 인식체계가 완전히 붕괴해버린 혼돈의 시대에 대한 대응이었다는 점을 전제하고 살펴야 한다. 이러한 위기의식은 비단 『문장』뿐만이 아니라 당시 지식인 사회 전체의 분위기를 반영하고 있는 것이었다. 30년대 후반 문학에는 위기의식이 다양한 방식으로 표면화되었는데, 특히 무기력한 지식인의 내면과 일상이 잘 형상화되어 있는 소설이나 지배적 원리의 부재 속에서 혼란을 거듭하고 있었던 비평에서 잘 나타난다.[38] 당시의 문학가들은 여러 작품을 통해 지식인의 혼란과 방황을 표출하고 있었는데, 작품 속에서 그려지는 지식인의 무기력은 당대가 '총체적인 무기력의 시대'임을 반증해 주고 있었다. 그리고 그러한 위기의 시대에 지식인들은 새로운 보편의 창조를 욕망하고 있었다. 이는 기존의 근대적 주체와는 다른 새로운 원리에 입각한 주체 구성을 요구하는 것이었다. 30년대 후반 근대 세계의 총

---

37. 윤규섭, 「현대소설독자론—문예시평」, 『문장』 제1권 제7호, 1939.8, 134, 138쪽.
38. 예를 들어 채만식, 「패배자의 무덤」, 『문장』 제1권 제3호, 1939.4; 정인택, 「준동」, 『문장』 제1권 제3호; 1939.4. 유진오, 「가을」, 『문장』 제1권 제4호, 1939.5; 최명익, 「심문」, 『문장』 제1권 제5호, 1939.6; 한설야, 「술집」, 『문장』 창작32인집, 1939.7; 김남천, 「길우에서」, 『문장』 창작32인집, 1939.7; 정비석, 「잡어」, 『인문평론』 송년호, 1939.12; 김동리, 「춤衢—제1장의윤리—」, 『인문평론』 신년대특집; 채만식, 「냉동어」, 『인문평론』, 1940.4~5. 이무영, 「閔權」, 『인문평론』 8월호, 1940.8 등의 소설; 이원조, 「비평정신의 상실과 논리의 획득」, 『인문평론』 창간호, 1939.10; 윤규섭, 「현실과 작가적 세계」, 『인문평론』 제2집, 1939.11; 박종홍, 「현실파악의 길」, 『인문평론』 송년특집호, 1939.12; 안함광, 「문학의 진실성과 허구성의 논리」, 『인문평론』 송년특집호, 1939.12. 김환태, 「주제의 선택과 응시」, 『문장』 제2권 제3호, 1940.3; 정의호, 「맹목의 작품·안이의 작가—사반기 창작계 별견—」, 『인문평론』 5월호, 1940.5; 이석훈, 「모델소설고—모델소설고—」, 『인문평론』 5월호, 1940.5. 윤규섭, 「소설의 이데—」, 『인문평론』 하계특집호, 1940.8; 윤규섭, 「작가의 고립」, 『인문평론』 11월호, 1940.11 등의 비평.

체적 파국 속에서 많은 문학가들은 "스스로 생을 포기하고 자기의 무덤을 손톱으로 파고 있는"[39] 무기력한 자신을 작품 속에 투영한다. 당시의 많은 소설들이 '무기력과 자각'이라는 일종의 전향소설의 형태를 취하고 있는 것은 "서구 근대의 파산"[40]이라는 현실에서 비롯된 위기의식과 그것이 강요하고 있었던 선택의 문제에서 벗어날 수 없었기 때문이다. 결국 "미증유의 대전환기"라는 현실을 환기시키면서 강조된 문학가의 시대적 임무 그리고 당시 많은 소설에서 다루어졌던 무기력한 지식인의 모습은 위기담론의 확산이 가져온 필연적 결과였다고 할 수 있을 것이다. 또한 위에서 간략하게 인용한 윤규섭의 글에서 확인할 수 있듯이, 당시에 '전통'은 근대의 파산이 가져온 전환기 시대의 극복을 위한 "새로운 문화 창조의 계기"로 폭넓게 인식되고 있었다.[41] 1930년대 중반의 고전부흥 논의 등 근대추종을 비판하고 조선적인 것을 찾으려는 지적 흐름에서 시작된 당대의 전통주의는 중일전쟁이나 근대의 몰락 등 보다 현실적인 위기의식과 결부되면서 직접적인 대안 담론으로 자리 잡게 된다.[42]

이와 같이 볼 때 30년대 후반 전통주의는 서구 근대의 파산으로 인한 기존 가치체계의 붕괴를 극복하기 위해 전통의 가치를 현재화하려 했던 새로운 문화적 정체성 확립의 기획이었다고 할 수 있다. 여기서 중요하게 살펴야 하는 것은 당대가 위기의 시대로 정의되고 있었고, 그에 대한 대안 담론으로 전통이 호명되었으며, 조선의 전통을 확립해가는 과정 속에서 서구 근대가 끊임없이 대타화되었다는 사실이다. 이러한 사실에 덧붙여 생각해보면 근대의 파국을 인정할 때 식민 지배자에게 돌려줄 비판

39. 정비석, 「삼대」, 『인문평론』 2월호, 1940.2, 165쪽.
40. 김기림, 「조선문학에의반성—현대조선문학의한과제—」, 『인문평론』 창간일주년기념十月특대호, 1940.10, 44쪽.
41. 임화도 고전에 대한 당대의 폭넓은 관심에 대해 언급하고 있다. 「신춘좌담회 문학의 제문제」, 『문장』 2권 1호, 1940.1, 187쪽. "시기문제도 있지요. 요새 일반으로 현대인가운데 고전을 그리워하는 마음이 있는데 우리들에게는 일반고전중 가장 가까운 세계가 조선고전입니다. 그러니까 이런 공기가 떠돌 때 조선고전에 어떤 가치 있는 것이 있나, 우선 그것을 알려줘야 할 것입니다."

적 담론의 생산은 불가능해진다. 근대성이 지배적 원리로서 권위를 획득하고 있었던 식민지 조선에서 지식인들은 근대 문명이 가지고 온 현실의 다양한 '식민지적 모순'을 분명히 인식할 수 있었다. 그러한 현실인식을 바탕으로 지배 담론을 비판할 수 있었던 것이다. 하지만 서구 근대에 대한 '전면적 부정'만이 남게 되면 일본이라는 지배 주체에게 돌려줄 비판 담론의 생산은 멈추게 된다. 식민지 근대화의 모순, 피폐한 조선의 현실은 묻힐 수밖에 없다. 근대의 총체적 위기를 초래한 서구만이 덩그러니 대상화될 뿐, 근대성에 대한 비판적 사고는 멈추게 된다. 지배적 사상의 부재 속에서 비판성의 상실을 경험하고 있었던 30년대 후반의 전환기 문학 자체가 이 증거이다. 서구 근대라는 비판 대상을 일본과 공유하게 되면서 일본이라는 실체적 비판의 대상은 점점 희미하게 사라져버릴 수밖에 없었다. 이런 상황에서 동아협동체론(미키 키요시三木 淸)이나 동아연맹론(이시하라 간지石原 莞爾) 등에 의해 지지되었던 식민담론인 동양주의는 근대의 몰락과 그로 인한 위기에 대한 현실적인 대안 담론으로 식민지 지식인에게 '호소력'을 가질 수밖에 없었던 것이다.

---

42. 30년대의 전통주의는 다양한 내부적 계기가 있었다고 할 수 있는데, 특히 근대추종에 대한 반성적 흐름에서 시작되었다고 볼 수 있다. 관련하여 박영희, 「조선문화의 재인식—기분적 방기에서 실제적 탐색—」, 『개벽』 신간 2호, 1934. 12; 제씨, 「조선문학의 주류론 우리가 장차 가져야 할 문학에 대한 제가 답」, 『삼천리』 제7권 9호, 1935. 10; 제씨, 「조선문학의 세계적 수준관」, 『삼천리』 제8권 4호, 1936. 4 등이 있으며, 35년 각 일간지를 중심으로 조선문화에 대한 활발한 특집, 연재가 있었다. 예를 들어 「조선 고전문학의 검토」, 『조선일보』, 1935. 1. 1~13; 「조선문학상의 복고사상 검토」, 『조선일보』, 1935. 1. 22~31; 「고전부흥의 이론과 실제」, 『조선일보』, 1935. 6. 4~15; 박지점, 「신춘특별 논문 조선문화의 유산과 그 전승의 방법」, 『동아일보』, 1935. 1. 1~9; 「조선문학의 독자성—특질의 규명과 현상의 검토」, 『동아일보』, 1935. 1. 1~2; 「건설기의 민족문학」, 『동아일보』, 1935. 1. 3~3. 23 등. 35년경에 시작된 '조선문화'에 대한 관심과 논의는 지속되어, 40년 '동양문화' 특집으로 이어진다. 예를 들어 서인식, 「동양문화의 재검토 동양문화의 이념과 형태 그 특수성과 일반성」, 『동아일보』, 1940. 1. 3~1940. 1. 12; 「동양문화의 재반성」, 『인문평론』, 6월호, 1940. 6 등. 35년 이래 봇물처럼 쏟아졌던 '조선문화'에 관한 논의들은 근대의 위기라는 시대적 조류에 따라 40년 '동양문화'에 대한 폭발적인 관심으로 전환된다.

2) 전통의 고유성과 배타성

전통은 언제나 고유성을 가장해야만 한다. 전통의 고유성이 전제되지 않고서는 '상상적 동질성'을 전제로 하는 공동체의 경계 자체가 성립될 수 없기 때문이다. 따라서 전통 내부에 이질성은 존재하지 않는다. 보다 정확히 말해 고유성을 확인하기 위해 끊임없이 이질성이 걸러진다고 할 수 있다. 이질성을 걸러내는 과정에서 고유성이 만들어진다는 것이다. 어떤 시대에서나 외부로부터 유입된 이질성, 외래성은 집단 내부의 강력한 반발을 초래하고, 이질성을 밀어내기 위한 내부의 결집이 이루어진다.[43] 물론 유입된 문화가 시간적 경과에 따라 집단 내부에 수용되어 전통의 변화를 초래하기도 한다. 전통은 고정적이지 않으며, 외래성에 의해 변화를 겪는다는 것이다. 하지만 집단 내부에 수용된 외래성은 시간의 흐름 속에서 탈역사화되고 본래의 외래성은 은폐되어 버린다. 이러한 과정을 통해서 전통은 언제나 고유성을 가상할 수 있는 것이다.

이러한 맥락에서 1930년대 후반 전통논의의 핵심 중 하나였던 '고유한 전통'에 대한 욕망을 살펴볼 필요가 있다. 이는 전통주의의 폐쇄성, 배타성과 관계되는 것으로, 고유한 전통의 발견은 곧 서구 근대와의 대립을 확인하는 것이었다. 30년대 후반의 전통주의가 보여주는 서구 근대에 대한 배타성은 근대에 대한 비판과 극복을 지향했던 동양주의로 이어지게 된다. 근대에 대한 거부, 근대와의 단절을 통해 서구와 대립된 문화적 정체성을 확립함으로써 동양주의로의 접합이 손쉬워졌기 때문이다. 그렇기 때문에 이후 조선의 근본으로 거슬러 올라갈수록 조선적인 것이 희미해지는 상황에 직면할 수밖에 없었던 것이다.

요즘 조선소개에 금강산과 인삼과 함께 으레 나서는 것이 있다. 妓生

---

43. Rrnan Ernest, 신행선 역, 『민족주의란 무엇인가』, 책세상, 2002. 15~37쪽 참조.

이다. 그러나 금강산도 길만 많이 났을뿐, 옛모양이 그다지 헐리지는 않았을 것이요, 인삼도 「레텔」이 붙고 포장이 달려졌을뿐, 그 맛이나 효력은 마찬가지일것이다. 기중 변해버린것이 기생이다. (…) 그러나 가까이보니 차츰 눈에 거슬려지는것은, 두 기생이 다 중둥매끼를 루바시카끈으로 하였고, 머리를 하나는 가리마를 빗두로 탔고, 하나는 미미가꾸시였다. 왜 미미가꾸시를 했느냐 물으니 웃기만 하였는데 그 옆에 앉았던 손님이 대신, 조선낭자보다 이게 더 신식이요 좋지 않으냐 반문하는 것이었다. 그리고중둥매끼를 루바시카끈이나 넥타이로 대신 하는 것은 요즘유행이라 하였다. 나는 기생들이 기생고유의 미를 헐어가는것은 기생자신의 경거뿐이 아니라 그들을 부르는 손님과, 그들이 처한 시대의 짓인것을 이내 느낄수 있었다. (…) 오히려 시속에 서툴은 맛으로서 저고리 치마 모다 힌모시, 그속에서 繡葉囊 하나가 은은히 빛나고 있었다. 반듯한 낭자, 비취 비녀와 옥귀이개뿐, 다른 두 기생이 가끔 꺼내 드는 粉紙도, 粉貼도 그에게는 없었다. 그리고이 루바시카끈 기생들은 「籠の鳥」밖에는 能이 없었으나 소옥은 가야금을 탔고 좌중에 소리하는 기생도 손님도 없으니 자기가 彈하며 唱하며 하였다. 그리고 제일 인사성 있고 부끄럼성도 있었고 얼굴도 손님들 앞에서까지 유난스럽게 닥달하는 다른기생들보다 히고 동그러웠다.[44]

위의 인용문을 통해 확인할 수 있듯 30년대 후반의 전통담론의 가장 특징적인 부분은 '고유성의 발견'이라 할 수 있다. 그것은 서구 근대의 모방, 복제의 혐의에서 완전무결해질 수 있는 주체성의 회복을 욕망하는 것이었다. 당시 김기림이 보여주었던 조선 근대에 대한 강렬한 비판과 "근대의 파산"에 대한 기회의식[45] 그리고 이태준의 고유성에 대한 집착[46]을 병

---

44. 이태준, 「기생과 시문」, 『문장』, 1940.12, 153쪽.

치시켜 보면, 당대의 많은 지식인들이 전통에 이끌렸던 관심의 내면을 확인할 수 있다. 근대화 과정에서 끊임없이 서구의 무게를 의식해 온 조선의 지식인에게 "서구 근대의 파국"은 실로 엄청난 인식적 충동을 가져왔고, 스스로를 억눌러왔던 근대의 압박으로부터의 해방은 또 다른 미래를 꿈꿀 수 있게 해주었다. 이렇게 보면 당대적 의미에서 서구 근대의 파국은 "성급한 압박을 더 이상 느끼지 않는 현대"[47]를 보장해 주는 결정적 계기였다고 할 수 있다. 고유성에 대한 집착과 조선의 근대에 대한 비판과 함께 피력되는 근대의 파국 이후에 대한 희망은 근대의 압박에서의 해방이라는 선명한 목적을 지니고 있었던 것이다. 이는 당대 조선의 지식인에게 근대의 몰락에서 촉발된 근대의 초극이 매우 직접적이고 현실적인 문제로 인식될 수 있었음을 의미한다. 이와 같은 점에서 30년대 후반의 전통주의는 복고주의적인 과거로의 도피가 아니라 이식과 모방을 통해 속성된 조선 근대의 본질적 한계를 뛰어넘을 수 있는 현실적인 방안의 모색이었다고 할 수 있다. 따라서 여기에서는 내부와 외부, 고유성과 이질성, 전통과 근대의 경계를 확연히 구분하는 시선을 주목할 필요가 있다.

---

45. 김기림, 「조선문학에의반성—현대조선문학의한과제—」, 『인문평론』, 1940.10, 46쪽. "조선은 근대사회를 그 成熟한 모양으로 이루워보지도 못하고 근대정신을 그 완전한 상태에서 체득해보지도 못한 채 인제 「근대」 그것의 파국에 좋던굳던 다닥치고 말었다. 벌써 새로히 문화적으로 모방하고 수입할 가치있는 것을 구라색의 전장에서 기대할수는 없다. 또다시 불구한상태그대로서 창황한 결산을 해야 하게 되었다. 그것은 어찌보면 미증유의 창조의 시기 같기도 하다." 『동양』에 관한 단장」, 『문장』 제3권 제4호, 1941. 4, 214쪽. "동양에 태여난 문화인에게 있어서 이 순간은 바로 새로운 결의와 발분과 희망에 찰때라 생각된다. 수동적으로 압도된 모양으로만 넘쳐들어오던 서양문화는 드디어 우리와의 상에 한 거리를 두고 잠시 물러섰다. 아니 차라리 한 개 현혹에 가까운 태도로써 몸을 그속에 던져 빠져있었던 서양문화에서 잠시 우리가 물러서게 되었다. (…) 그래서 이 순간에 유달리 흥분에 차는 까닭은 낡은 것의 추구는 이에 끝나고 새로운 것의 구상과 건설을 향하아 바야흐로 너나없이 용기를 떨쳐야 할때이므로써다."

46. 이태준, 「목수들」, 『문장』, 1939.9; 「문방잡기」, 『문장』, 1939. 12; 「문장의 고전, 현대, 언문일치」, 『문장』, 1940. 3; 「고완품과 생활」, 『문장』, 1940. 10; 「기생과 시문」, 『문장』, 1940. 12.

47. 나카무라 미쓰오, 「근대에 대한 의혹」, 『지적협력회의 근대의 초극』, 창원사, 1943, 180쪽. "반대로 메이지 이래 우리나라가 거쳐 온 문화적 혼란이 주로 서구와 일본 사이에 존재하는 힘의 불균등과 그에 의해 왜곡된 불충분한 서양 이해에 기반한다고 하면 이 불균형이 훌륭하게 극복되고 우리가 그 「성급한」 압박을 더 이상 느끼지 않는 현대야말로 진정으로 서양을 이해하는 호기가 아닐까."(밑줄—인용자)

위의 글에서도 잘 나타나듯이 이태준은 여러 편의 글에서 전통의 고유성에 대한 강한 집착을 드러낸다. 그리고 그것은 언제나 외래적인 것과의 비교, 대조를 통해 이루어진다. 그는 "반듯한 낭자, 비취 비녀와 옥귀이개"와 같은 조선의 고유성을 욕망하며, "루바시카끈"이나 "미미가꾸시"와 같은 외래적인 것을 밀어낸다.[48] 고유성의 발견을 통해 근대적인 것과의 경계를 분명히 하는 것이다. 이러한 현상은 비단 이태준뿐만 아니라 당시 전통에 대한 향수를 언급하는 수많은 글에서 나타나는 공통적 모습이기도 하다. 마찬가지로 1930년대 후반의 많은 시인들 역시 고유성의 공간으로 고향과 자연을 발견했다. 이는 서구라는 근대의 기원에 붙잡히지 않기 위해 조선의 고유성으로 들어가는 것이었고, 근대에 의해 상실된 시·공간의 가치를 회복하는 것이었다. 이를 통해 조선, 과거, 전통 등 근대적 관점에 의해 부정되었던, 즉 '전근대성'이라고 통칭되었던 것들의 가치가 일시에 회복되게 된다.

여기에서 이태준이 언급하고 있는 고유성의 정체에 대해 생각해 볼 필요가 있다. 그는 외부로부터 유입된 근대성에 대한 대립물로서 조선의 고유성을 발견하고 있다고 할 수 있다. 그리고 그의 시선에 포착되는 갖가지의 전통적 질료들은 적대적 대상으로서 서구 근대성을 밀어내기 위한 것이었다. 따라서 근대성을 밀어내는 과정에서 일본과의 차이가 가시화되기보다는 지역적, 문화적 동질성이 부각될 수밖에 없다. 일본은 조선의 식민지적 근대화의 원천이 아니라, 서구와 대립하는 '동양'으로 묶여진다. 이와 같은 전통의 발견 방식은 일본의 식민 동화정책의 결과이기

---

48. 여기서 "루바시카"(루바슈카라고 하며 러시아의 남자용의 낙낙한 블라우스풍의 상의로 허리를 끈으로 매게 되어 있다)나 "미미가꾸시"(귀가 가려지도록 다듬은 여성의 머리 모양을 의미. 무성영화 배우 콜린 무어와 루이즈 브룩이 그 머리 모양을 하고 영화에 출연한 것을 계기로 유행하였다.)는 서구 근대 문물의 무분별한 '유행'을 지칭하는 것으로 이해할 수 있다. 참고로 일본의 근대의 초극 논의에서는 깊이 있는 탐구나 비판적 인식이 부재한 경박한 추종 현상 자체를 "유행병"이라 지칭하며 '근대의 병'으로 비판하고 있기도 하다. 특히 가메이 가쓰이치로(「현대 정신에 관한 각서」)와 쓰무라 히데오(「무엇을 타파해야 하는가?」) 등에 의해 주요하게 언급되고 있다.

도 했다. 식민지 전 기간에 걸쳐 일본은 다양한 동화정책을 통해 동질적 정체성 창출에 필요한 조선의 전통을 철저히 조사하고 재탄생시켰는데, 당시 조선의 대다수 지식인들은 일제의 구관조사사업을 통해 창출된 전통을 별다른 비판 없이 그대로 수용한다. 식민 지배담론에 의해 창출된 전통을 재생산했던 것이다. 고적조사보존사업, 성지복원사업을 통해 재발견된 경주, 부여, 평양 등에 대한 관심이 높아지고, 기행문의 산출로 이어졌던 것이 좋은 예이다.[49]

30년대 후반의 전통주의가 쇼와 10년대의 지배적 사상이었던 근대초극론과 상당 부분 접점을 가지게 되는 것은 그것이 서구 근대의 파산과 극복이라는 층위에서 이루어졌기 때문이다. 이는 일본의 식민 정책에 의해 발견된 전통을 재영토화하고 일본의 동화정책을 직간접적으로 추인하고 있었다는 식의 문제를 넘어 근본적으로 내·외의 경계를 그어야만 하는 전통주의 자체의 문제이다. 서구 근대문명과 조선의 전통은 끊임없이 이분화된다. 이러한 적대적 관계 설정은 전통주의의 본질적인 특성이다. 그래서 근대에 의해 훼손되지 않은 전통의 고유성이 중요하게 부각되었던 것이다. 그리고 당시 조선적 전통의 발견은 근대의 강압에서 벗어나기 위한 완전무결한 고유성에 대한 욕망으로 이어지는 것이기도 했다. 이런 측면을 고려할 때 식민지 조선의 전통논의가 커다란 제재를 받지 않고 진행될 수 있었던 것도 서구 근대와의 대립성을 명확히 하고 있었기 때문이었다고 할 수 있다. 이처럼 30년대 후반의 전통주의는 근대의 파국이 초래한 혼란한 시대적 상황 속에서 '서구의 몰락과 동양의 흥기'와 같은 일본의 시대적 구상과 조응했던 근대초극론과 접합하게 되었던 것이다.

---

49. 특히 식민지 시대 '내선일체의 성지'로 재해석되었던 부여가 가장 대표적이다. 이와 관련해서는 최석영, 「일제 식민지 상황에서의 부여(扶餘) 고적에 대한 재해석과 '관광명소'화」, 『비교문화연구』 제9집 1호, 2003. 참조. 대표적인 부여 기행문을 예시하면 백철, 「내선유연이 깊은 부소산성」, 『문장』 제3권 제3호, 1941. 3; 제씨, 「부여성지근로봉사기」, 『삼천리』 13권 3호, 1941. 3; 박영희, 「부여신궁어조영 근로봉사에 참열하다」, 『춘추』, 1941. 4; 이광수, 「부여행」, 『신시대』, 1941. 7; 주요한, 「부여의 꿈」, 『신시대』, 1941. 7 등.

3) 기억과 망각 그리고 자각

일반적으로 전통은 "단순히 물려받은 것 또는 유산tradium이라고 표현하며 과거로부터 현재로 전래되거나 물려받은 모든 것"으로 정의된다.[50] 하지만 물려받은 모든 것이 전통으로 간주되는 것은 아니다. 전통주의적 의도에서 문화적 동질성의 계보로 선별되는 전통은 "풍요롭고 영광스러웠던 시대" 혹은 그 시대의 산물에 국한된다.[51] 이런 의미에서 "황금시대를 다시 창조하는 전통주의적인 운동"이 짧은 기간 동안 대중의 열렬한 지지를 획득할 수 있는 결정적 이유는 '황금시대'라는 공동체의 유토피아를 선명히 부각시킴으로써 대중의 포섭이 가능했기 때문이라고 할 수 있다.[52] 이러한 사실은 공동체의 전통이 지배자의 정치적 목적에 의해서 일방적으로 선택, 조작될 수 있는 것임을 말해준다. 기억과 망각의 과정을 통해 공동체의 문화적 동질성은 얼마든지 새롭게 경계지어질 수 있는 것이다. 식민지 말기 조선적인 것이 동양의 전통으로 재영토화될 수 있었던 것도, 조선과 일본이 문화적 경계를 넘어 혈연적으로 얽혀들 수 있었던 것도, 기억과 망각을 통해 전통을 재구성하고 전통의 자명성을 구조화하는 전통주의의 본질 때문이었다. 이런 의미에서 실상 순수한 전통이란 애초에 존재하지 않는다고 할 수 있다. 그런데 여기서 중요한 것은 공동체적 기억의 강화는 언제나 '망각'에서 길어 올려진다는 점이다. 전통은 실질적으로 세대를 거듭하여 이루어지는 교육과 학습의 결과로 습득된다. 하지만 전통은 문화적으로 '습득'되는 것으로 여겨지기보다

---

50. Shils, Edward, 앞의 책, 24쪽.

51. 위의 책, 86쪽.

52. 위의 책, 272~273쪽. "황금시대를 다시 창조하는 전통주의적인 운동은 그 나라에서 권력을 획득하거나 그 당시의 지적인 견해를 지배하는 데 성공적이지 못했다. 그러나 그들은 짧은 기간 동안 열렬한 지지를 받았다. 과거의 상태나 조건에 대한 애착은 모든 국가주의적인 운동에 스며든다. 국가주의적인 운동은 주로 신앙부흥주의자가 아니다. 종종 그들은 진정한 혹은 가상적인 과거를 완전히 복구하기 위하여 인본주의적, 민주주의적, 인민주의적 그리고 사회주의적인 현대의 진보주의적 신념에 너무나 스며들었다. 그러나 그들의 마음을 끄는 것은 황금시대였던 것이다."

일시적으로 망각하고 있던 것을 '자각'하는 것으로, 즉 피와 땅을 통해 생물학적으로 '유전'되는 것으로 간주된다.[53] 전통주의의 강화가 집단공동체에 대한 숭배의 강화로 이어지는 것은 이 때문이다.

전통의 자각은 주로 피와 대지 등의 매개를 통해 이루어지는데, 이는 30년대 후반의 문학작품에서 손쉽게 발견할 수 있다.

창경원 문앞까지 왔을때 기호는 문득 발을 멈추고 그정문 집웅 추녀 끝을 처다보기 시작하였다. 보통때는 때묻어보이고 무겁고 둔해보이는 추녀였으나 이렇게 맑은 가을하늘밑 황금색 저녁해빛에 비처보는 감각은 무슨 아름다운 꿈을 품고 금시로 푸른하늘로 내달닐듯이나 가볍고 산뜻해 보인다. 보고 잇는동안에 기호의눈은 점점 경이와 찬탄과 기쁨의빛으로 가득해갔다. 조선식건축에서 그런 아름다운 감각을 느껴보기는 그것이처음이었다. 그감각의 둔함을 비웃을사람이 있을는지도 몰으나 지금까지 모든 교양을 조선의전통과는 아모관게없이 받고 쌓고해온 기호로서는 또한 허는수없는 노릇이다. 허기는 비단 건축뿐 아니라 근래에와서 기호는 이르는 곧에서 전에는 당초에 생각해본일도없는 조선적인 아름다움을 하나식둘식 느끼기시작하는것이었다. 쓰레기통속같이 더럽고지저분한것만이 우리의 전통적인 생활이라고 생각하든 그로서 우

---

53. 관련하여 해방직후 국수주의와 파시즘의 밀접한 연관성을 비판했던 박치우의 논의를 참고할 수 있다.(박치우, 「국수주의의 파시즘화의 위기와 문학자의 임무」, 『건설기의 조선문학』, 1946. 2, 139쪽. "『피』나 『흙』의 논리야말로 그 가장 현저한자일것이다. 무엇 때문에 동포라면 반갑고 고국이라면 그리운가. 동포이기 때문에 반갑고 고국이기 때문에 그리운것이다. 그뿐이다. 이이상 설명해낼 도리가없는것이다. 이 의미에서 이것들은 확실히 보통논리, 합리적인 논리로서는 설명할수없는 신비적인 요소를 가젔다고 볼수가있다. 그렇기에 나치스철학이 언제나 『피』와 『흙』의 원리를 내세우게 되는것은 이렇게보아오면 결코 이유없는일은 아닌것이다. 이지는 여게서는 절대로 금물이다. 단도직입으로 감정에, 민족감정에 호소하고 마는것이 언제나 그들의 상투수단이다. 모든종류의 국수주의가 자칫하면 파시즘으로 넘어 가기쉬운 이유의 하나가 여게있다. 내것이면 더퍼놓고 사랑하면 더퍼놓고 제일인 국수주의는 이성의 개재(介在)를 불허하는 일종의 감상주의임에 틀림없다. 그렇기에 『피』와 『흙』을 돌보지 않는 여하한 국수주의도 없는것과 마찬가지로 국수주의로부터 발족하지않은 파시즘이라곤 없는것이다.")

리의 하라버지 또 그하라버지가 사실은 진주보다도 보석보다도 더아름
다운것을 그속에 남겨노셨다는것을 발견하는 기쁨은 또한 큰것이 아닐
수없었다. 기호의 심경은 마치 「파랑새」의 동화와도 같었다. 가을하늘에
소슨 집웅추녀의 감각도 이러한 동화의 한마디기는 하리라. 그러나 그
동화는 이왕에 그가 「엠파이어, 스테―트, 삘딍」의 사진을보고 느끼든감
격보다는 더깊은 가슴속영혼에 깃드리고 포곤하게 혈관속으로 수며드
는것이다.[54]

위 인용문은 유진오의 소설 「가을」의 한 부분이다. 이 작품은 지식인
을 주인공으로 등장시키는 당대의 많은 소설들과 마찬가지로 지식인의
무기력과 방황을 그리고 있다. 전향 지식인인 주인공인 기호는 전향 이
후 무기력한 방황을 지속하는 인물로, 무기력한 일상의 반복 속에서 전
통을 체감하게 된다. 특히 위의 인용 부분에서 확인할 수 있듯이 "전에는
당초에 생각해 본 일도 없는 조선의 아름다움"에 대한 즉각적인 자각을
잘 보여주고 있다. 전통의 자각 장면은 두 가지 측면에서 주목된다. 먼
저 조선의 전통이 근대의 산물인 "엠파이어, 스테―트, 삘딍"과의 대비를
통해 자각된다는 점이다. 이는 앞서 다루어진 것처럼 당시의 전통이 서구
근대에 대한 비판적 입장에서 발견됨을 의미하는 것이다. 다음은 "더 깊
은 가슴 속 영혼에 깃드리고 포곤하게 혈관 속으로 수며드는 것이다"라
는 표현을 통해 알 수 있듯이 전통을 '피'를·통해서 감각한다는 사실에
있다. 이는 망각하고 있었던 낯선 전통을 한 순간의 비약을 통해 '익숙한
것'으로 인식하는 행위이다. 이처럼 "정신적 혈통"[55]이 통하지 않는 낯선
전통을 생물학적인 유전 개념으로 전환함으로써 원래부터 낯설지 않았

54. 유진오, 「가을 또는 기호의 산보」, 『문장』 4호, 1939. 4, 62~63쪽.

55. 「신춘좌담회 문학의 제문제」, 『문장』 2권 1호, 1940. 1. 186~187쪽. "아모리 좋은 고전이라도 독자들
은 어째서 좋은지를 모르는걸요. 더군다나 해외문학을 한 사람은 읽을재미가 없답니다. 외래문학보다
되려 정신적 혈통이 통치 않는다니 이것이 첫째로 양주동씨가 밝혀주실 문제입니다."(밑줄―인용자)

던 것으로 만들어내는 것, 이것이 바로 전통주의의 자각의 논리이다.

태평양전쟁 이전 지성주의자, 자유주의자로 널리 알려졌던 이토 세이는 「우리 지식계급」이라는 글에서 자각의 경험을 고백하고 있다. "그 일을 나는 지하실 하얀 벽의 우묵한 곳에 기대어 듣고 갑자기 전신에 물이 끼얹어져진 것 같이 느꼈다. 그렇다. 민족의 우월감 확보라는 것이 우리들을 활발하게 한다. 이것이 절대 행위라고 나는 생각했다. 야마토 민족이 지구상에서는 더 뛰어난 민족이라는 것을 스스로 마음속에서 확신하기 위해서 언젠가는 싸워야만 하는 싸움이었다."[56] 이는 이토 세이가 미국과 영국에 대한 일본의 선전포고를 들은 후의 반응을 적고 있는 것이다. 그렇다면 여기서 이토 세이가 말하는 전신에 물이 끼얹어져진 것 같은 직관적 깨달음, 과연 이 자각의 정체는 무엇이었을까.

독일, 이탈리아의 서구 파시즘 그리고 일본의 천황제 파시즘 등은 그 모습과 형태는 서로 상이하지만 공동체의 확립이라는 동일한 목적을 위해 "불멸의 전통"을 강조했다. 이탈리아는 고대 로마를, 독일은 중세를, 일본은 천황을 불멸의 전통으로 불러들였다. 그리고 불멸의 전통을 통해 개인은 공동체의 일원으로 호명되었다. 이러한 전통은 대중에게 공동체적 이상, 즉 달성해야 할 시·공간의 원형을 분명하게 제시한다.[57] 이와 같은 원형적 전통은 다양한 문화적 상징으로 구현되는데, 그러한 상징물을 통해 공동체의 기억을 자각시키고 대중의 자발성을 이끌어낼 수 있다. 그런데 공동체의 기억은 잠재되어 있으나 자각되지 않은 것이었기 때문에 더욱 효과적으로 사용될 수 있다. 망각과 자각은 논리적 반증이 불

---

56. 이토 세이(伊藤整), 「우리의 지식계급—이 감동이 마비되지 않도록」, 『도신문』, 1941.12.4.(鶴見俊輔, 최영호 역, 『전향—쓰루미 순스케의 전시기 일본 정신사 강의 1931~1945』, 논형, 2005. 41쪽에서 재인용) 마찬가지로 최재서가 조선신궁에 참배를 하면서 느꼈던 "맑은 대기 속에 빨려들어 모든 의문에서 해방된 느낌", 즉 비로소 일본인이 되었다는 '자각'은 대체 무엇을 의미하는가.(최재서, 「받들어 모시는 문학」, 『국민문학』 1943.9; 김병걸, 김규동 편, 『친일 문학작품선집 1』, 실천문학사, 1986, 389~390쪽)

57. Neocleus, Mark, 앞의 책, 152~168쪽 참조.

가능하기 때문이다. 실상 원천은 망각 속에 있을 뿐 어디에도 없는 것이기 때문에 자각만으로 모든 것이 합리화될 수 있는 것이다. 이와 같이 전통의 자각은 합리적 인식을 기반으로 하지 않으며 비합리적, 무매개적, 즉각적으로 이루어진다. 합리적 과정을 거치지 않았기 때문에 전통은 이성적 비판 층위에서 벗어나게 되고, 성역화될 수가 있는 것이다. 그러므로 이러한 망각과 자각의 논리는 비록 비합리적인 것일지라도, 아니 비합리적인 것이기 때문에 파시즘 체제에서 전체주의적 의식을 각성시키는 핵심적 근거가 된다.

그런데 이와 같은 전통주의의 '기억과 망각, 자각의 논리'는 식민지 말기 동양주의, 내선일체, 동근동조론 등을 당위화하고 대동아공영권과 전시 총동원 체제를 뒷받침했던 친일 파시즘의 주요한 논리이기도 했다. 조선과 일본이 동일한 전통을 공유하는 혈연적 동맹이라는 주장이 도출되고, 민족의 발전적 해소라는 극단적인 주장이 도출될 수 있었던 것도 이 때문이다. 이처럼 비판적 접근이 불가능한 전통주의의 '망각과 자각'에 기반을 두고 친일 파시즘 지식인들은 동화담론을 위해 수많은 전통들을 끌어올 수 있었다. 마찬가지로 일본 지식인들 역시 지배 이데올로기의 공고화를 위해 수많은 조선의 전통을 다양한 방식으로 재맥락화하였고, 조선과 일본의 동질적 전통들을 논리적 거부감 없이 접합시킬 수 있었다.

4) 자연의 정치학

잘 알려져 있듯이 파시즘은 물리적인 역사를 제거하고, 거기에 공동체의 근원인 자연을 채워 넣었다.[58] 파시즘 체제에서 자연은 다양한 의미망을 가지고 있었지만, 가장 중요한 것은 재생의 공간으로서의 가치를 부

---

58. 위의 책, 45쪽. 네오클레우스는 파시즘을 신비주의적 과거로의 회귀를 통한 반동의 정치학으로 파악한다.

여받고 있었다는 점과 공동체 문화의 살아 있는 상징으로 제시되었다는 점이다. 파시즘 체제에서 자연은 '공동체의 전통' 그 자체의 존재성을 부여받고 있었다. 자연은 공동체 문화의 살아 있는 상징이 되어 어디에나 존재할 수 있었다. 이에 따라 자연은 파시즘 체제 하에서 현재의 혼란을 극복할 재생의 공간이 될 수 있었고, 손쉽게 대중을 공동체의 일원으로 호명할 수 있었다. 이런 점을 고려할 때, 30년대 후반에 나타났던 자연의 가치 회복은 매우 중요한 의미를 지니고 있다.

앞서 살펴보았듯이 식민지 말기 전통주의의 주요한 특징은 근대 문명에 의해 훼손되지 않은 '고유한 공간'의 발견이었는데, 그 가장 대표적인 것이 자연이었다. 그런데 여기서 근대 문명에 대한 비판을 함축하고 있었던 자연은 농촌, 조선, 동양으로의 연쇄적 비약의 원천이 된다. 동양은 서구 근대가 초래한 세계사적 위기를 해결할 원천으로, 조선은 동양의 동양으로, 농촌은 조선성이 가장 잘 유지·보존된 공간으로, 자연은 근대 문명의 정반대편에 있는 재생의 원천으로 비약에 비약을 거듭한다. 근대와 전근대, 문명과 야만의 가치 전도를 통해 자연, 농촌, 조선, 동양 등 근대 문명에 의해 주변으로 밀려났던 공간의 가치가 일시에 회복되게 된 것이다. 이런 비약성은 바로 회원의 대상이 자연이기에 가능했던 것이다. 전통주의에서 자연은 공동체의 생명력의 근원으로 제시되는데, 서구 근대의 파국이라는 배경 속에서 자연으로의 회귀는 서구 근대에 대한 비판과 새로운 주체 재건을 위한 재생 심리의 결과물이라 할 수 있다. "인생관을 전부 뒤집어 놓는 힘"[59]을 가지고 있는 치유·재생의 공간으로서의 자연은 근대의 위기 속에서 그 극복을 위한 보편적 존재로 재발견되었던 것이다.

---

59. 방인근, 「가슴에 심은 화초」, 『문장』 증간호, 1939.7, 103쪽. 이 작품 역시 「도전」과 마찬가지로 도시에서 모든 것을 잃어버린 청년이 고향으로 돌아와 성실한 노동을 통해 삶의 욕구와 의미를 깨닫고 도시문명 속에서 잃어버린 모든 것을 회복하게 된다는 내용의 소설이다.

자연 혹은 농촌으로의 회귀를 주요 제재로 삼은 작품은 30년대 후반에 이르러 많은 문학가들에 의해 생산되었는데,[60] 특히 이무영의 「도전」은 당시 자연이 어떠한 의미를 부여받고 있었는지를 매우 잘 보여주고 있다.

내가 상상해온 장군은 바우산처럼 건강하고 파도 보다도 씩씩한 청년이었다. 기골이 장대하고 홀떡 벗어진 이마에, 왕방울 같은 눈, 신문에 흔히 나는 매약 광고에 그린 두둑한 그러고 떡벌어진 가슴을 가진 그런 청년이었다. (…) 나는 철로에서 퍼언이 내어다 보이는 바다와, 바다를 위협하거나 하는듯이 떡 버티고 선 둘레의 산들을 둘러보며 이 바다나 산과, 조금도 섭쓸리지 않는 보기에도 초라한 장군을 훑어보고 훑어보고 했던 것이다. 체격이 빈약하고, 눈이 옴팡하니 들어간 단지 그것뿐이 아니다, 지금 내 앞에 선 장군은 내가 어제밤 까지도 경성에서 보아온 다시든 종여나무 밑에서 홍차잔갓을 쪽쪽 빨고있던 도회의 그들처럼 창백하기까지 했던것이다. 밤송이 까시처럼 곤두선 까치란 수염이며, 누으런 국방색 양복에 운동화만이 도시의 창백한 그네들과 달를뿐이다. 옴팡한 눈자우 속의 동자는 창백한 도시 인테리들의 그것보다도 오히려 강렬한 광을 풍기고 있었다.[61]

위 인용문에서 잘 나타나듯 자연(농촌)과 문명(도시)은 건강과 퇴폐라는 대립적 함의를 지니고 있다. 근대와 전근대의 완전한 가치 전도가 나타

---

60. 지식인의 귀농과 도시 부정을 다룬 작품으로는 이무영, 「제1과 제1장」, 『인문평론』 창간호, 1939. 10; 이무영, 「흙의 노예」, 『인문평론』, 1940. 4; 이무영, 「도전」, 『문장』 9호, 1939. 10; 이무영, 「안달소전」, 『조광』, 1940. 10; 이기영, 「귀농」, 1939. 12; 「생명선」, 1941. 3~8; 박노갑, 「백일」, 1942. 2; 계용묵, 「약혼기」, 1944. 7 등. 도시 생활에 부적응한 지식인이 농촌으로 회귀하여 새로운 삶의 가치를 깨닫게 되는 뼈대를 가진 작품은 일제의 근대 위기론이나 비판론에 부합하는 것을 넘어 '향토성의 긍정'과 '지방주의 담론의 강화' 그리고 '귀농 장려 정책'에 공조하는 것이기도 했다.

61. 이무영, 「도전」, 『문장』 9호, 1939. 10, 15~16쪽.

난 것이다. 이러한 가치 전도는 그간 맹목적 추종의 대상이었던 근대적 인식 기반의 붕괴를 확실히 증명해주는 것이었다. 근대적 질서가 제 가치를 상실한 지점에서 근대의 위기는 시작되었고, 그 극복을 위한 모색의 과정에서 근대문명과 상반된 가치들이 나타나기 시작했기 때문이다. 근대를 향한 동경은 근대 계몽기 이후 식민지 조선을 지배한 절대적 패러다임이었다고 할 수 있다. 하지만 근대성이 제 가치를 상실한 지점에서, 선망의 대상으로 존재했던 도시문명은 병의 근원으로 전환된다.[62] 한때 지식인 문학가를 은유했던 '폐결핵'은 그 은유적 가치를 상실하고 "오점"과 "먹칠"과 같은 비판의 대상으로 전락되어, 도시문명이 가져온 더러운 병으로 그려진다.[63] 뿐만 아니라 이 소설에서 "분필 한 개에 내 목을 매달아 놓는" 교사였던 장군은 "자연의 폭군인 바다"로의 복귀를 통해 새로운 주체 형성을 시도하기도 한다. 자연으로의 복귀는 곧 근대문명 속에서 잃어버렸던 주체성의 회복을 의미하는 것이었다. 어쩌면 자연이나 고향으로의 회귀를 갈구하고, 자연을 통해 상실된 주체의 회복을 욕망하는 것은 당대의 무기력한 지식인들에게 열려 있었던 유일한 선택지였을지도 모른다.

이상에서 살펴본 바와 같이 전통주의에서 나타나는 자연에 대한 찬미는 자연을 생명력의 근원, 공동체의 본질로 인식한 결과라고 할 수 있다. 따라서 공동체 전통의 현화인 자연은 실체가 아니라 공동체의 근원이나 재생의 원천으로 추상화되어 버린다. 이와 같이 실재하는 자연을 근원

---

62. 일본의 '근대의 초극' 논의에서 가메이 가쓰이치로는 이를 "문명의 독"으로 표현하고 있기도 하다.(가메이 가쓰이치로, 「현대 정신에 관한 각서」, 『지적협력회의 근대의 초극』, 창원사, 1943.)

63. "매키한 먼지와 칼칼한 탄산만 들어마신 나의 코에는 다소 강할만큼 신선한 소금끼를 품은 공기가 코에서 인후로, 거기서 다시 내장으로 —이렇게 내려가는것은 그것이라고 깨달을수 있었다. 이러기를 수차하고나니, 그만해도 살이 뿌득이 쩌오는것 같았다. (…) 저고리를 벗어던지고 쩔쩔끓는 모래 위에 번듯이 자빠져서 지금도 백묵가로가 안개처럼 떠도는 칠판 밑이나 먼지와 탄산 속에 허덕이는 어제까지의 박동수의 폐인줄만알고 양양해서 잠동할 결핵균을 흠씬 비웃어 주기도 했던것이다."(이무영, 위의 글, 19~20쪽) 이와 같이 '자연(농촌)=건강'이라는 비유는 '건강한 노동'에 가치를 두었던 파시즘의 매우 중요한 전략이기도 했다.

적 영토로 성화하려는 욕망들은 파시즘과 긴밀하게 연계된다. 특히 파시즘 문학에서 나타나는 자연에 대한 찬미는 반지성주의의 맥락에서 이루어졌던 것으로, 여기서 반지성주의는 자본주의, 자유주의, 합리주의 등의 근대적 사상에 대한 총체적인 거부를 의미했다. 따라서 파시즘 체제 하에서 전원이나 농촌에 대한 찬미가 폭넓게 나타났던 것이다. 이처럼 자연의 물질성을 탈각시키고 공동체 전통의 본질로 활용하는 것은 파시즘의 현저한 특성이었다. 근대의 퇴폐적 문명에 의해 병든 인간이 돌아가야 할 곳은 자연이었고, 자연으로의 복귀는 곧 공동체에 대한 자각이었으며 그 일원이 되는 것이었다.

4. 조선적 전통과 일본적 전통의 접합

앞서 살펴보았듯 1930년대의 전통주의는 근대 추종에 대한 비판에서 시작하여 근대의 몰락을 당위화했으며 종국적으로 근대의 파산을 지지하는 방향으로 전개되었다. 그런 만큼 서구 근대와의 대립각을 날카롭게 세우고 있었다. 그리고 일본 파시즘의 사상적 기반이었던 근대초극론과의 교섭 속에서 새로운 보편 구축을 향한 욕망을 드러내고 있었다고 할 수 있다. 이와 같은 맥락에서 30년대 후반의 전통주의는 향후 대동아공영권의 문화적 기반인 동양주의로의 포섭을 예비하고 있었다고 할 수 있다. 그럼에도 불구하고 조선의 전통과 일본의 전통은 필연적으로 차이를 지닐 수밖에 없다. 이 차이를 극복하고 조선의 전통이 일본의 전통과 통합되어 동양의 전통으로 재탄생되기 위해서는 반드시 민족적 격차를 극복할 수 있는 실제적인 '상징'이 존재해야 한다. 조선적 전통과 일본적 전통이 은밀하게(?) 만나는 지점은 어디였을까? 혹은 조선적 전통과 일본적 전통 양자를 모두 포괄하는 공통적 상징은 무엇이었을까? 조선의 전통이 일본의 동양주의로 흡수되기 위해서는 반드시 민족적, 지역적 경계의 비약을 가능케 하는 매개가 설정되어야만 한다. 이 공통적 상징은 조선과 일본이라는 서로 다른 민족의 전통을 아우르는 것으로서 발견되었을 것이다.

이를 언급하기에 앞서 한 가지 분명히 해두어야 할 것은 일제 말기에 강조되었던 동양주의나 여러 협화주의 담론들이 정치적 필요성에 의해 급조된 것이 아니었다는 사실이다. 일본은 식민 초기부터 '포섭'을 기조로 하는 내지연장주의나 다민족 국가적 국가주의를 기본적 입장으로 가지고 있었다. 그러므로 식민지 말기 독일의 인종적, 종족적 민족주의를 비판하고 다민족 협화주의의 긍정성을 강조하는 모습이 나타났던 것은 전시 상황에 의해 급조된 정치적 술책은 아니었다고 보아야 한다.[64] 그렇기 때문에 30년대의 조선적인 것의 탐구가 일제의 권장, 지지, 묵인 속에서 진행될 수 있었던 것이다. 일본의 협화주의적 식민정책은 엄격한 정치적 지지와 철학적 기반을 갖추고 있는 것이었다. 사카이 나오키에 의하면 교토 학파의 지도적 인물이었던 니시다 기타로와 다나베 하지메는 "반식민적 민족분리주의라는 암묵적 위협에 대비해 민족주의적 국민주의의 유효성의 토대를 허물고 일본제국의 통일을 정당화하는 철학적 공식을 제공하려 했다." 특히 다나베는 "인종이든 민족이든 국민이든 간에 저절로 주어지는 정체성/동일성은 없으며 모든 정체성/동일성은 부정성의 변증법적 과정을 통해 사회적으로 구축되어야 하는 것"이라 주장했다.[65] 이는 인종, 민족, 국민의 정체성이 고정적이지 않으며, '단절과 연속'의 과정을 겪는다는 것을 의미한다. 다나베는 특수성과 보편성이라는 두 가지 정체성을 제시하는데, 인종적 민족적 정체성과 같은 특수성을 넘어 보편성으로 나아가야만 한계성이 그어지지 않는 보다 자유로운

---

64. 독일의 인종주의적 전체주의에 대한 비판으로는 나카시마 신이치, 「전체주의와 일본정신」, 『총동원』 제2권 제1호, 1940.1, 18쪽. "나치스의 전체주의사상의 근본적 결함은 게르만 민족의 실체적 우월감에 의거한 배타적독선사상으로, 우리 일본정신과 같이 중외에 시행하고 있고 도리에 어긋나지 않는 팔굉일우적 정신을 가질 수 없는 점이다."

65. 사카이 나오키(酒井直樹), 후지이 다케시 역, 『번역과 주체』, 이산, 2005. 327쪽.

대자주체, 즉 보편적 주체가 될 수 있다고 믿었다. 이러한 철학적 논리에 의해 일본의 동양주의, 협화주의 혹은 다민족 국가주의는 지지되고 있었다. 이렇게 볼 때 정체성/동일성의 창출을 위해 중요해지는 것은 민족성과 지역성과 같은 협소한 동질성이 아니라 보다 보편적인 '문화적 동질성'이다. 바로 이 문화적 동질성에 의해 새로운 정체성의 경계가 설정될 수 있기 때문이다. 이러한 바탕 하에서만 식민지 시기 일본의 동질성 창출 작업을 이해할 수 있으며, 친일 파시즘에 매료된 조선의 지식인들의 자발성을 좀 더 객관적으로 받아들일 수 있다.

　이 글에서 지속적으로 강조하고 있듯이 전통주의가 문제적인 것은 문화적 동질성을 확인시킴으로써 한 집단의 공통 정체성을 창출하는 데 핵심적 역할을 담당하고 있다는 점이다. 다시 말해 전통주의 미학을 통해 공통정체성의 창출, 자발성이 바쳐질 숭고의 대상을 명확히 한정시킨다는 데 있다. 그리고 그 대상은 창조된 전통의 함의에 의해 결정된다. 이탈리아가 종교를 그리고 독일이 인종을 강조했듯, 일본은 민족적·지역적 이질성 극복을 위해 동질 문화를 강조했다. 일본이 여러 구관舊慣조사 사업 등을 통해 조선과의 동질성 창출에 매달릴 수밖에 없었던 것은 공통 정체성 형성을 위한 유일한 방법이었기 때문이다. 특히 조선은 지역적, 문화적 인접성으로 인해 동질성의 창출이 그다지 어렵지 않았다. 어떻게 보면 일본의 국조신인 아마테라스 오미카미天照大神의 동생인 수사노오素棧銘尊가 신라에 강림하여 조선의 시조가 되었다거나, 수사노오와 단군이 이명동일신이라는 식의 신화의 재해석, 낙화암에 몸을 던진 삼천궁녀 속에 일본 여인을 섞어버리는 식의 역사적 사건의 재해석, 이광수·최남선·주요한·유진오 등 친일 파시즘 지식인들이 화랑, 선비, 도의 정신 등을 총동원 체제로 결부시켜간 사례는 공통정체성 창출을 위한 전통의 재해석이라는 측면에서 그다지 특별한 일도 아니다. 문화적 동일성을 상상하고 그 동일성의 계보를 구성한다는 것은 이미 동일한 문화적 정체성이 주어져 있기에 가능한 일이기 때문이다.[66] 이처럼 지배 이데올로기의 강화를 위한 일본의 입장에서나 동양의 일원이든 일본의 국민이든 근대의 타자에서 새로운 보편 주체로 태어나고자 했던 조선 지식인의 입장에서나 공통적 정체성의 창출 문제에 있어서 다른 무엇보다도 전통주의는 핵심적 역할을 담당할 수밖에 없었다.

특히 조선과 일본의 동질적 전통으로 발견된 것 중 가장 대표적인 것은 샤먼shaman의 세계였다.[67] 식민지 시기 조선의 샤먼사상에 대한 재해석은 일본의 신도신앙과의 유사성을 찾으려는 작업의 일환으로 추진되었는데, 1920년대 거의 전 기간에 걸쳐 무라야마 지준村山智順, 아키바 다카시秋葉隆, 최남선, 이능화 등에 의해 실시되었던 무속조사가 대표적 사례이다. 그 결과 조선의 지식인 사이에서는 샤머니즘이 한민족 전통문화의 정수로 여겨지게 되기도 하였다.[68] 샤먼사상과 같은 '숭배 문화의 동질성'이 주요하게 부각되었다는 사실은 매우 중요하다. 왜냐하면 샤먼

---

66. 민족적, 인종적 동질성이 아니라 문화적 동질성의 가치를 가장 깊이 있게 사고하고 있었던 인물은 최남선이었다. 다수의 지식인들이 조선과 일본 간의 '민족적 동질성'을 강조하고 조선 민족의 해소를 주장했던 것에 반해 최남선은 조선과 일본의 '문화적 동질성'을 밝히려 했다. 이러한 최남선의 관점은 인종과 민족 등의 정체성의 선존재성을 부정하고 보편적 주체의 구축을 주장했던 다나베 하지메와 이어진다. "세상에는 특히 현실적인 효과에 일종의 기대를 품고 있는 사람들은, 조선과 내지의 종족적 동원관계를 밝히려고 많은 노력을 기울이는 듯합니다. (…) 무엇보다 조선인이나 내지인도 그 자체의 인종적 위치가 아직 확립되어 있지 않는 상태이므로, 양자의 혈속의 여하를 논의하는 것은 처음부터 경솔한 생각이라 하지 않을 수 없습니다. (…) 게다가 이 문화적 연계는 내선양지뿐 아니라, 실로 넓고도 넓은 동방세계, 아세아 대륙의 대부분을 덮고 있는 일대 사실이라는 점에, 더욱더 깊은 주의를 기울이지 않을 수 없겠습니다. 이 문화적 연계는 혈연관계처럼 일본·내지만을 잇는 데는 적절하지만 그 범위를 넓히면 넓힐수록 점점 더 적절하지 못한 이를테면 밑바닥이 야튼한 성질이 아니라 지극히 자연적으로 전동방을 하나로 묶은 유유자적한 동방인의 마음의 고향인 것입니다. (…) 조선반도와 내지의 섬들이 장구한 기간에 걸쳐 동일한 국토·동일한 국민에 의하여 오랜 전통을 가진 문화적 사실을 보유해 왔기에, 이 두 국민을 통해서 어느 정도까지 그 문화의 본질·원류를 밝힐 수가 있습니다"(최남선, 「신의 뜻 그대로의 옛날을 생각함」, 김병걸, 김규동 편, 『친일 문학작품선집 1』, 실천문학사, 1986. 105~106쪽.)

67. 식민지 시기의 샤먼사상에 대한 재해석과 관련하여 최석영, 「일제의 구관(舊慣)조사와 식민정책」, 『비교민속학』 14집, 1997; 「1920년대 일제의 무속통제책」, 『일본사상』 제2호, 2000; 「전통의 '창출'과 민족주의」, 『비교민속학』 12집, 1995; 전성곤, 「"토속" 발견 논리와 타자인식」, 『일본어문학』 33호, 2007; 「도리이 류조의 '동아시아' 논리와 제국주의 시선」, 『일본학』 27호, 2008. 참조.

68. 최석영, 「전통의 '창출'과 민족주의」, 『비교민속학』 12집, 1995, 148쪽.

사상은 신도사상과의 유사성으로 인해 천황 숭배로 자연스럽게 이어질 수 있었기 때문이다.[69] 샤먼사상과 같은 숭배문화의 동일성은 '정신적 일체감' 형성으로 이어지고, 샤먼적 감각의 회복을 통해 천황과 일반 대중은 '일체'로 묶일 수 있게 된다. 황민의 탄생이 가능하게 되는 것이다. 이를 통해 내선일체, 동근동조론이 추인된다고 할 수 있다. 이것이 근대적 시각에 의해 야만과 미개의 산물로 타파의 대상이었던 조선의 무속신앙이 새롭게 부각된 본래적인 이유였다. 하지만 이러한 샤먼사상은 일제 말기에 이르러 더욱 중요한 가치를 부여받게 된다. 그 이유는 샤먼사상이 서구 근대 문명의 정반대편에 있는 것이었기 때문이었다. 그리하여 샤먼사상은 식민지 말기 "동방의 전반에 보편·공통으로 존재한 문화가치"[70]로 격상될 수 있었다.

이와 같이 샤먼사상은 동양의 고유한 전통으로 재탄생되고, 동양적 정체성 창출의 기반이 된다. 물론 샤먼이 동양의 보편 문화로 재해석될 수 있었던 것은 '일본정신'의 고유성과 맞닿아 있었기 때문이다. 덧붙여 말해서 일본 파시즘이 엄밀한 의미에서 천황제 파시즘의 모습을 갖추기 위해서는 샤먼 전통이 동양의 고유한 문화로 정립되는 것이 전제되어야 한다. 샤먼사상이 신도사상과 엮이고, 그것이 서구 근대를 밀어낼 수 있는 동양의 고유성으로 정립되어야만 천황이 팔굉일우적 의미에서 숭배의 대상이 될 수 있기 때문이다. 그렇다면 조선의 전통주의자의 입장에서 샤먼은 어떤 의미였을까? 조선의 과거를 고대에까지 확장시켰을 때, 샤먼은 분명히 어떠한 것으로부터도 오염되지 않은 조선의 고유한 신앙(원형, 근본)이라 할 수 있다. 그러한 고유성을 현재화시킬 수 있다는 것은 현재

69. 주요한, 「적, 미국의 사상모략」, 『신시대』, 1944.10; 김병걸, 김규동 편, 위의 책, 145쪽. 이는 근대의 초극 논의의 주요 논점이기도 했던 "자율적 개인(신의 지반에서 멀어진 근대적 개인), 즉 근대적 가치의 핵심인 개인주의를 부정하는 것이기도 하다. 관련하여 요시미치 요시히코, 「근대초극의 신학적 근거」, 앞의 책, 64~89쪽 참조.
70. 최남선, 앞의 글, 108~109쪽.

의 식민 상태를 달리 해석할 수 있는 가능성의 발견을 의미한다. 일제 말기 수많은 친일 파시즘 지식인들이 조선적인 것의 청산과 동양적 정체성의 확립을 주장했던 것은 그것이 역으로 조선의 순수한 과거로 돌아가는 것이었기 때문이다.[71] 이런 강력한 전통주의적 욕망이 없었다면 '조선민족의 발전적 해소'라는 극단적인 주장이 도출되기는 어려웠을 것이다. 그리고 '동양의 동양'인 조선의 고유성을 통해 서구 근대를 초극한 보편 주체의 형성이 가능해졌음을 의미하기도 했다.

  이상에서 살펴본 바와 같이 식민지 시대에 샤먼사상은 문화적 접점을 찾기 위한 시도를 통해 특별한 지위를 획득하게 되었고, 식민지 말기에 이르러 서구 근대와의 대립성을 분명히 하는 동양의 고유한 전통으로 격상될 수 있었다. 이와 같은 민족적 고유성의 접합은 조선의 전통주의적 지식인이 친일 파시즘으로 전환되는 모습을 집약적으로 보여준다고 할 수 있을 것이다.

5. 나오며

지금까지 전통주의에 초점을 맞추어 친일 파시즘 문학의 자율성 혹은 그 생성기반을 규명하였다. 구체적으로 1930년대 후반의 전통주의를 대상으로 다루었지만, 전통주의와 파시즘의 상관성을 시기적으로 한계 지을 필요는 없을 것이다. 시기적으로 호명 주체의 차이는 있을지라도 접점의 형태 자체는 유사성을 지니고 있기 때문이다. 한국문학사의 경우 서구 근대의 파산에서 비롯된 식민지 말기, 한국전쟁 이후 50년대 그리고 6,70년대의 개발근대화 과정 속에서 부각되었던 전통주의가 좋은 예시이다. 세 시기 모두 전통은 시대적 혼란을 극복할 수 있는 유일한 대안으

---

71. 예를 들어 유진오, 「동양과 서양—동아문예부흥에 관한 일단상—」, 『매일신보』, 1943. 1. 9.~13; 김용제, 「민족적 감정의 내적 청산으로—내선일체의 인간적 결합을 위하여」, 『동양지광』, 1939. 4; 김문집, 「조선민족의 발전적 해소론 서설—상고에의 귀환」, 『조광』, 1939. 9. 참조.

로 담론화되어 적대적 관계 설정과 내적 통합을 위해 활용되었다.

파시즘 문학이 담당하는 가장 중요한 역할은 공동체의 이상을 합리화하는 것이다. 이것이 대중의 자발성을 이끌어내는 원천이 된다. 파시즘에 대한 근본적인 물음은 대중의 자발성에 관한 것이다. 대중의 열망과 열광 그리고 숭배, 이 자발성의 해석에 따라 파시즘은 다양하게 정의되어 왔다. 강제를 동의로 만들고 동의를 자발적 협력으로 만드는 것은 광범위한 중심과 단일한 목적 없이는 불가능하다. 전통주의는 자발성을 이끌어내는 데 있어 핵심적 역할을 담당한다. 전통주의가 공동체의 문화적 정체성 형성의 기반이 되어주기 때문이다. 전통주의 미학을 통한 문화적 동질성의 확립은 내부적으로 숭배의 대상에 대한 비판적 인식 능력의 소거를, 외부적으로 적대적 대상에 대한 강력한 반발을 초래한다. 파시즘 문학은 이러한 목적을 위해 존재한다.

30년대 후반 전통주의는 지속적으로 서구 근대에 의해 오염되지 않은 고유의 '문화적 동질성'을 만들어냄으로써 동양주의로의 비약을 매끄럽게 만들었다. 그리고 조선의 고유성을 발견하는 과정에서 서구와의 대립성이 뚜렷하게 부각되었다. 30년대의 전통 논의가 다양한 내적 계기에 의해 시작되었다고 하더라도, 결국에는 조선의 저항적 정체성 확보가 아니라 일본과의 동질성 확보를 위해 소비되었다는 점은 분명하다. 1935년 각 일간지의 특집에서 시작된 조선의 고유성에 관한 논의는 근대 추종에 대한 반성적 차원에서 시작되어 물질적, 정신적 식민 상태의 극복을 지향했다고 할 수 있다. 하지만 당대의 전통주의는 무속조사사업, 고적조사 보존사업, 성지복원사업 등 저항의 가능성을 제거하고 지배 체제를 공고화하기 위해 추진되었던 일본의 동화담론과 밀접한 연관성을 지닌다. 또한 과거 30년대의 전통주의는 일본의 지배담론에 대한 저항담론으로 운위되기도 했다. 지배자에 대한 복종이 강요되는 상황에서 피식민 민족의 전통성의 부각은 저항적 행위로 판단될 수 있었기 때문이다. 그렇지만

30년대 후반의 전통담론은 일제의 식민정책과 근대 추종에 대한 반성적 인식 그리고 서구 근대의 파국을 통해 담론화의 가능성을 획득했던 것일 뿐 식민 지배자에 대한 저항적 흐름을 형성했다고 보기는 힘들다. 결국 서구 근대에 대한 적대성을 공공하게 만들었던 전통담론은 이후 동양주의와 대동아공영권을 유일한 대안으로 인식시키는 데 결정적 역할을 담당하게 된다. 그렇지만 야나기 무네요시柳宗悅나 토리이 류조鳥居龍藏 등 일본의 지식인들에 의해 구축된 조선 전통의 아카이브가 조선의 지식인들에 의해 반복 재생산될 수밖에 없었던 지적 식민 구조 그리고 35년의 조선문화 특집이 40년에 이르러 동양문화 특집으로 수렴되게 되는 시대적 흐름 등 친일 파시즘적 자발성의 생성여건을 근거로 식민지 지식인 개개인을 비판하기는 어렵다. 그들에게 동양주의나 대동아공영권은 매우 현실적인 대안 담론이었기 때문이다.

이런 의미에서 식민지 지식인들을 비판하기 위해 자주 사용되는 현실인식의 불철저성이란 비판은 너무 공허하다. 모든 이들이 동일한 현실인식과 전망을 공유할 수는 없다. 뿐만 아니라 현실인식과 전망을 바탕으로 한 개인의 자발성을 민족담론으로 소급할 수도 없다. 그러한 소급은 어디까지나 사후적 판단일 뿐이다. 이런 의미에서 누군가의 저항이 누군가의 협력에 대한 비판의 증좌가 되는 것을 무조건적으로 지지할 수는 없다. 자발성에 대한 보다 진전된 접근이 필요하다. 동일한 맥락에서 식민지 말기 일본의 지배 담론에 대항하는 비판 담론이 나타나지 않았던 것은 강력한 통제정책 때문이기도 했지만 결정적으로 다른 대안이 존재하지 않았기 때문이었다. 최재서, 서정주 등 친일 파시스트들이 해방 이후 자신의 행위를 전면적으로 반성하지 않았다는 사실은 많은 의미를 함축하고 있다. 해방 이후 서정주는 친일 파시즘 시기의 자기 자신을 "가

---

72. 서정주, 「창피한 이야기들」, 『서정주 문학전집 3』, 일지사, 1972, 238쪽.

장 객관적인 관찰가"[72]로 표현한다. 이는 식민지 말기에 친일 파시즘 이외의 또 다른 대안을 인식하지 못했음을 의미한다. 따라서 해방 이후 제대로 된 '반성의 논리'를 만들어낼 수도 없었던 것이다. 이처럼 "민족의 죄인" 이외에 다른 반성의 논리가 존재하지 않는다는 사실은 우리에게 한 가지 분명한 사실을 말해준다. 논리적 해명이 가능한 '반성의 이유'가 없다는 것이다. 친일 문학 연구는 강제론에서 자발성론으로 논의가 진전됨에 따라 비판의 날은 더 날카로워졌지만, 근본적으로 개개인의 친일 파시스트들을 왜 비판해야 하는지에 대해서는 진지하게 논의되지 못했다. 이런 의미에서 우리가 해야 할 일은 민족주의적 비판의 당위론을 반복하는 것이 아니라 개인의 자발성에 대한 이해를 바탕으로 한 보다 객관적인 '비판의 논리'를 마련하는 것이다. 자발성을 중립적으로 이해할 때 대면하게 되는 불편한 진실에 대한 다양한 고민이 동반되어야 할 것이다.

미시 파시즘에서 벗어나기

—들뢰즈와 가타리의 이론을 통해 살펴본 파시즘

류 희 식

1. 서론

이 글에서는 들뢰즈와 가타리의 논의를 중심으로 파시즘을 살펴보고자 한다. 실제로 이들의 논의는 파시즘 자체를 어떤 '과거의 사실'로 규정하거나, 이를 단순한 '인식의 대상'으로 삼기 위해 분석적 연구를 진행한 것은 아니다. 게다가 푸코가 서문에서 "비(反)파시즘을 위한 연구서"라고 언급했음에도 불구하고 실제로 『앙띠 오이디푸스』의 경우 역사적 파시즘에 대한 언급은 거의 없다.[1] 그 이후 『천개의 고원』 역시 역사적 파시즘에 대한 논의가 다소 실려 있지만(9장) 그것이 역사적 파시즘 자체에 대한 분석에 초점을 맞추고 있는 것은 아니다.

---

1. Adrian Parr, ed. *The Deleuze Dictionary*, Columbia Univ. New York, 2005. 98~100쪽 참조.

하지만 이 글에서 들뢰즈와 가타리를 통해 파시즘을 살펴보려는 것은 오히려 그들의 사유가 파시즘의 위험을 깊이 염두에 두고 진행되었기 때문이다. 그들이 '리비도 경제학' 또는 '기계(욕망) 일원론'의 사유를 펼치는 한에서 "파시즘은 사회적 장에서 욕망의 문제를 접근하는 데 핵심적인 주제"이며,[2] 신중을 기해 피해가야 할 '잠재태'이다. 현재의 '근대—민족—국가—자본주의'라는 지배적인 배치는 언제나 우뢰를 품고 있는 구름과 같다. 그것은 현재의 지배적 배치 자체가 스스로를 지속시키면서 주변의 모든 흐름을 종속시키고, 그 과정에서 신체들을 고정된 '주체'로 유기체화한다. 그리고 이러한 지배적인 조건 속에서 대중들의 욕망은 이에 반하는 자발적인 흐름을 형성하더라도 언제나 파시즘적 신체로 변화할 위험에 빠져 있다.

역사적 파시즘은 비교적 짧은 기간에 일어난 사건이었고, 그 이후 지금까지 새롭게 재발하지도 않았다. 그럼에도 불구하고 역사적으로 볼 때 파시즘은 엄청난 파국을 불러왔다. 지금까지 파시즘에 대한 논의가 지속적으로 진행되고 있다는 사실은 그만큼 파시즘 자체가 준 충격이 컸으며, 그에 대한 여러 층위의 문제의식과 관련이 있을 것이다. 이러한 관심을 공유하면서 볼 때 파시즘에 대한 지금까지의 논의는 크게 두 가지 관심에서 이루어져온 것으로 볼 수 있다. 먼저 과거의 '역사적 파시즘'을 반성적으로 규정하려는 논의이다. 이는 우리의 식민지 역사에 대한 반성적 고찰의 필요성에 따른 것이다. 또 다른 하나는 파시즘을 '언제 어디서나 재발할 수 있는 것'으로 보고, 이를 막기 위한 경계의 노력을 기울이려는 의도이다.

이러한 의도가 모두 의미 있음에도 불구하고 지금까지의 연구들 가운데 파시즘 자체를 분명하게 규정한 글은 많지 않아 보인다. 어쩌면 파시

---

2. 펠릭스 가타리, 윤수종 역, 『분자혁명』, 푸른숲, 2004. 61쪽.

즘에 대한 논의들이 지속적으로 이루어지는 사실 자체가 이러한 불명확성을 반증하는 것으로 볼 수도 있을 것이다. 소위 '포스트주의'로 불리는 허무주의가 판치는 현실에서 이들은 '탈주' 혹은 '노마드적 실천'이라는 혁명론을 전개한다. 그렇지만 그들의 논의는 단순한 낭만주의에 근거하지는 않는다. 오히려 그들은 언제나 탈주의 삶 자체가 지니는 고유한 위험성에 대한 경계를 강조하는데, 그 실천 가운데 가장 핵심적인 함정이 '파시즘'이다. 따라서 여기서는 들뢰즈와 가타리의 저작들에 나타난 파시즘에 대한 언급들을 중심으로, 그들이 사유하는 파시즘의 특성은 어떠한지 그리고 그러한 입장이 기존의 논의들과 어떤 차이가 있는지를 살펴볼 것이다. 이를 통해 문학에서, 그리고 일상적인 삶 속에서의 파시즘에 대한 이해에 조금의 보탬이 되었으면 한다.

2. 파시즘에 대한 기존 논의 비판

가타리에 따르면 파시즘에 대한 지속적인 논의에도 불구하고, 우리는 여전히 파시즘의 실제에 대하여 제대로 접근하지 못하고 있다고 한다. 그러면서 그는 자신의 글에서 파시즘에 접근하는 기존의 방법들을 검토한다.

첫 번째는 사회학적인 분석적─형식주의적 접근이다. 두 번째는 네오마르크스주의적인 종합적─이원론적 접근이다. 세 번째는 분석적─정치적 접근이다. 첫 번째와 두 번째는 모두 대규모 사회적 총체와 소규모 사회적 총체를 구별하는 반면, 세 번째 접근은 이를 넘어서려 한다. 분석적─형식주의적인 사회학적 사고는 공통적 특징들을 끌어내려고 종들을 분리할 것을 제안한다.[3]

---

3. 펠릭스 가타리, 위의 책. 63쪽.

여기서 첫번째 방법에 대한 가타리의 비판은 기존 인식이 지닌 '종적—개념적 파악'의 문제점에 대한 지적이라 할 수 있다. 이 방법은 가장 전통적인 인식의 방법으로, 유사성과 유비에 의해서 대상을 파악하는 것이다. 따라서 "이는 감각적인 유비의 방법"이나 "구조적 상동성의 방법 — 예를 들어 파시즘, 스탈린주의, 서구 민주주의 간에 절대적 차이를 정하려는 시도"[4]이다. 이때 '감각적 유비'에 근거할 경우 각각의 파시즘이 지니는 이질성과 다양성을 파악할 수 없으며, '구조적 상동성'에 근거할 경우 파시즘과 스탈린주의 그리고 서구 민주주의는 전혀 이질적인 것으로 드러난다.

실제로 이와 같은 연구의 사례를 우리는 로버트 O. 팩스턴의 논의에서 확인할 수 있다. 팩스턴의 경우, 방대한 실증사료들을 바탕으로 파시즘의 생장사멸을 면밀하게 살펴봄으로써 역사적 파시즘 자체를 이해하는데 상당한 도움을 주고 있다. 그럼에도 불구하고 그 스스로 파시즘을 규정하는 것을 보면[5] 여전히 명확한 틀을 찾아내지 못하고 있는 듯하다. 그는 역사적 파시즘 자체의 현상들을 잘 보여주었음에도 불구하고 여전히 결과로서의 현상 자체에 머물러 있다는 인상을 받는다.

이에 비해 두 번째 비판 대상인 네오마르크스주의적 입장은 또 다른 문제점을 노정한다. 그들의 논의는 여전히 사회적 실천의 측면을 고려하고 있다는 점에서는 긍정적이다. 하지만 이 논의의 가장 큰 난점은 실제적인 욕망의 현상을 모두 '계급적' 관점으로 환원시킴으로써, "대중의 욕망실현과 대중을 대표[표상]한다고 여겨지는 층위 사이의 단절"을 불러

---

4. 펠릭스 가타리, 위의 책, 같은 쪽.
5. 팩스턴은 파시즘을 "공동체의 쇠퇴와 굴욕, 희생에 대한 강박적인 두려움과 이를 상쇄하는 일체감, 에너지, 순수성의 숭배를 두드러진 특징으로 하는 정치적 행동의 한 형태이자, 그 안에서 대중의 지지를 등에 업은 결연한 민족주의 과격파 정당이 전통적 엘리트층과 불편하지만 효과적인 협력 관계를 맺고 민주주의적 자유를 포기하며 윤리적·법적인 제약없이 폭력을 행사하여 내부 정화와 외부적 팽창이라는 목표를 추구하는 정치적 행동의 한 형태"라고 정의한다. 로버트 O. 팩스턴, 손명희, 최희영 역, 『파시즘』, 교양인, 2005. 487쪽.

온다는 한계를 지닌다. 분자적인 대중들 각각의 욕망은 발화되지 않으며(발화할 수 없으며), 오직 '당'이라는 몰적이고 거시적인 대리자를 통해서만 발화가 가능하다. 그리고 이렇게 실천이 진행되는 한 이 둘은 전혀 다른 성질을 지니게 된다. 그렇기 때문에 이러한 실천이란 언제나 "관료주의적 실천", "표상과 현실의 이원론, 복음을 설교하고 질서를 담당하는 카스트와 그들의 가르침을 받는 것으로 여겨지는 대중이라는 뿌리 깊은 이원론"[6]의 심연을 반복할 뿐이다.

이상의 경향을 보이는 것으로(물론 첫 번째와 명확히 구분되지는 않지만) 마크 네오클레우스의 논의와[7] 마틴 키친 등의 논의[8]를 들 수 있을 것이다. 전자

---

6. 펠릭스 가타리, 앞의 책, 64쪽.

7. 파시즘은 무엇보다도 근대 산업자본주의가 만들어낸 이데올로기다. 하나의 체계로서 파시즘은 모더니티와 자본주의의 본질 속에 내재하는 부정적 잠재력─즉 인간 파괴의 잠재력─이다. (…) 한마디로 파시즘은 근대성 속에 내재하는 정치학으로, 민족주의적·반혁명적 목적을 위한 대중동원, 군사적 행동주의, 엘리트주의적·권위주의적·억압적 국가장치의 운동을 수반하며, 자연과 의지에 관한 모호한 생철학을 통해 표현된다는 것이다. (…) 파시즘은 모든 정치적이고 사회적인 문제에서 역사를 제거하고, 자연을 신성시하거나 '자연적인 것'으로 간주되는 전쟁과 민족을 신성시함으로써 그 공백을 메운다. 하지만, 그럼에도 불구하고 파시즘은 대중사회 내의 사회적 세력들에게 대안적인 혁명적 충동을 제공하려고 했으며, 공격적 민족주의를 통해 이 세력들을 집결했고, 반동적인 정치적 목적을 위해서 모더니티의 핵심 요소들을 차용하고 급진화했다('혁명에 반하는 혁명'). 마크 네오클레우스, 정준영 역, 『파시즘』, 도서출판 이후, 2002. 20쪽.

8. 저자는 열 개의 항목을 통해 파시즘을 정의내리고 있다. 첫째, 파시즘은 선진산업국가들의 현상이다. 만일 자본주의가 일정정도의 수준으로 발전해 있지 않다면 파시스트 운동의 특징인 계급간의 특수 관계는 불가능하다. (…) 파시즘은 극단적 이론들이 주장하는 것처럼 자본주의와 동일하지는 않으나 자본주의와 파시즘 사이엔 비동일적 동일성이 존재한다. 둘째, 파시스트 운동은 극심한 사회경제적 위기에 의해 촉발된다. 그러한 위기는 위치상실과 경제적 파탄 등으로 사회의 상당부분을 위협하고 사회를 불확실성과 불안이 확산된 감정 속으로 몰아넣는다. 셋째, 파시즘은 공산당이든 사회당이든 정당을 통하여 산업과 부르주아지에게 중대한 요구를 하는 대규모의 조직화된 노동자계급에 대한 반동이다. 넷째, 파시즘은 정치화되고, 위협당하며 그리고 두려워하는 쁘띠 부르주아지 대중에게 지지를 얻었다. 다섯째, 파시스트 정권은 파시스트 당 지도부와 산업·은행·관료 및 군부의 전통적 엘리트들 간의 동맹으로 특징된다. 여섯째, 파시즘의 사회적 기능은 자본주의적 소유관계를 안정·강화시키고 일정 단계 변형시키며 자본가계급의 사회경제적 지배를 보장하는 것이다. 일곱째, 그러므로 파시즘은 의회민주주의의 모든 치장을 벗어버린 테러정권이다. 반대 세력은 그것이 파시스트 운동 내이건 밖이건 허용되지 않는다. 여덟 번째, 파시스트 운동은 객관적 기반을 왜곡한 대중추수의 좌절과 불안을 의도적으로 조작하는 이데올로기를 사용한다. 아홉 번째, 파시스트 정권들은 호전적이고 팽창주의적인 정치 외교상의 목적을 촉구한다. 이러한 제국주의는 군사적 필요성으로 정당화된다. 열 번째, 이상의 아홉까지 각각의 강도는 자본주의적 발전의 수준 그리고 파시스트 정권이 초래한 문제들을 극복한 결과에 의해 결정된다. 마틴 키친, 강명세 역, 『파시즘』, 이론과실천, 1988. 121~134쪽.

는 반자본주의적 입장을 중심으로, 그리고 후자는 좀 더 포괄적인 반근대 혹은 탈근대적 입장에서 논의를 진행시키고 있다. 이들의 논의는 근대 산업자본주의의 출현이 파시즘을 만들어낸 직접적인 원인이라는 점, 그리고 파시즘을 '이데올로기'로 본다는 점에서는 공통적인 의견일치를 보인다. 하지만 이들의 논의가 지니는 문제 역시 파시즘에 대한 규정이 지나치게 포괄적이거나 나열적이다. 특히 이들은 초기 소비에트에서 당에 대한 대중의 지지와 그 후 국가가 대중들에게 행사한 폭력 등에 대해 작동방식의 측면에서든 윤리적 측면에서든 파시즘이 보여준 양상과 변별적으로 설명하지 못한다는 점 등은 큰 한계로 들 수 있다.

들뢰즈, 가타리에 따르면 지금까지 파시즘 논의의 한계는 먼저 대상에 대한 접근방법에서 기인한다. 그것은 역사적 파시즘이라는 현상(결과)에 한정하여 파시즘의 특성을 분석해 들어갔기 때문이다. 어떤 현상에 대한 적실한 이해에 도달하기 위해서 결과를 바탕으로 원인을 역추적해 들어가는 방식 자체는 타당하다(경험주의). 그럼에도 불구하고 결과들과 그에 따라 밝혀진 원인들에 머물러서는 안 된다. 결과들이 원인을 모두 설명해 주는 것은 아니기 때문이다(반실증주의). 그에 따르면 결과를 통해 원인에 이르되, 원인 자체에 대한 적실한 이해에 도달할 때에만 제대로 된 인과론을 획득할 수 있다는 것이다.

또 다른 어려움은 선 규정된 개념을 통해 대상을 파악해 들어가는 방식이다. 개념을 설정함에 있어서 대부분은 미리 설정된 본질을 가정함으로써 유사성에만 천착하게 되고, 그 결과 '덜 추상적인' 개념에 근거하여 실재를 재단하는 방식으로 나아가기 때문이다.[9] 들뢰즈와 가타리가 보기에, 대부분의 연구들은 거시—정치적 이념에 사로잡혀 있기 때문에 파시즘 자체가 보여주는 괴물적인 다양함을 제대로 파악하기 위한 미시적

---

9. 가령, 추상적 보편자를 지칭하는 일반 개념이 표상하는 '인간'은 어디에도 존재하지 않는다. 실재는 오직 '이러저러한' 개인(구체적 보편자로서의)이 있을 뿐이다.

접근이 이루어지지 못했다.

그들에 따르면 우리는 거시정치(계급, 국가, 민족 등)의 측면과 미시정치의 측면(개인, 가족, 학교, 직장, 심지어 친구 등)을 분리시켜서는 안 된다고 말한다. 이러한 구분은 하나의 신체를 가로지르고 가는 두 개의 '표상'에 의한 것일 뿐 실재와는 무관하기 때문이다. 또 그러한 한에서 신체 일원론, 더 근원적으로는 욕망 일원론이 아니라 또 다른 외부적 판단기준(잘못된/정상의, 이데올로기의/과학적인 등)을 상정해야 하기 때문이다(하나는 제대로 된 나의 욕망이며, 다른 하나는 허위의식에 빠진 잘못된―그렇지만 여전히 나의― 욕망이다). 그렇게 된다면 우리는 또 다시 외부적 준거의 기원을 설명해야 하는 물음의 연쇄에 빠지게 된다. 따라서 이들의 논의를 제대로 파악하기 위해서는 이들의 개념적 구도를 파악하는 것이 지름길이 될 것이다.

3. 신체의 분절 방식과 그 특성들―세 가지 선

우리의 신체가 단일한 주체성, 하나의 권력―중심만을 지니고 있지 않다는 것은 이미 구조주의적 사유를 거쳐오면서 당연한 것이 되었다. 가령 알튀세르의 경우, '경제라는 최종심급'의 논의만 제외한다면 중층결정된 다양한 층위에서 우리들의 신체와 욕망의 분절들이 존재한다. 신체는 이들 각 층위마다 이질적인 욕망들로의 분절이 이루어지며, 그에 따라 다양한 주체화 역시 가능한 것이다. 우리의 신체는 일상 속에서 어떠한 문턱들을 넘느냐에 따라서 다양한 주체로 변화한다. 우리는 누군가의 부모 혹은 자식에서(가정) 행인으로(도로), 고객으로(구매의 문턱), 학생 혹은 선생으로(학교) 문턱들과 배치들에 따라서 수없이 많은 주체들로 분절되기 때문이다.

『천개의 고원』 9장에서 들뢰즈와 가타리는 모든 신체를 구성하는 세 가지 선을 구분한다. "코드와 영토성이 서로 뒤얽힌 비교적 유연한 선", "일반화된 덧코드화가 실행되는 견고한 선" 그리고 "양자들에 의해 표시

되며, 탈코드화나 탈영토화에 의해 규정되는 하나 또는 여러 개의 도주선"이다.[10]

먼저 유연한 선과 견고한 선을 살펴보자. 이 둘의 구분은 국가와 원시 사회체가 인간들을 절편화시키는 모형을 검토하면서 이루어진다. 이 둘은 모두 절편화의 세 방식을 공유한다. 여기서 세 가지 모형이란 '이항적', '원형적', '선형적'인 절편화들이다. 우선 국가는 '이항적' 절편은 완고한 이분법을 전제로 진행된다. 이 견고한 이분법적 절편은 계급, 성 등의 이분화를 통해 지위상의 우열을 분화시킨다. 또 국가는 '나—우리 집—우리 동네—… —도시—국가'의 원형적 절편성에서도 국가를 최종 심급에 둔 채 나머지 원들을 공명시킴으로써 우열을 만들어낸다. 마찬가지로 '집—학교(들)—군대—직장…'의 선형적 절편성에 있어서도 기하학적인 방식의 강력한 덧코드화[11]를 작동한다. 따라서 국가는 절편화의 세 방식을 통해 위계화된 관료주의적 구조를 생산하고 각각의 신체를 차등적으로 자리매김 시킨다.

이에 비해 원시 사회체의 경우는 다소 느슨한 형태를 취한다. 이들 사회에서도 이항적 대립은 있지만, 이것은 실제로는 3항을 작동하기 위한 결과로 도출된 것일 뿐이다(세 부족 사이의 여성의 교환을 위한 남/녀의 구분). 또 여기서도 각각의 다양한 부족들이나 가족적 결연의 원들이 있지만, 원시 사회체는 이들의 공명을 저지한다. 선형적 선분성의 경우에도 원시 사회체는 기하학보다는 '조작적 기하학'[12]의 원리를 따른다.

그런데 이러한 분석을 통해 이들이 드러내려고 하는 것은 절편성들의

---

10. 질 들뢰즈, 펠릭스 가타리, 김재인 역, 『천개의 고원』, 새물결, 2001. 422~423쪽. 이는 유연한 선, 견고한 선, 양자적 흐름이라는 말로 바꿔도 무방하다. (※ 앞으로 이 글을 본문에 직접 인용시 쪽수만 표시함)

11. 기하학의 작동방식을 살펴보면, 정리(定理)에 근거한 관념적인 '원'이 선재하고, 이에 미달된 '둥근 것'이 있을 뿐이다. 예를 들어 "여긴 군대야! 아직도 자신을 대학생이라고 생각하나!"라는 말처럼, 언제나 초월적인 최상의 상태가 상정되고, 실제의 우리 신체는 이에 따라 새롭게 코드화되어야 한다. 이에 대한 간략한 설명은 우노 구니이치, 이정우·김동선 역, 『들뢰즈, 유동의 철학』, 그린비, 2008. 212~215쪽 참고.

12. 조작적 기하학은 위의 기하학에 대립한다. 여기서는 '원'은 존재하지 않고 '둥근 것'만이 존재한다.

상이한 작동방식과 그에 대한 강조이지, 절편들의 구별되는 특성을 일대일로 국가와 원시 사회체에 부합시키는 것이 아니다. 오히려 그들은 유연한 선과 견고한 선을 구분하고 대립시키는 것은 불충분하다고 말한다. 이 두 선들은 언제나 함께 서로 감싸여져 존재하기 때문이다. 원시 사회는 상대적으로 유연함에도 불구하고 "견고성과 나무화의 핵들을 포함하고 있는데, 이것은 국가를 저지하는 만큼이나 국가를 예견하고"(405~406쪽) 있으며, 현대의 국가 역시도 '국민'이라는 견고한 선을 부여함에도 어느 때보다 더 유연한 절편을 보장하고 있기 때문이다.

따라서 이들은 중앙 집중적인 것과 유연한 절편적인 것을 일대일 대응시키는 것도, 절편의 성질들을 중심으로 견고한 것과 유연한 것을 직접적으로 대립시키는 것도 충분하지 않다고 말한다. 전자의 경우, 중앙 집중적인 것 속에도 절편적인 것이 있기 때문이며, 후자의 경우 유연한 것과 견고한 것이 서로 뒤섞이지 않은 신체는 존재하지 않기 때문이다. 오히려 하나의 신체는 서로 상이한 본성을 지닌 '그램분자적인 절편성'과 '분자적 절편성' 모두를 동시에 지닌다.[13] 따라서 들뢰즈와 가타리는 이 두 개의 선으로는 실제 자체를 있는 그대로 드러낼 수 없다고 본다.

그래서 이들은 또 하나의 선을 제시하는데, 이것이 도주선이다. 여기서 우리는 이 도주선을 오직 그들이 자신들의 이론을 구축하기 위해서 고안해 낸 것이라고 생각해서는 안 된다. 오히려 그들의 말과 같이 '도주선' 혹은 '양자적 흐름'은 현실에서 확인 가능한 것이다. 그들은 화폐에 있어서 인플레이션, 디플레이션, 스테그플레이션을, 세계적 범위에서 증권거래소의 흐름을, 그리고 대중들의 변화나 움직임에 있어서는 미시—모방을

---

13. 모든 사회와 모든 개인은 두 절편성에 의해, 즉 그램분자적인 절편성과 분자적인 절편성에 의해 가로질러진다. 이 두 가지가 구분되는 것은, 양자가 동일한 항, 동일한 관계, 동일한 본성, 동일한 유형의 다양체를 갖지 않기 때문이다. 그러나 이 두 절편성이 분리될 수 없는 것은 양자가 공존하고 서로 옮겨 가기 때문이며 또한 원시인이나 우리에게처럼 상이한 형태를 취하고는 있지만 양자가 항상 서로를 전제하고 있기 때문이다. 『천개의 고원』, 406쪽.

통해 이 '양자적 흐름'을 설명한다.[14]

그런데 한 가지 염두에 두어야 할 것은, 이 세 가지 선이 순차적인 형태로 진행되지는 않는다는 점이다. 오히려 이 세 가지는 모든 신체들에 동시에 존재하는 성질로 보아야 한다. 하지만 이들은 양자물리학적 사유에 근거하여 이 세 가지 가운데 가장 근원적인 것으로 양자적 흐름에 힘을 실어준다. "절편을 양자에 대응시켜 양자에 맞춰 절편을 조절하는 작업은 리듬과 양태의 변화를 내포하며, 이러한 변화는 전능의 힘을 내포하고 있다기보다는 그럭저럭 행해지고 있는 것이다. 그렇다, 항상 무엇인가가 도주하고 있다."(414쪽) 이처럼 신체들은 모두 세 개의 선을 지나지만, 각각의 선이 지니는 특성이 다른 선들로 환원되지 않는다. 즉 국가에 의해 절편화된 국민과, 다양한 소규모 집합들에 노출된 사적 개인으로서의 우리 신체, 그리고 이 모두에서 벗어나고자 하는 욕망 등은 동일한 공통분모로 환원되지 않는다는 것이다. 이와 같은 선들의 특성은 들뢰즈와 가타리의 반국가주의적 정치학의 기획과 포개어진다.

4. 현대 국가의 위험성—국가와 전쟁기계의 전도

앞서 살펴보았던 세 개의 선은 들뢰즈와 가타리가 인류역사와 현실 정치에 존재하는 사회체를 설명하는 데 그대로 이용된다. 각기 상이한 세 개의 선은 '견고한 선—국가', '유연한 선—원시 부족사회', '양자적 흐름—전쟁기계(유목민)'의 관계를 갖는다.

근대 이후 서구의 이론이 보편성을 획득하면서 국가는 인류사의 전개

---

14. 이와 같은 설명 방식은 기존의 '빈 서판'을 전제로 시작하는 논의들에서 벗어나기 위한 전략이다. 가령, '원초적인 신체'를 가정할 경우, 우리는 또다시 '원시— … —현대'라는 선형적 발전 모형을 세우게 되고, 반대로 발전 모형을 전제로 할 때에 '빈 서판' 논의는 다시 반복된다. 즉 이 둘은 상호 전제하는 논의의 쌍이다. 그리고 여기서 발전의 단계를 또 다시 설명하면서 우열과 차별의 이분법적 논리가 가능해졌다. '빈 서판' 이론의 전개와 그 문제에 대한 검토로는 스티븐 핑커, 김한영 역, 『빈 서판』, 사이언스 북, 2004. 2장 참조.

에 있어 자명한 것이 되었다. 이는 홉스와 로크를 거쳐 마르크스에 이르기까지, 특히 마르크스주의는 사적 유물론을 통해 인류사회 발전과정에서 국가의 5단계설(원시 공산제—고대 노예제—중세 봉건제—근대 자본주의—공산주의(사회주의))을 필연화했다. 이 논의들에 따르게 될 때 어떠한 형태로든 '국가'란 인류 보편사가 되며, 이미 국민—국가의 내부에만 살아온 우리는 (특히 동아시아에 속한 우리는 더욱 심한데)[15] 국가의 외부가 실재한다는 생각을 하는 것이 쉽지 않다.

하지만 들뢰즈와 가타리는 국가의 기원을 설명함에 있어 지금까지와 다른 논의를 전개한다. 그들은 남미 인디언 부족들의 사회가 '억압과 불평등을 야기하는' 국가의 출현을 저지하기 위한 강력한 매커니즘을 형성하고 있다는 점과, 그 후 인디언 부족의 인구증가가 국가로 '이행'을 야기했다는 피에르 클라이스트르의 연구를[16] 비판적으로 수용한다. 그들에 따르면 원시사회가 국가로 '단절의 형태로 이행'하는 것으로 보아서는 안 되며, 오히려 원시사회 내에 이미 국가의 원형적인 모습이 '내속'하고 있었다는 것이다. 다시 말해 국가의 형태가 이미 '잠재태'로 존재하고, 동시에 이를 억압하고 피하려는 원시 사회체가 함께 존재했다는 말이다. 이러한 원형적 국가가 『앙띠 오이디푸스』에서 그들이 사용하는 개념인 원국가Urstaat이다. 그리고 원국가는 『천개의 고원』에서 말하는 '추상기계'로서의 국가, 다시 말해 어떠한 형태의 국가로도 실재화할 수 있지만 구체적으로는 어디서도 확인할 수 없는 '국가의 작동원리' 또는 '원리로

---

15. 이들의 논의를 따르면 앞에서 언급한 마르크스의 역사적 발전단계는 정통이 아니다. 오히려 전제군주제가 보편이었으며, 봉건제는 전제군주의 역량이 미치지 않는 변방의 것에 불과했다.(이에 대해서는 박지웅, 「들뢰즈와 가타리의 국가형태 리토르넬로」, 『경제학연구』 53. 한국경제학회 편, 2003. 참조.) 우리 태초의 신화가 '민족'이 아닌 '국가'의 기원이란 점도 이를 뒷받침한다. 우리의 경우 가장 강력한 전제군주국가였던 중국의 영향권 아래에서 그와 동일한 역사를 살아왔으므로 국가의 역사가 엄청나게 길며, 그런 만큼 그것의 외부를 상상하기란 어렵다.
16. 피에르 클라이스트르 저, 홍성흡 역, 『국가에 대항하는 사회』, 이학사, 2005. 이 글 전체가 그러하지만 대표적으로 2장 및 9장 참고.

서의 국가'를 일컫는다.[17] 따라서 들뢰즈와 가타리의 논의에 따르면, 처음부터 인류는 국가와 국가 외부가 존재하고 있었다고 볼 수 있을 것이다. 이를 통해 들뢰즈와 가타리는 '국가/국가 외부' 혹은 '원국가/국가에 대항하는 사회'의 공식을 수립한다.

하지만 위에서 본 바와 같이, 원시사회는 '국가를 저지하면서도 국가화하는' 이중적인 성격을 지니는 다소 불완전한 모델이다. 그리고 이러한 모델은 원시사회를 특권화할 우려가 있다. 따라서 이들은 완전히 국가의 외부에 있는 사회체인 유목민들의 삶에 주목하고 이들에게 "전쟁기계"라는 개념을 부여한다. 따라서 그들의 논의에 따르면, 사회체의 형식은 '국가—원시부족사회—유목사회(전쟁기계)' 세 가지이다. 이 가운데 사회체의 궁극적인 두 극은 '국가'와 '전쟁기계'이며, 원시부족사회는 이 두 극 사이에서 끊임없이 진동하는 것이다.

여기서 우선 우리는 전쟁기계에 대한 오해를 벗어나야 한다. 전쟁기계는 말 자체가 주는 어감처럼 전쟁 자체를 목적으로 하는 것만은 아니라는 점이다. 유목민의 발명품인 전쟁기계는 오직 자신의 본성과 반대되는 국가와 대립할 때에만 전쟁을 야기하며, 그 결과 '국가—형식'을 파괴한다. 전쟁기계 자체는 근원적으로 전쟁을 위한 것이 아니라, 유목민들의 사회체가 지니는 '흐름'의 성질을 막고 여기에 홈을 파서 견고한 절편성으로 정주시키려는 국가에 대항하는 장치인 것이다.[18] 그런데 역사에 있어서 근본적인 문제는 국가가 자신에 반하는 전쟁기계를 전유함으로써 만들어진다. 전쟁기계가 국가에 포획됨으로써, 오히려 전쟁기계는 포획

---

17. 예를 들어, 푸코가 『감시와 처벌』에서 말한 추상기계인 '판옵티콘'은 그 자체로 어디에도 실재하지 않는다. 하지만 우리는 그렇게 작동하는 것들을 도처에서 확인한다. 즉 감옥, 학교, 군대, 경찰, 병원 등이 그것이다.

18. 마찬가지로 전쟁기계란 어떤 특수한 성질을 지닌 '본질적'인 존재라기보다는 오히려 국가의 포획에서 벗어나려는 개개의 신체들, 그리고 그 신체들이 연결접속된 흐름을 말한다. 들뢰즈와 가타리가 "예술적, 과학적, "이데올로기적" 운동"의 긍정성을 말하는 것도 이 때문이다.(들뢰즈, 가타리, 앞의 책, 811쪽.)

된 국가에 반하는 자들과 다른 국가를 파괴하는 수단으로 전락하게 된 것이다. 그 결과 전쟁은 전쟁기계의 일차적인 목표가 되고 만다. 게다가 이와 같은 문제는 근대에 이르러 새로운 문제를 낳게 된다.

　　그런데 국가의 전쟁을 총력전으로 만드는 요인들은 자본주의와 밀접하게 결합되어 있다. 즉 전쟁 관련 시설, 산업 그리고 전쟁 경제에 대한 고정 자본의 투자, (전쟁을 수행하는 동시에 희생자가 되는) 육체적·정신적 측면에서의 인구라는 가변 자본에 대한 투자와도 밀접하게 결합되어 있는 것이다. 실제로 총력전은 단지 섬멸전일 뿐만 아니라 섬멸의 "중심"이 이미 적군이나 적대국뿐만 아니라 적국의 인구 전체와 경제가 되었을 때에야 비로소 출현한다.[19]

자본주의에 이르러 국가의 목표에 따라 국가 전쟁과 관련된 이중의 투자는 결국 국가 간의 전쟁에서 제한전이 아니라 총력전으로 나가게 되는 필연적 이유를 설명해준다. 적국의 '이중적 투자' 혹은 '이중적 재화' 자체를 모두 파괴해야 하기 때문이다. 여기서 새로운 전도가 나타난다. 전쟁기계는 국가에 전유되어 국가의 정치적 목적에 맞는 전쟁 즉 총력전을 수행해야 했으며, 이 과정에서 국가는 전쟁을 위해 이중적인 투자를 감행했다. 하지만 전쟁이 총력전으로 치닫는 한에서 국가는 전쟁 자체에 매달리지 않을 수 없게 된다. "이리하여 국가 자체가 이 전쟁기계의 단순한 한 부분, 즉 대립하거나 병치되는 부분에 지나지 않게 된다."(808쪽)

들뢰즈와 가타리는 국가에 전유된 전쟁기계가 출현하는 두 형태를 '파시즘─국가(나치)'와 그 후의 '냉전'으로 본다. 과거 파시즘은 "전쟁을 전쟁 자체 외에는 다른 목적을 갖지 않는 무제한적 운동"으로 만들었으

---

19. 들뢰즈, 가타리, 앞의 책, 807쪽.

며, 그 이후에는 "'공포'의 평화 또는 '생존'의 평화"라는 "무시무시한 평화를 자신의 목적으로 삼고, 극히 처참한 국지전을 자신의 일부로 유지하거나 유발하는"(809쪽) 냉전의 상황으로 이어졌다. 그리고 냉전 이후의 현재적 상황은 냉전 자체의 종식이 아니라, 냉전 구도의 다각화일 뿐이다. 이로써 비릴리오가 말하는 '평화와 그 오류로서의 전쟁'이 아니라, 오직 '전쟁 유예로서의 평화'만 가능하게 되었다.

5. 파시즘과 암적인 기관 없는 신체

들뢰즈와 가타리는 우리의 신체를 가장 직접적으로 구속하는 것으로 '유기체화', '주체화', '의미화' 작용을 든다. 그리고 기관 없는 신체는 이 세가지의 작동방식을 벗어나기 위해서 발생한다. 그들은 국가의 작동에 반하면서 형성되는 기관 없는 신체를 세 가지로 구분한다. '충만한 기관 없는 신체', '텅 비어 있는 신체', '암적 기관 없는 신체'가 그것이다. '텅 비어 있는 신체'의 경우는 "유기체라 불리는 이런 조직화를 끈기 있게 그리고 순간적으로 해체시킬 수 있는 지점들을 찾으려 하는 대신 그 몸체들은 자신의 기관들을 비워버리는 것"(308쪽)으로, 지나치게 폭력적으로 현재의 지층화를 파괴한 때문에 자신의 신체의 내부에 어떠한 욕망의 강도도 생산해내지 못한다. 이에 비해 '암적 기관 없는 신체'는 자신뿐만 아니라 주변의 다른 신체까지도 죽음에 이르게 한다. 이 신체가 바로 파시즘적 신체이다.

　그렇다면 구체적으로 파시즘은 어떻게 출현하며, 암적인 기관 없는 신체는 어떻게 구축되는가? 들뢰즈와 가타리의 논의에 따르면, 우리가 몰적이고 거시적인 정치의 차원과 분자적이고 미시적인 정치의 차원이 전혀 다른 것처럼 인식하고 있지만 이는 사실과 무관하다. 이는 거시적 욕망과 미시적 욕망의 본성 자체가 다르지 않은 것과 마찬가지이기 때문이다. 욕망의 일원성을 확인할 수 있는 예로 가장 흔히 쓰고 있는 '이데올로기'라는 말을 들 수 있는데, 허위의식으로서의 이데올로기는 존재하지 않기 때문이다. 오히려 이데올로기란 말은 우리의 욕망이 얼마나 지배적이고 다수적인 욕망과 잘 접속할 수 있는가를 반증하는 용어임과 동시에 이를 효과적으로 장악, 이용하려는 배치의 작용일 뿐이다. 이것이 라이히가 파시즘을 새롭게 본 이유이며, 이들이 라이히에 주의를 기울이는 까닭이다.

　　욕망은 왜 스스로 억압되기를 바라는가, 욕망은 어떻게 자신의 억압을 바랄 수 있는가? 이처럼 포괄적인 질문에 대답할 수 있는 것은 미시 파시즘밖에는 없다. 확실히 군중들은 그저 수동적으로 권력을 받아들이는 것은 아니다. 또한 군중들은 일종의 마조히스트적인 히스테리에 빠져 억압되기를 "바라는" 것도 아니다. 나아가 군중들은 이데올로기적 속임수에 기만당하는 것도 아니다. 욕망이란 필연적으로 여러 분자적 층위들을 지나가는 복합적인 배치물들과 절대 분리될 수 없으며, 이미 자세, 태도, 지각, 예감, 기호계 등을 형성하고 있는 미시―구성체들과도 분리될 수 없다. 욕망은 결코 미분화된 충동적 에너지가 아니라 정교한 몽타주에서, 고도의 상호작용을 수반한 엔지니어링에서 결과되는 것이다.[20]

우리가 더 나은 삶을 미리 살아볼 수 없고 그래서 초월적인 가치를 미리 알 수 없는 한에서 욕망 일원론은 타당하며 미시적 욕망과 거시적 욕망은 동일하다. 마찬가지로 거시 정치와 미시 정치는 동일한 욕망에 대한 사회적 배치의 산물인 것이다. 파시즘적 신체는 결코 거시적인 측면이나 미시적인 측면 각각에서 다르게 구성되는 것은 아니다.

물론 계급적 측면에서 혹은 집단적 측면에서 구성되는 파시즘적인 변

---

20. 들뢰즈, 가타리, 앞의 책, 409쪽.

용들이 존재한다. 들뢰즈와 가타리는 이를 '거시―파시즘'이라고 말한다. 하지만 이 둘이 본질적으로 다른 체계들이며, 그에 따라 상이한 구성요소를 지니고 있는 것은 아니다.[21] 이들에 의하면 파시즘, 전체주의, 자본주의 등의 유적類的으로 구분된 분류 체계는 존재하지 않으며, 이러한 접근으로는 파시즘의 고유한 특성과 위험성을 파악하기 힘들다고 말한다. 오히려 이와 같은 거시적이고 '추상적'인 접근은, 마치 이들 각각의 정치적 형식화의 체계가 전혀 다른 본성을 가진 이질적인 것으로 구성되어 있는 것처럼 보이게 만들기 때문에 각각의 차이를 제대로 드러내지 못할 뿐이다.

각각의 정치 형태는 그것을 구성하는 요소들 자체가 본질적으로 다른 것이 아니라 배치의 이질성, 조성의 차이로 인해 드러나는 결과이다. 그러므로 파시즘적 신체란 것이 따로 존재하는 것으로 볼 수는 없다. 오히려 각각의 신체는 어떠한 조합, 조성에 놓이는가에 따라서 위상학적으로 변화할 뿐이기 때문이다. 그렇기에 이들은 끊임없이 '본질'의 문제가 아니라, '배치'의 문제를 중요하게 생각한다. 예를 들어 주체화의 경우, 초자아를 내면화한 개인들, 가족, 소규모의 모임들, 학교, 사회적 집단, 국가 등의 수많은 주체화의 점들은 어느 사회에도 공존하는 것이다. 따라서 전체주의와 자본주의 그리고 파시즘은 다음과 같이 정리할 수 있을 것이다. 먼저 이들 모두는 하나의 국가 기계를 구성하는 한에서 거시―파시즘적 전체주의적 성격을 지닌다. 하지만 그 조성의 문제에서 볼 때 전체주의(스탈린주의)는 국가가 독자적으로 "닫힌 꽃병 상태"가 되는 가장 중앙 집중화된 견고한 선분에 의해 구성된 사회체일 것이다. 전체주의는

---

21. 오히려 가타리는 "(역사적―인용자) 파시즘, 스탈린주의, 부르주아 민주주의 등의 모든 구조를 횡단하여 자신의 길을 추구하는 하나의 동일한 전체주의적 기계주의[기계체계]를 인정하지 않을 수 없다"고 말한다. 흔히 우리가 전체주의와 무관하다고 생각하는 자본주의는 '인간'을 분해하여 다양한 사회적 욕망의 배치 속으로 집어넣음으로써 자신의 전체주의적이고도 관료주의적 억압체계를 소형화하면서 강화한다는 것이다. 이에 가타리는 자동차 운전을 예로 든다. 운전자는 운전을 하는 동안은 인간인가 아니면 자동차의 부품인가? 가타리, 앞의 책, 71~72쪽.

주체화의 점들을 중앙 집중화시키고, 각 점들을 편집증적으로 유기체화 시키기 때문이다.

　자본주의는 전체주의와 파시즘 사이에서 움직인다. 자본―국가의 조합에서는 자본은 분열증적으로, 그리고 국가는 편집증적으로 작동하는 이질적인 두 신체의 결합이기 때문이다. 자본주의는 단일한 국가체계에 닫혀 있는 것이 아니라 끊임없이 세계적인 덧코드화에 의해 조율되며, 그 과정에서 주체화의 각 점들을 자족적으로 둔 상태에서 국가의 공명을 통해 유지된다.

　이에 비해 파시즘은 전혀 다른 성격을 지닌다. 먼저 파시즘은 국가장치를 소유하기 전에도 언제나 일어난다. 그것은 각각의 주체화의 점들이 서로 공명없이 상호작용하는 한에서 미시적으로 존재하기 때문이다.

　　파시즘은 점에서 점으로, 상호작용하면서 우글거리며 도약하는 분자적 초점들과 불가분의 관계에 놓여 있는데, 이것이 「국가사회주의(Nazi) 국가」에서 분자적인 초점들이 다함께 공명하기 이전에 일어난다. 농촌의 파시즘과 도시의 파시즘 또는 도시 구역의 파시즘, 젊은이의 파시즘과 퇴역 군인들의 파시즘, 좌익의 파시즘과 우익의 파시즘, 커플, 가족, 학교나 사무실의 파시즘. 이들 파시즘은 모두 미시적인 검은 구멍, 즉 일반화된 중앙 집중적인 거대한 검은 구멍 속에서 공명하기 전에 자체로서 효력을 가지며 다른 것들과 소통하는 미시적인 검은 구멍에 의해 규정된다 (…) 심지어 국가사회주의 국가가 설립된 때에도 이러한 국가에 "군중들"을 조작할 수 있는 비길 데 없는 수단을 마련해주는 이러한 미시 파시즘들이 존속될 필요가 있을 것이다.[22]

---

22. 들뢰즈와 가타리, 위의 책, 408~409쪽.

그러므로 파시즘 국가(나치)가 우선적인 것이 아니다. 미시—파시즘은 국가 이전에도 존재하며 심지어 국가에 반하는 것이기도 하다. 이것은 여전히 주체화의 문제와 관련이 있다. 위 인용문에서 언급한 바와 같이 미시 정치에서 주체화는 다양한 층위에서 도처에 존재하며, 국가의 공명작용과 관계없이 분자적이고 대중의 흐름을 형성하는 것은 사실이다. 그리고 이러한 흐름이 국가의 유기체화에 반하여, 기존의 코드화에 반하는 움직임으로 전화되기도 한다. 그러한 한에서 이는 분명히 도주선을 만들어내는 전쟁기계적인 외양을 지닌다. 그러나 국가에 반하는 이들의 흐름이 언제나 동일한 양상으로 전개되는 것은 아니다.

도주선은 주체화를 넘어서면서 다양한 흐름들을 이질접속을 통해 흐르게 만드는 것이자 그 과정에서 창조적 생성력을 만들어내는 '분자적 흐름'이라 할 수 있다. 그러나 파시즘은 주체화의 점들이 상호 접촉하는 데에서 일어나며, 그 움직임이 파악되지 않으면서 더욱 더 미시화된다. 이런 측면에서 파시즘의 흐름은 주체화의 미시적인 검은 구멍(블랙 홀)을 가진 '분자적인 몰성', '미시적 편집증'을 띠는 '천개의 편집광'들의[23] 흐름이다. 파시즘은 대중적 흐름 속에서 미시적인 주체화의 점들이 상호작용하면서 잉여를 분출하고 '주체들간의 구별을 없애면서'[24] 주변의 모든 것을 장악하는 것이다. 의미화의 층위에서는 의미를 장악하고 "기호들의 유통을 봉쇄하는 독재자의 몸체"가 기표를 장악한다. 단, 그 움직임은 기존 국가체제의 유기체화된 신체만을 부정함으로써, 존재하는 모든 것들을 죽음으로 몰아넣는 것이다. 따라서 파시즘은 미시적인 주체화가 일어나는 대중들이 존재하는 한 어디에서나 잠재적으로 존재하는 실재태의 한 양상이다.

---

23. Edited by Adrian Parr, Ibid. 같은 쪽.
24. 이는 양면으로 이해해야 한다. 동일한 층위의 주체일 경우 각각의 차이를 사상시키고, 다른 층위의 주체일 경우 타자의 신체를 파괴하는 것을 통해 '나'의 주체로 환원시키는 것을 말한다.

이들의 논의에 따르면, 기존의 논자들이 국가의 관점에서 파시즘을 파악했던 것과 달리 '파시즘 국가(나치)'는 우발적으로 일어난 현상으로 보아야 하며, 이것 역시 전쟁기계의 움직임이 빠질 수 있는 하나의 함정이요 위험이기도 하다. 그러나 나치는 파시즘적 흐름이(국가와 본성이 다른 파시즘—전쟁기계가) 국가에 반하여 운동을 일으키다가 국가장치를 탈취한 것이면서 동시에 국가에 포획된 것이기 때문이다.[25] 국가사회주의(나치)는 스탈린주의의 몰적인 전체주의와는 달리 파시즘의 '분자적—몰성'을 국가장치 속에서 공명시킴으로써 폭발적인 힘을 가진 암적 국가를 형성한 것이다. 따라서 "전면전은 국가의 사업이라기보다는 오히려 국가를 전유하는 전쟁기계의 사업으로 나타나며, 국가 자체의 자살 이외에는 다른 어떤 출구도 없는 절대 전쟁의 흐름이 국가를 가로질러"가는(439쪽) "자살 국가"를 형성한 것이다. 국가를 탈취한 파시즘—전쟁기계에게 있어 전면전은 오직 '전쟁 자체'만이 유일한 목적이기 때문이다.

6. 위험에 벗어나기 위하여—탈주적 신체의 구축

앞에서 언급했듯이 현실에 있어서 우리는 모두 특정한 형태의 배치 아래에서 '주체'로 호명되고, 그 과정에서 특정한 '의미'에 갇히게 되며, 그 결과 한 사회체의 '기관'으로 고착된다. 이것이 주체를 만드는 삼중의 구속이다. 자본주의 국가는 인간을 포함한 모든 것을 현행하는 자본의 욕망과 이에 근거한 지배적 배치로 격자화시킨다(지층화). 자본—국가는 개개인의 욕망을 '자본—관료주의' 욕망과 접속시키면서 이들을 자본주의 사회체 속으로 포획하고, 그 속에서 '특정한 기관'들로 조직한다. 이 과정에서 우리의 신체들은 자본주의 사회체라는 거대한 유기체에서 적절하

---

25. 들뢰즈와 가타리는 "전체주의는 국가의 문제"이며, "파시즘에서는 분명 전쟁기계가 문제가 된다"고 말한다. 나치의 경우, 히틀러는 처음부터 국가장치를 장악한 것이 아니었다. 그리고 그는 국가장치를 장악한 후에도 파시즘 정당이나 기타 여러 단위의 비국가적 단체들을 그대로 유지한 채 국가와 독립적으로 움직였다.

게 기능하는 고착된 하나의 기관으로 작동한다. 들뢰즈와 가타리가 유기체를 부정하고, 우리의 신체가 하나의 '대표적인' 기관으로 환원되는 것을 부정하는 것은 바로 이러한 자본—국가의 포획에서 벗어나기 위한 것이다. 그러므로 현재의 세계적 지층화에서 벗어나는 길은 전쟁기계가 스스로 국가의 주체(예속)에서 벗어나는 길이다.[26] 이 길은 항상 새로운 창조와 관련되어 있기 때문에 국가와의 전쟁을 유발하게 되고, 자연스럽게 '기관없는 신체' 혹은 '노마드적 신체' 되기와 관련된다.

그런데 최근 들어 이미 유행어가 되다시피 한 '탈주' 혹은 '노마드'라는 개념은 우리가 감성적으로 느끼는 것만큼 낭만적이거나 혹은 그 반대로 패배적인 것이 아니다. '탈주' 개념은 각각의 실존적 개인(기계)들이 행하는 '되기'의 무한한 노력들을 전제로 한다. 가장 먼저 고려할 점은 가치 창조의 문제이다. 우리 앞에 펼쳐진 현존하는 가치들의 목록과 그 유혹을 어떻게 뛰어넘을 수 있는가? 우리가 국가에 포획되어 살아가는 현실은 항상 특정한 배치만 유통된다. 이 배치는 '기하학적'인 초월성을 바탕으로 특권화된 권력과 이에 기반한 의미들을 지속적으로 유통시키려는 의지를 지닌다.[27] 그러므로 새로운 가치 창조 없이 기존의 가치에 대한 소유자만 바뀐다고 해서 배치 자체가 변하지는 않는다. 오히려 탈주의 흐름들은 특권화된 '일자의 가치'(초월적인 가치)를 제거해야만 내재성의 모든 역량을 긍정하는 삶을 살 수 있다. 이에 필요한 것이 기존 가치의 목록을 넘어서는 것이며, 따라서 '인식'이 아니라 가치의 창조, '사유하는 삶'이자 '실험하는 삶'에의 강조이다.

---

26. 그런데 전쟁기계가 국가에서 벗어나는 방법에서 두 극한을 구성하는 것이 파시즘적인 신체로 되는 것인가 아니면, 창조적 도주선을 그리는가이다.

27. 이는 니체의 비판에서도 잘 드러난다. 가령 니체는 「도덕의 계보학」에서, 기독교의 초월적 신에 의해, 그 이후에는 그 자리를 차지한 국가에 의해서 가치의 종속과 인간의 예속화가 진행되었음을 역설한다. 이는 우리가 지닌 긍정과 활동의 역능을 빼는 허무주의의 가장 뿌리 깊은 근간을 이루는 것이다.(프리드리히 니체, 김정현 역, 『선악의 저편, 도덕의 계보』, 책세상, 2002. 기독교 비판에 대해서는 1논문, 국가 및 법률에 반해서는 2논문(특히 17절 433~435쪽.) 참조.

다음으로, 단일자로서의 주체개념에 대한 거부이다. 근대 주체의 개념은 데카르트에 의해 성립되지만 그 근원에서 작동하는 것은 분리 불가능한individual 개인, 즉 단일체로서의 주체이다(따라서 이는 관념적이다). 그리고 인간이 그렇다고 여기는 한에서 인간 이외의 타자들도 동일한 방식으로 인식된다. 이것이 근대성의 근원을 이루는, 개념 혹은 동일성을 통한 현실의 인식이라 할 수 있을 것이다. 하지만 들뢰즈와 가타리는 "and"의 삶을 중시한다. 이는 모든 양태의 실체인 신조차도 '1자=다(多)자'로 상정한 스피노자주의에서 기인한다. 스피노자의 평행론에 따르면 모든 신체는 복합체(분해 결합의 무한한 관계 속에 있는)이며, 그러한 한에서 신체의 본성은 초월적으로 정해진 것이 아니라 복합체가 만들어내는 역량에 의해서 발생(또는 획득)하는 것이다. 이러한 스피노자적 사유가 배치의 문제를 낳는다. 뱀과 내가 적대적이지 않을 수 있는 배치는 무엇인가? 인간이 긍정적이면서 능동적으로 변하고, 스스로 억압을 욕망하지 않을 수 있는 배치는 어떻게 가능한가? 어떻게 장애를 가진 인간을 탁월한 수영선수로 길러낼 것인가? 다시 말해 어떻게 "기쁨에 가득 찬" 신체를 만들어낼 것인가? 그렇기에 궁극적으로는 "이전의 [욕망의] 지층화를 일소할 수 있고 욕망의 새로운 실행 조건을 정립할 수 있는 새로운 이론적, 실천적 기계를 설립하는 것"[28]이 실천의 목표가 되며, 이를 위해 다양한 형태로 작용하는 권력화의 장치들의 작동에 개입해야 하는 것이다.

하지만 그들은 기관 없는 신체, 즉 정신분열증적 신체가 무조건 절대적 탈영토화의 과정에 이르는 것은 아니라고 말한다. 절대적 탈영토화는 '충만한 기관 없는 신체'를 구축해야만 한다. 위에서 이미 말한 것과 같이, 그것은 탈영토화의 극한, 다시 말하면 우리를 가장 직접적으로 구속하는 '유기체, 의미생성, 주체화'를 모두 벗어나는 지점에 이르는 신체이다.

---

28. 펠릭스 가타리, 앞의 책. 63쪽.

유기체의 표면, 의미생성과 해석의 각角, 주체화 또는 예속의 점. 너는 조직화되고 유기체가 되어 네 몸을 분절해야만 한다—그렇지 않으면 너는 변태에 불과하게 된다. 너는 기표와 기의, 해석자와 해석 대상이 되어야만 한다—그렇지 않으면 너는 일탈자에 불과하게 된다. 너는 주체가되고, 즉 주체로 고착되고 언표의 주체로 전락한 언표행위의 주체가 되어야 한다—그렇지 않으면 너는 떠돌이에 불과하게 된다. CsO는 지층들의 집합과 고른판의 성질로서의 탈구(또는 n개의 분절들), 이 평면 위에서의 작용으로서의 실험(기표는 없다! 절대 해석하지 말라!), 운동으로서의 유목(설령 제자리에서라도 움직여라, 끊임없이 움직여라, 움직이지 않는 여행, 탈주체화)를 대립시킨다. (…) 유기체를 해체하는 것은 결코 자살하는 것이 아니며, 오히려 하나의 전체적 배치물들을 상정하는 연결접속들, 회로들, 접합접속들, 구배들과 문턱들, 강렬함의 이행과 배분, 영토들과 측량사의 기술로 계측된 탈영토화를 향해 몸체를 여는 것이다. 결국 유기체를 해체하는 것은 의미생성과 주체화라는 다른 두 지층을 해체하는 것만큼이나 어렵다.[29]

기관 없는 신체되기는 무차별적인 자기 부정이 아니다. 오히려 이것은 우리가 일상에서 언제나 행하는 것임에도 불구하고, 여기에는 언제나 위험이 따른다. 들뢰즈와 가타리는 상실에 대한 '공포'(혹은 그 짝으로서의 안전 지향), 더욱 더 분자화되는 과정에서 빠지게 될 '명확성'(거시적 차원의 작동을 미시적으로 재생산하는), 흐름을 멈추고 고정시키려는 충동으로서의 '권력' 그리고 '소멸의 열정'이라는 네 가지 위험을 언급하는 것도 그 때문이다. 특히 마지막의 '소멸의 열정'은 기관 없는 신체되기이자 도주선이 빠질 수 있는 가장 큰 위험이다. 이는 도주선이 생성의 역능을 상실할 때, 긍정이 아닌 부정의 정념에 가득 차 자살로 이어지기 때문이다. 그렇기 때문에 그

---

29. 들뢰즈, 가타리, 같은 책. 306~307쪽.

들은 탈유기체화를 위해서 그리고 현재의 지층화를 벗어나 배치를 바꾸어 내기 위해서는 언제나 "신중함"이 요청된다고 말한다. 우리는 무작정 지배적 현실을 부정하고 타자에 대한 파괴로 나아가거나, 반대로 자기 허무주의에 빠져서는 안 된다. 오히려 우리의 실존 역능을 이해하면서 현재의 지배적인 배치(지층화) 속에서 최소한 유기체의 모습을 '흉내 내면서' 현재의 지층, 현재의 배치를 지속적으로 만들어내는 배치물들을 찾아내고, 이들을 다른 배치로 바꾸는 작업을 해나가야 하는 것이다.

7. 결론을 대신하며

이상으로 들뢰즈와 가타리의 이론을 통해 파시즘에 대한 그들의 논의를 간략하게 살펴보았다. 그들의 논의에 따르면 '파시즘'은 다른 정치체와 본질적으로 구별되는 실체적인 어떤 것이 아니다. 오히려 파시즘은 현실적으로 존재하는 다양한 사회체 속에 언제나 내속하는 것이자, 국가에 의해 작동하는 특정한 주체화의 양식에서 벗어나고자 하는 '미시적 편집광'들의 탈주적 흐름으로 볼 수 있다. 이 흐름은 본질적으로 유기체화 또는 기관화하는 '국가'에 반하는, 반국가적인 흐름이다. 파시즘적 흐름은 '표면적인 측면'에서만 보자면 들뢰즈와 가타리가 말하는 '기관 없는 신체되기'이며, '탈주'를 위한 움직임이라 할 수 있다.

하지만 이들이 말하는 '파시즘'은 다른 신체들과의 지속적인 연결접속을 통해 창조의 선을 그려내는 '탈주선'과는 달리, 미시적인 주체화의 점들에 의해 고정된 욕망을 분출시키면서 하나의 '흐름'을 만들고, 모든 타자들을 파괴하는 죽음의 선을 그리는 것이다. 역사적으로 볼 때, 이들의 움직임은 결국 '국가'를 탈취했으나 오히려 거기에 포획되어 전 세계를 죽음으로 몰고 간 '나치'의 형태로 나타났다.

그들은 오늘날 파시즘이 더욱 더 미시화되는 것이 새로운 위험이라고 본다. 현실 자본─국가의 배치 속에서, 개개의 욕망을 해방하려는 자본

본연의 분열적 욕망이 언제나 존재하고, 이에 대한 미시 주체들의 편집증적 욕망 역시 공존하기 때문이다. 따라서 새로운 혁명을 위해서는 단순히 현재의 거시—정치적인 층위에서 작동하는 억압의 방식에 대응하는 것이 문제가 아니라, 언제나 미시—정치적으로 작용하고, 대중적 폭발을 야기할 수 있는 암적인 신체화를 벗어나는 것이 더욱 더 큰 문제라고 본다. 그렇기 때문에 그들은 항상 "신중함"을 강조한다.

그러므로 파시즘의 이해에서(특히 식민지 파시즘의 이해에서도) 중요한 것은 '국가'나 '민족'이라는 거시 정치의 관점에서 단순히 과거 식민지의 반응적 움직임을 파악하기 위해 접근해 들어가는 방식이 아니다. 가령 초창기 친일 문학론에서 보여준 이러한 관점은 상당 부분 해소된 것으로도 보인다. 최근까지의 논의를 볼 경우, 이는 주체의 자발성 논의로 전환되면서 민족이라는 거시 주체의 기표에서 벗어난 것처럼 보이기 때문이다. 하지만 '미시적인 주체'의 관점에서 파시즘을 파악해 들어가는 것 역시 한계가 있다. 그것이 미시 '주체'인 한에서 언제나 고정되고 한계 지어진 단일체로서의 주체를 상정한다. 심층적으로 살펴볼 때, 이는 여전히 민족주의적 가치론에 근거하여 '민족'이라는 거시 주체를 개인이라는 '미시 주체'의 모습으로 치환된 것에 불과하다. 이는 여전히 민족주의의 거시 주체적 가치론을 준거로 하고 있다는 점에서 과거의 논의와 근본적인 차이를 찾을 수 없다. 그럴 경우 여전히 민족/이민족 혹은 식민지 국가/제국의 이분법에서 자유롭지 못할 것이며, 동시에 모든 문명적 접속은 '친 제국'의 논리에서 자유롭지 못하게 된다.

우리에게 더욱 더 중요한 것은 '과거의 역사적 사실'로서 파시즘을 '인식'하고, 그 과정에서 파시즘 자체를 사물화시키는 것이 아니다. 오히려 현재적으로든 역사적으로든 우리의 피부에 붙어서 작동하는 미시—파시즘을 분석하는 것이 더욱 더 중요한 과제다. 미시—파시즘의 작동을 통해 분출된 욕망은 국가 혹은 자본의 욕망을 부정하는 것으로 나아갈 수는 있을 것이다. 하지만 미시―파시즘의 움직임을 감지하지 못하는 한, 이 움직임은 다시 파괴의 선으로 귀결될 우려도 있기 때문이다. 미시―파시즘에 대한 분석이 그것을 작동시키는 '배치'에 대한 파악으로 더욱 심화될 때, 파시즘을 반면교사로 삼을 수 있을 것이다. 앞에서도 언급했듯이 우리의 신체들은 '지금 여기'의 시간에 실존하는 한 언제나 복합체일 뿐이며 어떤 주체화로도 환원되지 않는다. 따라서 중요한 것은 우리의 신체가 지닌 역능을 이해하고 이를 증대시키는 일일 것이다. 그런 한에서 현실 운동은 이분법적 적대를 통해 새롭게 주체화(예속)되는 것에서 벗어나, '생성―주체', 탈주의 흐름을 형성할 수 있기 때문이다.

제3부　국 내　파 시 즘　관 련　자 료

일러두기

1. 복자는 '××'로 표시하고 추정어는 [ ] 속에 넣었다. 예) ××[혁명]

2. 식별이 불가능한 글자는 '*'로 표시하였다.

3. 지명은 원문 그대로 표기하였다.

4. 인명은 확인 가능한 경우 현재의 표기법을 따랐다.

5. 띄어쓰기와 일부 옛 말투는 현재의 표기법을 따랐다. 예) 위하야 → 위하여

6. 해설이 필요한 경우, 각주를 사용하여 설명하였다.

7. 확실한 오식으로 판단되는 어휘일 경우 문맥에 맞게 수정하였다.

파시즘

―동광대학 제8강 사회문제편

1. 파쇼의 생탄기연生誕機緣

모든 것이 역사적 산물 아님이 없으니 무솔리니의 출현, 파쇼의 생탄生誕, 이 어찌 역사적 사정을 무시하고 설명할 수 있을까. 구주대전 전후의 이태리는 극도의 혼란 분규에 빠져 있었다. 설혹 무솔리니가 나지 않았다 하더라도 다른 누구의 손에라도 혁명적 수술을 받지 않으면 안 되리만큼 이태리의 정정政情은 곰기었었다.

  대전 전후뿐 아니라 이태리란 나라는 고대의 라마羅馬가 멸망한 이후로는 평화로운 시대가 별로 없이 군소국가가 사방에 할거하여 호상 공략함이 거의 연속하여 왔었다. 일찍 마키아벨리가 권력이 곧 정의라고 절규한 것도 무리가 아닐 만하다. 1871년에 영웅 가리발디가 사르디니아로 빅토르 에마뉘엘을 도와 이국伊國 통일의 대업을 이루었지만은 그 후의 이태리도 결코 순조의 발전을 하여온 것은 아니었다.

대개 이태리의 헌법이란 1848년에 사르디니아에서 입헌정치를 시施하기 위하여 제정한 것을 통일 후에도 큰 개정 없이 습용襲用한 것이다. 그런데 의회정치는 처음부터 극히 부패 오탁하여 선거 간섭, 관권 남용, 투표 매수, 폭력단 횡행 등 온갖 죄악이 대규모로 행하여졌다. 헌법이 너무 데모크레틱한 데서 생긴 현상인지도 알 수 없다. 군주권이 그다지 무력한 것이 아니지만은 온갖 정치적 결정과 행동은 실제 각원閣員에게 위임되어 있었다. 가뜩이나 경제적 천혜가 없는 이 나라에 인구 증가는 더욱 심하여 경제적 고통은 갈수록 심각하였다.

1914년 구주대전이 발발한 때는 이태리가 정치적으로나 경제적으로나 궁극에 달한 때였다. 그리하여 대전에 참가할까 말까가 큰 문제이었다. 밖에서는 연합국 측과 협상국 측의 쌍방이 필사적 노력을 다하여 참전을 권유하는데 안에서는 사회당 일파가 맹렬하게 비전非戰운동을 하고 있었다. 번민에 번민을 더하다가 개전 후 1년을 경과한 1915년 5월에 가서야 이태리는 연합국 측에 가담하여 전투를 선휼하였다.

이태리가 연합국 측에 가담하게 된 것은 전승 후에 아드리아해海 문제와 아불리가亞弗利加의 식민적 영토 확장 등에 대하여 유리한·약속이 있었던 까닭이다. 아드리아 제해권 획득은 이인伊人의 역사적 열망이요, 식민적 영토 확장은 인구 과잉에 반伴한 자연의 욕구다. 이 두 가지가 미끼가 되어 이태리는 일어났다.

참전 후 이태리는 과연 볼만한 활약을 하였다. 불군佛軍이 맡은 서부전선은 대광원大曠原임에 반하여 이군伊軍이 맡은 남부전선은 3분지 1은 천고에 녹아보지 못한 빙원氷原이요, 3분지 1은 4천척 내지 8천척의 산악이요, 그밖에 3분지 1이 겨우 평야이었다. 이군은 이 험조險阻를 다이너마이트로 참호를 뚫어가며 싸웠다. 그뿐 아니라 남부전선은 서부전선에 비하여 그 장長이 가장 짧은 때가 2배반, 가장 긴 때는 3배반이었다. 그나마 서부전선은 불군의 전부와 인도, 가내타加奈陀, 호주濠洲, 아불리가 식민병 급及 합중국의 군대 등이 연합하여 독군과 대항하였지만은 남부전선은 이군 혼자가 오홍군墺洪軍과 대전하였다. 그리하여 이태리는 이 전쟁에 사자死者 50만, 폐병廢兵 50만, 진실로 과중한 희생을 부담하였다.

이처럼 건투하고 이처럼 희생을 낸 이태리는 대전 종국 후 과연 어떠한 논공행상에 참여하였던고. 베르사유조약에 의하여 티롤, 이스트리아의 두 지방과 기타 수도數島, 수시數市를 얻을 뿐이었다. 이것이 어찌 이태리의 욕구이었을까. 그러나 그 진정한 욕구는 평화회의에서 단호한 거절을 당하였다. 그리하여 일시 이국 전권全權의 회의 탈퇴, 단눈치오의 퓨메 점령 등의 소동이 있었다.

참전의 결과가 이와 같이 되어 기대가 과히 틀리고 보니 이국은 일층 우려되는 국내 혼란을 당하지 않을 수 없었다. 사회주의자들은 이 결과를 보고 모두 그것 보고 그랬구나 조소하며 이 기회를 타 자기네의 기망企望을 채우려고 책동하기 시작하였다. 이 사회적 변조變調에 어부의 이利를 얻은 사회당은 1919년 11월 총선거에 일거에 150여 명의 의원을 얻어 헌정당 189명에 다음가는 방연厖然한 대 세력을 지었다. 여기에 성공한 사회당은 천하의 정권을 잡은 듯이 자못 자홀自惚하기 심하였다. 국왕이 칙어를 가지고 의원議院에 임한즉 이 사회당 의원들은 일제히 퇴장하였다가 왕이 퇴석한즉 혁명가를 고창하며 의장으로 몰려드는 등 자못 방약무인의 행동을 하였다.

이 총선거 후 잠시는 사실 사회당 급 사회주의자 만능시대였다. 지오릿치가 각 방면의 여망輿望을 가지고 내각을 조직하였으나 국내는 전혀 혁명적 상태에 빠졌다. 공장은 직공에게 토지는 농민에게 점취占取되었다. 적위군赤衛軍이 점령한 공장에는 무기와 탄약이 저장되어 있었다. 이에 자본가와 지주들도 결속하여 로열 가이드를 조직하여 가지고 이와 대항하게 되었다. 각지에서 소 충돌이 일어났다.

이 형세를 보고 결연히 파쇼를 거느리고 일어나 사회주의자를 산산이 때려 부순 이가 무솔리니다.

2. 파쇼의 출현

파쇼의 출현을 알기 전에 무솔리니의 사상적 경력도 좀 더듬어봄이 필요하다. 무솔리니는 원래 불국에 만유漫遊하며 조르주 소렐의 영향을 많이 받은 사회주의자였다. 1910년에는 고향인 나폴리시에서 주간신문 『계급투쟁』을 창간하고 1912년에는 밀라노시 사회당 중앙기관지 『전위前衛』의 주간이 되어 구주대전이 발발할 당시에는 사회당에 대한 제1인자이었다.

구주대전을 당하여 이태리가 그 태도를 밝히지 않을 수 없을 때에 사회당에서는 일치하여 참전을 반대하였다. 무솔리니도 이태리는 중립을 엄수함이 당연하다고 그 기관지에 역설하였다. 당시에 참전론자의 중심이 되어 이태리인의 국민적 감정을 진탕震盪하는 자는 오직 단눈치오였다.

그런데 무솔리니는 1914년 10월에 이르러 번연翻然히 그 태도를 고치고 단호히 개전을 주장하며 단눈치오의 참전론을 지지하게 되었다. 사회당 본부에서는 엄준한 주의와 경고가 있었으나 단연히 사회당과는 관계를 끊고 밀라노에 가 동지들과 같이 일간신문 『이태리국민』을 창간하여 열렬하게 애국주의를 고창하였다. 그리하여 이태리가 참전하기로 결정한즉 무솔리니는 의용병이 되어 전선에 나가 용감하게 싸웠다. 그러나 1917년 2월 카를리대전에 적탄을 수受하여 귀휴하게 되었다.

전선에서 돌아온 무솔리니는 『이태리국민』을 중심으로 하여 필진으로, 설진舌陣으로 활약하여 마지않았다. 그런데 사회당은 점차 방약무인의 행동을 자행하여 국내가 극히 혼란함에 불구하고 수상 니치는 하등의 조치가 없었다. 이것을 본 무솔리니는 비분의 여餘에 기관지상에 도야지 니치란 일문을 게揭하여 수상의 무능을 통렬하게 규탄하는 동시에 사회당의 광폭에 대하여 심혹甚酷한 공격을 가하였다. 피등彼等의 폭력에 대함에는 같은 폭력으로써 대하는 수밖에 없다고 단언하였다.

이리하여 사회당과 대항할 양으로 밀라노시에서 조직한 것이 파쇼니, 때는 1919년 3월 23일이다. 당시에 내참來參한 병아兵兒의 수 1만 7천이니 모두 무솔리니와 사생死生을 같이 하려는 열혈아들이었다. 그 구성분자로 말하면 제1은 대전에서 귀환한 제대병들이니 그들은 비풍참우悲風慘雨의 고투를 다 겪고 귀국하여 본즉 자국의 욕구는 아무 것도 달達한 것이 없고 국내는 비전론자의 사회당 일파가 도량跳梁하여 벌어먹으려야 붙잡을 일이 없었다. 이에 울분한 불평을 품고 맨 먼저 무솔리니의 산하로 참집參集하였다. 제2는 사회주의자 중의 분리파, 제3은 소부르주아 계급인 지식층, 학생층이었다. 기외其外는 귀족, 지주, 자본가, 대의사代議士, 지방유지, 노동자, 농민 등 온갖 반사회주의자들이었다.

이에 무솔리니는 사회주의 반대를 표방하면서도 자못 혁명적, 급진적 색채를 띤 파쇼 최초의 강령을 발표하였다.

1. 정치

　1) 비례대표 선거의 시행

　2) 부인의 선거권 피선거권을 인정할 일

　3) 선거권 피선거권자의 연령 저하

　4) 상원 폐지

　5) 정치의회 이외에 경제의회 설치

　6) 국민의회를 소집하고 국가의 구성을 정定케 할 것

2. 사회

　1) 1일 8시간 노동제를 법률에 의하여 확보할 것

　2) 공업 급 농업 노동자를 위하여 임은賃銀의 최저한도를 정할 것

3) 폐질廢疾 급 양로 보험

4) 산업의 전문적 지도에 노동자를 참가케 하며 생산의 관리를 행行케 할 것

5) 공기업의 지도를 선거위원회에 위임할 것

3. 재정

1) 자본에 대하여 일부 공용 징수적 성질을 유有한 특별 진보적 과세를 할 것

2) 전시 급부給付의 수정

3) 80퍼센트 이내의 전시이득 징수

4) 승려의 재산 압수

4. 군사

1) 상비군의 폐지

2) 국방을 위하여는 단기훈련에 의한 군대를 조직할 것

3) 군기軍器 급 군수품 공장의 국유

무솔리니는 파쇼 성립과 같이 자주 위혁威嚇정책을 써서 사회당 기관지 『전위』사를 습격하여 이것을 파괴하고 파쇼의 기관지인 『이태리국민』사의 일 편집자가 공산당원에게 습격당한 것을 보복하기 위하여 공산당의 기관신문사를 습격하여 차此를 소각하였다. 이 위혁정책은 도리어 효력을 내어 파쇼는 폭행의 정비례로 당원이 증가하여졌다.

최초에 1만 7천의 투사로 조성된 파쇼는 1920년 5월에는 3만 명이 되고 1921년에는 일약 32만 명이 되고 지금에는 100만을 돌파하게 되었다. 이렇게 당원이 격증하여 엄연한 대 세력을 이루게 되는 동시에 파시스트 당도 차차 조직화하게 되었다.

3. 파시즘의 개념

파쇼란 결속의 의意니 파시즘은 곧 파쇼를 봉奉하는 주의일 것이다. 원래 파쇼가 엄밀한 의미의 주의, 이론적 체계를 가진 주장에 의하여 생긴 것이 아니기 때문에 파쇼의 중심은 특수한 주의도 주장도 아니요, 수령 무솔리니 그것이라고도 할 수 있다. 그러므로 파시즘을 무솔리니즘이라고도 할 수 있는 것이니, 역시 무솔리니는 '사상을 무시하는 사상'을 간판으로 내세우고 주의 비슷한 이론을 늘어놓으려고 아니하여 그 일당은 만사를 행동제일주의로 나가는 것이다.

파시즘이 이론적 특색이 없고 본즉 남은 방법은 피등의 행동을 보아 감정할 수밖에 없는데, 그 행동도 또한 베르그송 류의 직감주의를 간접으로 계승하고 가加하여 무솔리니의 가슴은 다소 청탁무소실淸濁無所失의 아량도 가졌기 때문에 그 감정도 결코 용이한 일이 아니다. 파시즘에 대한 찬부가 군맹평상群盲評象의 취趣를 정呈하는 것 또한 무리가 아니겠다. 세간에서 흔히 파시즘이라 하면 막연하게 파쇼 운동과 그 독재적 반자유주의적 경향 등을 지적하는 듯하다. 물론 이러한 경향이 피등의 행동에서 발견되지 않는 것은 아니다. 그렇다고 차등의 경향만을 포착하여 가지고 파시즘의 전반을 추정하려 하면 이야말로 군맹평상의 결과를 지을 뿐일 것이다. 정치상에는 극도의 독재주의인 파시즘도 경제상에서는 개인적 노력의 유효성을 인認하고 자산資産 사유와 개인 기업에 입각한 자유주의를 강조하고 있다. 이 점은 일견 일대 모순인 듯하나 여기에는 어쩔 수 없는 무슨 필연성이 있을 것이다. 이태리는 이전부터 소당난립의 폐弊에 고통을 받는 나라다. 내각은 묘목猫目과 같이 변하여 정국이 부절히 동요한다. 이 폐해는 무솔리니도 그윽이 통감하여 오던 바이다. 그러므로 "파쇼 혁명의 의의는 국가 메커니즘에서 국민을 탈각脫却케 하고 개성을 존중하는 위대한 인격자로 하여금 국가에 활력을 부여할 수 있는 정체를 수립함에 있다"라고 절규하며 영웅적 독재정치 수립에 열중하였다.

차此와 반하여 이태리의 경제적 발달은 경제적 집중주의가 가능할 정도까지 진보되지 못하였다. 카르텔, 신디케이트, 트러스트 등에 의하여 대표되는 경제 형태, 즉 자본의 집중과 집적을 촉진케 할 필요도 있는 듯하다.

일찍 무솔리니는 서서瑞西에서 노동조합 운동에 전념하였기 때문에 서서 관헌에게 추방을 당하고 불란서에 가 조르주 소렐과 기타 많은 혁명적 생디칼리스트와 사귀어 깊이 그 영향을 받았다. 그리하여 그가 집권한 후에는 각지에 직업별 산업조합을 설립하고 이것을 단위로 하는 원추적圓錐的 조직의 정상에 파쇼 산업단체동맹을 두어 생디칼리즘 경제적 정책을 채용하게 되었다.

그러므로 파시즘은 요컨대 국가적 생디칼리즘이라고도 할 수 있을 것이다. 정치적 방면으로는 극단의 국가주의, 독재주의를 채용하는 일방에 경제적으로는 혁명적 생디칼리즘을, 동시에 자본주의의 좋은 부분을 채용하였다. 파쇼의 정책과 행동은 일정한 주의 주장에 제한을 받지 않고 임기응변인 고로 미세한 점까지 구극究極하면 다종다양의 경향이 있기 때문에 결국 그 개념도 포착하기 어렵게 된다. 그러나 저들의 행동에서 발현되는 주류적 경향이 국가 생디칼리즘인 것은 공평한 관찰자가 다 같이 수긍하는 바이다.

세간의 급진적 사상가는 파시즘을 단순한 반동주의, 폭력주의라고 해석한다. 물론 파시즘은 반동적 경향을 많이 가지고 있다. 즉 정치적 자유주의에의 반동이요, 비국민적 사회주의에의 반동이다. 파쇼 정부의 성립은 동시에 부르주아 데모크라시의 극복이요, 소아병적 사회주의의 극복이다. 파쇼가 분기하지 않을 수 없이 된 것은 부르주아 데모크라시가 구원할 수 없는 파탄을 낸 까닭이요, 적색분자가 비국민적 태도와 현실적 무능을 폭로한 까닭이다. 결코 단순한 보수적 반동만은 아니다.

이에 파쇼의 규례規例와 조직을 보건대 이러하다. 당기로는 흑기를 쓰고 제복으로는 흑친의黑襯衣를 입는데, 그 흑색에는 무슨 인연이 있는지 불분명하다. 그 당원들은 직접 행동이나 시위운동에 다 흑친의를 입고 행한다. 무솔리니가 내각 조직의 대명을 배拜하고 국왕에게 진알할 때에도 역시 이 흑친의를 입었었다. 그리고 이 파쇼는 항상 '메네 프레고'라고 새긴 휘장을 차고 다니니 이는 수화불사水火不辭라는 표어이다. 또 한 가지는 파괴적 직접 행동을 취할 경우에는 물론 정교한 무기를 들고 나서지만은 평상시에는 굵은 곤봉을 가지고 다닌다. 이 곤봉은 단순한 호신용이 아니라 성규적成規的 무기이다.

파쇼의 조직은 최소단위가 스콰드라(20명 내지 50명의 1단)이요, 그 다음에는 센츄리, 교홀, 리쥰 등이 있으니 4개 스콰드라가 1센츄리, 4개 센츄리가 1교홀, 내지 9개의 교홀이 1리쥰이니, 1리쥰은 1군단에 해당하는데 콘쎌이 지휘한다. 이 조직은 파쇼 생장 후의 산물이다.

4. 파쇼 내각 성립

1922년 당시 이태리의 재정은 극도로 피폐하였다. 당시 팍타 내각은 당면의 급急을 구하기 위하여 성盛히 공채를 발행하며 재산세를 중과하다가 파쇼의 폭력적 반대운동으로 말미암아 조각組閣 후 4개월 만에 인책 사직하였다. 그러나 그 후 40일 만에 다시 개조 내각이 성립되었으나 파쇼는 또한 불만을 품고 "우리는 금후 정부 원조하는 것을 사절하노라. 그리고 의회가 만일 사회주의에 찬성하면 우리는 감히 반도叛徒가 되어 훈련 있는 군대를 출동시키겠다"라는 위혁적威嚇的 성명을 발하였다. 무솔리니는 부절히 파쇼의 개선과 훈련을 행하였다. 이때에는 전체로 보아 사회당의 세력도 파쇼를 따르지 못하였다. 이제는 정권을 장악하고 국운을 타개할 가능성이 충분히 있다 하고 무솔리니는 9월 20일 우디네에서 혁명선언 연설을 시試하되 "우리는 이제야 라마羅馬 진격의 초일념을 실현하려 한다. 우리의 주장은 간단하니 곧 이태리를 통치하려는 것이다"라고 말하였다.

이와 같은 방약무인의 선언에 대하여 이태리 전토는 경탄하기 마지않는 중에 무솔리니는 파쇼의 총동원을 명하여 광영 있는 쾌거의 화개火蓋가 열리었다. 이리하여 15일 이내에 상부 이태리를 다 점령하고 행정관청, 경찰관서와 및 왕군을 다 자기 지배하에 넣어 전이全伊 국민으로 하여금 쾌재를 부르게 하였다.

무솔리니는 정부와 교섭을 개시하여 의회의 즉시 해산, 선거법 개정 급신 선거법 즉행, 정부의 사회주의적 비국가주의적 경향 전피全避, 5인의 각원 경질 등을 요구하였다. 그러나 결국 교섭은 부조不調하여 형세는 더욱 험악하게 되었다.

당시 나폴리에는 약 4만의 파쇼군이 집중하고 라마 북방에는 20만 여의 파쇼 본대가 주둔하여 있었다. 10월 24일에 나폴리에서 열린 시위대회에서 무솔리니는 열병식을 행하고 다음과 같은 연설을 하였다. "파쇼당의 목적은 정부에 열렬烈하여 예의銳意로 재정책을 수收하며 달마티아 지방에 대하여 단호한 정책을 행하려고 함에 있다. 아당은 왕실 유지에 찬성한다. 운동의 주안은 자유의 시설을 옹호하고 군대를 고무하여 이태리의 국위를 발양하려 함이다."

이 형세에 놀란 팍타는 27일 밀라노에 가서 무솔리니와 회견하였으나 해결의 서광은 찾지 못하고 국왕의 허가를 얻어 파쇼 공격을 감행하는 수밖에 별 도리가 없었다. 정부는 계엄령을 내리고 이태리 전토가 포위지경에 있다고 선언하였으나 다수의 이태리 군대는 도리어 파쇼에게 호의를 표하고 공연하게 파쇼의 휘장을 차는 기현상까지 있었다. 그뿐 아니라 국왕도 정부의 계엄령을 인認치 않는다는 칙지가 내리므로 팍타 내각은 28일 야夜에 드디어 총사직했다.

국왕은 지오리치와 내각 조직을 협의하여 보았으나 그때는 벌써 독재적 집권자가 된 무솔리니를 제하고는 시국을 수습할 자가 없었다. 어려운 것은 소수의 의원을 가진 파쇼당이 단독 내각을 조직한다는 것은 대의정체상 못할 일이었다. 그러나 파당의 무력이 절대적이요, 그 주장이 단독 내각에 단재斷在한 이상 형세는 이미 어찌할 수가 없었다. 그리하여 조각의 대명大命은 29일에 무솔리니에게 내리었다.

무솔리니는 30일 오전에 무사히 라마에 도착하여 흑친의 그대로 국왕에게 알謁하고 신명을 바쳐 칙명대로 진충할 것을 주달奏達하였다. 그리고 궁전을 퇴출한즉 무수한 군중은 열광적으로 그를 환영하였다. 무솔리니는 시민에게 대하여 "시민 제군, 제군은 수 시간 후에 정당 내각 아닌 국민 내각을 가지게 될 것이오. 이태리 만세, 황제 만세, 파쇼 만세"를 절규함에 환호의 소리는 천지를 진감하였다.

파쇼가 정권을 잡자 사회당과 공산당은 사분오열되고 말았다. 파쇼는 공산당 수령을 체포하면 피마자유를 마시우고 놓아주고 하였다. 무솔리니는 11월 1일에 전승 열병식을 마치고 파쇼 군대를 해산하여 평화 극복을 시示하는 동시에 제 외국에 대하여서도 극히 겸손한 사의를 행하여 국제상 위구危懼도 일소하게 되었다. 이래以來 이태리의 면목은 일신하였다 하겠다.

『동광』 제25호, 1931. 9.

명일의 일본과 파시즘의 발전

신 동 천

1. 다난한 최근의 정계

과거 일 년간의 일본사회를 정관靜觀할 때 오인吾人은 획시기적 제 현상에 봉착하게 된다. 정계, 재계의 대규모의 의옥疑獄사건으로 사람의 이목을 충동하는 1930년은 빈구濱口 수상의 봉변으로 막이 닫히고, 1931년은 폐원弊源 대리수상을 중심으로 의회 난투혼란으로 막을 열었다. 무위무능한 의회정치와 사욕과 당리에서 일보도 벗어나지 못하는 부패한 정당정치의 본질을 폭로하게 되었다. 민정당이 표방하는 행재세行財稅 3대 정리정책은 진수하자마자 암초에 부딪쳤으며 특히 금융정책상 일대 곤경에 빠져 금 재금지를 면치 못할 처지에 있었다. 동시에 만주사변을 중심으로 군부와 외교부 간에 부조화가 생겼으며 또 안달安達, 구원久原 양씨 간에 모의된 협력내각안 문제도 내부적 분열을 일으키게 되어 고규苦

槻 내각은 공연히 파멸하게 되었다. 견양의犬養毅 씨는 협력내각안을 일축하고 정우회政友會의 단독 내각을 성립하였다. 의회를 해산하고 제3차 보선을 단행한 결과 304 의석을 점령하였으나 정계는 아직도 안정치 못하였다.

1월 28일 상해사변이 발생되었으며 또(八字 略) 2월에 정상井上 씨 암살 사건, 3월에 삼정三井 재벌의 거두 단마남團磨男 사살사건 등의 정치적 동란이 뒤를 이어 발생하였다

이상과 같은 정치적 사회적 제 현상은 결코 개별적 우연지사가 아니라 현실 자본주의 사회가 그 발전과정에 있어 불가피적으로 대두하는 세계적 정치 추세, 파시즘의 현상이다.

2. 일본 파시즘의 대두

다음에 오인은 과거 일 년간에 특히 명확하게 표현된 일본 파시즘의 원인과 그 기초를 구명코자 한다. 일본 파시즘의 경향은 대정 20년 관동진재 당시에 대두하였으나 곧 그 세력을 잃고 전중田中 내각 시대에 다시 대두하여 그 후 빈구濱口, 약규若槻 내각 시대를 경과하는 동안에 내용과 기초를 견고하게 갖게 되었다.

구주대전란 이후 일본은 대정 9년, 대정 12년의 경제공황을 치르고 다시 소화 2년에 또 금융대공황을 당하였다. 자본주의 경제이론이 증명하는 경기순환이법은 그 타당성을 잃은 일편의 공론에 불과하였다. 몰락 자본주의의 경제공황은 만성적, 영원적 공황이다. 날이 갈수록 침중하여 가는 경제공황은 중소상공자와 금융업자를 총 청산하고 자본주의까지 궁지에 떨어지게 되었다. 자본가의 유일한 활로인 합리화 정책의 결과 실업자를 가속도적으로 증식하게 되었다. 일방 농촌에 있어서도 일반 경제공황의 영향으로 소작농, 자작농은 물론 대지주까지 큰 불안을 느끼게 되었다. 소시민 봉급생활자의 기아적 지위도 이상으로써 추측할 수 있다.

경제공황을 타개하는 정책이 속출하였으나 조금도 그 지위를 개선할 가능성이 없었음에 하루하루 더 악화할 뿐이었다.

3. 기성 양 정당의 실신失信

금융재벌을 배경으로 선 민정民政, 정우政友의 양대 정당은 차차 그 본색을 폭로하게 되었다. 정당은 각각 재벌의 이익을 중심으로 정치를 수행하며 민중의 희생을 고려치 않는다. 정당은 재벌의 일거수일투족을 반영하는 인조인형에 불과하다. 이것은 수년래 속출하는 의옥사건을 볼지라도 그 일단을 규지窺知할 수 있다. 그뿐 아니라 정당은 사욕과 당리를 중심으로 정쟁에 몰두함으로 민중의 이익을 무시하는 경우가 빈빈하다. 제 59구 의회의 폭력행사의 추태를 생각해 볼지어다.

전중 내각의 뒤를 이어 출생한 민정당 빈구 내각은 금 해금, 산업합리화, 긴축정책을 간판으로 삼고 약규 전권을 런던에 파견하여 제국주의 전쟁을 방어하였다. 그 후 약규 내각은 이상 제 정책에 행재세 3대정리를 첨부하였다. 그러나 그 결과는 기아에 방황하는 농촌 대중, 만성적 실업에 신음하는 노동자, 취직 불가능한 지식계급, 기타 소시민의 생활을 악화하였다. 약규 내각은 마침내 정책상으로 궁지에 떨어졌을 뿐 아니라 군부와의 부조화, 내부적 분열로 초로와 같이 소멸되고 말았다.

견양의大養毅 내각이 출생하여 혼란한 정국에 처하게 되었다. 첫 시험으로 금 재금지를 실행하였으나 그 결과는 일반적 물가를 등귀하여 일반 임금노동자, 봉급생활자에게 큰 협위를 주고 실업자를 아주 사지에 떨어뜨렸다. 금 재금지는 일반 경제공황을 조금도 구치救治할 능력을 갖지 못하였다. 다만 그 공헌으로 볼 것은 불화弗貨와 방화磅貨를 보유한 재벌에서 위체상장爲替相場 변동으로 준 거리巨利밖에는 없다. 정우 내각은 의회를 해산하고 총선거를 결행하여 무려 304의 절대다수의 의석을 획득하였으나 장래가 결코 탄탄하다고는 볼 수 없다. 정우회 자체가 늘 분열할 위기에 있다. 양자養子 총재 견양의 씨가 통제할 힘을 갖지 못하였다. 중교中橋 내상 사임 후 영목鈴木 내상 취임과 용촌用村 씨 내각에 대한 정우 간부 간의 암투를 일고하면 가하다.

정당의 무위무능과 신용타락 급 분열의 위기에 대한 민중의 실망 급 의회정치의 권위에 대한 낙망이 최근에 지하여 그 최고조에 달하였다.

4. 만주와 상해 양 사변

이상과 같이 경제적, 정치적 일대 위기에서 방황할 즈음에 만보산萬寶山 사건, 평양 사건, 중촌中村대위 사건, 청도靑島 사건 등이 속발하여 중국, 특히 만몽과 일본의 관계가 험악해졌다. 작년 9월 18일 봉천 부근의 만철 파괴 사건을 발단으로 일본 군부는 즉각 장학량張學良 씨의 근거지 봉천 북대영을 공격하였다. 연하여 봉천성 점령, 북릉北陵 장춘의 교전, 무순공안국 공격, 남령南嶺 관성자寬城子의 격전, 와방점瓦房店 역습, 영구營口 군영 점령 등의 사변이 18, 19 양일간에 폭죽의 기세로 전개되었다. 그 후 지지하루 금주錦州를 점령한 후 만몽을 아주 완전히 장중掌中에 넣게 되었다. 만몽사변 발생과정에 있어서 군부와 외교부 간에 부조화가 생겼으나 군부는 기정既定 방침에 의하여 만몽정책을 단행하는 동시에 외교부를 삭제하였다. 금년 1월 28일 상해에 또 사변이 생겼는데 이에 대하여서 군부는 곧 출병하였다.

만몽사변과 상해사변은 일개의 사변이요 국교를 단절할 전쟁은 아니다. 그러나 일본 국내에는 전시와 조금도 다름없는 일대 센세이션을 일으켰다. 사회 총역량을 집중하여 상해사건의 관심을 일으켰다. 그 동안에 만몽 신국가가 건설되고 제 3차 보통선거가 시행되었다. 정상 씨가 혈맹단원에게 암살을 당하고 수일 후 단탁마團琢磨 씨가 피살을 당하였다.

장구한 경제적, 정치적 불안과 전시적 제 현상은 잠재하던 파시즘의 행동을 표면화하게 되었다.

5. 일본 파시즘의 특수성

오인은 다음에 일본 파시즘의 특수성을 구명코자 한다.

일본 자본주의는 가장 상응한 정치형태인 데모크라시에 정치적 기초를 두고 한편에 있어 신흥 정치세력은 무산정당을 극력 방어하며 동시에 봉건적 잔존세력을 조종하여왔다. 일반사회에 아직도 이 봉건적 잔존세력이 있다. 정당정치, 의회정치가 권위를 잃고 또 무산정당의 세력이 박약한 현실정세에 있어 봉건적 중간세력이 대두하게 됨은 오히려 필연적 현상이다. 과연 경제적 정치적 불안과 만몽, 상해사변의 국민적 흥분 중에 중산층은 ××[군부]를 중심세력으로 하고 파시즘 운동을 일으키게 되었다. 즉 국민사회주의운동이 반자본주의를 기초로 삼았다. 이상으로 오인은 일본 파시즘의 특수성을 알게 되었는 바 다음에 파시즘을 분석하여 국민사회주의의 조류를 명백하게 하고자 한다. 대체로 오인은 좌익단체, 무산정당, 기성정당, 급 지식계급의 4조류로 분分할 수 있다.

(1) 좌익단체의 파시즘

좌익단체는 원래 교화 혹은 폭력을 중심으로 결성되어 있는 단체인 바 그 대부분은 그 결성 자체가 광의의 파시즘적 의의를 가지고 있다. 국민사회주의 과정에 있어 좌익 제 단체는 극히 활발한 역할을 하게 되었다. 정상井上, 단團 양씨를 살해한 혈맹단의 폭력적 역할을 볼지어다. 또 일본 공산당을 비롯하여 다수의 좌익단체가 국민사회주의적 존재로 대하였다. 그 중심인물이 지식계급이며 반자본주의를 주장한다. 이러한 현상은 즉 일본 자본주의가 아직도 봉건적 잔재 세력을 완전히 청산치 못한 활증명活證明이다.

(2) 무산정당의 파시즘

국민사회주의는 무산진영에까지 그 영향을 미치게 되었다. 사민당 적송

극마赤松克麿 씨 일파, 소위 '과학적 일본주의자' 등은 사민당을 파시즘화하고자 하였으나 성공치 못하고 결국 사회민주주의를 고수하는 일파와 분리하여 국민사회주의 진영으로 들어가게 되었다. 노동대중당을 지지하던 일본노동조합총연맹 간부 고소구장高小久藏, 근등영장近藤榮藏, 판본효삼랑阪本孝三郎 씨 등이 조합을 분리하여 국민사회당 결성에 노력하였다. 전국노동조합 간부 망월원차望月源次 씨 외 4인은 노농대중당의 파시즘화를 제창하는 의견서를 제출한 이유로 제명을 당하였다.

(3) 기성 정당의 파시즘

기성정당의 파시즘으로 오인은 작년에 제기된 안달安達, 구원久原 씨 간의 협력내각론을 제시할 수 있다. 협력내각운동의 일역자一役者 중야정강中野正剛 씨는 말하되 "협력내각에 관한 주장이 성립되면 과거의 자유주의의 방만정책과 전통주의의 긴축정책과 불매不賣, 불매不買같은 것을 청산하고 국가통제경제와 계획경제의 제어 중에 정리하게 된다. 외교와 군부가 협력에 협력하게 된다"라 하였다.(『개조』 2월호) 이 주장으로 사회국민주의라 부른다. 폭력적 형식을 동피同避하고 자본주의를 합리화하고자 하는 파시즘의 일 형태이다.

민정당은 최근 신정책을 수립코자 최고 간부를 중심으로 연구조사를 하고 있다.

(4) 기타 학자 문인 중심의 파시즘

기타 학자 문인 등을 중심으로 국민사회주의적 경향이 생기게 되었다. 혹은 직접 국민사회주의당에 참가하며 혹은 파시즘의 이론적 전개를 시험한다.

이상 일본 파시즘의 제 조류를 고찰할 때 오인은 그 반자본주의적 경향을 규지할 수 있다. 그 이유에 대해서는 더 설명할 필요가 없다. 그러나 이러한 경향은 과연 최후까지 지지할 수 있을까? 일본 파시즘이 사회적, 정치적, 경제적 장구한 고뇌와 중간층의 세력을 기초로 일어난 역사적 산물인 만치 어느 시기까지는 그 주장을 고집하고 나갈 수 있겠다. 그러나 그 계급성으로 보아 당연히 기회주의에 몰락되며 자본가에게 이용을 당하게 될 것은 숙명적 사실로 믿는다.

『신동아』, 1932. 6.

작금昨今의 화제, 파시즘

파시즘 이태리니 파시즘 독일이니 하는 말을 자주 듣게 되는데 파시즘 Fascism은 보통 국수주의라고 번역한다. 특히 최근 외전外電에 의하면 이伊·에 분쟁에 있어서 무솔리니 이伊 수상은 국내에 횡일한 반파시즘련聯을 전쟁 기분에로 변화시키기 위하여서도 개전 불가피를 예상하게 되었다고 한다. 그러면 파시즘이란 무엇이냐?

○

　자국의 역사, 전통, 정치, 문화 등이 외국의 그것보다 훨씬 우월하다고 믿고 이를 적극적으로 유지하며 발전시키기 위하여 외국문명의 침입을 방지하는 소위 배타주의적 입장을 취하는 동시에 정치적으로는 사회민주주의적 외모를 벗어버리고 자본가계급의 독재적 신 형태를 조직한 것이 이 파시즘의 유래이다.

○

파시즘의 가장 전형적 존재는 이태리의 무솔리니와 나치스 독일 히틀러를 셀 수가 있다. 대전 후(1920년경부터의 불경기)에 도래하는 일반 경제계의 만성적 공황은 노자勞資의 분화작용을 일층 더 촉진시키어 자본가 계급은 자위自衛 조직을 감행하지 않으면 안 되게 되었다. 그리하여 먼저 이태리에서는 공산주의자라고 하던 무솔리니가 1920년 추秋부터 결연 궐기하여 이태리 국가주의를 주창하는 동시에 이태리 국수당國粹黨의 강화에 노력하기 시작하였으니 이것이 무솔리니 파시즘의 발생이다.

○

그 후 라마행군(1922년 10월 20일)으로부터 1929년의 무솔리니 독재정치 완성까지 그는 민완敏腕의 정치수단에 의하여 일국일당의 절대적 무당파 국가 건설을 목표로 민주적 법치주의의 다수당파를 철폐撤廢하고자 부단히 투쟁을 계속하였다. 요컨대 파시즘은 세계대전 이후 각국이 경쟁적으로 채용하려 하고 있는데 파시즘의 발생조건 급 발전 형태는 각국의 특수성에 의하여 각양각색이므로 이를 일반적으로 평할 수는 없으나 그 본질적 목표의 궁극점은 일치하다는 것만을 말하여 둔다.

『동아일보』, 1935. 10. 8.

독재관견 獨裁管見 *

안 재 홍

독 총통의 방언放言 ─ 소위 백인우월론에 대하여

현하 정치의 국제적인 공통한 방식은 독재정치로서 그 역사적 특수 도정을 이루고 있다. 스탈린의 소련, 무솔리니의 이태리, 히틀러의 독일은 그 으뜸인 곳이고, 프리모 데 리베라M. Primo de Rivera의 서반아와 피수드스키 J. Pilsudski의 파란波蘭 등은 혹은 이미 과거에 속하였고 혹은 그 중심인물의 사망한 후 오히려 그 정치적 기구를 지속하는 곳이며, 케말 파샤의 토이기土耳基와 장개석의 중국도 독재의 현저한 곳이고, 영·불·미 삼국은 부르주아적 데모크라시의 본고장인 터이나 나라NIRA운동의 루즈벨트가 역시 독재적인 것이요, 기타 대소국이 대체 이에 준할 것이며, 오직 영·불

---

* 이 글은 총 8회에 걸쳐 연재된 글이나, 여기에는 제4회까지만 실음.

양국이 아직 그를 방지하고 데모크라시의 지지에 진력하는 현상이다. 이런 것은 이미 구문舊聞에 속할 자이라 용언冗言할 바 아니니, 일차 지적하여 둠에 그친다.

소련이 독재정치의 선구이지만 그는 적색 독재인 곳이라 이에서 긴 말을 말고, 무솔리니와 히틀러는 백색 독재의 최고인 자이다. '흑색 야만'이라고 에티오피아 제국의 병합을 합리화하려는 폭만暴慢 무례한 방언放言도 하고, '백인문명의 옹호'라는 독단적인 엉터리식의 훤조喧噪를 일삼아서 그 여세가 혹은 신황화론新黃禍論을 떠들게도 되는 것은 무솔리니 독재의 지도 원리의 일 단상인 것이요, 유태인의 정벌에서 그 발생과정을 거쳐 온 나치의 히틀러가 '식민지 통치는 백인종의 숙명'이라고 얼토당토않은 생 찌그렝이식의 폭언을 방송放送하였다는 것은 괴상한 듯 아마 당연한 귀결이라고도 하겠다. 무솔리니의 에티오피아 침략은 걸핏하면 1896년 당시 아도와Adowa의 두 번 죽음을 전혀 안 하리라고 믿기가 어설픈 듯도 한 터이요, 이에 관한 폭언도 이제는 어쩐지 싱거운 기미가 없지 않은 터이라 구태여 묵은 책장을 뒤질 맛이 없고, 히틀러의 방언은 바로 작금의 일이라 이에 잠깐 소개할 가치가 있다. 즉 1월 26일 나치 발상지인 뮌헨 시에서 열린 전독일 대학생 나치대회에서 히틀러는 백인종 우월론을 마구 내두르며 구주인에 의한 식민지 통치의 필요를 역설한 요약으로 『동맹통신』에 의한 내외 각지의 역재譯載에 나타난 것이다.

"조국 독일은 이제는 아주 그 본래의 실력을 회복함에 이르렀다. 독일은 벌써……독립독보獨立獨步 능히 그 소신 관철에 향하여 매진하는 일이 넉넉한 것이다. 식민지는 원래 실력의 권리로써 획득된 것이지만 구주는 식민지 자원을 필요로 삼을 뿐 아니라, 백인종은 영웅적 인생관에 즉하여 식민지를 통치하는 숙명을 가진 것이다. 그래서 만일에라도 식민지를 통치하면서 구주 각국이 평화적 관념에 덩달아서 식민지의 자치를 허여하게 된다면, 식민지는 반드시 '우리들은 이제는 구주를 필요치 않는다'고 백인종에 대하여 절연장絶緣狀을 들이대게 될 것이며, 우리들 백인종은 총퇴각을 안 할 수 없이 하게 될 밖에 없으리라"

고 한 것이다. 이것은 돌연의 일이요, 또 허보虛報라는 후보後報조차 있는 터인 고로 일편의 통신으로 그 진상을 천착하기 어려우나, 마치 무솔리니가 에티오피아 병탄의 합리화와 마찬가지로 구주의 백인들의 인종적 편견이, 혹은 이태리 총總 지지에로 흥분할 수 있을 것을 만일에 서기庶幾하였음과 같이, 나치 독일의 구주에서의 발작을 관계 열국의 사이에서 엄폐시키려는 혼담魂膽에서 나왔나 보다.

오인吾人은 구주의 중원에서 역대에 비상한 국제 화란禍亂을 겪어온 독일인이 대전에 패전국민으로서 그 거대한 재액의 속에 구전십기九戰十起로써 오늘날의 분신奮迅을 보게 된 그 국민적 노력에 항하여는 자못 심심한 경의를 붙이는 바이지만, 히틀러의 이 폭언에는 눈살을 찡그리고 이를 배척하지 않을 수 없다. 그리고 인하여는 독재정치에 대한 일부 관견(管見)을 발표하려고 한다.

파쇼화의 역사성 ― 국제적 관련성과 독창성

1789년의 불란서 민권혁명은 워낙 유사 이래 공전한 대사건이지만, 중도中途 대 나폴레옹의 출현으로 일층 거대한 국제적 파동을 일으킴에 미쳤었다. 역사가 일정 필연의 과학적인 단계를 밟아가는 것이 엄연한 법칙인 채로, 그 본질적인 굴절성은 또 필연으로 많은 이상異狀을 그 진행 도중에서 나타내고 있는 것이다. 그래서 불란서의 대사변이 일정 안정의 시말을 맺기까지에는 전후 40년의 시일이 걸렸다. 그런데 시대의 열국민列國民은 (1)이미 긴밀해진 국제적 연관성과, (2)현대의 역사적 대사변은 18세기의 그것보다도 훨씬 근본적이요 또 중대한 것에 의하여 더욱 더 착종 또 홍대洪大한 역사적 굴요성屈橈性을 가질 과학적 약속 하에 놓여 있는 것이다. 이러한 견지에서 일편 상식으로 이를 볼 때, 대전 이후 근본적으로 요동된 정치·사회적 제 기구에 있어 파쇼화의 정치가 소위 부르주아적 독재의 형태로서 일정한 지역 및 그 시대에서 나타나는 것은 자못 명료한 필연성의 일인 것이다. 하물며 이를 면밀 엄숙한 사회과학적 견지에서 검색할 때에는 일층 그 명료한 역사성을 인식할 것이다.

고대사회에 있어 원시형태인 데모크레틱한 사회조직으로부터 문득 혁명적인 정치·사회적인 변동을 일으켜 그 대내 및 대외의 필요에서 군무수장軍務水漿을 중심으로 한 봉건 무사의 장상長上으로서의 오토크라시autocracy의 정권이 수립되게 되는 것과 같은 일은 그 창고蒼古함이 차라리 서재 안의 검색의 자료로 넘겨줄 것이다. 그러나 대세기의 불란서인이 찬탈적인 보나파르티즘Bonapartism의 출현에서 이미 그 역사적 유형을 경험한 것처럼, (1)자유주의가 이미 난숙한 경지에 빠진 일정한 선진사회에서나, (2)혹은 벌써 자유주의의 발육 불량의 상태에 든 후진 국가에서는, 대변란이 있은 이후의 국제정세에서 '독재'의 이질동태異質同態로서 파쇼화의 정치가 예외 없이 출현되는 것이 상설上設한 소위 역사적 필연인 것이다. 17, 8세기 이래, 더욱이 19세기에 있어 자유주의가 전취戰取코자 한 것이 입헌주의의 보다 완전한 확립에 있었을 뿐 아니라, 그는 이(자유주의) 입헌주의로서의 정치적 자유주의와 경제적 자유주의를 그 주요한 내용으로 삼았던 것이다. 그러나 경제적 자유주의는 벌써 19세기 말엽에서부터 폐기되었음에 대하여 입헌주의는 차차로 수정되면서 오히려 보존되었던 것이다. ―후진사회에서는 여기에도 미달한 자 많은 터이나―따라서 현대의 자유주의는 입헌주의로 그 전적인 내용을 삼았던 것이니, 그 사회·경제적 변동이 비상함에 다닥친 곳에 한 걸음 고쳐 디디어 이 자유주의의 전락 상태를 나타내게 되는 것은 또 역사적 필연의 일 단상으로 되는 것이다. 그러나 이는 본문 기초起草의 목적이 아닌지라 이만 줄이기로 한다.

오인은 본지 신년호에 있어 「국제적 연대성에서 본 문화특수과정론」을 쓸 때 국제성과 특수성의 한계를 논하여 국제성은 천하일률天下一律이 아니요, 특수성은 고립유아孤立唯我가 아닌 것을 지적하였다. 국제적 단일화의 대세가 그 거대한 연관성의 유기적 추진趨進을 목전에서 보게 하는 바이지만, 한편에서는 그 지역과 전통의 구원久遠한 차이가 아직도 제 민족의 사이에서 독창적으로 생장되는 사태가 있는 것이니, 이는 과학적 인식의 도정에서 놓쳐서는 아니 될 주요한 실제 조건이다. 오인은 백인우월론에서 그 정복 및 약취掠取의 합리성을 주장하려는 히틀러 총통의 방언을 배격하고 이런 종류의 사상이 행여나 국제에 더욱 벽찰 것을 미워하는 자거니와, 이에서 착안함을 요하는 다른 일건一件은 독일 등의 나치 정치가 어느 특종 후진사회와는 전혀 그 정치 문화적 유연由緣이 끊어져 있는 것이다. 조선인이 만일 나치적인 독자적, 정치 문화적 기구의 수립을 지금에서 꿈꾼다면 그는 물론 허망한 일편의 과오이거니와, 논자만일 간신艱辛 노력하는 지금의 조선적인 혹은 또 '민족적인 것'에 향하여 나치 독일의 그것과 동일 체계로만 여겨 이를 배격코자 한다면, 그는 또 폐허타공적吠虛打空的인 천박한 과오일 것이다. 둘은 다 삼감을 요하는 인식상의 주요 문제이다.

파쇼 성립의 요소 ─ 나치 발전과 독일사

고종 갑자甲子 대원왕은 국태國太의 존尊으로서 궁정 최고의 권위에 스스로를 세우고, 안으로 (1)외척 세도의 극단적인 폐정弊政과 (2)반벌班閥 유생 등의 세기말적인 침학侵虐과, 밖으로 (3)열강의 교침交侵하려는 불안한 예감 속에 있어, 적분積憤하는 민중의 암묵한 기대와 실세失勢한 대부大部의 반벌들의 호의적인 중립의 사이에서 능히 10년 집정의 독재적인 정치를 단행하였다. 상술 수삼의 사회적 제 조건이 워낙 긴절한 바이지만, 그 국태의 존으로서 일국 정권의 임의의 운용을 허여하던 국가 자주적인 정세가 그 최대 결정적인 선결요건인 것을 누구나 잘 착안할 것이다. 독이獨伊 등 수국數國과 적색인 소련과의 나치 혹은 이와 상반한 자들의 독재 성립의 정치적 최대 요건이 역시 그 국가 자주적인 데 있는 것은 너무 당연한 상식적인 것이다. 그리고 그의 (1)기성 각 부문의 거대한 세력과 (2)과정적인 특수한 역사적 제 경향과 (3)순간적인 돌발하는 제 사건이 한걸음씩 흥분 격동되는 다수의 인민을 몰아 드디어 그 파쇼화의 도정으로 돌진하게 한 것은, 그 이론에서 노노呶呶함을 요치 않는 명백한 시말이다. 이제 다만 나치 독일의 실제의 역사에서 그 몇 개의 예증을 찾기로 한다.

첫째, 독일인은 중구中歐의 평원에 있어 역대 비상한 국제 화란禍亂 속에서 승패상적勝敗相敵하는 악전을 지속하는 동안 맹렬한 국민적 적개심이 조장되어 왔다는 것을 간과하면 아니 될 현저한 경향인 것이다. 비스마르크 공의 통일정책은 이 '남성적'인 독일인을 편달하여 베른하디 류의 세계적 제패사상을 의도하게 만들었고, 빌헬름 2세로서 세계정책 실행공작에 달려들기까지 갔었던 국가적 및 국민적 역량을 포용하게 하였던 물력적 토대가 또 주요한 일 요소인 것이다. 독일은 중산계급으로서 그 사회의 중견세력을 축성한 근로적인 국민이라고 하나니, 대전 이후 중산계급의 전락은 자못 급속함을 전傳하나 오히려 그 특색을 보유한 것이요, 전시 4백만을 출동케 하던 강력인 육군 병단과 그를 지휘 호령하던 장교단은 세계 제패의 수성垂成한 순간에서 돌연 전패국의 참담한 처지에로 급각도의 전락을 보게 된 분노와 원한에서 매우 영맹獰猛한 국민적 복수심의 제약적인 발로를 보게 된 것이니, 그들이 루덴도르프와 슐라이어마허 등등 혁혁한 무훈武勳으로 국민적 신망을 집중하고 있는 장군 등을 중심 삼아 거대한 기성 결성세력으로서의 파쇼적 추향趨向을 재촉한 것은 또 당연한 일이다. 이리하여 1918년 겨울 오직 7인의 당원으로써 고단한 행동을 할 밖에 없던 '독일노동당'의 사람들로 하여금 오늘날 전

독일 압도적 다수인 인민의 지지를 얻게 한 것은 그 기본 조건에서 이와 같이 매우 유리하였던 것이다.

그들의 정치적, 사회적 제 조건이 이미 그러한데, 패전 이래 거듭하는 국민적 수난의 제 사건은 더욱더 이 정치적 경향을 충격衝激, 선양煽揚하게 한 것이다. 논자 혹은 나치의 발상發祥은 베르사유에서 되었다고 야유하나니, 이것은 물론 일편의 속설이나, 또한 나치 격성激成의 이면의 소식을 엿볼 수 있다. 군함의 분취分取, 상선商船의 약탈, 휴전 후에 강고화한 경제봉쇄의 무도無道, 라인란트와 자르의 점령, 외타의 동부 제 지방의 할취割取, 육군 군비의 극단의 제한 및 천문학적 숫자인 배상금의 부과 등등이 이미 스스로 국민적 적개심을 극도로 용진亢進케 하는 바이겠는데, 계속하는 루르의 점령과 도스 안案의 강제 등은 자신으로 세계에 군림할 뻔하여 팽배한 우월감조차 가지게 되던 그들 범 게르만적인 사람들로 하여금 단연 국민적 로맨티시즘의 일 요약 형태로서의 나치의 진영에로 몰려 닫게 한 것이다. 하물며 마르크스, 뮐러, 브뤼닝 등 역대 내각의 수반자가 누구나 모두 사회민주주의의 지도 원리에 의한 바이마르헌법의 옹호파이면서 이래 거듭한 (1)생산 국영國營의 덤베적인 실패와 (2)사회보험제의 악성적惡成績과 (3)임금문제의 중도반단中途半端적인 실패 등등은 그 내정적인 방면에서도 결국 나치의 성장을 촉성하고 만 것이다. 텔만과 히틀러는 각축하였다. 그러나 독일 현대의 제 정세는 텔만의 대신으로 히틀러를 먼저 성취시켰다. 이는 나치 발전사의 일 소요약이다.

파쇼와 배타경향 — 이태리의 사회정세

종족적 또는 민족적 우월감을 가지는 것은 대체로 각국 인민의 일치한 경향이니, 이는 고금동서에 서로 다름이 없는 것이다. 그 최초의 발생 형태로서는 전연 종족 자위自衛의 생물적 충동에서 시작한 바이나, 그는 동시에 또 필연으로 배타적 경향을 동무하게 되는 것이다. 현대의 진보적인 또 합리적인 민족주의는 국제 협동의 태도를 잘 파지把持할 수 있으나, 그것이 정복적인 혹은 파쇼적인 사상형태에까지 감에 미쳐 동근이지同根異枝의 부수적 조건으로 나타나는 것은 이 맹렬한 천외賤外 배타적 경향인 것이다. 하물며 상술上述 국제적 화란에서 맹렬한 적개심을 가져온 독일인이 자못 구원久遠한 반세미틱Semitic 사상을 포장包藏해온 것은 또 필요한 역사적 사유이다. 세미틱 인종에 대한 아리안인의 편견은 그 유래 이미 오래거니와, 세미틱인의 능력과 기민機敏과 허구許久한 망국적 부랑민의 생활에서 오히려 타민족과 단연 동화하지 않는 그 현저한 인종적 특질은 외타外他의 열국에서도 보이는 일반적인 반세미틱 경향과 매한가지로, 독일에서 일층 그러함을 보게 된 것이다. 19세기 당시 브르노 바우어와 칼 마르크스가 '유태인 문제'로써 한동안의 논쟁을 한 것은 식자가 유의할 바이요, 19세기 하반 이래 데모크라시의 정치가 열국에 수립됨에 미쳐 이 경향이 많이 완화되었던 터이나, 상술한 영향 하에 강고하게 파쇼화한 나치 독일이 자못 편협한 반유태인의 기세를 가지는 것은 또 필지必至의 형세이다. 그들의 강렬한 반세미틱 조류가 일변하면 즉 약소민족에 향한 정복의 권리로 되고, 또는 일반 유색인에 대한 백인종우월론으로 될 수 있는 것이다. 이 점에서 히틀러가 뮌헨에서의 방언한 유무有無는 도리어 일편 지엽문제일 뿐이다.

18세기의 불란서 혁명은 1830년의 7월 혁명에 의하여 비로소 그 사상적 확립을 보게 되었나니, 그 사이에 그 자연적 발전을 저해한 것은 로맨티시즘이었다고 한다. 로맨티시즘이 결코 결정적으로 악한 것이 아니어서 후진 삭막한, 무감격한 인민에게는 왕왕히 도리어 로맨틱한 경향의 고취와 그 자존심의 선양宣揚을 요할 적도 있는 바이니, 이는 잠깐 두어두고 현대 선진 제국諸國에서의 파시즘의 운동은 당년의 로맨티시즘의 구실을 역행力行하고 있는 것이다. 그 형태에서 그럴 뿐더러 그 내용에서도 파시즘의 이론은 사실상 로맨티시즘으로부터 물려받은 사상이다. 히틀러의 선진先陣을 걷는 무솔리니의 사상이 불란서의 악시옹 프랑세즈의 이론에서 발전하였고, 히틀러 운동의 지도 원리를 이룬 '제3제국'의 이론이 프라이헤르 폰 슈타인에 빚진 바 많은 것은 이 문제를 다루는 자 반드시 아는 바이다. 이제 보황당保皇黨적 경향인 독일의 철두단鐵兜團과 민족사회주의당으로서의 나치와의 소소한 이동異同으로 변별코자 함도 아니요, 동일 왕정당王政黨적 취미臭味가 전혀 없지 않은 불란서의 악시옹 프랑세즈와 무솔리니의 파시즘과의 견백이동堅白異同적인 쇄설瑣屑을 요要코자도 아니한다. 다만 이에 칼 리프크네히트와 구르트 아이스너 등이 차제次第로 소실된 후까지 오히려 남구南歐의 적화 지역인 양하던 이태리가 그 공장 점령과 농민 일규一揆의 북새통으로부터 졸연 파시스트의 라마 진격과 그 승첩을 보게 된, 전란 이후 불안하던 국정과 그 역사를 간명하게 소개하여, 정치적 사회적 의의를 천명하려 한다.

　이태리는 구주에서의 후진 국가이다. 율리우스 카이사르를 생각하고 아우구스트황제의 황금시대를 돌아본다면, 라마제국의 끼친 터에 웅거하고 있는 이태리 국민이 당연 구주의 선진이겠지만, 19세기 중엽까지 칠영팔락七零八落한 분열 상태에 지지러져 있던 이태리인은 이미 병여病餘의 초췌한 초부樵夫이던 자이다. 전대의 사가史家가, 혹은 라마시대의 끊임없는 침략적 전쟁이 우수한 라마인의 혈통을 모두 전장의 이슬로 흘려버렸고, 티베르의 하외河外 그지없이 들어찼던 쇠사슬에 얽매인 듯한 노예적인 포로된 이종족異種族의 사람들이, 그 저열低劣한 또는 이반離反적인 심적 경향과 아울러 없어진 라마인의 대신으로 허름한 수數채움만 하였던 것이 현대 이태리인의 국민적 열세의 생물사회학적 원인이라고 주장한다. 이것도 확실히 완미頑味할 가치가 있거니와 이태리인은 근대 부르적 데모크라시에 있어서는 물론 일개의 어설픈 후진자後進者였던 것이다.

『조선일보』, 1936. 2. 6~16.

파시즘의 찬양과 조선형적 파시즘

―안재홍씨의 『독재관견』을 비판

서 강 백

약 일순—旬 전부터 『조선일보』 지상을 통하여 안재홍 씨는 「독 총통의 방언放言」, 「파쇼화의 역사성」, 「파쇼 성립의 요소」, 「파쇼와 배타 경향」 등을 전후 9회에 긍亘하여 「독재관견」이라는 형식 하에 피력한 바 있었다. 조선 학계의 최근 논단이 적막하기 짝이 없는 이때에 꾸준한 연구서에서 이러저러한 논문을 발표하여 주는 성심에는 만감의 사의를 표하여 마지않는다. 씨의 논지는 어느 부분에 이르러서는 상당한 바 있어 실로 진보적 감을 주기도 하며, 씨의 문장은 능글능글하여 어느 구간에 이르러서는 청산유수의 느낌이 없지 않다.

그러나 우리는 씨의 논문의 내용에서 여하한 세계관을 간취할 수 있으며, 씨의 문장을 통하여 흐르는 맥박 속에서 여하한 고동을 들을 수 있었는가. 그것은 불행히도 파시즘에 대한 찬송이며, 조선형적인 파쇼의 절규이었다. 즉 씨의 「독재관견」의 최초의 첫 자로부터 최후의 일자에 이르기까지 일맥이 관통한 정치적 의도는 나치의 독일과 파시스트 이태리를 극구 구가함에 의하여 조선적인 파쇼를 수립하려는 데 있었다.

이러한 타매할 안 씨의 정치적 의도는 안 씨에게 집중되었던 일반 민중의 두터운 신망을 이산케 할 뿐만 아니라, 비록 지면知面의 사이는 아니되 안 씨의 위인 됨이 비범하여 극히 양심적 인간이라 함을 전하여 듣고 일찍부터 그를 경외하던 필자의 마음에 증오의 불길을 질러놓게 되었다. 이것은 확실히 반향 좋은 민족적 언사를 농弄함에 의하여 우국지사의 고절苦節을 지켜오던 씨의 영예로운 반생에 대한 자살적 행동이 됨은 물론이려니와 객관적으로는 안 씨와 및 그 아류적 제인諸人을 일속一束으로 한 민족개량주의로 하여금 조선 학계에 일대 파쇼적 백선白線을 긋게 하는, 새로운 정치적 노선을 타개하는 공작이 되는 것이다.

그러므로 「독재관견」이 조선적 파쇼의 길을 준비하는 안 씨에게 있어서의 전초적 습작일는지는 알 수 없으나 여하간 그것이 미치는 바 독소가 방방곡곡에 산포散布될 것을 생각할 때 좌시방관함도 죄가 적지 않으리라는 견해 하에 귀중한 지면과 시간을 조선적 파시스트 안재홍 씨를 위하여 낭비하는 바이다. 오직 필자의 「독재관견」의 제7회 논문이 발표되는 날부터 그를 읽어보고 비판의 급무임을 깨닫게 된 태만으로 인하여 독자 제형의 앞에서 만족한 논설을 수행치 못할까 저어하는 바이나, 이것은 내용의 풍부와 문장의 미화를 도圖하지 못할지언정 결코 안 씨에 대한 근본적 비판을 방해하지는 않을 것이다.

그러면 안 씨가 조선형적 파쇼를 역설함에 의하여 그가 조선의 소小히틀러가 되고자 하는 소이는 무엇으로써 입증할 수 있는가. 그것은 좌左의 일구를 인용하기만 하여도 충분하다.

조선인이 만일 나치적인방점—서(徐) 독자적 정치 문화적 기구의 독립을 현하에서 꿈꾼다면 그는 물론 허망한 일편의 과오이려니와, 논자 만일 간신艱辛 노력하는방점—서(徐) 현하의 조선적인 혹은 또 민족적인 것에 향하여 나치 독일의 그것과 동일 체계로만 여겨 이를 배격코자 하면 그는 또 폐허타공吠虛打空 천박한 과오일 것이다 (「독재관견」 제2회 제6절)

안 씨는 후안무치하게도 이와 같이 솔직히 고백하였다. 즉 제 1로 안 씨는 이곳에서 조선인은 나치적이 아니고 조선적인 파쇼 정치와 및 그 문화를 수립함에 의하여서만 허망을 면할 수 있다는 것이니, 그곳에서 안 씨는 호말毫末도 파쇼 일반을 건드림이 없이, 아니 그것을 완곡히 옹호함으로써 유독 나치적인 파쇼 정치를 조선에 건설하려고 꿈꾸는 자만을 허망한 과오라고 지적한 점에 있어서 그가 조선형적 특유의 파시즘을 주장하는 것은 일목요연한 바이며, 제 2로는 선진사회인 독일이 가지는 바 파쇼 형태와 후진사회인 파란波蘭, 토이기土耳其 등이 가지는 바 파쇼 형태와는 정치적 문화적 유연由緣이 다르므로 독자가 독일적 파쇼와 안 씨 등이 제창하는 조선적인 파쇼를 동일시하고 배격한다면 그것은 폐허타공吠虛打空적 행동이라는 것이다.

그리고 상게 소론에 있어서 안 씨가 범한 '독일적', '민족적', '조선적' 용어에 대한 혼란과 자가당착을 지적한다면 독일적인 것이 조선적인 것이 될 수 없고 조선적인 것이 독일적인 것이 될 수는 없으되,

조선적인 것 = 민족적인 것
독일적인 것 = 민족적인 것
민족적인 것 = 파쇼적인 것
조선적인 것 = 파쇼적인 것 = 독일적인 것

이어서 그 사상적 특질이 어느 것을 막론하고 파쇼적인 것임에도 불구하고 독일적인 것을 세계적인 것으로 인식하였음인지, 또는 조선적인 것만이 민족적인 것이 될 수 있다고 생각하였음인지, 조선적인 혹은 또 '민족적인 것'방점─서(徐)에 향하여 나치 독일의 그것과 동일체계로만 여겨 이를 배격코자 한다면 그는 또 폐허타공吠虛打空적인 천박한 과오일 것이다. 이상 논의에 의하여 안 씨의 파시스트적 마각이 명명백백히 백일하에 폭로되었음은 물론 '폐공적인 천박한 과오'라는 발악적 언사는 실로 자신에 대한 자기 욕설이 되지 않으면 다행일 것이다.

필자는 전일前日에 안 씨의 소론을 적발 검석檢析함에 의하여 씨가 조선적 파시스트 이외의 아무것도 아님을 지적하였다. 그러면 씨는 히틀러에 있어서와 같이 허다한 노동자와 사상가가 가로세로 얽힌 현실의 쇠사슬을 끊기 위하여 진보적 활동을 역행한다는 의미에서 그들을 살육하고 추방하려고 기도한 바 있었던가. 그렇지 않으면 나치 독일 연방경제위원 와그너와 독일노동전선의 지도자 레이와 같이

"국가는 아등我等의 것이다! 누구도 아등의 권력을 빼앗을 수는 없다. 경제는 아등의 경제이며 공장은 아등의 공장이며 정당은 아등의 정당이다! 그러므로 아등이 소유하고 있는 어떤 것을 막론하고 이것을 파괴하려는 계획은 발아의 형태에서 적출하지 않으면 안 된다. 국민사회주의의 위병衛兵인 제군은 독일 민족의 이 광채 있는 재산을 침범하려는 일체 행동에 대하여 고려할 것 없이 단연 분쇄하고 부정하는 숭고한 임무를 담당하고 있는 것이다. 휴업이나 야만적 파업 등 또는 이와 유사한 일에 이익을 맺고 있는 자는 아등의 혁명에 대한 적이다. 그러므로 완강히 반대하여서 이를 주저함이 있어서는 안 된다. 왜 그러냐 하면 그것은 성공과 승리에 관계될 뿐 아니라 독일과 아 민족에 관계

되는 소이이다."(『민족관찰자』, 1933년 5월 18일)

라고 정면으로 적나라한 파시스트적 언사를 하여서 현하의 사회 체제를 그 대립물로 구축하려는 진보적 사회층에 대하여 비록 한번이나마 선전포고를 한 적이 있었던가. 자타가 다 알다시피 물론 안 씨는 그러한 적이 없었을 뿐만 아니라 항상 소경이 경 읽듯이 '조선적', '민족적' 표어를 내어 걸기는 하였으되 그 구체적 방침을 천하에 공개한 적은 없었다. 이러한 안 씨의 결백한 절조節操에도 불구하고 씨를 조선적 파시스트로 규정한 이유는 나변那邊에 있으며 씨의 파시스트로서의 특질은 과연 어디 있는가. 이것은 조선의 파쇼를 운위하며 특히 '우리의 민세民世' 안재홍 씨를 비판의 조상俎上에 올려놓는 한 당연히 제기되어야 할 문제일 줄 믿는다.

안재홍 씨 자신은 말하리라. '나는 조선민족주의의 사도'이라고, '민족주의에 충실되는 것은 결국 조선 민족에 충실되는 것이라'고. 그리고 이러한 안 씨의 민족주의에 대한 집요한 노력은 씨의 개인적 인격으로 비추어 보아 민족주의를 팖으로 인하여 민중에게서부터 역사적 희망을 거세하기에 급급한 일군의 민족개량주의자에게 있어서와 같이 악질의 것이 아닐 것이며 또한 아니기를 바라는 바이다. 그러나 이곳에 있어서 오인吾人이 괄목하여야 될 최중요한 사실은 비록 안 씨가 회포懷抱하는 바 민족주의 사상이 영주국領主國의 정치적 의도와는 별개로 독립된 순수한 것이라 할지라도, 그것은 자본주의 제국 간의 노동의 불균형이 격화되면 격화될수록, 근로계급의 압력이 앙양되면 앙양될수록, 금융자본의 헤게모니가 강화되면 강화될수록 객관적으로는 혹종의 정치적 비호 하에 구사되는 용구用具로서의 민족주의와 종이 한 장의 차이를 가지게 된다는 것이다.

안 씨는 자기 스스로가 과거의 일 정점에 정립하여 있음에도 불구하고 어찌하여 이러한 참혹한 객관적 결과를 초치招致하게 되는가. 그것은 민족이라는 것이 '언어, 영토, 경제적 생활과 및 문화의 공통성 내에 현현되는 심리적 구조와의 역사적 기초 위에서 생성된 일종의 항상적인 공동체'임을 모르고 그것을 영구불변의 현상으로 인식하는 데 있으며, 일보 진進하여서는 민족이 단순한 역사적 범주가 아니고 '어느 특정한 시대 즉 상승하는 자본주의 시대의 역사적 범주이며 봉건제도의 청산과 자본주의 발전의 과정은 동시에 민족형성의 과정'임을 이해하지 못하는 까닭이다.

만약 씨가 민족이라는 것이 일체의 일결적一決的 현상과 같이 변화의 법칙에 따라 그 역사, 그 범주, 그 종언이 계속된다는 일반적 이해 밑에서 역경에 처한 조선적 민족주의자가 되었다면, 현 단계에 이르러서는 응당 씨는 유물사관적 세계관을 자기의 것으로 가지지 않으면 안 될 것이다. 왜? 금일에 있어서 민족문제를 진정으로 해결할 자는 유물사관적 세계관 밑에서 명일의 역사를 개척하는 자 이외에는 있을 수 없기 때문이다.

그러나 자본주의의 내포한 모순이 포화상태에 달하여 모든 것의 대립이 극도로 첨예화한 금일에 있어서 '좌이냐? 우이냐?'의 두 길 이외에 제삼의 혈로血路란 있을 수 없는 절박切迫된 현 단계에 있어서 안 씨가 소시민적 이데올로기를 청산치 못함에 의하여 열은 식은 지 오래였고 내용은 공허하기 짝이 없는 가假민족적 언사를 농함에 의하여 의식적 또는 무의식적으로 정진정명正眞正銘한 민족주의를 역사적으로 계승하려는 제 세력과 멀어지려고 하는 그 행동은 씨의 주관적 의도와는 몰간섭沒干涉으로 훌륭하게 파시스트적 역할을 영위하게 되는 것이다. 그러나 이곳에서 간과하여서는 안 될 한 가지 사실은 안 씨가 이러저러한 기회에 비분강개의 지사적 논리로서 허무맹랑한 민족적 훈염燻焰을 열병적熱病的으로 산포하고 있음에도 불구하고 대외적으로는 자기의 파시스트적 마각馬脚을 은폐하기에 급급하다는 사실은 민중의 공연한 반기로 인하여 지배계급의 질식 하에서 파쇼 진영을 결성한 일부인一部人에게 비하여 과소평가될 것이 아니라, 안 씨는 민중의 반려자로 가장함에 의하여 민중의 두뇌로부터 진보적 사상을 제거하여 써 극우적 진영으로 인도하는 산파적 역할을 다하고 있으니만치 그 해악은 경시輕視치 못할 바 있다. 요컨대 안 씨는 안 씨로서 파시스트의 역할을 분업적으로 역행力行하고 있나니 말하자면 안 씨는 일견 타국他國에 있어서의 사회 파시스트의 역할과 방불한 바 있다.

『조선중앙일보』, 1936. 2. 19~20.

조선적 이데올로기 문제

—특히 파시즘과의 관련에서*

전 영 식

1

오늘날 이 땅에 범람하고 있는 일체의 반동 형태를 통틀어 파시즘으로 규정하여 버린다 하면 그는 너무 경솔스럽다는 비난을 면키 어려우리라. 그러나 우리의 목도하는 바 모든 중세적 형태와 복고적 경향의 도량跳梁은 결국에는 저 파시즘에의 구심적 운동이며 그에의 전화轉化의 과정이며 그의 성립을 위한 사회적, 물질적 조건의 보강 공작이며 또 그를 중심 목표로 하는 제 기구의 이데올로기의 재구성 급及 강화의 과정을 의미하는 것이다.

그러므로 파시즘의 현실적 존재를 부인하며 혹은 그의 성립의 일반적 가능성 급及 필연성에까지 회의적 태도를 취하는 경향이 일부에 엄존함에도 불구하고 오늘날 우리에게는 파시즘의 문제가 가장 긴급한 현실적

---

* 총 12회에 걸쳐 연재되었으나, 여기에서는 3회 전반부까지만 수록함.

과제로서 인식되어 있으며, 우리의 논단이 또 이에 대하여 불소不少한 관심을 가지고 있음은 누구에게나 명료한 사실이리라. 따라서 필자의 의견으로는 일부에서의 이에 대한 부정적, 혹은 회의적 견해는 두 가지로 해석할 수 있겠다.

그 하나는 전혀 정치적 필요에 의하여 파시즘의 현실적 존재의 부인을 천명하려는 기도이다. 즉 그것은 그런 수단으로 자기 자신의 파쇼적 역할을 엄폐하려는 것이므로 여기에서는 문제되지 않는다.

그 다른 하나는 파시즘의 본질에 대한 몰이해로부터 그를 부인하려는 경향이니 이것은 이념적 무관심이라는 위험한 조류인 동시에 객관적으로는 파시즘의 비판을 방해하는 반동적 역할을 수행하는 것이다.

그러면 우리에게는 파시즘이 현실로 존재하는가, 그의 가능성 내지 필연성이 있는가? 만일 있다면 그것은 무엇으로 설명되며 어떤 근거에 의하는가 하는 문제가 당연히 제기되어야 할 것이다.

대체 파시즘이란 무엇이냐? 여기에서 우선 간단히 설명하지 않으면 아니 될 것이다. 그것은 금융자본의 전후戰後 단계의 알게마이네 크리세의 시대에 있어서의 자본주의의 정치적 상부구조이다. 그것은 노동자의 성장에 대한 예방적 (어떤 경우에는 직접적) 조직기구이며 지배구조 금융자본의 완전한 융합의 형태에 의하여 뒤떨어진 인민층을 일시적으로나마 그 영향 아래로 끌어들이는 수단으로써 알게마이네 크리세를 극복하려는 자본주의의 지배의 최근 형태이다.

따라서 파시즘의 발생과 그 발전은 모든 나라에서 아주 동일한 형식에 의하여 유행될 수 없으니 개개의 국가에 따라 자본주의적 발전이 불균등한 것같이 이 파시즘도 불균등하게 발전하는 것이며 특히 모든 사회적 정치적 발전 형식은 자주국과 후진국과의 간에 거대한 차이, 심지어 정반대되는 차이까지 있으므로 파시즘의 형태와 템포도 극도로 이질적이며 독자적 성격을 띠지 않을 수 없는 것이다. 그러나 이와 같은 파시즘 성립의 다양성과 특이성도 결국 자본주의 그것의 다양성과 특이성의 결과이고 알게마이네 크리세의 필연적 산물이며 그의 정확한 반영에 불외不外하다.

그러므로 다음의 계기는 파시즘의 본질적 파악에 있어서 결정적 의의를 가지고 있다.

(1) 자본주의의 알게마이네 크리세에 의하여 제약되고 있는 개개의 국가에서의 일반적, 국민적(민족적) 정치적 크리세의 성장과 관련하여

(2) 독점자본과 지배기구와의 융합과 관련하여. 또 이 융합의 내부적 모멘트, 경제적, 사회적 전제 조건과 관련하여

(3) 더욱 본국과 식민지와의 상호관계의 특질적인 제諸 모멘트와 관련하여.

2

일견에 명료한 듯이 상기上記 3계기는 개개의 국가에 의하여 결코 동일할 수 없다. 아니 이 계기를 구성하는 각개의 요소까지도 전연 유사한 일은 거의 역사적 우연이리라. 이런 이유는 결국 파시즘의 다양성과 이질성의 현상만을 관찰하는 관념론자로 하여금 파시즘의 자국에서의 현존 또는 그 가능성을 부인시키는 것이며, 파시스트로 하여금 그의 본질을 다른 사회적 데마고기demagogy로 은폐하여서 자기의 정책을 어떤 제3자적인 것같이, 초계급적인 것같이, 또는 민족 전체나 민족 고유의 것이니 하는 성스런 이름 아래에 가장하고 연출하는 호개好個의 찬스를 만들어주는 것이다.

그럼으로써 상기의 3대 계기의 상세한 구체적인 분석만이 현실적으로 문제해결의 열쇠를 제공하는 것이고 조선적 파시즘의 본질적 성격을 명확히 규정시킬 수 있으며 분석의 이론적 연구도 비로소 현실적 의의를 주장할 수 있게 될 것이다.

만일 그렇지 아니하고 현재까지의 우리의 태도에서 찾을 수 있는 단순한 파시즘 일반에 대한 논의나 혹은 이태리적, 독일적 파시즘의 비판에 종시終始하고, 다시 전진하여 그것을 조선적 현실에서 그와의 구체적 관련에서 참으로 역사적=변증법적으로 탐구하는 기도가 없다고 하면 그는 우리의 이론적 정체停滯를 의미할 뿐 아니라 현실적으로도 적지 않은 손실이 될 것이다. 따라서 여기에서 우리의 탐구하려는 바 대상이 가지고 있는 현실 급及 이론적 의의에 대하여 신중한 태도를 취한다는 것도 주관적 입장으로서는 퍽이나 진지한 현상이나 객관적으로는 소극주의요, 중립주의에 불외不外한 것이다.

그러나 미리 말하여 두려는 것은 필자 자신이 지금 이곳에서 여사如斯히 거대한 이론적 해명을 직접으로 시험하려고 망상하는 것이 결코 아니다. 이것은 장차 파시즘의 전문적 이론가의 손으로 착수될 줄 믿는다. 필자의 의도는 다만 문제의 구체적 파악을 위한 한 개의 방법으로써 파시즘의 조선형은 현재의 이데올로기의 범람이라는 현상과 관련이 있는가 없는가, 만일 있다고 하면 그것은 어떻게 설명될 것인가─하는 이데올로기적 측면에 대하여, 특히 민족개량주의를 중심으로 약간 고찰하여 보려는 데 있다. 그러나 아마도 이론적 오류를 범하는 것은 면키 어려울 것이며 그것은 일후 기회에 다시 청산하려 생각한다. 오류를 범할까 전전긍긍하는 것보다 차라리 소감을 발표하여 그 과오를 비판당하는 것이 양심적 태도가 아닐까 하는 견해를 가지고 미숙한 구상을 조잡한 형태대로 내놓는 것이다.

그러기 위하여 다음에 우선 파시즘의 조선에서의 특질을 별견하여 보자.

3

위에서 말한 파시즘의 다양성과 이질성은 조선 같은 데서는 특히 명료히 나타나는 것이니 우리들이 (1)의 말미에서 지적한 세 개의 계기를 여기에 다시 회상한다면 일체는 명료히 될 것이다. 즉 독일형적 파시즘이나 이태리형의 파시즘, 아니 중국형의 파시즘까지 그의 조선형과는 판이한 것을 되풀이할 필요가 있을까? 그러나 조선형이 독일형이나 내지 중국형과 하등何等의 공통성을 가지지 않았다고 주장하는 자 있으면 그는 파시즘의 본질을 전혀 탐구할 능력이 없는 것을 고백하는 데 불과하리라!

그러면 조선의 파시즘은 기타의 파시즘—자주국의 그것으로부터 여하한 공통점과 차이점을 가지고 있는가. 이 점을 먼저 간략하나마 이해하여 두어야 할 것이다. 그러나 여기에서는 편의상 후자를 구상함에 그치려 한다.

그 차이점은 여차하다.

(1) 금융자본은 모든 나라에 있어서 불가피적으로 두 개의 통치체계를 가지고 있고 이 두 방법은 서로 교체되든가 혹은 갖가지로 배합하여 사용되는 것으로 결코 동일한 전술에 고정하여 있지 않다. 그러나 우리에게는 (물론 상대적 의미에서이나) 한 개의 형식에 고정되어 있는 것이 원칙이다.

(2) 다시 말하면 자주국에 있어서는 많거나 적거나 낡은 유제遺制를 유지하는 방법, 개량을 집요히 부정하는 방법만이 사용될 수 없고, 제2의 자유주의의 방법이 정치적 권리의 진전이라는 방향에의, 개량 진보의 방향에의 전진의 방법이 혹은 교호적交互的으로 혹은 배합되어 이용되나 조선에서는 이것은 거의 문제되지 않는다.

(3) 그럼으로써 파시즘에서의 의회주의적 데모크라시의 폐기는 자주국에서만 존재할 수 있는 것이다. 아니 조선에서는 오히려 이와 반대의 방향—그에의 제스처까지 예상될 수 있는 것이다.

(4) 선진 자본주의국에 있어서의 파시즘의 발생 급及 발전은 조선에 비하여 보담 복잡 차且 다양한 형태로서 금융자본에 대하여는 보다 곤란스러운, 보다 완만한 과정으로 출현한다. 즉 조선에서는 하등의 심각한

부르주아 데모크라시가 존재하지 않은 사정, 다시 말하면 봉건적 체제와의 투쟁을 경과치 못한 우리의 역사적 특이성이며, 또 아무 부르주아 민주주의적 전통도 (제도적으로는 더욱이) 소유하지 못한 특수 조건에 의하여 파시즘은 비교적 간단히, 쉽게, 신속히 은밀한 가운데 발전할 수 있는 것이 명백하다.

(5) 이 사정은 다시 사회민주주의 같은 강대한 정치적 요소에의 다소간의 민주주의적 잔재에의 파시즘의 침투를 유기적으로 눈에 뜨이지 않게 진행시켜야 한다는 특수 사정의 결여라는 점과도 관련하여 고려되어야 할 것이다.

(6) 부르주아 데모크라시적 체제 급及 그의 전통의 결핍은 파시즘에게 비교적 광범한 대중을 사회적 지반으로써 아래로부터 획득하기를 곤란히 만든다.

(7) 동일한 곤란성困難性은 '사회적 * *', '사회적 선동'의 결핍으로도 설명되는 것이다.

(8) 따라서 특히 조선 같은 후진국에서는 위로부터 이외의 형식은 비상히 성립되기 어렵다.

(9) 그뿐 아니라 일반적으로 파시즘의 발전에 필요한 사회적 제스처와 데마고기의 요소도 굴신성屈伸性 있게 자유자재로 진행시킬 수 없고 진행시키지 못하는 것은 사회적, 정치적 제 조건의 직접적인 '베일의 희박稀薄한 특수성'에서 쉽게 이해될 것이다.

(10) 이밖에도 '민족적 이데올로기적 이질성'은 금융자본의 파시스트적 '정신적' 이데올로기적 마누버와 제스처에 있어서 다대한 장애물이 되지 않을 수 없는 사정은 비상히 중요한 인자로서 주목되어야 할 것이다.

『조선중앙일보』, 1936. 3. 29~4. 11.

영웅주의와 파시즘, 이광수씨의 몽蒙을 계啓함

김 명 식

1

이광수 씨의 집착심은 매우 긴장한 모양이다. 자기의 「지도자론」에 대한 필자의 비판에서 발분하여 이씨는 「김명식 씨의 소론을 박駁함」, 「비상시대인물론」(이상 2 논문은 출제예고만 있었다) 「힘의 재조직」, 「힘의 찬미」, 「힘의 재인식」, 「고금위인에 대한 간담회 조직」 등등의 연속부절한 사색과 활동을 전개하고 있다. 최선最善한 무저항의 저항은 저항의 의의를 가질 수 있는 것이니 톨스토이를 버리고 간디를 가지는 것은 그만한 정도의 의미가 있을 줄로 안다. 그러나 도道에 이르려고 하면 노魯에 머물지 말고 또 한 번 변함이 필요하다. 그리고 조선과 지리 및 기후가 상사相似한 이태리의 다눈치오는 문사요, 비행사요, 용사다. 저는 파시즘의 선구자요, 파시스트의 맹장이다. 따라서 이 씨의 영웅주의─지도자주의가 아니

고 문사적 동경이 아니요, 용사적 갈망이요, 실천이라 하면 조선의 이씨
와 이태리의 다눈치오와는 무엇으로든지 좋은 대조가 될 것이다. 그러나
다눈치오로 변하는 것은 톨스토이에 머무는 것만 같지 못하다.

2

그런데 이 씨의 말과 같이 물질은 불멸이요, 역力은 불멸이다. 그러나 그
들은 불변이 아니다. 가변이다. 그리고 이 씨의 말과 같이 인생은 힘이요,
사회는 힘이요, 우주는 힘이다. 힘이 없으면 만물은 무요, 공이다. 또 자
유는 힘이요, 평등은 힘이다. 자유가 없고 평등이 없음은 힘이 없음이다.

그러나 자유는 의식한 필연이요, 힘은 정의다. 헤겔이야말로 자유가
필연과의 관계를 정당히 술述한 최초의 인이다. 헤겔에 있어서는 자유란
것은 필연을 통찰洞察하는 일이다.

> "필연이 이해되지 아니하는 한에서만 필연은 맹목적이다. 일반이 몽상
> 함과 같이 자연법칙으로부터의 독립한다는 점에 자유가 있는 것이 아
> 니요, 이 법칙의 인식에 또 이 법칙과 함께 정하여지고 있는 이 법칙을 계
> 획적으로 일정한 목적을 위하여 작용케 하는 일의 가능성에 자유가 있
> 는 것이다. 이것은 외부적 자연의 법칙에 대하여 말할 수 있을 뿐만 아니
> 라 인간 자신의 육체적 및 정신적 실재를 규율하는 법칙—겨우 우리가
> 표상에 있어서는 구별할 수 있는 2개의 법칙에 관하여서도 말할 수 있는
> 것이다. 그러므로 의지의 자유란 것은 사실의 지식에 의하여 결정할 수
> 있는 가능성에 지나지 않는다." (엥겔스)

힘! 그렇다. 그러므로 반反필연의 힘—반反정의의 힘은 파괴요, 죄악이
다. 그들의 힘은 인류사회를 교란하고 인류문화를 압살한다. 인류의 자
유를 박탈하고 평등을 유린하고 모든 정신적 물질적 창조력을 파괴한

다. 그리고 힘의 정의성은 시대가 부여하는 시대적 내용을 가진다. 봉건사회에 대한 자본의 힘은 정의이었다. 그나마 그것은 벌써 정의성이 소멸되어 인류의 발전을 의식적으로 박해하는 가장 큰 반동력이 되었다.

따라서 이 씨의 「힘의 재조직」, 「힘의 찬미」, 「힘의 재인식」, 「영웅갈망」 등등의 반反필연―반反자유의 창의는 근본적으로 수정할 필요가 없지 아니하다. 그리고 사회력은 물론이요, 자연력도 일정한 공간의 어느 물物―어느 힘은 그의 가변성에 의하여 발생하고 성장하고 사멸한다. 사회과학은 신발견이지마는 주역周易의 변혁원리는 3,000년 이래의 고전이 아니냐.

3

그런데 19세기 초엽 즉 봉건사회가 붕괴하고 자본사회가 형성되는 과도기에 있어서 절대주의가 대두하였었다. 그것은 물론 새로 일어나는 부르주아 민주주의에 대한 반항이었다. 그리고 당시의 절대주의자는 영웅이 시대를 만드느냐 시대가 영웅을 만드느냐 하는 현대의 소학생의 토론문제를 처음으로 실제행동 및 사실과 결합하여 경건한 태도와 장중한 어조로 제출하였었다. 그러나 엄숙한 사회적 필연은 그들의 예어囈語와 반항을 돌아보지 않고 앞으로 앞으로 진출하였었다. 그리하여 절대주의는 분쇄되고 부르주아 민주주의는 개가凱歌를 불렀었다. 영웅주의는 사라지고 부르주아지의 시민사회가 건설되었다. 그리고 현대에 이르러서 부르주아 민주주의의 요소가 정치적으로나 사회적으로나 철저히 소멸됨과 함께 새로 대두한 파시스트의 강권주의―영웅주의는 전세기의 절대주의와 본질상의 차이가 있는 것이 아니다. 따라서 현대의 조선에 있어서 총명한 부르주아지의 민감敏感이 영웅주의를 발견한 것은 결코 우연한 일이 아니다. 물론 일찍부터 이태리에 무솔리니가 있었고 폴란드에 필스스키가 있었고 독일에 히틀러가 있었으나 일본의 내전량평內田良平과 적

송극마赤松克麿 등은 요사이에야 이름을 나타내었으니 후진 조선에서 더욱이 정치적 자극에 대한 지둔遲鈍한 감각성을 가진 조선인이 만각晩覺한 것은 이유가 없지 아니하다. 아마 이순신의 묘지문제는 더욱 조선인의 영웅주의에 대한 감격을 도발한 듯하다.

4

물론 임진란 시대에 이순신이 없었으면 수륙 병진한 외적의 마제馬蹄에 전 조선이 여지없이 유린되었을 것은 틀림없는 사실이다. 그러나 일— 하급下級 만호萬戶이던 이순신이 수군통제사가 된 당시의 조선 정세를 먼저 고찰치 아니하면 아니 된다. 만일 당시의 이순신이 만호이었다면, 병수사에 그쳤다면, 그리고 원균의 실책이 없었다면, 이순신의 사실에 적지 아니한 변동이 있었을 것이다. 그리고 원균의 비겁과 시기와 탐닉은 원균 개인에 한한 생활현상이 아니요. 당시 지배계급의 공통한 생활철학인 것을 잊어서는 아니 된다. 또 이순신의 '미신불사 적불감모아微臣不死 敵不敢侮我' 운운은 결코 이순신의 관념적 객기의 표시가 아니요, 그것은 지리에 대한 자신과 비록 전선은 거의 전멸되었다 할지라도 새로 제조하면 적의 그것보다 우수한 전선을 제조할 수 있는 기술상의 자신이다. 구갑선龜甲船의 공격에는 적선이 당할 수 없었다. 그것은 현대의 잠항정의 공격에 의한 전투함 및 순양함의 위협보다도 더 큰 것이었다. 따라서 당시의 이순신의 지위와 이순신의 기술은 이순신의 사실史實을 만들어낸 거의 전부 조건인 것이다. 그리고 당시의 진주 제2차 수성에 김시민의 지략과 용병은 여러 번 적의 총사령의 대군을 파破하였었지만은 적의 구갑군의 공격에는 견디지 못하였었다. 그것은 적의 수군이 이순신의 구갑선에 견디지 못한 것과 다르지 아니 하였었다. 또 조선의 육군이 적에게 전멸된 것은 적의 조총과 적의 칠수七首, 즉 일본도에 당할 만한 무기가 없었던 까닭이다. 당시의 조선에는 유일한 무기가 활弓이었으니 조총이 생긴 뒤에 활은 유희의 무기요, 전쟁의 무기가 아니다. 더구나 적의 조총 끝에 꽂힌 일본 도의 검광은 얼마나 당시의 조선군의 심담心膽을 차게 하였을까.

뿐만 아니라 풍신수길의 정예는 일본을 통일한 백전련군百戰練軍이요, 조선군은 오합지중이니 상적相敵할 수 없는 것은 고연固然한 이세理勢이었다. 그리고 명군明軍의 가주苛誅와 무신무의無信無義는 조선을 구원한 것보다 조선을 도륙한 것이 많은 시기도 없지 아니 하였었다. 그러나 수군에 있어서 적의 조총이 위력을 낼 수 없고 또 일본도가 가치가 없게 되니 주적의 형세가 육군에서 보던 바와 다른 것을 생각할 수 있는 일이다. 그러고 당시에 이순신이 없었고 또 그에 대신할 자도 없었으면 조선은 일명日明 양국이 혹은 개성을 혹은 평양을 경계로 하여 분할하였을 것은 물론인데, 그리 되었다 하여도 그 후의 일본 및 명의 국내정세로 보아서 조선은 다시 조선인의 조선이 되었을 것은 사실이요, 또 당시의 조선이 조선인의 조선이 되거나 만주인의 조선인이 되거나 절대 다수의 피지배계급의 생활은 얼마나 다를 것이 없었다.

그리고 조선인으로서 이순신의 공적을 잊어버릴 수 없는 것은 사실이지만은 이순신의 공적을 기억함과 함께 이순신의 공적은 당시의 사회관계와 및 이순신의 기술 즉 구갑선과 분리할 수 없는 것을 이해하여야 할 것이요, 그와 동시에 사회적 관계와 기술적 발명과의 실제 사실에서 떠나서 추상적인 관념적인 표면에 나타난 사실만으로써 선전하는 영웅우상숭배의 반동사상을 경계하지 아니하면 아니 될 것이다.

5

물론 위인의 역할—위대한 개인의 특성 및 재능이 사회의 운명에 영향하는 것은 의심 없는 사실이다. 그것은 어떠한 때에는 비상히 크기도 한다. 나폴레옹의 사실史實과 레닌의 사실史實을 아는 자는 누구나 위대한 개인에 대한 감격과 숭경을 금치 못할 것이다. 레닌에 대하여 지노비예프는

"만일 혁명시대에 있어서 적어도 어느 개인의 이름이 화제에 오르는 일이 있다 하면 레닌이야말로 그 사람이다. 10월 ××[혁명]의 십 분의 구는 레닌의 일이다. 그뿐만 아니라 만일 회의懷疑하고 있는 무리를 확신케 하는 사람이 있다 하면, 헤매고 있는 무리를 결단케 하고 투쟁에 나오게 할 수 있는 사람이 있다 하면, 그 사람은 레닌이다"고 하였고, 트로츠키는 레닌이 카프라의 흉기에 중상한 때에 "우리는 레닌이 죽을는지도 알 수 없다고 생각할 때에는 우리의 전 생애는 무익한 것으로 생각되어 살고 싶지 아니하다"고 하였다. 그 인격과 그 역할을 인식하고 숭경하는 언어로서 고금사상에 이 두 사람의 레닌에 대한 말과 같이 간절한 것은 없을 것이다. 그러나 레닌이 레닌이 된 것은 러시아의 또는 세계의 역사적 및 사회적 관계와 분리할 수 없는 일이요, 또 레닌의 이해한 필연에 대한 전생활사는 저의 지위와 저의 역할을 성취케 한 전부 조건이다. 즉 세계적 레닌은 1917년 전에 있어서 볼셰비키의 역사를 만든 레닌이요, 평지에서 돌출한 레닌이 아니다. 이것은 레닌에 있어서만 그러한 것이 아니다. 손문의 세계적 손문도 그러하고 간디의 세계적 간디도 그러하다. 다만 그들의 방향이 다른 것뿐이다.

플레하노프는 위인의 역할에 대하여 "… 이와 같은 영향의 가능성 그것도 그 정도와 마찬가지로 사회조직과 사회력의 상호관계와에 의하여 정하여지는 것이다. 개인의 성격은(또는 개인의 재능은—필자) 사회적 관계에 의하여 그것이 허하는 시時와 처處와 정도와에 의하여서만 사회발달의 인소因素가 되는 것이다 (…) 언제 어떠한 때에 있어서도 재능유무의 개인에 분배된 지위로부터 재래癤來하는 역할은—따라서 그 사회적 의식은 그 조직에 의하여 정하여지는 것이다"고 정당히 논파하였다.

그런데 이제 우리는 조선 내의 각 집단의 사회적 관계 및 사회적 역할을 그들 각각의 본질에 의하여 구명究明할 수 있고 그와 동시에 이 각 집단의 소위 중심인물이란 자들의 역할을 주관적으로나 객관적으로나 평가할 수 있다.

　그들이 크면 얼마나 크고 작으면 얼마나 작을까. 조선은 이태리도 중
국도 인도도 아니요, 또 시대는 격변하였으니 조선의 세계적 무솔리니도
세계적 손문도 세계적 간디도 있을 수 없는 것은 결코 영웅주의로써 부
정할 수 있는 일이 아니다. 그리고 중국과 인도의 삼민주의와 스와라지
는 벌써 종언을 고하였고 파시즘의 역사적 운명은 이태리에서부터 동요
하고 있다. 봉건사회와 자본사회와의 중간기에 있어서 절대주의의 운명
은 길지 못하였다. 더욱이 현대 사조는 석일昔日의 그것보다 초절한 속력
으로 급전직하하고 있다. 과도기적 중간현상에 대하여 감읍感泣 작약雀
躍하는 것은 자포자기의 자기위안 이외에 하등의 역사적 의의를 가질 수
없다.

『동광』 제31호, 1932. 3.

히틀러와
독일문학의 참화

백 철

1

나 같은 것이 외람히 독일문학 운운하면 독일문학을 전문으로 한 이들
은 '이 장면은 네가 경솔하게 뛰어나올 곳이 아니다!' 하고 책난責難할는
지 모르나 본래부터 나에게는 이 조그마한 수감隨感에서 독문학이란 거
물을 논한 여념餘念은 조금도 없다. 그리고 벌써 타지他紙에서는 독문학
의 전문인 서항徐恒씨가 '독문학'에 대하여 취급하고 있는 이때, 별로 특
수한 딴 견해를 갖고 있지 못한 나로서는 새삼스럽게 그 범위 안에 뛰어
들어서 장면을 혼란시킬 필요는 없다고 생각된다. 다만 이 수감에는 최
근에 독문학에 대한 나의 조그마한 감상이 그리고 요즘 현대 신문의 보
도에서 심각하게 느낀 격감激感의 일부가 명기되게 되면 그만이다!

　최근 독일문학의 소식! 극히 노둔魯鈍한 신경을 가진 나에게도 요즘 독

일문학이 어떻게 수난受難되고 있는가? 의 광경과 장면을 연상해보는 것은 조금도 어려운 일이 아니다. 오호嗚呼, 그것은 너무나 참담한 일이다! 스스로 느껴지는 한탄과 함께 불 일듯이 일어나는 격분을 느끼게 되는 것은 어데 이 필자뿐일까? 누구나 격박激搏하는 혈맥과 의분의 감정을 가진 이면 독일문단의 소식에 대하여 함께 동정하며 항의하리라. '독일문학을 해방하라!'고. 그리고 독문학의 명예를 위하야 절규하리라. '유태여 멸망하라!', '인터내셔널리즘을 박멸하라!'(히틀러의 슬로건) 대신에 '히틀러를 하루바삐 기요틴에 올리라!'라고. 그리고 이 문화 파괴자에 대하여 벌써 일본문단에서는 장곡산인長谷川如, 등삼성藤森盛 씨 등을 중심으로 항의문을 보내었다고 하지 않는가?(『동아일보』 16일부 학예란 참조) 사실 요즘의 독일문학(문화)에 대한 히틀러의 야만성과 조폭성粗暴性은 언어도단에 달하고 있다! 흉악한 수리鷹 하켄크로이츠 기旗의 암담한 그림자는 독일문단의 전면을 뒤덮고 있는 것이다.

그러면 현대 코카사스 봉의 흉악한 수리의 독취毒嘴에 금일 독일문학의 간肝은 산산이 뜯기어 멸망되고 마는 것일까? 하나 참되게 사실을 이해하는 사람이면 누구나 대답하리라! 올림피아 신의 격노와 엄벌도 프로메테우스의 자유정신을 어쩔 수 없지 않는가? 라고! 나도 그 대답에 진심으로 공명하는 자의 한 사람이다. 요즘도 독문단의 참화와 히틀러의 비문명적 만행! 그것에 대하여 나는 다음과 같은 정직한 감상을 느끼고 있다.

진시황과 히틀러. 진나라 시대 시황이 시서 삼백을 불질렀다는 말은 동양문화사 상에 유명한 에피소드가 되어 있다. 시황이 귀한 시서 삼백을 불지르게 된 것은 본래 이사李斯의 간고奸告에 의한 것이 사실인 듯하나 여기에 대하여 『사기史記』의 「이사전李斯傳」을 펴보면 그 상주문上奏文에는 다음과 같이 쓰여 있다.

古者 天下散亂 — 이사의 상주문은 이렇게 시작되고 있다 — 莫能相一 是以諸候並作 語皆道古而害今 飾虛言以亂實 人善其所私學 而非上所建立 今陛下並有天下 辨白黑而定一尊 (…) 各以其私學議之 入則心非 出則巷議 非主以爲名 異趣以爲高 率羣下而造謗 如此不禁則 主勢降乎上 黨與成乎下 (…) 諸有文學詩書 百家諸子 蠲除去之 令到諸三十日弗去 黥爲城旦 所弗去者 醫藥卜筮 (…) 之書 若有慾學者 以吏爲師 (…) 云云[1](『사기』 권87, 「이사전」 참조 「시황본기」 권6에도 동일한 기록이 상재되어 있다)

이라는 상주문에 대하여 "始皇可其議 收去詩書百家之語 以愚百姓"[2]이라고 기록되어 있다. 이사의 상주문과 간략한 『사기』에 의하더라도 우리들은 넉넉히 시황이 시서를 불지른 의도와 심정을 이해할 수 있다! 즉 시서를 그대로 두면 일반 '백성'(사농공상 중 주로 농민)의 의식이 깨어나며, 따라서 군주의 전제와 악정에 대하여 '당여黨與'가 결성되며 반역(××[혁명])이 일어나는 까닭에 그런 폐단을 근치根治하기 위하여 시서를 불질러 버리고 그 대신 복서卜筮의 미신적 서류만 남겨두어 "이우백성以愚百姓" 하자는 것이다. 그리고 특수한 경우에 교육의 필요가 있는 때는 언제나 "이리위사

---

1. 사기 원문을 참조하여 기사 인용문의 오식을 수정함. 이의 번역은 다음과 같다. "옛날에는 천하가 어지러워도 하나로 통일할 사람이 없었고, 그 때문에 제후가 나란히 들고 일어났던 것입니다. (저 순우월의) 말은 모두 옛날을 말하여 오늘을 해롭게 하고, 헛된 말을 교묘하게 꾸며 사실을 혼란스럽게 하는 말입니다. 사람들은 모두 자기가 배운 것을 좋게 여기고 나라에서 세운 것은 비난합니다. 지금 폐하께서 천하를 평정하여 흑백을 분명하게 가르고 하나의 황제를 세웠습니다. (…) (배운 이들은) 각자 자신이 배운 바를 가지고 헐뜯는 말을 하고, 집에 들어가서는 마음으로 비난하고 나와서는 동네의 여러 사람들과 헐뜯는 말을 합니다. 또한 임금을 비난함으로써 자신의 이름을 높이고, 이상한 것을 좇음으로써 잘난 체를 하고, 여러 사람을 이끌어 비방하는 의론을 형성합니다. 만일 이와 같은 것을 금하지 않으면 위로는 임금의 권위를 떨어트리고, 아래로는 당파가 형성되는 바이오니 (…) 시서와 백가제자의 저술을 폐기하고, 명령을 받은 지 30일만에 폐기하지 않은 자는 얼굴에 문신을 하여 성을 쌓는 노역에 처하여야 합니다. 없애지 않아도 될 책은 의약이나 복서 등의 책에만 한하고, 만약 배우고자 하는 자는 관리를 스승으로 삼는 것이 좋을 것입니다."
2. "진시황이 이 건의를 재가하여 시서 백가의 저술을 몰수하여 백성을 어리석게 만들었다."

以吏爲師" 즉 관리(지금으로 보면 군부직 야인)로 교육인을 삼아 일반 국민에게 위험한 사상의 전염이 없도록 예방한다는 것이다. (아아 그것은 얼마나 훌륭한 사상 선도의 길이었던가?)

그러한 의미에서 그때 진시황이 시서를 불사름과 함께 그 당시에 있어 진보적 인텔리겐치아의 역할을 한 일반 유학자를 참사시킨 사정을 이해할 수 있는 것이다. 그들 선배들은 언제나 민중의 선각자로서(비록 행동에 나가서는 무력하였으나) "출즉항의出則巷議"하여 민중에게 당시 사회제도와 군주의 악정을 폭로시키며 선동시킨 까닭이다.

이와 같이 시서는 불사르고 유자儒者를 참살하여 일반 민중에게 문화의 길을 막아 "이우백성以愚百姓"한 후에 진시황은 의식 없는 문맹의 백성에게 안심하고 악정과 고역을 베풀어 갔다. 이적夷狄을 막기 위하여 시황은 위선 만리장성을 완성하였으며 시황의 역대의 안락소安樂所를 위하여 유명한 '아방궁阿房宮'을 축성하고 나중은 자기의 사후 분묘를 위하여 우산隅山에서 재목을 취하여 석곽石槨을 만들었다.

2

만리장성의 완축 시의 백성의 고역이라는 것은 더 말할 것도 없고, 위남상渭南上 임원林苑 중에 '東西五百步 南北五十丈 上可以坐萬人 下可以建五丈旗'의 전전前展 아방궁을 지을 때에 일반 백성의 고역이야 어느 정도의 참혹이었으랴. 그리고 원벽遠僻한 촉蜀, 형지荊地에서 수다의 양재良材를 관중關中까지 운반하여 관중관關中關 외에 칠백여 동의 궁궐을 지을 때의 일반 민중의 원성이야 얼마나 높았으랴!

이러한 고역과 ×[착]취를 백성에게 가하고 그 위에 여산麗山의 외꽃瓜花 구경을 핑계하여 무수한 민중을 함살陷殺시키면서도 진시황은 악몽 하나 없이 옥좌에 안거할 수 있었다. 시서는 불사르고 일반 백성은 문맹 무지의 상태에 남아 있으나 군주의 어떠한 혹정이 있어도 무지한 민중에게 반역의 기를 들 우려는 없다고 시황은 생각하였다. 육국(衛, 趙, 齊, 燕, 楚, 韓)을 통일한 시황의 국위는 영구히 대대손손의 향락을 누리리라고 시황 자신은 확신하였던 것이다.

그러나 민중의 의식은 근본적으로 결코 시서라는 서류에 의하여 생겨지는 것이 아니라 결국 그 사회제도 경제상태의 기본조건에 의하여 생겨진다는 것을 이해하지 못한 데 진시황의 문맹 이상의 우열愚劣한 점이 잠재되어 있었던 것이다.

보라, 시서는 소각되고 학자는 학살된 진나라에 아직 시황의 시체가 궁궐을 떠나기 전에 농민의 일규一揆는 사처에서 봉기되지 않았는가? 그리고 시황이 혼자서 영구히 향락을 누리려는 아방궁에는 이세二世가 멀다 하여 소멸의 화광火光이 충천하지 않았는가? 그리하여 함양咸陽은 함락되고 시황의 건국은 드디어 화멸火滅 되고 말았던 것이다.

이러한 동양의 역사 사실을 생각할 때에 요즘 독일의 히틀러를, 그의 인물과 행동의 조폭성을 진시황의 비문명적 행동과 연상해보는 것은 실로 흥미 있는 일이 아니면 아니 된다.

며칠 전에 각 신문은 독일문단 소식에 대하여 다음과 같은 뉴스를 일제히 보도하였다.

"팔츠의 카이젤스라우텐에서 열린 '겔마니아 문화 및 교육 선전 강연 대회'에서는 수명의 나치 당원이 교대 격으로 등장하야 '인터내셔널리즘 유태주의 그 타他 일체의 외국적의 것에 대한 폐기를 주창하며 동시同市 도서관에 비치하였던 라마르크의 「서부전선 이상 없다」 7부를 시가의 중앙에서 시민의 환호리喚呼裡에 소탕燒湯하였다."(『도(都) 신문』 4월 28일부에 의함) "끝끝내 문화 영역에 까지……", 히틀러의 할 만한 행동이다……."

신문보도에 접한 나의 감상은 극히 단적이었으나 비통한 것이 있었다. 지금까지 실제 영역에 있어 히틀러의 조폭성에 대하여는 이미 많은 사실을 들어왔다. 적대세력당의 해산명령, 당원 체포 이후 수다의 참담한 극

劇이 문명도시 백림가에서 연출된 모양이다. 텔만의 피살설도 아마 사실에 틀림이 없는 듯하고 나치 당원으로 자기의 처妻가 유태인의 물품을 산 허물로써 제명되어 가정 희비극이 일어난 사건도 한두 가지가 아닌 모양이다!

이와 같이 실제 영역의 참극은 이번은 문화 영역에까지 만연되어 왔다. 첫째로 「서부전선 이상 없다」가 소화燒火되었으나 물론 이 참화의 불길은 여기에 그칠 바가 아니다. 선계先揭의 신문보도의 부기와 같이 나치당은 금년 하기夏期까지 "팔츠주 칠백의 도서관에 있는 일체의 비독일적의 것을" 소각해 버림에 틀림이 없다. 만일 그리고 연連해 들려오는 보도에 의하면 그 비문명적 계획은 벌써부터 속속히 실현되면서 있지 않은가? 보라! 5월 6일에는 독일문예계와 예술계의 최고 권위인 '프러시아 문예 한림원'에 대탄압이 강하降下하여 국수주의 정신과 배치되는 시인 예술가를 수금囚禁, 방축하며 역시 동일에 백림의 각 도서관에 있는 다수의 서적이 비나치적이라는 의미(이것을 과거의 '非秦的 書類皆燒却'이라는 문구와 관련하여 생각하라!)에서 전부 소각되었다고 하는 것이다. 만일 「서부전선 이상 없다」를 기준으로 그 이좌以左에 속하는 출판물을 전부 소각한다고 하면 자본주의 국가로서 가장 노동운동이 강화되어 있는 독일인 만치 수십만의 인터내셔널리즘의 서적이 「서부전선」과 같은 재화災禍를 (1행 원문소실) 암흑계로 돌아가는 운명을 생각할 때에 나의 가슴에는 억제할 수 없는 일말의 격감을 느끼게 된다.

그들의 야만스러운 선언과 슬로건은 인터내셔널리즘 배척, 구체적으로는 볼셰비즘의 박멸이라는 의미에서 히틀러의 탄압정책은 전면으로 프롤레타리아트에 대한 것이나 여러 가지 점에서 그들의 비문명적 증오감은 유태민족에 집중된 모양이다.

아인슈타인 박사의 유산이 몰수되고 박사는 망명을 하게 된 후, 5월 2일에는 프러시아 문상文相이 백림대학의 유태인 교수 22명과 케룬 대학의 교수 9명을 해직시켰으며 이어서 3일에는 백림, 뮌스터, 끄라이프스왈드제 대학의 유태인 교수 17명을 인종적 이유로서 일제히 해직시켰다고 한다. 그리고 일방으로는 이 비문명의 정책에 격분하여 학계의 문단에서 활약하던 프릿트 허버와 토마스 만과 같은 유명한 유태학자와 문예가가 자진하여 인퇴引退하며 해외로 도피한다는 것이다.

여기서 이상 더 구구한 사실을 기록할 필요는 없다. 서적은 소각되고 유명한 사상가는 피살되고 학자는 축방逐防되는 사실, 이 이상의 더 자세한 내용을 알아서 무슨 필요가 있으랴! 히틀러가 의意 (1행 원문소실) 하게 한 후 혼자서 만대의 독재왕의 향락을 누리자는 심산이다. 몇 세기 전의 진시황의 평화스러운 환상이 금일의 독일의 히틀러에게 와서 재현되고 있는 것이다.

그러나 진나라 시대에 진시황위의 위기가 삼백의 시서에 있지 않은 것과 마찬가지로 금일의 독일 자본주의 체제의 위기는 결코 『서부전선 이상 없다』를 포함한 좌익서류에 있지 않은 것은 명확한 사실이다. 금일의 독일이 빈빈頻頻히 ××[혁명]의 위기에 제際하게 되는 것은 일층 기본의 조건 최심화最深化의 경제공황의 환절環節로서의 독일, 전패국으로서의 황폐하며 와해한 독일의 참경에 그 기본원인이 있는 것이다. 그럼에도 불구하고 현대의 진시황 히틀러는 도서관의 서적을 소각하는 데서 독일의 위기를 대하며 독재왕으로서의 자신의 지위를 보지保持하려고 하는 것이다. 거기에는 확실히 진시황 이상의 우모愚謨가 은재隱在되어 있다.

여기서 우리들은 추측하기 어렵지 않다. 진시황의 통일천하의 환몽은 이세二世에서 깨어졌거니와, 히틀러의 우열愚劣한 몽상은 이삼년이 멀다하여 파괴되어 버릴 것이라는 것을. 독일문학의 참화! 이 참화에서 독일문학이 해방되는 때는 비문명의 야만왕 히틀러가 (略)

3

모독된 '독일 최대의 시인'!

작년 3월 괴테의 백년 기일에는 세계의 어느 나라를 막론하고 괴테의 기념제를 거행한 모양이나 (조선에서도 외국문학을 연구하는 이들에 의하여 기념의 간담회가 있었다) 그 중에도 이 위대한 시인의 모국인 독일에서는 현대의 비문명인 히틀러를 포함한 국수당에 의하여 성황의 기념제가 거행된 모양이다. 말하면 금일에 서적을 불사르고 있는 히틀러가 괴테의 100년기를 기념했다는 말이다.

1인의 위대한 사상가 내지 예술가가 사거한 뒤 후시대에 와서는 그가 대개는 지배계급의 어용학자들의 해석에 의하여 그의 사상과 예술적 행동의 왜곡되며 사해邪解되는 불행한 경우에 놓이는 예가 적지 아니하다. 그러한 적지 아니한 예(헤겔, 톨스토이, 쉴러 … 등) 가운데도 작년 독일에서 나치당에 의하여 괴테가 왜곡된 것과 같은 불명예를 경험한 작가는 하나도 없었다. ― 사실 독일에서 작년 나치당이 거행한 괴테 100년제는 외면으로는 화려한 행사였을는지 모르나 묘하墓下에 있는 괴테의 심경에는 감인堪忍할 수 없는 불쾌와 우울이 있었음에 틀림이 없었을 것이다!

작년 독일에서 개최된 괴테의 관허 백년제(내가 특히 관허라고 부가하고 있는 것은 백림 경시총감이 백림과 바이마르의 국수당의 괴테제를 관허하면서 같은 백림의 노동자 학교의 괴테제를 제지하였다는 사실과 부련付聯하여 말하고 있는 바다…)에서 국수당 및 사회파시스트당의 수다의 학자들은 이 독일 최대의 시인을 파시즘의 영웅으로 그리고 직直히 히틀러의 선구자로 등장시키기 위하여, 말하면 "온갖 소牛가 검게 보이는 밤夜"(헤겔)에 괴테까지를 그 흑우의 행렬 가운데 몰아넣기 위하여 온갖 간계와 노력을 아끼지 아니하였다.

국수당의 대표적 학자 로젠베르크는 괴테의 시구 "저 수주數株의 수목이 나의 것이 아님은 세계를 소유하고 있는 나의 기분을 상한다…"(파우스트)를 괴테가 창조한 문구 중 가장 아름다운 그리고 괴테의 사상을 말해

주는 대표적 문구라고 예찬한 후 본래 이 시인은 히틀러의 선조로서 그와 같은 질투적=독점적 의욕, 즉 파시스트로서의 독재자의 사상을 소유한 자이었다고 말하며, 다시 다른 곳에서는 괴테가 '국가사회주의적 계급국가'를 철학적으로 확신한 지지자였다고 증명하는 데 급급하였다.

국수당의 신학교수 한스 요스트는 괴테 백년제에 보내는 축사(나치 당의 중앙 신문 「펠킷쉐 배오바하텔」, 3월 22일부) 가운데서 '왕당파'로서의 괴테를 신성화하기 위하여 다음과 같은 문구를 발견하고 있다. "그 당시에 있어 — 노년시대, 특히 1815년 경? (필자 부기)— 괴테는 자기가 왕당파임을 승인하였다. (…) 괴테는 자기 자신의 양안으로 종용히 숙시하였다. 그의 양안에는 괴테가 봉사하고 있던 주인과 왕의 생활이 나타났다. 괴테는 거기에서 자기가 자국의 하사下使(아아, 그것은 괴테에 대한 얼마나 심한 모욕이냐!)이며 자국민의 신하 이외에 아무것도 아니라는 것을 깨달았다. (…) (한스는 나중에 다음과 같은 구절로 끝을 맺는다) (…) 그러므로 괴테는 정치적으로 말하여 충실한 신하이었던 것이다"라고, 즉 한스는 괴테의 만년의 추락된 정치 생애를 갖고서 괴테의 일생의 귀한 예술 생애를 대치하려고 하는 것이다.

그밖에 사회 파시스트 학자 사로몬은 『게젤샤프트』지에서 괴테의 위대한 점은 그의 반혁명적인 이상에 있다고 지적하며 짐멜, 쿤들프, 무켈만, 귀텔, 뮈라, 오스칼 왈텔 등은 니체, 베르그송 등의 반동사상과 관련하여 괴테의 범신론적 종교관을 '신과 황제와 조국은 영원 일치의 것이다!'라고 자기네의 독특한 해석을 내리우고 있다.

여기서 우리들은 다시 다른 국수학자들 예를 들면 오스칼 왈텔, 칼 폴드렐 등의 설을 인용하지 않아도 그들 수다의 나치당의 학자들이 괴테를 파시즘의 필요에 적응시키기 위하여 온갖 구차한 정력과 고심을 백년제의 축사 가운데 넣고 있다는 것을 이해할 수 있는 것이다.

4

극도로 파시스트화되면서 있는 현 독일 부로주아지는 부르주아적 사유의 파시스트화의 완성을 위하여 괴테의 생활과 노작을 이용하려고 열중되어 있는 것은 결코 무리한 일이 아니다. 파멸의 종국적 위기를 일시적이라도 구하기 위해서는 이 괴테의 백년제에도 그 손을 펼치어야 하는 것이었다.

그와 같은 형세 가운데 열린 작년 독일의 괴테 백년제에서는 괴테는 '아등의 독일 민족의 시인'이라는 이름 아래서 완전히 파시즘의 영웅화되고 있다. 그들은 어조를 갖추어서 '전 독일국민'은 괴테의 이름 아래 자본주의의 구제救濟를 위하여 단결하라고 선언하는 것이었다.

독일의 위대한 천재라는 예의의 휘諱로서 자고 있는 괴테를 장식하면서 독일문예잡지 『문학세계』는 괴테의 백년제에 대하여 다음과 같은 논설을 발표하고 있다.

"괴테의 해年는 현하의 특수사정에 있어 심히 중대한 내용과 새로운 의의를 필요로 하고 있다. 이 새로운 의의라는 것은 독일 문화의 정신적 가치의 구제와 강화를 의미하는 것이다"라고 논한 후, 독일민족의 정신적 단결을 위하여 '괴테동맹'이라는 것이 조직될 것이라고 제의하고 있다. 이 동맹조직에 대한 이유는 이러하다.

"이 동맹은 자기의 의무를 자각한 온갖 토지의 인민에 의하여 설設되는 문화적 안녕 유지를 위한 동맹이 되지 않으면 아니 된다. 어떠한 소지방에서도 무가치한 정신적 가치에 대하여 일찍이 '국민동맹'(쉴러 탄생 백년제에 조직된 민족단체)이 독일국민 원조사업에 성공한 것과 같은 '양심의 일정한 부분'을 대립시키기 위하여 일종의 정신문화적 의회를 조직하지 않으면 아니 된다"는 것이다.

'위대한 천재', '독일최대의 시인', '괴테동맹'! 이러한 주창 하에서 괴테는 실로 반장返掌의 기간에 국수당의 지도자로 되게 된 것이다. 대개 이러한 순서에 의하여 괴테 백년제에 대한 국수당의 모독의 박수는 끝이 났다. 이상에서 보아온 바와 같이 국수당 학자들의 괴테에 대한 해석은 '독일의 위대한 노복, 독일의 위대한 속인, 독일의 위대한 반××[혁명]가, 내지 ×[계]급×[투]쟁의 적대자'라는 점에 있다. 다시 말하면 괴테라는 그들의 위대한 시인은 민족적, 파시스트적 노예사상을 인간성의 최고의 발전이라고 주장한 인간의 이상적 타입이라는 것이다. 그리고 괴테의 예술적 노작에 대하여도 그들은 '괴테가 끝없이 타락된 곳에서, 괴테가 온갖 창작력을 상실한 데서부터' 왜곡된 해석을 내리고 있는 것이다. 이와 같이 잠자고 있는 위대한 시인에 대하여 그 유산을 도손掏損하는 해석이 위대한 괴테에 대하여 그의 유산에 관하여 참된 사실을 전해줄 리는 만무한 일이다.

이 괴테의 이해에 있어서도 일정한 과학적 입장에서 오직 정당한 평가를 내리우는 것은 독일 부르주아지와는 근본으로 대립되어 있는 세력의 학자 및 예술가에 의해서만 가능한 것이다.

독일 최대의 시인 괴테가 결코 이상에서 국수당의 학자들에 모독된 바와 같이 비속한 노예 봉사적, 반××[혁명]적 그리고 현 히틀러의 선구자가 아니었다는 것은 조금이라도 괴테의 예술 생애를 참되게 이해하는 자면 누구나 용이히 이해할 일이라고 믿는다.

그와 반대로 괴테는 전면全面에 있어는 당시에 진보적이던 서방의 부르주아 문명에 대하여 후한 동정을 가지고 접근해간 것이 사실이다.

괴테의 청년 시대의 사상적 및 예술적 생활은 불델디, 데로, 루소 등에 의하여 훈도된 만치 그의 중년시대까지의 대부분의 걸작들, 예를 들면 「스텔라」, 「영구의 유태인」, 「프로메테우스」, 「마호메트」, 「파우스트」(제1부) 등은 어느 것이나 진보적 문명에 대한 적극積極 의意를 가진 작품들이다.

5

괴테는 이상의 작품들을 통하여 현재 봉건=절대주의적 질서의 개별에 대한 반대사상, 즉 인습적, 허위적 생활양식(그것은 직접 괴테 자신이 크리스타아네 불파우스와의 자유결혼에 나타나 있다)에 대한 반대를 표현시키고 있다. 구체적 예의 하나를 지적하면 「그레에트헨」 비극의 일장에서 괴테는 일인一人의 독일 시민 처녀의 일생생활과 그 시민가정의 몰락을 가장 리얼리스틱하게 묘사하였다. 그리고 그밖에 「파우스트」의 프롤로그와 「프로메테우스」 등에 있어 조기早期 부르주아지의 인식욕구가 온갖 전래의 이데올로기적 속박을 타파하려는 내용으로 충만되어 있다는 것을 기억하면 괴테의 예술생활이 결코 비속한 노예적의 것이 아니라는 것을 이해할 수 있다. 그리고 괴테가 만년에 있어서도 항상 지상의 온갖 반동적 독일문학에 불신을 갖고 있는 대신에 열심으로 서방의 진보적 문학 발자크, 스탕달, 위고 등의 작품을 탐독하였다는 사실은 우리들이 기억해 두어야 할 것이다.

물론 그렇다고 하여서 우리들은 이 독일 최대의 시인을 즉시 ××[혁명]적 시인으로 추천할 만용은 갖고 있지 못하다. 괴테의 세계관과 작품행동에는 그 자체 가운데 면치 못할 자기당착과 모순을 내포하고 있는 것이었다. 그러나 이 땅에 있어도 피트 포겔 등이 정당히 지적한 바와 같이 그 전 책임을 괴테에 돌려보낼 것이 아니고 그 시대의 독일(환경)의 '수치'에 돌려보내는 것이 좋을 듯싶다. 즉 독일의 수치라는 것은 "경제적으로 뒤떨어진 국가, 무서운 전쟁에 황폐하고 와해된 국가, 빈약하고 협소한 보잘것없는 시민 계급, 그리고 같은 정도로 협착하고 속화된 귀족과 왕족의……'를 말하고 있으나 그 분위기 가운데서 프랭크폴트의 최대의 부르주아지의 자식으로 탄생한 괴테는 언제나 이 환경에 거대한 영향과 지배를 받았다. 그는 항상 (특히 그의 소중년 시대에 있어) 그와 같은 주위의 불운을 극복하려고 노력하였음에 불구하고 결국 그것에 극복이 되고 타협을 당한 것이 사실이다. 그러한 의미에서 이상에서도 말한 바와 같이 괴테는 자신의 힘으로서 해결할 수 없는 자기모순을 스스로 갖고 있었던 것이다. 말하면 괴테는 "××[혁명]적 부르주아지가 아직껏 존재하지 않으며, 부르주아 ××[계급]의 개개의 이데올로기적 대표자가 아무 사회적 실천을 발견하지 못한 시대에 있어 독일에서 활동한 시인이다."(파울 위만)

이와 같이 모순의 시인을 한층 더 적절하게 설명하기 위하여 맑스는 다음과 같은 문구를 발견하고 있다. "……이와 같이 괴테는 어느 때는 거대하고 어느 때는 협속挾俗하였다. 이따금은 반항적인, 조소적인, 그리고 세상을 모멸하는 천재이었으며 이따금은 억려심憶慮心이 깊고 만족심이 엷은 속물이었다!"라고!

이 수감隨感에서 나는 더 구구한 예를 가지고 번잡한 설명을 피하려고 하는 바이나, 하여튼 괴테의 위대한 점은 그의 만년의 제 역작(그것은 대부분이 불란서 ××[혁명]에 반대한 속물의 작품이다) 「뷔르겔게나」, 「선동된 자」, 「사생아」, 「망명자의 회화」, 「헤르만과 도로테아」, 「라인의 어호」 등에 있지 아니하고 그 전시대의 진보적 작품에 있다는 것만은 용이하게 이해할 수 있다.

그럼에도 불구하고 독일문학의 발전에 있어 거대한 진보적 역할을 한 이 최대의 시인이 금일의 나치당의 비문명적 야우野牛들에 의하여 말할 수 없이 모독되고 있는 것은 어느 점으로 보나 불행한 것이 아니면 아니된다.

이때에 있어 우리들은 독일 문학을 히틀러의 탄압으로부터 해방시키는 동시에 독일의 최대의 시인 괴테를 그들의 모독에서 구하지 않으면 아니 될 것이다.

독일문학을 해방하라! 최대의 시인 괴테를 구하라! 나는 이 문구로서 이 반항적 수감을 마치련다.(5월 16일)

『조선일보』, 1933. 5. 17.~5. 23.

나치 정치와
독일 연극의 현상

유 치 진

연극이 정치에 참가하여 큰 성공을 박博한 예를 일찍이 우리는 소비에트 러시아의 ×[혁]명 과정에서 경험했다. 소비에트 러시아에서는 연극은 정부의 교화기관으로써 없어서는 안 될 중요한 지위를 점하였다. 정부는 극장을 관리하고 극장은 정부의 지령을 받아 거기에 예술과 정치의 단일적 활동을 활동하였고 지금도 활동하고 있다.

이상의 사실은 여기에 다시 말하기에 새삼스러우리만치 우리에게는 주지되어 있다.

그러나 우리는 현하 독일의 나치의 국민×[혁]명에 있어서 연극이 그들의 정치영역과 어떻게 협조하고 있는지? 다시 말하면 그들이 그들의 정치에 연극을 어떻게 이용하고 있는지? 이 과제에 관해서는 아직 널리 소개를 받지 못하였다.

이 과제를 그러면 나는 차고此稿에서 검론檢論하여 현하 독일의 연극
활동의 일단을 고찰하려 한다.

×

여태까지 12명의 의원밖에 갖지 못하던 독일국수사회당에서는 1930년
9월 14일의 국회 선거에 있어서 일약 107명의 의원을 얻게 되었다. 여기서
국수사회당은 독일의 정권을 누리게 되었으나 히틀러의 고압적 국수정
치는 실로 여기서부터 시작된 것은 우리가 이미 아는 바이다.

그러나 히틀러의 고압적 국수정치가 직접으로 독일 극계에 타격적 영
향을 미치게 된 것은 작년(1933년) 3월 중순 히틀러 정부의 국수문화정책
실행으로부터 시작되었다.

대체 히틀러 정부의 국수문화정책이란 것은 뭐냐? 독일의 국수적 정신
에 상반되는 것은 극력 이것을 강압하겠다는 것이다. 즉 히틀러의 말을
빌리면 "……언어 혹은 문서 기타 무엇으로든지 국수운동에 대해서 악의
를 시示하거나 이 운동의 지도자에게 모욕을 가하거나 혹은 이 운동을
방해하는 자"는 묻지 않고 처단한다는 것이다.

그리하여 이 국수문화정책의 실행으로 인해서 오늘까지 우리의 기억
을 서늘하게 만들어준 기록적 폭상暴狀은 작년 5월 7일에 독일 국수적
학생단체로써 만행蠻行된 (1) 분서사건과 전국적으로(정계에서는 물론이요 상
가, 관청, 정당, 학교, 극장 등에서) 일어난 (2) 유태인 배척 문제가 그것이었다.

(1) 분서사건 : 국수적 학생단체는 화물자동차에 분승分乘하여 각 도
서관을 습격했다. 그들은 그들이 탄 자동차에다가 "우리는 비독일적 정
신에 대항하여 싸운다"라고 써붙이고 백림에서만 2만여의 책자를 빼앗
아서 불살라버렸다. 그 전부는 좌경사상에 관한 서적과 유태인계의 저서
였다. 이와 같은 백림에서의 분서사건은 지방에까지 파급하여 드디어 전

국적 활동이 일어났다.

(2) 유태인 배척 문제 : 유태인 배척은 전국적으로 맹렬하였으며 나치 습격대의 손으로 폭력적으로 결행되기도 하였다. 통행하는 유태인에게 중상을 가하고 유태인 상점에다 투석하여 폐점을 강요하였다. 그리하여 유태계의 관리, 교수를 강제로 사직시키고 부유한 유태인에게는 공산당과 내통하여 그들에게 기부금을 제공하였다는 거짓 구실로 매장하려 하였다. 이와 같은 희생으로 방축된 좌익적 혹은 유태계의 교수, 예술가, 과학자 등의 세계적 권위는 여기에 매거枚擧할 겨를이 없다. 국외로 망명한 혹은 자유를 잃은 예술 관계자만 해도 우리의 아는 범위로 라마르크, 톨러, 토마스 만, 하인리히 만, 런, 프로이트…… 등등 그야말로 독일을 대표하고 있는 예술가들뿐이다. 영국 평론가 헤링의 입을 빌리면 "…… 최저한으로 본다 해도 이것으로도 독일의 근대문학은 중절되었다." 실로 독일문화는 히틀러의 문화탄압으로 중절된 것이다.

그러나 독일문화의 중절은 일반 예술계에서보다도 특히 독일의 연극계에 이르러서 더욱 파문이 치명적이었다.

왜 그러냐 하면 독일의 연극계는 여태까지(더구나 19세기말 소극장운동이 일어난 이후 오늘까지) 거의 유태인의 손으로 배육培育되어 온 까닭이다. 실로 오늘의 독일 연극을 쌍견에 지고 그것을 위해서 부절의 노력을 아끼지 아니한 자는 모두 유태인이다. 그 이름을 참고해 보면 세계적 명성을 가지고 있는 자만 해도

연출가로, 이플란트, 오토 브람, 라인하르트, 에스빌 등
극작가로, 에른스트 톨러, 칼 슈테른하임, 벨 호프만, 레핏슈, 토마스 만, 슈니츨러 등
남배우로, 와그너, 코트렐, 그라나다 등
여배우로, 엘리자베스 베르그너, 프릿지 마타하리, 드류 등

이상에 열거해본 사람은 독일의 오늘의 연극단의 대표자이다. 그리고 그것이 모두 유태계의 인물들이다.

그러나 우리가 여기에서 단순히 유태계의 인물이라고 말하지만은 그 근본을 따져보면 그 혈통만은 팔레스티나의 자손이나마 수천 년의 옛날부터 구주로 건너와서 그 동안 완전히 구주화한 국적을 독일에다 둔 독일인인 것을 잊어서는 안 된다. 즉 혈통만이 유태인인 것이다.

히틀러는 그의 저서 ―『나의 투쟁』이란 책을 1924년 독일 국수사회당이 해산되고 그가 9개월의 금고에 처하여 있을 적에 쓴 것이다. 말하자면 그의 정치적 성서이다. 그는 독일 전 국민에게 강제로 이 책자를 읽히고 있는 것이다 ― 에 이렇게 갈파하였다.

"…유태인은 마르크스주의를 무기로 하여 전세계를 극복하려는 것이니 유태인과 싸우는 것은 오직 하느님의 지명하는 사업이다. 나는 전능하신 하느님의 의사를 대표하여 행동하려는 것이다."

벌써 이때(1910년대)부터 히틀러의 가슴에는 유태인 배척의 악의가 움트고 있었던 것이다. 즉 히틀러는 유태인 배척은 종족적으로 보아서 독일 민족의 우선을 옹호하는 것이요, 사상적으로 보아서 마르크스 주의의 절멸을 의미하는 것이라고 생각한 것이다. 그의 유태인 배척의 철저적 단행은 그 때문이라고 보겠다.

×

국수문화정책 실행에 있어서의 연극 탄압은 이상과 같이 유태인의 문제와 좌익사상 연극의 압박으로부터 화익火翼을 열었다.

여기 관하여 삼야귤태랑杉野橘太郎 씨의 보고를 참고하여 보면 다음과 같다.

국수문화정책은 1933년 3월 하순에 이르러서 확적한 실현을 보게 되었으나 2월 28일부의 독일 나치의 '국민국가보호령'이라는 것이 척도가 되어서 제1착으로 좌익연극단 「극단 1931년」 이하 좌익극이란 좌익은 그 무엇을 불용하고 전부 금지령을 받게 되었다.

그리하여 독일의 좌익극은 그 자리에 좌절되어버리고 그 다음 유태인 배척은 주에 따라 반나치 기분이 강한 데는 독일문화쟁투동맹이 앞잡이가 되어서 정부와 협력하여 배척의 강제적 명령을 실행하였다.

즉 국립, 주립 또는 시립의 각 연극에서는 전국적으로 유태인의 직원(주로 극장장)의 대경질이 단행되었다. 이하 그 중 몇몇을 지적하여 말해보면—가극연출로서 세계적으로 이름 높은 백림시립가극장장인 칼 에르베르트 교수는 그 중 처음의 희생자로서 이태리에 망명하여 지금 거기에서 연출을 맡아보고 있다.

그 외에 드레스덴의 작센국립극장장 로이켈 급及 칼스르노에시의 바덴주립극장장 한스 와크 이하 전국 166개의 관립극장 중 유태인의 극장장은 전부 강제적 휴직에 처명處命되었다.

그 경질당한 관립극장에는 국제문예위원이라는 것을 설치하여 극장제도의 모든 감시의 임任을 그에게 맡기고 있다.

사립극장의 압박도 이상의 관립극장의 그것과 같았다. 전국적으로 총 2만 5천 명의 회원으로 유지되어 있는 독일무대종업원조합은 작년 4월 상순 다음과 같은 선언을 정부의 강제에 못 이겨 발표하였다.

"……본 조합위원은 정부의 지도하에 있음을 선고함. 조합위원은 의식적으로 그리고 확신을 가지고 국민운동에 참가하여 조합조직은 신독일극장건설을 위하고 기여하는 것임을 약約함……."

그리하여 나치 정부는 독일문화쟁투동맹의 손을 빌려서 사립극장에도 관립극장과 같이 강제적으로 국제문화위원을 설치하여 그 실권을 파악시키며 감시시키고 있다. 그 중 유태인으로 지도적 위치를 가진 연극가는 모두 배격하여 버렸다.

백림에서 라인하르트, 로베르트, 클라인 등 3인과 사립극장동맹을 맺어서 예술상 내지 경영상의 실력을 발휘하고 있던 명연출가의 한 사람인 바르노스키도 극장원의 비통한 송별사를 받고 코미디언하우스의 실권을 포기하여 버렸다. 그리고 또 헤센주립극장장으로서 하이델베르크 축제극에서 그 이름을 떨친 구스타프 할통그는 부득이 사직인퇴를 해버렸다.

그 외에 독일의 연극을 오늘과 같이 만들어준 세계적 연출가 라인하르트는 여태 (30여 년간) 종사하던 모든 연극사업을 버리고 지금 이태리에 망명하고 있다는 사실은 누구나 아는 바이다.(그는 이태리 사롯블그에서 매년 여름에 열리는 축제극 연출에 망쇄(忙殺)당하고 있다. 그는 일개의 망명객임에도 불구하고 각국에서 청하는 연출 위탁으로 바쁘다.)

이와 같이 연극 탄압에 있어서의 유태인 배척은 너무도 철저화되어 버렸다. 나는 이상 몇몇 세계적으로 명성 있는 사람만 들어서 말했지만은 그 외에 보통 극장원을 총괄하면 그 수가 실로 수천 명에 달하는 것이라. (불행히 그 정확한 그 수를 기억하지 못함을 심히 유감으로 생각한다.)

독일 극계에서 유태인이 방축放逐된 오늘에는 그 극단의 면양面樣은 완전히 뒤바뀌어졌다. 여태까지의 독일 연극을 후계後繼해 나갈 자는 아무도 없는 것이다. 영국 평론가 헤링의 말과 같이 독일의 근대문화는 중절된 것이다.

더구나 여기에 특필하지 않으면 안 될 것은 '민중무대'의 해방이다. 이 해방에 관해서는 금년 초인지(?) 조희순曹喜淳 형의 친절한 보도가 동아 지상에 발표된 바 있었으니 여기서는 상론을 피하거니와 이 민중무대는 1890년 이래 오늘까지 40유여 년 간의 역사 가진 단체이다. 창립시대부터 검열과 영리를 떠나서 고급한 연극을 일선 민중에게 공급시키려는 주의였었다. 사회민주주의적 경향을 가지고 근대정신을 대표하는 희곡을 상연하여 왔다. 그러다가 세계대전 이후에는 그 운동에 장족적 발전을 얻어 백림 뷰로프랏쓰에 자기의 극장을 건설하고 전 독일 국내의 대소 306개소의 도시에 민중무대의 단체를 소유하여 통계 300만 이상의 관객조직의 회원을 옹擁하고 있었다. (회원조직으로 공개되는 연극은 검열의 구박이 적었다.) 실로 민중무대운동이 독일문화에 공헌한 바 적지 않았다.

그러니 이 민중무대운동에 대항하여 다른 운동이 대두하기 시작했다. 그것은 1919년 창설된 무대민중연맹이 그것인데 약호로 보통 전자를 V. B. V 후자를 B. V. B라고 부른다. 무대민중연맹은 기독교적 독일민중정신을 표방하는 단체이다. 민중무대가 사회주의적 경향에 따라 국민을 초월하고 신앙을 부정하려는 데 대항하여 무대민중연맹은 국수적이요 신앙과 민족정신을 위주하는 연극을 전파하려 한 것이다. 그러나 전자에 비하면 무대민중연맹의 활동은 보잘것없이 미미하였다.

그러던 것이 나치 정부의 급격한 세력을 얻어 작년 6일에 이르러서 민중무대는 마침내 해소당하고 말았다. 나치 정부는 민중무대 단체의 재산조사를 하는 등 권력적 관섭關涉을 시試하야 독일문화투쟁동맹의 손으로 조직된 독일무대의 국가연맹—정부의 공인하는 유일한 단체—에다가 민중무대의 수백만의 관객조직을 흡수시키려 하였다.

종시에 민중무대는 해체하고 그 기관지 『민중무대』도 작년 6월호로써 종말을 지었다.

그 종말호에다가 기관지 『민중무대』의 대표자 알베르트 브로도벡크는 다음과 같은 말로써 민중무대의 종말을 고하였다.

"……이와 같은 운명에 반항하여 싸우려는 것은 쓸데없는 일이다. 우리는 과거 수십 년을 통하여 최선의 활약을 아끼지 않았다. 비교적 빈곤한 민중에게 우리는 문화적 해방을 시한 동시에 독일극장에다가 충실한 예술적 감흥을 가진 대군大群의 환희를 동원시켜왔다. 우리는 우리의 의

무를 수행한 것이니 금반수般 조직 변경에 조금도 우리는 놀라지 않는다. 우리 자신의 자태는 우리의 일해 온 족적으로 남아 있는 까닭이다. 이제 새로운 의사의 지배에 당하여 신국가는 우리에게는 아무런 위치를 주지 않는다. 우리의 가장 미워해 온 적은 반동이었다. 각본을 현대에 있어서 생기로운 사회주의적 모토 아래에 둔 민중무대의 가장 고귀한 유산은 금후에도 보존되지 않으면 안 된다……."

×

이상과 같이 좌익극 계통과 유태인 계통의 극장 책임자, 연출가, 남녀 배우, 극작가, 극평가 기타 일반 극장종업원의 추방, 극장원조합 급及 관객조직의 해산 내지 강제적 조직변경 등의 급격한 이동으로 작년 3월 나치 국수문화정책 실시 이후의 독일 극계는 바야흐로 광풍에 짓밟힌 황무지와 같이 되었다.

거기에는 추악한 반동적 폭정과 배타적 무지 외에 아무것도 없었다.

그러다가 요즘 와서는 독일 연극의 국수적 재건이 문제되었다. 이 문제는 금년 4월에 에른스트 아돌프 드라이엘 편집으로 발간된 『신문가에 있어서의 독일문화』란 저서에서 구체적으로 문제화되었다.

이 책은 얻어 읽지를 못했으나 간단한 소개에 의하면 나치의 문화정책을 명확하게 지적한 것이라는데 나치의 문화를 통괄하는 국가문화국(창립은 작년 9월)의 본질과 그 사명과 목적이 물론物論되었고 권두에는 히틀러 급及 선전대신으로 유명한 괴벨스 박사의 소위 제3제국에 있어서의 문화와 예술에 대한 강령 비슷한 논문이 게재되었다는 것이다. 그 중에서 문화국의 규정을 규정하고 각국의 문화국장을 열거한 바 있는데 그것은 다음과 같다.

국가음악국장: 리하르트 슈트라우스

국가조형미술국장: 오이겐 호에닛히

국가연극국장: 오토 라우빈겔

국가저작국장: 한스 브른크

국가출판국장: 맑스 아만

국가라디오국장: 호르스트 드레스렐 안드레스

국가영화국장: 피릿쓰 쇼이엘만

그 중에서 국가 연극국에 소임된 자는 국장 오토 라우빈겔 이하 5명의 이사가 배치되었는데 그 이름을 들면 이렇다.

(1) 와그너 크라우스 (배우)

(2) 빌헬름 로데 (가수)

(3) 라이너 슈렛셀 (국선연극고문)

(4) 오토 렝스 (독일무대동맹장)

(5) 하인스 힌벨트 (전백림민중대의 연출가의 한 사람)

그리고 국장 라우빈겔은 교육·선전성 참사관이다.

연극국의 강령에는 다음과 같은 조목이 우리의 주의를 끈다. 즉

▲ 본 연극국의 목적은 국수적 독일연극의 통일적 함양에 있음.

▲ 사상적 또는 물질적으로 독일연극을 위하여 활동하는 모든 단체는 예술적 혹은 경제적 관계에 있어서 본국에 총괄될 것.

등등이 그것의 일부분이다. 다시 국민연극국장 라우빈겔은 장차 나치 치하의 연극이 취해야 할 연극의 척도를 작정하여 다음과 같이 성명하였다.

제일, 연극은 예술의 형식으로 민중에 봉사하는 것으로써 최고원칙으로 생각되지 않으면 안 된다. 종래의 연극은 민중을 한 방편으로 사용하여 민중에게는 아무 관계 없는 예술을 공급하여온 것이다.

제이, 예술적인 것과 국민적인 것이 이원의 요소는 일치하지 않으면 안 된다. 즉 국민적인 작품이 무대상에서 인정을 받기 위해서는 반드시 예술적으로 우량하지 않으면 안 된다. 그러나 반국민적인 것 혹은 비국민적인 작품은 아무리 예술적으로 특출하여도 독일의 무대상에서는 절대로 상연을 불허하는 것이다.

이와 같은 강령 아래에서 국가연극국은 나치의 국민혁명의 일 수단으로써 연극을 제약하여 연극으로서의 국론통일을 시관試管하려는 것이다.

그들이 이와 같이 연극을 반동시키고 있기는 하지만은 일면으로 보건대 그들은 연극의 사회적 역할을 대단히 중요시하고 있는 것이다.

히틀러는 말한다.

"이제 예술은 결정적인 시대정신에 표현을 시試하여 장차 폭발하려는 영웅주의의 기운을 구상화하지 않으면 안 될 임무를 가졌다. 앞에는 피血와 생명이 있다. 과거의 전설을 마땅히 유지하고 애호하지 않으면 안 된다."

그러나 이와 같이 히틀러가 요구하고 국가연극국에서 규정한 연극은 쉽사리 산출되지는 않는다. 근자에 상연된 연극을 보건대 대부분이 고전의 재연에 불과하고 그들의 소위 시대적 영웅심을 구상하였다는 작품은 있기는 하지만은 대단히 조악하여 연극으로 보아서 유치 막심한 것에 지나지 못하다.

즉 레오 슈라게렐의 총살사건을 취급하여 국민적 영웅심을 고조시킨 한스 요스트 작作 「슈라게텔」 4막(작년 4월 20일 백림국립극장 초연 이후 전국으로 상연)은 국가연극국의 추장推獎하는 작품이다. 그러나 연극으로는 보잘 것없는 것이다.

그 외 나치 정부의 어용적 극작가 한스 크리스토프 게르겔의 2막의 작품 「고향 없는 국민」, 「안드레아스 호트만」 등이 있다. 이 2편은 전자에 비하면 좀 성공된 작품이라 하겠다.

　　그러나 이상의 나치독일을 대표하는 희곡의 대표적 성격은 편협하고 악의적인 배타주의를 주창하고 있는 데 불과하다. 즉 그들이 영웅주의라는 것은 마치 유태인 박해와 같은 타민족의 박해를 의미하는 것이 아닌가 싶다. 왜 그러냐 하면 앞에 열거한 작품 「슈라게텔」이나 「고향 없는 국민」이나 「안드레아스 호트만」이나 모두 그 내용은 외국인을 대상으로 등장시켜서 그들을 증오하고 배척하는 데서 일관되어 있기 때문이다. 이것은 너무나 추악한 반동사상이며 현대에 있어서 세계적 시민을 이상理想하는 오인에게 너무도 먼 거리에 있는 것이다. (『신조』 7월호 참조 바람)

　　장차의 나치 치하의 독일 연극이 어떻게 전개될 것인지 이 문제는 진실로 우리의 감시의 적的이 되기에 충분하다. (1934년 8월)

『중앙』 제2권 제10호, 1934. 10.

나치 예원藝苑의 동향

X Y 생

전언前言

히틀러의 야만적 정책의 발아래 밟혀서 허덕이는 독일의 예원은 어찌되었는가. 아름다운 예원은 히틀러의 발부리에 모조리 밟혀 여지없이 황폐를 당한 독일의 예원은 예원을 창조하는 사람들과 함께 짓밟히고 예원 밖으로 밀려나가고 하여 그 현황은 말이 아니었다. 하나 나치의 정책 밑에서 길러진 예원은 황폐된 곳에 새싹을 트기 시작하였다. 우리는 아직 여기에 대하여 이러니저러니 할 비판을 피하고 최근 나치 예원의 소식을 전해 주는 것이 본문의 목적이니 우리는 여기에서 독일의 나치 예원은 어떤 방면으로 동향하는가를 그 일단을 알 수 있다. 세계예원에 한 주목을 끌고 있는 나치 예원은 우리들 앞에 어떠한 모양으로 나타날 것인가.

나치 문단근황

논단에 있어서 독일 평론가, 예술가들은 독일민족으로서의 '민족성' 세금을 지불하는 것이 한 의무로 되어 있다. 그 의무는 자발적이 아니라 나치 유일의 문화정책으로 평론가, 예술가는 그 세금을 납부할 의무를 강요시키고 있는 것이다. 자본가, 지주기업가, 상인, 농민, 노동자는 직접 간접으로 납부의 의무를 금액으로 납부하는 것이지만 평론가와 예술가들은 그네들의 평론과 예술품 생산으로써, 민족성적 이데올로기로써 그 의무를 이행하는 것이라고…… 어떤 평론가는 필봉에 올린 일이 있다.

『신평론』은 과거에 있어 늘 일류의 집필자들의 논문으로써 만재滿載하는 권위 있는 잡지로서 독일문단을 압답壓踏하고 있던 것이건만 나치의 정권획득으로부터 명집편장名輯編長 루돌프 카이저 씨는 유태인이란 이유로 추방시키었으며 따라 씨는 은퇴생활을 하고 있다. 권위 있는 잡지건만 최근에 와서는 그 그림자影子도 찾을 수 없게 되었다. 자연주의 노작가老作家 하프트만의 논문으로써 겨우 권두를 꾸며내었으니 루돌프, 카이저 씨가 편집하던 때에 비교한다면 문제가 되지 않을 뿐 아니라 어떠한 논문을 뒤적여보더라도 영성零星한 것뿐이다. 하프트만의 논문의 제목은 「제민족의 정신생활과 희곡」인데 이 노작가로 말한다 하더라도 자기가 나치 독일에 존명存命을 이어가려고 함에 있어서 '민족성'의 세금을 지불하게 되는 것 외엔 아무 의미도 찾아볼 수 없단 것은 그 논문의 골자만 요약해 보더라도 알 것이다—드라마는 인간정신이 혼돈으로부터 코스모스(조화의 세계)에 발생하는 과정에 발생하는 것이라고, 예를 들면 아동의 심리생활에는 드라마의 원형이라고 할 만한 것이 인정된다. 이 원형으로부터 드라마에로 발전은 역사적으로 실천된다. 그러므로 '인간의 정신생활에 있어서 드라마는 그의 정신인 생활과정', 민족에 있어서 드라마는 그 자신 민족의 정신인 바 그 형성에는 천재를 필요로 한다.

R. 미에라—철학자인 저술가다. 그는 심리학과 미술학 방면에 대한 많

은 저술로써 전문가들 중에는 상당히 널리 알려진 학자의 한 사람이다. 학자의 최근 논문 중에서 가장 문제될 만한 것으로 신민족 문학의 과제와 전망이란 당당한 표제의 논문이 있으니 그 대략의 요점만 들추어본다 하면 철학가로서의 '민족성' 세금이 얼마나 이행되고 있다는 것을 누구든지 엿볼 수 있다. 철학적 대가인 만큼 이론이 전문적이면서도 하프트만 씨의 이론보담은 훨씬 쉽게 풀어놓음解易과 동시에 이론의 정연한 철학가적 정의로부터 시작되었으니—'민족'에는 국민적과 민중적이란 두 가지의 의미가 있는데 민족심리학에 의한다 하면 예술 급及 문학은 최초 민족의 가운데서 발생하여 민족의 것이었다. 그러나 문화의 발달에 따라 어느덧 개인주의적 요소가 잠재하게 되었다. 독일문학의 역사에 있어서도 그러한 사실을 찾을 수 있다는 것이니 중세의 대표적 시인 에쉔바하, 아우어의 경쟁자 슈트라스부르크로부터 개인주의적 경향을 비난하던 일이 있으며 르네상스 시대의 예술가들은 일반적으로 민중으로부터 분리되어 있는 것을 한 자랑거리로 알고 있었다. 그렇지만 민족이란 언제든 문학에 대해서는 '인생 되는 원천'이 되었었다. 독일은 1770년으로부터 약 반세기 넘기까지 화화華華한 문운文運의 융성기였었다. 즉 헤르더, 게―, 에시다 등으로부터 낭만파에 이르기까지의 기간의 문학은 민족이란 원천을 밟음으로써 소생하였다.

국민문학은 국민문학의 그 반絆을 벗어脫나는 의미에서 국민적이 되는 것이고 또는 민요조를 취하든지 민간의 전설을 찾든지 그에 개작을 꾀하는 점에서 '민중적'이 되는 것이다. 19세기에 이르러는 민족을 일방으로 인터내셔널화하고 타他 일방에 있어서는 투쟁에로 갈려 대부분은 프롤레타리아화하여 그 문화는 박탈되게 되었었다. 그러나 역사적 필연에 따라 민족은 정치적 가치의 중심이 된 금일에 있어 새로운 민족문학을 전망한 것은 결코 아나크로니즘(무정부주의)도 아닐 것이요 유토피아적도 아닌 것이라고 논정하였다. 이와 같은 통속적 문학사적 담談 등에서 '역사적 필연'

이란 데서 얼마나 철학가답지 못한 이해의 천박을 찾아낼 수 있으며 민족, 국민, 민중의 파악에 있어서도 얼마나 피상적이며 형식적이며 무내용인 것을 잘 알 수 있으며 따라 역사적 변천과 금일적今日的 의미의 곡해 중에서 악질의 기만적 요소를 다분多分으로 감추려고 애를 쓴 데 세금의 이행적 존재 가치가 숨어 있었다. 이 논문의 본질적 평가는 이러한 한에 있어서 하프트만의 논문보담도 일층 다액적多額的 세稅라고 말할 수 있다.

로젠베르크는 나치 정부의 유수한 이론가로서 민족주의의 선전을 노력하기에 여념이 없는 대가인데 그의 저작은 다수가 있다. 그 중에도 『20세기의 신화』란 것은 나치즘 입문으로서 박평博評을 점하고 있다. 예술가는 나치즘을 고조치 못하면 밥도 얻어먹을 수 없으며 대가로 출세할 수도 없는 것이다. 마음 약한 저널리스트들은 나치즘 고조에 대한 가냘픈 기술적 발화에 급급할 수 있는 현실을 찾아볼 수 있으니 민족성과 문학이라든가 독일인의 문학사라든가 독일시인의 현대적 사명 등류의 제목으로서의 대부분은 다투어가면서 저술에 헤매고 있다. 또는 이와 같은 제목으로써 일약 대가로 출세하려고 애쓰는 청년도 많이 볼 수 있다. 근일에 신문에서 잡지 신판 소개란을 일목一目한다 하면, 「독일국민의 연극」, 「독일적 인간」 등과 「현대 독일 극작가의 사명」, 「독일문학에 나타난 제3제국에의 동경」, 「문학에 의한 민족적 운명으로서의 전쟁 류의 기사 혹은 연구논문」으로써 신문잡지에 만재滿載되어 있다. 그 표지를 떼고 내용을 훑어본다고 하면, 그 어느 것이나 모두 조말粗末할 뿐이고 심원한 민족주의적 이론을 그렇게 전개된 것을 찾아보기 어렵다. '민족적'이니 '독일적'이란 형용사는 어떠한 의미로 붙었나 하는 의심까지 가지게 되는 것이 많다. 당세當世의 가장행렬의 분위기에 춤추고 지나는 모습을 관觀을 면치 못하고 있다.

하프트만, 미유라, 페타센, 나도라 등과 일류 학자들까지라도 그 분위기에서 움직이고 춤추고 있으니 정치의 힘이란 참으로 끝 간 데를 모를 일이다.

『내면왕국內面王國』(아네레 라이히)은 문학잡지로서 아르벨데스와 매치오 양인의 편집자로써 혁혁한 권위를 집중하고 있으며 '문학예술 급及 독일 생활을 위한 잡지'란 방제傍題가 잡지의 첫머리에 붙어 있다. 이 잡지에서 가장 주시될 만한 아르벨데스의 논문을 들추어보기로 하자―순수한 문학으로써 새로운 시대가 정당하게 문학에 부과된 일체의 요구를 스스로 충만시키는 것은 물이 흐르고 불은 타는 것과 같은 이유에 귀착되는 것이라 혹은 우리들이―예를 들자면 이젠하임의 제단을 쳐다볼 때에 직감적으로 이것은 독일인의 손으로 만들어진 것이라고 알게 된다. 동시에 그것이 걸작이란 것도 알게 된다. 제1로 민족성의 인식은 깊은 이유를 초월한 것으로―우리가 "Der mond ist nafgegangen"이란 본문을 서반아어도 아니고 이태리어도 아니고 정확하게 독일어로 인정하는 것은 정확한 자기인식인 것이다. 제2의 걸작성의 인식에 대하여 묻는다고 하면 형식에 의한 것이라고 답할 수밖에 없다. 이와 같은 논법으로써 민족주의적 자성을 제창하는 문학평론을 본다고 하면 모두 본질적 문제에 손도 대지 않았다. 이 잡지의 필자 중에는 여러 가지의 타입의 인물이 있지만 여기서는 가장 전형적인 작가 몇만 소개하는 데 그치려 한다. 2, 30년 전에 현역에서 근무하는 노작가들도 2, 3인 있는데 그 외들은 모두 '향토애'가 농후한 민족적 작가로서 고명高名하며 거년去年에 세계적 대문호 로만 롤랑과 논쟁하여 일시에 알려진 폰 쇼투스, 한림원 문예부장 한스 요스트 에우에르스는 「호르스트 벳세르」란 소설로써 갈색격대원褐色擊隊員의 '독일적'인 무명용사의 생애를 테마로 한 것인데 그리 신통치는 못하지만 고평을 받고 있다. 작자는 오랫동안 그로테스크를 매물賣物로 통속소설로써 연명하던 것이 나치 천하가 됨에 따라 소설의 신전으로 추앙되었다. 한스 그림은 독일 국민의 흉중胸中을 잠식하고 있는 식민적 이데아를 표현하는 작가로서 보寶의 대우를 받고 있다. 이상으로써 나치 문단의 특색으로서의 윤곽만을 그린 것 같다. 이와 같은 부분적 피상으로라도 나치의 정치와 문화 그것이 어떤 방향으로 움직이고 있는가 하는 것을 엿볼 수 없을 것인가.

나치 치하의 영화전선

나치의 독재왕 히틀러는 정권을 획득한 뒤로부터 정치경제 방면은 물론이고 문화, 결혼, 연애까지도 통제로 있단 것은 거짓말 아닌 사실로 실천하고 있다. 그러므로 영화, 연극은 말할 것도 없이 음악회 프로그램까지도 국가의 보조를 얻게 되며 선전 대신의 허가를 얻게 되는 것이다. 다시 말하면 음악회까지도 국가통제에 막대한 영향을 준다는 이면의 사실이 잠재하고 있다. 선전대신 괴벨스의 연설에 의한다고 하면 이러하다. 새로운 예술은 영웅적이며 즉물적이며 국수적인 동시에 위대한 행위에 관련되지 않으면 안 되는 것이다. 예술가는 다만 예술을 위한 예술을 연演함으로써만은 안 된다. '완전한 국민성'으로써 창작됨에 한하여서만 자유스러운 활동 분야가 부흥하게 될 것이라고 말하였다. 그와 같은 의도 밑에서 백림에 있는 대극장은 제일 먼저 지배인부터 나치계의 인물로 독점하게 되었으며 독일인의 자랑거리로 추앙하던 진보적 자유주의적 대표자라고 일컫던 젊은 극작가 '실러'와 '바그너'의 작품은 비상시 독일의 나치 정책 선전용으로 변하여버렸다. 이와 같은 선전용에는 나치 배우단은 물론이요 히틀러, 괴벨스 자신들이 몸소 출연할 뿐더러 막간 연설까지도 국수적 國粹的 통일을 선전하는 것이 특색인 동시에 비상시적 독일국민은 영화 막간 휴식시간도 쉬지 못하고 수국적 강좌를 머릿속에다 배자 넣게 되는 셈이다. 「여인旅人」과 「피투성이 독일국」이란 영화는 동당同黨의 배우단의 손으로만 2백여 회 이상 상연하였다고 한다. 「여인」은 선전대신 괴벨스 자신이 30세 때에 쓴 작품이요, 「피투성이 독일국」에는 히틀러와 괴벨스 등의 대관들이 직접 출연하여 연설까지 하였다. 전前 내각 슐라이허 당시에는 공개상연을 금지하였던 것이다. 그러나 나치의 오늘에 있어서는 두말할 것도 없는 국수독일의 상징을 대표하는 명영화로 절찬되고 있다. 이러한 관계로 3대 예술가들은 때를 만났다고 너도나도 할 것 없이 국수예술가로 자처하고 출연을 애상愛想하고 날뛰는 그 반면에는 과거에 정평이 있던 예술가, 무게 있던 작가는 활동할 장소를 잃고 떨리우고 있거나 외국으로 방축을 당하였거나 그렇지 않으면 은거생활을 하고 지낸다.

영화전선에 있어서 가장 경이로운 이채를 발휘하고 있는 것은 극평가의 관직이 창설되어 일종의 연극고문으로서 역무役務를 다하는 것인데 주로 희곡 등을 감정하는 것인데 즉 각 극장은 지배인으로부터 의심되는 개소箇所가 있어 제출하거나 출판업자 또는 작자가 자기의 각본을 직접으로 그 감관鑑官에게 제출도 하는 것이다. 그러면 그 정부감관은 자기 임의로써 생각하는 대로 뺄 것은 빼고 또 더 넣을 것은 넣어서 극장 측에 제의하는 역무를 다하고 있는 것이다. 일종의 검열제도의 확대뿐만에 그치는 것이 아니라 검열을 통하여 선전에 유리한 합리合理를 책策하는 것이니 나치 독일이 아니면 볼 수 없는 문화정책의 하나이다. 비상시가 되면 될수록 예술은 예술로서의 가치를 발휘 못하게 되는가 보다. 이러고 보면 가장 자비하신 예술지상주의자님들은 허리를 굽히고 굽실굽실하여 가면서라도 노종치奴從 않으면 안 될 가여운 처지에 이르는 것이다.

종래에 있어서는 국립극장에 국가로써 매년 20만 마르크를 지출하던 것을 지금에 와서는 일약 200만 마르크의 거액을 지출하고 있는 것을 보더라도 나치 유일의 수국정책의 가장 중요한 문화부문에 있어 극장활용의 의의가 얼마나 깊다는 것을 대략 심산心算할 수가 있다. 관립창설인 감관鑑官의 이니셔티브로 소년극장 나치 문화투쟁동맹, 나치 노동그룹 극장 등이 새로 결성케 되었다. 이것만 보더라도 영화계의 방향이 어떠한 곳으로 동動하고 있다는 것을 엿볼 수 있지 않을까 한다.

『조선문단』 제4권 제3호, 1935. 5.

긴급토의:

조선 문단에 파시즘 문학이 서지겠는가

장 혁 주 외

1. 우리 문단에 파시즘 문학이 서질까요?

2. 우리 문단에서는 파시즘 문학을 어떻게 규정지으리까?

3. 파시즘 문학은 문학의 한 주류로서 긍정될 것일까?

파시즘 문학은 존재할 수 없다 (장혁주)

1. 파시즘 문학(?)은 조선에선 도저히 발생하지도 않거니와 물론 성장하지도 않을 것입니다.

2. 3. 문학이 아니라고 보는 이상 규정도 할 수 없겠고 주류로는 더구나 긍정 못할 일입니다.

나는 내 좋아하는 콧노래나 (김안서)

나의 사는 주위는 그야말로 굉장한 십인십색이다. 뒷집에서는 염소를, 앞집에서는 도야지를, 옆집에서는 닭을, 건넛집에서는 개를 그리고 나의 집에서는 비둘기를 치니, 같은 것을 치는 집이라고는 하나도 없는 것이외다.

그리하여 고단한 나의 집이 이른 아침에 첫눈을 뜨게 되면 실로 놀라지 아니할 수가 없으니, 염소는 애행, 도야지는 꿀꿀, 닭은 꼬꼬, 개는 컹컹, 비둘기는 구구……. 이것을 무엇이라 형용할지, 나로서도 알 수 없거니와, 여하간 그 가지각색의 오중합주에 놀라지 아니할 수가 없는 것이외다. 그러나 나는 이것에 대하여 나의 감정을 표할 수가 없습니다. 왜 그런고 하니 내가 좋아하는 그 소리만이 있을 것이 아니요, 싫어한다고 싫어하는 그것이 자취를 감추지 아니하는 이상, 나의 감정은 한갓되이 그 자신으로 몸부림할 수밖에 없기 때문이외다.

모두 다 그 자신으로서 그 자신의 고유한 소리를 내이는 것이라면 모두 다 이른바 존재이유를 가진 것이니 생각하면 귀엽다 할 만한 것이외다. 나의 존재를 다시 없이 기쁘고 즐거운 것이라 한다면 남의 존재에 대하여서도 또한 그만한 존재이유로의 가치는 인정해야 옳은 줄 압니다.

그런지라 나는 귀찮다는 생각을 꿀떡 삼켜버리고 나는 나로서 나의 할 모든 일을 하고 맙니다. 그런데 말이외다. 만일 그들의 소리가 참된 제 소리가 아니고 잠깐 동안 남의 소리를 흉내 내인 것이라 하면 나는 그것을 어디까지든지 싫어하고 미워하지 아니할 수가 없으니, 이에서는 소위 존재이유를 발견할 수가 없기 때문이외다.

아니 파시즘 문학관을 이야기하라는데, 이건 무슨 뚱딴지냐고 노형은 나를 책망하리다만은, 나는 이것으로써 나의 생각을 표명한 줄 압니다. 자 그러면 나는 저 봄바람이 춤을 추는 들로 나아가서 나의 좋아하는 흥얼이나 혼자 하겠습니다.

3월 10일 정오

파시즘은 문학의 주류가 아니다 (백철)

3. 파시즘 문학은 문학주류로서 긍정할까?

귀문에 대하여 나는 순서를 바꾸어 제 3부터 대답하려고 합니다. 이것은 무슨 귀문이 이 문제의 성질과 순서를 역도逆倒했다는 의미가 아니라 순전히 내 개인의 대답을 위한 편의 때문입니다.

'파시즘 문학은 문학주류로서 긍정할까?' 라는 귀문에 대하여는 '파시즘은 문학의 주류가 될 수 없다!'고 명백히 대답하렵니다.

물론 문학의 주류가 정치적 현상에 동반되어 유도되는 경우는 왕왕히 목견하는 바입니다! 그러므로 과거의 프로문학과 같이 너무 모든 문학 현상을 일일이 정치에 귀속시키지 않는 이상 문학의 주류를 일정한 정치적 현상과 관련시켜서 이해하는 것이 편의할 때가 많습니다. 하나 가사 문학주류가 정치적 방향에 동반된다고 하여도 그 정치적 방향이 진보적인 경우에만 그러합니다. 하나 이 파시즘은 어떻게 이해하여도 역사적으로 역행자라는 것이 명백한 것입니다.

귀사에서 지적하는 바와 같이 금일에 있어 일부적으로 파시즘 문학이라는 것이 유행된다고 하여도 그것이 순전한 그 정치적 독재자에 대한 노예문학에 불과한 것입니다. 인간의 성엄聖嚴한 정신을 대표하는 문학의 주류가 히틀러와 같은 야만인의 노예일 수는 없습니다.

그것을 좀 더 적확히 연구하면 나는 일정한 문학적 이즘이 무슨 정치적 이즘에 의하여 대칭代稱되어서는 불가하다고 생각합니다. 과거의 문학자들이 현명히 지적하고 있는 바와 같이 문학의 유조流潮에는 근본적으로 두 가지 형, 즉 리얼리즘과 로맨티시즘의 어느 하나에 속하는 것밖에는 없다고 보여집니다. 물론, 그 리얼리즘과 로맨티시즘은 시대에 따라서 그 색조와 내용을 현실적으로 달리하여 나타나는 것이나 그 근본의 경향에 있어는 변하지 않는 것일 것입니다. 그러기에 문학의 주류에는 언제나 이 두 가지 경향의 하나를 취하는 데서 그 주류의 방향과 명칭까지라도 결정할 것이라고 봅니다. 또한 그 의미에서 문학주류의 명칭은 파시즘이니, 코뮤니즘이니 하는 정치적 이즘에 의하여 그것을 부를 것이 아니라 시대에 반복되는 데 따라서 제1 로맨티시즘 제2, 제3 로맨티시즘 등류等類와 같이 부르든가 혹은 19세기 로맨티시즘, 20세기 로맨티시즘 등류로 부르든가, 그렇지 않고 그때의 현실적 의의를 구체적으로 부가하기 위하여 일정한 정치적 이즘을 관사로 부가하려면 요즘에 유행되고 있는 바와 같이 사회주의적, 내지 ××[혁명]적 아래, 반드시 리얼리즘 혹은 로맨티시즘을 부가하여 불러야 할 것입니다. 그런 의미에서 과거에 막연히 공산주의 문학, 프롤레타리아 문학이라고 할 때에 그 한에서는 나는 그것을 문학 주류로 인정치 않으며 또한 그 의미에서 파시즘 문학이라는 변태적 문학을 문학 주류로서는 전연 부인합니다.

1. 파시즘 문학은 조선 같은 데서도 성장될까?

파시즘 문학을 문학주류로서 용인하지 않는 이상 그것이 조선에서 성장여부를 문제 삼고 싶지 않으나 본래 조선에서 이 파시즘 문학을 지적한 것은 누구도 아니고 내 자신이었던 까닭에 부득이 여기서도 일정한 책임을 지지 않을 수 없게 되었습니다. 그때 모지某紙 좌담회 석상에서 이 파시즘 문학의 경향에 대하여 주로 정인섭 씨와 나 사이에 조선에서는 파시즘 문학이 가능하다느니 불가능하다느니 논쟁한 일이 있었는데 정 씨는 파시즘 문학을 정치적 독재 권력이 수립된 곳에서만 발생되는 것이라고 주장하는 데 대하여 나는 현대와 같은 시기에는 본국의 그 독재 권력과 ××[식민]지의 토착 부르주아지와는 필연적으로 결탁하는 까닭에 만일 동경에 직목直木 일파의 파시즘 문학이 성립된다면 조선에도 그것과 결탁하는 일정한 파시즘 문학이 성장된다는 것을 지적하였다고 기억됩니다.

지금 생각하면 그때의 논쟁은 문학문제에 대한 논쟁보다는 정치문제에 대한 논쟁이었으나 그 당시에는 당연한 문학론이었습니다. 그 정치

문제에 대한 논쟁에 한하면 결코 나의 주장이 오류가 아닐 뿐 아니라 금일에 와서는 확실히 나의 주장이 예언적이었다는 것을 증명하는 현실까지가 있습니다. 하나 그럼에도 불구하고 나는 조선에서 그 파시즘 문학의 성장을 부인하렵니다. 따라서 파시즘 문학의 부인은 그것이 조선 현실에서는 불가능하다는 의미에서보다는 근본으로 그것을 문학 주류로 볼 수 없는 까닭이며 다음으로는 정치현상에는 반듯이 일정한 문학 주류가 그대로 동반된다는 과거의 기계적 견해를 스스로 부인하려는 데서입니다.

2. 우리 문단은 파시즘 문학을 어떻게 규정지을까?

이 문間에 대하여는 이상에서 간접으로 대답하였다고 생각하기에 여기서는 약略하려고 합니다.(이상)

파시즘 문학은 정치문학 (김광섭)

1. 파시즘 문학은 정치적 강령에 의속依屬된 말하자면 정치문학이라고 할 수 있습니다. 그러므로 조선 같은 데서는 성립될 수가 없습니다. 혹시 된다면 민족주의문학의 강화에로 나아갈 수는 있겠지요.

2. 파시즘이란 정치상 이데올로기의 내용이요 결코 문학상 그것은 아닙니다. 문학은 물론 사상이나 관념을 가지지 않을 수 없으나, 독재의식으로써 전제되는 데서는 문학은 자립성을 상실하게 됩니다. 더군다나 파시즘 문학이란 그것이 극단의 민족적 국가주의의 표현인 만큼, 우리로서는 여기에 인류의 정신적 발전에의 역행을 인정치 않을 수 없을 것 같습니다.

3. 파시즘 문학은 물론 문학상 주류를 차지할 수 있습니다. 그것은 현재 독일獨乙에서 그러하고 당분간 세계의 열강에서 그것이 은연히 움직이게 될 것입니다.

부附―파시즘 문학이란 그 형태로 보아서는 과거의 소비에트문학도 그러하나 여기서는 주로 독일의 그것을 의미하는 그 범위에서 말한 것입니다.

우리는 이렇게 규정지운다 (이갑기)

1과 2. 조선에도 물론 파시즘 문학이 성립될 수 있다고 봅니다. 그것이 얼마만큼이나 성장할는지는 문제 외로 하고.

파시즘이란 말은 퍽 다의성을 가진 말인 것 같습니다. 재래로는 무솔리니의 독재에서 고유한 뜻을 가졌던 것이 일반화하여 근대 독재정치와 그 사상에 대하여 통용될 수 있는 보통명사로서의 지위를 획득한 것 같습니다.

만일 파시즘이란 것을 이렇게 규정하여 파시즘 문학이란 것을 본다면 파시즘독재 그것이 극단의 통제주의로서 문화적 영역에까지 한 개의 통제적 문화정책을 가지는 만큼 이러한 정책과 그 세계관에 의하여 제작되고 통제되고 또는 문화적으로 이 정책을 지지하는 문학으로 볼 수 있을 것입니다.

그렇다면 조선말은 이러한 문학을 가질 수 없는 것은 일목요연한 일이겠습니다.

그러나 내가 조선문학에서 파시즘적 경향이 대두할 가능성이 있다는 것은 파시즘이란 말이 더욱이 일반화된 의미, 즉 코뮤니즘의 인터내셔널리즘에 대하여 파시즘을 그 근본 특징의 하나인 국가주의 또는 민족적 배타주의라는 뜻에서 파시즘 문학이란 것을 규정하는 데서 말하는 것입니다.

이러한 의미라면 직목삼십오直木三十五와 같이 왕시往時에 '나는 파시즘 문학을 한다'는 '통전通電'을 발하지 않았다 뿐이지 이 땅의 문학에도 파시즘적 경향의 문학이 없었다고는 볼 수 없겠습니다. 또 금후도 충분히 발생할 가능이 있다고 봅니다.

3. 재래의 문예평론가야 어쨌든 나로서는 문학의 경향을 두 개의 다른 의미에 분류코자 합니다.

첫째로는 한 개의 작가의 세계관에서 나타나는 경향은 그 작품의 이데 올로기적 형태를 결정하는 것이며, 둘째로 그 작가의 개성적 특수성과 예술적 신념은 한 개의 소위 문학 유파를 나타낸다고 봅니다.

이 두 개의 계기 즉 세계관과 예술적 신념이란 것은 물론 분리하여서 생각할 수 없습니다. 하나 ABCDE라는 다섯 개의 차륜에서 A의 원동이 B에 전하고 그 전한 힘이 다시 C에 전하고 하여 결국 E라는 차륜에 돌아간다고 하야 E차륜을 A에게다 직접 갖다 들어 박아놓았자 그 기구적 작용을 이루지 못할 것 같습니다. 그러한 물리학적 원칙이 역시 사회학에서도 통용될 수 있다고 봅니다. 재래로 좌익 문예비평가들과 같이 사회의 상부구조가 경제적 기구의 여하에서 좌우된다는 유물사관을 소박하게 적용하여 무엇이든지 그 중간의 미묘한 관계에 유념치 않고 E차륜을 A차륜에 직접 갖다 붙이려는, 일원론의 병적 주장에는 결함이 있을 것 같습니다. 요컨대 한 개의 작가의 세계관과 예술적 신념도 근본적으로 물론 한 개의 필연적인 연관관계가 있겠으나 그 중간의 복잡한 의존관계와 그 성격에 비추어 현상적으로 볼 때는 역시 다르게 보아야 될 것 같습니다.

맑스주의문학이 언제든지 부르주아문학 측에서 자기들의 문학을 유파시킬 때는 '프롤레타리아문학은 유파가 아니다'라고 주장하여 온 것은 결국 무의식중에 그들이 문학에 나타나는 세계관의 문제와 개개 작가의 신념에 나타나는 유파와를 달리 취급한 것을 증명하는 것이 아닐까요. 말하자면 이곳에 일종의 자기당착이란 것이 있을 것 같습니다. 그러므로 나로서 보건대 파시즘이 한 개의 세계관이란 뜻에서 파시즘 문학이란 것을 완전히 한 개의 문학의 사상적 유파를 형성할 수 있다고 봅니다. 프롤레타리아문학도 역시 이러한 의미에서 그것이 사상적 유파라는 데서는 반대할 길이 없을 것 같습니다. 물론 유파란 것의 분류방법에 의하여 파시즘 문학이 유파가 되느냐 안 되느냐가 결정되는 것이니 유파를 일반적으로 이해되는 것과 같이 낭만주의라든지 고전주의라든지 또는 리얼리즘이라든지 하는 예술적 의미에서 말한다면 '프롤레타리아 문학은 유파 아니다'라는 동양의 뜻으로 파시즘 문학도 유파가 아니다 라는 주장을 할 수 있을 것입니다. 다시 말하면 유파란 것의 규정여하에서 파시즘 문학이 유파가 되고 안 되는 것이 결정한다고 봅니다.

(귀문에서 '주류'라고 하였습니다마는 나는 그 뜻을 '유파'를 뜻하는 것으로 보아서 이야기를 드렸습니다)

시대사조의 표현 (이종수)

귀 설문에 충분히 답하자면, 먼저 파시즘 문학의 본질을 구명할 필요가 있지마는 약曄합니다. 물으심에 간단히 답하고 면책하고자 합니다.

1. 파시즘 문학은 조선에도 그 경향이 소극적으로는 나타날 수 있으나 번영하리라고는 생각지 않습니다. 지금은 조선에 파시즘 문학은 없다고 생각합니다.

2. 설문의 뜻을 잘 모르겠습니다. 우리 문단이라고 현하 각국의 파시즘 문학규정을 벗어나리라고는 생각지 않습니다. 파시즘이 제국주의의 적극적 표현이라면 파시즘 문학은 역시 그러한 문학이겠지요.

3. 조선에서는 파시즘 문학이 주류되리라고는 지금 상상할 수 없습니다.

비상시의 산물 (민병휘)

1. 절대로 불가능하다고 보고 있습니다. ××적 ××가 없는 곳에 파시즘 문학이 있을 리가 있습니까.

2. 물론 비상시적 ××기에 있어서 절대 ××적인 것으로 보게 되지요.

3. ×에 있어서는 필연히 세계적으로 그것이 요구되는 정치적 ××가 있겠지만 문학주류로는 볼 수 없습니다.

몇 마디의 간단한 대답 (안함광)

우리가 여기에서 특정된 한 개의 문학, 가령 현금 조선의 부르주아문학을 가지고 이야기한다 할지라도, 그는 다른 모든 의식형태와도 같이, 그의 운명은 그가 의존하는 바 곧 계급의 운명과도 같은 것이어서, 그들이 봉건적 관념형태에 대한 비판자로서 등장하였던 시대에 있어서는 그는 확실히 한 개의 진보적 임무를 수행하여 왔었다. 이는 그 어느 나라 문학사에 있어서도 용이容易히 발견할 수 있는 엄연한 사실이다.

그러나 이미 부르주아지가 계급으로서의 진보성을 ××[상실]하고 그의 대립물로 변질된 현금과 같은 시기에 있어서는 그들의 문학적 실천도 객관적으로는 부르주아지의 ×[반]동적 지배의 일무기로서 전화되게 되었다는 것도 또한 명확한 사실이다.

그러나 우리가 여기서 주의하지 않아서는 아니 될 것은, 필자의 이러한 말은, 결코 조선에 있어서 부르주아 작가라고 불리우는 작가 전부가 의식적으로 부르주아지의 문학적 위병 될 것을 자기 스스로 서약하고 있다든가, 또는 그들의 심리 이데올로기 구조가 머리頭에서 발足끝까지 순수한 부르주아적 정신에 의하여 충만되었다든가를 의미하지는 않는다.

문제는 애당초부터 이러한 작가의 주관적 의도라든가 '순수한 부르주아성'에 있는 것이 아니라 객관적 현실로서의 그들 자신의 계급적 필요의 요청으로 귀착되지 않을 수 없는 것이다.

이곳에서 우리는 '파시즘 문학은 조선 같은 데서도 성장될까?' 하는 설문을 앞에 놓고 생각하여 보자! 이 물음은 결코 작가적 양심(좀 막연한 표현이기는 하나)에 대한 호소의 의미로서가 아니라, 파시즘 문학의 조선에 있어서의 사회적 가능성 여부를 묻고 있는 것임은 물론일 게다.

나는 이곳에서, 그것이 다른 나라의 문학적 사정에 비하여 농담濃淡의 차는 있을지언정, 조선에 있어서도 그의 성장적인 가능성이 충분히 존재하다는 것을 확신한다.

그는 부절히 착종되는 제종사상諸種思想의 행진에서, 유독 조선만이 그와의 불가침조약을 체결할 하등의 특수적 조건도 가지고 있지는 못하다는 극히 일반적인 의미에서뿐만이 아니라, 좀 더 구체적으로는, 자본주의의 일반적 ×[위]기에 있어서의 산물인 이 파시즘은, 조선이라는 이 땅 위에 있어서도 벌써 한 개의 단순한 이론상의 문제로서가 아니라, 정히 현실생활에로 침투되면서 있는 바, 한 개의 산生 사실이라는 점에서 보다 웅변적으로 설명되어진다.

더욱이 자나 깨나 예술의 선량한 부대로 자처하는 비교적 젊은 표表까지가, 작금의 문학적 활동에 있어, 그들의 '자유에 대한 연심戀心'이라는 것이 구극究極 페낭데스 조치를 경원히 할 정도의, 또는 그런 종류의 범주를 넘지 못하는 것이라는 것을, 백일하에 자기폭로하지 않았던가!

연이然而 파시즘 문학의 규정은, 독점자본주의의 고도한 발달과 상사相似하여 보다 강화되는 반프롤레타리아 운동과 자본주의의 보다 집권적인 옹호라는 본질적에서 그의 이론적 닻줄을 구하지 않아서는 아니 될 것이며, 이 파시즘 문학은 국제적 의미에서는 벌써 한 개의 문학적 주류로 이루면서 있다는 것을 부정할 수는 없다.

태아의 명명은 시기상조가 아닐까 (이북명)

문학이란 것은 어느 나라 어느 시대를 물론하고 그 나라 그 시대의 분위기와 필연적 사회정세를 토대삼아 가지고 성장할 것이라 믿습니다. 한 사회가 필연적 정세에까지 도달하려면 거기에는 정당한 이론적 근거가 있어야 하겠고 여러 가지의 고비가 있어야 할 것입니다. 문학도 역시 그와 평행선적으로 이론과 투쟁의 전야를 통과하고야 비로소 새 행동의 광야를 개척할 것입니다.

현하 조선사회를 별견瞥見한다면 아직은 정치적 형태로라든지 객관적 정세에 비추어보아 파시즘 문학운동은 문학 전야의 문학운동으로밖에 볼 수 없습니다. 그러나 앞날에 있어서는 파시즘 문학운동이 문단 일부에서 대두할 것만은 믿어집니다. 그 시간까지 말하기는 어렵습니다만.

민주주의적 외각을 탈피한 부르주아 독재형식을 취하는 국가—예를 들면 이태리 같은 나라—에서는 파시즘 문학은 일견, 국민문학 같은 감을 가지고 배태되며 성장할 수 있지요만 아직 우리 조선사회는 그런 필연적 사회정세에까지 도달하였다고는 보기 어렵습니다.

동경 문단에는 파시즘 문학의 기치를 높이 들고 나선 작가가 있지만은 그들 작가가 호흡하고 있는 분위기가 그들의 활동을 왕성하게 하여 주리만치 그렇게 이론적으로나 정치적으로 필연적 코스가 결정되지 못하였다고 봅니다.

급急을 고告하는 사회정세를 보면 앞으로 조선 문단에서도 파시즘 문학이 논의는 되겠지만 지금까지는 그 존재를 찾아내기가 어렵습니다.

만약 금후부터 파시즘 문학이 조선 문단에서 논의된다고 하더라도 필자의 생각에는 극히 소부분의 평가와 문인들밖에 이 진영에 참가하지 않으리라고 생각합니다. 따라 파시즘 문학을 조선 문단의 주류로서 인정할 수는 없을 것입니다. 파시즘 문학이란 우리 문단에서도 전연 미지수의 문학이니까.

하여튼 금후 어느 시기에 가서는 이 파시즘 문학이 조선 문단에 시비를 일으킬 날이 있겠지만 미력적微力的, 일시적 존재일 것이오. 그러니까 지금 파시즘 문학이라는 태아에게 이 이름 저 이름 붙여가지고 명명식을 거행한다는 것은 좀 더 기다려야 할 일이 아닐까고 생각합니다. (끝)

문학의 멸망적 독소 (한효)

귀문에 간단히 답합니다.

원래 파시즘이라는 것은 금융부르주아지의 독재를 강화하는 한 개의 수단입니다.

그러므로 문화의 영역에 있어서의 파시즘은 부르주아지의 경제적 정치적 이익을 대표하고 그의 필연적 결과로서 예술의 역사적 발전을 거부함으로써 몇 세기 전의 시민문학 발흥기의 무권계급武權階級의 역사적 역행의 문학의 반동적 증상을 그대로 반복하게 되며 일방으로는 예술을 '지갑'에 예속시키는 것을 자기만족의 최후의 대상으로 하려는 문학의 멸망적 독소입니다.

이러한 독소가 조선 같은 데서도 성장될 것인가 함을 새삼스레 묻는 귀문은 너무나 딱한 의안議案이 아닐 수 없습니다.

조선이라는 곳의 오늘날 형편을 보면 단지 파시즘 문학만이 아니라 그 이외의 온갖 잡종문학적 마술이 공공연하게 횡행되리라는 것은 너무나 상식화된 정리定理가 아닙니까!

따라서 우리 문단이 파시즘 문학을 여하히 규정지어야 할 것이냐 하는 문제도 역시 그 문학의 근본적 본질과 병행되어 그것을 찬양하는 파와 그것을 배격하는 파와의 상호의 계급적 이해관계에서 규정될 것이고 또 그것을 문학주류로서 긍정할까? 하는 것도 결국은 상호의 이해관계에 따라서 그 긍정의 태도가 상이해질 것입니다.

그러나 귀문의 문학주류 운운의 제의提議는 지극히 이해하기 곤란한 문제입니다. 도대체 문학의 주류라는 것을 어떠한 기준을 가지고 말하려는 것입니까!

혹시 작년도에 『동아일보』에다 파시즘 문학은 독이獨伊의 국민문학이라는 천고미문千古未聞의 단안斷案을 내려 거룩한 논증적 비평가 모씨의 요절복통할 첩규喋叫와 같은 그러한 어리석은 망발적 주류론은 아닐까요.

요컨대 문제는 파시즘 문학이란 진정한 의미에 있어서의 역사적 임무를 부담한 문학적 주류가 아니라는 것의 굴출해명掘出解明에 있다고 봅니다.

말하자면 파시즘이 문학의 멸망적 독소인 이상 그것을 문학주류로서 승인한다는 것은 문학의 멸망을 의미할 것 이외의 아무것도 아닐 것입니다.

이상.

아직 요원한 문제 (홍효민)

조선 문단에서 파시즘 문학이라는 것은 전혀 불가능한 그것이라고 나는 보고 싶다. 그는 왜냐하면 조선 문단은 현계단에 있어서 규정지을 바 문학은 반자유주의 문학은 나올 수 없는 까닭이다.

조선에서 소위 민족주의를 가진 문예사상이라는 것도 구경究竟 다분히 자유주의를 띠고 있고, 아울러 프롤레타리아 문예사상이라는 것도 역시 다분히 자유주의를 포장하고 있는 것이다.

이러한 곳에 파시즘 문학이 성장될 수 없을 것이오, 또한 파시즘 문학이라고 규정지을 수 없는 것이다. 일찍이 내가 구인회를 가리켜 파시즘으로 기울어질 수 있는 그것이라고 한 일이 있었는데 이는 내가 전혀 잘못 규정한 것이었던 것이다. 얼른 생각하면 민족주의 문예사상을 가진 일군의 문인이 파시즘을 고취하면 될는지도 모르나 그렇게 될 수 없는 것이다. 파시즘 문학이 될 수 있다면 조선이 현재보다 다른 시대인 그때라야 가능하리라고 생각한다. 그는 왜냐하면 계급 대 계급사상은 어느 곳에 서 있을 수 있으나 파시즘은 먼저 정치형태를 요구하는 까닭이 좀 더 많음으로써이다. (끝)

파시즘 문학은 반동문학 (이석훈)

1. 될 수 없다고 믿습니다. (파시즘 문학이란 것조차 있을 수 없다고 봅니다.)

2. 존재를 가정하고, 그것은 반동문학으로 규정지어야 할 것입니다.

3. 긍정할 수 없습니다.

우리에겐 피안의 거화擧火와 같다 (노춘성)

파시즘 문학을 문학으로 긍정할까를 먼저 검토할 필요가 있다. 따라서 문학이란 무엇인가를 다시 소구遡究치 않으면 아니 된다.

문학이란 무엇인가? 엘스터의 말에 의하면 "문학은 인간생활의 재현으로 가장 여화정련濾化精鍊된 생활도生活圖이다" 하였다. 그리고 가장 진보적인 소비에트 문예평론가 엘렌브룩의 말에 의하면 "문학은 쫓은 생활의 인간도로서 모든 희비애락을 담은 제이의 세계다"라고 말하였다. 이들의 말에 의하면 문학은 요컨대 인간생활의 축도이요 그 기록이라는 말이다. 모든 인간이 현실의 사물에서 부딪히고 느끼는 생활의 실재를 문자로 기입하는 것이 문학이라는 말이다.

여기서 우리는 인간생활을 떠난 문학이 세상에 없다는 것을 생각할 수가 있다. 그 사회 그 민족에 파시즘사상이 충일充溢하고 또는 그에 대한 생활의식에 존재하는 한 파시즘 문학은 성립될 수가 있다. 자유주의문학이 있는 동시에 파시즘 문학이 성립될 수가 있는 것이다.

그러나 문학성립의 요소로서 영국의 윈체스터Winchester씨는 그의 명저 『문학원어』 중에

1. 정서Emotion
2. 상상Imagination
3. 사상Thought
4. 형식Form

이 네 가지 요소를 들었다. 이 네 가지 요소가 종합되어야 비로소 문학이 성립된다는 것이다. 파시즘이 한 사상인 이상 거기 형식, 정서, 상상을 붙여 창작하면 훌륭히 문학으로 성립될 것이다. 그러나 문학의 특질로써 전기前記 윈체스터 씨는

1. 영구적 흥미Permanent Interest
2. 개성적
3. 보편적

의 세 가지 조건을 들었다. 문학의 영구적 가치는 이상 세 가지 조건이 있어야 그 문학이 항구적 존속을 가질 수 있고 따라서 참된 문학이라는 것이다.

여기서 우리는 파시즘이 인류의 영구적 흥미를 끄는 것이 아니고 또는 그 사상이 개성적이 아니며 널리 인류를 포함하는 보편성이 아니기 때문에 우리는 파시즘 문학을 문학의 주류로 생각할 수가 없는 것이다. 파시즘 문학은 문학주조 위에 파동하는 지류문학이요 항구성을 가진 주류문학이 아니라고 단정할 수가 있는 것이다.

이런 의미에서 추찰推察한다면 파시즘 문학은 국가주의자들의 임시도구문학이라고 규정할 수가 있다. 따라서 조선 문단에는 존재할 수 없다. 조선 사람 중에는 파시즘을 숭봉하는 사람이 아마 없을 듯하며(단언키 난難하나) 이 파시즘의 의식과 이 사상을 근저로 한 생활의 도圖가 없기 때문에 조선 문단은 파시즘 문학을 성장시킬 원야原野가 아닌 듯하다. 현재가 그러하고 가까운 장래도 그러하다. 파시즘 문학은 대안의 거화로 우리는 한갓 바라보는 것이 옳을 일이다.

『삼천리』 제8권 제6호, 1936. 6.

국수주의의 파시즘화의 위기와 문학자의 임무[*]

박 치 우

나치 독일과 파시스트 이태리 그리고 군국주의 일본의 타도만으로 세계사에 있어서의 파시즘의 종언을 기대함과 같음은 너무나 어리석은 낙천주의다. 파시즘이란 한번은 있었으나 꺼꾸러지면 다시는 있을 수 없을 그러한·박물학적 진열물은 아니다. 파시즘은 민족국가가 존속되는 한 언제나 열병적인 공세를 노리고 있는 계급사회의 바이러스다. 이지理知의 높은 근대화와 그리고 보다 더욱이는 감정의 철저한 민주주의적 훈련을 거치지 않고서는 민족적 중대한 문제와 마주치는 경우에 파시즘의 그럴법한 가지가지의 유혹에서 손쉽게 벗어나기란 결단코 용이한 일이 아니다.

---

[*] 이 글은 1946년 2월 8, 9일에 서울에서 열린 조선문학가동맹 주최의 제1회 전국문학자대회의 특별 보고 연설문으로 작성된 글이다. 이후 이 글은 이 대회의 보고기록물인 『건설기의 조선문학』(1946. 6)에 수록되었다.

파시스트들은 언제나 반드시 애국자의 미명하에 등장한다. 그리고서는 자기를 따르지 않는 자는 덮어놓고 매국노로 몰아댄다. 그러나 생각해 보라! 강도 히틀러가 애국자인가? 약탈자 동조東條가 애국자인가? 그럼에도 불구하고 적어도 한때는 그들이 애국자로 행세할 수 있었던 원인은 어디 있는가. 민중 역시 한때는 그들을 열광적으로 지지한 것은 무엇 때문인가. 모든 비밀의 원천은 감정에 있는 것이다. 신비주의적 유혹에 대해서 가장 약한 부분인 감정—이성이 아니라 감정—민족감정에 호소하기 때문이다. 파시즘이 항상 노리고 있는 가장 믿음직한 돌격로는 대개는 언제나 이 같은 거의 본능적인 감정 이를테면 '기분'이다.

파시즘은 독일이나 이태리의 전매품은 아니다. 무솔리니의 공언을 기다릴 것 없이 파시즘은 수입품도 수출품도 아니다. 그럼에도 불구하고 이태리만이 아니라 독일에도, 독일만이 아니라 서반아에도, 서반아만이 아니라 또 다른 여러 나라에서 파시즘은 번식하였으며 또 번식할 수 있는 것이다. 도처에 '국산 파시스트'가 있을 수 있는 것이다. 사전예고나 선전포고가 아직은 없다고 해서 허리띠를 풀어놓고 앉은 자가 있다면 이들은 반드시 이태리의 사회당이나 독일의 얼빠진 자유주의자들처럼 무자비한 일격을 각오해야 할 것이다. 선제공격, 전격작전은 모든 파시스트의 공통된 전통적인 전투양식이다.

우리는 먼저 파시즘의 개념규정에 있어 언제나 이것을 독점금융자본시대와의 관련에서만 규정하려는 공식주의를 수정할 필요가 있다. 영국이나 미국에서는 맥도 못쓰면서 이들보다는 훨씬 후진국일 터인 서반아에서는 도리어 프랑코의 파시스트정권이 성공되지 않았는가. 이 사실을 어떻게 설명할 것인가. 그렇기에 독점금융 운운만을 고집할 것이 아니다. 좀 더 넓게 정의를 줄 필요가 있는 것이어서 가령 계급 대신에 민족의 이름으로써 비상사태를 처결하려는 반역사적인 폭력독재! 이렇게나 규정하는 편이 훨씬 더 타당할 것이다. 어떻든 계급적 양심에 호소하는 대신에—아니 때로는 도리어 계급의 대립을 말살, 은폐하는 수단의 하나로서 계급 대신에 민족을 내걸고 민족감정에 호소함으로써 폭력에 의한 비상 사태의 반역사적인 해결을 도모하는 것이 파시즘의 공통된 특징이다. 반역사적이라는 의미에서 그것은 반동이며 반동임으로 해서 폭력에 의거할 밖에 도리가 없으며 폭력에 의한 제압의 지속을 위하여서는 계속적인 전제專制만이 유일무이의 길일 것은 말할 나위조차 없는 일이다.

이것은 누가 보든지 논리적으로는 엄연한 한 개의 무리無理가 아니면 아니 된다. 허나 논리적으로 무리이든 말든 이 같은 무리가 현실적으로 버젓이 성립될 수 있다는 것은 어찌된 일일까? 비밀은 어디 있는 것일까. 이 같은 무리가 가능케 되는 철학적 근거는 무엇인가. 사상적으로 말한다면 한 말로 말해서 그것은 이른바 '비합리성의 원리'라고 이렇게 말할 수 있을 것이다. 파시즘으로 하여금 한 개의 현실력으로서 성립될 수 있게 하는 철학적 근거가 '비합리성의 원리'라는 말이다. 하다면 비합리성의 원리란 어떤 것인가?

합리적인 논리만이 논리가 아니라 비합리적인 논리도 논리일 수 있다는 사실을 우리는 먼저 알아둘 필요가 있을 것이다. 테르투니아누스의 '역리의 논리', 세스토프의 '허망의 논리'와 같은 것은 어느 의미에서 본다면 합리적인 논리에 대한 한 개의 반발로서 이 같은 비합리적인 논리의 성립에 관한 시론의 하나라고 볼 수 있는 것이지만은, 사실 토테미즘의 사회와 같은 미개사회에서는 이미 레위 부률이 지적한 바와 같이 합리적인 보통 논리로써는 이해할 수가 도저히 없는 이 의미에서 일종의 전논리적인 논리가 지배적인 경우도 있는 것이다. 구태여 미개사회에까지 갈 것 없이 현존 고급종교까지를 포함한 모든 종교의 경우에서도 사정은 매 마찬가지다. 거기서는 2·2는 4가 아니라 진실로 2·2는 5도 되며 2·2가

1도 되는 일쯤은 보통인 것이다.

2·2가 5도 되며 1도 될 수 있는 때에뿐 종교는 비로소 성립될 수 있다는 말이다. 이른바 초논리적인 논리가 이것이다. 신비주의의 배후에는 언제나 이 같은 비합리적인 논리가 움직이고 있는 것이어서 파시즘이 등을 대고 있는 논리 역시 언제나 일종 이 같은 비합리적인 논리라는 것을 우리는 명기할 필요가 있다. 피나 흙의 논리야말로 그 가장 현저한 자일 것이다. 무엇 때문에 동포라면 반갑고 고국이라면 그리운가. 동포이기 때문에 반갑고 고국이기 때문에 그리운 것이다. 그뿐이다. 이 이상 설명해낼 도리가 없는 것이다. 이 의미에서 이것들은 확실히 보통논리, 합리적인 논리로서는 설명할 수 없는 신비적인 요소를 가졌다고 볼 수가 있다. 그렇기에 나치철학이 언제나 피와 흙의 원리를 내세우게 되는 것은 이렇게 보아오면 결코 이유 없는 일은 아닌 것이다. 이지는 여기서는 절대로 금물이다. 단도직입으로 감정에, 민족감정에 호소하고 마는 것이 언제나 그들의 상투수단이다. 모든 종류의 국수주의가 자칫하면 파시즘으로 넘어가기 쉬운 이유의 하나가 여기 있다. 내 것이면 덮어놓고 사랑하면 덮어놓고 제일인 국수주의는 이성의 개재介在를 불허하는 일종의 감상주의임에 틀림없다. 그렇기에 피와 흙을 돌보지 않는 여하한 국수주의도 없는 것과 마찬가지로 국수주의로부터 발족하지 않은 파시즘이라곤 없는 것이다. 국수주의가 권력에의 의욕과 결부되는 순간 그것은 횡포무쌍한 파시즘으로 전화轉化되는 것이다. 덮어놓고 내 것이 제일, 우리민족이 우리문화가 제일이라는 사상이 제국주의와 일단 손을 마주잡게 될 때 그것은 내內로는 테러와 쿠데타를 일으키고야 말 것이며, 외外로는 만주를, 시베리아西伯利亞를! 이렇게 조선판 천손사상天孫思想 팔굉일우八紘一宇를 재현시키고야 말게 될 것은 의심 없는 일이다. 하다면 이 경우에 문화는 어떻게 될 것인가? 더 말할 것 없이 모든 비독일적인 문화를 구축하고 그 자리에 순수청결한 독일적인 민족문화를 육성한다던 나치독일의

문화정책이 과연 어떠한 결과를 가져왔느냐가 무엇보다도 증거다. 문제는 오직 조선에도 과연 이 같은 파시즘의 위험이 있느냐 어떠냐에 달렸을 뿐이다. 그러나 이 점에 대한 우리의 대답은 간단하다.

첫째 식민지 내지 반半식민지의 압박민족이 그들의 압제자의 손아귀에서 해방될 때 이들의 대부분이 국수주의적 방향으로 달리기 쉽다는 것은 심리적으로도 그럴법하거니와 역사적으로도 지적할 수 있는 뚜렷한 사실이다. 1차세계대전 후의 폴란드 독재주의자 필츠스키에 의하여 영도된 폴란드의 경우는 그 좋은 예의 하나이다. 하다면 이 점에서 조선은 과연 예외일 수가 있는가? 예외일 수 있을 자신이 있는가?

둘째로 후진사회에서의 정치투쟁은 폭력에 의한 파쇼적인 해결에 귀착되기가 거의 십중팔구라는 사실을 알아야 한다. 서반아의 프랑코, 태국의 피분, 중국의 장개석 장군 등은 그 성공한 자의 예이지만은 아직도 라틴아메리카에서는 폭력에 의한 정권탈취 쿠데타에 의한 라틴적인 혁명이 그칠 줄을 모르는 현상이다. 하다면 조선은 과연 이들에 비해서 얼마나 선진국일 수가 있는가.

후진사회일수록 파쇼적 폭력정치가 지배적인 것은 아무도 부정 못한 엄연한 사실인 것이다. 이것은 두말할 것 없이 민주주의적 훈련이 부족한 탓이다. 하물며 아직도 봉건 유제遺制의 대부분이 그대로 남아 있고 자본주의라 하더라도 겨우 기형적으로밖에 발달 못 된 조선, 더구나 일제의 식민지라 민주주의는 고사하고 아무러한 이렇다 할 정치적 훈련의 기회조차 가져보지 못한 조선이다. 파시즘의 유혹에 대해서 과연 어느 정도의 용의와 준비가 있을 것인가! 진실로 조선은 파쇼의 번식을 위하여서는 절호의 토양인 것이다. 우리에게는 아직도 이지의 근대화도 감정의 민주주의적 훈련도 아무것도 되어 있지를 않다. 무엇을 가지고서 그 휘황찬란한 파쇼의 유혹에서 자기를 지켜낼 도리가 있을 것인가.

미소 양군만 없다면 통일은 염려없다는 말은 의미심장한 말이다. 왜냐하면 물론 통일은 될는지도 알 수 없는 것이나 그러나 그 경우의 그 소위 '통일'이란 십중팔구는 민주주의적 통일의 반대물인 파쇼적인 통일, 비민주주의적인 통일일 것은 명약관화기 때문이다. 연합군의 감시 하에 있음에도 불구하고 민주주의 공부는 뒷전으로 밀고 테러와 전제가 여하히 계속되어 부끄러울 줄 모르는 조선이 아니냐. 그러지 않아도 아시아의 해방지역에는 독립은 상조라는 의견이 아직도 미국정계의 일부에는 있다는 말을 들은 일이 있지만은 진실로 슬픈 일이나 이유 없는 일은 아닐 성싶다. 왜냐하면 식민지 투성이인 아시아에서 그 동안 그래도 독립국가로서 겨우 버티어 내려온 나라라고는 일본, 중국, 태국의 삼국에 지나지 않았지만은 이 세 나라의 국정은 과연 어떠했던가. 모두가 파쇼가 아니면 독재국가가 아니었던가.

  누가 정말로 파시스트인가는 용이하게 식별하기가 어려운 것이 보통이다. 히틀러도 자기는 국민사회주의자이지 파시스트는 아니라고 말했다. 자기는 파시스트가 아니라 '사회주의자'라는 말이다. 나는 강도요, 나는 야만이요, 하고 명함에 찍어가지고 다니는 사람이 없는 것처럼 내가 파시스트라고 광고하고 다니는 사람은 없다. 그러니만치 어렵다. 허나 만약 우리들 사이에서 조선 사람은 천손이며 세계에 으뜸가는 민족이라든지 우리글과 문화가 덮어놓고 세계에 제일이라고만 주장하여 외국문화의 자유롭고 활발한 섭취를 방해하는 자가 있다면 어떨까. 더 말할 것 없이 이가 바로 국수주의자인 것이다. 또 이 같은 국수주의적 정신의 발판 위에서 민족감정에 불을 질러서 정치적 야심을 만족을 시키려는 자가 있다면 이가 정히 별다른 게 아니라 '파시스트'인 것인 것이다. 하거늘 아직도 입으로는 민주주의를 외우면서도 이 같은 파시스트의 꽁무니만 따라다니는 자칭 민주주의자가 많다는 것은 어찌된 일일까? 다른 것일 수는 없다. 즉 이들은 아직은 '덜 된 민주주의자'이든가 그렇지 않으면 민주주의는 간판뿐이고 기실은 파쇼의 주구走狗이든가 이들 중의 하나일 수밖에는 없는 것이다. 파시즘을 지지하는 민주주의란 상상할 수조차 없는 모순이기 때문이다.

문학자가 제작은 뒷전으로 정치의 문제에 참관한다는 것은 문학하는 사람으로서의 문학자의 입장으로서는 소모적인 월경임에 틀림이 없다. 그러나 한 개의 정치문제가 문학자 개인의 일신상의 문제인 성질을 띠고서 나타나는 경우에는 문제는 자연 달라져야 한다. 이 경우에 문학자는 문학하는 한 사람의 '인간'의 입장에서 자기를 변호하며 방어하며 주장해야 하며 또 이렇게 하는 것은 문학자로서의 당연한 권리가 아니면 아니 된다. 동시에 이러한 성질의 정치문제가 일국 문화의 부침소장浮沈消長과 지대한 관계를 가지게 되는 경우라면 문학자는 단순히 일신상의 변호나 방어를 위해서만이 아니라 국가 민족의 문화의 수호와 발전을 위해서 모름지기 용감하게 전선에 나서지 않으면 아니 된다. 이것은 문화의 사도로서의 문학자의 엄숙한 한 개의 의무인 것이다. 파시즘과 및 그 온상인 국수주의에 대한 투쟁이야말로 이러한 성질의 문제일 것이다. 파시즘의 협위脅威는 문학하는 모든 사람에게 있어서는 벌써 한 개의 남의 문제일 수는 도저히 없는 것이다. 파시스트 국가에서의 문학자와 및 문학이 경험한 피비린내 나는 생생한 기록이 무엇보다도 여기에 대한 웅변적인 재료다. 파쇼 대두의 위험을 앞두고 문학자가 자기와 및 문학 내지 문화를 위해서 이것과 정면으로 싸운다는 것은 그러므로 자신을 위해서나 문화를 위해서나 지극히 당연한 일이 아니면 아니 된다. 하다면 이 경우에 문학자는 과연 어떻게 싸울 수 있으며 또 싸워야 할 것인가.

파시즘의 궁국窮局의 철학적인 적은 합리주의, 합리정신이다. 문학자는 그럼으로 무엇보다도 먼저 모든 종류의 전논리주의, 반논리주의, 감상주의, 논리의 논리, 허망의 논리, 신비주의 등등 이같은 모든 비합리주의적인 것에 대한 가책 없는 자기비판을 거쳐야 한다. 동시에 이같은 모든 비합리주의적인 조류에 대해서 이들을 적으로 내세우고 합리주의의 사상진영과도 굳게 손을 잡고 끈기 있는 투쟁을 전개하지 않으면 아니 된다.

다음 정치적인 현세顯勢로서의 파시즘의 당면 적은 민주주의임은 말할 것도 없다. 문학자는 그러므로 한 사람의 민주주의자로서 자기를 급속히 훈련하는 동시의 민주주의 전선에 적극적으로 참가해야 한다. 자본주의적 민주주의든, 사회주의적 민주주의든, 여기에서는 조금도 개의할 것이 없다. 파시즘에 관한 한 모든 민주주의 공동전선이야말로 절대의 요청이 되기 때문이다. 제2차 세계대전은 그 좋은 한 개의 예를 보여주고 있는 것이다.

더구나 조선의 현실에 비추어본다면 사태는 한결 더 간단해질 것이다. 왜냐하면 정치적으로만이 아니라 경제적으로 사회적으로 문화적으로 진정한 민주주의 노선만 따라만 간다면 어떤 주의의 민주주의이든 간에 당연히 그리고 반드시 결국은 '근로민주민족전선'이라는 유일 최종의 일로一路에 합치고야 말 것은 필연적인 순서기 때문이다. 인간으로서의 일대일만 보증이 된다면야 최대 다수의 최대 행복을 위한다는 민주주의 부동의 원칙에 비추어 조선의 민주주의가 되어야만 할 것은 이理의 당연한 자이기 때문이다. 따라서 모든 민주주의자는 그가 진실로 양심으로부터 민주주의자고자 하는 한 안심하고 반파쇼 깃발 아래로 모일 수 있으며 또 모여야 할 것이다.

더구나 파시스트가 가장 두려워한다는 자는 이들 근로인민이다. 파시스트가 가장 무서워하는 것은 이들 근로인의 단결이다. 근로자의 분열 없이 파시즘이 성공한 예라고는 없다. 문학자는 그러므로 이들 속에 들어가서 이들과 굳게 단결될 때에만 문학자는 문화조선을 파쇼적 협위에서 구출할 수 있을 가장 바르고 넓은 승리의 대로를 발견할 수 있으리라는 사실을 문학자는 잊어서는 아니 된다.

○ 국수주의의 파시즘화를 경계하라!

○ 비합리성의 원리를 분쇄하자!

○ 합리성의 원리로써 무장을 하자!

○ 합리주의 사상 진영과 손을 잡자!

○ 감정을 민주주의적으로 훈련하자!

○ 민족 신비주의의 유혹에 속지 말자!

○ 민주주의 계몽 운동에 적극 참가하자!

○ 국제파시즘의 뿌리를 뽑자!

○ 반파쇼 깃발 밑으로 모든 민주주의자는 단결하자!

○ 민주주의민족전선 만세!

『건설기의 조선문학』, 1946. 6.

파시즘의 위험과 문학자의 임무에 관한 결의

조선의 역사에 있어 제1회로 개최되는 전국문학자대회는 민주주의 정부 수립 과정에 있어서 파시즘의 도유跳踰할 위험성에 비추어 대회의 일정을 변경하고 급거히 상정된 박치우씨의 보고를 듣고 이를 심의하여 다음과 같이 결정한다.

1. 민주주의 연합국이 세계 파시즘의 진영을 무력적으로 타도한 결과 우리 민족이 36년에 이르는 일본 제국주의 기반羈絆에서 해방되어 이미 반 개년 우리 문학예술의 종사자는 민족의 총역량을 결집하여 민주주의 국가를 건설하는 위대한 사업에 적은 도움이라도 되고자 성실성과 겸허한 양심을 걸어 요청되는 모든 일에 미력微力을 다하여 금일에 이르렀다.

2. 그러나 우리는 일본제국주의의 장구한 시일에 이르는 야만적인 정복으로서 결과된 우리 사회의 후진성을 토대로 하여 민주주의적 발전의 결여를 틈타고 외래 금융자본의 세력을 배경으로 하여 파시즘의 급격한 대두와 공세가 하나의 경시할 수 없는 위험을 양성醸成하여 민주주의 국가 건설의 커다란 위기를 지음에 이른 것을 인정치 않을 수 없게 되었다.

3. 이는 연합국과 우리 해방운동 선열의 다년간의 고투와 희생이 파시즘의 타도에 있었고 앞으로 건설되려는 국제이념이 민주주의 평화노선인 것을 믿으며 해방된 조선의 건국이념이 또한 세계 민주주의 국가의 일 성원인 민주주의 자주독립 국가일 것을 확신하는 우리들로서 역사 발전의 과학적 법칙의 준엄성에 비추어 단연코 허용할 수 없는 반동임을 인정한다.

4. 그러므로 조선 인민 생활의 장래할 행복과 민족문학 백 년의 발전이 민주주의 국가건립에 의하여 그 단초를 발견한다는 확신 밑에서 모인 우리 문학의 전국적 종사자는 민주주의 민족전선의 일익으로써 그 부과된 무거운 임무를 성실히 수행하기 위하여 일체의 파시즘의 대두와 횡행에 대하여 과감한 투쟁을 전개할 것을 결정한다.

1946년 2월 8일
제1회 전국문학자대회

『건설기의 조선문학』, 1946. 6.

| 저자 약력(수록순) |

◎ 제1부

구모룡: 부산대학교 국어교육과 및 동 대학원 졸업.
현재 한국해양대학교 동아시아학과 교수.
대표논저:『한국문학과 열린 체계의 비평담론』,『제유의 시학』 등.

방민호: 서울대학교 국어국문학과 및 동 대학원 졸업.
현재 서울대학교 국어국문학과 교수.
대표논저:『채만식과 조선적 근대문학의 구상』,『비평의 도그마를 넘어』 등.

박현수: 세종대학교 국어국문학과 및 서울대학교 대학원 졸업.
현재 경북대학교 국어국문학과 교수.
대표논저:『현대시와 전통주의의 수사학』,『한국 모더니즘 시학』 등.

홍기돈: 중앙대학교 국어국문학과 및 동 대학원 졸업.
현재 가톨릭대학교 국어국문학과 교수.
대표논저:『근대를 넘어서려는 모험들』,『인공낙원의 뒷골목』 등.

W. 벤야민: 유대 신비주의와 사적 유물론을 결합시킨 독일의 사상가.
대표논저:「기술복제시대의 예술작품」,「일방통행로」,『독일 비애극의 원천』,
『아케이드 프로젝트』 등.

이덕형: 서울대학교 사범대학 독어교육과 및 동 대학원 독어독문학과 졸업.
현재 경북대학교 인문대학 독어독문학과 교수.
대표논저:「문학의 논리, 정치의 논리」,『독일, 통일 이후가 문제였다』,
『통일독일 문학논쟁』(역서) 등.

신혜경: 서울대학교 미학과 졸업 및 동 대학원 졸업. 현재 덕성여자대학교 교양학부
초빙교수. 대표논저:『대중문화의 기만 혹은 해방: 벤야민과 아도르노』, 역서
『페미니즘 미학입문』 등

◎ 제2부

허혜정: 동국대학교 국어국문학과 및 동 대학원 졸업.
현재 한국사이버대학교 문예창작학부 교수.
대표논저:『현대시론』,『혁신과 근원의 자리』,『처용가와 현대의 문화산업』등.

박정선: 경북대학교 국어국문학과 및 동 대학원 졸업.
현재 경북대학교 기초교육원 초빙교수.
대표논저 :「임화 시의 시적 주체 변모과정 연구」,「일제 말기 전시체제와
임화의 「찬가」 연작」,「민족국가의 시쓰기와 탈식민의 수사학」등.

권유성: 경북대학교 국어국문학과 및 동 대학원 박사 수료.
현재 경북대학교 강사.
대표논문:「『대한매일신보』 소재 시가의 탈식민성 연구」,「1920년대 초기.
자유시론의 구조와 문화적 기반」등.

김도경: 경북대학교 국어국문학과 및 동 대학원 박사과정 수료.
현재 경북대학교 강사.
대표논저:「염상섭·김동인 논쟁과 坪內逍遙·森鷗外의 몰이상 논쟁 비교
연구」,「염상섭의 「목단(牧丹)꽃 필 때」 연구」등.

여상임: 경북대학교 국어국문학과 및 동 대학원 졸업.
현재 경북대학교 강사.
대표논저:「해방기 신진시인들의 시담론 전략과 실현 양상」등.

이상옥: 경북대학교 국어국문학과 및 동 대학원 박사수료.
현재 경북대학교 강사.
대표논저:「1920년대 초기 동인지의 자율적 공간 연구」등.

류희식: 영남대학교 국어국문학과 및 동 대학원 석사, 경북대학교 대학원 박사과정 수료.
현재 대구대학교 시간강사.
대표논저:「장용학 소설 「원형의 전설」에 나타난 탈근대성」등.